1781

Sissel-Jo Gazan

Dinosaurierfedern

Roman

Aus dem Dänischen
von Gabriele Haefs

| Hoffmann und Campe |

Die Originalausgabe erschien 2008 unter dem Titel *Dinosaurens fjer*
bei Gyldendal, Kopenhagen

Die Übersetzung dieses Romans wurde unterstützt
vom Danish Arts Council's Committee for Literature,
Kopenhagen

1. Auflage 2009

www.hoca.de
Satz: Pinkuin Satz und Datentechnik, Berlin
Gesetzt aus der ITC Galliard und ITC Officina Sans
Druck und Bindung: GGP Media GmbH, Pößneck
Printed in Germany
ISBN 978-3-455-40198-1

HOFFMANN
UND CAMPE

Ein Unternehmen der
GANSKE VERLAGSGRUPPE

Dinosaurierfedern

1

Solnhofen, Bayern, 5. April 1877

Im Traum hatte Anna Bella eigenhändig den *Archaeopteryx* gefunden, den Urvogel aus Bayern. Es war die sechste Woche der Grabung, schon längst bedeckte eine dünne Erdschicht alle Gesichter, und die Stimmung war am Boden. Der Leiter der Grabung, Friedemann von Molsen, hatte als Einziger seine gute Laune behalten. Morgens, wenn Anna schlaftrunken und vor Kälte zitternd aus dem Zelt kam, saß Friedemann am Feuer und trank Kaffee, und am Brei im Kessel konnte man sehen, dass er sein Frühstück schon längst gekocht und gegessen hatte. Anna hatte den Brei satt, sie hatte den Staub satt, sie hatte es satt, auf Knien auf der Erde zu liegen, die nur viel zu junge Knochen preisgab, Knochen, die, Gott bewahre, wirklich interessant waren, aber nicht der Grund, aus dem sie Biologie studiert hatte, und schon gar nicht der Grund, aus dem sie nun schon fünf Wochen ihrer Semesterferien unter so kümmerlichen Verhältnissen lebte. Es war das Jahr 1877, und zu diesem Zeitpunkt in ihrem Traum kam Anna das Gefühl, dass etwas nicht stimmte. Sie hatte ihren gefütterten Parka an und Pelzstiefel mit Gummisohle, und Friedemann von Molsen schien sich darüber nicht zu wundern, obwohl er einen dreiteiligen Cordanzug mit Weste und Taschenuhr trug, dazu eine Wollmütze mit Ohrenklappen und eine Pfeife im Mund.

An diesem Nachmittag kamen sie rasch voran. Sie hielten sich in Solnhofen auf, nördlich von München, und über Anna und Friedemann von Molsen hinaus bestand die Expedition aus zwei einheimischen Trägern, zwei weiteren Studierenden sowie aus Molsens cognacfarbener Retrieverhündin, die ebenfalls Anna Bella hieß, ein Detail in diesem Traum, das richtig störte. Während sie über denselben Höhenzug wie am Vortag stapften, erzählte von Molsen Anekdoten. Na ja, Anekdoten waren es eigentlich nicht, aber Anna hatte nun schon so oft seinen Erzählungen gelauscht, dass sie sich nicht mehr darüber freuen konnte, an einem Ort in der Geschichte gelandet zu sein, für den jeder Naturwissenschaftler seinen rechten Arm gegeben hätte. Wenn Friedemann von Molsen dazu ansetzte, etwas zu sagen, riss er sich die Pfeife aus dem Mund und zeigte in Richtung England. Darwin war es nämlich, der seine Ordnung störte.

Die Evolutionstheorie setzte sich zu diesem Zeitpunkt zwar langsam durch, aber noch immer herrschte große Uneinigkeit darüber, welche Mechanismen sie antrieben, und sosehr von Molsen sich auch für die Vorstellung der Evolution interessierte, so kategorisch wies er Darwins Behauptung zurück, die Evolution werde durch natürliche Auslese vorangebracht. Wenn die Wogen richtig hoch schlugen, bezeichnete von Molsen Darwin als *dreistachligen Stichling*, auch wenn Anna nicht so recht begreifen konnte, wieso *dreistachliger Stichling* das ärgste Schimpfwort war, das von Molsen überhaupt einfiel.

Zu Beginn der Grabung hatte Anna Einwände vorgebracht, und dadurch hatte von Molsen Sympathie für die junge Frau entwickelt. Von Molsen war ein Mann, der wissenschaftlichen Phänomenen gegenüber zu Neugier ermunterte, und es sei nur gut, betonte er, wenn man den Advocatus Diaboli spielte, um eine ertragreiche Diskussion zu fördern, solange man nicht das vertrat, was nach Ansicht des dreistachligen Stichlings innerhalb von wenigen Jahrzehnten als gesunder Menschenverstand gelten würde: dass alle lebenden Organismen, Maus wie Mann, Vogel wie Laufkäfer, sich vom selben Ausgangspunkt her entwickelt haben und dass die Unterschiede in Morphologie, Physiologie und Verhalten hauptsächlich Anpassung und Wettbewerb entspringen. Was wären die Konsequenzen?, fragte von Molsen und zeigte plötzlich mit der Pfeife auf Anna, aber ehe sie antworten konnte, übernahm er das selbst.

Die Konsequenzen wären, sagte er munter, dass die Erbmasse nicht konstant wäre. Dass sie sich verändern ließe und niemand im

Voraus sagen könnte, was sie verändern würde, als ob das Ganze, Natur und Existenz, vollkommen willkürlich und unüberlegt wäre, ja, das sei doch verrückt!

Darwin hatte soeben bei einer jetzt schon berüchtigten Vorlesung an der Oxford University behauptet, die großen Lücken in den fossilen Zeugnissen der Vögel seien nur darauf zurückzuführen, dass noch keine Fossilien gefunden worden seien. Sowie sie gefunden wären, und das sei nur eine Frage der Zeit, werde die evolutionäre Patience und alles, was damit zusammenhing, aufgehen, und es werde auch für andere als Darwin und seinen engsten Kreis deutlich werden, dass die alles überschattende Triebkraft der Evolution eben die natürliche Auslese sei. Der Mann müsse doch verrückt sein, hatte von Molsen betont und Anna aufmerksam angesehen.

Am fünften Tag der Grabung hatte Anna mit ihren Fähigkeiten als Schachspielerin aufgetrumpft, sie hatten auf einem kleinen Brett mit Figuren aus Horn gespielt, das von Molsen aus seiner der Pfeife entgegengesetzten linken Jackentasche gezaubert und auf seinem rechten Oberschenkel aufgeklappt hatte. Dabei hatte Anna sich blamiert, denn in ihrem Versuch, Darwins Ansichten zu unterstützen, hatte sie ein Fossil einbezogen, das erst vierundsiebzig Jahre später gefunden werden würde, und sie hatte sich, um ihren Patzer zu vertuschen, noch tiefer in die Blamage hineinmanövriert, indem sie den vierten Dinosaurier aus China erwähnt hatte, den zwei chinesische Paläontologen hundertdreiundzwanzig Jahre später finden und beschreiben würden. Darüber war von Molsen dermaßen erbost, dass er aus Versehen seine eigene Königin geschlagen hatte, und Anna wäre am liebsten mit dem Kopf gegen einen Zeltpfosten gerannt. Das hier sei Wissenschaft, kein leeres Gefasel, hatte von Molsen gesagt und seine Königin aufgelesen, und Anna hatte aufgegeben. Es war ja doch nur ein Traum.

Seither war es mit Annas Laune stetig bergab gegangen, und an dem Morgen, an dem von Molsen in strahlender Laune abermals mit seiner Pfeife gen England fuchtelte, beschloss Anna, dass dies für sie der letzte Tag der Grabung sein sollte. Sie wollte zurück nach München und eine ordentliche Mahlzeit verzehren, von dort aus wollte sie mit dem Zug zuerst nach Berlin und dann weiter nach Kopenhagen fahren. Sie kniff die Augen zusammen und versuchte aufzuwachen, aber der Wind fegte unangefochten weiter durch das bayerische Tiefland. Von Molsen hatte sich jetzt um neunzig Grad nach Norden gewandt und die Pfeife wieder in seinem Mund untergebracht, in der Ferne sah Anna ein Kaninchen auf den Hinterbeinen stehen und wittern, ehe es in einem Gebüsch verschwand. Anna seufzte.

Tagsüber, wenn Anna wach war, schrieb man das Jahr 2007, und sie war an Kopenhagens Naturwissenschaftlicher Universität immatrikuliert, genauer gesagt, an der Abteilung für Zellbiologie und Vergleichende Zoologie am Biologischen Institut, und hier hatte sie das vergangene Jahr damit verbracht, eine Abhandlung über einen wissenschaftlichen Streit zu verfassen, der seit über hundertfünfzig Jahren tobte. Waren Vögel jetzt lebende Dinosaurier, oder stammten sie von einem noch früheren primitiven Reptil ab? Sie hatte ihre Arbeit soeben eingereicht, und in vierzehn Tagen stand die mündliche Prüfung an.

Historisch gesehen waren wissenschaftliche Kontroversen nichts Besonderes. Es war darüber diskutiert worden, ob die Erde eine Scheibe oder eine Kugel sei, es war über die Verwandtschaft des Menschen mit dem Affen und über den Status der Milchstraße im Verhältnis zum restlichen Universum gestritten worden. Doch so heftig auch diskutiert worden war, so jäh verstummte der Streit, sobald genug Beweise gesammelt worden waren. Die Welt ist wirklich rund. Der Mensch ist wirklich ein Primat, und die Milchstraße besteht wirklich hauptsächlich aus Roten Riesen. Aber mit der Kontroverse über den Ursprung der Vögel verhielt es sich offenbar anders. Die ging unverdrossen weiter, obwohl es, wissenschaftlich gesehen, nichts zu diskutieren gab.

Von Molsen stopfte sich jetzt die Pfeife ein weiteres Mal, süßer, gefilterter Duft erreichte Annas Nasenlöcher, und Kaffee wurde aufgesetzt, sie konnte sehen und hören, wie Daniel, einer der anderen Studierenden, mit dem Kochtopf klapperte, während er etwas zu von Molsen sagte und seine Hose hochzog, die immer wieder rutschte, denn Daniel war fünf Wochen zuvor, als sie mit der Grabung begonnen hatten, durchaus rundlich gewesen, aber seither hatten sie alle von Bohnen, Brei, Kohl und Kaffee gelebt. Anna hatte den Verdacht, dass Daniel insgeheim nicht weniger Probleme damit hatte, als von Molsen mit der Theorie der natürlichen Auslese. An dem Tag, an dem sie mit von Molsen diskutiert und sich mit der Erwähnung von noch längst nicht gefundenen Fossilien selbst in den Fuß geschossen hatte, hatte sie für einen kurzen Moment Blicke mit Daniel gewechselt, der ein Stück weiter weg stand und vorgab, zwei Zeltleinen befestigen zu müssen, und sie hatte geglaubt, in seinen Augen etwas zu lesen. Etwas, das ihr sagte, dass er aufrichtig daran zweifelte, Darwin würde mit seinen Überlegungen über die Auswahl so danebenliegen, wie vor allem ältere, etablierte Wissenschaftler behaupteten.

Anna verstand sehr gut, dass die neuen Gedanken über Evolution fast unbegreiflich waren. Jahrhundertelang hatte die Vorstellung vorgeherrscht, Gott habe eigenhändig alle Tiere und Pflanzen erschaffen, weshalb Maus und Katze, Buche und Ahorn nicht näher miteinander verwandt seien als die Wüste mit dem Himmelsgewölbe und die Sonne mit dem Tau auf den Gräsern. Alles sei das Werk des Herrn, und das eine könne sich deshalb nicht zu etwas anderem entwickeln. Tiere und Pflanzen könnten auch nicht einfach aussterben, es sei denn, der Herr wünsche, selbiges Tier aus der Produktion zu ziehen. Was die Vögel anging, so galt deshalb, dass der Spatz weder mit Star noch mit Flamingo, Sturmschwalbe oder irgendeinem anderen Vogel eine gemeinsame Herkunft teilte und dass die Vögel als Gruppe weder untereinander noch mit Dinosauriern oder Kriechtieren oder irgendwelchem anderen Getier verwandt seien. Sie waren aerodynamisch und fortgeschritten von Gott auf die Erde gesetzt worden. Voilà.

Der Evolutionsgedanke brach vollständig mit der Doktrin, dass die Erde und alle ihre Organismen zur selben Zeit von einem göttlichen Schöpfer erschaffen worden seien, und das war eine Herausforderung für viele. Wie sollten sie dann im selben Moment auch noch kapieren, dass diese Entwicklung von selbst geschehen war, ganz ohne göttlichen Einfluss, einfach so?

Der Traum ging weiter. Die Sonne stand hoch über Solnhofen. Nach einer kurzen Besprechung des Tagespensums und einer

Tasse Kaffee schwarz wie der Tod stürzten sich alle in die Arbeit. Anna werkelte auf einem sanften Hang hinter der übrigen Truppe und brauchte nur den Kopf zu heben, um zu sehen, wo die anderen waren und was sie machten. Der lithographische Kalkschiefer breitete sich unter Anna aus wie eine riesige Tafel. Sie kratzte, trug zwei Schichten ab, pinselte Sand und Erde weg, tastete, zog die Jacke aus und krempelte die Ärmel hoch. Ein einzelner Windhauch kam von Süden, und Anna musste die Augen schließen, um den Staub auszusperren. Als sie wieder sehen konnte und nach unten schaute, sah sie das Fossil. Der Windstoß hatte alles überflüssige Material entfernt, und obwohl noch zwei Schichten abgetragen werden müssten, ehe das Tier bloßgelegt wäre, war schon jetzt kein Irrtum mehr möglich. Unter ihr, gebadet im Licht der Sonne, lag der *Archaeopteryx lithographica*, eins der kostbarsten Fossilien der Welt, das sie aus der Literatur in- und auswendig kannte. Ein wenig kleiner als ein Huhn von heute, den einen Flügel hübsch ausgebreitet: In dieser Hinsicht stimmte der Traum nicht so ganz, dachte sie, denn sie wusste ja sofort, was sie gefunden hatte. Sie kannte den kleinen Vogel von Hunderten von Bildern, und sie hatte noch eine Woche zuvor im Wirbeltiersaal des Zoologischen Museums mit dem Abdruck ebenjenes Berliner Exemplars gearbeitet, den einer der dänischen Paläontologen mit allergnädigster Erlaubnis bei einem Deutschlandbesuch hatte nehmen dürfen. Sie kannte die Schwungfedern, die wie perfekte fächerförmige Lamellen vor dem dunklen Hintergrund lagen, sie kannte die relativ große Schwanzfeder, sie kannte die unvergleichlich perfekte Platzierung von Hinter- und Vordergliedern und die vollkommen nach hinten gebeugte Position des Kraniums, durch die dieses Exemplar sich von dem bisher bekannten unterschied. Im Jahr 1861 war das sogenannte Londoner Exemplar gefunden und für siebenhundert Pfund an das Naturhistorische Museum in London verkauft worden, aber jetzt hatte Anna das schönste und wichtigste der zehn Fossilien entdeckt, die die Welt je kennenlernen würde: das Berliner Exemplar.

Instinktiv hatte sie Lust, laut und glücklich nach von Molsen zu rufen, der ein Stück von ihr entfernt stand, die Pfeife nachdenklich vom Körper weggestreckt, aber jetzt war es wichtig, strategisch vorzugehen. Anna musste den Grabungsleiter auf eine Weise zu sich winken, die deutlich machte, dass sie auf etwas Außergewöhnliches gestoßen war, aber sie musste ihre Schlussfolgerungen auch so löchrig klingen lassen, dass von Molsen nicht das Gefühl hatte, sie wisse bereits, was sie hier gefunden hatte. Denn dann würde er ernstlich Verdacht schöpfen.

Von Molsen drehte sich sofort um, als sie rief, und er kam mit interessierter Miene auf sie zu. Als er sie erreicht hatte, kniete er an der Grabungsstelle nieder und starrte das fossile Tier lange an, das dort zum Vorschein gekommen war. Vorsichtig entfernte er die letzten dünnen Schichten von der Kalkplatte, um dann in tiefer Hingabe seinen Finger dem vollendeten Körper des kleinen Vogels folgen zu lassen. Anna wusste, dass der Vogel hundertfünfzig Millionen Jahre alt war.

»Gut, mein Mädchen.« Es lag etwas in von Molsens Blick, als er sie ansah. Ihr fiel auf, dass eines seiner Augen fast lila war. Er war erschüttert über ihren Fund.

»Mama?«

Von Molsen legte die rauchende Pfeife auf den Boden und zog sein Vergrößerungsglas hervor, und gerade jetzt, wo Anna ihren Traum um keinen Preis verlassen wollte, begann dieser, in Auflösung überzugehen.

»Mama, ich will rauf zu dir«, sagte ein Stimmchen. Anna ballte die Fäuste und erwachte in Kopenhagen.

Ihr Schlafzimmer lag im Halbdunkel, und Lily stand neben dem Bett, in Schlafanzugstrampler und einer schweren Windel, an der Anna Bella sie ins Bett hochzog. Lily schmiegte sich an ihre Brust. Es war noch nicht einmal sechs Uhr. Frühes Morgenlicht sickerte jetzt ins Zimmer, aber es würde noch mindestens eine Stunde dauern, bis man die Farben einer Katze ausmachen könnte. Das Bettzeug war frisch gewaschen und raschelte, und zwischen dem Fenster und der geschlossenen Wohnzimmertür stand eine Gestalt. Das war Friedemann von Molsen. Sie konnte sein Gesicht nicht sehen, aber sie erkannte den breitkrempigen Filzhut, den er aufsetzte, wenn die Sonne unbarmherzig wurde. Annas Herz hämmerte in ihrer Brust, und sie wollte, dass er verschwand. So lebhaft der Traum gewesen war, so quicklebendig stand von Molsen in der Ecke ihres Schlafzimmers und musterte sie schweigend.

Wenn ich lange genug warte, dachte sie, dann nimmt das Licht ihn mit. Sie wusste, dass sie ein Trugbild sah. Das wusste sie einfach. Trotzdem sah sie ihn in dem grauen Morgenlicht so deutlich wie die hohe Kommode auf der anderen Seite der Tür, die grüne Vase, die darauf stand, und die Silhouette der Lilien, die sie am Vortag gekauft und ins Wasser gestellt hatte.

Später, wenn sie an diesen Morgen zurückdachte, würde sie sehr genau wissen, was von Molsen gewesen war.

Er war ein Omen.

2

Es war am Montagmorgen, dem 8. Oktober. Das Biologische Institut war ein H-förmiges Gebäude, eingeklemmt zwischen dem Zoologischen Museum und dem August-Krogh-Institut im Universitätspark auf Østerbro. Das Hauptgebäude war ein schmales graues Dreieck mit vier Etagen, auf der einen Seite begrenzt vom Jagtvej, auf der anderen von einem gepflasterten Hof. Anna Bella stellte ihr Rad beim Eingang zu Haus 12 ab, wo die Abteilung für Zellbiologie und Vergleichende Zoologie im zweiten Stock untergebracht war. Es war ein überaus scheußlicher Morgen gewesen. Anna hatte versucht, Lily im Kindergarten abzuliefern, aber Lily wollte sie nicht loslassen und weinte. Sie standen in der Garderobe, und Anna konnte die anderen Kinder durch die Glasscheibe sehen, sie sah, wie die Kinder ihre Sitzkissen holten und sich für die Morgenversammlung vorbereiteten, aber Lily wollte nicht zu ihnen. Sie klammerte sich an ihre Mutter und bedeckte Annas Jacke mit Rotz und Tränen.

Am Ende kam eine Erzieherin zu Hilfe. Lily weinte jetzt noch lauter, und Anna spürte, wie ihre Poren Verzweiflung absonderten. Sie blickte die Erzieherin flehend an, und die hob Lily vorsichtig hoch, sodass sie ihr den Overall ausziehen konnten.

Anna hatte ständig ein schlechtes Gewissen. Cecilie, Annas Mutter, hütete Lily fast die ganze Zeit. Cecilie hatte sechs Monate zuvor, als die Arbeit an der Abhandlung ernstlich losging, von sich aus ihre Hilfe angeboten. »Du kannst unmöglich jeden Tag um vier nach Hause gehen, um dein Kind abzuholen, wenn du diese Arbeit rechtzeitig fertig haben willst«, hatte sie gesagt. Und so geschah es dann. Lily liebt ihre Großmutter, sagte Anna sich, also warum eigentlich nicht? Es lag doch auf der Hand, dass Cecilie sich um Lily kümmerte.

In den letzten Monaten hatte Anna fast rund um die Uhr gearbeitet, und jetzt, wo die Arbeit endlich abgeliefert war, musste sie sich auf die mündliche Prüfung vorbereiten. Sosehr Anna sich auch nach ihrer Tochter sehnte und sosehr sie sich der Tatsache bewusst war, dass Lily zu viel bei Cecilie war, so gab es in dieser Gleichung einfach keinen Platz für ein Kind. Und Lily hatte es doch gut bei ihrer Oma.

»Hör jetzt auf, Lily«, sagte Anna. »Ich muss jetzt weiter. Und nachher holt Oma dich ab. Heute übernachtest du bei Oma. Lass mich gehen!« Sie musste sich losreißen.

»Gehen Sie ruhig«, sagte die Erzieherin. »Das schaff ich schon.«

Als Anna auf dem Hof hinter dem Institut ihr Fahrrad abgeschlossen hatte, sah sie Hanne Moritzen, die in ihrem Büro im Erdgeschoss saß. Anna versuchte, ihre Aufmerksamkeit zu erregen, aber Hanne war über ihren Schreibtisch gebeugt und blickte nicht auf.

Hanne Moritzen war Parasitologin, Ende vierzig, und hatte vier Jahre zuvor bei einem Blockseminar in Brorfelde unterrichtet. Eines Nachts hatten weder Anna noch Hanne schlafen können und waren einander in der großen Küche der Tagungsstätte begegnet, die zum terrestrischen Labor der Universität gehörte. Hanne hatte Kamillentee gekocht, und sie waren ins Gespräch gekommen. Zuerst hatten sie gefachsimpelt, aber Anna war rasch aufgegangen, dass Hanne, anders als andere Professorinnen, die ihr begegnet waren, kein besonderes Interesse daran hatte, über ihren Beruf zu reden. Stattdessen hatten sie sich über Bücher und Filme unterhalten, und Anna war klargeworden, dass sie Hanne wirklich sympathisch fand. Als es dann hell wurde, hatten sie gemeinsam beschlossen, alle weiteren Schlafversuche aufzugeben, und als das Küchenpersonal schlaftrunken erschien, waren sie gerade bei einer Kartenpartie.

Später hatten sie sich zu unterschiedlichen Anlässen in der Universität getroffen, hallo gesagt und Gemeinplätze ausgetauscht, und sie waren mehrere Male zusammen frühstücken gegangen. Hanne hatte eine zielstrebige, ruhige Art, die Anna bewunderte. Jetzt lag das letzte Frühstück schon lange zurück. Aber wenn die mündliche Prüfung erst einmal überstanden wäre, würde Anna alles Versäumte nachholen. Bei ihrem Kind, bei Hanne Moritzen, bei sich selbst. Hinter dem Fenster blickte Hanne endlich auf und winkte Anna lächelnd zu. Anna winkte zurück und ging durch die Drehtür ins Haus 12.

Die Abteilung für Zellbiologie und Vergleichende Zoologie bestand aus Büros und Labors, die zu beiden Seiten eines langen, fensterlosen Flurs abgingen. Das erste Büro gehörte Lars Helland, Annas alleinigem Betreuer. Er war ein großer, dünner Mann ohne eine ehrliche Falte, was selten vorkam bei Biologen, die es konsequent vermieden, bei der Feldarbeit ihre Haut zu schützen. Das Einzige, was zeigte, dass er sich seinem fünfzigsten Geburtstag näherte, waren die weißen Sprenkel in seinem weichen Bart, ein schrittweise wachsender Mond auf dem Kopf und das Bild einer lächelnden Frau und einer Tochter im Teenageralter mit Zahnspange auf seinem Schreibtisch.

Anna war davon überzeugt, dass Helland sie verabscheute, jedenfalls verabscheute sie ihn. In den zehn Monaten, in denen sie nun schon von Helland betreut wurde, hatte er sich kaum je die Zeit für ein Gespräch genommen, er war immer kurz angebunden und gleichgültig, und wenn sie ihn endlich an die Wand drängen und ihm eine konkrete Frage stellen konnte, folgte er irgendeiner irrelevanten Abschweifung und war dann nicht mehr zu bremsen. Zu Beginn ihrer Arbeit hatte Anna sich darüber geärgert und ernsthaft mit dem Gedanken gespielt, sich über ihn zu beschweren. Mittlerweile hatte sie resigniert und versuchte, so weit wie möglich, ihm aus dem Weg zu gehen. Am Freitag hatte sie ihre Arbeit sogar in sein Postfach gelegt, statt sie ihm persönlich zu überreichen. Als sie zum vierten Mal im Postfach nachsah, war die Arbeit weg.

Die Tür zu Hellands Büro war angelehnt, und Anna schlich sich lautlos vorbei. Durch den Türspalt konnte sie einen Teil von Hellands Deckstuhl, die untersten Zentimeter von zwei grauen Hosenbeinen, einen Satz Füße in Socken und einen Schuh sehen, der nachlässig abgestreift mit der Sohle nach oben lag. Wenn Helland in seinem Büro war, las er zumeist, umgeben von einem wahren Kolosseum aus Bücherstapeln, die sich in wilder Unordnung um seinen Stuhl herum auftürmten. Selbst bei den wenigen Malen, als Helland sich Anna gewidmet hatte, lag er dabei halb in seinem Stuhl, wie ein hoher Herr, der eine Audienz gab.

Sieh an, er war nicht allein. Anna konnte eine aufgebrachte Stimme hören, und sie wurde instinktiv langsamer. War das Johannes? Sie versuchte zu hören, worüber da gesprochen wurde, gab aber auf. Das musste sie später in Erfahrung bringen. Anna wurde wieder schneller und lief den Flur entlang.

Anna und Johannes teilten sich ein Büro. Johannes war fertiger Biologe, hatte seinen Schreibtisch aber behalten dürfen, weil er zusammen mit Lars Helland, der auch Johannes' Betreuer gewesen war, einen Artikel schrieb. Anna konnte sich noch genau an den ersten Tag im Institut im Februar erinnern, als Lars Helland Anna in diese Studierzelle eingewiesen hatte, in der Johannes bereits saß. Anna hatte ihn sofort vom Grundstudium her wiedererkannt und unwillkürlich gedacht, oh nein, und erst später über diese Reaktion gestutzt, denn sie hatten bisher nie miteinander geredet. Johannes sah seltsam aus, und er war seltsam. Er hatte karottenrote Haare und einen leicht klebrigen Blick hinter einer runden, unmodernen Brille, als beglotzte er sie, und in den ersten drei Wochen hatte es sie wahnsinnig genervt, dass sie ihren Arbeitsplatz mit ihm teilen musste. Sein Schreibtisch ähnelte einem Schlachtfeld, überall standen halbvolle Teebecher herum, er lüftete nie, räumte nicht auf und vergaß jeden Tag von Neuem, sein Handy lautlos zu stellen. Auch wenn er dann um Entschuldigung bat, es war einfach nervig. Johannes dagegen schien sehr zufrieden damit zu sein, in dem zehn Quadratmeter großen Büro eine Tischnachbarin bekommen zu haben, und redete ununterbrochen. Über sich, über sein Fach, über die Weltpolitik.

In den ersten Wochen hatte Anna ihn sich bewusst drei Schritte vom Leib gehalten. Sie stand auf und ging allein ins Frühstückszimmer, auch wenn es auf der Hand gelegen hätte, ihn zu fragen, ob er mitkommen wolle, sie gab schroffe Antworten, wenn er eine Frage stellte, damit er sich bloß nicht veranlasst fühlte, ein Gespräch anzufangen, und sie lehnte ab, als er begeistert eine Kuchenordnung vorschlug. Trotzdem ließ Johannes nicht locker. Er schien ihre Abneigung einfach nicht zu bemerken. Er plapperte und erzählte, er lachte laut über seine eigenen Geschichten, er brachte interessante Artikel mit, die sie vielleicht gern lesen wollte, und er kochte immer zwei Tassen Tee und servierte die eine mit Milch und Honig, witzigerweise eben so, wie Anna ihn am liebsten trank. Und zu irgendeinem Zeitpunkt taute Anna auf. Johannes war herzlich und urkomisch, er brachte sie zum Lachen, wie sie nicht mehr gelacht hatte seit … seit Jahren. Johannes war unglaublich begabt, und sie hatte sich von seinem seltsamen Aussehen in die Irre führen lassen. Sein Blick war nicht klebrig, wie sie zuerst geglaubt hatte, sondern aufmerksam und konzentriert. Er schien sich Mühe zu geben. Was sie sagte, schien etwas zu bedeuten.

»Du hast dich ja geschminkt!«, rief sie überrascht eines Morgens im Frühling, nicht lange nachdem sie sich angefreundet hatten.

Johannes saß schon hinter seinem Schreibtisch, als Anna eintraf, er trug eine Lederhose und ein Hawaiihemd, seine Haare waren mit Gel zurückgekämmt, und seine langen weißen Finger lagen über die Tastatur gespreizt. Die Brille vergrößerte seine braunen Augen um die Hälfte, und es war nicht zu übersehen. Johannes hatte Reste von Make-up um die Augen.

»Ich bin Goth«, sagte er mit geheimnisvollem Lächeln.

»Du bist was?« Anna stellte ihre Tasche auf den Schreibtischstuhl und sah ihn verständnislos an.

»Und am Freitag ist es ein wenig hoch hergegangen. Ich war in Drag«, sagte er kryptisch. »Ich dachte eigentlich, ich hätte das Make-up abgekriegt.« Er winkte sie zu sich.

»Hier, sieh mal.« Er zeigte ihr Bilder im Netz, während er erzählte. Sein Club hieß Die Rote Maske und traf sich an jedem ersten Freitag im Monat. Der Name des Clubs war inspiriert von Edgar Allan Poes Novelle *Die Maske des Roten Todes*, und er war der Treffpunkt für Goths aus dem gesamten Norden. Das ist eine Subkultur, erklärte Johannes, als er Annas leeres Gesicht sah, und zeigte auf ein Foto. Zuerst konnte Anna nicht erkennen, wer dort abgebildet war. Eine leicht androgyn aussehende Frau mit roten Haaren, schwarz gemalten Lippen und dramatischen Augen, gekleidet in eine stramme schwarze Korsage, Netzunterhemd, Lederhose und Nieten. *Orlando*, stand unter dem Bild. Anna blickte Johannes fragend an.

»Das bin ich«, sagte er dann.

»Das ist gelogen!«, rief Anna und schimpfte sich eine Idiotin. Natürlich war Johannes schwul.

»Was bedeutet *Orlando*?«, fragte sie dann.

Johannes musterte sie tadelnd.

»*Orlando* bezieht sich natürlich auf die Hauptperson in Virginia Woolfs gleichnamigem Roman. Orlando ist zuerst Mann und wird danach in eine Frau verwandelt. So wie ich bei Anbruch der Dunkelheit.« Er lachte.

Anna starrte ihn an und sagte: »Okay.«

»Aber schwul bin ich nicht«, fügte er dann hinzu, als hätte er ihre Gedanken gelesen.

»Na, und was bist du dann?«, rutschte es Anna heraus.

»Ich stehe auf Frauen.« Er zwinkerte ihr zu. »Und ich bin Goth, und ab und zu gehe ich in Drag auf unsere Feste, also in Frauenkleidern.«

»Vögelt ihr auf den Festen, oder was?«, fragte Anna unwillkürlich.

Johannes musterte sie vergnügt.

»Du möchtest also gern mal mitkommen?«

»Halt die Klappe!« Anna warf einen Radiergummi nach ihm, konnte sich ein Lächeln aber nicht verkneifen. »Deswegen habe ich nicht gefragt. Ich bin nur neugierig. Du siehst doch aus wie eine …« Sie nickte zum Bildschirm hinüber. Johannes folgte ihrem Blick.

»Ja, ich bin ganz schön aufgenuttet«, sagte er zufrieden. Dann trommelte er mit den Fingern auf die Tischplatte und wandte zögernd seinen Blick Anna zu, als müsste er erst überlegen, ob er sich die Mühe einer Erklärung machen wollte.

»In der Roten Maske gibt es keinen Sex«, sagte er dann. »Aber es gibt etliche Goths, die in der Gothic-Szene und im Fetischmilieu verkehren. Ich zum Beispiel.« Er musterte sie forschend.

»Der Club in der anderen Szene heißt Incognito, und da passiert zweimal im Monat etwas.« Er kratzte sich an der Augenbraue. »Und da vögeln wir. Es gibt Darkrooms, und die Gäste kommen in Lack und Leder. Hier kann man an der Wand aufgehängt werden und ein paar Peitschenhiebe abkriegen, wenn man will.«

Anna hob die Hand. »Ja, danke. Das reicht, Johannes.«

»Und prüde Hühner sind in der Fetischszene sehr beliebt. Wirklich sehr.« Johannes machte eine einladende Handbewegung. Anna warf eine Zeitschrift nach ihm, und Johannes wich aus, indem er mit dem Stuhl zurückrollte. Er grinste über das ganze Gesicht, und plötzlich musste auch Anna lachen. Mit Johannes war immer alles so leicht.

Die Harmonie zwischen ihnen zeigte nur dann Risse, wenn das Gespräch auf Lars Helland kam. Schon kurz nachdem sie Freunde geworden waren, hatte Anna Johannes gefragt, was eigentlich in Helland gefahren sei. Er war immer hektisch, sauer und unkonzentriert, fand sie. Zu ihrer großen Verblüffung hatte Johannes ehrlich überrascht gewirkt. Was sie eigentlich meine? Helland sei damals für ihn ein großartiger Betreuer gewesen, erklärte er, wirklich tadellos. Findest du ihn denn nicht unaufmerksam, zerstreut und nachlässig?, hatte sie gefragt. Aber das hatte Johannes überhaupt nicht gefunden.

Eines Tages hatten sie sich wegen Helland fast gestritten. Anna war die Bemerkung entschlüpft, dass sie Helland gern einen Streich spielen würde. Einfach das Nachschlagewerk verstecken, das er am häufigsten benutzte, oder ein kleines entscheidendes Rädchen aus seinem vom Carlsberg-Fonds finanzierten Stereomikroskop herausdrehen, das auf seinem Tisch stand und Millionen von Kronen wert war, nur eine kleine Schraube, die dafür sorgen würde, dass das Objekt niemals scharf würde oder dass die Objektröhren nicht richtig dem Abstand zu Hellands Augen angepasst werden könnten. Oder wie wäre es, seiner Tapete einen Schimmelpilz aufzupflanzen? Oder zwei Mäuse ins Bücherregal zu setzen? Etwas, das ihn stören würde, ohne ihm wirklich zu schaden. Johannes und sie machten gerade eine Teepause und redeten über einen Film, den sie beide gesehen hatten, sie hatten gelacht, aber als sie ihre Phantasie schilderte, war Johannes blass geworden.

»Das ist nicht komisch«, sagte er. »Warum sagst du das? Das ist überhaupt nicht komisch.«

»He, reg dich ab«, sagte Anna, augenblicklich verlegen, weil sie auf einmal mit ihrer offenbar unpassenden Phantasie allein war.

»Man soll andere Leute in Ruhe lassen«, murmelte Johannes.

»Das sollte doch nur ein Witz sein«, sagte Anna.

»So hat es sich aber nicht angehört«, sagte Johannes.

»Also, worüber reden wir hier eigentlich?«, fragte Anna und drehte verärgert ihren Stuhl zu Johannes um, der sich über seine Tastatur beugte. »Glaubst du wirklich allen Ernstes, ich wollte Helland etwas tun?«

»Nein, natürlich nicht.« Plötzlich hörte Johannes sich unsicher an.

»Ich begreife nicht, warum du ihn so energisch in Schutz nimmst«, sagte sie wütend.

»Und ich begreife nicht, warum du ihn immer kritisieren musst.« Jetzt sah Johannes sie neugierig an. »Ganz ehrlich, Anna, gib dem Mann doch eine reelle Chance.«

»Er ist gleichgültig«, sagte sie und konnte selbst hören, wie töricht das klang.

»Und deshalb verdient er einen Schimmelpilz unter seiner Tapete, wovon er Kopfschmerzen, Augenbrennen und Schleimhautreizung kriegen kann?«

»Das sollte doch ein Witz sein!«

Wieder musterte Johannes sie forschend.

»Warum schlägst du eigentlich manchmal dermaßen hart zu? Dieser Tonfall … der kann so scharf sein, als ob du mit Messern wirfst. Und Helland ist doch nicht so schlimm. In vielerlei Hinsicht ist er in Ordnung.«

Anna drehte sich zu ihrem Bildschirm um und hämmerte auf die Tasten. Sie kämpfte mit den Tränen. Johannes setzte Wasser auf und machte noch einen Tee.

»Hier, Schönste«, sagte er liebevoll und stellte eine Tasse auf ihren Tisch. Er versetzte ihr einen sanften Klaps.

»Das war doch nur ein Witz, okay?«, murmelte sie.

»Aber der war eben nicht witzig«, erwiderte er und ging zurück an seinen Schreibtisch.

Von nun an vermieden Johannes und Anna es, ihren gemeinsamen Betreuer zu erwähnen, und das, obwohl Helland Anna immer wunderlicher vorkam. Eines Abends, nachdem Anna Lily bei Cecilie abgeliefert hatte, fuhr sie zum Arbeiten ins Institut. Es dämmerte schon, und der Parkplatz hinter dem Gebäude war erfüllt von tanzenden blauen Schatten. Es duftete nach den Blättern des allerspätesten, ungeheuer kühlen Sommers. Einige Tauben pickten bei den Fahrradständern auf dem Boden herum und flatterten hoch, als Annas Rad Schlagseite bekam und umkippte. Johannes war, ärgerlicherweise, natürlich schon längst nach Hause gegangen.

Da tauchte Helland aus dem Dämmerlicht auf. Er stand mit dem Rücken zu ihr, ganz still, dort, wo eben noch die Vögel umhergetrippelt waren, und er ähnelte einer Wachspuppe. Helland achtete nicht auf die Vögel und drehte sich auch nicht um. In diesem Moment wurde sie von Unruhe erfasst und trat vorsichtig auf ihn zu. Das Licht war im Schwinden begriffen, und Anna bewegte sich in einem sanften Bogen und hoffte, dass er zumindest guten Abend sagen würde. Aber er drehte sich nicht um. Er stand nur mit dem Rücken zu ihr da und schien gar nichts zu tun. Anna hielt Ausschau nach seinem Auto, aber das war nirgendwo zu sehen. Dann suchte sie nach seinem Fahrrad, aber das konnte sie genauso wenig entdecken. Er hielt auch keine Wagenschlüssel in der Hand, hatte keine Tasche über der Schulter hängen und trug keine Jacke. Jetzt war sie in sein Blickfeld getreten und räusperte sich. Helland wandte den Kopf, sah sie mit leerem Blick an und öffnete den Mund, um etwas zu sagen, aber es kam nur ein Blubbergeräusch heraus, und in seinem Mundwinkel war ein wenig weißer Schaum zu sehen.

»Ist alles in Ordnung?«, rief Anna erschrocken.

»Gheh wäck«, murmelte er und schlug mit der Hand in die Luft. Er starrte sie wütend an, aber sein Schlag landete im Nichts, falls es Hellands Absicht gewesen war, sie zu verjagen.

»Gheh wäck«, nuschelte er noch einmal, diesmal ein wenig lauter, und ein Schaumtropfen löste sich von seinem Mundwinkel und verschwand in der Dunkelheit.

»Ich soll weggehen?«, fragte Anna.

Helland nickte. »Ja, geh weg«, sagte er dann deutlich.

Anna ging. Ihr Herz hämmerte auf dem ganzen Weg in den zweiten Stock, wo sie das Kopierzimmer aufschloss, das auf den Parkplatz hinausblickte. Sie stand vor dem dunklen Fenster und beobachtete Helland. Er blieb noch eine Weile stehen, schien von einem kalten Schauder durchfahren zu werden, wackelte mit dem Kopf, schüttelte dann zuerst das eine, dann das andere Bein und verschwand hinter der Ecke des großen Parkplatzes.

Am nächsten Tag beschloss sie, Johannes von dieser Episode zu erzählen, und der sah zuerst irritiert aus, da sie ihre stillschweigende Abmachung brach, nicht mehr über Helland zu diskutieren, dann gab er jedoch zu Annas großer Überraschung zu, dass auch er bemerkt hatte, dass es Helland nicht gerade gut ging. Johannes und Helland arbeiteten an einem auf Johannes' Diplomarbeit fußenden Artikel. Und wenn der letztendlich so erscheinen sollte, dann bewies Helland hierin tatsächlich nicht seine übliche fachliche Schärfe.

Plötzlich fragte Anna: »Und was ist eigentlich mit seinem Auge?«

Johannes blickte sie verständnislos an.

»Er hat etwas im Auge«, sagte Anna und zeigte auf ihren eigenen Augenwinkel. »Eine Art kleine harte Beule. Vielleicht ist er krank.«

Johannes zuckte mit den Schultern. Anna hatte nicht richtig sehen können, ob Helland wirklich etwas im Auge hatte, denn sie sah ihn ja immer nur dann, wenn er über den Gang eilte, immer mit einem Schweif Unruhe hinter sich, »Tachauch« durch die offene Tür der Studierzelle brüllte und im Fahrstuhl verschwand. Johannes beugte sich wieder über seine Tastatur, und Anna gab es auf, das Thema weiterzuverfolgen.

Anna war 1999 nach Kopenhagen gezogen, als sie einen Studienplatz für Biologie bekommen hatte. Jens, ihr Vater, wohnte damals schon dort, und er hatte ihr geholfen, die Wohnung in der Florsgade zu finden. Jens und Cecilie hatten sich scheiden lassen, als Anna acht war, und Anna war zusammen mit ihrer Mutter auf Fünen geblieben, im Dorf Brænderup, gleich am Stadtrand von Odense. Das Dorf bestand aus fünfzig Häusern, die Familien in den Häusern waren einander eng verbunden, und es war wirklich ein idealer Ort, um dort aufzuwachsen. Anna war sich jahrelang nicht sicher gewesen, wann genau ihre Eltern geschieden worden waren, denn Jens hatte sie immer wieder besucht wie ein hoffnungsvoller Verehrer. Anna wusste, dass die Frauen, mit denen Jens nach Cecilie zusammen gewesen war, sich darüber geärgert hatten. Nicht dass Jens und Anna besonders viel über ihre Gefühle redeten, aber er hatte einmal erwähnt, es verhalte sich genau so. Seine Freundinnen fanden es gar nicht lustig, dass er Weihnachten lieber zusammen mit Cecilie (und Anna) feiern wollte, dass er lieber mit Cecilie (und Anna) verreiste und niemals Cecilies Geburtstag vergaß (Annas dagegen hatte er nicht weniger als zweimal vergessen). Anna wusste, wie sehr ihr Vater sie liebte. Aber Cecilie betete er an. Das war für alle deutlich zu sehen.

Anna hatte einmal zu Karen gesagt, sie glaube, Eltern liebten einander mehr, als sie ihre Kinder liebten. Karen war Annas beste Freundin, und sie waren damals zehn Jahre alt gewesen. Sie hatten Höhle gespielt, und dann hatte Anna Karen gefragt, warum die Erwachsenen einander am liebsten hätten und danach erst ihre Kinder, und Karen hatte gesagt, das treffe jedenfalls nicht auf alle zu. Ihre Mutter hatte selbst gesagt, dass sie Karen mehr liebe als jeden anderen Menschen auf der Welt. Dass Erwachsene sich frei für- oder gegeneinander entscheiden könnten, aber dass sie Kinder die ganze Zeit liebten, ein Leben lang, und dass sie nie bereuten, diese Kinder bekommen zu haben. Die Mädchen hatten sich fast darüber gestritten, aber mittendrin hatte Jens aus der Küche gerufen, wo er Toast geröstet und Milch und Kakaopulver auf den Tisch gestellt hatte. Jens und Cecilie mussten damals schon geschieden gewesen ein, aber Jens war trotzdem da und stand in der Küche und las am Küchenfenster die Zeitung. Die Mädchen gingen zu ihm, und dann fragte Karen:

»Kannst du Cecilie wirklich besser leiden als Anna?«, und Jens ließ die Zeitung sinken und schaute überrascht auf. Anna war klein und dunkel, Karen hatte blonde Locken.

»Warum in aller Welt willst du das denn wissen?«, hatte seine Gegenfrage gelautet, und Anna war verlegen gewesen. Jens hatte das doch nicht hören sollen, Karen hatte es nicht weitersagen sollen. Anna starrte trotzig die Wachstuchdecke an. Sie wusste nicht mehr, was dann passiert war, nur dass sie an diesem Tag nicht mehr mit Karen spielen wollte und dass sie ihr die Briefmarke wieder wegnahm, die sie ihr geschenkt hatte, obwohl Karen sagte, das dürfe man nicht. Aber abends hatte Jens ihr etwas erzählt. Bei Annas Geburt hatte Cecilie schreckliche Probleme mit dem Rücken gehabt. Sie habe arge Schmerzen gelitten und oft ins Krankenhaus gemusst, erzählte Jens, und obwohl Anna nur drei Kilo gewogen habe, habe Cecilie sie nicht aufheben können. Darüber sei sie schrecklich traurig gewesen. Jens steckte die Decke unter Anna fest und küsste sie auf die Stirn. Und deshalb passe ich auf Cecilie auf, sagte er. Ganz besonders extra viel. Anna hatte genickt. Anna gab sich auch immer große Mühe, Dinge zu tun, über die Cecilie sich freute.

»Aber ich liebe dich mehr als jeden anderen Menschen, Anna«, hatte er dann gesagt und sie plötzlich mit ernstem Blick angesehen. »Das tun Eltern eben. Sonst stimmt etwas nicht.«

Am nächsten Tag hatte Anna Karen die Briefmarke dann doch gegeben. Und ein kleines Gummitier, das von selbst an einer Fensterscheibe herunterspazieren konnte.

Als Anna Jens im Frühjahr 2004 erzählte, dass sie von Thomas schwanger sei und dass sie dieses Kind bekommen wollten, fragte Jens:

»Wieso denn das?«

Sie saßen in einem Café in Odense und hatten eben einen ganz weichen Bademantel als Geburtstagsgeschenk für Cecilie gekauft. Jetzt tranken sie einen Kaffee, ehe sie nach Brænderup weiterfuhren, wo Cecilie sie mit dem Geburtstagsessen erwartete.

Anna schaute ihren Vater wütend an.

»Soll ich jetzt mit den Blumen und Bienen anfangen, oder wie viel weißt du überhaupt?«

»Aber ich dachte, es läuft nicht so gut mit dir und Thomas.«

»Es läuft besser.«

»Wie lange kennt ihr euch jetzt?«

»Fast ein Jahr.«

»Wie alt bist du?«

»Hast du vergessen, wie alt ich bin?«

»Sechsundzwanzig?«

»Siebenundzwanzig.«

»Und wie lange dauert dein Studium noch?«

»Drei Jahre.«

»Warum willst du also jetzt ein Kind haben?«, fragte er beharrlich. »Bei unserem letzten Treffen hast du mit dem Gedanken gespielt, mit Thomas Schluss zu machen, weil er … wie hast du das genannt … zu ichbezogen sei. Du warst dir nicht sicher, ob du ihn ertragen könntest. Weil er viel zu viel arbeitet. Hast du das vergessen?«

»Du kannst ihn nicht leiden.«

»Ich kenne ihn nicht besonders gut.«

»Aber das, was du kennst, kannst du nicht leiden.«

Jens seufzte.

»Ich kann ihn sehr wohl leiden, Anna. Er ist schon in Ordnung.« Sie schwiegen ein Weilchen. Anna biss die Zähne zusammen. Sie spürte ein Kribbeln in den Beinen und musste sich zusammenreißen, um nicht laut aufzuschreien. Da zog Jens sie an sich.

»Herzlichen Glückwunsch«, murmelte er in ihre Haare. »Herzlichen Glückwunsch, mein Schatz. Verzeih.«

Danach waren sie sofort in einen Laden gegangen und hatten für Jens' Enkelkind einen dunkelblauen Kinderwagen gekauft. Am Verdeck war ein dunkelblauer Regenschirm befestigt, mit dem Anna vorsichtig spielte, während Jens bezahlte. Der Wagen war auf der einen Seite ein wenig verschossen, da er im Schaufenster gestanden hatte, aber wenn sie einen neuen wollten, würden sie die Lieferzeit abwarten müssen. Jens wollte verdammt noch mal nicht warten, sagte er. Er sagte mindestens zehnmal »mein Enkelkind«, als sie im Laden waren. Die Verkäuferin schielte zu Annas Bauch hinüber, der flach war wie ein Brett. Anna musste lächeln. Als sie zu Cecilie nach Hause kamen, duftete es im ganzen Haus nach Lammbraten, und Cecilie stand auf dem Küchentisch und hängte gerade eine Girlande aus dänischen Fähnchen an das Fenster zum Garten. Jens schob den Kinderwagen in die Küche.

»Was ist das denn?«, fragte Cecilie.

»Wonach sieht's denn aus?«

»Ein Kinderwagen.«

»Voll ins Schwarze.«

»Ich bin in den Wechseljahren«, sagte Cecilie und spuckte die Stecknadeln aus ihrem Mundwinkel.

Jetzt fing Anna an zu lachen, und Jens drehte mit dem Kinderwagen eine Runde durch die Küche und rief Cecilie zu:

»Spring vom Küchentisch, Oma. Und fahr mit dem Rollator zum Kühlschrank und nimm deinen besten Champagner heraus. Du kannst mich von nun an mit ›hochverehrter Großvater‹ anreden.«

Da erst fiel der Groschen, und Annas Mutter sprang vom Küchentisch wie ein Rockstar und fiel Anna um den Hals. Erst eine halbe Stunde später, als sie am Esstisch saßen und die Champagnerflasche leer war – Anna hatte nichts getrunken und Jens und Cecilie waren großartiger Laune –, fragte Cecilie plötzlich:

»Wer ist der Vater?«

Anna spürte unter dem Tisch eine Bewegung und wusste, dass Jens versucht hatte, Cecilie einen Tritt zu versetzen. Anna wartete ein wenig und ließ ihren Blick zwischen den beiden hin und her wandern.

»Ihr bringt mich noch um«, sagte sie dann und ging auf ihr altes Zimmer, um fernzusehen. Am nächsten Morgen waren Jens und Cecilie zusammen im Internet unterwegs, als Anna aufstand.

»Ich ziehe nach Kopenhagen«, verkündete Cecilie fröhlich. Jens suchte ein wenig weiter, und Cecilie stand auf, um für Anna Rosinenbrötchen warm zu machen.

»Setz dich nur«, sagte sie. Cecilie stellte Butter, Milch und Käse auf den Tisch, dazu ihre selbstgemachte Marmelade und eine Gurke. Sie kochte frischen Tee und goss für Anna ein. Als sie die Teekanne auf den Tisch gestellt hatte, sah sie Anna an und sagte: »Verzeihung, ich habe dich gefragt, wer der Vater ist. Natürlich ist es Thomas. Ich hatte nur den Eindruck, dass es nicht so gut mit euch läuft. Dass es nur eine Frage der Zeit ist, bis …«

»Ja, aber da hast du dich eben geirrt«, fiel Anna ihr ins Wort.

Cecilie lächelte flüchtig.

»Ich mag ihn sehr gern«, sagte sie nachdrücklich.

Die Wahrheit war, dass die Sache mit Anna und Thomas den Bach hinunterging. Sie kannten sich seit einem Dreivierteljahr, und sie wohnten nicht zusammen. Das würde sich natürlich ändern, jetzt, wo sie Eltern werden würden. Sie hatten sich zufällig in einer Kneipe auf Vesterbro kennengelernt. Der sieht viel zu gut für mich aus, hatte sie gedacht, als sie ihn am Fenster zum Hinterhof sah, wo er mit verschränkten Armen stand, die Füße auf zehn vor zwei, einem überaus geraden Rücken und einer Zigarette in der Faust. Sein T-Shirt spannte ein bisschen, aber es war sicher schwer, dieser Versuchung zu widerstehen, wenn man einen so tollen Körper hatte, und den hatte er.

Nervbolzen, hatte Anna gedacht. Thomas war Arzt im Hvidovre Hospital, Mitte dreißig, und machte gerade seine Weiterbildung zum Facharzt. Er hatte kurzgeschorene und fast weiße Haare, feine, sommersprossige Haut und überaus lebendige Augen. Er ging kurz vor zwei nach Hause, so wie er gestanden hat, dachte Anna und sah zu, wie er die Kneipe verließ.

Zwei Tage später rief er an. Sie hatte ihren Namen genannt, und er hatte sie im Internet gefunden. Essen? Okay. Von da an waren sie zusammen.

Die Sache ging von Anfang an schief. Anna konnte noch immer nicht so ganz begreifen, was passiert war, aber es war Tatsache, dass sie in ihrem ganzen Leben noch nie so durch und durch unglücklich gewesen war. Wie es sein konnte, dass sie zugleich bis über beide Ohren verliebt war, verlor sich im Ungewissen. Damals. Er liebe sie, sagte Thomas. Aber das glaubte sie nicht. Du leidest an leichter Paranoia, sagte er lachend. Im Gegenzug liebte Anna ihn, deshalb trieb diese Situation sie in den Wahnsinn. Je mehr sie in seiner diffusen Aufmerksamkeit herumtappte, umso mehr liebte sie ihn. Im November, ungefähr ein halbes Jahr nachdem sie sich kennengelernt hatten, begriff sie überhaupt nicht mehr, was da lief. Sie hatte keine Ahnung, ob sie ein Paar waren oder ob sie kein Paar waren, ob er sie liebte (wie er behauptete) oder ob er sie nicht liebte (worauf sein Verhalten hinwies. Er kam Stunden zu spät, rief nicht an, ließ sich nicht sehen). Sie hatte keine Ahnung, ob sie eine Zukunft hatten, sie ahnte nicht, wo er war, warum er etwas sagte, etwas tat, warum sie manchmal mit ihm und seinen Freunden durch die Kneipen ziehen durfte und manchmal nicht – aber wieso willst du denn unbedingt mitkommen? Darauf konnte sie ihm keine Antwort geben. Sie wollte nur einfach gern dabei sein.

Thomas bat sie, ein wenig lockerzulassen. Mach jetzt nicht das kaputt, was gut ist, sagte er. Sie versuchte es, aber das funktionierte nicht. Thomas war Annas Eltern nur einige wenige Male begegnet, und keines dieser Treffen war besonders angenehm verlaufen. Im Frühling genehmigte Thomas sich eine Denkpause, die zwei Wochen dauerte. Ich liebe dich, Anna, daran darfst du nicht zweifeln, ich kann diese ewigen Streitereien nur nicht mehr ertragen, hatte er gesagt und sie gereizt gemustert. Er sei nach einem nächtlichen Streit, den Anna vom Zaun gebrochen hatte, so erschöpft gewesen, dass er einem Patienten fast das falsche Medikament gegeben hätte. In den zwei Wochen, in denen sie sich nicht trafen, machte Anna einen Schwangerschaftstest.

»Na, aber jetzt kriegen wir ja ein Kind«, sagte er und lächelte, als sie sich wieder trafen. Anna starrte ihn an.

»Freust du dich?«

»Ich hätte mir einen anderen Zeitpunkt ausgesucht«, sagte er.

Sie zogen kurz vor Lilys Geburt zusammen. Das war jetzt drei Jahre her.

In der Verlängerung des Biologischen Instituts thronte das Zoologische Museum wie eine dekorierte Fähre hoch über den restlichen Gebäuden. Die beiden oberen Stockwerke enthielten den für das Publikum zugänglichen Teil, während im restlichen Haus Labors und Büros symmetrisch um einen feuersicheren Kern verteilt waren, wo sich die Sammlungen von Insekten, Weichtieren und Wirbeltieren befanden, von dänischen Wissenschaftlern gesammelt, bestimmt und über ein Jahrhundert hinweg aufbewahrt. Im dritten Stock lag der Vertebratensaal mit seiner gigantischen Sammlung von Wirbeltieren, darunter folgten zwei Invertebratenabteilungen mit wirbellosen Tieren, und ganz unten lag der Walkeller, wo unter anderem ein präparierter Bartenwal aufgestellt war.

Annas externer Betreuer hieß Erik Tybjerg, war Wirbeltiermorphologe mit dem Fachgebiet »Die Entwicklung des Gaumens bei Vögeln« und das genaue Gegenteil von Helland. Er hatte braune, schüttere Haare, dunkle Augen, einen kleinen, adretten Körper, und beim Forschen trug er eine so dicke Brille, dass Anna lächeln musste, denn es sah aus, als hätte er sich als sich selbst verkleidet. Tybjerg war schüchtern und überaus seriös. Er sagte niemals ihre Besprechungen ab und war dabei immer gut vorbereitet, hatte die Bücher herausgesucht, die beim vorigen Mal zur Sprache gekommen waren, oder irgendeinen Artikel kopiert, der ihm zum Thema eingefallen war. Er redete im Stakkato, hatte ihr anfangs nur mit Mühe in die Augen schauen können, brauchte beeindruckende Mengen Zucker für seinen kohlschwarzen Tee und schloss sich wie eine Auster, wenn Anna ein seltenes Mal versuchte, ihm fachlich irrelevante Informationen zu entlocken.

Es war Tybjerg, der Anna zum ersten Mal in die Wirbeltiersammlung begleitet hatte.

»Man kann über Knochen nichts lernen, wenn man in Bücher glotzt«, sagte er, als sie über den Flur zur Sammlung gingen. »Und man darf niemals«, fügte er hinzu und musterte Anna mit einem strengen Blick, »von Fotos oder Bildern aus Schlüsse über Knochen ziehen, niemals.« Tybjerg schloss das Magazin auf und verschwand zwischen den Reihen von Schränken. Anna blieb für einen Moment stehen, überwältigt von dem ungewohnten Geruch präparierter Tiere, ehe sie sich weiter in den Saal hineinwagte. Dort war es nicht dunkel und nicht hell, es war wie auf einer vor Junkies geschützten Toilette, wo man vielleicht gerade noch das Toilettenpapier finden kann, aber bestimmt keine Vene im Arm.

Die Wirbeltiersammlung bestand aus einem großen Saal, der von einigen wenigen Schränken mit Glastüren unterteilt war, in denen die ausgestopften Tiere ausgestellt waren, und aus Schränken voller Schubladen, gefüllt mit Schachteln und Kästen in unterschiedlicher Größe, die gesäuberte und abgekochte Knochen enthielten. Tybjerg schien sich wie zu Hause zu fühlen, er marschierte zwischen den Schrankreihen herum und blieb in der Mitte des Saales stehen.

»Hier haben wir die Vögel«, sagte er zufrieden. Die Sauggeräte summten, und es stank, Anna schaute in die Schränke, wo ausgestopfte Vögel über ausgestopfte Vögel in Reih und Glied standen. Strauße und Dronten und alle Sorten von Sperlingen. Tybjerg bewegte sich durch einen Gang nach links und verschwand dann um die Ecke.

»Dieser Ort ist heilig«, sagte er irgendwo in der Dunkelheit, und Anna konnte hören, wie er mit den Glastüren klapperte. Sie trat dicht an einen Schrank heran, presste die Nase an die Glasscheibe und versuchte zu sehen, was für ein Vogel sich auf der anderen Seite des Glases befand. Er war groß und braun mit üppigem Schwanzgefieder. Er hatte die Flügel gespreizt, als ob er im Moment seines Todes zum Starten oder Landen angesetzt hätte, und Anna entdeckte eine ausgestopfte Maus, die illustrativ in seinem Schnabel platziert war. Die Flügelspanne betrug fast zwei Meter, und der Vogel ließ alle anderen Vögel im Schrank aussehen wie verängstigte Küken.

»Ein Königsadler«, sagte Tybjerg, und Anna fuhr zusammen. Er war um die Schränke herumgegangen und unbemerkt hinter sie getreten, mit zwei länglichen Kästen unter den Armen. Sie streckte die Hand aus und stützte sich auf einen Schrank.

»Fass das Glas lieber nicht an«, sagte er. »Das ist echtes Kristall. Deshalb ist es so ausgebeult.«

»Warum muss es hier so dunkel sein?«, fragte Anna.

»Komm«, sagte er und ignorierte die Frage. Anna ging hinterher, und als sie wieder auf dem Gang standen, merkte sie, dass ihre Knie zitterten.

»Jetzt wollen wir doch mal sehen«, sagte Tybjerg und nahm an einem Tisch unter einem Fenster Platz. »Das hier ist eine *Rhea americana.*« Er hob vorsichtig einen Vogelschädel aus der Schachtel.

»Das ist ein sekundärer flugloser Vogel, und deshalb hat er ein Skelett, das in vieler Hinsicht an das des Raubdinosauriers erinnert, weshalb es ein gutes Skelett zum Üben ist. Über die Knochen der Fluglosen kann man sich leichter einen Überblick verschaffen«, erklärte er, »denn bei fliegenden Vögeln verschmilzt alles miteinander. Die Knochen bei den sekundär Fluglosen erinnern dagegen durchaus an die der primitiven Vögel. Komm, jetzt gehen wir sie zusammen durch.« Anna setzte sich und sah zu, wie Tybjerg alle losen Teile aus der Schachtel nahm und auf den Tisch legte. Ein Vogelbausatz. Er legte die Knochen paarweise zusammen, und

Anna musterte ihn neugierig. Sie hatte keine Ahnung, was oben und unten war, aber sie registrierte die behutsamen Bewegungen seiner Hände.

Sie saßen fast zwei Stunden an diesem Fenster. Anna setzte das Skelett zusammen, nachdem er es ihr zweimal vorgeführt hatte. Sie müsse sich mit den vielen Reduktionen und Anpassungen des Vogelskeletts vertraut machen, um den Kontroversen folgen zu können, betonte Tybjerg. Die Forscher, die sich noch immer der Erkenntnis verschlossen, dass Vögel heute lebende Dinosaurier sind, waren ausschließlich Vogelexperten, und ihre Galionsfigur war der bekannte Ornithologe Clive Freeman, ob Anna je von ihm gehört habe? Anna nickte. Clive Freeman war Professor der Ornithologie bei der Abteilung für die Evolution der Vögel, Paläobiologie und Systematik an der University of British Columbia, und er hatte mehrere große Standardwerke über Vögel veröffentlicht.

»Er ist ein sehr tüchtiger Ornithologe«, betonte Tybjerg. »Er beherrscht sein Metier wirklich. Und wenn du ein Bein auf die Erde bekommen und dir Hoffnung machen willst, seine Argumentation platzen zu lassen, dann musst du dich mit den Bereichen der Vogelanatomie und -physiognomie vertraut machen, auf die Freeman sich immer wieder bezieht und auf denen er seine vollkommen absurde Überzeugung aufbaut, dass Vögel keine Dinosaurier sind.« Tybjerg schaute vor sich hin. Clive Freeman und seine wissenschaftlichen Anhänger hätten keine wissenschaftliche Grundlage für ihre Behauptungen, sagte er dann, denn unterstützt von Fossilien und den anerkannten systematischen Methoden, bestätige alles die enge Verwandtschaft zwischen Vögeln und Dinosauriern.

»Trotzdem machen sie weiter«, Tybjerg erwiderte Annas Blick und kniff die Augen zusammen. »Warum?«

Anna saß vor den Coracoiden und versuchte zu durchschauen, welcher Teil ins Brustbein passte, und Tybjerg schien ihre Entscheidung gutzuheißen, denn jetzt reichte er ihr die Scapula. Als er ihr den Knochen gab, schaute er sie eindringlich an.

»Zweihundertsechsundachtzig Apomorphien.«

»Verzeihung?«

»Zweihundertsechsundachtzig Apomorphien, auf die sie pfeifen.« Anna schluckte. Was war noch gleich eine Apomorphie? Tybjerg drehte einen kleinen spitzen Knochen zwischen seinen Fingern.

»Du musst alle ihre und alle unsere Argumente durchgehen«, sagte er dann. »Die stellst du gegeneinander auf. Ein für alle Mal. Und dann hauen wir ihn gemeinsam vom Stängel.« Diese Redensart hörte sich in Tybjergs Mund so seltsam an, dass Anna aus dem Fenster heraus in den Universitätspark schaute.

»Wir drucken ein kleines Buch«, fügte er hinzu. »Eine Art Manifest. Die endgültige Beweisführung.« Er schaute triumphierend vor sich hin.

Anna erhob sich zum Gehen, aber plötzlich sagte Tybjerg: »Ach, übrigens«, und schob einen Schlüssel über den Tisch, der aus seinem Ärmel gerutscht zu sein schien. Anna griff danach, und Tybjerg sagte, ohne sie anzusehen: »Ich hab dir *keinen* A-Schlüssel gegeben.«

Anna steckte rasch den Schlüssel in die Tasche. »Nein, das hast du auf gar keinen Fall.«

Tybjerg hatte ihr einen Schlüssel anvertraut, der für Studierende normalerweise verboten war. Jetzt konnte sie alle Türen öffnen.

Als Anna das Museum verließ, war ihre Neugier geweckt. Sie erkundigte sich bei Johannes nach Tybjerg.

»Viele können ihn nicht leiden«, sagte Johannes spontan.

»Warum nicht?« Anna war sichtlich überrascht. Johannes schien seine Bemerkung nun zu bereuen.

»Ich bin eigentlich nicht so sehr für Klatsch«, sagte er dann.

»Verdammt, Johannes, hör auf«, rief Anna. Johannes überlegte.

»Na gut«, sagte er. »Aber ich mach es kurz. Tybjerg gilt als wahnsinnig tüchtiger Forscher. Schon als Schuljunge wurde er vom Museum angeheuert, um die Sammlungen in Schuss zu halten, ihm scheint einfach alles im Gedächtnis haften zu bleiben. Aber er ist sozial unfähig und ziemlich unbeliebt. Tybjerg und Helland haben jahrelang eine Art Team gebildet …« Er rümpfte die Nase. »Als er jünger war, hat er Studenten im Grundstudium unterrichtet. Ich hatte ihn sogar selbst. Aber es gab immer Klagen über ihn.«

»Warum?«

»Er kann nicht unterrichten«, sagte Johannes.

»Seltsam«, sagte Anna. »Ich habe den ganzen Nachmittag mit ihm zusammengesessen und finde, dass er sehr gut erklärt.«

»Nicht vor einer größeren Gruppe. Er wird nervös, und dann predigt er. Als ob er lange verwickelte Schriften vorläse, die er auswendig kann. Ich glaube wirklich, dass er ein bisschen verrückt ist, so richtig, meine ich. Der einzige Grund, warum sie ihn hier behalten, ist, dass er alles über die Wirbeltiersammlung weiß. Mehr als irgendwer sonst auf der Welt. Es ist so, als hättest du einen Autisten über eine riesige Schallplattensammlung gesetzt. Er weiß, wo alles ist und wie alles heißt. Aber sie würden nie auf die Idee kommen, ihm eine feste Anstellung zu geben. Man muss doch unterrichten können, wenn man an der Universität von Kopenhagen angestellt ist.« Er hielt inne und fügte dann hinzu: »Tybjerg ist also mehr als nur ein gewöhnlicher Sonderling.«

Anna legte den Kopf auf ihre Tastatur.

»Da hab ich doch das große Los gezogen, was?«

»Wie meinst du das?«

»Einer meiner Betreuer taugt nichts, und der andere ist verrückt.«

»Fang jetzt nicht schon wieder an«, sagte Johannes. »Das hatten wir schon oft genug. An Helland ist nichts auszusetzen.«

»Ich sag's ja nur.«

»Ja, und würdest du das bitte lassen?«

Anfangs waren alle Wörter und alle wissenschaftlichen Positionen in der Kontroverse über den Ursprung der Vögel glatt und hart wie Steine. Anna hatte akzeptiert, dass sie zunächst Hellands und Tybjergs wissenschaftliche Positionen übernehmen musste, um überhaupt das enorme Netzwerk aus fachlichen Implikationen zu durchschauen und sich mit der Zeit eine eigene Meinung bilden zu können. Aber wenn sie ganz ehrlich war, dann leuchtete ihr nicht ein, warum Helland und Tybjerg recht hatten, während Clive Freeman, so Helland und Tybjerg, sich im Unrecht befand.

»Der Vogel ist ein heute lebender Dinosaurier«, schrieb sie auf einen Zettel, gefolgt von: »Vögel sind direkte Nachkommen der

Dinosaurier.« Dann zeichnete sie zwei Mondgesichter, die eine vage Ähnlichkeit mit Helland und Tybjerg hatten, und hängte sie an die Wand. Danach nahm sie noch einen Zettel, verzierte ihn mit einem weiteren Mondgesicht, das Clive Freeman darstellen sollte, und schrieb daneben: »Der Vogel ist kein heute lebender Dinosaurier«, gefolgt von: »Moderne Vögel und ausgestorbene Dinosaurier stellen Schwestergruppen dar und sind nur durch eine gemeinsame Stammform miteinander verbunden …« Wie hieß diese Stammform denn noch gleich? Sie schlug nach, schrieb »Archosaurier« auf ihren Zettel und hängte ihn ebenfalls an die Wand.

»Ein Archosaurier ist ein diapsides Reptil«, wiederholte sie und schloss gereizt die Augen. Was bedeutete nun wieder »diapsid«? Sie schlug auch dieses Wort nach. Es bedeutete, dass der Schädel zwei Schädelfenster aufwies. Anders als Synapsiden und Anapsiden, bei denen … Sie biss sich auf die Lippe. Und was genau war wohl ein Schädelfenster? Sie schlug es nach. Die Öffnung im hintersten Teil des Kraniums zur Erweiterung und Befestigung der Kiefermuskeln. Man unterschied zwischen infratemporalen und supratemporalen Schädelfenstern – was mochte das nun wieder heißen? Anna schlug nach.

So vergingen die Tage blitzschnell, und sie konnte spüren, wie ihre Frustration wuchs. Sie musste eine Abschlussarbeit schreiben, keinen Besinnungsaufsatz. Natürlich sollte sie darin etwas Neues liefern und nicht einfach eine Kontroverse zusammenfassen, indem sie aus Artikeln abschrieb. Sie versuchte, Cecilie zu erklären, dass sie drei Tage gebraucht habe, um vier Seiten zu lesen, und Cecilie starrte sie an, als wäre sie soeben vom Mars gefallen. Aber es stimmte. Jedes Wort war fremd, und jedes Mal, wenn sie es zu fassen versuchte, stellten sich weitere Fremdwörter ein, und am Ende hatte sie so viele Begriffe in so vielen Büchern nachgeschlagen, dass sie sich kaum noch erinnern konnte, was sie zuallererst nicht verstanden hatte. Die Wörter waren niemals deckungsgleich, denn in ihnen wohnten die kompliziertesten Prozesse der Natur, die mit Begriffen bezeichnet wurde, die Anna im Grundstudium zwar zweifellos gelernt hatte, sich an die meisten davon aber nicht erinnern konnte. Als ein Monat vergangen war, hatte ihre Frustration sich zu entschiedener Angst entwickelt. War sie dumm? Tatsache war, dass sie peinlich wenig von der Kontroverse begriff, die offenbar sowohl Helland als auch Tybjerg in Rage brachte.

In einem Anfall von Verzweiflung las sie Clive Freemans Werk *Die Vögel* von vorn bis hinten. Tybjerg hatte dieses Buch mehrere Male erwähnt und trocken gesagt, dass Anna, wenn sie dieses Buch in Fetzen reißen könnte, fürs Examen reif wäre. Anna hatte das Buch seit vielen Wochen auf dem Schreibtisch liegen, und jeden Tag, wenn sie nach Hause ging, steckte sie es in ihre Tasche, in der Absicht, es zu lesen, und jeden Abend schaffte sie sieben Zeilen, dann schlief sie ein. Jetzt führte kein Weg mehr daran vorbei. Blitzartig belebt von dem Gedanken, dass der Groschen fallen würde, wenn sie das Buch erst gelesen hätte, machte sie sich darüber her.

Freemans Buch war ein Meisterwerk. Es wimmelte darin von wunderbaren Farbbildern und Illustrationen, und egal, was Anna auch las, immer argumentierte Freeman gelassen und nüchtern, belegte seine Ansichten mit wohlerwogenen fachlichen Schlussfolgerungen, zog Literatur heran und ließ den Zweifel dort den Sieg davontragen, wo weiterhin das eine oder andere geklärt werden musste. Wenn Helland und vor allem Tybjerg nicht so überzeugend betont hätten, dass Freeman sich irrte, hätte Anna Freemans Schwestergruppentheorie augenblicklich akzeptiert. Freeman war zweifellos ein Mann, der wusste, wovon er redete, und diesen Mann sollte sie also *ein für alle Mal vom Stängel hauen*. Als sie *Die Vögel* zu Ende gelesen hatte, hatte sie zweiundachtzig Seiten mit handgeschriebenen Notizen gefüllt und war so schlau wie zuvor, hatte im Gegenzug aber wirkliche Angst vor der Aufgabe, der sie hier gegenüberstand. Mit *Die Vögel* im Arm und hämmerndem Herzen fand sie sich bei Tybjerg zur Beichte ein.

Tybjerg erwartete sie in der Kantine des Zoologischen Museums. Noch ehe Anna auf dem Stuhl vor ihm Platz genommen hatte, brach ihr ganzes Durcheinander auch schon aus ihr heraus.

»Tybjerg, ich kann einfach nicht kapieren, wieso Freeman mit seiner wissenschaftlichen Position nicht recht haben soll … Ich finde seine Argumentation überzeugend.«

Tybjerg spitzte den Mund.

»Ja, aber du hast zu wenig gelesen«, sagte er neutral.

»Ich habe drei Wochen gebraucht, um *Die Vögel* zu lesen«, wandte Anna verzweifelt ein.

»Wozu um alles in der Welt hast du das denn gelesen? Du kannst darin blättern. Das ist mehr als genug.« Tybjerg nahm ihr das Buch aus den Händen. »Dieses Buch vermischt die Disziplinen, das ist alles.« Er ließ die Blätter eilig zwischen Daumen und Zeigefinger durchlaufen. Dann deutete er ein Lächeln an. »Aber ich kann gut verstehen, wenn du es ein wenig unübersichtlich findest. Freeman wirkt überzeugend, weil er selbst überzeugt ist. Solche Leute sind immer die schlimmsten.« Tybjerg legte das Buch vor Anna hin und sah für einen kurzen Moment aus, als schmiedete er einen Plan.

»Vergiss dieses Buch«, sagt er dann. »Lies stattdessen mindestens fünfzehn Artikel von Leuten, die auf dem Standpunkt stehen, dass Vögel heute lebende Dinosaurier sind, und dann fünfzehn Artikel von Leuten, die das Gegenteil vertreten. Dann wird dir das Ganze schon klar werden. Und lass bis auf weiteres die Finger von Büchern. Es gibt viele gute, und zu denen kannst du dann zurückkehren, aber das hier«, Tybjerg knallte *Die Vögel* auf die Tischplatte, »ist nichts anderes als geschminkte Propaganda.«

Anna atmete kurz durch die Nase aus.

»Und noch ein Letztes«, fügte Tybjerg hinzu und musterte sie einen Moment lang mit scharfem Blick. »Du wirst einfach davon ausgehen müssen, dass ich recht habe. Du wirst auch davon überzeugt werden, aber bis du das bist, musst du mir meine Position einfach abkaufen. Sonst wirst du schlicht ertrinken.«

Tybjerg machte Miene, die Besprechung zu beenden, und Anna nickte.

Anna verbrachte die nächsten drei Tage damit, die Datenbanken in der Bibliothek der Natur- und Gesundheitswissenschaften in der Nørre Allé zu durchsuchen. Die ganze Zeit hielt sie sich vor Augen, dass Tybjerg recht hatte.

Der erste Tag war eine Wüstenwanderung. Es gab tonnenweise Artikel dafür und dagegen, aber sie fand noch immer nichts, das sie von Hellands und Tybjergs Argumenten mehr überzeugt hätte als von denen Clive Freemans. Erst am zweiten Tag passierte etwas. Sie hatte inzwischen etwa vierzig Artikel gefunden, kopiert und vor sich auf dem Tisch verteilt, sie wollte sich gerade wieder von Frustration überwältigen lassen, als ein winziges Lichtfünkchen die Finsternis durchbrach.

Falls Tybjerg recht hatte, falls es wirklich zutraf, dass die Verwandtschaft von Vögeln und Dinosauriern so gut belegt war, wie Tybjerg und Helland und … sie zählte rasch die Artikel … an die zwei Dutzend andere Wirbeltierforscher aus aller Welt übereinstimmend behaupteten, dann musste das doch bedeuten, dass ihre wissenschaftliche Position die am besten fundierte zu diesem Zeitpunkt war. Davon war Tybjerg schließlich überzeugt, und wenn das zutraf, ja, dann war es schon seltsam, wie wohlrenommierte Zeitschriften wie *Nature*, *Science* und vor allem *Scientific Today*, die von ihrer wissenschaftlichen Glaubwürdigkeit lebten, der Kontroverse weiterhin Spaltenplatz einräumten. Anna musste noch immer davon überzeugt werden, dass es eben so war, aber schlagartig wurde das weniger wichtig. Die Situation wäre eine andere gewesen, wenn auch nur ein kleiner Rest von Zweifel bestanden hätte. Wenn die Vögel *vielleicht* Dinosaurier gewesen waren, wenn es noch immer an fossilen Zeugnissen fehlte, was, das wusste Anna jetzt, in den siebziger und achtziger Jahren noch der Fall gewesen war, oder wenn im Jahr 2000 der gefiederte *Sinosauropteryx* oder 2005 der gefiederte Dinosaurier nicht gefunden worden wären. Aber es gab doch Unmengen von Fossilien, die gefiederten Dinosaurier waren Wirklichkeit, und aus allen Artikeln, die für die enge Verwandtschaft von Vögeln und Dinosauriern plädierten, ging hervor, dass die Autoren davon überzeugt waren, es handelte sich bei Vögeln um Dinosaurier. *Vollkommen* überzeugt.

Anna starrte vor sich hin.

Tybjerg hatte erzählt, dass die Artikelauswahl einer wissenschaftlichen Zeitung in der Regel von fünf Redakteuren mit wissenschaftlichem Hintergrund getroffen wird, was streng genommen bedeutete, dass nur circa fünfzehn Menschen über den Inhalt der drei führenden wissenschaftlichen Zeitschriften *Nature*, *Science* und *Scientific Today* entschieden. Sie entschieden souverän darüber, welche wissenschaftlichen Themen an die Öffentlichkeit gelangen sollten. Fünfzehn Menschen. Das sind nicht viele, überlegte Anna, und um eine korrupte Verteilung bestimmter Themen und Forschungsgebiete zu vermeiden, mussten diese fünfzehn Menschen ihre Aufgabe sehr ernst nehmen, sodass die Artikel in den Zeitschriften der tatsächlichen Forschung draußen in der Welt entsprachen. Und hier stimmte etwas nicht. Obwohl die Fachwelt sich darüber einig war, dass Vögel heute lebende Dinosaurier sind, konnte Anna in fast jeder zweiten Zeitschrift neue Beiträge zur Debatte über den Ursprung der Vögel finden. Anna spürte, wie die Erregung sich in ihrem Körper ausbreitete. Blitzschnell sortierte sie die Artikel in zwei Hälften, danach markierte sie die Namen der Autoren gelb und ließ sich zufrieden zurücksinken. In dem Haufen, der die Verwandtschaft der Vögel mit den Dinosauriern unterstützte, lagen vierundzwanzig eindeutige Artikel, in dem, der nicht glaubte, es handele sich bei den Vögeln um heute lebende Dinosaurier, dreiundzwanzig. Erik Tybjerg und Lars Helland standen zusammen für fünf Artikel in dem einen Stapel, die restlichen neunzehn stammten von Wirbeltierforschern an Universitäten überall auf der Welt, es herrschte also eine ziemlich homogene Verteilung.

Dann ging sie den Stapel mit den restlichen dreiundzwanzig Artikeln durch. Diese stammten von insgesamt drei Autoren. Clive Freeman, Michael Kramer und Xian Chien Lu. Und Clive Freeman und Michael Kramer zeichneten für neunzehn von dreiundzwanzig Artikeln verantwortlich. Anna stand auf und ging hinüber zu einem Computer mit Internetzugang. Zuerst suchte sie nach Xian Chien Lu und konnte feststellen, dass dieser chinesische Paläontologe ein Jahr zuvor verstorben war. Blieben also nur noch Clive Freeman und Michael Kramer. Anna brauchte acht Klicks, um in Erfahrung zu bringen, dass Michael Kramer sich im März 1992 als Doktorand an der Abteilung für Evolution der Vögel, Paläobiologie und Systematik der University of British Columbia immatrikuliert hatte, ihm 1993 ein Doktorandenstipendium gewährt worden war und er im Jahr 2000 sein Studium an diesem Institut mit einer Dissertation abgeschlossen hatte. Danach wurde er dort im Juni desselben Jahres als Juniorprofessor angestellt. Annas Augen überflogen seinen Lebenslauf, und hier fand sie das Gesuchte: Betreuer bei Studium und Dissertation war Professor Clive Freeman gewesen, interner Supervisor bei der Disputation war Professor Clive Freeman, Seniorprofessor der Abteilung für Evolution der Vögel, Paläobiologie und Systematik war Clive Freeman. Zum ersten Mal seit Beginn ihrer Arbeit an dieser Abhandlung hatte Anna das Gefühl, dass sich ein Weg auftat.

Anna hatte soeben ihre Jacke ausgezogen und den Computer eingeschaltet, als sie die Ohren spitzte. Sie kannte sämtliche Geräusche der Abteilung. Das Aussaugen, das verstummte, den Stinkalarm, der bisweilen ausgelöst wurde, die Montags-, Dienstags- und Donnerstagsgeräusche der Studierenden, die Übungen hatten, die Laute von Hellands eiligen Füßen, von Johannes' schleichenden Schritten, von Svend und Elisabeth, den beiden anderen Professoren der Abteilung, die weiche Gummisohlen beziehungsweise klappernde Absätze hatten. Aber das Geräusch, das Anna jetzt wahrnahm, gehörte nicht hierher.

Jemand lief und hielt inne, und dann hörte sie plötzlich, wie Johannes halb erstickt nach Elisabeth rief, und dann waren wieder rennende Füße zu hören, gefolgt von Elisabeths und Svends Stimme. Anna schob ihren Schreibtischstuhl zurück und steckte neugierig den Kopf durch die Tür. Vor Svends Labor stand Johannes und fuchtelte mit den Armen.

»Er liegt da drinnen ... ich glaube, er ist tot. Er sieht so schrecklich aus. Sie sind schon unterwegs, der Krankenwagen, sie haben gesagt, sofort, sie haben gesagt, ich darf nicht weggehen, aber ich kann ihn nicht ansehen. Die Zunge ... da ist seine Zunge.«

Anna trat auf den Gang hinaus und ging auf das Trio zu, das davonstürzte, als sie es gerade erreicht hatte. Jetzt rannten alle. Auch Anna nahm die Beine in die Hand, und zehn Sekunden später blieben sie vor Hellands offener Tür stehen.

Für einen Moment waren alle wie gelähmt. In seinem Deckstuhl lag Helland. Wie immer mit seiner grauen Hose, die Anna fünf Minuten zuvor im Vorüberschleichen durch den Türspalt gesehen hatte, er war tief in den Stuhl gesunken, die Arme hingen zu beiden Seiten starr nach unten, und seine Augen waren weit aufgerissen. Auf seinem Schoß lag seine letzte Lektüre, Annas Diplomarbeit. Sie war mit Blut verschmiert. Dann fiel Annas Blick auf die Zunge.

Die lag auf seinem Brustkorb. Am einen Ende ähnelte sie einer ganz normalen rauen, fleischfarbenen Zunge, am anderen einem blutigen, abgehackten Glied, länglich und faserig wie ein unbehandeltes Stück Braten. Johannes stand hinter ihnen und jammerte. Anna, Elisabeth und Svend reagierten simultan, indem sie auf den Flur zurückwichen.

»Oh Scheiße!«

Sie hätten sich wegen ihres Artikels treffen wollen, stammelte Johannes, während seine Hände und sein Blick umherirrten. Ich war zum verabredeten Zeitpunkt hier, sagte er. Niemand hatte aufgemacht, er hatte die Tür aufgeschoben, und dort hatte er gelegen, geröchelt, seine Zunge war ihm aus dem Mund gefallen. Es hatte so ausgesehen, als ob sie gerade in diesem Moment Hellands Körper verlassen habe und auf seine Brust gefallen sei. Johannes hatte ihn gepackt, von Hellands Augen war nur das Weiße zu sehen gewesen, und dann war Johannes in Panik geraten, hatte ihn losgelassen und war ins hinterste Büro gelaufen, um 112 anzurufen. Svend ging auf die Toilette, die Hellands Büro genau gegenüber lag, und erbrach sich.

»Wir müssen reingehen«, sagte Anna. »Angenommen, er lebt noch. Angenommen, er ist nicht tot. Wir müssen ihm helfen.«

»Ich gehe rein«, sagte Elisabeth entschlossen.

»Wir dürfen nichts anfassen«, rief Johannes. »Das haben sie gesagt!«

»Keine Panik, Johannes«, sagte Anna. Ihr wurde schwindelig. Svend kam mit kreideweißem Gesicht aus der Toilette. Plötzlich hörten sie die Sirenen des Krankenwagens.

»Zum Teufel«, sagte Svend und rieb sich das Auge mit der Handfläche.

Jetzt war der Krankenwagen schon in nächster Nähe, und kurz danach hörten sie auf der Treppe polternde Schritte. Zwei uniformierte Polizisten und ein Arzt tauchten auf, der Arzt verschwand sofort in Hellands Büro, dreißig Sekunden darauf trafen zwei weitere Polizisten ein. Einer von ihnen ging ebenfalls in Hellands Büro, die anderen versuchten, sich einen Überblick zu verschaffen. Auf die Frage, was geschehen sei, redeten Svend und Elisabeth wild durcheinander drauflos. Den Blick gesenkt, starrte

Anna einen Knopf an, der auf dem Linoleumboden lag. Elisabeth und Svend verschwanden mit einem der Polizisten weiter hinten auf dem Gang. Anna starrte den Knopf an, und eine warme Stelle an ihrem Kopf sagte ihr, dass Johannes sie musterte.

»Na, wir sollten wohl auch ein wenig miteinander reden«, sagte einer von den Polizisten zu Anna und Johannes. Sie sprachen fünf Minuten. Johannes wiederholte, was er bereits gesagt hatte, und Anna sagte, wer sie sei, dass sie im Vorübergehen durch die Türöffnung Hellands Hosenbein gesehen habe, sie aus dem Büro aufgebrachte Stimmen gehört habe, nein, sie habe nicht gehört, was gesagt worden sei. Johannes schaute sie die ganze Zeit an. Anna streckte vorsichtig ihre Hand aus, um zu sehen, ob sie zitterte. Sie zitterte.

Jetzt tauchte der Arzt in der Tür auf und redete leise mit den beiden Polizisten. Die nickten. Der eine führte Anna und Johannes ein Stück weit über den Gang, wo er sie auf zwei Stühle setzte. »Warten Sie hier. Es dauert noch ein paar Minuten«, sagte er und ging zu Hellands Tür zurück. Anna sah zu, wie die beiden Polizisten den Eingang zu Hellands Büro und ein Stück des Gangs mit rot-weißem Plastikband absperrten.

Jetzt tauchten noch mehr Polizisten auf, uniformierte und zivile. Zwei Zivile streiften dünne weiße Schutzanzüge und Masken über und verschwanden in Hellands Büro. Ein hochgewachsener Mann kam auf Anna und Johannes zu und stellte sich als Polizeirat Søren Marhauge vor. Er hatte braune Augen, Sommersprossen und kurze Haare und schaute Anna mit freundlichem Blick in die Augen.

Auf Annas Vorschlag hin gingen sie in die kleine Bibliothek, die zwischen Svends und Hellands Labors lag, und redeten dort miteinander. Søren Marhauge hatte eine sanfte Stimme und eine seltsame, langsame Sprechweise, als müsste er jedes Mal lange nachdenken, ehe er sich zu einer Aussage entscheiden konnte. Das nervte Anna. Sie fand, dass er ihr immer wieder dieselben Fragen stellte, und als ungefähr zwanzig Minuten später an die Tür geklopft wurde, hatte sie ihn bereits Den Nervigsten Polizisten Aller Zeiten getauft. Ein Kollege Marhauges steckte den Kopf zur Tür herein, teilte Marhauge leise etwas mit, die Besprechung war beendet. Der Nervigste Polizist Aller Zeiten verschwand auf dem Flur, und Anna ging in ihr Büro. Auf dem Gang wimmelte es nur so von Polizisten, und sie fasste sich an den Kopf. In genau zwei Wochen sollte sie zu ihrer Abhandlung geprüft werden, die jetzt blutverschmiert in Hellands Büro lag.

3

Es war Montagmorgen, der 8. Oktober, und Søren folgte einem roten Honda auf dem Weg nach Kopenhagen. Er war der jüngste Polizeirat in der Geschichte Dänemarks, angestellt in der Abteilung A der Polizei von Kopenhagen, Station 3 in Bellahøj. Alle wussten, dass Søren durch die Hierarchie nach oben katapultiert worden war, weil er rückwärts stricken konnte. Er besaß einen bisher ungekannten Blick für Zusammenhänge, und einige der aufsehenerregendsten Schlussfolgerungen, die in der Abteilung A getroffen worden waren, hatte man Søren zu verdanken. Mit dreißig Jahren war er zum Polizeirat befördert worden. Das lag nun sieben Jahre zurück.

Søren war bereits zu spät und überholte den Honda. Er war zu spät, weil er in Vangede haltgemacht und mit Vibe gefrühstückt hatte. Vibe und Søren waren siebzehn Jahre lang zusammen gewesen, hatten sich aber vor drei Jahren getrennt, als Søren vierzig war. Sie hatten auf Nørrebro gewohnt, aber jetzt lebte Søren in Humlebæk, und Vibe bewohnte mit ihrem Mann ein Haus bei Nymosen in Vangede.

Als sie noch ein Paar gewesen waren, hatten Vibe und Søren alles zusammen gemacht. Erdbeeren pflücken, per Interrail auf Reisen gehen, nach Indien fahren, eine Wohnung im Studentenheim bewohnen und ein vollkommen unnötiges Konto für gemeinsame Ausgaben führen. Sie hatten Freundschaftsringe getragen. In ihren gemeinsamen siebzehn Jahren war Søren nicht ein Mal der Gedanke gekommen, Vibe könnte vielleicht nicht die Richtige für ihn sein. Vibe war seine Liebste. Schluss, aus. Sie hatten sich auf der ersten Party in der ersten Oberstufenklasse kennengelernt. Ihre Jugendliebe war im Erwachsenenleben weitergegangen, und niemand hatte das in Frage gestellt, Søren schon gar nicht. Eines Morgens aber wachte Vibe auf und sagte, sie wolle ein Kind. Sie hatten nie wirklich über diese Frage gesprochen, und als Vibe an diesem Morgen damit anfing, nahm Søren das nicht richtig ernst. Aber es ließ sich nicht ändern. Vibes Biologie hatte das Kommando an sich gerissen, und schon bald war das theoretische Kind zwischen ihnen zu einer brenzligen Frage geworden. Søren wollte kein Kind. Er erklärte Vibe, warum nicht. Er hatte ganz einfach keine Lust. Ihm erschien das Grund genug. Vibe schrie und brüllte. Vibe, die ihre ganze Beziehung hindurch ruhig und umgänglich gewesen war, Vibe, die niemals die Fassung verloren hatte. Sie könne seine alberne Begründung nicht akzeptieren, zu einer Beziehung gehörten immer noch zwei, kreischte sie. Søren versuchte noch einmal, es zu erklären. Aber natürlich machte das die Lage nicht besser. Eines Tages ging er spazieren und überlegte sich alles ganz genau. Er hatte keine Lust, aber warum nicht? Zum ersten Mal, seit er Vibe überhaupt kannte, fragte er sich, ob es daran liegen könnte, dass er sie nicht ausreichend liebte. Abends sagte sie genau das, ohne zu schreien. Sie stellte es einfach nur fest. Dass, wenn sie sich so sehr ein Kind wünschte und er ihr dieses Kind nicht geben wollte, es daran liegen müsse, dass er sie nicht liebte. Ich liebe dich, sagte Søren verzweifelt. Aber du liebst mich nicht genug, erwiderte Vibe. Sie kehrte ihm den Rücken zu und nahm ihre Ohrringe ab, Søren überlegte. Vibe drehte sich langsam um. Jetzt hast du schon zu lange gezögert, sagte sie, ich finde, wir sollten uns trennen. In ihrem Blick lag etwas Provozierendes. Natürlich würden sie sich nicht trennen. Vibe war seine beste Freundin, seine engste Vertraute, der Mensch, der ihm am nächsten stand. Sie kannte Elvira und Knud, sie wusste um die Geschichte, warum er bei seinen Großeltern aufgewachsen war, sie gehörte zur Familie, er liebte sie. Søren drückte sie an diesem Abend an sich, und sie vereinbarten, noch ein wenig abzuwarten. In Wirklichkeit verabredeten sie, dass, wenn Søren nicht sehr bald beschloss, doch ein Kind zu wollen, er auch gleich ausziehen könnte.

Søren war in Viborg geboren und hatte dort die ersten fünf Jahre seines Lebens mit seinen Eltern verbracht. Nicht weit entfernt wohnten seine Großeltern mütterlicherseits, Knud und Elvira, in einem Haus, das außerhalb eines kleinen Ortes lag, direkt an einem Hang, sodass der Garten hinter dem Haus schräg abfiel. Es war unmöglich, den Rasen zu mähen, und der Garten war voller Verstecke und hohem, verfilztem Gras. Søren hatte fast keine Erinnerungen an seine frühe Kindheit, erinnerte sich aber kristallklar an Knuds und Elviras rotes Haus, vielleicht, weil Knud ihm hier, im Garten, erzählt hatte, dass seine Eltern bei einem Autounfall ums Leben gekommen waren. Søren war an jenem Wochenende bei seinen Großeltern gewesen, die Eltern hatten deren Auto ausgeliehen und waren ins Blaue gefahren. Abgesehen davon, dass er es ganz hinten im Garten erfahren hatte, an einem Sommerabend, während der Hund Spif neben ihm stand und bellte, setzten Sørens erste echte Kindheitserinnerungen ein, als sie nach Kopenhagen und in das Haus im Snerlevej gezogen waren. Knud und Elvira waren Lehrer, beide hatten Arbeit an der in der Nähe gelegenen alternativen Schule gefunden, die auch Søren besuchte. Søren wohnte seine ganze Kindheit hindurch im Snerlevej. Weit, weit weg von dem roten Haus.

Søren und Vibe waren seit fast einem Jahr zusammen, als Vibe feststellte, dass zwischen Søren und dem Paar, das sie bisher für seine Eltern gehalten hatte, eine Generation fehlte. Der Verdacht kam ihr an einem Sommertag, als Søren gerade in einer Kanne Saft mischte, eigentlich wollten sie in den Garten gehen. Elvira war schon dort, und sie konnten hören, wie sie eine Decke auf dem Gartentisch ausbreitete, hörten das ungemähte Gras flüstern. Während Søren den Saft machte, betrachtete Vibe das Hochzeitsbild von Sørens Eltern, das auf dem Büfett im Esszimmer stand. Plötzlich breitete sich auf ihrem Gesicht dunkle Verwunderung aus, und sie sah das Bild an, als wäre es das erste Mal. Sie schien etwas sagen zu wollen, verkniff es sich dann aber wieder.

Später lagen sie in Sørens Zimmer und hörten Platten.

»Wer ist das auf dem Bild?«, fragte Vibe endlich. Søren drehte sich auf den Rücken und verschränkte die Arme hinter dem Nacken.

»Das sind meine Eltern«, sagte er schließlich.

Vibe schwieg für einen Moment, dann setzte sie sich mit einer plötzlichen Bewegung auf. »Aber das kann doch nicht stimmen«, sagte sie heftig.

»Wieso nicht?« Søren sah sie an.

»Weil man nicht einfach so seine Augenfarbe ändern kann, und Knud hat auf dem Bild braune Augen und …«, schnaubte sie wütend, »und …«, plötzlich starrte sie nur noch vor sich hin. »Jetzt hat er doch blaue Augen«, sagte sie dann. »Beide haben sie blaue Augen …« Vibe drehte sich um und sah Søren fest an. »… und du hast doch braune Augen.«

Søren stützte den Ellbogen auf die Matratze und das Kinn in die Hand. Er würde nur einen Moment brauchen, die verstaubte Truhe aus dem hintersten Versteck auf dem Dachboden zu holen und sie für Vibe zu öffnen. Es war ja kein Geheimnis, dass Elvira und Knud seine Großeltern waren. Es war etwas, worüber nur nie gesprochen wurde. Weil es schlicht und ergreifend so war.

»Knud und Elvira sind die Eltern meiner Mutter«, sagte er. »Meine Eltern sind gestorben, als ich fünf Jahre alt war. Bei einem Autounfall. Sie sind das auf dem Bild im Esszimmer. Meine Eltern an ihrem Hochzeitstag. Sie hießen Peter und Kirstine.«

Vibe lag ganz still da.

Jacob Madsens Vater Herman hatte Søren aufgefordert, zur Polizei zu gehen. Jacob war ein Junge, der ein wenig weiter hinten im Snerlevej wohnte, und er und Søren waren Spielkameraden. Herman Madsen war Kriminalassistent, und Søren bewunderte ihn. Jacob hatte zwei ältere Schwestern und eine Mutter, die halbtags als Bibliothekarin arbeitete. Die Familie war anders als Sørens. Jacobs Eltern waren überhaupt nicht ausgeflippt. Auch Knud und Elvira waren nicht sonderlich ausgeflippt, aber ihr linksorientiertes politisches Engagement sorgte dafür, dass es in ihrem Wohnzimmer oft hoch herging, wenn sie Demonstrationen vorbereiteten und Transparente malten. Vor allem protestierten sie gegen Atomkraft. Und obwohl Søren stolz auf seine Großeltern war, genoss er es, die fünfzig Meter weiter zu Jacobs Haus zu gehen, wo alles friedlich war. Jacobs Vater kam von der Arbeit nach Hause und setzte sich mit der Zeitung in den Ohrensessel, Jacob lag auf seiner Schiffspritsche und las Comics, während Jacobs Mutter in der Küche stand und einen Auflauf oder Frikadellen mit weichen Zwiebeln zubereitete. Bei Søren zu Hause gab es immer seltsame Eintöpfe und Salate, in die alle Reste hineingeschnibbelt wurden, und sehr oft Brei.

Wenn bei Jacob das Essen fertig war, ließ seine Mutter eine kleine Glocke bimmeln, und alle setzten sich. Wenn Jacobs Vater an den Tisch kam, herrschte Schweigen, doch nur selten war er in der Stimmung zu den Geschichten, auf die sie alle hofften. Die Erfahrung zeigte, dass Jacobs Vater verstummte, wenn sie vor dem Essen redeten. Waren die anderen dagegen still und sagten nur: »Den Pfeffer, bitte«, und ließen sie Jacobs Vater die ersten Bissen in Ruhe und Frieden zu sich nehmen, dann bekam er gute Laune und wurde redselig.

»Herman, nicht bei Tisch«, sagte Jacobs Mutter, und die Kinder hielten den Atem an, wenn Herman von ermordeten Frauen, entführten Kindern, versteckten Leichen und rachsüchtigen Ehemännern erzählte. Vor allem die beiden Jungen saßen da wie angewurzelt, wenn Jacobs Vater in Fahrt kam. Irgendwann fing Herman an, die Jungen mit rätselhaften Morden zu füttern, und von nun an war es so spannend, Jacob zu besuchen, dass Elvira ein wenig ängstlich fragte, ob es denn wirklich nichts ausmache, wenn Søren dreimal pro Woche dort aß. Nein, nein, antwortete Søren. Es wurde zu einer Art echtem Cluedo, bei dem Herman wusste, wer den Mord begangen hatte, wo er begangen worden war, wie das Motiv aussah und welche Mordwaffe verwendet worden war, während die Jungen einen plausiblen Zusammenhang finden mussten. Herman erklärte ihnen, wie sie denken sollten, und Søren legte eine große Begabung an den Tag. Obwohl er erst siebzehn Jahre alt war, schien er Zusammenhänge zu durchschauen und Erklärungen finden zu können, die ab und zu ungeheuer weit hergeholt wirkten, sich aber zu Sørens und Hermans Überraschung – und zu Jacobs Verärgerung – anschließend sehr oft als zutreffend erwiesen. Søren hatte keine Ahnung, wie er das machte, aber er schien vor seinem inneren Auge Netzwerke von Wegen sehen zu können, die im wahrsten Sinne des Wortes rückwärts zur Lösung des Rätsels führten. Er konnte alle in den Fall verwickelten Personen im Blick behalten, von denen Herman einige oft einfach nur in das Rätsel einbezog, um Jacob und Søren zu verwirren. Wie ein talentierter Betrüger konnte Søren dann die treuherzigsten Fragen stellen, um plötzlich das Rätsel von A bis Z gelöst zu haben.

Als Jacob die Schule wechselte, war es nicht mehr so selbstverständlich, weiterhin zu ihm nach Hause zu gehen. Søren seinerseits besuchte jetzt das Gymnasium und hatte Vibe kennengelernt, und das Ganze war ein wenig in den Hintergrund geraten, außer an den Sonntagen, an denen Herman immer den Peugeot der Familie in seiner Auffahrt wusch. Dann schaute Søren vorbei, und Herman lieferte ihm einen kurzen Überblick über den Verlauf der Woche im Revier und stellte ihm ein Rätsel. Erst als Søren erwachsen war, fragte er sich, wie viel von dem, was Herman ihm da erzählt hatte, dessen Phantasie entsprungen war. Immerhin stand er unter Schweigepflicht.

Als Søren neunzehn war und eines Mittwochs bei Elvira und Knud im Snerlevej zum Essen war, hatte vor Jacobs Haus ein Möbelwagen gestanden. Außer vier gelbgekleideten Möbelpackern, die Kartons und Lattenroste trugen, war kein Mensch zu sehen gewesen. Bei seinem nächsten Besuch im Snerlevej liefen fremde kleine Kinder auf dem Rasen vor Jacobs Haus herum. Søren blieb vor dem Haus stehen und beschloss, Polizist zu werden.

Automatisch wurde Søren in der Familie dazu auserkoren, verlorene Gegenstände wiederzufinden: Lesebrillen, Gebrauchsanweisungen und Unterlagen für die Steuer. Er stellte eine Menge detaillierte Fragen, und in neun von zehn Fällen fand er das verschwundene Teil. Knuds Lesebrille auf den Schuhen in der Diele, wo er sich gebückt hatte, um sich den Knöchel zu kratzen, die Gebrauchsanweisung für die Sodamaschine hinten im Auto, im Altpapierkarton, und die Reste der Steuererklärung in der Kaminasche, weil Elvira sie in einem zerstreuten Moment zusammengeknüllt und hineingeworfen hatte.

»Wie machst du das?«, hatte Vibe eines Abends neugierig gefragt, als Søren durch ein seltsames Kreuzverhör dahintergekommen war, dass Vibes Taschenrechner zwischen alten Zeitungen im

Abfall gelandet war. Er hatte ihr sogar angeboten, im Müllkeller nachzusehen, es könnte doch sein, dass der Container noch nicht geleert worden war. Fünf Minuten darauf hatte er ihr den Taschenrechner überreicht.

»Ich stricke rückwärts«, hatte Søren erklärt. »Man darf sich nicht mit der erstbesten Erklärung zufriedengeben. Wenn man das tut, rät man nur ins Blaue. Dann wird der Mann mit dem Blut an den Händen automatisch für den Mörder gehalten und die Frau mit den Spielschulden für die Betrügerin. Und oft ist es ja auch so, aber nicht immer. Wenn man rückwärts strickt, rät man nicht.«

Vibe nickte.

Im Dezember 2003 besuchte Vibe mit dem Teilhaber ihrer Beraterfirma einen Kurs in Barcelona, und Søren war allein zu Hause. Als Vibe gefahren war, ertappte Søren sich dabei, dass er die Einsamkeit genoss. Vibe sah ihn inzwischen immer öfter mit zutiefst enttäuschtem Blick an, und seit Wochen schon schleppte Søren sein rabenschwarzes Gewissen mit sich herum. Er wollte sie doch eben *nicht* im Stich lassen. Während sie verreist war, ging er zur Arbeit, räumte Kartons mit alten Fotos auf, sah *The usual suspects* an, den Vibe nie Lust hatte zu sehen, saß auf dem Klo und las *Calvin und Hobbes* und spielte freitags mit seinem Freund und Kollegen Henrik Squash.

Auf den ersten Blick war Henrik das totale Klischee. Er pumpte Gewichte, hatte lächerlich viele Tätowierungen (auch eine illegale, oben am Hals, die fast seine Aufnahme an der Polizeischule verhindert hätte), und seine Haare waren nie länger als drei Millimeter. Auf seiner Oberlippe spross ein wütender kleiner Schnurrbart, mit dem Søren sich niemals hatte anfreunden können. Henrik hatte noch auf der Polizeischule Jeanette geheiratet und mit ihr rasch zwei Töchter bekommen. Jetzt waren die Mädchen Teenager, und Henrik beschwerte sich immer darüber, dass es in der Wohnung auf Østerbro keinen Zentimeter gäbe, der nicht überquelle von Mädchenkram, Klamotten, Schuhen und Taschen. Wenn sie zur Schule gehen, sagte er, sehen sie verdammt noch mal aus wie Nutten, solche, wie wir sie auf Vesterbro hochnehmen, und Jeanette sagt, ich soll einfach die Klappe halten, das ist die Mode, sagt sie, aber was ist das denn für ein Scheiß? Jetzt gehe Jeanette noch dazu dauernd zum Yoga, und er kapiere ja kein bisschen mehr, was zum Teufel das denn bloß solle, nein, da hatten wir's als Junggesellen damals doch lustiger gehabt, und so weiter. Da sei doch alles ein Wahnsinnsjux gewesen. Søren wusste sehr gut, wie sehr Henrik seine drei Frauen liebte und dass er für sie durchs Feuer gehen würde.

Søren hatte Henrik nichts von den Problemen zwischen Vibe und ihm erzählt, dass er und Vibe Probleme hatten, und wenn Henrik versuchte, ihn auszuhorchen, mit seinem: *Na was, lässt sie dich denn auch ran?*, dann wich er aus. Es ging niemanden etwas an, wie es bei ihnen aussah. Er hatte auch nicht verraten, dass er Strohwitwer war, aber als sie dann nach dem Squash dampfend im Umkleideraum saßen, rutschte Søren plötzlich heraus, dass Vibe zu einem Kurs in Barcelona war. Danach hätte er sich die Zunge abbeißen mögen. Henrik strahlte wie ein Honigkuchenpferd, jetzt würden sie aber verdammt noch mal auf die Piste gehen. Er rief vom Umkleideraum aus Jeanette an, und Søren konnte hören, wie die beiden sich sofort über irgendetwas stritten, das mit der jüngeren Tochter zu tun hatte. Insgeheim hoffte Søren, dass die Kneipenrunde doch noch platzen würde. Aber Henrik ließ sich nicht beirren. Dreckskuh, sagte er, als er auflegte, die kann doch irgendwann anders zu ihrem fucking Poweryoga gehen. Jetzt würden er und Søren ein paar Bierchen zischen.

»Ich weiß nicht so recht«, hatte Søren gesagt und sich ein T-Shirt über den Kopf gezogen. »Ich wollte mir eigentlich eine Pizza kaufen und einen Film ansehen. Ich bin ziemlich kaputt.«

»Du bist ein mieser Schlappschwanz, das ist dein Problem«, war Henriks Antwort gewesen. Søren hatte ihm nicht widersprochen.

Sie fanden ein kleines Restaurant auf Vesterbro und ließen sich reichlich volllaufen. Henrik wurde laut, und Søren wollte eigentlich die ganze Zeit schon nach Hause, aber plötzlich kam Henrik mit zwei Frauen am Nachbartisch ins Gespräch. Die eine hieß Katrine und kam aus Århus, wohnte aber seit einigen Jahren in Kopenhagen, wo sie das Lehrerseminar besuchte, gleich nach Weihnachen würde sie Examen machen. Sie war dunkel wie eine Zigeunerin und, anders als Vibe, reserviert und exotisch, obwohl sie breites Jütländisch sprach. Was Søren so mache? Auf Henriks Vorschlag zogen sie weiter in einen Nachtclub, in dem Søren noch nie gewesen war. Plötzlich war er euphorisch, vergaß die Welt um sich herum. Das war schön. Der Alltag war sehr weit weg.

Um zwei Uhr machte er sich zum Aufbruch bereit und wollte ein Taxi nehmen. Katrine wollte gern ein Stück mitfahren, sagte sie, sie wohnte im H. C. Ørstedsvej und konnte auf halber Strecke aussteigen. Kein Problem. Sie stiegen ein, das Taxi fuhr. Wie es passiert war, dass sie sich küssten, konnte Søren nachher einfach nicht mehr sagen. Es war eben passiert. Als das Taxi vor Katrines Haus hielt, fragte sie, ob er mit hinaufkommen wolle. Er nickte und bezahlte den Fahrer.

Katrine wohnte in einer Dreizimmerwohnung oben unter dem Dach und hatte Kokosmatten auf dem Boden, Topfblumen und viele Bücher. Sie putzte sich die Zähne. Er hätte sicher auch gehen können, aber er blieb sitzen und blätterte in einem Buch, in dem Kirchen abgebildet waren. Dann hängte sie noch Wäsche zum Trocknen auf einen Wäscheständer im Wohnzimmer, als wollte sie ihm ganz bewusst die Möglichkeit geben, sich die Sache noch einmal zu überlegen. Er hatte ihr alles über Vibe erzählt. Über seine Freundin, die in Barcelona einen Kurs besuchte. Katrine hatte nur gelächelt und gesagt, Barcelona sei eine schöne Stadt. Er blieb. Sie liebten sich, und es war schön. Anders, weil es nicht Vibe war. Søren war Vibe zu Anfang ihrer Beziehung untreu gewesen, zweimal, aber das war hundert Jahre her. Katrine schmeckte anders und fühlte sich anders an.

Er übernachtete bei ihr, und am nächsten Morgen stand Katrine auf, machte Toast und kochte Kaffee. Das war gemütlich. Sie tauschten keine Telefonnummern aus, und Søren fuhr nach Hause.

Am Nachmittag überkamen ihn dann Schuldgefühle, wie er sie niemals für möglich gehalten hatte. Er nahm ein Bad, aber das half nichts. Henrik rief an und platzte schier vor Ungeduld. Die sei doch wirklich eine feine Schnitte, diese Frau, was? Ob er etwas aus der Sache gemacht habe? Natürlich hatte er nicht. Søren spielte den Beleidigten und beendete das Gespräch. In drei Tagen würde Vibe nach Hause kommen, und an diesen drei Tagen gab Søren sich alle Mühe, sich die Sache mit dem Kind noch einmal zu überlegen. Es ging überhaupt nicht um Katrine, die hatte er bereits vergessen. Es ging darum, dass er mit ihr ins Bett gegangen war, weil die Sache mit Vibe und dem Kind ihn frustrierte. Er war frustriert und hatte versucht, das zu verdrängen, indem er etwas völlig Unakzeptables und Lächerliches getan hatte. So einer wollte er nicht sein. Plötzlich sah er klar vor Augen, dass er Vibe entweder schwängern oder sie gehen lassen müsste, damit sie von einem anderen schwanger werden könnte.

Als Vibe nach Hause kam, war sie fröhlich und entspannt, und Søren überlegte, ob sie ihn wohl auch hintergangen hatte. In den Wochen danach erwies es sich als gut, dass sie diese kurze Zeit der Trennung gehabt hatten. Vibes Blick war plötzlich nicht mehr so verletzt, und sie wirkte so vertieft in eins ihrer Projekte, dass sie zu müde war, um an das Kind und an ihre Situation zu denken. Weihnachten kam, und sie verbrachten einen gemütlichen Heiligen Abend im Snerlevej, umarmten sich vor dem Kamin und beschenkten sich gegenseitig. An Silvester hielten sie einander lange im Arm, als der Krach draußen losging, ohne sonderlich viel zu sagen, aber es wirkte wie eine Bestätigung. Søren erwachte am 1. Januar mit dem Gedanken, die Krise habe sich verzogen.

Aber eines Abends sagte Vibe plötzlich, sie müssten darüber sprechen. Es sei ungeheuer inspirierend in Barcelona gewesen, sagte sie, und nach ihrer Rückkehr habe die Arbeit sie so ausgefüllt wie in alten Tagen, wo sie aus freien Stücken fast jeden Abend Überstunden gemacht hatte. Aber jetzt hätten sie das Projekt abgeliefert, und der Alltag sei wieder wie zuvor.

»Ich spüre es noch immer«, sagte sie leise. »Ich will ein Kind. Mein Körper will ein Kind. Ich kann nicht dagegen an.«

Søren setzte sich zu ihr aufs Sofa und legte die Arme um sie. »Vielleicht ist es an der Zeit, dass unsere Wege sich trennen«, sagte er dann. Tränen liefen über Vibes Wangen.

»Du willst also noch immer nicht? Unter gar keinen Umständen?«, fragte sie.

»Nein.«

Bald darauf ging Vibe zu Bett. Sie gab ihm keinen Gutenachtkuss, sondern schloss nur die Schlafzimmertür. Søren blieb sitzen und litt Höllenqualen. Er wollte keine Kinder. Dieses Gefühl war nicht misszuverstehen. Aber das, was dahintersteckte, durchschaute er nicht. Ging es um Vibe? Wenn es nicht Vibe wäre, dann vielleicht mit einer anderen? Nochmals nein. Was mochte dann der Grund sein? Er holte sich ein Bier aus dem Kühlschrank und stellte den Fernseher ganz leise. Die Welt war gefährlich, das war der Grund. Kinder können sterben, Kinder sterben tatsächlich, dachte er wütend. Es war gar nicht so romantisch, wie Vibe sich das vorstellte. Die Kinder wuchsen auf und landeten im Keller der Gerichtsmedizin, junge Mädchen, fast ohne Kleider, geschunden, misshandelt und tot. Und junge Männer, vollgepumpt mit Designerdrogen, gegenseitig rollstuhlreif geschlagen oder zerschmettert in den Autos, die ihre mit Schnaps zugedröhnten Freunde gefahren haben. Søren hatte so viele Eltern in die Gerichtsmedizin begleitet. Er wollte keine Kinder. Als die Bierflasche leer war, wurde Søren von Trauer überwältigt. Sie würden sich trennen müssen, damit Vibe von einem anderen Kinder bekommen könnte.

Sie beschlossen, ihren Entschluss Knud und Elvira gemeinsam am folgenden Freitag mitzuteilen. Jetzt war Dienstag, und Søren freute sich nicht gerade auf dieses Gespräch. Vibe war für Knud und Elvira wie eine Tochter, und Søren war überzeugt davon, die beiden würden den Grund für die Trennung nicht akzeptieren. Sie hatten mehr als einmal angedeutet, dass sie sich bald Urenkelkinder wünschten. Vibe schlief die ganze Woche auf dem Wohnzimmersofa, obwohl Søren ihr das Bett angeboten hatte. Sie wollte nicht. Sie schlafe sehr gut im Wohnzimmer.

Am Freitag holte Søren Vibe von der Arbeit ab, sie fuhren direkt hinaus in den Snerlevej und hielten vor dem Haus. Søren kam so gern nach Hause. Er öffnete so gern die alte Tür mit seinem eigenen Schlüssel, den er seit der vierten Klasse hatte, als er allein zur Schule und nach Hause hatte gehen dürfen. Er liebte den Geruch in der Diele, der immer eine Mischung aus dem war, was in der Küche vor sich ging, und von feuchten Mänteln, Stiefeln, Schuhen und alter Wolle. Immer stand Rotwein vor der Heizung, wenn Vibe und Søren zu Besuch kamen, immer gab es eine köstliche Mahlzeit, es gab Wärme, und wenn sie gegessen hatten, spielten sie Trivial Pursuit, die Männer gegen die Frauen. Aber als Søren an diesem Abend die Tür aufschloss, war klar, dass etwas nicht stimmte. Vibe ging hinter ihm, vor dem Gartenweg war es zu einer kurzen Umarmung gekommen, und Søren hatte gefragt, ob sie sicher sei.

»Ich bin sicher, dass ich ein Kind will«, hatte sie geantwortet und weggeblickt. Dann waren sie auf das Haus zugegangen. Jetzt rief Søren einen Gruß. Die Diele war kalt, es duftete weder nach Essen noch nach Rotwein, und die Lampe in der Diele, die immer brannte, wenn Besuch erwartet wurde, war gelöscht. Sie hängten ihre Mäntel an den Haken und sahen einander für einen Moment ratlos an, dann öffnete Søren die Wohnzimmertür. Knud und Elvira saßen dicht beieinander auf dem Sofa, Elvira weinte. Sie saß zwischen Knuds Beinen, ihr Kopf ruhte an seiner Schulter, und Knud hatte beide Arme um sie gelegt. Sie blieben so sitzen, obwohl Vibe und Søren das Wohnzimmer betraten.

»Was ist denn los?«, rief Søren erschrocken.

Elvira hob den Kopf und blickte ihn aus verweinten Augen an. »Komm her, mein Schatz«, sagte sie dann und klopfte auf das Sofa. Vibe und Søren blieben wie gelähmt stehen und starrten die beiden an.

»Nein«, sagte Søren. »Kannst du nicht einfach sagen, was los ist?«

Elvira war krank. Sie hatte einen Knoten in der Achselhöhle, und es hatte schon übers Lymphsystem gestreut. An diesem Tag erst war ihr die Mitteilung gemacht worden, und es war nichts mehr zu ändern.

An diesem Abend sprachen sie über das Leben, das Elvira gelebt hatte. Sie wollte das so. Über die Sommer, über die Blumen, über das Zicklein Perle, das sie im Hintergarten mit der Flasche aufgezogen hatten, über damals, als Søren ihren Trauring in einem Glas Erdbeermarmelade gefunden hatte. Sie lachten und tranken Wein und aßen Pizza, die Søren mit dem Auto geholt hatte. Kerzen brannten, und der Abend endete damit, dass Vibe und Elvira die Männer so vernichtend in Trivial Pursuit schlugen, dass Vibe empfahl, Søren und Knud sollten ihr Schulgeld zurückverlangen. Zu keinem Zeitpunkt erwähnten Søren und Vibe, warum sie eigentlich gekommen waren.

Als Katrine anrief, hatte Søren deren Existenz fast vergessen. Er war bei der Arbeit, es war zu Anfang des Sommers. Dass er in ihrer Wohnung im H.C. Ørstedsvej gewesen war, musste ungefähr sieben Monate zurückliegen. Der Sommer war bisher mild und freundlich gewesen, und Vibe und Søren hatten all ihre Freizeit im Garten im Snerlevej verbracht. Jetzt lag Elvira im Sterben. Seit drei Wochen schon war sie an ein Pflegebett im Wohnzimmer gefesselt und wurde immer weniger. Vibe und Søren hatten noch immer nichts von ihrer Trennung erzählt. Sie brachten es nicht über sich und hatten abgemacht, Elviras Tod abzuwarten. Elvira musste jetzt so unbeschwert sein können wie überhaupt nur möglich. Vibe war schon Anfang April ausgezogen, aber wenn sie Knud und Elvira besuchten, nahmen sie zusammen den Bus oder das Auto, und wenn sie über den Gartenweg gingen, hielten sie einander immer an den Händen. Sie trafen sich dauernd, zu Hause in ihrer alten Wohnung und in Vibes neuer. Es war schön und seltsam, fast prickelnd, Vibe in ihrem neuen Bett zu lieben, in einem Schlafzimmer mit apfelgrünen Vorhängen und kleingeblümter Tapete, beinahe, als ob sie einander eben erst kennengelernt hätten. Sie gingen wie immer ins Kino, joggten sonntags zusammen und fuhren sogar über ein verlängertes Wochenende nach Paris. Zwischen ihnen herrschte eine seltsame Ruhe, Stillstand. Vibe hatte zweimal vorsichtig gefragt, ob sein Entschluss noch immer feststehe, und er hatte sie auf die Stirn geküsst und gesagt, sie habe etwas Besseres verdient als ihn.

»Und das gilt auch für dein Kind«, hatte er hinzugefügt.

Als ihm aufging, dass er *die* Katrine an der Strippe hatte, brach ihm in den Handflächen der Schweiß aus. Sein erster Gedanke war Herpes, der zweite war HIV. Es sei wahrlich nicht leicht gewesen, ihn zu finden, sagte sie unsicher lachend, denn sie habe ja nur gewusst, dass er Søren hieß und in Bellahøj arbeitete. Sie sei immer weiter durchgestellt worden und froh, nun endlich den Richtigen erreicht zu haben. Wieder lachte sie unsicher. Eigentlich habe sie ihn überhaupt nicht anrufen wollen, sagte sie dann ernst. »Aber Bo und ich fanden beide, ich müsste das tun.« Jetzt war Søren verwirrt, wer war denn nun Bo wieder? Bo sei ihr Freund, erklärte sie, sie habe ihn kurz nach dem Abend kennengelernt, an dem Søren bei ihr übernachtet hatte, und sie seien gerade zusammengezogen.

»Und Bo soll der Vater des Kindes sein«, fügte sie hinzu.

Nun stand alles still.

Søren begriff überhaupt nichts mehr.

Es war surrealistisch.

Sie sprachen kurz miteinander, dann legte er auf, rief Vibe an, sagte, er müsse Überstunden schieben, ob sie wohl schon allein zu Elvira und Knud hinausfahren könne, er werde dann später am Abend zu ihnen stoßen. Ob etwas passiert sei, wollte sie wissen. Nein, doch, sagte er. Der Job.

Dann arbeitete er sich durch den längsten Tag aller Zeiten, ohne irgendein Gefühl dafür, was er eigentlich machte. Um fünf Uhr fuhr er hinaus zum H. C. Ørstedsvej und klingelte an der Tür. Das Schild über der Klingel sah neu aus, über Katrines Namen stand jetzt: *Bo Beck Vestergaard*. Oben in Katrines Wohnung wurde die Situation noch surrealistischer. Katrine war im achten Monat und hatte einen schönen runden Bauch. Wir freuen uns sehr auf das Kind, sagte Bo und kniff die Augen zusammen. Irgendwer baute in der Wohnzimmerecke einen Wickeltisch, jemand, der sich offenbar große Mühe gab. Aber Søren sei der biologische Vater, sagte Katrine, das stehe fest. Sie habe Bo erst zwei Monate nachdem sie ihre Schwangerschaft festgestellt hatte, kennengelernt, und Bo habe das Ganze sehr gelassen genommen, sie seien moderne Menschen, und er sei nun einmal in Katrine verliebt gewesen. Anfangs hatten sie vorgehabt, nichts zu sagen, aber im Laufe der Schwangerschaft waren ihnen dann doch Zweifel gekommen. Sie wollten das Kind schließlich nicht anlügen, nur würde genau das sich nicht vermeiden lassen, wenn sie schon jetzt anfingen, seinen Ursprung zu verschweigen.

Søren wusste einfach nicht, was er denken sollte. Sein Mund stand offen, und Panik klebte in seiner Kehle wie ein widerspenstiges Stück Tomatenhaut. Bo redete weiter. Søren solle Bescheid wissen, ebenso wie das Kind, wenn es erst alt genug wäre, aber Bo und Katrine fanden doch, es wäre zu verwirrend für das Kleine, wenn schon in den ersten Jahren zu viele Väter im Spiel wären.

Das könne Søren doch verstehen, nicht? Deshalb brauche er auch keinen Unterhalt zu bezahlen, falls er das nicht unbedingt wolle. Bo hatte eine eigene Firma, die Equipment an Musiker verkaufte, und Katrine hatte eine Stelle als Grundschullehrerin in Valby, wo sie jetzt in Mutterschaftsurlaub gehen würde. Sie würden schon zurechtkommen. Sie wollten Søren sogar bitten, sich bedeckt zu halten und sich nicht allzu sehr einzumischen. Jedenfalls, solange das Kind seinen biologischen Vater nicht kennenlernen wollte. Es war deutlich, dass Bo davon ausging, dieses Bedürfnis werde sich niemals einstellen. Søren nickte, stellte verzagt eine Frage und nickte abermals. Er müsse sich das alles erst überlegen, war die Schlussfolgerung. Bo sah zufrieden aus und brachte ihn zur Tür.

Søren taumelte hinaus auf den H.C. Ørstedsvej, schweißnass und im Mund wie ausgedörrt. In einem Kiosk leerte er noch an der Kühltruhe zwei Flaschen Mineralwasser, während der Inhaber ihn misstrauisch musterte. Was sollte er Vibe sagen? Was zum Teufel sollte er Vibe sagen? Vibe, die sich blind auf ihn verließ, die ihn ihren Freundinnen gegenüber den *redlichsten Mann der Welt* nannte, auch wenn sie sich getrennt hatten und auch wenn er ihr nicht das Kind schenken wollte, das sie sich so brennend wünschte. Er ging zu den Seen hinüber und lief ziellos umher. Er musste Bo und Katrine überzeugen, dass es das Beste für alle wäre, wenn Søren nicht als Vater des Kindes gälte. Überhaupt nicht. Nicht auf dem Papier, nicht in Wirklichkeit. Es würde Vibe unendlich tief verletzen, wenn die Sache ans Licht käme. Außerdem wollte er kein Vater sein, zum Teufel. Nicht für Vibes Kind, nicht für Katrines und auf gar keinen Fall für Bo Beck Vestergaards Kind. Das war widerlich. Er hatte eine Samenzelle gespendet, sonst nichts. Es hätte niemals passieren dürfen. Katrine hätte ihre Tage haben und danach Bo kennenlernen müssen, um dann mit ihm zusammen schwanger zu werden. Warum zum Henker hatte er kein Kondom benutzt? Er stand am Sankt Jørgens Sø und trat immer wieder mit seinen schwarzen Lederschuhen gegen eine Mauer. Als er sich ein wenig gefasst hatte, fuhr er hinaus zu Knud und Elvira.

»Gut, dass du kommst«, sagte Vibe leise, als er das Wohnzimmer betrat. Zuerst glaubte er gar nicht, dass Elvira im Bett lag, und für einen kurzen Moment stellte er sich vor, sie sei aufgestanden und in den Garten gegangen, um Fliederbeeren zu pflücken, aber dann sah er sie doch. Sie lag in einer Deckenfalte, so sah es wenigstens aus. Søren hielt ihre kleine dünne Hand und weinte verzweifelt. Drei Stunden danach stieß Elvira einen letzten leisen Seufzer aus, dann war sie nicht mehr da.

In den folgenden Wochen versuchte Søren, den Gedanken an das Kind zu verdrängen. Er hatte auch sonst genug zu tun. Ein komplizierter Fall bei der Arbeit, Elviras Beerdigung und Knud, der vor Trauer fast zusammenbrach. Als Bo zweieinhalb Wochen später anrief, brüllte Søren wütend in den Hörer, sie sollten ihn verdammt noch mal in Ruhe lassen, er habe nicht um dieses Kind gebeten, und wenn Katrine sich damals herabgelassen hätte, ihn anzurufen, hätte er ihr zu einer Abtreibung geraten. Später am selben Nachmittag rief Søren Bo zurück und bat um Entschuldigung, erklärte, seine Mutter sei soeben gestorben und er nervlich einfach am Ende. Zuerst war Bo abweisend und unversöhnlich, doch im Laufe des Gesprächs taute er dann auf.

»Na gut«, sagte er. »Dann melde dich, wenn du wieder auf Vordermann bist. Es eilt ja auch nicht so. Wie gesagt, wir möchten eigentlich nicht, dass du uns die Bude einrennst. Ja, entschuldige, aber jetzt bin ich ehrlich. Wir wollen bloß das Kind nicht anlügen. Sie soll wissen, wie alles zusammenhängt, damit sie eine geborgene Kindheit haben kann.«

»Ist es ein Mädchen?«, fragte Søren erstaunt.

»Ja«, antwortete Bo. »Maja soll sie heißen.«

Søren konnte Katrine vor ihrer Niederkunft noch ein einziges Mal sehen, an einem Nachmittag, als er spontan in den H. C. Ørstedsvej fuhr, klingelte und Katrine allein zu Hause antraf. Sie redeten nicht sehr viel, aber sie sah verdammt toll aus auf dem Sofa, groß und rund und rätselhaft, als ob sie ein goldenes Ei ausbrütete. Plötzlich hörte er sich versprechen, er werde in den Kulissen parat stehen, wenn die Kleine heranwuchs und den Wunsch äußerte, ihren Vater zu sehen. *Wenn.* Darauf stießen sie mit Kaffee an, aber als ihnen dann sehr bald der Gesprächsstoff ausgegangen war, war Søren gefahren.

Maja wurde am 8. Oktober 2004 geboren. Bo rief gleich nach

der Geburt an. Er war reichlich wortkarg und wollte nur mitteilen, dass die Kleine zur Welt gekommen sei und es Mutter und Kind gut gehe. Dann legte er auf. Søren fuhr drei Tage danach zum Frederiksberg Hospital. Er hatte große Zweifel gehabt, konnte sich aber nicht zurückhalten. Er kaufte für das Kind einen Teddy und für Katrine eine Körpermilch, die nach Zitrone duftete. Die junge Verkäuferin in der Matas-Filiale hatte ihm geholfen. Er blieb eine Weile auf dem Gang stehen, ehe er das Zimmer betrat. Was, wenn es da drin von Gästen wimmelte, was, wenn er ungelegen kam? Aber, verdammt noch mal, es waren doch die anderen, die ihn in die Sache hineingezogen hatten, sie hätten's ja auch lassen können. Ansonsten war er doch kein Arschloch, das sich einfach nicht blicken ließ!

Zu seiner Überraschung war das Zimmer leer. Es waren keine Gäste da, und drei leere Betten warteten auf frischgebackene Mütter und Babys, nur das Bett am Fenster war belegt, von Katrine, die aufrecht saß und ins Leere schaute. Sie sah auf und lächelte freundlich, fast, als hätte sie ihn nicht erkannt, dann ließ sie ihren Blick wieder sinken. Søren trat vorsichtig näher und legte seine Geschenke auf eines der leeren Betten, dann entdeckte er Maja. Sie war winzig klein und in eine zierliche weiße Decke gehüllt. Der Teddy, den er gekauft hatte, war fünfmal so groß wie sie. Ihre Haare waren lang und schwarz, ihr Gesicht total zerknautscht, doch ansonsten ähnelte sie ihm verblüffend. Søren brachte kein Wort heraus. Er stand da und sah Katrine an, dann beugte er sich vor und küsste sie auf die Stirn.

Alles hatte sich verändert. Nicht weil es im Frederiksberg Hospital ein kleines Kind gab, mit dem er zufällig Gene teilte, nicht weil er jetzt biologisch gesehen der Vater eines anderen Wesens war. Sondern weil sein Herz auf die doppelte Größe angeschwollen war. Mit einem Mal brach er in lautes Lachen aus. Elvira war tot, Knud trauerte, die Beziehung zwischen ihm und Vibe war noch immer geprägt von Kummer und Zorn, und trotzdem bretterte er mit seinem Auto durch den Jagtvej und lachte laut. Er hatte kein Kind haben wollen, er wollte noch immer keins. Er wollte sich nicht hinsetzen und diesen Beschluss fassen, weder mit Vibe noch mit

Katrine noch mit irgendeiner anderen Frau. Aber jetzt, wo sie da war, wollte er Maja. Mit jeder Faser seines Körpers. Niemals wollte er sie aus den Augen lassen, wollte sie vor allem Bösen beschützen. Dieses Gefühl war eine schwere, unerschütterliche Ankerkette, die in seinem Zwerchfell versank. Am Abend schmiedete er einen Plan. Er würde zu Bo und Katrine fahren, sowie sich die Möglichkeit ergab, und ihnen klarmachen, dass ihre Rechnung doch nicht aufgehen würde.

Vierzehn Tage vergingen, ehe Bo einwilligte, und zu diesem Zeitpunkt war Søren so oft durchgegangen, was er sagen wollte, dass er längst nicht mehr nervös war.

»Ich habe mich dafür entschieden, ihr Vater zu sein.« Bo und Katrine hatten ihm eine Tasse Kaffee angeboten, und jetzt blieb Bos Tasse in der Luft irgendwo zwischen Tisch und Mund hängen.

Wütend starrte er Søren an. »Was sagst du? Dazu hast du kein Recht.« Er knallte die Tasse auf den Tisch, und bei diesem Geräusch stieß Maja ein Wimmern aus.

»Bo«, sagte Katrine vorsichtig. »Lass uns doch wenigstens hören, was Søren zu sagen hat.« Sie sah Søren an und lächelte fast unmerklich. Bo sprang auf und trat ans Fenster, sein ganzer Rücken bebte.

»Ich weiß sehr gut, dass es nicht alle Tage vorkommen wird«, sagte Søren dann. »Sicher nicht einmal die Woche, aber ich will in ihrem Leben da sein, und zwar nicht nur als theoretischer Joker, der bei Bedarf ins Spiel eingebracht werden kann. Ich will die ganze Zeit dabei sein. Bo ist dein Mann«, sagte er und sah Katrine an, »und ich gehe davon aus, dass er der eigentliche Vater in Majas Herzen sein wird. Der, mit dem sie nachmittags spielt, wenn sie vom Kindergarten nach Hause kommt, der, der ihr abends vorliest, der, den sie hassen wird, wenn sie ins Teenageralter kommt.« Katrine lächelte ein wenig. »Aber auch derjenige, der auf einer bestimmten Ebene am meisten für sie bedeuten wird.« Jetzt beruhigte Bos Rücken sich ein wenig. »Aber ich will mit an Bord, und wenn ihr mir das nicht erlaubt …«, hier holte er sehr tief Luft, »dann ziehe ich vor Gericht.«

Totenstille senkte sich über das Zimmer. Bo kehrte ihnen noch immer den Rücken zu, Katrine jedoch sagte: »Okay, Søren. Das ist okay.«

Bo drehte sich nicht um, nicht einmal, als Søren ging.

Seither besuchte Søren sie einmal pro Woche. Maja bekam immer mehr mit, und Bo taute auf. Søren gab sich große Mühe, wenn er dort war. Er stellte Bo Fragen und hörte zu, wenn er irgendetwas über eine widerspenstige Windel, eine unruhige Nacht oder von einer Regung erzählte, die einem Lächeln geähnelt hatte. In Wirklichkeit hätte er Bo zusammenfalten und ihn aus dem Fenster schleudern mögen.

Eines Nachmittags im November traf er Katrine und Maja allein zu Hause an. Katrine stillte gerade, deshalb setzte er Kaffeewasser auf. Als die Mahlzeit beendet war, machte Katrine Kaffee, während Søren Maja wickelte und ihr frische Sachen anzog. Aus der Küche fragte Katrine plötzlich nach Vibe. Bisher waren sie persönlichen Themen konsequent aus dem Weg gegangen, hauptsächlich, weil Bo immer bereitstand, um die Tür zu öffnen, falls Søren einen plötzlichen Drang verspüren sollte, die Wohnung zu verlassen. Das setzte seiner Lust, sich anzuvertrauen, einen natürlichen Dämpfer auf. Er antwortete zuerst ausweichend, aber als Katrine ins Zimmer kam, sich setzte und Maja zwischen ihnen lag, brach die ganze Geschichte aus ihm heraus. Seine Beziehung zu Vibe, die seit seinen Teenagerjahren existierte und die einfach nicht weitergehen konnte, weil Vibe sich so sehnlichst ein Kind wünschte und er nicht. Elvira, die gestorben war, ohne zu ahnen, dass er und Vibe nicht mehr zusammen waren, sich aber weiterhin trafen, und Knud, der mit jedem Sonntag versuchte, die Tradition des wöchentlichen Familienessens fortleben zu lassen, ohne zu wissen, dass Søren und Vibe getrennte Wege gingen und gewissermaßen das Paar nur spielten, um ihm noch mehr Kummer zu ersparen. Als Søren geendet hatte, nahm er die Kleine auf den Arm. Sie traten ans Fenster und sahen hinaus auf die Autos. Maja öffnete und schloss den Mund, und Søren erzählte ihr von dem blauen Ford Fiesta, der eben bei Rot über die Kreuzung gefahren war. Dann fragte Katrine hinter ihm, ob Vibe überhaupt von Maja wisse. Søren überlegte lange, dann schüttelte er den Kopf.

Als er Maja und Katrine eine Stunde später verließ, hatte er beschlossen, dass es jetzt geschehen sollte. Katrine hatte ihm ein Foto von Maja gegeben, das er in seine Brieftasche gesteckt hatte, unter den Führerschein. Jetzt sollte es so weit sein. Knud sollte wissen, dass Søren und Vibe kein Paar mehr waren, und beide sollten von Majas Existenz erfahren. Ihm grauste vor Vibes Reaktion, das war kein Geheimnis, aber er sehnte sich plötzlich unbeschreiblich danach, seinem alten Herrn mitteilen zu können, dass er Urgroßvater geworden war. Als Erstes rief er bei Vibe an, fragte, ob das mit Sonntag in Ordnung gehe, und dem war so, sie hatte nichts vor und ging davon aus, sie würden wie immer im Snerlevej essen. Dann rief er Knud an, doch der nahm nicht ab. Später an diesem Tag machte er noch einen Versuch, aber noch immer meldete sich niemand. Abends wurde er nervös und brach zum Haus seiner Großeltern auf. Er hatte mindestens fünfzehn Mal angerufen, aber niemand war ans Telefon gegangen. Søren fand Knud in der Küche auf einem Stuhl sitzend und in den Garten hinausschauend. Auf seinem Schoß lag ein gerahmtes Foto von Elvira, und auf dem Küchentisch standen zwei Plastiktüten voller Einkäufe, die Knud offenbar nicht hatte auspacken mögen. Søren legte vorsichtig die Arme um ihn.

»Hattest du heute einen schrecklichen Tag?«, fragte er und nahm Knud vorsichtig das Bild weg. Elvira war auf dem Foto alt und runzlig, aber auch unwiderstehlich lebendig. Knud wandte den Kopf und sah Søren mit leerem Blick an.

»Ich habe Krebs«, sagte er dann. Er lächelte müde. »So ist das.«

Am Sonntag aßen sie wie immer im Snerlevej. Vibe hatte angeboten, zu kochen, und es gab Lasagne und grünen Salat. Es war absurd. Knud hatte Darmkrebs, der hatte in die Leber gestreut, und es war nichts mehr zu machen.

»Dabei hatte ich Krebs nicht für ansteckend gehalten«, sagte Knud trocken. Er wirkte weder ängstlich noch traurig, im Gegenteil. Er lobte das Essen, nahm einmal nach und schlug dann vor, eine zu rauchen.

 »Seit wann rauchst du denn?«, fragte Søren verdutzt.

»Seit heute«, sagte Knud. Sie steckten sich alle drei eine Zigarette an und aschten auf die Teller. Vibe und Søren rauchten seit über zehn Jahren nicht mehr, und alle drei husteten wie ungeübte Teenager. Sie mussten lachen. Dann sagte Vibe plötzlich:

»Du wolltest doch irgendetwas mit uns besprechen, Søren, oder? Das hat sich am Telefon jedenfalls so angehört.«

»Nö«, sagte Søren. »Das musst du missverstanden haben. Es gibt nichts.«

Am 18. Dezember, als Maja gerade zwei Monate alt war, wollte Bo mit Maja und Katrine über Weihnachten nach Thailand reisen. Søren fand diese Vorstellung entsetzlich. Thailand war weit weg, sie würden drei Wochen in irgendeinem Hotel auf einer Insel wohnen, und er war sicher, dass Maja ihn bis zu ihrem Wiedersehen restlos vergessen haben würde. Katrine packte gerade, als er kam, um fröhliche Weihnachten zu wünschen. Bo war glücklicherweise nicht zu Hause. Maja bekam von Søren das winzigste Armband der Welt geschenkt, mit einem Kleeblatt als Anhänger.

»Sie ist aber noch zu klein, um ein Armband zu tragen«, meinte Katrine lächelnd, und Søren sah zu, wie sie Majas Höschen zusammenfaltete und in einen offenen Koffer legte.

»Könnt ihr nicht einfach zu Hause bleiben?«, fragte er plötzlich.

Katrine lachte. Dann wollte sie wissen, ob er seiner Familie schon von Maja erzählt habe. Søren war schon drauf und dran zu lügen, aber er brauchte den Bruchteil einer Sekunde zu lange, und Katrine schüttelte nur den Kopf.

»Wie lange willst du deine Tochter denn noch geheim halten?«

Søren trat mit Maja auf dem Arm ans Fenster, heute war es ein Nissan Micra, der bei Rot über die Kreuzung fuhr.

»Ich werde es ihnen zu Weihnachten erzählen«, sagte er. »Da haben wir frei und ein wenig Ruhe.«

»Ich würde deinen Großvater gern kennenlernen«, sagte Katrine dann.

Er drehte sich um und sah sie an. »Ist das dein Ernst?«

»Ja«, antwortete Katrine. »Wirklich gern. Wenn du dich erst ermannt hast, es ihm zu sagen.« Katrine zwinkerte Søren zu. »Dann könnten wir zusammen mittagessen, wenn wir wieder zu Hause sind, alle zusammen.«

»Bo auch?« Søren zwinkerte zurück.

»Ja, natürlich auch Bo«, sagte Katrine lächelnd.

Søren nickte. Dann legte er Maja auf ein Lammfell auf dem Boden. Sie zappelte mit Armen und Beinen und streckte ihre Zungenspitze aus dem Mund. Ihr fielen jetzt die Haare aus, und mit einem tiefblauen Blick sah sie neugierig zu Søren hoch. In der nächsten halben Stunde tranken sie Kaffee und redeten über nichts Besonderes, dann machte Søren sich zum Gehen bereit. Er küsste Majas weiche Stirn und drückte ihr den kleinen Fuß, der in der Strampelhose warm und lebendig war.

Über Neujahr fuhren Vibe und Søren für vier Tage nach Schweden, wo Vibe von ihrem Geschäftspartner einen einsamen Hof gemietet hatte. Hier wollte er Vibe alles gestehen, und nach ihrer Rückkehr sollte dann auch Knud von Majas Existenz erfahren. Der Wald hinter dem Haus schien unendlich groß zu sein, und der Schnee rieselte kristallgleich zwischen den Bäumen herab, wenn ein Eichhörnchen sprang oder Wind aufkam. Søren hackte Brennholz und betrachtete den Wald, einen Moment lang erfüllt von dem Wunsch, sein Leben gegen eines einzutauschen, das schlicht und überschaubar wäre. Vibe und er spielten Brettspiele und lasen Bücher, redeten über Elvira, das erste Weihnachtsfest ohne sie, und über Knud, der guten Mutes war und darauf bestanden hatte, dass sie fuhren. Søren hatte zweimal im Snerlevej angerufen, aber nur den Anrufbeantworter erreicht, und er fing schon an, sich Sorgen zu machen, bis er auf seinem Handy schließlich eine Nachricht vorfand. Alles sei in Ordnung. Vibe und Søren sprachen auffallend wenig über ihre Beziehung, als ob sie stillschweigend einen Waffenstillstand geschlossen hätten. Wir sind sozusagen Geschwister, rief Vibe irgendwann und senkte das Buch, in dem sie gerade las. Søren schaute in den wilden Garten hinaus, er dachte an Maja, daran, wie er loswerden sollte, was er Vibe sagen musste. Jetzt wäre ein guter Moment. Gerade jetzt. Aber Vibe lag so gemütlich in eine Decke gewickelt da, ihre Wangen rot von der Wärme des Holzofens und dem Tee auf dem Tisch, und sie sah friedlich aus. Zum ersten Mal seit langer Zeit. Sie liebten sich ein Mal. Zu Silvester. Nach viel Lachs und Wein. Es war vertraut und schön. Am 2. Januar brachen sie frühmorgens auf, und Søren hatte es ihr noch immer nicht gestanden.

Sie waren gerade von der Autobahn abgefahren und hielten an einer Tankstelle, um sich einen Liter Milch zu kaufen, als Søren die Schlagzeile las. »Mörderwelle in Asien tötet Tausende«, stand dort.

»Was ist los?«, rief Vibe entsetzt. Aus Sørens Kehle war ein seltsamer, schriller Laut gedrungen. Sie kauften außer der Milch Zeitungen, alle Zeitungen.

»Nein, wie schrecklich«, sagte Vibe immer wieder, während sie blätterte. »Oh Gott, das ist doch unerträglich.« Die Tränen liefen ihr über die Wangen. Sie erzählte von einer australischen Mutter, die mit ihren beiden Söhnen unterwegs war, doch als die Welle kam, hatte sie nicht genug Kraft, beide festzuhalten, musste den älteren, sieben Jahre alt, loslassen. Jetzt war er verschwunden. Vibe löste sich schlicht auf. Søren sagte kein Wort.

»Willst du mit hochkommen?«, fragte sie, als Søren vor Vibes Haus hielt. Er schüttelte den Kopf.

Maja, Katrine und Bo standen nicht auf den Listen. Søren prüfte rund um die Uhr alle halbe Stunde die Internetseite des Innenministeriums. Dort standen sie nicht. Warum meldeten sie sich nicht? Das würde er Katrine ins Gesicht brüllen, sobald er sie sah, damit sie niemals wieder so unbedacht handelte. Er überlegte, wen er anrufen könnte. Aber ihm fiel niemand ein. Offiziell existierte er in Zusammenhang mit der Familie Beck Vestergaard nicht. Er hatte eine Samenzelle gespendet, und es gab niemanden, mit dem er telefonieren könnte. Vibe rief mehrmals an, dann konnte er aber nicht atmen und ebenso wenig mit ihr sprechen.

Bo meldete sich am Abend des 5. Januar. Søren hatte versucht, ein Fertigmenü herunterzubekommen, hatte aber keinen Appetit. Er stand am Fenster, und das Telefon lag auf der Fensterbank. Nach dem ersten Klingeln griff er danach.

Die Kilos purzelten nur so von Sørens Körper, Mitte Januar ließ er sich beurlauben. Bo rief jeden Tag an, aber Søren ging nicht ran. Einmal versuchte Bo es von einer anderen Nummer aus und führte

Søren somit in die Irre. Bo schrie, Søren legte auf. Danach ging Søren gar nicht mehr ans Telefon. Zweimal wurde nachts wütend an der Tür geklingelt, und Søren wusste, dass es Bo war. Er öffnete nicht, sondern lag ganz still unter der Decke. Zuletzt gab Bo auf.

Søren verbrachte die Tage mit Knud, strich dem alten Mann über die Haare und sah, wie der immer weiter schrumpfte.

»Musst du nicht zur Arbeit?«, fragte er.

Søren verneinte.

Am Abend vor seinem Tod lag Knud am Morphiumtropf im Wohnzimmer des Hauses im Snerlevej und hatte die ganze Zeit vor sich hin gedöst. Erst gegen neun Uhr abends wachte er unvermittelt auf und rief nach Søren. Seine Augen waren blau und wach, aber seine Zunge machte Schwierigkeiten.

»Vibe«, sagte er.

»Vibe ist heute nicht hier. Soll ich sie anrufen?«

Vibe war irgendwo eingeladen. Sie hatten abgemacht, dass sie ihr Handy lautlos stellen sollte, damit Søren anrufen könnte, wenn die Lage schlimmer würde. Søren streckte die Hand nach seinem Telefon aus.

Knud gab ein unzufriedenes Geräusch von sich, und Søren erstarrte mitten in der Bewegung.

»Nein, nicht anrufen.« Er wand sich, verdrehte zweimal die Augen, dann fielen die Lider zu. Und als Søren gerade aufstehen und Kaffee kochen wollte, war Knuds Stimme wieder zu hören.

»Man muss seine Frau lieben«, er unterbrach sich und rang um Atem. »Wie ich Ella liebe.« Knud hatte Elvira als Einziger Ella genannt.

»Ich freue mich aufs Sterben«, sagte er dann und klang jetzt überraschend klar, wie der Knud, den Søren kannte.

»Denn dann sehe ich sie wieder.« Er lächelte schwach. Knud war durch und durch Atheist. Jetzt rann eine Träne über seine Wange. »Und ich freue mich so darauf, sie wiederzusehen.«

Søren musste kämpfen, um nicht ebenfalls in Tränen auszubrechen.

»Und Vibe …«

»Wir haben abgemacht, dass ich sie jederzeit anrufen kann«, sagte Søren noch einmal.

»Sei still«, fauchte Knud, als wäre es weniger schmerzlich, ihn mit einem raschen Peitschenhieb zurechtzuweisen als mit einer langen Erklärung. Søren schielte zur Morphiumpumpe hinüber.

»Vibe ist für Ella und mich wie eine Tochter.« Seine Stimme war wieder ruhig. »Aber wenn man eine Frau liebt, dann will man für sie sterben.« Ihm fielen die Augen zu. Søren saß wie zur Salzsäule erstarrt da. Dann öffnete Knud die Augen wieder und sagte: »Und du willst für Vibe nicht sterben, das immerhin weiß ich.«

Das waren seine letzten Worte. Søren legte den Kopf auf den dünnen, von einer Decke verhüllten Oberschenkel seines Großvaters und weinte. Es wollte kein Ende nehmen. Er spürte, wie Knuds Hand sich ein wenig bewegte, doch war sie zu abgemagert und schwach, um Sørens Kopf erreichen zu können. Søren war der jüngste Polizeirat in der Geschichte Dänemarks, er konnte den Mörder aufgrund eines Augenbrauenhaares überführen, das unpassend wirkte, wenn er das Vernehmungszimmer betrat, er konnte rückwärts stricken, bis alles offen lag, doch die, die er liebte, starben ihm weg.

Søren parkte seinen Wagen in der Tiefgarage der Wache von Bellahøj, lief die Treppe hoch, setzte in der Küche Kaffee auf und ging in sein Büro, während der Kaffee durch den Filter lief. Das alles war jetzt lange her. Elvira, Maja, Knud. Fast drei Jahre. Søren schaute hoch in den Himmel. Es sah nach Schnee aus, obwohl es erst Anfang Oktober war. Er wühlte ein wenig auf seinem Schreibtisch herum und suchte nach einem Bericht, den er zu Ende schreiben musste. Da riss Henrik die Tür auf, ohne vorher anzuklopfen.

»Hallo, Søren«, sagte Henrik. »Willst du mit zu einer Vorlesung in die naturwissenschaftliche Fakultät?«

Søren blickte fragend auf. Er griff nach seiner Jacke und zog sie langsam an.

»Ein ziemlich aufgeregter Typ namens Johannes Trøjborg hat vor einer Stunde die 112 angerufen, weil sein wissenschaftlicher Betreuer sterbend in seinem Büro lag. Sejr und Madsen sind sofort mit dem Krankenwagen hingefahren und haben jetzt mitgeteilt, dass es sich bei dem nunmehr Verblichenen um einen gewissen Lars Helland handelt, siebenundfünfzig Jahre alt, Professor an der

Universität von Kopenhagen. Zuerst hat der Ambulanzarzt berichtet, Helland sei an Herzversagen gestorben.«

Søren wollte seine Jacke schon wieder ausziehen. »Aber«, Henrik hob die Hand und schaute auf seine Unterlagen, »seine Zunge war abgebissen worden und lag auf seinem Brustkorb. Der junge Trøjborg ist ganz und gar außer sich. Der stellvertretende Oberobduzent der staatlichen Rechtsmedizin ist mit den Jungs von der Technik unterwegs dorthin. Kommst du mit?«

Søren zog den Reißverschluss seiner Jacke zu. Sie gingen in die Tiefgarage hinunter und fuhren mit rasender Geschwindigkeit in Richtung Universität. Henrik erzählte einen absolut albernen Witz, und Søren schaute wieder hoch in den Himmel, der aussah, als könnte er jeden Moment bersten.

4

Clive Freeman lebte in Kanada und war Professor am Fachbereich Paläoornithologie in der Abteilung für Evolution der Vögel, Paläobiologie und Systematik der University of British Columbia, und zwar seit zweiunddreißig Jahren. Er wohnte auf Vancouver Island, nicht sehr weit vom Campus entfernt, und hatte sich auf die Evolution der Vögel spezialisiert. Vögel stammten von einem primitiven Reptil ab, einem sogenannten Thecodonten, und aussichtsreichster Kandidat für den Posten des Vogelahnherrn war der Archosaurier *Longisquama*. Andere Forscher weltweit, Forscher, die Freeman respektierte, hielten die heute lebenden Vögel für moderne Dinosaurier. Clive Freeman aber sah das ganz anders.

Clive war im nördlichsten Kanada als einziges Kind des bekannten Verhaltensforschers David Freeman aufgewachsen, einem der bedeutendsten Spezialisten für Wölfe Kanadas in der zweiten Hälfte des 20. Jahrhunderts. David brachte seinem Sohn alles über den Wald bei. Über die Prozesse in den Bäumen, im Waldboden, zwischen den Tieren und in den Tieren selbst. Es gab nie auch nur einen Zweifel an Clives Berufung zum Biologen.

Mit zwölf Jahren entschied Clive sich für die Vögel als sein Spezialgebiet. Sie gehörten zur avanciertesten Tierklasse der Welt, einer primitiven Reptilienform entsprungen, die zudem Ursprung von Schildkröte und Krokodil war. Das Skelett des Vogels war stromlinienförmig, seine Knochen hohl und mit Luft gefüllt, was ihm überlegene Bewegungen verlieh, sein Gefieder war vollendet, und der Vorgang des Eierlegens suchte seinesgleichen. Darüber dachten die Leute nicht nach, wenn Spatzen auf ihren Rasenflächen herumpickten oder Tauben ihre Kühlerhauben beschmutzten. Das gefiel Clive. Es war so, als hätte einzig und allein er den Diamant im grauen Schmutz gefunden.

Clives Vater machte sich nichts aus Vögeln.

»Es ist im Grunde erstaunlich, wie wenig Ahnung du von den Wölfen hier in der Gegend hast, wenn man bedenkt, dass dein Vater derjenige ist auf der Welt, der sie am besten kennt«, sagte er eines Tages. Er hatte versucht, Clive nach dem Abendessen über Säugetiere abzufragen, und Clive war nicht gerade in Topform gewesen. Molaren und Prämolaren. Und Backenzähne, fügte er hinzu. Clives Vater hatte ihn lange angesehen.

»Prämolaren *sind* Backenzähne, du Idiot«, hatte er dann gesagt, war aufgestanden und in sein Arbeitszimmer gegangen. Clive hätte ihm eigentlich gern etwas über Schnäbel erzählt. Schnäbel waren ganz besondere Strukturen, in einem Grad angepasst und entwickelt, den Clive kaum begreifen konnte. Lange, dünne Schnäbel, kurze, plumpe, geschwungene Schnäbel. Herbivorschnäbel, Omnivorschnäbel, Carnivorschnäbel, es gab alle möglichen Sorten Schnäbel, zu welchem Zweck auch immer. Clives Herz schlug nun einmal für Vögel, und dass die keine Säugetiere waren, störte ihn nicht.

Als Clive an der UBC in Vancouver einen Studienplatz für Biologie bekam, war er gerade einmal achtzehn Jahre alt und wusste schon alles über Vögel. An dem Tag, an dem er die Zusage erhalten hatte, war Clive hinausgerannt zum Briefkasten und hatte den Brief sofort aufgerissen. Als klar geworden war, dass man ihn erwartungsgemäß angenommen hatte, drehte er sich zu seinem Elternhaus um und betrachtete es. Irgendwo im Haus saß sein Vater und klammerte sich fanatisch an seine Bücher. In diesem Moment beschloss Clive, niemals so zu werden wie er. Es gab im Leben doch mehr als nur ein Fach. Die Sonne wärmte Clives Stirn, und er schloss die Augen. Als Kind hatte er seinen Vater verehrt und gefürchtet. Das tat er noch immer. Aber je größer Clives naturwissenschaftliche Kenntnisse geworden waren, desto unmöglicher war es ihm geworden, all das zu glauben, was sein Vater ihn lehrte. Innerhalb der Naturwissenschaften war außerdem viel geschehen: neue Methoden, moderne Verhaltensforschung, eine

Welt der Technik, die, davon war Clive überzeugt, die Zukunft bedeutete, für die David Freeman sich jedoch nicht sonderlich begeistern konnte. Sie hatten in den vergangenen Jahren heftig miteinander gestritten, so heftig, dass Clives Mutter ab und zu ihren Teller genommen hatte und in die Küche gegangen war, um dort weiterzuessen.

In wenigen Wochen würde er einen Schlussstrich unter seine Kindheit ziehen. Vielleicht würde sich die Beziehung zu seinem Vater dann ändern? Vielleicht würde David Clive in Vancouver besuchen und stolz darauf sein, dass sein Sohn in die eigenen Fußstapfen trat?

Am Abend erzählte er seinen Eltern, dass er für das Fach Biologie an der UBC angenommen worden sei und er nach Vancouver ziehen wolle.

»Vögel haben einen albernen, unbeholfenen Gang«, sagte David und aß weiter.

Clives Mutter sagte: »Hört jetzt beide auf.«

Clive stellte sich vor, wie er aufstand, sich für das Essen bedankte, herablassend den kahlen Schädel seines Vaters betrachtete, seinen Teller in die Küche brachte, auf sein Zimmer ging und ein Buch las. Aber er drehte sich zu seinem Vater herum und sagte leise: Wenn es denn zutreffe, dass Vögel nicht gerade elegant gingen, so sei es doch immer noch beeindruckend genug, wie viele von ihnen überhaupt noch auf Füßen gehen könnten, wo ihr Flugsinn so hoch entwickelt sei. Wölfe könnten ja ebenfalls nur auf allen vieren laufen und beherrschten keine alternative Bewegungsform.

David habe nicht hören können, was er gesagt hatte, und Clive wiederholte seine Bemerkung, lauter als unbedingt nötig.

Daraufhin feuerte David lateinische Knochenbezeichnungen ab und wühlte im Skelett des Wolfes herum, dessen Aufbau seiner Ansicht nach dem der Vögel überlegen war. Die Mutter reichte die Kartoffeln herum und schenkte Wasser nach, dabei schaute sie Clive kurz und flehend an.

Plötzlich erstarrte er. Was hatte David da soeben gesagt?

»Was hast du eben gesagt?«

Clives Mutter saß unbeweglich da, und David hielt mitten in einer Erklärung inne – seine Hand in der Luft, der Mund leicht geöffnet. In seinem Wortschwall hatte David einen kleinen Knochen erwähnt, der bei primitiveren Säugern zwischen Rollbein und Schienbein saß, obwohl doch jeder Idiot wusste, dass auf der Entwicklungsstufe, die der weiße Wolf mittlerweile einnahm, besagter Knochen längst verschwunden war. David Freeman hatte einen Fehler gemacht. Clive hatte es gehört, und David wusste um seinen Lapsus.

Einige Sekunden lang geschah gar nichts. Die Zeit stand still, und Clives Herz hämmerte. Dann stieß David seinen Stuhl zurück und verließ das Esszimmer.

Clive freute sich zwei ganze Tage. Bei David schien die Luft heraus zu sein. Er kam zu den Mahlzeiten und beteiligte sich am Gespräch, wenn auch wortkarg, sogar die Mutter lebte ein wenig auf und fragte mehrere Male:

»Nicht wahr, mein Lieber?«

»Doch, doch«, murmelte David. Plötzlich bekam Clive Redezeit zugebilligt, und er berichtete von dem Studienplan, der ihm zugesandt worden war, und vom bevorstehenden Semester. Seine Mutter hörte zu, und David schwieg. Das war noch nie vorgekommen. Plötzlich fand Clive, sein Vater sehe alt aus, wurmstichig durch all den Widerwillen, den er im Laufe der Jahre ausgestrahlt hatte. Und in einem Anfall seltener Zuneigung nannte Clive David »Vater«, was er sonst niemals tat.

Zwei Tage später war Clive auf dem Weg zu Davids Arbeitszimmer, um zu fragen, ob sie vor seiner Abreise einen letzten gemeinsamen Spaziergang durch den Wald machen sollten. Solche Spaziergänge waren Clives schönste Kindheitserinnerungen, und er wollte gern eine tagesfrische mit nach Vancouver nehmen. Zuvor trank er am Küchentisch lehnend ein Glas Milch, um Mut zu fassen, als im Garten etwas seine Aufmerksamkeit erregte. Der Rasen war ein unebenes Stück Erde, in dem teilweise arktische Pflanzen standen, und in einer Ecke war Clives Vogelbrett aufgebaut, hinter dem man vier das Erdreich durchbrechende Felsbrocken erahnen konnte. Noch weiter hinten wiederum begann der Wald.

Überall auf dem Boden um das Futterbrett herum lagen tote Vögel – drei, sieben, zwanzig. Clives Blicke jagten umher, während er zählte. Er stellte sein Glas ab und ging hinaus. Überall lagen sie.

Auf dem Boden, auf dem saubergekratzten Stück unter dem Futterbrett, auf dem Brett, wo Clive die Körner ausgestreut hatte: Ringsum lagen schlaffe Federkugeln. Voller Entsetzen beugte Clive sich vor und inspizierte das Futterbrett. Es war leer, bis auf zwei Ähren, die im Wind hin und her schwangen. Dann sah er dorthin, wo es im Boden verankert war, und entdeckte die roten Körner. Es waren nicht viele, aber sie reichten aus: Rattengift. Clive ging sofort auf sein Zimmer und packte seine Tasche. Nicht eine Sekunde länger wollte er im Haus seines Vaters verbringen.

In Vancouver mietete Clive ein Zimmer in der Villa einer älteren Dame. Vor dem Haus befand sich ein ungepflegter Garten, den Clive in Ordnung zu bringen anbot.

Im Nachbarhaus wohnte Jack. Als Clive einzog, war er fünf Jahre alt, einige Monate zuvor war Jacks Vater gestorben. Jack war ein hübsches Kind mit aufmerksamem Blick und stand eines Tages, als Clive im Garten arbeitete, abseits und bohrte mit dem Fuß in der Erde. Clive bat ihn hereinzukommen.

Zuerst gruben Jack und Clive an einer Stelle, wo die alte Dame gern einen Rosenbusch gepflanzt haben wollte, ein Loch in den Boden: Anschließend saßen sie da und sahen sich all das an, was mit der frischen Erde nach oben kam: Käfer, Regenwürmer, Puppen, die kurz vorm Schlüpfen standen, Skelette und ein erst vor kurzem verstorbener Maulwurf, dessen Fell noch immer weich und schwarz war. Jack wollte alles über die Natur wissen.

Im Laufe der Woche bekam Clive sehr rasch sehr viel zu tun. Er hatte viele Termine an der Uni, danach musste er büffeln und Berichte schreiben. Clive hatte Jack gesagt, unter der Woche müsse er sich selbst unterhalten, erst am Samstagmorgen um neun habe er Zeit. Pünktlich stand Jack mit seinem Eimer, stumpfem Taschenmesser und Schmetterlingsnetz unter Clives Fenster vor dem Haus. Anfangs blieben sie im Garten, doch als sie den durchgekämmt hatten, ging Clive mit Jack in den Wald. Auf die Lichtungen, unter die Kronen – mit Feldflasche und Butterbrotpaket, Nachschlagewerken und Sammelbehältern für ihre Funde.

Clive lehrte Jack, wie man auf einem flachen Stein ein Tier sezierte: eine Maus, ein Kaninchen, eine Taube. Die Skalpelle kaufte

Clive im Laden auf dem Campus, und er prägte Jack sorgfältig ein, wie scharf sie waren. Der Junge sah ihn mit erstaunten Augen an. Das erste Tier, das sie aufschnitten, war erst wenige Stunden zuvor gestorben, es war unversehrt und stank überhaupt nicht. Clive führte Jacks Hand mit dem Messer. Als das Tier geöffnet und der Bauch entblößt war, fragte er Jack, ob er die Milz herausholen wolle.

»Die Milz ist bläulich und geformt wie eine Pflaume, mehr sage ich nicht.« Jack nahm das Messer, zögerte ein wenig und holte Luft. Aber am Ende schaffte er es und hielt das glänzende Organ in seiner hohlen Hand, er lächelte zaghaft. Auf der Wange ein wenig getrocknetes Blut, sein dunkles Haar verfilzt, strahlte er, als Clive ihn lobte.

Das wurde fortan zu ihrem Spiel. Clive gab vor, welches Organ herausgeschnitten werden sollte, und Jack schnitt. Mit seinen zehn Jahren war er ein überaus tüchtiger Chirurg, nicht nur, was die Geschicklichkeit anging, sondern auch hinsichtlich seiner Schnelligkeit. Zwischen dem Finden oder Erlegen eines Tieres und dem Ausweiden verging selten mehr als eine Viertelstunde. Clive fuhr dem Jungen durch die Haare.

Durch das Fenster betrachtete Clive Jacks Mutter. Sie hatte vier Kinder, Jack war das jüngste. Sie arbeitete als Kassiererin im Supermarkt und schien Clive nie zu erkennen, wenn er dort einkaufte. Unter den Augen zeichneten sich Falten ab, und sie rauchte zu viel, aber trotzdem hatte sie etwas Anziehendes mit ihren schlanken, sonnengebräunten Armen und dem schmalen Rücken. Aber Clive wollte sich nicht mit den Kindern anderer Leute abgeben. Jack war natürlich kein Problem, der war ein guter Junge, Clives Junge. Aber seine Geschwister gingen ihm auf die Nerven. Der Älteste war sechzehn oder siebzehn und machte irgendwo eine Mechanikerlehre. Clive sah ihn abends nach Hause kommen, hörte, wie er sich lautstark mit der Mutter stritt, und beobachtete ihn, wie er im Vorgarten ein Auto reparierte, wobei er leere Bierflaschen eine nach der anderen ins Gras warf. Eines Abends kam er spät nach Hause, und Clive belauschte einen heftigen Streit. Hure, wurde gerufen, Jacks Mutter heulte, etwas fiel zu Boden und zerbrach. Nach diesem Vorfall sah Clive den Bruder nur noch selten, und Jack erzählte, der sei ausgezogen. Die mittleren Kinder waren vierzehn Jahre alte Zwillinge. Das Mädchen war reizend, hatte aber bereits die gleiche verkommene Ausstrahlung wie die Mutter. Von seinem Fenster aus konnte Clive zusehen, wie sie heimlich rauchte, wie sie sich schminkte und hinter der Hecke hochhackige Stiefel anzog, wenn sie abends ausging. Sie würde wie ihre Mutter enden, das lag auf der Hand: zu viele Kinder bekommen, die sie nicht mehr versorgen könnte, sobald der Mann sich dünnmachte. Der Bruder war keinen Deut besser. Er wirkte wie eine Miniaturausgabe seines großen Bruders, und wenn er allein war, hing er in einem Liegestuhl im Garten und onanierte unter einer Decke. Aus der Ferne sogar konnte Clive sehen, dass er genau das tat, konnte von weitem erkennen, was da für Blättchen neben dem Liegestuhl im Gras lagen. Clives Hals schnürte sich zusammen bei dem Gedanken, was Jack erwartete.

Clive begann, Geschenke für Jack zu kaufen: neue Skalpellklingen und ein kleines Fernglas, in das Jacks Name eingraviert war. Er gab ihm Bücher und Aufgabenhefte und überließ Jack alle wissenschaftlichen Zeitschriften, die er selbst schon gelesen hatte. Wenn sie gemeinsam im Wald unterwegs waren, hatte Clive ein Auge auf den Jungen. Er half ihm über den Bach, gab ihm seine Kappe, wenn die Sonne brannte und Jack seine vergessen hatte, stellte ihm nur Aufgaben, die dieser auch lösen konnte, und folgte seinen Antworten. Der Junge sollte es gut haben, wenn er mit Clive zusammen war. Ab und an fasste er Jack ans Kinn und drehte dessen Gesicht zu sich, wie um etwas zu untersuchen, was er dringend verstehen wollte, oder er nahm Jacks Arm, wenn dieser zu sehr drauflosplapperte und sich nicht mehr konzentrierte. Clive schlug ihn natürlich nie. Aber es war wichtig, dass Jack seinen Platz kannte. Sonst würde er niemals die Kraft finden, mit dem zu brechen, wo er herkam.

»Würdest du gern mal versuchen, größere Tiere zu sezieren?«, fragte Clive. Jack machte seine Sache inzwischen so gut, dass Hasen und Igel keine Herausforderung mehr darstellten.

Es war an einem frühen Sonntagmorgen, und der Nebel lag

dicht unter der aufgehenden Sonne. Clive hielt einen Spaten in der Hand, im Rucksack befanden sich eine Thermoskanne mit heißem Kakao und eine Packung Brote. Jack nickte zögerlich. Clive schlug vor, auf einer Lichtung eine Falle zu bauen, und konzentrierte sich darauf, wie die Falle wohl konstruiert werden könnte und wie sie das Tier später herausholen sollten. Da bemerkte er, dass Jack gar nichts tat. Er stand ein wenig abseits und sah unglücklich aus.

Clive trat zu ihm und kniete nieder, um auf Augenhöhe mit Jack zu kommen.

»Was ist denn los?«, fragte er vorsichtig.

»Ich will nicht immer Tiere umbringen«, sagte der Junge.

Clive zog ihn an sich. »Aber so ist das in der Natur«, sagte Clive in Jacks Haare. Er duftete unschuldig nach Wald und Kinderschweiß.

»Dann kannst du das ja machen«, sagte Jack und wand sich. Clive ließ ihn los.

»Dann machen wir etwas anderes«, sagte Clive.

»Okay«, sagte Jack erleichtert.

Sie gingen tiefer in den Wald.

»Ich wünschte, du wärst mein Vater«, sagte Jack plötzlich.

Clive lächelte.

»Dann tun wir doch einfach so«, sagte er munter.

Die Wochenenden vergingen, und die Wochen wurden zu Jahren. Zu Jacks dreizehntem Geburtstag schenkte Clive ihm eine Baumhütte im Wald. Er hatte sie heimlich gebaut und schlug Jack vor, im Wald zu übernachten und dort zu feiern. Da wollte Jack gern sein. Sie packten Proviant, Gaskocher und Decken, Comics und Taschenlampen ein, und dann zogen sie los. Jack blickte Clive fragend an, als der stehen blieb und sein Gepäck unter einen großen Baum auf den Boden warf. Clive zeigte auf die geschickt verborgenen Nägel, die er als Leitersprossen in den Stamm geschlagen hatte, und Jack kletterte brav hoch und verschwand zwischen den Blättern. Aus dem Baumwipfel war ein Freudenschrei zu hören, und Clive lächelte, als er hinter Jack her kletterte. Als er oben ankam, saß Jack schon auf der schmalen Galerie vor dem Eingang zur Hütte und ließ die Beine über die Kante baumeln.

In der Hütte waren zwei Regale für ihr Gepäck vorgesehen, und am Ende der Galerie gab es eine Abschirmung, sodass man ungestört über den Rand pinkeln konnte. An der Hüttenwand hatte Clive Bilder von Jack und ihm angebracht – aus einer acht Jahre währenden Freundschaft, in der ein Kind zum Jungen und ein Junge zum Mann geworden war. Man konnte es in ihren Gesichtern lesen. Aus Clives Zügen war das Weiche inzwischen verschwunden, was mehr noch für Jack galt. Jacks Blick war intelligent, sein Gesicht schlanker geworden, seine Haare länger. Der kleine Junge schwand mehr und mehr.

An diesem Abend brieten sie in einer Pfanne Würstchen, die Clive aus seinem Rucksack hervorgezaubert hatte, und zum Nachtisch teilten sie eine Tafel Schokolade, die sich als Kochschokolade entpuppte, aber trotzdem gut schmeckte. Sie schliefen dicht aneinandergeschmiegt, um nicht zu frieren, und hörten Eulen schreien und Wapitihirsche röhren.

Am frühen Morgen, als der Mond noch am Himmel stand, sang die Nachtigall in nächster Nähe. Jack schlief, und Clive betrachtete die Lippen des Jungen, die sich im Mondlicht scharf abzeichneten. Er wollte die Hand ausstrecken und Jack berühren, und im selben Moment drehte Jack sich im Schlaf zu ihm. Clive konnte den Atem des Jungen riechen, der stark und fremd war. Unvermittelt verspürte Clive eine unbekannte Erregung. Nicht wie die, die er erlebte, wenn er an Jacks Mutter oder an seine Kommilitoninnen dachte, sondern etwas viel Tieferes, als wäre wie ein Atoll aus dem Meer eine unbekannte Lust in ihm aufgestiegen. Clive versuchte, ruhig durchzuatmen, und presste sich enger an Jacks warmen, schlafenden Körper.

Plötzlich setzte Jack sich auf und rutschte zur Seite.

»Was ist los?«, fragte er. »Stimmt was nicht?«

In der Hütte war es noch immer dämmerig, und Clive erwiderte nichts, sondern stellte sich schlafend. Er war hellwach, aber erst mindestens eine Stunde später, als es schon hell geworden war, reckte er sich und sagte, er habe lange nicht mehr so gut geschlafen. Jack saß längst auf der Galerie vor der offenen Tür und schaute auf den Wald hinaus. Mit dem Gaskocher bereiteten sie ihren Brei zu, packten dann ihre Sachen zusammen und gingen nach Hause.

Sie verabschiedeten sich auf dem Weg vor dem Gartentor zur Villa, und Clive merkte, wie seine Knie zitterten. Jack schien Clive umarmen zu wollen wie sonst auch: ein kurzes Aufeinanderwerfen ihrer Brustkästen, ein kumpelhafter Klaps auf den Rücken nach dem Motto: »War super. Danke und bis bald.« Clives Hand schnellte vor und hielt Jack zurück, der überrascht Clives Hand nahm.

»Du bist jetzt ein Mann«, sagte Clive. »Dreizehn Jahre.«

Jack sah glücklich aus, und seine Überraschung verflog. Clive schulterte seinen Rucksack und ging über den Gartenweg weiter.

»Bis dann«, rief er über seine Schulter zurück.

Am Abend konnte Clive nicht einschlafen. Er lag keuchend in seinem Bett, sein Körper pochte.

Drei Monate später zog Jack fort, weil seine Mutter eine Anstellung in einer anderen Stadt gefunden hatte. Clive stand am Fenster und beobachtete, wie der Möbelwagen beladen wurde. Er hörte die Türklingel, er hörte, wie die Vermieterin ihn rief, und er sah Jack unverrichteter Dinge zurück zum wartenden Auto trotten. Als der Wagen um die Ecke gefahren war, stieß Clive einen tiefen Laut der Verzweiflung aus. Es ist besser so, dachte er dann. Jack hatte sich in der letzten Zeit verändert, von dem kleinen Burschen war nichts geblieben, doch Clive vermisste ihn und hatte keine Ahnung, wie er sich dem neuen Jack gegenüber verhalten sollte. Seit dem Geburtstag im Wald hatte Jack zweimal ihre Samstagsverabredungen abgesagt, und am jüngst vergangenen Samstag hatte er sich gar nicht blicken lassen. Erst am späten Vormittag war er herübergekommen, mit vom Schlaf verwuschelten Haaren und einem Pickel auf der Wange. Clive saß auf der Steintreppe und schnitzte an einem Stöckchen herum.

»Tut mir leid, ich hab verpennt«, sagte Jack. Er trug lange Shorts, lief mit nacktem Oberkörper umher und reckte sich träge.

Clive murmelte eine Bemerkung und schnitzte weiter. Jack hätte genauso gut tot sein können. Der Junge, den Clive beschützt und um den er sich gekümmert hatte, war verschwunden. Hier stand jetzt ein junger Mann. Jack schaute ihn unter seinem lockigen Pony schräg von unten an, und seine markante Oberlippe zeigte in Richtung Clive.

Es ist besser so, dachte Clive noch einmal, als der Möbelwagen schon längst verschwunden war. Das, was er für den neuen Jack empfand, war verboten.

Als Clive Jack wiedersah, wollte er seinen eigenen Augen nicht trauen. Es war 1993, Clive war mit Kay verheiratet, hatte zwei Kinder und eine Professur in der Abteilung für Evolution der Vögel, Paläobiologie und Systematik. Er war der jüngste Professor, den es dort jemals gegeben hatte. Clive erkannte Jack sofort. Er stand links vom Eingang und schaute verstohlen auf die Uhr, zu seinen Füßen eine verschlissene Aktentasche. Jack war groß und sehr dunkelhaarig, sein Gesicht war das eines Mannes. Aber Clive erkannte die scharfe Kante, die seine Oberlippe zog, die noch immer wachsamen Augen und die Bewegung, mit der er sich die Haare zur Seite strich, waren dieselben wie damals. Clive durchströmte Wärme am ganzen Körper, und er streckte Jack die Hand entgegen. Zuerst erkannte Jack ihn nicht, doch dann drang sein Blick bis unter den weichen Bart vor, den Clive sich inzwischen stehen ließ, und dann strahlte er über das ganze Gesicht.

»Clive, oder?«, rief er und lächelte. Jack war größer als Clive, und zwei Sekunden lang standen sie nur da und sahen einander an.

»Was machst du denn hier?«, fragte Clive.

»Heute ist mein erster Schultag«, sagte Jack und lächelte verlegen. Es war beinahe beängstigend, wie wenig er sich verändert hatte. Clive konnte ein Gefühl des Stolzes nicht unterdrücken. Das hier war sein Verdienst.

»Du hast mir alles über die Natur beigebracht«, sagte Jack. »Alles, was ich weiß. Das werde ich dir nie vergessen.«

»Gern geschehen«, sagte Clive. »Du wirst schon eine Möglichkeit finden, es mir eines Tages zurückzuzahlen«, fügte er hinzu und lachte.

Jack absolvierte sein Studium in der Regelzeit und promovierte über Wissenschaftstheorie mit Schwerpunkt auf Vermittlung von Naturwissenschaften von der Renaissance bis in die moderne Zeit. Clive hörte bei Jacks Disputation zu und konnte vor Unruhe die Füße nicht stillhalten. Clive hatte gehofft, Jack werde sich auf Vögel spezialisieren, und hielt Wissenschaftstheorie für keine echte Wissenschaft. Aber Jack wusste, was er wollte, und kurze Zeit nach seiner Dissertation startete er eine neue kanadische Zeitschrift. *Scientific Today* wurde innerhalb kürzester Zeit zur meistverkauften naturwissenschaftlichen Zeitschrift auf dem nordamerikanischen Kontinent und bald auch in Europa. Seit der Begegnung in der Eingangshalle der Universität waren acht Jahre vergangen, und Clive und Jack verabredeten sich in regelmäßigen Abständen zum Mittagessen. Sie fachsimpelten, diskutierten die neuesten Maßnahmen der Universität, werteten wissenschaftliche Konferenzen aus, sparten aber ihr Privatleben geschickt aus, als bestünde eine stillschweigende Übereinkunft zwischen ihnen. Es ergab sich, dass sie bei einem Kongress im selben Hotel übernachteten und abends dann zusammen essen gingen, manchmal mit Kollegen, bisweilen nur zu zweit. Aber es wurde nie wieder wie damals, nicht einmal annäherungsweise. Warum lud er Jack und dessen Frau, Molly, nicht einfach einmal zum Essen ein, fragte sich Clive. Kay wäre begeistert. Oft erwähnte sie, dass sie niemals Gäste hatten. Aber irgendetwas in ihm setzte sich zur Wehr. Was würde geschehen, wenn die entspannte private Atmosphäre Jack plötzlich die Zunge lockerte? Würde er Kay dann verraten, dass Clive jahrelang jedes Wochenende mit ihm gespielt hatte, obwohl er fünfzehn Jahre älter gewesen war als Jack? Dass Clive keinen einzigen Freund in seinem eigenen Alter gehabt hatte? Dass Clive Jack gelehrt hatte, Tiere zu töten und zu sezieren, dabei jedoch nie selbst eines getötet und seziert hatte? Wie viel wusste Jack wohl noch von dieser Nacht im Baumhaus? Clive durchfuhr ein kalter Schauder. Er hatte so gelitten, als Jack damals weggezogen war, hatte sich geschämt. Jetzt gehörte das alles der Vergangenheit an, und so sollte es auch bleiben.

Im Jahr 2001 veröffentliche Clive sein Lebenswerk, *Die Vögel*. An dem Tag, als das Buch aus der Druckerei kam, blätterte er lange darin herum. Vier Jahre lang hatte er an diesem Werk gearbeitet, und alle Argumentationen waren hieb- und stichfest. Schon bald würden seine Widersacher einer nach dem anderen zu der Überzeugung gelangen, dass Vögel und Dinosaurier Schwestergruppen waren und nicht Nachkommen respektive Vorfahren. Darren in New York, Chang und Laam in China, Gordon an der Universität Sydney, Clark und seine Leute in Südafrika, doch am meisten freute er sich auf die Reaktion des Dänen Lars Helland. Der dänische Wirbeltiermorphologe gehörte zu den Gegnern, die Clive am meisten zu schaffen machten. Nie tauchte Helland auf den verschiedenen weltweit stattfindenden Vogelkongressen auf, deshalb war Clive ihm nicht ein einziges Mal persönlich begegnet, aber Hellands Artikel waren immer sorgfältig aufgebaut und perfide, und jedes Mal wenn Clive selbst etwas über die Evolution der Vögel publiziert hatte, konnte er ganz sicher sein, dass Hellands Reaktion umgehend erfolgen und er das genaue Gegenteil behaupten würde. Als hätte er nichts anderes zu tun, als Clive Schwierigkeiten zu bereiten. Clive war sich jedoch sicher: *Die Vögel* würden Helland zum Schweigen bringen. Clive wusste, dass der Däne fast immer die Entwicklung der Vogelhand heranzog, wenn er in seinen Veröffentlichungen die Verwandtschaft der Vögel mit den Dinosauriern veranschaulichen wollte. Doch weder Helland noch Clives übrige Widersacher hatten sich sonderlich mit der Evolution des Gefieders beschäftigt. Aus diesem Grund hatte Clive beschlossen, das Gefieder zu seiner Trumpfkarte zu machen. Er hatte sich eingehend mit der Entwicklung der Federn befasst, und niemand würde weiterhin behaupten können, das Gefieder moderner Vögel habe *auch nur das Geringste* zu tun mit den federähnlichen Strukturen, die bei Dinosauriern gefunden worden waren.

Nach Erscheinen stürmte das Buch sofort die Bestsellerlisten in Kanada und den USA und wurde von jedem dinosaurierverrückten Hobbybiologen in aller Welt gekauft, von Clives Kollegen hingegen ignoriert. Es wurde hier und dort in mehreren der seriöseren Fachzeitschriften rezensiert, aber jedes Mal in einem eher referierenden Tonfall. Man behandelte es wie ein Kuriosum, mit dem man Spalten füllen konnte, und nicht so sehr als wichtiges naturwissenschaftliches Werk. Nur in *Scientific Today* wurde ihm ein wenig mehr Platz eingeräumt, aber auch damit war Clive nicht zufrieden. Er versuchte Jack anzurufen, um sich zu erkundigen, warum sein Buch so stiefmütterlich behandelt wurde, zudem nur ganz oben auf Seite 22, aber Jack war nicht zu erreichen.

Clive ließ sich bei sämtlichen angekündigten Symposien auf die Rednerliste setzen und schrieb danach sorgfältig alle Abschnitte der *Vögel* zu Artikeln um, die er an wissenschaftliche Zeitschriften in aller Herren Länder schickte. Sein Flächenbombardement schlug bei den internationalen Zeitschriften gleichzeitig ein, und Clive dachte an seinen Vater. Wenn der noch gelebt hätte, wäre er jetzt stolz gewesen. Es verstrich ungefähr ein Monat, ehe die Reaktionen kamen. Auf die war Clive vorbereitet, hatte seine Antworten schon geschrieben, denn er wusste sehr wohl, in welche Kerbe die anderen schlagen würden: beim halbmondförmigen Karpus, der Reduktion der Finger, dem aufsteigenden Verlauf des Rollbeins und dem angeblichen Gefieder.

Clive machte sich aufgeregt über die neuen Ausgaben der Zeitschriften her, überzeugt davon, seine Widersacher würden sofort in die anatomische Diskussion einsteigen. Aber abgesehen von zwei Reaktionen, die von unbedeutenden Kollegen stammten, kritisierte keiner seiner Gegner Clives anatomische Argumentation. Die Kritik richtete sich ausschließlich gegen die Veröffentlichungspolitik der Zeitschriften, die in ihrer Rückgratlosigkeit Clives ursprünglichen Artikel hatten durchgehen lassen, was zu einer zutiefst beklagenswerten Untergrabung der allgemeinen Glaubwürdigkeit dieser Zeitschriften geführt habe. Die Verwandtschaft von Vögeln mit Dinosauriern sei kein für seriöse Medien geeignetes Thema, da es daran nichts zu diskutieren gebe. Vögel seien heute lebende Dinosaurier. Schluss, aus.

Diese Meinung gab es in siebenunddreißigfacher Variation.

Wut brachte Clives Magen zum Brodeln. Sie warfen ihm Inkompetenz vor. Ihm, Clive Freeman, einem weltberühmten Paläontologen und Professor der University of British Columbia, warfen sie wissenschaftliche Unredlichkeit vor.

Der arroganteste Kommentar stammte natürlich von Lars Helland aus Dänemark, der sich diesmal einen Unbekannten, Erik Tybjerg, als Koautor ins Boot geholt hatte, was sicher bedeutete, dass Helland einen seiner Doktoranden mit dem Artikel beauftragt hatte. Aber das war nicht das Schlimmste. Das Schlimmste war, dass dieser Artikel in *Scientific Today* abgedruckt worden war.

Sofort rief Clive Jack an und bat um ein Treffen.

Drei Tage später war Clive mit Jack verabredet, sein Magen befand sich in wildem Aufruhr. Sie trafen sich in einer Bar gegenüber der Redaktion von *Scientific Today*. Jack saß bereits dort, als Clive eintraf. Er trug eine dunkle Hose und ein dünnes T-Shirt und las in einer Zeitung, die auf seinen ungezwungen ausgestreckten Beinen ruhte. Als er aufschaute, spürte Clive, wie sein Bauch sich zusammenkrampfte, und starrte auf Jacks Mund. Clive knallte ihm die Zeitschrift auf den Tisch.

»Was zum Teufel soll das denn hier?«, fragte er.

»Clive, im Auswahlkomitee sitzen außer mir noch fünf andere«, sagte Jack leise.

Clive machte auf dem Absatz kehrt und ging.

Im Herbst 2001 hielt Clive in Chicago eine Gastvorlesung. Normalerweise orientierte er sich an dem, was in *Die Vögel* stand, aber das Publikum in den USA war ungewöhnlich hellhörig gewesen, und Clive ließ sich ein wenig sorgfältiger über seine Gefiederargumentation aus. Asymmetrisches Gefieder war bei modernen Vögeln an Flug gekoppelt, und Dinosaurier hatten natürlich kein Gefieder gehabt, weil sie erstens nicht geflogen waren, zweitens, weil sie Kaltblüter gewesen waren, und drittens: »Können Sie sich den *Tyrannosaurus rex* im Federkleidchen vorstellen?« Dieser Witz hatte den Saal zu schallendem Lachen gebracht, und schließlich sagte Clive: »Zeigen Sie mir einen Dinosaurier mit Federn, und ich werde persönlich jeden einzelnen Fürsprecher der Dinosauriertheorie um Verzeihung bitten.« Er flatterte mit den Armen wie ein Vogel, der abzuheben versucht, und das Gelächter wollte kein Ende nehmen.

Danach hatte Clive zu viel Weißwein getrunken und war zurück auf sein Hotelzimmer getorkelt. Am nächsten Morgen wachte er mit einem entsetzlichen Geschmack im Mund auf und nahm sich ein Mineralwasser aus der Minibar. Während er trank, schaltete er den Fernseher ein und blieb bei CNN. Für den Bruchteil einer Sekunde glaubte er, es müsse sich um einen unverschämten Scherz handeln, denn zur Rechten des Nachrichtensprechers sah er ein großes Foto von etwas, das in Clives Augen aussah wie ein Dinosaurier mit deutlichem Gefieder.

Im selben Moment gab der Nachrichtensprecher ab zum Korrespondenten. Ein Reporter erschien auf dem Bildschirm und trug mit rissigen Lippen vor, er habe die weite Reise nach Asien hinter sich gebracht und befinde sich jetzt in der Provinz Liaoning im Nordosten Chinas.

»Und wir können hier durchaus von einer Sensation sprechen«, keuchte der Reporter, »denn arme Bauern haben gestern etwas gefunden, das sich als der erste gefiederte Dinosaurier der Welt entpuppen könnte. Heute in aller Frühe trafen auch schon die ersten Experten in der Gegend ein, und vor wenigen Minuten wurde uns bestätigt, dass es sich bei dem gestern gefundenen Fossil eben nicht um einen uralten Vogel handelt, sondern um einen Dinosaurier aus der Familie der Theropoda. Dieses Tier hat vermutlich vor 135 bis 212 Millionen Jahren gelebt, und die Sensation besteht darin, dass das Fossil überaus gut erhaltene fossilierte Daunen in einem Kamm an Rücken und am Hinterkopf aufweist. Die schier nervenaufreibende Frage an diesem Morgen im nordöstlichen China lautet also: Konnten Dinosaurier fliegen, waren sie Warmblüter? Oder sind diese Federn ein überraschender Beweis dafür, dass Federn nicht nur zum Fliegen benutzt worden sind? Mehr erfahren wir, sobald die Experten sich diesen sensationellen Fund genauer angesehen haben. Und damit zurück ins Studio.« Clive starrte fast zwanzig Minuten lang auf den Schirm. Dann zerdrückte er die Wasserflasche.

Als er nach Vancouver zurückkam, lächelte Kay nervös. Das Telefon habe den ganzen Morgen geklingelt, und er solle zurückrufen bei … und dann zählte sie eine lange Reihe von Namen auf, von Kollegen der heimischen Wirbeltierabteilung bis zum landesweiten Fernsehen. Jack hatte sich nicht gemeldet.

Clive machte sich einen Teller Brote, streichelte Kay beruhigend die Wange und ging in sein Arbeitszimmer. Ganz gelassen verzehrte er seinen Imbiss. Was sie in China gefunden hatten, war natürlich ein Urvogel. Dinosaurier hatten keine Federn. Er lud achtundvierzig E-Mails herunter und überflog sie alle. Gereizt öffnete er eine von Lars Helland. Typisch. Der dänische Forscher konnte es sich einfach nicht verkneifen, bei der erstbesten Gelegenheit seinen Kommentar loszuwerden. Natürlich auf die ihm eigene charmante Weise, die freundschaftlicher Frotzelei zum Verwechseln ähnelte. Diese Mail löschte Clive.

Als er am Computer fertig war, ließ er sich in den Sessel zurücksinken und versuchte, nicht an Jack zu denken. Warum hatte der sich nicht gemeldet? Clive hatte Molly, Jacks Frau, noch immer nicht kennengelernt. Die beiden hatten seit kurzem eine weitere kleine Tochter, aber Clive hatte auch die ältere noch nie zu Gesicht bekommen. Früher war Clive es gewesen, dem Jacks seltenes Lächeln gegolten hatte, der ihn zu einer überraschenden Geste brachte oder dazu, ihm etwas zu erzählen, wobei sich seine Zungenspitze im Ausdruck voller Konzentration im Mundwinkel verkeilte. Jetzt waren es sicher Molly und die beiden kleinen Mädchen, denen das alles zukam. Clive wusste genau, warum er selbst auf Distanz blieb. Eines Tages hatte Jack Clives Söhne Tom und Franz nur kurz begrüßt, die Jungen hatten ihren Vater an der Universität abgeholt und waren Jack auf dem Parkplatz zufällig über den Weg gelaufen. Zu einer anderen Gelegenheit hatte er ihn im Rahmen eines Seminars bei einem Essen getroffen, das Jack allein besucht hatte. Aber Distanz war das eine, eine demonstrative Kluft etwas ganz anderes. Jack war ausnehmend höflich und hatte immer Zeit für eine fachliche Diskussion, als Privatmensch jedoch war er verschlossener, als Clive es ertragen konnte. Nicht dass sie unbedingt mit Frauen und Kindern etwas unternehmen mussten – bei der bloßen Vorstellung brach Clive schon der Schweiß aus. Aber Clive und Jack waren Verbündete, und das schien Jack nicht akzeptieren zu wollen. Das war doch absurd! Clive kannte Jack besser als jeder andere. Er hatte Jack im Blut und in den Fingerspitzen, die immer noch spürten, wie es gewesen war, durch Jacks dunkle Haare zu gleiten.

Jack wusste nur zu gut, dass die Entdeckung eines angeblich gefiederten Dinosauriers für Clive viele Überstunden bedeutete, denn Clive würde die nächsten Wochen garantiert damit zubringen müssen, seine eigene Position zu verteidigen und die Bedeutung zu widerlegen, die die Presse und alle anderen Idioten dem Fund zumessen würden. Dass Jack ihn nicht in sein Leben ließ, konnte Zufall sein. Es konnte sogar Clives eigene Schuld sein. Jacks ausbleibender Anruf aber war eine bewusste Handlung.

Am Montag rief Clive seine Abteilung zur Beratung zusammen. Noch am selben Tag veröffentlichten sie eine Pressemeldung mit dem Inhalt, dass die Abteilung für Evolution der Vögel, Paläobiologie und Systematik der UBC die Entdeckung eines gefiederten Dinosauriers natürlich mit Interesse begrüße, sich aber nicht weiter darüber äußern werde, ehe sie nicht selbst die Möglichkeit gehabt habe, sich mit dem Fund zu befassen.

Danach stellte Clive einen Antrag, sich das Fossil ansehen zu dürfen, in dem Wissen, dass Monate vergehen könnten, ehe einem solchen Antrag stattgegeben würde. Die Wochen wurden zu Monaten. Jack rief noch immer nicht an.

Im Januar des folgenden Jahres beschrieben und bestimmten zwei chinesische Paläontologen, Chang und Laam, das Tier endlich, und Clive triumphierte. Chang und Laam glaubten durchaus nicht, dass hier von einem Dinosaurier die Rede sein könne. Sie gaben dem Fund den Namen *Sinosauropteryx* und kamen zu dem Schluss, dass es sich um einen sehr alten Vogel handele, weshalb es keine Sensation sei, dass dieser ein Gefieder aufweise.

Doch die Freude währte nicht lange. Nun schossen die Fossilien gewissermaßen wie Pilze aus dem chinesischen Boden, und bei sämtlichen neuen Funden kannten Chang und Laam keine Zweifel mehr: Diese Tiere waren keine alten Vögel, sondern Dinosaurier. Und alle hatten sie Federn gehabt.

Clive drängte auf Entscheidung über seinen Antrag, den *Sinosauropteryx* eigenhändig beschreiben zu dürfen, und als diesem Antrag endlich stattgegeben wurde, flog er umgehend nach China. Clive brauchte zwei Wochen, um den *Sinosauropteryx* zu untersuchen. Vor seiner Rückkehr nach Kanada hatte er zudem Gelegenheit, einen genaueren Blick auf *Caudipteryx* und *Protarchaeopteryx* zu werfen. Zufrieden rief er Jack aus China an und bat ihn, die Titelseite der Zeitschrift freizuräumen. Clives Eifer war ansteckend. Die Verbindung ist schlecht, sagte Jack lachend, melde dich, wenn du wieder zu Hause bist. Clive verbrachte zwei weitere Tage in China, dann flog er nach Hause. Urplötzlich war er bester Laune, schließlich lag auf der Hand, dass es sich bei *Beipiaosaurus, Sinornithosaurus, Microraptor, Caudipteryx* und *Protarchaeopteryx* um sehr alte Vögel handelte und nicht um

Dinosaurier. Die Chinesen waren außerdem entgegenkommend und durchaus nicht verschlossen, wie er immer gehört hatte, und das Essen war erstklassig. Eines Nachmittags war er durch einen blühenden Kirschgarten gegangen, wo die weißen Blütenblätter in poetischen Mustern auf die Spaziergänger herabrieselten, und er dachte, wie schön es doch wäre, wenn Jack mit ihm hier sein könnte. Wenn sie nur ein wenig Zeit miteinander verbringen könnten. Jack war ein wissenschaftlicher Vermittler und der beste seiner Zunft, aber das hatte natürlich seinen Preis. Er teilte Clives fachliche Ansichten, das wusste dieser, aber Jack konnte aus guten Gründen nicht alle Nischen und Winkel der Auseinandersetzung über den Ursprung der Vögel beleuchten, denn immerhin hatte er sich auch mit anderen naturwissenschaftlichen Themen zu befassen. Wenn sie nur ein wenig Zeit miteinander verbringen könnten, dann würde Clive ihm die Details erklären. Somit hielte er eine starke Trumpfkarte auf der Hand. *Scientific Today* verkaufte sich besser denn je, und jeder in der Branche las diese Zeitschrift und wollte dort veröffentlichen. Jack und Clive könnten sich wieder zu einem unbesiegbaren Doppelgespann aufschwingen.

Schräg gegenüber dem Kirschgarten lag ein Markt, wo Clive zwei bronzefarbene Käfer in einem Glaskästchen für seine Söhne und ein großes Stück Seide für Kay kaufte. Nach seiner Rückkehr würde er Jack bitten, mit ihm irgendwohin zu fahren. Nur für zwei Tage. Nur sie zwei.

Als er wieder in Kanada war, suchte er Jack auf. Clive hatte den größten Teil seines Artikels im Flugzeug geschrieben, und als er in Vancouver landete, waren die Hauptargumentationslinien des Artikels bereits ausgearbeitet. Triumphierend knallte er ihn vor Jack auf den Schreibtisch.

»Hattest du eine gute Reise?«, fragte Jack lächelnd.

»Ja«, sagte Clive.

»Möchtest du Kaffee?«

Clive lehnte dankend ab. Jack erhob sich, holte für sich selbst eine Tasse und schloss danach die Tür. Er rief seine Sekretärin an und sagte ihr, er wolle in der nächsten Viertelstunde nicht gestört werden. *Viertelstunde*, dachte Clive. Dann ließ Jack sich schwer in seinen Schreibtischsessel sinken und sah Clive an.

»Ich kann deinen Artikel nicht drucken«, sagte er.

»Was sagst du da?«

»Mir sind Zweifel gekommen«, sagte Jack.

»Woran?«

»Am Ursprung der Vögel.« Jack hob die Hand, wie um Clives Reaktion abzuwehren, doch der sagte kein Wort.

»Im Laufe vieler Jahre war dein Standpunkt immer begründet. Uns fehlten eine Reihe entscheidender Fossilien, die phylogenetischen Methoden standen weithin auf unsicherem Fuß, und dann waren da die vielen Erklärungsnöte im Hinblick auf die Reduktion der Finger bei Vögeln ... Während dieser ganzen Zeit konnte ich sehr gut nachvollziehen, dass du die Dinosauriertheorie nicht akzeptieren wolltest. Aber jetzt: Jetzt sprießen die Beweise doch geradezu aus dem Boden, Clive. Und alles lässt darauf schließen, dass Vögel heute lebende Dinosaurier sind, kannst du das nicht erkennen? Über zweihundertfünfzig Apomorphien, die Vögel und Dinosaurier zueinander in Beziehung setzen. Zweihundertfünfzig! Zu denen auch Federn gehören. Federn! Obendrein sind mehr als fünfundneunzig Prozent der Wissenschaftler auf der ganzen Welt inzwischen zu dem Schluss gekommen, dass die Kladistik die geltende phylogenetische Methode ist. Alle benutzen sie die Kladistik, nur du nicht. Du hast eine sagenhafte Karriere gemacht, Clive. Niemand würde auch nur mit der Wimper zucken, wenn du deine Meinung ändern würdest, ganz im Gegenteil. Das macht die Wissenschaft doch im Grunde aus. Eine Hypothese gilt, bis sie durch eine bessere ersetzt werden kann. Denk an Walker! Der hat seine eigene Theorie verworfen, als sie nicht mehr hieb- und stichfest war. Und das hat ihm große Anerkennung eingebracht.« Clive starrte Jack an, und in diesem Augenblick hasste er ihn. Er dachte an den Tag, als der kleine Jack sich mit einem Messer geschnitten und Clive dessen Finger in den Mund genommen hatte. Plötzlich konnte er das Blut wieder schmecken.

»Mein Artikel wird der Aufmacher«, sagte er leise.

»Wir haben schon eine Titelgeschichte.«

»Ich beschäftige mich jetzt seit vierzig Jahren mit Vögeln«, sagte Clive. »Und da willst du mir weismachen, dass eine schnöde paläontologische Modetorheit den Schlusspunkt meiner Karriere bilden soll?« Clive sprang auf, langte mit seinen Armen über den Schreibtisch und packte Jacks Wangen.

»Sieh mich an«, sagte er leise. »Ich war wie ein Vater für dich. Ich habe dir aus dem Drecksloch herausgeholfen, in dem du gesteckt hast. Alles, was du hier hast«, er wies auf den massiven Schreibtisch und die Stapel von Artikeln, »hast du von mir.«

Clive ließ von Jacks Gesicht ab und pochte abermals auf den Artikel, der vor Jack auf dem Tisch lag. Dann ging er.

Scientific Today wurde Mitte August ausgeliefert. Auf dem Cover war der *Caudipteryx* abgebildet, den linken Flügel leicht abgespreizt, und unter den Schwungfedern stand die Überschrift:

»Des Kaisers neue Kleider: Der Truthahn aus der Kreidezeit.«

Clive war zufrieden.

Im Herbst 2005 wurde Clive in Verbindung mit einem großen Ornithologenkongress in Toronto zu einer Fernsehdiskussion mit dem jungen dänischen Paläontologen Erik Tybjerg eingeladen. Dieser war zunächst Lars Hellands Doktorand gewesen und anschließend offenbar zu dessen Laufburschen befördert worden. Clive war dem jungen Forscher inzwischen mehrmals begegnet, denn Helland hatte noch immer die Angewohnheit, einen Bogen um Kongresse zu machen. Tybjerg ging Clive auf die Nerven. Er war arrogant und noch feucht hinter den Ohren und bildete sich ein, alles zu wissen. Clive würde es ein auserlesenes Vergnügen bereiten, ihm vor den Augen des ganzen Landes die Windel abzureißen.

Im letzten Moment beschloss Clive, auf dem Flug nach Toronto einen Zwischenstopp in seiner Heimatstadt einzulegen. Seit dem Tod seines Vaters hatte er seine Mutter etwa alle anderthalb Jahre besucht, und die war jetzt eine alte Frau, fast blind und wohnte in einem Heim. Clive freute sich darauf, ihr zerfurchtes Gesicht zu sehen und ihre Hand in seiner zu spüren. Drei Tage vor Kongressbeginn brach er auf und quartierte sich nahe dem Pflegeheim in einer Pension ein. Wenn er nicht bei seiner Mutter war und sie im Rollstuhl spazieren fuhr, schlief er auf seinem Zimmer wie ein

Stein, aß gut und reichlich im Restaurant und konnte sogar vier Ausflüge in die Umgebung unternehmen, ehe er am vierten Tag seine Reise fortsetzte.

Ausgeruht und in guter Stimmung landete er in Toronto. Er wurde vom Flughafen abgeholt und direkt zur Tagung gefahren, wo er seinen Koffer im Kongressbüro abgab, seinen Teilnehmerausweis erhielt und ein wenig umherlief und die vielen interessanten Stände unter die Lupe nahm.

Eine halbe Stunde später nahm er in einem bequemen roten Sessel auf dem Podium Platz. Ihm gegenüber stand ein weiterer roter Sessel, der noch leer war. Das Podium war in Licht getaucht, und Clive konnte kaum etwas sehen, hatte aber den Eindruck, dass zahlreiche Zuhörer zu ihren Plätzen strömten. Aus dem Nichts stand eine gutangezogene jüngere Frau neben ihm, begrüßte ihn, stellte sich als Produktionsassistentin vor und fragte, ob Clive bereit sei, sich ein Mikrophon anstecken zu lassen. Natürlich, gab Clive zur Antwort und machte ihr ein Kompliment wegen ihres Aussehens. Er konnte das Parfüm der jungen Frau riechen, denn sie stand dicht neben ihm, als sie das Mikrofon an seinem Revers befestigte.

»Tja, das ist ja eine Sensation«, sagte sie dann. »Ich weiß zwar nicht viel über das Thema. Aber damit hätte ich dann doch nicht gerechnet.« Sie lächelte Clive an, zauberte eine Puderdose aus ihrer Tasche und betupfte Clives Nasenrücken.

»Ich verstehe offenbar nicht recht«, sagte Clive. Das Mikrophonkabel saß zu straff, und er versuchte, es ein wenig lockerer hängen zu lassen.

»Soll ich Ihnen behilflich sein?«, fragte die junge Frau. »Drehen Sie sich bitte um.«

Clive wandte sich um, und vorsichtig hob sie seine Jacke hinten an. Dann spürte Clive, wie sich das Kabel lockerte, und sofort fühlte er sich ein wenig wohler.

»Was haben Sie da eben gemeint?«, fragte er dann. Clives Handy war ausgeschaltet, und er hatte an den Tagen, an denen er bei seiner Mutter war, keine Zeitung aufgeschlagen. Für den Bruchteil einer Sekunde stellte er sich vor, der Präsident wäre ermordet worden, und er hätte als Einziger noch nichts davon erfahren.

»Ja, aber, das ist doch eine Sensa…«, setzte die Assistentin an, verstummte dann und lauschte auf etwas, das ihr über den Ohrstöpsel mitgeteilt wurde, bat um Entschuldigung und ging davon.

Da tauchte Tybjerg auf und betrat die Bühne. Er lächelte wie ein Trottel in das grelle Licht und schob seine altmodische Brille hoch.

»Professor Freeman«, sagte er und reichte ihm eine schweißnasse Hand. Clive begrüßte ihn. Tybjerg mochte ein wandelndes Lexikon sein – es war unvorstellbar, was dieser Bursche aus dem Ärmel schütteln konnte –, aber Charme hatte er nun wahrlich keinen.

»Als Wissenschaftler muss man doch einfach jubeln, egal, woran man sonst glaubt, oder?«, fragte Tybjerg vorsichtig. »Sie müssen doch zugeben, dass es kaum zu glauben ist?«

»Wovon reden Sie eigentlich?«, fragte Clive so ruhig er konnte, aber er merkte selbst, wie seine Stimme zitterte. Tybjerg bedachte ihn mit einem seltsamen Blick.

In diesem Moment erschien ein Moderator und erteilte dem Publikum Instruktionen. Dann begann der Countdown, und Freeman und Tybjerg wurden unter Aufzählung aller akademischen Grade einander, dem Publikum im Saal und den Fernsehzuschauern vorgestellt. Danach erteilte der Conférencier den Duellanten das Wort. Clive machte eine freundliche Handbewegung in Richtung Tybjerg, der sofort losredete. Also, am Vortag sei doch bekannt gegeben worden, dass im Makoshika State Park, Montana, die Reste eines *Tyrannosaurus* mit Federn gefunden worden seien, nicht weit vom Hell Creek, wo 1902 das erste *Tyrannosaurus rex*-Fossil aufgetaucht sei. Sprachlos starrte Clive seinen Kontrahenten an.

Das Duell dauerte dreißig Minuten, und die ganze Zeit über war Tybjerg spürbar nervös, argumentierte aber scharf. Er hörte aufmerksam zu, fiel Clive nicht ins Wort, und wann immer er einem von Clives Argumenten die Füße unter dem Rumpf wegschlug, war er sorgfältig, beinahe pedantisch. Als Clive entgegnet hatte, er wolle das Tier erst sehen, ehe er sich dazu äußere, schaute Tybjerg ihn aufrichtig erstaunt an und fragte:

»Wie lange wollen Sie diese Ausflucht noch nutzen? Bis ein gefiederter *Apatosaurus* auf Ihrer Türmatte landet?«

Diese Frage war als Witz gemeint, aber niemand lachte.

Als das Licht verlosch, verließ das Publikum den Saal, und Clive betrachtete seine Hände. Er wagte nicht, zu Tybjerg aufzublicken, der sich nicht bewegt hatte, seit die Scheinwerfer ausgeschaltet worden waren. Im Nachhinein konnte Clive nicht sagen, was ihn dazu veranlasst hatte. Ein Hüsteln? Die überlegene Stille? Jedenfalls schaute er zu Tybjerg hoch, und in der Sekunde, in der ihre Blicke einander trafen, schlug er Tybjerg mit dem Handrücken ins Gesicht. Der sprang empört auf und griff sich an die geplatzte Augenbraue. Clive sah auf seine Hand, auf seinen Trauring. Der war rot. Als er seinen Blick hob, konnte er zu seinem Erstaunen feststellen, dass Tybjerg die Bühne gerade verließ. Dann hörte er hinter sich Schritte.

»Was ist denn hier los?«, rief die junge Produktionsassistentin verwirrt.

»Ähm«, sagte Clive. Er strich sich den Anzug glatt. Die Assistentin schaute zuerst ihn an und dann in die Richtung, in die Tybjerg verschwunden war.

»Ähm«, sagte Clive noch einmal und wischte sich abermals über den Anzug.

Zu Hause in Vancouver wurde Clive die gesamte Situation schmerzlich bewusst. Er weigerte sich, vor der Presse Stellung zu beziehen, beantwortete weder Mails noch sonstige Anfragen und teilte der Pressestelle der Fakultät mit, er wolle keine Gegenangriffe unternehmen.

»Angesichts der Dummheit der Welt habe ich resigniert«, erklärte er der Pressesprecherin. Anschließend hielt Clive Rücksprache mit der Fakultätsleitung, und alle beschlossen, sich nach außen hin bedeckt zu halten, die Arbeitsanstrengungen jedoch zu intensivieren. Ihnen blieben drei Jahre, bis zum nächsten Mal Forschungsmittel verteilt werden würden. Es lag ungesagt in der Luft, dass sie keine weiteren Mittel erhalten würden, wenn sie die Welt bis dahin nicht davon überzeugen könnten, dass Vögel eine Schwestergruppe der Dinosaurier seien und nicht deren Nachkommen.

Sie beschlossen, drei große Ausgrabungen durchzuführen und außerdem ein breitangelegtes Entwicklungsexperiment zu starten, bei dem die Knorpelverdichtung bei Vogelembryonen genau beobachtet werden sollte. Clives Juniorforscher, Michael Kramer, sollte für dieses Forschungsprojekt verantwortlich zeichnen.

Nachdem das entschieden war, fuhr Clive nach Hause.

Als er durch den Wald radelte, drangen die Sonnenstrahlen durch die Bäume, und er dachte an Jack. Sie sprachen kaum mehr miteinander. Wenn Clive einen Artikel ablieferte, bestätigte Jack den Eingang nur selten, und rief Clive an und gab Ergänzungen durch, nahm Jacks Sekretärin die Korrekturen entgegen. Clive hatte sogar bei Jack zu Hause angerufen und um Rückruf gebeten, doch der blieb weiterhin aus.

Wenn Clive *Scientific Today* aufschlug und nach seinen Artikeln suchte, war die Freude darüber, sie auch zu finden, nicht mehr dieselbe wie früher. Clive sah sich die aufwendig gestalteten Seiten an, die Graphiken und Illustrationen, verspürte dabei nicht länger ehrliche Begeisterung. Jack und Clive hatten die Leidenschaft für die Natur geteilt. Jetzt war Clive allein.

Er brauchte eine Woche, um die Situation zu durchdenken, rief dann Jack an und lud ihn und Molly zum Essen ein. Vielmehr flehte er Jack an, zu kommen.

»Jack«, sagte er, »lass uns einen Strich unter die Vergangenheit ziehen. Lass uns das einzig Richtige tun und Freundschaft und Wissenschaft nicht miteinander vermischen.« Am anderen Ende der Leitung wurde es still.

»Ich ertrage es nicht, dass wir uns nicht sehen«, sagte Clive plötzlich und hielt den Atem an.

Endlich sagte Jack: »Okay, wir kommen am Samstag.«

Kay staunte darüber, dass der bekannte Jack Jarvis und seine Frau auf einmal doch zum Essen kommen würden.

»Was für vornehme Gäste«, sagte sie freudig. »Was sollen wir denen denn vorsetzen?« Clive nahm seiner Frau das Kochbuch aus der Hand und zog sie mit sich ins Wohnzimmer. Dann erzählte er ihr die ganze Geschichte. Genauer gesagt, *fast* die ganze Geschichte. Kay sah ihn fasziniert an.

»Er muss doch wie ein Sohn für dich sein. Das hättest du mir längst erzählen müssen. Seltsam, dass sie einfach weggezogen sind«, fügte sie hinzu. »Der arme Junge muss ja das Gefühl gehabt haben, seinen Vater zum zweiten Mal zu verlieren.«

Clive nickte.

Am Samstag kamen Jack und Molly zur vereinbarten Zeit. Molly strahlte und war äußerst hübsch. Sie drückte Clives Hand nachdrücklich und sagte, es sei ihr eine große Freude, einen so legendären Forscher kennenzulernen. Ihr Mann habe im Laufe der Jahre viel von Clive erzählt, aber sie habe ja keine Ahnung gehabt, dass die beiden einander schon von Kindheit an kannten.

»Es tut mir leid, vom Gegenwind der letzten Zeit zu hören«, sagte sie dann ganz offen. »Aber Jack sagt, dass es in der Wissenschaft nun mal so zugeht.« Clive lächelte und nahm den Gästen die Mäntel ab. Was für eine Plaudertasche. Clive wusste nicht so recht, was er sich vorgestellt hatte, so etwas jedenfalls nicht.

»Irgendwie witzig«, sagte Kay, als der Abend zu Ende und Jack und Molly gegangen waren. »So reizend und lebhaft Molly auch ist, so verschlossen ist er.«

Clive nickte. Jack hatte ein wenig mürrisch gewirkt, aber es wäre ohnehin nicht leicht gewesen, ein Wort anzubringen.

Anfang Juli 2007 plagten Clive Ohrenschmerzen, und deshalb machte er früher Feierabend. Seine Nase lief schon, seit er und Kay zwei Wochen in ihrem Ferienhaus verbracht hatten. Offenbar zog dieser Schnupfen jetzt seine Kreise. Der Kondensierungsversuch zur Knorpelentwicklung in Hühnereiern sah überaus vielversprechend aus. Clive wollte sich nicht zu früh freuen, beobachtete das Experiment aber dennoch mit Schmetterlingen im Bauch. Er dachte an Tybjerg und Helland. Letzterer veröffentlichte einen Artikel nach dem anderen, konnte sich aber nicht mit Tybjerg messen, der seine Publikationen geradezu aus dem Ärmel schüttelte. Selbst jetzt, wo Clive das Ergebnis des Experimentes abwartete und deshalb nicht sehr viel veröffentlichte, erschien von Tybjerg ein Artikel nach dem anderen. In sämtlichen Veröffentlichungen distanzierte er sich unter Nennung von Clives Namen von dessen Ansichten.

Weder Tybjerg noch Helland hatten den Zwischenfall in Toronto kommentiert. Clive war durchaus überrascht, dass Helland sich so sehr zusammenreißen konnte. Helland sandte Clive weiterhin ab und an eine Mail und verwies darin auf Artikel, die Clive seiner Meinung nach lesen sollte, oder er hängte seinen Mails alberne naturwissenschaftliche Karikaturen an. Aber er erwähnte Tybjerg mit keinem Wort. Clive freute sich inzwischen auf das Ende des Knorpelexperimentes. Weder Helland noch Tybjerg ahnten, was ihnen bevorstand.

Clive hatte den Wald hinter sich gebracht und sah den drei neuen Ausgaben von *Science*, *Nature* und *Scientific Today*, die in seiner Tasche lagen, gutgelaunt entgegen. Als er nach Hause kam, machte er es sich auf dem Sofa bequem und begann mit *Nature*.

Meine Güte, dachte er, da sieht man's mal wieder. »Helland *et al.*« stach ihm schon auf Seite fünf ins Auge, eine ausführliche und ungeheuer langweilige Beschreibung eines Dinosaurierzahnfundes auf Bornholm, einer zwischen Schweden und Deutschland gelegenen Insel. Natürlich konnten die Herren sich die kleine Bemerkung nicht verkneifen, dieser Fund betone abermals die direkte Verwandtschaft heutiger Vögel mit den Dinosauriern. Clive ließ die Zeitschrift auf den Boden gleiten.

Danach wandte er sich *Science* zu. Hier musste er bis auf Seite siebzehn vorblättern, bis sich »Helland *et al.*« plötzlich aus dem Papier hervorhob. Verdammt. Aufs Neue nahm der Artikel seinen Ausgangspunkt in einigen – soweit Clive sehen konnte – vollständig belanglosen Ausgrabungen auf Bornholm, und im Artikel wimmelte es Clives Ansicht nach nur so von Mutmaßungen und Postulaten ohne jegliches weitere Interesse. Clive blätterte noch ein wenig weiter, doch dann ließ er auch diese Zeitschrift zu Boden sinken. Er kochte sich eine Kanne Tee und ging mit einer Keksdose zurück ins Wohnzimmer.

Dann schlug er *Scientific Today* auf.

Vom Leitartikel auf Seite drei lächelte Jack ihm entgegen, und Clive lächelte zurück. Sie hatten sich am Samstag erst getroffen, es war richtig gemütlich gewesen, und das ging schon seit einem halben Jahr so. Kay und Molly waren inzwischen miteinander befreundet. Jack wirkte weniger angespannt, so viel weniger, dass er sich schlagartig viel besser an die Dinge erinnern konnte, die sie früher gemeinsam gemacht hatten. Am Samstag hatte er auch das Baumhaus erwähnt. Das hat dir sehr viel Arbeit gemacht, nicht wahr?, hatte er gefragt, und beide Frauen hatten Clive neugierig angesehen. Clives Herz hatte wie wild gehämmert, aber Jack hatte entspannt gelächelt und offenbar keinerlei Hintergedanken gehegt. Sicher, antwortete Clive, es habe seine Zeit beansprucht. Wie blöd, dass wir so kurz danach weggezogen sind, sagte Jack dann noch. Sie saßen in Clives und Kays frisch renoviertem Esszimmer beim Käsefondue, als Jack erzählte, sein ältester Bruder sei soeben aus dem Gefängnis entlassen worden. Ach, bemerkte Clive erleichtert, weil das Baumhaus jetzt wieder in der Vergangenheit verschwunden war, wo es hingehörte. Ich wollte es eigentlich gar nicht sagen, erklärte Jack, ich bin ja nicht gerade stolz darauf. Aber jetzt sei der Bruder also entlassen worden. Fünfzehn Jahre im Gefängnis. Molly und Jack hatten ihn am Vortag besucht. Jack verriet nicht, warum der Bruder gesessen hatte, und Clive wollte nicht nachbohren. Stattdessen erzählte Jack, wie seltsam es gewesen sei, den Bruder zu sehen. Er habe im Recyclinghof des Gefängnisses gearbeitet, wo er Flaschen sortiert habe, und diese Arbeit habe ihm gefallen. Plötzlich sah Jack Clive ins Gesicht und sagte: Danke. Dieses Wort hing unbehaglich in der Luft, und Clive wusste einfach nicht, was er erwidern sollte. Molly hatte glänzende Augen, und Kay stand auf und holte den Nachtisch.

Clive streckte sich auf dem Sofa aus und blätterte über Jacks Bild hinweg weiter in der Zeitschrift. Auf Seite fünf hätte er sich an seinem Tee fast verschluckt. Der Artikel füllte sechs Seiten, und über der Hauptüberschrift leuchtete ihm »Helland *et al.*« entgegen. Hier war ganz und gar nicht die Rede von einer belanglosen kleinen Plauderei in einem naturwissenschaftlichen Sommerloch, und Clive setzte sich auf. Der Artikel handelte vom Oberschenkelknochen des Berliner *Archaeopteryx*, den Helland und Tybjerg in Berlin ein weiteres Mal vermessen hatten. Die letzte anerkannte Messung sei im Jahre 1999 vom Professor und Ornithologen Clive Freeman von der UBC in Kanada vorgenommen worden und nicht nur überaus ungenau ausgefallen, sondern habe auch zu einer Reihe unglücklicher Schlussfolgerungen geführt, die laut Helland et al. auf überaus schwerwiegende Weise wesentliche Argumente über die Frage nach dem Ursprung der Vögel verzerrt hätten. Die Frage sei nun noch, ob es sich bei dieser Verdrehung von Daten um eine Folge des Fehlerspielraum handelte, mit dem man in der Wissenschaft rechnen müsse, oder ob in dieser Messung eine bewusste Manipulation zum Ausdruck komme. Nun folgten eine kurze Darstellung des Zwischenfalls beim Ornithologenkongress 2005 in Toronto sowie die Pressemeldung, die Clives Abteilung unmittelbar danach herausgegeben hatte und die im gegebenen Zusammenhang wirkte wie eine vollständige Kapitulation.

Clive war dermaßen außer sich, dass er die Teekanne umstieß, als er aufsprang. Der Artikel verspottete ihn, und Jack hatte ihn angenommen. Für einen Moment wirbelten die Gedanken dermaßen hektisch durch seinen Kopf, dass es ihm schwerfiel, das Gleichgewicht zu halten. Er hielt die *Scientific Today* weit von sich weg, wie einen brennenden Topflappen, den er möglichst schnell aus dem Haus schaffen wollte. Als er die Tür öffnete, um die Zeitschrift loszuwerden, packte Kay gerade ihre Einkäufe aus dem Auto. Er warf die Zeitschrift weg, aber sie landete auf seinem Fuß. Er hob sie wieder auf, und sie klebte ihm an seinen Fingern. Kay kam ihm zu Hilfe und packte seine Ellbogen.

»Aber Liebster, was ist denn los?«

»Jack«, rief Clive heiser. Er schüttelte die Zeitschrift in der Luft, um seine Finger davon zu befreien, und eine Seite mit einer farbenfrohen DNS-Helix aus einem anderen Artikel riss sich los und schwebte, eine Spirale in die Luft zeichnend, zu Boden. Schließlich konnte Clive die Zeitschrift abschütteln und trampelte an Kay vorbei um das Haus herum und in den Garten, wo er dann eine Stunde blieb.

Erst als Kay das Wohnzimmerfenster einen Spaltbreit öffnete und verkündete, das Essen sei fertig, ging er ins Haus. Um halb zehn rief er Jack an und schlug ein Treffen vor. Nein, es gebe keinen dringenden Grund. Vielleicht eine Partie Schach. Und etwas, das Clive gern mit Jack besprechen würde.

Am nächsten Tag kam Jack, und während er mit Kay plauderte, schwieg Clive. In seinem Arbeitszimmer setzten sie sich dann ans Schachbrett. Es war ein milder Sommerabend, und das Fenster zum Garten war leicht geöffnet, sodass Clive aus der Ferne die Vögel zwitschern hören konnte. Sie konnten ebenfalls hören, dass Kay in der Küche die Spülmaschine in Gang brachte. Jack, der sich verhielt, als sei nichts vorgefallen, überlegte sich jeden Zug lange. Clive zwang sich dazu, daran zu denken, dass man in 0,11 Sekunden 41 700 Treffer erzielte, wenn man Clive Freeman googelte. Wann in aller Welt hatte Jack wohl vor, diesen Zug zu machen? Clive erhob sich und mixte ihnen einen Drink.

»Warum?«, fauchte er, als er an der Bar stand.

Jack schaute ihn überrascht an.

»Willst du die Glaubwürdigkeit der besten und anerkanntesten naturwissenschaftlichen Zeitschrift überhaupt ruinieren?«

Clive knallte sein Glas auf den Tisch, dass es nur so spritzte.

Jacks Reaktion überraschte Clive. Er hatte mit sofortiger Reue gerechnet. Einem gesenkten Blick, einem Jungen, der einem Mann gegenüber zum Geständnis ansetzte, der größeres Wissen besaß. Das Einzige, was Clive sich nicht vorgestellt hatte, war, dass Jack mit ruhiger Stimme sagen würde: »Aber genau das will ich doch gerade vermeiden.«

»Warum hast du dann diesen Artikel durchgehen lassen? Ich will wissen, warum!«

Jack sah Clive lange an, ehe er antwortete.

»Weil es *meine* Zeitschrift ist, Clive, und ich entscheide, welche Artikel wir bringen.«

Clive erahnte ein leises Zittern in Jacks Stimme.

»Das ist unwissenschaftlich«, rief Clive. »Und das weißt du! Du weißt, dass ihre Thesen nicht ausreichend belegt sind! Was ist mit der Reduktion der Finger, was mit dem aufstrebenden Verlauf des Rollbeins, was?« Clive stand noch immer da, während der Drink im Glas rotierte wie in einer Zentrifuge. »Was ist mit dem halbmondförmigen Karpus, du Idiot, mit der Orientierung des Schambeins, mit all den kolossalen Unklarheiten, die du im Schlaf aufsagen könntest und die dich, im Unterschied zu den Idioten von *Science* und *Nature*, dazu befähigen, diese verrückten Artikel über Verwandtschaft auseinanderzupflücken? Wann bist du so einer geworden, der seinen wissenschaftlichen Standpunkt einem Trend anpasst, hä? Hast du denn den Verstand verloren?«

Jack blickte Clive ausdruckslos an.

»Ich glaube dir nicht länger«, sagte er dann. »Es stimmt schon, dass es der Gegenseite gewisse Probleme bereitet, die Reduktion der Hand zu erklären, aber wir reden hier von 286 Apomorphien, Clive, von 286. Ein *Tyrannosaurus* mit Federn. Was erwartest du eigentlich? Dass Gott im Himmel eine Luke öffnet und dir erklärt, wie das alles zusammenhängt? Bist du dann zufrieden? Ich habe dich fachlich viele Jahre lang unterstützt. Dabei bin ich sehr weit gegangen. Weiter sogar, als richtig gewesen wäre. Weil du ... mein Freund bist. Aber jetzt ist Schluss. Ein gefiederter *Tyrannosaurus*, Clive. *Scientific Today* ist eine wissenschaftliche Zeitschrift.«

»Woher weißt du, dass hier von einem *Tyrannosaurus* die Rede ist?«, fauchte Clive. »Woher weißt du, dass von Gefieder die Rede ist? Du willst einem Tier, das nicht fliegen kann, ein Gefieder andichten? Du weißt ebenso gut wie ich, dass die Gefiederentwicklung in allererster Linie und unlösbar mit der Entwicklung der Flugfähigkeit verbunden war und erst später der Wärmeregulierung gedient hat. Genauso weißt du, dass der *Tyrannosaurus rex* nie geflogen ist. Du hast das Vieh nicht gesehen. Ich habe es gesehen. Die Strukturen mögen federähnlich sein, und sicher gibt es Dinge, die auf einen dorsalen Hautkamm schließen lassen, aber es handelt sich nicht um Vorläufer echter Federn. Das liegt doch auf der Hand! Du veröffentlichst Mutmaßungen, das ist unwissenschaftlich! Hast du vergessen, dass man seine Ergebnisse niemals auf den Beobachtungen anderer fußen lassen darf?«

»Nein, das habe ich nicht vergessen«, antwortete Jack, »und wenn du dieses Tier demnächst beschreibst, wird *Scientific Today* nur zu gern einen fundierten Artikel veröffentlichen, der zu dem Schluss kommt, dass es sich bei dem Fund in Montana eben nicht um einen *Tyrannosaurus* handelt und die Hautstrukturen eben keine Federn sind. Aber zuvor muss deine Beschreibung vorliegen und anerkannt worden sein. Es war zu keiner Zeit die Absicht der Wissenschaft, etwas zu beweisen, Clive, sondern die wahrscheinlichsten Hypothesen aufzustellen. Und meine Aufgabe«, hier zeigte Jack auf sich selbst, »ist es, Artikel zu veröffentlichen, die die wahrscheinlichsten Hypothesen wiedergeben. Im Moment sind das eben nicht deine.«

»Verschwinde«, sagte Clive kalt. Er wies auf die Tür. Jack stand auf.

»Du solltest Freundschaft und Wissenschaft nicht durcheinanderbringen«, sagte er ruhig.

»Verschwinde«, sagte Clive noch einmal.

Jack ging, und gleich darauf hörte Clive, wie er seinen Wagen anließ.

Kay kam ins Arbeitszimmer.

»Warum ist Jack schon gegangen? Was ist passiert?« Ihre Augen waren riesig.

Clive sagte kein Wort. Er zitterte am ganzen Leib. Jack war ein Verräter.

»Habt ihr euch gestritten?«, fragte Kay. »Aber was hast du ihm denn gesagt, Clive?«

Kays Mund bewegte sich. *Nun sag doch etwas*, baten ihre Lippen, doch kein Wort kam heraus. Kay schob ihr offenes, fragendes Gesicht vor seins, und wie mit einem Schürhaken stocherte sie in seiner Glut herum, bis das Feuer endlich aufloderte. Er schlug sie. Der Winkel war ungünstig, und sein Trauring riss ihr die Wange auf. Sie griff sich ins Gesicht und starrte ihn verblüfft an. Dann stürzte sie aus dem Zimmer.

Clive blieb in seinem Arbeitszimmer und versuchte, zur Ruhe zu kommen. Er blätterte in alten Artikeln, die er geschrieben hatte, und nach einigen Stunden hatte er sich wieder im Griff. Nun machte er sich auf die Suche nach Kay. Das Haus war dunkel und still. Die Spülmaschine lief, und die Gartentür war angelehnt, aber er fand Kay weder in der Küche noch im Garten. Also ging er die Treppe hoch und wollte das Schlafzimmer betreten. Die Tür war abgeschlossen. Rechts von der Tür lag seine Bettwäsche. Clive klopfte an, erhielt aber keine Antwort. Dann hämmerte er gegen die Tür.

»Aufmachen«, befahl er.

Aus dem Schlafzimmer drang kein Laut. Clive ging ins Wohnzimmer hinunter und setzte sich vor den Fernseher. Es war fast Mitternacht, als er auf dem Sofa einschlief.

5

Hellands Tod schien keinerlei Bedeutung zu haben. Am Montagabend stieg Anna die Treppe zu ihrer Wohnung hoch und schämte sich, weil sie so empfand. Die Wohnung war leer und kalt. Sie drehte die Heizkörper auf und schloss die Tür zu Lilys Zimmer. Sie fand es schrecklich, wenn Lily nicht zu Hause war. Ohne Kind wirkten das Gitterbettchen und die mit munteren Bildchen bedruckte Bettdecke abweisend und unfreundlich. Im Wohnzimmer ließ Anna sich auf das Sofa plumpsen, wo sie lange sitzen blieb und vor sich hin starrte. Um zwei Uhr stand sie auf und ging ins Bett, aber obwohl sie erschöpft war, fand sie keine Ruhe. Sie versuchte, konzentriert an Hellands Frau zu denken, die ihren Mann verloren, an die Tochter, die ihren Vater verloren hatte, und an die wenigen Male, die Helland freundlich zu ihr gewesen war. Aber es half nichts. Ihr Herz war und blieb verschlossen.

Helland hatte sie im Stich gelassen, indirekt hatte er ihre wissenschaftliche Arbeit durch seinen Mangel an Engagement verhöhnt. Er war in jeder Hinsicht ein erbärmlicher Betreuer gewesen. Fast ein Jahr lang hatte er sie ihren eigenen hilflosen Kurs steuern lassen. Ihr war es egal, dass er tot war, und es war ihr beinahe genauso egal, wie er ums Leben gekommen war. Sie drehte sich um und beförderte die Decke mit einem Tritt aus dem Bett. Schließlich stand sie auf und ging zur Toilette.

Sie waren in zwei Autos zum Verhör auf das Revier von Bellahøj gebracht worden. Anna fuhr mit Elisabeth, Johannes mit Svend. Elisabeth war total aufgelöst. Ihre Hände zitterten, und sie putzte sich dauernd die Nase und zerpflückte die feuchten Papiertaschentücher mit den Fingern. Ein Stück den Frederikssundsvej herunter rief Anna plötzlich: »Warum weinst du überhaupt? Du konntest Helland doch gar nicht ausstehen!«

Elisabeth sah sie an wie aus allen Wolken gefallen. »Wir arbeiten seit fünfundzwanzig Jahren zusammen. Lars Helland war ein guter Kollege«, sagte sie.

Anna starrte aus dem Fenster, ihr war nur allzu bewusst, dass die beiden Polizeibeamten auf dem Vordersitz alles registrierten, was hinter ihnen geschah. Jedes Wort, jeden Atemzug, jede Andeutung. Ihr war auch klar, dass sie nicht gerade einen sympathischen Eindruck machte.

Auf der Wache wurden sie abermals vom Nervigsten Polizisten Aller Zeiten vernommen. Er hatte inzwischen offenbar irgendetwas mit Roter Beete gegessen, jedenfalls hatte er einen tiefroten Fleck schräg über dem Mundwinkel, als die Reihe an Anna kam. Als sie irgendwann gereizt etwas wiederholte und darauf verwies, dass es sich um eben eine Wiederholung handele, hob Søren Marhauge ganz leicht die Augenbrauen und sagte:

»Sie verstehen sicher, dass wir unsere Arbeit gründlich machen müssen, wenn ein augenscheinlich gesunder und unversehrter Mann plötzlich tot und mit abgebissener Zunge in seinem Büro liegt. Stellen Sie sich vor, es handelte sich um Ihren Mann oder Vater. Ich glaube, dann würden Sie es zu schätzen wissen, dass wir alles doppelt und dreifach durchgehen, meinen Sie nicht?«

Seine Stimme war sanft, aber energisch, und er sah sie ein wenig zu lange an. Anna wandte sich ab. Als sie das Vernehmungsprotokoll gelesen und unterschrieben hatte, durfte sie gehen.

Gegen drei Uhr nahm sie den Bus zur Universität. Ihre Gedanken kreisten um Tybjerg. Sie war für vier Uhr mit ihm verabredet. Ob er wohl schon wusste, was geschehen war? Anna hatte keine Ahnung, wie rasch die Gerüchte das Museum erreichen würden, aber auf dem Vorplatz hatte es von Streifenwagen nur so gewimmelt, und da würde es doch sicher schnell gehen? Plötzlich schoss ihr durch den Kopf, dass *sie* ihm vielleicht mitteilen müsste, was geschehen war. Bestimmt saß Tybjerg tief im Inneren der Sammlung und hatte noch mit niemandem geredet. Ein seltsames Unbehagen breitete sich in ihrem Körper aus. Sie schaute aus dem Fenster. Der Himmel war noch immer wolkenverhangen und grau. Plötzlich zuckte sie zusammen. Was, wenn ihr Examen abgesagt würde? Sie konnte einfach nicht länger warten. Es war ohnehin schon ein Albtraum, aber wenn sie jetzt noch zusätzliche Wochen warten müsste, vielleicht bis nach Weihnachten, würde sie in Depressionen verfallen. Und Lily würde bestimmt anfangen, Cecilie mit Mutter anzureden. Am Freitag hatte sie vier Kopien ihrer Diplomarbeit im Büro abgeliefert, eine Kopie für Helland, die jetzt blutverschmiert war und sicher in einer versiegelten Tüte irgendwo auf der Polizeiwache aufbewahrt wurde, eine Kopie für Tybjerg, eine für den unbekannten Prüfer von der Universität Århus und eine für die Institutsbibliothek – zum Wohle zukünftiger Studierender. Es musste möglich sein, irgendeinem Stellvertreter die letzte Kopie zu geben. Noch waren es zwei Wochen bis zum Examen, und natürlich würde jemand, dem der Stoff nicht unbekannt war, sich gut genug in die Materie einarbeiten können, um sie zu prüfen. Johan Fjeldberg vielleicht? Fjeldberg war ein hochrangiger Ornithologe am Zoologischen Museum, und er würde nicht zum ersten Mal mit Tybjerg zusammenarbeiten, das wusste sie. Bei ihrem Treffen mit Tybjerg um vier müsste sie ihm das Versprechen abringen, dass ihr Examen wie geplant stattfinden würde.

Vor Haus 12 standen wenige fremde Autos, und drinnen war die Tür zu Hellands Büro sorgfältig versiegelt worden. Svend und Elisabeth waren noch nicht zurückgekommen, und so wirkte die ganze Abteilung wie ausgestorben. Anna schauderte es, sie beschleunigte ihren Schritt. Drei Meter vor ihrer Bürotür blieb sie stehen. Die Tür war angelehnt, und aus dem Zimmer drangen Geräusche. Ein Husten, dann das Scharren eines Schreibtischstuhls, der über den Boden rollte. Annas Herz hämmerte. Sie war sicher, dass sie die Tür abgeschlossen hatten, als sie gegangen waren. Sie hörte wieder ein leises Husten, dann zwei Schritte, und schließlich wurde die Tür zum Gang geöffnet.

»Scheiße, du hast mich vielleicht erschreckt«, rief Anna. »Wie bist du denn so schnell wieder hergekommen?«

Johannes schlug die Hände vors Gesicht. »Verdammt«, sagte er und sog scharf den Atem ein. »Ich habe dich überhaupt nicht kommen hören. Ich war schnell fertig und wollte eigentlich auf dich warten, aber als du nicht aufgetaucht bist, bin ich eben schon los«, fügte er hinzu.

Anna umarmte ihn kurz und setzte sich an ihren Platz. Für kurze Zeit herrschte bedrückende Stille, dann sagte sie: »Was zum Teufel ist eigentlich passiert? Ist Helland ermordet worden?«

Johannes machte einen mitgenommenen Eindruck. »Ich weiß überhaupt nicht, was ich denken soll«, sagte er dann und rieb sich die Augen. »Das alles ist total unwirklich. Außerdem habe ich letzte Nacht nur zwei Stunden geschlafen, das macht meine Gedanken auch nicht gerade klarer. Wie geht's dir?«

»Mir ist das egal«, sagte sie.

Johannes musterte sie verblüfft.

»Das glaub ich nicht.«

»Aber ich fühle nun mal so«, murmelte sie. Mit ihrem Stuhl machte sie eine halbe Drehung und sah Johannes ratlos an. »Es berührt mich einfach nicht, dass er tot ist.«

Sie schaute auf ihren Bildschirm und widmete sich ihren E-Mails. Johannes beobachtete sie weiter, als wollte er etwas sagen. Cecilie hatte eine Mail mit einem am Vorabend aufgenommenen Gute-Nacht-Foto von Lily geschickt. Darauf trug Lily einen Schlafanzug, den Anna nicht kannte, und lächelte freudestrahlend in die Kamera. Sie drückte Bloppen an sich, und ihre Augen funkelten. Hatte Cecilie ihr die Haare geschnitten oder nicht? Anna versuchte zu erkennen, ob das Bild trog oder ob Cecilie dem Kind wirklich die Babylocken abgeschnitten hatte. Johannes beäugte sie noch immer.

»Warum hast du letzte Nacht nicht geschlafen?«, fragte Anna, ohne den Blick vom Bildschirm zu nehmen. Lilys Augen funkelten, als könnte sie es nirgends besser haben als eben dort, wo sie gerade war: in Omas Bett, zusammen mit all ihren Bilderbüchern, die Cecilie in der Bibliothek für sie ausgeliehen hatte. Johannes ließ müde seinen Kopf in die Hände sinken. Bei dieser Bewegung drehte Anna sich um und sah ihn an.

»Lange Geschichte. Vor einigen Wochen habe ich in der Roten Maske jemanden kennengelernt«, sagte er, »und wir haben uns wahnsinnig gut verstanden. Aber nicht, wie du meinst, zumindest von meiner Seite nicht. Und jetzt läuft das totale Liebesdrama. Also echt, das hab ich in hundert Jahren nicht erlebt. Mit nächtlichen Anrufen und Mails und allem Drum und Dran.« Er lächelte verlegen. »Anna«, fügte er schnell hinzu, dann verstummte er wieder. Er schluckte. »Ich habe ein schrecklich schlechtes Gewissen.«

»Wenn du nicht verliebt bist, dann bist du eben nicht verliebt. Das musst du dann einfach klipp und klar sagen und …«

»Nein«, fiel Johannes ihr ins Wort. »Ich habe dir gegenüber ein schlechtes Gewissen, weil …« Er machte eine gequälte Miene. »Mir ist bei diesem Polizisten herausgerutscht, dass … Ich weiß nicht, warum, aber es ist mir herausgerutscht …«

In diesem Moment klingelte Annas Handy, und sie wühlte in ihrer Tasche herum. Als sie es gefunden hatte, war bereits der Anrufbeantworter angesprungen. Es war Tybjergs Nummer, aber er hatte keine Nachricht hinterlassen. Anna überlegte kurz, ob das bedeuten konnte, dass er bereits Bescheid wusste. Sie warf das Handy auf den Tisch und konzentrierte sich wieder auf Johannes.

»Entschuldigung, was hast du eben gesagt?«

Johannes schaute ihr schuldbewusst ins Gesicht.

»Ich habe diesem Polizisten erzählt, was du im Sommer gesagt hast«, sagte er dann. Anna musterte ihn verwirrt.

»Was habe ich denn im Sommer gesagt?«

»Dass du Lust hättest, Helland eins auszuwischen. Ich habe der Polizei erzählt, dass du Helland nicht gerade gut leiden konntest.« Johannes seufzte.

Anna starrte ihn an.

»Aber warum denn?«, fragte sie dann.

Johannes zuckte mit den Schultern.

»Weil ich ein Trottel bin. Entschuldige. Ich weiß ja, dass du mit dieser Sache nichts zu tun hast.« Johannes blickte matt in ihre Richtung.

»Ich find's zum K…«, setzte Anna an. Dann klingelte ihr Handy wieder.

»Verdammt«, sagte Anna wütend und schaute aufs Display. Tybjerg.

»Ja?«, sagte sie, als sie das Gespräch angenommen hatte.

»Anna«, antwortete Tybjerg flüsternd. »Hast du gehört, was passiert ist?«

Anna schluckte.

»Ja«, antwortete sie.

»Ich muss unsere Verabredung absagen. Ich kann nicht …« Die Verbindung war fürchterlich schlecht. »Du musst an einem anderen Tag kommen. Nächste Woche.«

»Nächste Woche?« Anna schob sich in ihrem Stuhl vom Tisch zurück. »Das meinst du doch nicht im Ernst? Wir müssen miteinander reden, Tybjerg. Ich muss mein Examen machen, und ich will …« Sie holte tief Luft und riss sich zusammen. »Ich werde mein Examen machen, Tybjerg«, fügte sie eindringlich hinzu. »Was hier passiert ist, ist ein verdammter Mist. Aber ich werde mein Examen machen, verstanden?«

»Ich kann nicht«, sagte Tybjerg und legte auf.

Anna drehte sich zu Johannes um. Ihr standen Tränen in den Augen.

»Ganz ruhig«, sagte sie mit gepresster Stimme. »Du bist nicht der Einzige, der mich im Stich lässt.«

»Anna«, sagte Johannes flehend. »Es tut mir wirklich leid. Ich weiß nicht, warum ich das von mir gegeben habe. Das habe ich diesem Marhauge auch gesagt. Dass ich nicht wüsste, warum ich das gesagt habe. Dass du ganz bestimmt mit Hellands Tod nichts zu tun hast. Ich war einfach nicht ich selbst.«

Anna war aufgestanden.

»Wo willst du hin?«, fragte Johannes kleinlaut, als sie auf die Tür zuging.

»Ins Museum, Tybjerg suchen.«

»Muss das jetzt sofort sein? Kannst du nicht noch einen Moment bleiben? Ich muss bald weg, und ich will nicht gehen … wenn du mir böse bist.«

»Das ist nicht mein Problem«, sagte Anna kalt.

Sie konnte Johannes tief seufzen hören, als sie durch den Gang in Richtung Museum davonging.

Erik Tybjerg hielt sich immer an einem von drei Orten auf: in seinem Büro im Keller, in der Kantine oder an einem Tisch unterm

Fenster vor der Tür zur Wirbeltiersammlung, wo er dann Knochen vermaß. Sie versuchte es zuerst bei der Sammlung. Kein Tybjerg. Dann ging sie in die Kantine hinunter. Auch hier kein Tybjerg. Eine Gruppe jüngerer Forscher saß weiter hinten an einem runden Tisch. Es roch nach Pfeifentabak. Jetzt blieb nur noch sein Büro im Keller.

Schon seit Annas erstem Besuch in Tybjergs Büro hatte sie sich darüber gewundert: Tybjerg war einer der führenden Dinosaurierexperten auf der Welt, aber sein Büro war winzig klein und feucht, als ob die Fakultät ihn aus dem Weg haben wollte. Zwei Wände des kleinen Raumes waren von oben bis unten mit Büchern zugestellt, vor der dritten stand Tybjergs Schreibtisch und vor der vierten unter dem Kellerfenster ein niedriges Regal mit Dinosauriermodellen und Tybjergs eigenen Veröffentlichungen. Die Bürotür war abgeschlossen, und Anna spähte durch die Fensterscheibe, aber alles war dunkel und verlassen. Sie zog ihr Handy aus der Tasche und wählte seine Nummer. Keine Antwort. Letzten Endes fischte sie ein Stück Papier aus dem Abfall und schrieb ihm eine Nachricht. »Wir müssen sprechen. Bitte ruf mich an, damit wir uns verabreden können«, notierte sie und schob den Zettel in den Türspalt. In diesem Augenblick erlosch das Licht draußen auf dem Gang, und erst da bemerkte sie, wie dunkel es war. Jemand ging an den niedrigen Kellerfenstern vorbei, und sie sah zwei Beine in roten Stiefeln, deren Absätze über die Bodenfliesen klapperten. Ihr Herz schlug heftig, als sie sich im Stockfinsteren den Gang entlangtastete. Als sie die Tür zum Treppenhaus fast erreicht hatte, fand sie einen Lichtschalter und drückte ihn. Es herrschte Leere und Stille.

Anna und Karen waren beste Freundinnen und Klassenkameradinnen. In ihrer Kindheit in Brænderup bei Odense waren sie unzertrennlich gewesen. Als sie eines Tages durch den Wald von Fødring streiften, waren sie zum ersten Mal Troels begegnet. Ein Orkan hatte gewütet, die Bäume waren wie faule Zähne mit den Wurzeln aus der Erde gerissen worden und lagen wild durcheinander. Den Mädchen war eingeschärft worden, dass sie unter gar keinen Umständen in den Wald gehen durften. Jetzt streiften sie zwischen den klebrigen Blättern umher und stachelten sich gegenseitig an, in die Wurzellöcher zu springen. Sie hatten gehört, der Wind könne die Bäume zurückwerfen, und man könne zerquetscht werden. Karen war die Mutigere von beiden. Sie traute sich, ganz still unter den Wurzeln zu stehen, die von einem sterbenden Baum herabhingen. Erdklümpchen rieselten ihr auf die Schultern, während sie triumphierend die Arme in den Himmel streckte. Sie verirrten sich immer tiefer in den Wald, und plötzlich fiel ihnen der riesige Marienkäfer ein, den jemand aus dem Stumpf eines gefällten Baumes modelliert hatte. Ob der den Sturm wohl überlebt hatte? Sie beschlossen, nachzusehen, da sie nun schon fast da waren. Was, wenn der Marienkäfer auch aus dem Boden gerissen worden war und mit den Beinen nach oben auf dem Rücken lag?

Sie fanden Troels an den Marienkäfer gelehnt, auf dem Boden sitzend. Zuerst sahen sie ihn gar nicht und streichelten den Käfer, während sie redeten. Erst als Anna auf die Deckflügel kletterte und es sich auf dem Tier gemütlich machte, fiel ihr Blick auf ein Haarbüschel, das auf der anderen Seite hochragte. Es gehörte zu einem Jungen mit Sommersprossen und einem traurigen Gesicht.

Anna sagte hallo und warf ihm einen Tannenzapfen zu, den er auffing. Die nächste Stunde spielten sie. Mit einem Mal wurde es dunkel, als ob jemand eimerweise Tinte zwischen die Bäume gegossen hätte, und Troels fragte mit ängstlicher Stimme:

»Müsst ihr nicht nach Hause?«

Die Mädchen nickten. Doch, ja. Alle drei liefen los, und als sie gerade den Waldrand erreicht hatten, wurden sie vom Lichtkegel einer Taschenlampe erfasst und lernten gleich darauf Troels' Vater kennen.

Cecilie hätte gesagt: »Woindreiteufelsnamenhabtihreuchdennrumgetrieben?«, hätte sie umarmt und hektisch mit den Händen gefuchtelt.

Troels' Vater sagte nichts und ließ den Lichtkegel langsam von einem Gesicht zum anderen wandern.

»Verzeihung, Vater«, sagte Troels leise.

»Na, jetzt aber«, sagte Anna und nahm Karens Hand. Wenn sie quer über das Feld liefen, könnten sie in zwanzig Minuten zu Hause sein.

»Nein«, sagte Troels' Vater. »Ihr kommt mit mir. Ganz brav über den Weg zum Parkplatz, wo mein Auto steht, und dann fahre ich euch nach Hause, ist das klar?«

Ihr ganzes Leben lang hatte Anna immer wieder gehört, dass sie niemals mit Fremden mitgehen dürfe. Nie und nimmer. Jetzt trotteten die drei Kinder in tiefem Schweigen über einen Kiesweg, vorbei an schwach beleuchteten Häusern, in genau die entgegengesetzte Richtung, in der sie wohnten. In der Dunkelheit fand Anna Karens Hand. Als sie den Parkplatz erreicht hatten, unternahm Anna noch einen Versuch:

»Von hier aus sind wir ganz schnell zu Fuß. Vielen Dank fürs Bring…« Troels' Vater blieb stehen und drehte sich halb um. Sie konnte sein Gesicht nicht richtig erkennen.

»Rein«, sagte er und öffnete die Hintertür. Das Licht ging an. Anna wollte protestieren, aber dann sah sie Troels' Augen. Setzt euch rein, baten sie. Das Auto roch neu und nach Chemie, als wäre es bis in die kleinste Stofffaser frisch gereinigt, und Anna half Karen mit dem Sicherheitsgurt. Der Wagen glitt durch die Dunkelheit, fort vom Wald und hinaus auf die Landstraße. Troels saß klein und grau auf dem Vordersitz neben seinem Vater.

Cecilie hatte ein Handtuch um die Haare gewickelt, als sie die Tür öffnete, und Anna konnte über ihren Ohren Alufolie hervorlugen sehen. Cecilie trug einen verwaschenen Morgenmantel. Aus dem Haus war Musik zu hören, und es roch nach Schlamm.

»Hallo, Kinder«, sagte sie fröhlich. Dann fiel ihr Blick auf Troels' Vater, der hinter den Kindern stand. Jetzt runzelte sie die Stirn.

»Was ist passiert?« Cecilie riss die Augen auf. Hatte der Mann die Kinder angefahren? Hatte sich etwa eins verletzt?

»Guten Abend, gnädige Frau«, sagte Troels' Vater. »Ich finde, Sie sollten in Zukunft versuchen, ein wenig besser auf Ihre Nachkommenschaft achtzugeben. Ich habe sie im Wald angetroffen, wo sie zwischen den umgestürzten Bäumen gespielt haben.« Er hielt inne und schlug seine großen Handflächen mit einem vielsagenden Knall aufeinander. »Das kann gefährlich sein.«

»Ins Haus mit euch, Mädels«, sagte Cecilie zu Karen und Anna. In ihrem Blick funkelte etwas, das Anna nicht kannte.

»Vielen Dank für Ihre Hilfe«, sagte sie kühl und schloss die Tür.

Als der Wagen von der Straße verschwunden war, lief Cecilie wütend in der Küche umher und konnte sich erst beruhigen, als Jens nach Hause kam.

»Was wirfst du ihm eigentlich vor?«, konnte Anna ihn leise fragen hören. »Dass er die Mädchen nach Hause gefahren und deinen Bademantel angeglotzt hat?«

Nach den Sommerferien kam Troels in die Klasse von Anna und Karen. Ihre Begegnung im Wald lag nun schon vier Monate zurück, aber sie hatten ihn nicht vergessen. Troels stand an der Seite des Klassenlehrers, und seine Miene hellte sich ein wenig auf, als er Anna und Karen sah. Er war gewachsen, doch sein Gesichtsausdruck war derselbe, die Augen tiefdunkel. In der Pause fragte Karen vorsichtig:

»War dein Vater damals eigentlich sehr sauer?«

Troels lächelte strahlend und sagte:

»Nein, nein, überhaupt nicht.«

Am Nachmittag gingen Anna und Karen gemeinsam von der Schule nach Hause. Es war Sommer, auf den Feldern wogten dunkelgelbe Ähren. Die beiden Mädchen blieben stehen und beschlossen, dass Troels ihr Freund werden sollte.

Eine Woche verstrich. Sie waren in allen Pausen zusammen und traten nach der Schule gemeinsam den Heimweg an. An der Stelle, wo ihre Pfade sich trennen, fragte Anna Troels eines Tages, ob er mit zu ihr nach Hause kommen wolle. Er schaute auf seine Uhr und lächelte. Doch, das wollte er gern. Sie spielten im Garten, und als es anfing zu regnen, gingen sie ins Haus und schmierten sich Brote. Die Mädchen tauschten Glanzbilder. Troels nahm diese Bilder vorsichtig in die Hand und sah sie sich an. Ihm gefielen Glitzerbabys und kleine Hunde am besten.

Dann kam Cecilie nach Hause, und Troels erhob sich höflich und gab ihr die Hand. In diesem Moment klingelte das Telefon, und Anna wusste nicht so recht, ob Cecilie Troels erkannt hatte. Als Troels auf der Toilette verschwand und Cecilie sich mit einer Tasse Tee an den Tisch setzte, flüsterte Anna ihr zu, das sei der Junge, den sie letzten März im Wald gefunden hatten. Cecilie erblasste.

»Du kannst uns so oft besuchen, wie du willst«, sagte sie, als Troels von der Toilette zurückkam. »Wirklich, so oft, wie du willst.«

»Vielen Dank«, sagte Troels.

Cecilie kaufte Troels ein Glanzbilderalbum und zehn Bögen Bilder. Anna schnaubte. Er packte das Geschenk aus, als hätte ihm jemand ein Tuch voller zerbrechlicher Eierschalen anvertraut. Für einen Moment strahlte er, aber kurz darauf sah er Cecilie unglücklich an.

»Ich kann das nicht annehmen«, sagte er und schob das Geschenk zaghaft von sich. Anna langte nach dem Album und vertiefte sich in die Bilder. Es waren große Engel auf Wolken, Glitzerkinder, Tiermotive und Blumenkörbchen darunter. Wenn Troels die nicht wollte, sie würde sie sofort nehmen.

»Natürlich kannst du«, sagte Cecilie voller Wärme. »Dann könnt ihr tauschen, oder? Das ist ein Geschenk.«

»Nein«, sagte Troels unglücklich. »Es geht wirklich nicht. Ich darf keine Geschenke annehmen.«

Cecilie kniff die Augen zusammen und musterte ihn.

»Hmm«, sagte sie schließlich. »Nein, dann kannst du das nicht mit nach Hause nehmen, das ist klar. Das Album bleibt hier.«

Anna sah ihre Mutter fragend an.

»Das sind nämlich meine Glanzbilder, aber ich bin nicht gerade gut im Tauschen, deshalb wäre es schön, wenn du das für mich übernehmen könntest. Meine Sammlung ein wenig erweitern. Würdest du das tun?«

Troels nickte und öffnete vorsichtig das Album. Ebenso behutsam öffnete er die Zellophanhüllen und löste die Glanzbilder aus den Bögen. Ehe er am späten Nachmittag ging, legte er das Album ins Bücherregal im Wohnzimmer, und bei seinem nächsten Besuch lag es noch immer dort. Das Album lag dort jahrelang.

Fast ein halbes Jahr verging, bevor Anna und Karen einmal bei Troels zu Hause waren. Es war Anfang Dezember. Nach der Schule waren sie mit dem Bus zu Troels gefahren, der in einem riesigen einstöckigen Haus zwei Kilometer außerhalb von Brænderup wohnte. Sie saßen in Troels' Zimmer auf dem Boden, bastelten Adventskalender und hörten Musik, als sein Vater von der Arbeit nach Hause kam. Sie konnten hören, wie er in der Diele laut mit jemandem am Telefon sprach, er fluchte über irgendetwas, dann schaute er plötzlich ins Zimmer.

»Hallo, Mädels«, sagte er, offenbar ohne sie zu erkennen. Bald darauf kam er zurück und stellte eine Schüssel Kartoffelchips und drei Flaschen Limonade auf den Boden.

»Ob ihr mitessen wollt, soll ich aus der Küche fragen?«

Karen und Anna wechselten einen Blick.

»Ja, danke«, sagte Anna eilig.

Kartoffelchips und Limonade. Zum Abendessen gab es Schmorbraten in Sahnesoße und zum Nachtisch für jeden ein Eisboot. Troels' Mutter war eine kleine elegante Frau, die in Odense Grundstücksmaklerin war. Seine Schwester war eine Schönheit von fünfzehn Jahren. Sie hatte lange Haare, benutzte Lipgloss und sagte: »Die Kartoffeln, bitte«, auf eine sehr erwachsene Art. Anna war hin und weg und schaute zu Troels hinüber. Der lächelte, als sein Vater etwas sagte, antwortete und lachte herzlich, als der seine Pointe vertiefte. Anna sog alles in sich auf.

Plötzlich begann Troels' Vater, Ferienanekdoten zu erzählen. Troels war in Schweden einmal von einer Brücke ins Wasser gefallen, weil er von einem Ast aus, der viel zu dünn gewesen und unter seinem Gewicht abgebrochen war, die Wassertiefe hatte messen wollen. Troels habe wie am Spieß geschrien vor Angst, dabei sei das Wasser weniger als einen Meter tief und ziemlich schlammig gewesen. Die Mädchen sahen Troels vor sich, schreiend und von Schlamm bedeckt, und lachten. Sein Vater hatte ihn im Garten hinter dem Sommerhaus mit Wasser abgespritzt. In diesen Ferien, das fiel dem Vater nun auch noch ein, waren sie auf einem Jahrmarkt gewesen, wo in einer Bude ein Mann zu sehen war, der von einem Brett in eine Wanne voller Wasser fiel, sobald man mit einem Ball eine rote Scheibe traf. Troels' Vater war mit dem Besitzer der Bude übereingekommen, den Mann gegen Troels auszutauschen, der den ganzen Nachmittag über die Hitze geklagt hatte. Troels war immer und immer wieder in die Wanne gefallen und gehörig abgekühlt worden. Wieder lachten Karen und Anna.

»Auch witzig war, wie er damals die ganze Zeit gepisst hat«, erzählte der Vater dann noch. »Könnt ihr euch erinnern, Mädels?«, fragte er seine Frau und seine Tochter, die gerade den Tisch abräumten.

»Nein, nicht diese Geschichte«, sagte die Mutter von der Anrichte her, wo sie Essensreste in den Mülleimer schrappte. »Die wollen die Mädchen bestimmt nicht hören.«

Der Vater beugte sich zu Anna und Karen vor. »Troels hat ins Bett gepisst, bis er sieben Jahre alt war«, sagte er.

Anna sah plötzlich unsicher zu Karen hinüber, die Troels' Vater noch immer hingerissen anstarrte.

»Nein, am Ende waren wir alle so verzweifelt, nicht wahr, Troels?«, fragte die Mutter, noch immer an der Anrichte. »Ja, wir alle. Du doch auch, nicht? Nicht wahr, mein Schätzchen?«

Jetzt ging Annas Blick zu Troels hinüber, und etwas in ihr erstarrte. Troels gab keine Antwort, und sein halb gegessenes Eisboot schmolz in seiner Hand. Die Mutter redete weiter, während sie eine feuerfeste Form auswischte.

»Alles Mögliche haben wir versucht. Wir haben versucht, ihn mit Süßigkeiten und Spielzeug zu bestechen, haben sein Taschengeld erhöht. Er musste sogar die nasse Wäsche den ganzen Tag anbehalten, aber es half alles nichts. Er hat ganz einfach vollkommen unbeeindruckt weitergepisst.«

Auf Karens Gesicht zeigte sich noch immer ein aufmerksames Lächeln, und Anna versuchte, ihr unter dem Tisch einen Tritt zu versetzen, verfehlte sie jedoch.

»Ihr möchtet jetzt sicher gern wissen, wie das ein Ende genommen hat«, fragte Troels' Vater munter.

»Au«, rief Karen plötzlich und sah Anna wütend an. Die warf ihr einen Blick zu, und endlich sah Karen Troels an.

»Erzähl den Mädels, wie das aufgehört hat, Troels«, forderte der Vater ihn auf. Troels nuschelte etwas.

»Ich kann nicht hören, was du sagst«, sagte der Vater freundlich. »Du musst ein wenig lauter sprechen.«

»Als ich am ersten Schultag in die Hose gekackt habe«, sagte Troels niedergeschlagen.

Die Mädchen tauschten einen Blick.

»Man kackt sich in der Schule ja wohl nicht einfach so in die Hose, oder?«, meinte der Vater. »Die anderen Kinder vergessen das ja nicht so schnell. Und da muss man einfach aufhören, wenn man jemals Freunde haben will.« Der Vater schlug Troels kameradschaftlich auf die Schulter und lachte.

»Aufhören«, rief Anna. »Aufhören!«

Doch der Vater war schon aufgestanden, die Spülmaschine war voll, die Schwester war gegangen, und Troels' Mutter legte nebenan Wäsche zusammen, sie konnten sie durch die offene Tür sehen.

»Danke für's Essen«, sagte Anna. »Ich muss um sieben zu Hause sein.«

Als Anna und Karen Schuhe und Jacken angezogen hatten und von der Tür aus einen Abschiedsgruß riefen, saß Troels noch immer mit dem Eis in der Hand am Esstisch.

»Bis dann, wir sehen uns morgen«, sagte er und lächelte unglücklich.

Cecilie rief Troels' Eltern an und meinte, sie brauche einen fixen Burschen für den Garten und werde ihm fünfzehn Kronen die Stunde zahlen. Während Cecilie mit dem Vater sprach, saß Anna in der Küche und konnte hören, wie ihre Mutter in ihrer schrillsten und schärfsten Stimme sprach, ehe sie am Ende des Gesprächs den Hörer auf die Gabel knallte. Als sie in die Küche kam, lächelte sie Anna müde an und strich sich das Kleid glatt.

»Er ist einverstanden«, sagte sie. »Fünf Stunden die Woche. Das ist gut.« Sie setzte sich neben Anna an den Tisch.

»Puh«, stöhnte sie und strich noch einmal über ihr Kleid.

Eines Abends, als Anna zwölf Jahre alt war, hörte sie ihre Eltern über Troels sprechen. Es war Ende der achtziger Jahre, und damals war Jens offiziell bereits nach Kopenhagen gezogen, kam jedoch immer wieder zu Besuch. Sie hatten ihr soeben gute Nacht gesagt, aber ehe Anna einschlafen konnte, fiel ihr eine Nachricht aus der Schule ein, die sie noch ausrichten musste. Deshalb stand sie auf und ging wieder nach unten. Auf halber Treppe hörte sie Jens fragen: »Warum glaubst du, dass er geschlagen wird? Du musst das beweisen können, Cecilie. Das ist eine schwerwiegende Behauptung.«

Cecilie schwieg. Dann konnte Anna hören, wie sie weinte.

»In Wirklichkeit kann ich gar nichts tun«, schluchzte sie. »Dieser hübsche, armselige Bursche. Sieh ihn dir doch an. Ihm geht es so schlecht, doch im Grunde kann ich gar nichts für ihn tun.«

Jens gab eine Antwort, die Anna nicht verstehen konnte, und Cecilie erwiderte: »Jens, das weiß ich doch.« Plötzlich klang ihre Stimme gereizt. »Das weiß ich sehr gut. Das hast du mir schon tausendmal gesagt. Ich finde es nur unerträglich, dass es ihm so dreckig geht.«

Cecilie putzte sich die Nase. Anna wurde es auf der Treppe kalt, und sie wünschte, die Erwachsenen stünden auf und entdeckten sie, trügen sie ins Wohnzimmer und legten sie unter die Wolldecke schlafen, während ihre Stimmen langsam undeutlicher wurden – wie damals, als sie noch klein gewesen war. Lautlos kullerten ihr die Tränen über die Wangen. In diesem Moment hasste sie Troels. Ihre Eltern hatten den offenbar viel lieber als sie. Sie fühlte sich ganz allein auf der Welt. Jetzt sprachen sie über etwas, das an Jens' Arbeitsplatz geschehen war. Zuletzt ging Anna wieder nach oben und legte sich in ihr Bett.

Eines Sommertags kam Troels unangemeldet vorbei. Er machte einen munteren Eindruck. Seine Eltern waren nach Ebeltoft gefahren, um ein neues Auto zu holen, und würden erst am Abend zurückkehren. Cecilie und Jens hatten Besuch von alten Studienfreunden, aus der Zeit vor Annas Geburt, und auf dem Rasen wimmelte es nur so von Kindern. Die Sonne schien. Es gab Saft und Rosinenbrötchen, und über dem Garten flogen die Schwalben. Troels blieb überwältigt stehen und schaute dem Gewimmel zu. Damit hatte er nicht gerechnet. Zwei Jungen in seinem Alter spielten Fußball, aber Troels hatte keine Lust. Er trank ein wenig Saft, und Cecilie stellte ihn vor:

»Das ist Troels. Er geht in Annas Klasse.«

»Der ist aber hübsch«, hörte Anna eine von Cecilies Freundinnen flüstern.

Irgendwann kam Jens auf die Idee, Brennball zu spielen. Alle sprangen auf, trugen vier große Steine, einen Ballschläger und einen Tennisball zusammen, und die Mannschaften wurden eingeteilt. Im Garten ging es laut und fröhlich zu. Angesichts der ausgelassenen Erwachsenen verdrehten Anna und Karen die Augen. Sie hatten sich geschminkt, aber die Erwachsenen hatten jeglichen Kommentar unterlassen. Jetzt war Troels an der Reihe. »Ich will nicht«, sagte er. Nicht sonderlich laut, aber laut genug, dass Anna es hören konnte, dabei stand sie ein gutes Stück vom Spielfeld entfernt. Troels lächelte entwaffnend und schaute zu ihr auf.

Jens' alter Freund von der Hochschule, Mogens, der Ballwerfer, wollte ihn ermuntern.

»Du kannst das ganz bestimmt«, sagte er eifrig, trat hinter Troels und führte dessen Arme in einem horizontalen Bogen durch die Luft.

»Den Schläger hochhalten«, sagte er. »Nicht fallen lassen.« Er versetzte Troels' herunterhängendem Ellbogen einen Klaps.

Troels' Arm aber blieb schlaff.

»Komm schon. Konzentrier dich! So schwer ist das doch nicht!«, rief Mogens.

Anna spähte instinktiv zu ihrer Mutter hinüber. Cecilie wollte etwas sagen, hob die Hände, wie um einen Einwand vorzubringen. Neben Troels wirkte Mogens wie ein gutmütiger Riese.

»Woraus sind die denn hier gemacht, hm?« Mogens lachte schallend und packte Troels' weißen, sommersprossigen Arm und ließ ihn herumbaumeln. »Was ist das denn hier? Wackelpudding?« Er lachte.

Troels schaute Mogens nur leer an. Der rief und fuchtelte mit den Armen und tänzelte wie ein Boxer hin und her.

Mogens stichelte: »Na los, Bruderherz, zeig uns, was du kannst!« Jetzt hob Troels den Schläger und haute Mogens damit auf den Kopf. Wumm! Mogens verstummte und fasste sich an den Schädel. Es wurde ganz still.

»Warum hast du das gemacht?«, fragte Mogens verblüfft.

Troels rannte weg und Cecilie hinterher. Sie waren fast eine Stunde verschwunden, als Anna sich auf die Suche machte. Sie fand die beiden auf dem Rücksitz ihres Autos. Troels sah verweint aus und hatte den Kopf auf Cecilies Schoß gelegt. Sie streichelte seine Haare. Er wollte nicht wieder mit in den Garten kommen, auch wenn Cecilie versicherte, alles sei in Ordnung. Jens habe Mogens ganz bestimmt erklärt, warum Troels ihm eins aufs Dach gegeben hatte. Anna runzelte die Stirn. Aber Troels wollte nicht zurück in den Garten. Er wollte nach Hause. Cecilie umarmte ihn. Sie und Anna sahen zu, wie er auf dem Rad unsicher die Straße hinunterfuhr, ehe er dann schneller wurde und verschwand.

Im Garten waren die Aktivitäten gewaltig gedrosselt worden. Mogens hatte einen Eisbeutel auf dem Kopf und sah noch immer verdutzt aus. Es herrschte eine merkwürdige Ruhe.

»Alles in Ordnung bei dir?«, fragte Cecilie.

»Ja«, antwortete Mogens. »Es tut mir wirklich leid.«

»Ja, du hast ihn gedemütigt«, sagte Cecilie ruhig.

»Na, jetzt hör aber mal auf«, sagte Jens. »Das ist nicht fair.«

»Aber so war's doch, wenn auch nicht aus bösem Willen«, sagte sie zu Jens. »Das weiß ich doch auch. Und neunundneunzig Prozent der Jungen auf der Welt hätten anders reagiert. Aber so einer eben nicht.«

»Nein, das war echt blöd«, sagte Mogens unglücklich und fasste sich an den Kopf.

Als Troels fünfzehn wurde, hatte er sich bereits Zunge und Nase piercen lassen und trug enge Hosen und hohe Stiefel. Der schmächtige Junge von einst war verschwunden, jetzt war er über eins achtzig groß und hatte beeindruckende, geschmeidige Hände und breite Schultern. Um ein Haar wäre Troels aus der ersten Oberstufenklasse geworfen worden, und Cecilie hatte für ihn um Gnade flehen müssen. Er besuchte sie nicht mehr so oft, und Anna und Karen wusste nicht so recht, was er machte und mit wem er zusammen war. Aber er hatte erzählt, dass er ab und zu nach Århus oder nach Kopenhagen fuhr, wo er ins Pan ging. Die Mädchen fanden das spannend.

Eines Tages, zu Beginn der zweiten Oberstufenklasse, kam Troels vorbei und lud Anna zu einer Radtour ein. Als sie schon eine Weile gefahren waren, wurde ihm heiß, und er zog sich sein

T-Shirt über den Kopf und entblößte einen Oberkörper, der einer Pizza ähnelte.

»Was hast du denn gemacht?«, fragte Anna entsetzt.

»War zum Klamottenwaschen zu Hause bei meinem Vater«, sagte Troels und sah sie fröhlich an.

»Hat er dich verprügelt?«, flüsterte Anna.

»Ja, aber ich habe zurückgeschlagen.«

Anna musste energisch in die Pedale treten, um mit ihm gleichauf zu bleiben.

»Und weißt du was?« Troels blickte geheimnisvoll zu ihr herüber. »Es ist echt Mist, dass ich so aussehe.« Er stellte sich mit betont beleidigter Miene in den Pedalen auf.

»Warum?«, fragte Anna atemlos.

»Eine Modelagentur in Odense hat sich bei mir gemeldet.«

»Das ist gelogen!«

»Ganz und gar nicht! Die wollen ein Buch mit Fotos von mir machen. Und sie sagen, dass ich bestimmt eine Menge zu tun bekommen werde.«

Den Rest des Nachmittags unterhielten sie sich über seine bevorstehende Karriere als Model. Über Paris und New York und Mailand. Anna würde ihn ganz bestimmt besuchen. Sie landeten auf einer Wiese, wo sie zwischen den Blumen lagen und zum Himmel hochschauten und sich Pyramiden aus Champagnergläsern und Silberkonfetti vorstellten, das vom Himmel rieselte. Genauer gesagt: Anna lag, Troels saß neben ihr. Er konnte nicht liegen, weil sein Rücken wehtat.

Das Jahr 1997, als Anna, Troels und Karen Abitur machten, bescherte ihnen einen endlosen Sommer, und die drei tranken sich um Sinn und Verstand. Es war so heiß, dass ihnen die Kleider am Körper klebten, und die lauen, azurhellen Nächte wollten kein Ende nehmen. Sie waren euphorisch und hatten das Gefühl, das Himmelsgewölbe müsse in einem krampfartigen Winkel ins Weltall hinausjagen, wenn sie nur alle drei gleichzeitig ausatmeten. Sie feierten in Häusern, von denen sie keine Ahnung hatten, wer dort wohnte. In Häusern ohne Eltern, deren verdorrte Topfblumen beiseitegeschoben wurden, damit die Fenster zu den Getreidefeldern hin offen stehen konnten, wo man umkippen konnte, wenn man wollte, oder wo einem ein winzig kleines Brandunglück passieren konnte, wie an einem frühen Morgen Ende Juli. Betroffen standen sie da, sahen in der Ferne die Löschzüge anrücken und schlugen die Augen nieder, als ein Feuerwehrmann sie anbrüllte und ihnen einen Zigarettenstummel vor die beschämten Gesichter hielt. Es war natürlich nicht der schuldige Stummel, sondern nur einer von vielen, die im ganzen Garten verstreut lagen. Am nächsten Tag ging die Party weiter, die Topfblumen wurden wieder zur Seite geschoben und die Fenster sperrangelweit aufgerissen.

Später, wenn Anna an diesen Sommer zurückdachte, wusste sie nicht, ob zwischen ihr, Karen und Troels auch alles so schiefgegangen wäre, wenn es geregnet hätte. Sie waren die ganze Zeit auf den Beinen, und wenn sie nicht feiern waren, saßen sie in Karens Zweizimmerwohnung in Odense und starrten sich gegenseitig an wie wilde Tiere.

Karen hatte ein Tütchen Kokain an Land gezogen, und sie schnupften alles. Anna ging auf die Toilette, und als sie zurückkam, waren Karen und Troels auf die hervorragende Idee gekommen, sie sollten miteinander vögeln. Warum nicht, sagte Anna. Ihr Mund war trocken wie Sandpapier, sie lief in die Küche und trank Wasser aus dem Hahn. Troels und Karen tanzten schon mit bloßem Oberkörper, als sie wieder ins Zimmer kam.

»Ich dachte, du bist schwul«, sagte Anna. Troels und Karen brüllten vor Lachen.

»Und wir dachten, du hast keine Vorurteile«, rief Karen. Sie winkten Anna zu sich.

Dann setzten sich alle drei auf Karens Bett, und Anna und Troels küssten einander, während Karen ihm die Hose auszog. Troels lachte in Annas Mund hinein, denn Karen fummelte hilflos an der Hose herum. Für einen Moment ließ Troels Anna los, um Karen zu helfen. Jetzt fingen Troels und Karen an, sich zu küssen, während Karen ihm auch noch die Unterhose auszog. Troels hatte sich auch den Schwanz piercen lassen, und Anna fixierte Karens Hand, die sich darum schloss. Troels hatte die Augen zu. Anna konnte hören, wie er gierig die Luft einsog, während er Karen immer weiter küsste. Anna drehte sich weg. Irgendwann öffnete

Karen die Augen, blickte sie an und streckte ihr die Hand hin, doch ehe Anna sie greifen konnte, hob Troels Karen hoch und drehte sie um, sodass sie jetzt auf dem Rücken lag und ihre Locken sich über das Kissen verteilten. Sein Penis zeigte einen Moment lang auf Karen, dann verschwand er in ihr. Beide schlossen die Augen. Da erhob Anna sich im Bett. Ihr wurde schwarz vor Augen. Sie versetzte den beiden miteinander verschmolzenen Körpern einen Tritt und traf Troels so fest am Hüftknochen, dass er sich brüllend auf die Seite wälzte. Sein offener Mund, sein rasch erschlaffender Schwanz, Karen, deren Blick verwirrt zwischen Troels und Anna hin und her irrte. Anna warf sich auf Troels und schlug mit den Fäusten auf sein Gesicht, seine Brust und seinen Bauch ein. Noch immer lag sie halb auf dem Bett. Troels' Gesicht war weiß geworden, und seine Augen brannten.

»Hör auf, Anna«, sagte er leise. Aber sie schlug weiter. Karen versuchte, Anna zurückzuhalten, und Troels, der die Schläge bisher einfach hingenommen hatte, wich zurück, seinen Kleidern entgegen. Anna stieß Karen wütend beiseite und sank auf dem Bett in sich zusammen. Troels hatte mittlerweile seine Jeans angezogen und streifte sich das T-Shirt über den Kopf, während er durch die Tür ging. Er ließ sie offen stehen. Seine Schritte polterten die Treppe hinunter, dann war er verschwunden. Karen blitzte Anna wütend an und sagte:

»Was du da gerade gemacht hast, Anna Bella, war verdammt unnötig.«

Das war zehn Jahre her.

6

Als Montag, der 8. Oktober, vorüber war, stand für Søren felsenfest, dass Mutter Erde Lars Helland aus geheimnisvollen Gründen so früh zu sich gerufen hatte. Er bereitete sich darauf vor, die Untersuchungen so bald wie möglich einzustellen. Lars Helland war eben tot, mehr gab es dazu nicht zu sagen. Jeden Tag hörten in Dänemark Herzen unerwartet auf zu schlagen, auch bei Menschen, die wie Lars Helland jeden Tag ihre fünfundzwanzig Kilometer von der Arbeit und zurück mit dem Rad gefahren waren und weder rauchten noch tranken. Okay, die abgebissene Zunge war keine gewöhnliche Kost, auch für Søren nicht, aber es kam schließlich nicht selten vor, dass Menschen im Sterben sich selbst schwere Verletzungen zufügten. Søren hatte gebrochene Genicke, ausgeschlagene Zähne und eingeschlagene Schädel gesehen, verbrannte Gesichter, zerbrochene Knochen und aufgespießte Torsi – Verletzungen in Verbindung mit Gartengrills, Heizungsthermostaten, Rasenmähern und schmiedeeisernen Gittern. Helland war sicher von irgendwelchen Krämpfen heimgesucht worden und hatte sich im herannahenden Tod die Zunge dabei abgebissen.

In der Überzeugung, er würde mit dem Fall bald nichts mehr zu tun haben, machte er sich an die einleitenden Vernehmungen. Der Erste auf seiner Liste war der ziemlich aparte und fast ätherische Biologe Johannes, der den Todesfall gemeldet hatte. Er war im Institut gewesen, weil er zusammen mit Lars Helland an einem Artikel gearbeitet hatte und außerdem hoffte, bei ihm eine Doktorarbeit schreiben zu dürfen, obwohl die zuständige Kommission ihn schon zweimal abgelehnt hatte. Søren waren im Laufe seiner Karriere viele seltsame Menschen begegnet; die volle Bandbreite von richtiggehend deformierten Geschöpfen bis zu Menschen mit dermaßen überzogenen Körper- und Kopfverzierungen, dass man den nackten Menschen dahinter kaum ahnen konnte. Johannes war weder deformiert noch übertrieben ausstaffiert. Trotzdem gehörte er zu den eigentümlichsten Menschen, die Søren je getroffen hatte. Seine Transparenz erinnerte Søren an ein Tier, das unter einem Stein hauste und deshalb hell geworden war. Seine Hände waren lang und dünn und seidig, die Gesichtshaut spannte sich weiß über die Knochen, und seine Körperhaltung war krumm. Nur die karottenroten Haare und der intelligente Blick störten den Eindruck, vor etwas Verborgenem zu stehen.

Johannes konnte scheinbar nur Gutes über Helland berichten, und erst mit der Pistole auf der Brust gab er widerstrebend zu, Helland habe sich in letzter Zeit seltsam verhalten und sei zerstreut und fahrig gewesen sei. Aber Anna sei ja auch nicht eben der umgänglichste Mensch der Welt, hatte er eilig hinzugefügt. Søren verstand diesen Zusammenhang nicht, bis Johannes zögernd erklärte, dass Anna und er über Lars Hellands Qualitäten als Mensch und wissenschaftlicher Betreuer überaus unterschiedlicher Ansicht gewesen seien und sie diese Frage den Sommer über mehrmals diskutiert hätten. An dieser Stelle war Johannes in eine Denkpause verfallen, doch dann war ihm herausgerutscht, dass Anna mit dem Gedanken gespielt habe, Helland eins auszuwischen. Ihm eins auszuwischen? Søren sah Johannes überrascht an. Was meinte sie damit? Johannes klimperte mit den Augen, als hätte er sich versprochen. Gar nichts, nur … Sein Blick irrte hin und her. Anna sei nicht gut auf Helland zu sprechen gewesen, erzählte Johannes dann. Sie habe sich von ihm als Betreuer im Stich gelassen gefühlt, und da sie es ohnehin schon schwer hatte als alleinerziehende Mutter und überhaupt, sei sie auf Helland übertrieben sauer gewesen – auf eine Weise, die Johannes überhaupt nicht gefallen habe. Sie hatten sich deshalb gestritten. Søren hörte aufmerksam zu.

Dann fragte Johannes, ob Søren wisse, dass Helland bedroht worden sei. Er fragte das leichthin, beinahe nebenbei, und fügte eilig hinzu, Helland selbst habe darüber gelacht und es als Bubenstreich abgetan. Johannes hatte keine Ahnung, worin die Drohungen bestanden, nur, wie Helland sie gedeutet hatte: Jemand aus dem Universitätsmilieu grolle ihm und habe ihm deshalb eine Reihe von unangenehmen Mails geschickt. Søren wollte wissen, ob Johannes denn glaube, dass diese Mails von Anna Bella Nor stammten. Das konnte Johannes rundheraus verneinen. Natürlich war das nicht der Fall! Auf so eine Idee würde Anna niemals kommen. Helland habe in allerlei Ausschüssen gesessen, somit einen ziemlich großen administrativen Einfluss gehabt und sich selbst einmal als natürliche Zielscheibe für die Frustrationen anderer bezeichnet. Er habe in der Doktoranden- und in der Berufungskommission gesessen, erklärte Johannes, und darüber entschieden, wie es mit der Karriere diverser Biologen weitergehen sollte.

Søren nickte langsam, bedankte sich und hatte eben die Tür hinter sich geschlossen, als ihm noch etwas einfiel. Johannes schaute überrascht auf, als die Tür wieder geöffnet wurde und Søren den Kopf noch einmal ins Zimmer steckte:

»Bedeutet das«, fragte Søren freundlich, »dass Lars Helland auch mitverantwortlich dafür war, dass Ihr Antrag auf eine Doktorarbeit zweimal abgelehnt worden ist?«

»Ja«, antwortete Johannes gelassen. »Das bedeutet es.«

Søren war ein wenig verwirrt. Johannes war von dem Todesfall offenbar zutiefst betroffen, suchte selbst verzweifelt nach einer akzeptablen Erklärung. Er hatte sogar seine Kollegin Anna Bella Nor belastet, während er sie zugleich verteidigte, als hätte Søren und nicht Johannes selbst diese Variante ins Spiel gebracht. Gut, dass der Fall so einfach liegt, dachte Søren. Da war es nicht weiter notwendig, herauszufinden, was Johannes Trøjberg wirklich gemeint hatte.

Dann kam Anna Bella Nor an die Reihe. Sie saß mit dem Rücken zur Tür, drehte sich aber aufmerksam um, als Søren eintrat. Sie hatte kurze hellbraune Haare, ein ovales Gesicht und einen schmächtigen, aber, wie er meinte, doch starken Körper. Ihre Bewegungen hatten etwas Unwilliges, als wäre sie viel lieber anderswo. Ihre Augen waren unbeschreiblich. Brauen und Wimpern waren kohlschwarz und dicht und die Augen auf den ersten Blick braun, doch wenn sie etwas mit Nachdruck sagte, leuchteten sie auf. Das Gespräch verlief überraschend zäh. Anna Bella Nor kam Lars Hellands Tod ganz offensichtlich überaus ungelegen. Sie wirkte wütend und gestresst, und irgendwann sagte sie ganz offen:

»Ich habe in zwei Wochen meinen Examenstermin. Das hier kommt, gelinde gesagt, ziemlich unpassend.«

Søren erkundigte sich nach ihrer Beziehung zu Helland und erfuhr, Helland sei nur wenig besser als untauglich gewesen, und Anna habe bereits mit dem Gedanken gespielt, sich beim Fakultätsrat über seine mangelnde Betreuung zu beklagen. Ebenfalls erfuhr er, dass sich alle über ihn ärgerten, auch Johannes, der das allerdings nicht zugeben wollte.

»Johannes ist ein guter Freund«, sagte sie plötzlich und kniff die Augen zusammen. »Aber seine Menschenkenntnis ist einfach hoffnungslos. Er ist viel zu lieb und hält es für seine Aufgabe hier auf Erden, sämtliche unvertretbaren Handlungen auf der ganzen Welt in irgendeiner Weise zu erklären und damit zu entschuldigen. Johannes bringt immer eine gute Begründung, und wissen Sie was?« Anna sah Søren wütend in die Augen. »Manchmal kann nicht einmal die beste Erklärung eine Entschuldigung sein. Tatsache ist: Ich war Lars Helland restlos egal.« Mehr hatte sie über diese Angelegenheit nicht zu sagen.

Sie wusste jedoch, dass auch Svend und Elisabeth mit Lars Helland nicht gerade dick befreundet gewesen waren, und das, soweit Anna beurteilen konnte, aus gutem Grund. Er habe in sämtlichen fachlichen und administrativen Ausschüssen gesessen, in die er seinen Hintern überhaupt habe hineinzwängen können, und sei deshalb für eine Menge Details zuständig gewesen, die den Alltag im Institut beeinflussten. Anna weigerte sich, das näher auszuführen, denn »glauben Sie mir, das würde Sie nur zu Tode langweilen«, wie sie sagte.

Was Anna dagegen gern betonen wollte, war, dass Helland zweimal den Wasserkocher, den sie und Johannes zusammen gekauft hatten, mit in sein Büro genommen habe, ohne um Erlaubnis zu bitten. Hier verspürte Søren ein gewisses Prickeln in den Fingerspitzen, und er bat Anna, allzu irrelevante Informationen für sich zu behalten, worauf Anna antwortete und ihm dabei geradewegs ins Gesicht sah:

»Sie haben nach Hellands Verhältnis zu den Kollegen hier im Institut gefragt, und wie kann ich das Klima, das ihn umgab, denn besser erklären als mit der Schilderung, wie penibel-faschistoid, aufgeblasen und unempathisch er tatsächlich war?«

Søren war beeindruckt, wie viele Wörter Anna im Handumdrehen zu einer ziemlich hart geschmiedeten Kette zusammenfügen konnte.

Nun wollte er wissen, was Helland da am Auge gehabt habe. Das konnte Anna nicht sagen und behauptete:

»Gut war es jedenfalls nicht.« Ihr sei es schon im vergangenen Sommer aufgefallen, aber sie habe es nicht weiter wichtig genommen, doch in letzter Zeit hatte sie dann bemerkt, dass das Gewächs … »größer geworden wäre nicht das richtige Wort. Aber es wurde deutlicher, als ob es sein Wesen geändert hätte und härter geworden wäre.« Sie verstummte wieder auf ihre abrupte Art.

Søren bedankte sich und bat Anna, noch im Institut zu bleiben, damit sie später mit aufs Revier kommen könnte. Anna wollte wissen, warum, und wirkte überaus unzufrieden, als Søren erklärte, das sei eben die übliche Vorgehensweise. Als er ging und die Tür hinter sich zuzog, bemerkte er, dass er schwitzte.

Der nächste Punkt auf der Tagesordnung waren Svend und Elisabeth. Die beiden unterhielten sich gedämpft in Elisabeths Büro und strahlten tiefe Vertraulichkeit aus. Als Søren klopfte, erhoben sich beide und boten ihm an, auf einem eleganten, aber ziemlich unbequemen Sofa mit einem Gitter als Rückenlehne und dünnem Polster Platz zu nehmen. Svend war Alterspräsident des Institutes und, wenn Søren das richtig verstanden hatte, bereits im Vorruhestand, hatte aber noch etliche Forschungsprojekte zu Ende zu führen.

Die Professorin Elisabeth wirkte auf den ersten Blick wie die normalste der vier Institutsangehörigen. Sie war winzig klein, hob sich jedoch – im Vergleich zur sonst am Institut vorherrschenden Kleiderordnung – durch exklusive, eng sitzende Kleidung, eine gute Frisur, eine moderne Brille und diskretes Make-up erscheinungsmäßig ab. Erst etwas später bemerkte man eine grundlegende Nervosität in allem, was sie unternahm. Während ihres Gesprächs ließ Søren seinen Blick diskret durch das helle, zweigeteilte Büro und über sämtliche Flächen wandern, auf denen biologischer Nippes herumstand. Sie arbeite zu Invertebraten, wie sie Søren erklärte, und als er sie verständnislos ansah, fügte sie hinzu: »Tiere ohne Rückgrat«, und machte eine ausladende Bewegung mit dem Arm, was Søren als Bestätigung interpretierte, dass die vielen Tiere, die ihre Regale und Fensterbänke zierten, allesamt ohne Rückgrat waren.

Svend und Elisabeth schienen von den Ereignissen des Morgens gründlich aufgewühlt, und Elisabeth gab offen zu, sie leide unter gewaltigen Schuldgefühlen. Svend nickte zustimmend. Sie beide hatten Helland dahin gewünscht, wo der Pfeffer wächst. So war das eben. Helland und Elisabeth waren beide seit über fünfundzwanzig Jahren am Institut angestellt, Svend sogar weitaus länger. Und wenn sie jetzt auf ihr Arbeitsleben zurückblickten, war Helland der einzige Wermutstropfen. Er hatte das Arbeitsklima verpestet und in der ganzen Zeit gemeinsame, zielstrebige Forschung verhindert und nur in die eigene Tasche gearbeitet. Außerdem saß er eben in vielen administrativen Ausschüssen, was, da waren Svend und Elisabeth sich schmerzlich einig, dem gleichkam, einem Baby ein Messer als Rassel zu geben. Helland hatte keinerlei Ahnung von Verwaltungsangelegenheiten gehabt, aber dennoch war es ihm mehrmals gelungen, zum Vorsitzenden diverser universitärer Instanzen ernannt zu werden, was für das Institut chaotische Konsequenzen gehabt hatte. Einmal hatte Helland zum Beispiel vergessen, die Frist auf Beantragung finanzieller Fördermittel einzuhalten, obwohl er ein halbes Jahr lang beinahe täglich an diesen näher rückenden Termin erinnert worden war. Letztendlich hatte das Institut über ein Semester hinweg mit dem Rest der Mittel aus dem Vorjahr überleben müssen, was unter anderem dazu führte, dass die Studierenden ihren Dissektionskurs selbst bezahlen mussten, von der Absage der alljährlichen Feldforschung und den defekten Mikroskopen ganz zu schweigen.

Zwei Jahre zuvor hatte Helland für die Position des geschäftsführenden Direktors kandidiert und war auch gewählt worden. Von da an trug er die übergeordnete Verantwortung für beide Institute, die zusammen die Abteilung für Zellbiologie und Vergleichende Zoologie bildeten, und in diesen beiden Jahren hatte er die Abteilung mehr oder weniger in den Ruin getrieben. Hellands durchweg schlechte Arbeit und sein absolut fahrlässiger Umgang mit Studierenden und Budgets hatten vor allem zwischen ihm, Svend und Elisabeth zu argen Spannungen geführt, aber auch zwischen Helland und mehreren Zellbiologen, die ein Stockwerk höher saßen. Die Streitereien waren bis auf den Flur zu hören gewesen, und Elisabeth sagte, sie habe mehrere Male kurz vor der Kündigung gestanden. Es war nur so, dass eine feste Stelle als Forscherin an der naturwissenschaftlichen Fakultät rein fachlich als Traumjob galt und dass sie sich keine Hoffnungen machen könnte, je anderswo eine solche Anstellung zu finden. Und dann war da immerhin noch die Verantwortung für die Studierenden. Morphologie war bei denen ein populäres Gebiet, und Elisabeth fühlte sich verpflichtet, neue Morphologen auszubilden – ein Schicksal, das vor allem auf ihren Schultern lastete, weil Helland ganz offenbar diese Verantwortung nicht empfand. Und das, obwohl die Angestellten der Universität Kopenhagen verpflichtet waren, jedes Jahr eine angemessene Anzahl Absolventen vorzuweisen.

Genau hier verstand Søren etwas nicht, denn seines Wissen gab es am Institut lediglich zwei jüngere Aspiranten, nämlich Anna Bella Nor und Johannes Trøjborg. Und wurden die nicht beide von Lars Helland betreut?

»Doch«, antwortete Elisabeth zögernd. »Aber die sind seine einzigen Kandidaten in *zehn* Jahren. In derselben Zeit haben Svend und ich zusammen mindestens vierzig Kandidaten durch das System geschleust, die meisten davon sind längst promoviert und haben feste Stellen. Der Nachwuchs ist unsere einzige Chance. Und auch wenn es richtig hart sein kann, zu unterrichten, Examensarbeiten zu betreuen und gleichzeitig neue und bahnbrechende Forschungsergebnisse abliefern zu müssen, müssen wir unsere Pflichten ernst nehmen – nicht nur als Angestellte der naturwissenschaftlichen Fakultät, sondern auch als Menschen.« Elisabeths Blick loderte.

»Wir waren beide wirklich überrascht. Von Johannes und von Anna. Positiv überrascht, wohlgemerkt.« Sie verstummte und sah Svend an.

»Aber?«, fragte Søren.

»Beide haben sie nicht in einem Labor gearbeitet«, antwortete Svend an Elisabeths Stelle. »Johannes hat eine theoretische Abhandlung geschrieben, und das macht auch Anna.«

»Was heißt das?«

»Dass sie nicht mit Helland ins Labor gehen, dass er nicht über ein, zwei Semester jemanden an der Backe haben will. Das wiederum bedeutet, dass er nicht selbst forschen muss, da niemand das überprüft. Johannes und Anna haben ihre Berichte jeweils aus der Literatur exzerpiert. Das war aller Wahrscheinlichkeit nach doppelt so schwierig für die beiden, als wenn sie eine empirische Abhandlung geschrieben hätten. Und so waren sie für Helland sicher keine große Belastung, wenn überhaupt. Das hat uns natürlich geärgert. Aus ganz prinzipiellen Gründen.«

Sie schwiegen eine Weile. Dann sagte Elisabeth:

»Aber was passiert ist, ist natürlich schrecklich. So etwas wünscht man doch nicht einmal seinem ärgsten Feind.« Sie schien noch mehr sagen zu wollen, hielt aber inne und schnappte kurz nach Luft.

»War er das denn?«, fragte Søren gelassen. »Ihr ärgster Feind?«

»Nein«, sagte Elisabeth entschieden. »Er war mir oft ein Dorn im Auge, das schon. Aber in fünfundzwanzig Jahren lernt man, damit umzugehen.«

Søren neigte den Kopf zur Seite. Da erlosch das Licht draußen auf dem Flur, und es war fast dunkel im Büro. Elisabeth beugte sich vor und schaltete eine Lampe ein, die auf einem niedrigen Rolltisch stand. Der Lampenfuß bestand aus einem Tintenfisch aus Messing, der seine Fangarme einen knorrigen goldenen Stab hochschlang, als versuchte er, entweder aus dem Meer zu steigen oder den weißen Seidenschirm zu sich herunterzuziehen. Søren fragte sich, ob so ein Bursche vielleicht ebenso wenig ein Rückgrat besaß. Als Elisabeth sich wieder bequemer hingesetzt hatte, fragte Søren:

»Apropos Dorn im Auge. Wissen Sie irgendetwas darüber, was Helland da im Auge hatte?« Beinahe unschuldig stellte er diese Frage und ließ seinen Blick durch die Runde schweifen. Elisabeth und Svend sahen beide ehrlich überrascht aus.

»Er hatte etwas im Auge?«, fragte Svend.

»Johannes und Anna haben in Hellands rechtem Auge eine Art Gewächs bemerkt, das in den letzten beiden Monaten offenbar größer geworden ist. Ihnen ist das nicht vielleicht aufgefallen?«

Svend und Elisabeth überlegten beide. Dann sagte Elisabeth zögernd:

»Das mag seltsam klingen …«, sie seufzte. »Aber ich habe ihn wirklich nie angesehen. Nicht bewusst, meine ich. Wir haben uns auf dem Gang gegrüßt, aber seit Helland das Amt des geschäftsführenden Direktors an Tor Ravn von oben abgetreten hatte, war mir beileibe nicht mehr danach, mit ihm über Institutsangelegenheiten zu sprechen. Das war im März vergangenen Jahres, nicht wahr?« Sie sah zu Svend hinüber, und der nickte.

»Die Stimmung hier im Haus ging mir wahnsinnig auf die Nerven, wissen Sie.« Jetzt wandte sie sich wieder Søren zu. »Aber vor etwa einem halben Jahr beschloss ich, das abzuhaken. Ich hörte auf, daran zu glauben, dass sich jemals etwas ändern würde. Ich beschloss, mit Helland als einem notwendigen Übel zu leben. Wie mit einer frisch gebauten Schnellstraße hinterm Garten, den herzurichten man unzählige Stunden verbracht hat. Ich will ja nicht weg von hier. Ich mag die Studierenden, und ich liebe meine Forschung. Und vor einem Jahr etwa war mir dann aufgegangen, dass ich gar keine andere Möglichkeit hatte. Entweder kündigen oder mit Helland leben. Seit damals bin ich wirklich nicht mehr in seiner Nähe gewesen. Wir haben gemailt, wenn es interne Mitteilungen auszutauschen gab, ansonsten bin ich ihm aus dem Weg gegangen. Also nein, ehrlich gesagt ist mir nicht aufgefallen, dass er etwas im Auge hatte.«

Søren registrierte, dass sie die Hände ruhig in den Schoß legte und ihm offen ins Gesicht schaute.

»Mir auch nicht«, sagte Svend.

»Und wie war es mit seinem gesundheitlichen Zustand überhaupt? Haben Sie da irgendetwas bemerkt?«

Beide Professoren sahen wieder überrascht aus, dann sagte Svend trocken:

»Etwas kann ja nicht gestimmt haben, wenn sein Herz plötzlich einfach zu schlagen aufhören konnte. Hatte er eine Art Todeskrampf? Weil er sich die Zunge abgebissen hat, meine ich.«

»Das muss die Gerichtsmedizin klären«, sagte Søren neutral.

»Vielleicht war er Epileptiker, und niemand wusste davon?«, spekulierte Svend.

»Aber Ihnen ist also nichts weiter aufgefallen?«, fiel Søren ihm ins Wort.

»Nein«, sagten die beiden wie aus einem Munde. Søren wollte schon aufstehen, nahm aber ein Zögern wahr, das in der Luft hing. Er sah Elisabeth fragend an.

»Möchten Sie noch etwas hinzufügen?« Elisabeth runzelte die Stirn.

»Das klingt schwachsinnig, aber …« Sie wandte sich ab. »Nein, das ist allzu bescheuert.«

»Ich möchte es trotzdem hören«, sagte Søren freundlich.

»Wie schon gesagt: Wir haben ab und zu wegen praktischer Dinge gemailt. Wir mussten uns unter anderem den SEM-Computer hinten auf dem Gang teilen. Helland hatte den zweimal gebucht, ließ sich dann aber nicht blicken, und da habe ich per Mail angefragt, ob ich seine Zeit übernehmen dürfte.«

»Sie fanden es also angenehmer zu mailen, obwohl sein Büro nur dreißig Meter weiter den Gang hinunter liegt?«, fragte Søren.

»Ja«, sagte Elisabeth kurz.

»Na gut, erzählen Sie weiter«, forderte Søren sie auf.

»Wenn ich also etwas erwähnen sollte, das mir irgendwie seltsam erschien, dann das.« Sie lachte freudlos. »Ja, also, seine Rechtschreibung schien immer schlechter zu werden.«

»Seine Rechtschreibung?«, fragte Svend.

»Ja«, sagte Elisabeth. »Seine letzten zwei oder drei Mails waren derart schlampig geschrieben, dass ich sie kaum lesen konnte. Als hätte er fürs Schreiben nur eine Sekunde erübrigt und sich unter keinen Umständen dazu herabgelassen, den Text noch einmal durchzulesen, ehe er auf ›Senden‹ klickte. Ich habe das als Zeichen seiner Geringschätzung mir gegenüber gewertet. Aber wo Sie schon fragen … Ein wenig merkwürdig war das jedenfalls.«

Alle nickten, und Søren versuchte, sich diese Information einzuprägen.

Noch immer der Überzeugung, Helland sei eines natürlichen Todes gestorben, nahm Søren die ganze Bande mit auf die Wache, wo ihre Aussagen protokolliert und unterschrieben werden sollten. Anna sah noch immer ziemlich verärgert aus. Während sie über den Frederikssundsvej fuhren, ging Søren den Fall rasch noch einmal durch, nur um sich davon zu überzeugen, dass er auch nichts vergessen hatte. Helland war offenbar nicht ganz so beliebt gewesen wie der Weihnachtsmann, das immerhin stand nun fest, aber Søren war auf nichts gestoßen, das auf unbändige Wut hingewiesen hätte. Und ohne solch eine grenzenlose Wut reißt man einem anderen Menschen nun einmal nicht die Zunge aus dem Mund. Er lächelte. Anna Bella war die Einzige, die auch nur annähernd aggressiv genug wirkte, um jemanden anzugreifen. Aber sich vorzustellen, dass sie ihrem eigenen Betreuer einfach so die Zunge abbiss, ging dann doch ein wenig zu weit.

»Was gibt's zu gackern?«, wollte Henrik wissen.

»Ach, nichts«, antwortete Søren und blickte aus dem Fenster.

Um halb fünf saß Søren in seinem Büro und überlegte, ob er seinen Bericht gleich schreiben sollte, auch wenn die endgültigen Ergebnisse der Gerichtsmedizin noch nicht vorlagen. Die würden vermutlich erst am nächsten Tag eintreffen, aber er glaubte schon jetzt zu wissen, wie sie aussehen würden. Helland war an Herzversagen gestorben, und sowie er seinem Bericht das angefügt hätte, würde der Fall abgeschlossen sein. Das Einzige, was ihn noch zögern ließ, war, dass er noch immer kein Wort mit Hellands offenbar engstem Mitarbeiter, Erik Tybjerg, gewechselt hatte. Nachdem er Anna und Konsorten vernommen hatte, war er auf der Suche nach Tybjerg zum Zoologischen Museum gegangen. Der Ort hatte sich wie ein Zauberwald ausgenommen. Zuerst hatte Søren an der Pforte gefragt und war durch eine Tür in ein kompliziertes System von Gängen geschickt worden, in dem er sich sofort verirrt hatte. Es war leer und verlassen gewesen, und nachdem er in vier menschenlose Büros hineingeschaut und an sechs verschlossene Türen geklopft hatte, ohne Antwort zu erhalten, war er endlich auf einen lebenden Menschen gestoßen. Und zwar auf einen alten Herren, der an einem Schreibtisch saß und schrieb. Hinter ihm hing eine riesige Tafel mit Tausenden von Schmetterlingen in wunderbaren Farben und allen möglichen Größen. Der alte Mann schickte Søren weiter den Gang entlang und dann in den dritten Stock, wo Tybjerg angeblich an einem Fenster saß, das zum Park hinausging.

Fünf Minuten später hatte Søren sich abermals verirrt, und als er dann mit Hilfe einer jungen Frau die Stelle fand, an der Tybjerg sich offenbar normalerweise aufhielt, wenn er an Knochen arbeitete, fand er dort nur eine eingeschaltete Architektenlampe, einen Bleistift und einen Stuhl vor. Er wartete eine Weile, aber nach zehn Minuten wurde er ungeduldig und beschloss, andere Saiten aufzuziehen. In der Kantine teilte er einer Angestellten, die gerade einen Putzlappen auswrang, mit, er komme von der Kriminalpolizei und müsse mit Erik Tybjerg reden, und zwar sofort. Die Frau schaute sich in der Kantine um, sagte: »Hier ist er nicht«, und beschäftigte sich wieder mit dem Putzlappen. Von einem Tisch am Ende der Kantine erfuhr Søren immerhin von jemandem, dass Tybjergs Büro unten im Keller lag, im rechten Flügel, also die Treppe zum Mittelflügel hinunter und da dann rechts durch die beiden Schwingtüren, weiter in den Keller und einen halben Stock runter in den einen Kellerraum, der zum Park zeigte. Dort liege ein Büro, und in diesem Büro gebe es ein weiteres Büro, und da sitze Erik Tybjerg. Jetzt wanderte Søren genervt zur Pforte zurück, von wo er fünfundzwanzig Minuten zuvor gestartet war, und bat hier die Studentin am Empfangstresen in freundlichstem Ton darum, Erik Tybjerg für ihn ausfindig zu machen. Die Studentin telefonierte mehrmals. Søren trommelte auf den Tresen.

»Er ist nicht in seinem Büro und auch nicht oben in der Sammlung, nicht in der Kantine und nicht in der Bibliothek«, sagte sie. »Also kann ich ihm nur eine Mail schicken.« Søren hinterließ Namen und Telefonnummer und die Mitteilung, Tybjerg solle ihn anrufen. Danach fuhr er schnurstracks nach Bellahøj und setzte sich in seinem Büro an die Arbeit. Er hatte gerade beschlossen, nach Hause Richtung Humlebæk zu fahren, als sein Telefon klingelte.

»Søren Marhauge.«

»Ich bin's.« *Ich* war Sørens Sekretärin Linda.

»Hallo, ich«, sagte Søren.

»Der stellvertretende Oberobduzent hat angerufen.«

Der stellvertretende Oberobduzent, Bøje Knudsen, arbeitete im Keller unter dem Rigshospital und war ein Mann, bei dem Søren nie wusste, ob er ihn leiden konnte oder nicht. Er spottete gern, und obwohl Søren sehr gut wusste, dass in dieser Branche ein dickes Fell einfach notwendig war, kam Bøje ihm allzu unbeteiligt vor. Bøje hatte Sørens Blick eines Tages gelesen und gesagt:

»Mein lieber Freund Søren. Wenn ich so innig losheulte, wie ich gern wollte, dann würden hier im Haus alle bis zu den Knien im Wasser stehen. Aber glaub mir, meine Seele weint.« Bøje hatte einen Punktsieg errungen, aber Søren war noch immer nicht überzeugt. Natürlich war er mittlerweile auch härter im Nehmen als zu Beginn seiner Laufbahn, das lag auf der Hand. Aber er bildete sich ein, die Abhärtung habe ihn neutral werden lassen und nicht gleichgültig.

»Warum hast du ihn nicht durchgestellt?«, fragte Søren.

»Das wollte er auf keinen Fall. Ich soll dich grüßen und dir ausrichten, er an deiner Stelle würde ganz schnell zum Krankenhaus kommen.«

Kurz vor fünf fuhr Søren beim Rigshospital vor und hielt unter zwei vom Herbst geplünderten Pappeln. Der Asphalt war fleckig von zerfetzten Blättern, und der Wind schien aus allen vier Himmelsrichtungen gleichzeitig zu wehen und einem Unruhe ins Herz zu blasen. Søren meldete sich an der Pforte und fuhr mit dem Fahrstuhl zwei Stockwerke hinunter in die Erde, wo das gerichtsmedizinische Institut untergebracht war. Zum zweiten Mal an diesem Tag wanderte er durch ein trostloses Netzwerk aus Gängen, aber diesmal verirrte er sich nicht. Er grüßte einige bekannte Gesichter, die ihm entgegenkamen, und hörte dann Musik aus einem Radio, zu der Bøje summte. Er klopfte an die offene Tür und ging hinein. Bøje saß an seinem Schreibtisch und schien auf ihn gewartet zu haben. »Na, da bist du ja«, sagte er, als Søren eintrat.

Søren setzte sich, und Bøje musterte ihn kurz. Danach blickte er auf ein Blatt Papier voller hingekritzelter Hieroglyphen und sah wieder hoch zu Søren. Schließlich spitzte er die Lippen und trommelte einmal auf die Tischplatte.

»Heute habe ich Lars Helland obduziert«, sagte er dann.

»Ja?« Søren hätte Bøje gern alle Informationen mit einem Ruck entrissen, um sie dann in seinem eigenen Tempo durchzugehen.

»Er ist an Herzversagen gestorben«, sagte Bøje und nickte.

Søren nickte ebenfalls. Genau davon war er ausgegangen.

»Und die Zunge?«

»Die hat er sich selbst abgebissen. Sein Herz hat infolge einer Reihe ungewöhnlich heftiger epileptischer Anfälle zu schlagen aufgehört, und weil niemand dem Mann etwas in den Mund schieben konnte, musste die Zunge dran glauben.«

»Na, dann kann ich ja wieder gehen«, sagte Søren und stand auf, verärgert, dass er überhaupt ins Krankenhaus bestellt worden war.

»Ja, im Grunde schon.« Bøje blickte Søren schulterzuckend an. »Es sei denn, du möchtest die bezaubernde kleine Information hören, was diese epileptischen Anfälle aller Wahrscheinlichkeit nach ausgelöst hat?« Søren setzte sich wieder. Bøje sah ihn prüfenden Blickes eindringlich über seinen Brillenrand hinweg an.

»Das muss ungeheuer schmerzhaft gewesen sein, Søren«, sagte er dann. »Es kommt oft vor, dass Zunge oder Lippen teilweise durchgebissen sind, aber mir ist wirklich noch nie ein Fall untergekommen, bei dem die Zunge abgetrennt worden ist wie hier.«

»Jetzt lässt dich dein Gedächtnis wohl im Stich. Schließlich hatten wir den Fall Lejre und den Fall aus Amager«, widersprach Søren. Er konnte sich an mindestens zwei Fälle erinnern, bei denen die Zungenmuskulatur des Opfers durchgebissen worden war oder nur noch an dünnen Hautresten gehangen hatte.

»Ja, aber nimm genau diese beiden Fälle. Eigentlich sind es ja drei, aber egal.«

Bøje sah Søren kurz an. »Bei allen abgebissenen Zungen waren andere Instrumente mit im Spiel. Es gehört ungeheuer viel Kraft dazu, eine Zunge abzubeißen. Das macht man nicht einfach mal so«, sagte er nachdrücklich, dann wurde er plötzlich wieder sanfter.

»Und da es nicht so aussieht, als hätte etwas oder jemand anders direkt mit Hellands Tod zu tun gehabt, tippe ich darauf, dass er gewaltige Krämpfe erlitten haben muss, die unter anderem zum Durchbeißen der Zunge und kurz darauf zum Herzstillstand geführt haben. Es besteht kein Zweifel daran: Lars Helland ist einen heftigen und schmerzhaften Tod gestorben.« Jetzt blickte Bøje Søren noch einmal forschend an.

»Aber, Søren Marhauge, mein Freund«, sagte er dann freundlich, »das ist nichts im Vergleich zu der Schmerzenshölle, in der er zuvor gelebt haben muss.« Aufrichtiges und fast nacktes Entsetzen stahl sich für einen Moment in Bøjes Blick, dann gelang es ihm, seine Gefühle wieder in ihre kleinen Schlupflöcher zurückzudrängen.

»Wie meinst du das?«, fragte Søren.

»In ihm wimmelt es von Tieren«, sagte Bøje nüchtern.

»Von *Tieren*?«

»Irgendeine Art Parasiten, aber ich bin Gerichtsmediziner, kein Parasitologe, und ich muss zu meiner Schande gestehen, dass ich diese kleinen Teufel nicht bestimmen kann. Ich kann dir nur sagen, dass sie überall in seinem Gewebe stecken. Die Konzentration ist am stärksten in Muskeln und Nervensystem. Es ist unvorstellbar. Sein Gehirn zum Beispiel ist vollgestopft von einzystigen organischen … Gewächsen. Verstehst du, was ich sage? Irgendein Parasit. Ich habe natürlich mehrere herauspräpariert und nach draußen ans Seruminstitut geschickt. Morgen werden wir wissen, was das für ein Kerl ist.«

Søren hatte es die Stimme verschlagen.

»Ja, so ging es mir auch, als mir plötzlich aufging, was dieser arme Mann mit sich herumgeschleppt hatte. Es ist unfassbar, dass er überhaupt so lange damit leben konnte, ganz einfach unfassbar.«

»Woher kommen die?«, fragte Søren endlich.

»Da muss ich passen.«

»Aber ist das normal?«, wollte Søren nun wissen. Er hatte noch nie von Parasiten im Gewebe gehört. Er kannte Bandwürmer, Spulwürmer, Giardinen, sogar von Bilharziose hatte er gehört und wusste, dass diese Krankheit in der Dritten Welt sehr verbreitet war, aber bei der war die Rede von ungebetenen Gästen in Magen, Darm, vielleicht sogar in der Blutbahn, aber nicht in Gewebe und Blutkörperchen. Das war das Ekelhafteste, was er je in seinem Leben gehört hatte.

»Passe«, sagte Bøje. »Wie gesagt, ich bin kein Parasitologe.«

»Wie viele Individuen hat er wohl in sich gehabt, was meinst du?«, fragte Søren. Bøje griff zu seinem Blatt Papier.

»An die 2600 insgesamt, verteilt auf Nerven-, Muskel- und Bindegewebe ... einen relativ großen Prozentteil im Gehirn ...« Søren hob die Hand. »Und einen im Auge«, sagte Bøje. »Der war sichtbar.« Søren schüttelte den Kopf.

»Hör mal«, sagte er dann. »Heißt das jetzt, dass Helland eines natürlichen Todes gestorben ist?«

»Da muss ich fast schon wieder passen«, meinte Bøje mit ernster Miene. »Ich weiß es nicht. Einerseits ist sein Tod vollkommen natürlich. Sein System ist kollabiert, und nur aufgrund seiner physischen Topform und guten Konstitution ist es nicht schon viel früher dazu gekommen. Und wie gesagt: Ich weiß nicht genug über Parasiten, um mich genauer dazu äußern zu können, aber wenn ich inoffiziell meine Meinung abgeben soll, dann ist mein erster und vordringlichster Gedanke ja wohl: Wie sind diese Teufel da reingekommen?« Bøje kniff ein Auge zusammen.

»Beunruhigende Vorstellung«, sagte er dann. »Andererseits, Helland war Biologe, wer weiß, was er alles getrieben hat? Vielleicht haben wir es mit einem Betriebsunfall zu tun? Vielleicht hat er sich ein Glas über den Schoß gekippt?«

»Er war Ornithologe«, wandte Søren ein.

»Vielleicht sind Vögel die Infektionsquellen? Im Moment können wir nur raten, und das ist gar nicht meine Art. Aber wir haben am Seruminstitut eine hervorragende Parasitenexpertin, und ich habe schon mit ihr gesprochen, Tove Bjerregaard. Sie hat mir zugesagt, noch heute vor Feierabend zu parafinieren und zu schneiden und sich die Schnitte morgen früh als Allererstes anzusehen. Um zwölf Uhr werden wir Bescheid wissen. Und dann haben wir ja auch noch Hanne Moritzen von der Naturwissenschaftlichen Fakultät. Sie gehört zu den erfahrensten Parasitologinnen der Welt und hat viele Jahre in Südamerika und dem nichtmuslimischen Teil Indonesiens gearbeitet, wo die Probleme mit Parasiten besonders groß sind. Sie wäre sicher die richtige Kontaktperson. Sie kann dir bestimmt erzählen, wie so ein Vetter und all dessen Vetter und deren Verwandte es geschafft haben, sich bei Lars Helland einzunisten.« Bøje legte eine Pause ein, dann hob er einen Zeigefinger.

»Es gibt aber noch weitere nette Details. Lars Helland hatte ziemlich viele relativ frische Knochenbrüche, die ganz von allein heilen mussten, was an manchen Stellen nicht gerade schön aussieht. Zum Beispiel hatte er sich innerhalb der letzten sechs Monate drei Finger der linken und zwei der rechten Hand und dazu zwei Zehen am rechten Fuß gebrochen. Außerdem hat er in der Kopfhaut Narben von einigermaßen heftigen Stürzen und zwei kleinere Blutergüsse im Gehirn, beide an ungefährlichen Stellen, aber da sind sie doch.« Bøje hatte sich im Stehen über seine Unterlagen gebeugt und sah jetzt kurz zu Søren auf. »Ansonsten kann ich noch mitteilen, dass er eine Gehirnoperation hinter sich hatte. Vor acht bis zehn Jahren. Nicht dass die von Bedeutung wäre. Abgesehen von den beiden Blutergüssen gibt es keine Anzeichen einer Erkrankung des Gehirns. Ich wollte das nur erwähnen. Und was diese Brüche angeht: Ich habe einen Kollegen in der Unfallchirurgie gebeten, in seinem Computer nachzusehen. Er war mir einen Gefallen schuldig. Ja, ich weiß, dass das verboten ist.« Bøje hob die Hand, als habe Søren ihm einen Vorwurf machen wollen. »Helland war nie in der Ambulanz. Kein einziges Mal im vergangenen Jahr. Er kann natürlich seinen Hausarzt aufgesucht haben, dafür bist du zuständig. Aber in der Unfallchirurgie war er jedenfalls nicht, obwohl mehrere seiner Verletzungen sofortige ärztliche Hilfe erfordert hätten. Sie ähneln den Verletzungen, wie sie bei Frauen vorkommen, die misshandelt werden und sich nicht zum Arzt trauen, weil der Mann dann für ungefähr eine Woche im Knast landen würde. Wenn Helland seinen Kadaver nicht voller Parasiten gehabt hätte, wäre ich jede Wette eingegangen, dass er misshandelt worden ist. Aber jetzt tippe ich natürlich darauf, dass die Brüche mit den Parasiten zusammenhängen. Warum er sich nicht hat zusammenflicken lassen, ist eine ganz andere Frage …« Bøje blickte Søren an, wie um zu sagen: Das nun eben ist dein Bier, Søren.

»Können die Verletzungen an sich ihn umgebracht haben?«

»Nee«, sagte Bøje. »Lars Helland ist durch 2600 ungebetene organische Gäste in seinem Gewebe ums Leben gekommen. Das ist zu hundert Prozent sicher.«

Søren spürte seine Knie, als er sich erhob.

Nach dem Besuch im Krankenhaus fuhr Søren im Höllentempo aus der Stadt hinaus. Den ganzen Tag war der Himmel grau und schwer gewesen, aber während Søren bei Bøje unten im Keller gewesen war, hatte der Himmel eine blaue Melierung bekommen, und die Temperatur war gesunken. Søren kurbelte das Fenster herunter und genoss die kühle Luft an seinem Gesicht.

Was zum Henker war hier bloß passiert?

Er scherte hinter einem Lastwagen ein und drosselte sein Tempo.

Ganz ruhig jetzt.

Zu Hause machte er sich etwas zu essen und setzte sich dann an den Tisch. Plötzlich fing es unter seiner Kleidung zu kribbeln und zu krabbeln an. Es juckte in seinen Schamhaaren, und als er aufgegessen hatte, nahm er ein Bad. Seine Wange kitzelte, und er rasierte sich. Am Ende versuchte er, sich selbst auf Läuse zu untersuchen, und starrte danach lange den Nagel seines großen Zehs an. Hatte er einen Pilz? Wie war dieses ganze ekelhafte Viehzeug nur in diesen armen Kerl geraten? Er hatte nicht die geringste Vorstellung. Aß man so etwas? Wie hatten die Viecher sich dermaßen vermehren können? Hatten sie sich vielleicht in Helland vermehrt? Wurden sie durch die Luft übertragen? Oder kam so etwas mit dem Trinkwasser? Søren lief in seinem Wohnzimmer umher, trank letzten Endes ein Bier und befahl sich selbst, ruhig Blut zu bewahren.

Am nächsten Morgen fuhr Søren nach Kopenhagen hinein und fühlte sich bis zum Bersten gefüllt von Tatendrang. Zuerst rief er Hellands Witwe an, Birgit Helland, erreichte aber nur den Anrufbeantworter. Er bat sie, sich so schnell wie möglich bei ihm zu melden. Danach trug er seiner Sekretärin auf, die Nummer von Hanne Moritzen herauszufinden, der Parasitologin an der Universität Kopenhagen. Er brachte Linda gern zum Lachen, aber an diesem Morgen gelang ihm das nicht. Drei Minuten später rief sie bereits zurück. Er musste auf dem Seitenstreifen halten, um die Nummer zu notieren, und hoffte, dass keiner seiner emsigen Kollegen vorbeikäme. Er rief Hanne Moritzen an und fuhr wieder auf die Schnellstraße.

»Hallo.« Hanne Moritzen meldete sich nach dem ersten Klingeln. Sie hörte sich verschlafen und zerstreut an. Als er sich vorgestellt hatte, schwieg sie für einen Moment.

»Ist etwas mit Asger?«, fragte sie dann, fast unhörbar. Søren schwankte für einen Moment, sagte aber sofort, weil er das schon hundertmal erlebt hatte:

»Mein Anruf hat nichts mit Ihrer Familie oder Ihnen als Privatperson zu tun.« Er hörte sie aufatmen und gab ihr zwei Sekunden, um ihre Erleichterung zu verarbeiten, dann fügte er hinzu: »Ich möchte Sie um Ihre Hilfe bitten. Es geht um Parasiten, die im Zusammenhang mit einem Todesfall aufgetreten sind. Gestern hat der stellvertretende Oberobduzent Bøje Knudsen mir erzählt, dass niemand mehr über Parasiten weiß als Sie.«

Hanne Moritzen war spürbar erleichtert.

»Eilt das? Ich bin gestern Abend spät in mein Sommerhaus gefahren und wollte eigentlich erst am Mittwoch zurück in die Stadt.« Søren überlegte. Sie verabredeten, dass er später anrufen würde, wenn er mehr darüber wüsste, ob es wirklich eilte. Hanne Moritzen wollte erfahren, welche Fragen er habe, woraufhin Søren das Gespräch beendete:

»Darauf kann ich leider nicht näher eingehen, aber natürlich werde ich Ihnen die Umstände erklären, wenn wir Ihre Hilfe in Anspruch nehmen. Entschuldigen Sie bitte die Störung.« Søren wollte schon auflegen, als Hanne Moritzen fragte:

»Hat das etwas mit Lars Hellands Tod zu tun?«

»Haben Sie Helland gekannt?«, rutschte es Søren heraus.

»Ja, wir waren doch am selben Institut angestellt, wenn auch in unterschiedlichen Abteilungen. Ich habe eben gehört, was geschehen ist.« Sie klang aufrichtig betroffen, und Søren musste sich einfach darüber freuen, dass wenigstens ein Mensch diesen Verlust bedauerte. Sie beendeten das Telefonat.

Søren stellte den Wagen in der Tiefgarage von Bellahøj ab, und als er fünf Minuten zu spät zur Morgenbesprechung erschien, erklang zögerlicher Beifall von seinen Kollegen. Søren schilderte Bøjes inoffizielle Einschätzung und las auf den Gesichtern aller Anwesenden angewiderten Ekel. Ein Kollege berichtete, wie er am Vortag Witwe und Tochter die Todesnachricht überbracht hatte.

Das war erwartungsgemäß wenig lustig gewesen. Hellands Tochter, Nanna, war allein zu Hause gewesen, und die Polizei blieb bei ihr, bis ihre Mutter herbeigeeilt war. Das Mädchen hatte verzweifelt geweint, und die Mutter hatte auf dem Sofa gesessen und sie lange an sich gedrückt, ehe die Polizei dann endlich Fragen stellen konnte. Eine Freundin der Familie war hinzugerufen worden und kümmerte sich um die Tochter. Birgit Helland sei nicht müde geworden zu betonen, ihr Mann sei in Topform gewesen. Er habe sich sehr für Radrennen interessiert, ein Hobby, das er seit mehreren Jahren gepflegt habe, außerdem habe er Squash gespielt und sei gelaufen. Aber Birgit Helland hatte auch erzählt, ihr Schwiegervater sei in jungen Jahren an einem Herzinfarkt gestorben, und sie gehe nun davon aus, dasselbe Schicksal habe ihr ihren Mann genommen. An dieser Stelle schauten alle kurz zu Søren hinüber, dann wurde kollektiv beschlossen, er solle zur Villa in Herlev fahren und die Witwe über Hellands ungebetene Gäste informieren.

Niemand zeigte irgendein Interesse an den Puddingschnecken, die in aufgerissenen Tüten auf dem Tisch lagen und gelb wabbelten.

Am Dienstag um zwölf Uhr betraten Søren und Henrik das Seruminstitut auf Amager. Wieder führte ihr Weg sie durch ein unübersichtliches System aus klinischen Gängen, in dem Søren sich gar nicht erst zu orientieren versuchte. Die Frau, die sie begleitete, bewegte sich ohne Probleme durch das Gebäude, zog an Schnüren, bog um Ecken, öffnete Türen und führte sie endlich in ein helles, behagliches Labor. Eine Frau erhob sich von einem Mikroskop und stellte sich mit einem Lächeln als Tove Bjerregaard vor. Sie bat die Gäste, in einer flachen Sitzgruppe mitten im Raum Platz zu nehmen.

»Ich habe mir die Präparate angesehen«, sagte sie, als die beiden sich gesetzt hatten. »Und es besteht kein Zweifel, dass es sich bei dem Parasiten um ein fortgeschrittenes Finnenstadium des Schweinebandwurms *Taenia solium* handelt. Der braucht sieben bis neun Wochen, um einen effektiven Cysticercus zu entwickeln, und ich gehe davon aus, dass der Patient vor drei oder höchstens vier Monaten infiziert worden ist. – Der Schweinebandwurm gehört zur Gruppe der Plathyhelminthes, der Plattwürmer«, fügte sie hinzu. »*Taenia solium* schmarotzt im Erwachsenenstadium an Menschen und lebt dort vom Darmsaft im Darmlumen. Hier schnürt er die sogenannten *Proglottiden* ab, die als eine Art schwangere Einheiten betrachtet werden können und ihren Wirt durch die Defäkation verlassen. Jedes Proglottid enthält an die vierzigtausend befruchtete Eier. Von menschlichen Exkrementen aus gelangen die Eier zu ihrem sekundären Wirt, auch Zwischenwirt genannt: im Falle *Taenia soliums* dem Schwein. Dass Schweine den Zwischenwirt bilden, ist nebenbei bemerkt die Hauptursache für die Verbreitung des Schweinebandwurms vor allem in Ländern, in denen Tier und Mensch eng zusammenleben, beispielsweise in der Dritten Welt. Hier entsorgen die Menschen ihre Abfälle in Gebieten, zu denen Schweine Zugang haben. In der westlichen Welt, wo Menschen und Tiere getrennt voneinander leben, kommt der Schweinebandwurm kaum vor, ebenso wenig in muslimisch und jüdisch geprägten Ländern, wo kein Schweinefleisch verzehrt wird.«

Sie ließ ihren Blick kurz von Søren zu Henrik wandern und schien sich nicht darauf zu verlassen, dass die beiden ihren Ausführungen folgen konnten. Sie schien einen Moment nachzudenken, dann stand sie auf und zauberte eine Tafel hervor, die sich lautlos von der Decke senkte. Sie griff zu einem Filzstift und begleitete ihre Erklärungen nun mit einfachen Zeichnungen.

»Im Schwein werden die Eier ausgebrütet, die Larven bewegen sich mit dem Blutkreislauf und setzen sich zu einem bestimmten Zeitpunkt in Muskelgewebe, Nervengewebe oder dem subkutanen Bindegewebe fest und entwickeln hier die sogenannten Finnen. Das ist die Bezeichnung für eine Zyste, deren weitere Entwicklung erst dann einsetzt, wenn das Schweinefleisch verzehrt wird, von Menschen zum Beispiel.« Ihre Hand jagte über die Tafel. »Im menschlichen Magen wird die Finne dann aus ihrem Dämmerschlaf geweckt und sucht sich ihren Platz im Darm, wo sie sich zu einem Bandwurm entwickelt. Damit ist der Lebenszyklus geschlossen.«

Søren war es übel. Er starrte seinen Block an, auf den es nur wenige Notizen geschafft hatten. Er wollte etwas sagen, aber Tove

Bjerregaard kam ihm zuvor. Sie drehte die Kappe auf den Filzstift.

»Ein Bandwurm ist ungefährlich und muss seinen Wirt nicht zwangsläufig krank machen«, sagte sie. »Deshalb kann man sogar einen sehr langen Bandwurm lange Zeit in sich beherbergen, ohne von der Infektion überhaupt zu wissen. In den allermeisten Fällen werden Bandwürmer zufällig entdeckt, zum Beispiel in Verbindung mit einer Operation oder einer Obduktion nach einem Todesfall. Normalerweise wird ein Bandwurm zwischen zwei und vier Meter lang, und wenn ein Bandwurm festgestellt wird, bekommt der Wirt Medikamente, woraufhin der Bandwurm stirbt und den Wirt über die Ausscheidungen verlässt. Unappetitlich, das schon, aber, wie gesagt: ziemlich ungefährlich.«

Søren spürte, wie die Übelkeit seine Kehle hinaufkroch. Zugleich bemerkte er aber einen Widerspruch, der ihm keine Ruhe ließ.

»Ich verstehe nicht ganz«, brachte er heraus. »Lars Helland hatte doch keinen Bandwurm, sondern diese …« Søren schaute auf seine Notizen. »Finnen.« Tove Bjerregaards Gesicht wurde ausdruckslos.

»Das stimmt schon. Aber ich war ja auch noch nicht fertig mit meinen Ausführungen«, sagte sie gelassen. »Der Lebenszyklus von Parasiten ist ein ungeheuer kompliziertes Feld, sogar für viele Biologen, und damit Sie als Laien überhaupt auch nur die geringste Möglichkeit haben, zu begreifen, was ich erzähle, muss ich Ihnen ein Minimum an Hintergrundwissen vermitteln.« Sie schaute die beiden Männer plötzlich an, als amüsierte sie sich köstlich.

»Ja, natürlich. Verzeihung«, sagte Søren. Henrik sah aus, als wäre er seekrank. Søren war davon ausgegangen, dass Tove Bjerregaard sich jetzt an die zweite Hälfte ihres widerlichen Vortrags machen würde, sie aber sagte einfach:

»Die natürliche Schlussfolgerung wäre also …?« Sie schaute die beiden Männer gebieterisch an.

»Dass Helland Scheiße gefressen hat«, sagte Henrik. »Pfui Teufel.«

Søren schaute Henrik einen Moment lang verärgert an.

»Es bedeutet«, sagte er dann an Bjerregaard gerichtet, »dass

Helland irgendwie ein Bandwurmei zu sich genommen hat.« Er schwieg, als ihm plötzlich der Zusammenhang aufging.

»Oder genauer gesagt, 2600 Eier«, berichtigte Tove Bjerregaard. »Wenn die Anzahl von Finnen stimmt, die Bøje im Gewebe des Toten gefunden hat, entspricht das der Anzahl von Eiern.« Jetzt hatte Søren seine Übelkeit so weit unter Kontrolle, dass er konzentriert zuhören konnte.

»Er hat also kein vollständiges …«, er schaute wieder auf seine wenigen Notizen, »… Proglottid zu sich genommen?«

»Das kann man nicht sagen.« Søren ahnte ein winzig kleines Lächeln in ihrem Mundwinkel.

»Wenn das Proglottid mit 40 000 Eiern schwanger war, ja, dann könnte man doch wesentlich mehr Finnen erwarten als nur 2600. Es kann aber viele Ursachen haben, dass sich nur 2600 entwickeln konnten.« Sie zuckte mit den Schultern.

»Es geht darum, dass Lars Helland als Zwischenwirt fungiert hat, was in unseren Breitengraden äußerst selten vorkommt. In meinen dreißig Jahren hier im Haus habe ich nur dreimal eine humane Zwischenwirtfunktion erlebt, und zwar jedes Mal bei Menschen, die gerade aus Ländern mit hohem Vorkommen an Schweinebandwürmern zurückgekehrt waren, wie Süd- und Mittelamerika und den nichtislamischen Teilen Asiens und Afrikas. Wissen Sie, ob Helland sich in einem Hochrisikoland aufgehalten hatte?«

»Das werden wir natürlich prüfen. Die ganze Parasitentheorie ist noch so neu, wissen Sie«, sagte Søren, wie um sich zu entschuldigen, und fügte hinzu: »Können Sie etwas darüber sagen, wie lange sich die Finnen bereits in Hellands Gewebe befunden haben?«

»Ich rechne, wie gesagt, mit zwischen drei und vier Monaten. Dabei gehe ich einerseits von der Größe aus, andererseits von der Kapsel aus Wirtsgewebe, in der die Finne liegt, während sie ihre weitere Entwicklung abwartet. Normalerweise geht das ja in einem Schwein vonstatten, das früher oder später gegessen wird, und deshalb gibt es eine Obergrenze dafür, wie stark die Kapsel kalzifiziert haben kann. Aber ein Mensch wird ja nicht mal eben so gegessen, nicht wahr?

Eine Finne wächst üblicherweise sehr langsam, und da Hellands Finnen ziemlich groß waren, nehme ich an, dass sie sich über einen beträchtlichen Zeitraum hinweg entwickelt haben. Die Zystenkapsel ist dick, und die Zysten selbst haben zweifellos immer mehr Platz in ihrer Umgebung beansprucht. Was für Lars Helland anfangs nur eine minimale Störung gewesen sein kann, muss sich mit der Zeit zu einem pathologischen Zustand herausgebildet haben, von dem ich nicht begreife, wie er ihn überhaupt ertragen konnte. Die Finnen haben eine Vorliebe für das Zentralnervensystem, und aus Untersuchungen, beispielsweise in Mexiko, wo Infektionen mit Finnen bei Menschen häufig vorkommen, wissen wir, dass sich 82 Prozent der Finnen eben im Nervengewebe festgesetzt hatten. Als Nächstes hatten sie Muskeln und Subkutangewebe in eben dieser Reihenfolge ausgesucht.«

»Können Sie etwas über Symptome sagen?«, fragte Søren. Bjerregaard spitzte den Mund.

»Die Symptome der infizierten Person hängen von einer Reihe Faktoren ab. Im Allgemeinen sehen wir eine positive Korrelation zwischen der Anzahl von Finnen und dem Umfang der Symptome, also je mehr Finnen, umso größer die Schäden. Aber das alles hängt absolut davon ab, wo die Finnen sitzen. 40 000 Finnen, die ausschließlich im Muskelgewebe platziert sind, können dem Wirt theoretisch weniger Schaden zufügen als fünf unglücklich im Nervengewebe untergebrachte Finnen. Muskelgewebe kann solche Eindringlinge überraschend gut verkraften, und erst in sehr späten Stadien kann ihre Anwesenheit Muskelschmerzen auslösen. Sitzen sie jedoch im Zentralnervensystem, ist die Sachlage eine fundamental andere. Je größer die Finne wird, desto mehr Raum und Blut nimmt sie ihrer Umgebung, dabei ist das Gewebe des Zentralnervensystems für die restliche Funktionsfähigkeit von viel entscheidenderer Bedeutung als zum Beispiel das Muskelgewebe. Wenn das Zentralnervensystem angegriffen wird, kann der Patient heftige Anfälle epileptischen Charakters erleiden, wie man das auch von Patienten mit Gehirntumoren kennt. Der Patient erlebt außerdem plötzliche Blackouts, hat vermutlich arge motorische Probleme und Krämpfe. Ich habe von Bøje Knudsen gehört, dass der Verstorbene eine ausgeprägt hohe Konzentration von Finnen im

Gehirngewebe aufweist und dass simultan Spuren mehrerer Brüche und Stürze festgestellt wurden? Das passt sehr gut zusammen.« Sie ließ die Schlussfolgerung in der Luft hängen, dann sagte sie noch: »Wenn die Finnen rechtzeitig entdeckt werden, wird der Patient medikamentös behandelt und/oder operiert, das hängt davon ab, wo sie sitzen und wie weit ihre Entwicklung gediehen ist. Im Fall unseres Toten sind sie offenbar nicht entdeckt worden, was an sich schon unglaublich ist. Wie er es am Tag seines Todes überhaupt noch zur Arbeit geschafft hat, ist mir ein physiologisches Rätsel.«

Sie schwiegen einen Moment, dann fügte Bjerregaard noch hinzu:

»Kann ich für die Herren sonst noch etwas tun?«

Søren war total verdutzt. Er war es nicht gewöhnt, vor die Tür gesetzt zu werden. Normalerweise teilte er mit, dass er keine Fragen mehr habe. Bjerregaard schaute kurz auf die Uhr und schürzte die Lippen.

»Haben Sie irgendeine Vermutung, wie Helland sich mit diesen Finnen infiziert haben könnte?« Søren versuchte, Zeit zu gewinnen.

»Nein«, antwortete Tove Bjerregaard. »Das nun wirklich nicht.« Ihre Stimme klang beinahe beleidigt, und Søren sah ein, dass er eine dumme Frage gestellt hatte. Da hätte er einen Automechaniker auch nach der Ursache eines Autounfalls fragen können.

»Aber, wie gesagt«, sagte sie nun und sah Søren an, »entweder hat er Fäkalien zu sich genommen oder etwas, das mit verseuchten Fäkalien in Berührung gekommen ist – und beides ist ja ziemlich unwahrscheinlich. Oder er hat mit lebenden Bandwürmern gearbeitet und sich versehentlich infiziert, was aber eigentlich auch nicht hinkommen kann. Es gibt Parasiten, die ihren Wirt über die Haut infizieren, japanische Blutegel zum Beispiel, die das sogenannte Schneckenfieber auslösen. Der Schweinebandwurm jedoch muss den Weg über den Verdauungstrakt nehmen, um in seinen Lebenszyklus zu gelangen. Und selbst wenn wir also annehmen, dass dem Toten in Verbindung mit einem Bandwurm ein Betriebsunfall unterlaufen ist, kann ich noch immer nicht begreifen, wie er dabei befallen werden konnte. Man muss davon ausgehen, dass ein Biologe angesichts eines zerbrochenen Reagenzglases sofort sämtliche Vorsichtsmaßnahmen ergreift und nach einem Missgeschick mit einem Schweinebandwurm erst recht nicht mit ungewaschenen Händen zum Frühstück geht. Meine Vermutung wäre, dass Lars Helland sich irgendwann im vergangenen halben Jahr in einem Hochrisikoland aufgehalten und dort angesteckt hat. Ich kann mir auch dann kaum einen Reim darauf machen, wie, aber, wie gesagt: Ein seltenes Mal kann das passieren.«

Søren schaute Tove Bjerregaard eine ganze Weile an, dann sagte er:

»Und wenn nun keine dieser drei Möglichkeiten zutrifft?«

Bjerregaard stand auf.

»Wenn ich ehrlich sein soll, dann sagt mir diese Vorstellung überhaupt nicht zu.« Sie sah ihn kurz an.

»Der Tote hat in einer Schmerzenshölle gelebt, und der Tod ist letztendlich als Folge der Infektion eingetreten. Allein schon dieser Gedanke ist unangenehm genug, auch wenn er auf natürlichem Weg infiziert worden ist. Sich vorzustellen, jemand könne ihn vorsätzlich infiziert haben, tja, das wäre eine Tat, an die ich gar nicht erst denken mag. In meinen Ohren klingt das außerdem sehr unwahrscheinlich. Man braucht ein ziemliches biologisches Fachwissen, um aus verseuchten Fäkalien ein Proglottid herauszufischen. Einem Laien würde es reichlich schwerfallen, diese Art von organischem Material zu reinigen, ohne es dabei zu zerstören. Und selbst wenn das gelingen sollte, käme der Rest der Mission mir überaus haarsträubend vor. Es ist bedauerlich und beängstigend, dass der Tote unter solch dramatischen Umständen von uns gegangen ist. Aber ich kann in diesem Zusammenhang nur schwer ein Verbrechen erkennen. Nur sehr schwer.«

»Wie bewahren Sie Ihr Material auf?« Søren ließ nicht locker.

Tove Bjerregaard blickte ihn für einen Moment gereizt an, ehe sie ihm verzieh.

»Es ist unmöglich, hier im Seruminstitut in die Nähe des Materials zu gelangen, wenn Sie das meinen sollten. Das liegt ja auf der Hand. Wir arbeiten mit weitaus brisanterem Gefahrenpotenzial als Bandwürmern. Denken Sie nur an HIV, Hepatitis C, Ebola. Die Vogelgrippe. Und es ist natürlich ausgeschlossen«, hier bedachte sie Søren mit einem durchbohrenden Blick, »einfach einzudringen und solches Material an sich zu reißen. Und selbst wenn das gelingen sollte, würde nur ein Experte wissen, wie es behandelt werden muss, damit es seine Wirkkraft nicht verliert. Bricht man in unseren Materialkeller ein und lässt ein Reagenzglas mitgehen, ist der Inhalt tot und schon nicht mehr ansteckend, noch ehe der Dieb bei Islands Brygge angekommen ist.«

»Gibt es nur hier bei Ihnen lebendes organisches Material?«, fragte jetzt Søren.

»Wir haben einen Großteil davon. Doch wie Sie vielleicht wissen, gibt es da noch die Parasitologin Hanne Moritzen an der Universität Kopenhagen. Moritzen verfügt natürlich über eine Menge Material, sonst könnte sie ihre Arbeit ja nicht tun. Aber sie ist die größte Expertin, die wir haben, und ich kann Ihnen garantieren, dass sie ihr Material mit höchster Vorsicht behandelt. Hanne Moritzen wird für ihre phantastische Arbeit in der Dritten Welt noch einmal den Nobelpreis erhalten. Niemals würde sie es wagen, die Sicherheit aufs Spiel zu setzen. Niemals.« Mit dieser Bemerkung war die Unterredung beendet, und Søren und Henrik verließen schweigend das Institut. Als sie im Auto saßen, wollte Henrik sofort etwas sagen, aber Søren hielt ihn davon ab:

»Moment noch«, sagte er. »Warte nur noch einen Moment.«

Sie fuhren schweigend durch die Stadt. Søren ließ sich im Sitz zurücksinken und schaute aus dem Fenster, an dem Bäume und Häuser vorüberzogen. Das Eis kam ihm sehr dünn vor.

Auf der Wache setzte er sich dann in sein Büro und trank drei Tassen Tee. Lars Helland war an 2600 Parasiten im Nerven- und Muskelgewebe gestorben und hatte außerdem eine Menge Knochenbrüche und andere Verletzungen aufgewiesen, von Kopf bis Fuß. Was um alles in der Welt hatte das zu bedeuten? Noch ehe er seinen Überlegungen richtig gefolgt war, rief er Birgit Helland an und fragte, ob sie zu Hause sei. Zehn Minuten darauf saß er im Auto und fuhr nach Herlev. Wenn Lars Helland ermordet worden war – Søren konnte diese Möglichkeit jetzt nicht mehr außer Acht lassen –, dann lag die Wahrscheinlichkeit, dass der Täter aus seinem engsten Familienkreis oder Umfeld stammte, bei achtundneunzig Prozent. Birgit Helland war damit durch ein Fingerschnippen ganz oben auf die Liste der Personen gelangt, mit denen er gerne ausführlicher reden wollte.

Birgit Helland führte ihn in ein großes, helles Wohnzimmer und rief ihre Tochter, die aus dem ersten Stock herunterkam. Beide sahen verheult aus. Ohne näher ins Detail zu gehen, erklärte Søren, Lars Helland habe offenbar an einer tropischen Infektion gelitten, und die Polizei versuche nun, einen möglichen Zusammenhang zwischen dieser Infektion und seinem Tod aufzudecken. Birgit reagierte trotzig und geschockt zugleich. Eine tropische Infektion? Das könne nicht sein, sagte sie mehrmals. Ihr Mann sei niemals in den Tropen gewesen. Er habe viel zu große Angst vor dem Fliegen gehabt. Was ihn ungeheuer geärgert habe, denn mit Abstand die meisten Symposien und Kongresse zum Thema Vögel fänden im Ausland statt, und jedes Mal habe er seinen jüngeren Kollegen Erik Tybjerg hinschicken müssen. Er habe nur Orte aufgesucht, die mit der Bahn oder dem Auto zu erreichen gewesen seien. Nanna saß neben ihrer Mutter und weinte. Birgit wollte natürlich sofort mehr über diese tropische Infektion wissen, doch Søren erklärte ihr, er dürfe im derzeitigen Stadium der Ermittlungen nichts dazu sagen. Ermittlungen? Birgit starrte ihn sprachlos an. Søren erklärte, ein Herzschlag gelte zwar als *natürliche Ursache*, die Polizei sei nun aber auf etwas gestoßen, wodurch die Einstufung vom Vortag überholt sei. Jetzt sei die Rede von einem verdächtigen Todesfall, weshalb er aus Rücksicht auf die weiteren Ermittlungen gewisse Details für sich behalten müsse. Birgit wurde wütend:

»Stehe ich unter Verdacht, oder was? Wenn ja, dann sagen Sie das doch einfach.«

»Ich werde alles versuchen, um festzustellen, warum Ihr Mann nicht mehr lebt«, sagte er und wich damit ihrer Frage aus. »Bis auf weiteres möchte ich Sie bitten, mir zu vertrauen. Würden Sie das tun?«

Birgit sah skeptisch aus, aber Nanna nickte. Dann ließ auch Birgit sich besänftigen. Nanna war aufgestanden, um zur Toilette zu gehen, während Søren sich nach Lars Hellands Gesundheitszustand erkundigte.

»Lars war in Topform«, sagte Birgit mehrmals.

»Sie glauben also, dass er gesund war?«

»Ja, das habe ich doch schon gesagt. Lars wurde vor fast zehn Jahren wegen einer Geschwulst im Gehirn operiert. Sie wurde sehr früh entdeckt und konnte entfernt werden. Seither gab es nie wieder Probleme. Er hat sich regelmäßig untersuchen lassen. Er war in ausgezeichneter Verfassung«, wiederholte sie.

»Es gab also keinerlei Anzeichen von Krankheit?«

»Nein.«

Søren bedankte sich, stand auf und verließ Herlev, ohne recht zu wissen, ob Birgit einfach nichts von den Parasiten und Knochenbrüchen gewusst hatte oder ob sie die Kunst, ihr Wissen darum zu verbergen, einfach nur verdammt gut beherrschte.

Als Søren wieder im Büro war, rief er im Zoologischen Museum an und bat, zu Erik Tybjerg durchgestellt zu werden. Das Telefon klingelte unendlich lange, danach teilte die Dame von der Telefonzentrale ihm mit, Herr Tybjerg sei leider nicht im Büro, sie könne ihm aber per Mail mitteilen, er solle zurückrufen. Søren seufzte.

Es wurde an die Tür geklopft, und Sten schaute herein. Sten war der Computeranalytiker der Kriminalpolizei und hatte seit dem Vortag Hellands Rechner auf relevante Informationen hin untersucht. Søren war gedanklich mit dem Computer so gut wie gar nicht beschäftigt gewesen, in der sicheren Überzeugung, dass er sich mit diesem Todesfall nicht lange beschäftigen würde. Jetzt bat er Sten verlegen um einen Bericht.

»Lars Hellands E-Mail-Konto wurde im Februar 2001 eingerichtet«, sagte Sten. »Und er hat auf dem Server etwa 1500 Mails gespeichert. Ich bin jetzt alle durchgegangen.« Für einen Moment sah Sten müde aus.

»Bei den allermeisten geht es um fachliche Dinge, dann sind da die, die er an seine Frau geschickt hat, Birgit Helland – sie ist an der humanistischen Fakultät der Universität Kopenhagen angestellt –, und an seine Tochter Nanna. Das einzig Interessante, was ich gefunden habe, war, dass Lars Helland in den letzten vier Jahren insgesamt zweiundzwanzig Mails an einen Professor der Ornithologie der Universität von Vancouver geschrieben hat, einen gewissen Clive Freeman. Sagt dir das irgendwas?«

Søren nickte.

»Die sind in irgendeiner Frage unterschiedlicher Ansicht«, sagte Sten jetzt, »und sie beziehen sich in ihrem Mailwechsel mehrmals auf ihre Artikel in allerlei naturwissenschaftlichen Zeitschriften, unter anderem *Scientific Today,* die ich dem Namen nach kenne, aber auch etlichen anderen, von denen ich noch nie gehört habe. Zu Beginn stehen sie sich in dieser Korrespondenz einigermaßen auf Augenhöhe gegenüber, aber in diesem Frühling kam es zu einer Veränderung. Der Tonfall der Mails war noch immer von dem Versuch geprägt, die Illusion aufrechtzuerhalten, dass sie feine, redliche Wissenschaftler im Zweikampf sind, aber mehrmals kommt durch, dass Freeman absolut an die Wand gedrängt worden war und Helland das ungeheuer genoss. Zweimal bringt die Niederlage Freeman sogar dazu, Helland zu drohen.« Sten reichte Søren einen Zettel mit einem markierten Satz.

»Ende Juni verstummte der Mailwechsel plötzlich. Nichts in der vorherigen Korrespondenz deutete auch nur einen Grund dafür an, und obwohl ich im Netz recherchiert habe, konnte ich keinen Hinweis für den plötzlichen Waffenstillstand finden. Zum Ausgleich erhielt Helland kurz darauf, genauer gesagt, ab dem 9. Juli, anonyme Mails.« Sten zog eine weitere Mappe hervor und nahm daraus einen dünnen Stapel von Blättern.

»Und in diesen ist der Tonfall offen und brutal. Helland wurde bedroht.«

»Stammen die von Clive Freeman?«, wollte Søren wissen.

Sten schüttelte den Kopf.

»Ich bin mir ziemlich sicher, dass das nicht der Fall ist. Der Ton ist ein ganz anderer. Die Person, die Helland bedrohte, hatte nur ein einziges Ziel: ihm Angst zu machen. Die Drohungen bestehen aus nur einem einzigen Satz.«

Søren sah Sten abwartend an.

»For what you have done, you shall suffer.«

Søren runzelte die Stirn.

»Hat er die beantwortet?«

Sten nickte.

»Und er scheint sich über die Drohungen königlich amüsiert zu haben. Vielleicht, weil er glaubte, sie stammten von Clive und seien also leeres Gerede, oder auch weil … tja, weil er sie einfach nicht ernst nehmen konnte.«

»Unbekannter Absender, hast du gesagt?«

Sten nickte. »Eine Hotmail-Adresse, und wer immer sie eingerichtet hat, hat sich als ›Justicia Sweet‹ registriert, niedlich, was? – Das bedeutet, dass Helland buchstäblich von aller Welt bedroht worden sein kann.«

Søren griff sich an den Kopf und stöhnte.

»Sonst noch was?«, wollte er wissen.

»Na ja, ich weiß nicht, wie wichtig das ist, aber Helland scheint mit einem weiteren Kollegen ein Hühnchen zu rupfen gehabt zu haben.«

Søren kniff die Augen zusammen.

»An den letzten zehn Tagen vor Hellands Tod war es zu einer heftigen Meinungsverschiedenheit zwischen Helland und Johannes Trøjborg gekommen.« Sten ließ diesen Satz einen Moment lang wirken.

»Anders als bei der Korrespondenz zwischen Helland und Freeman ist allerdings nicht schwer zu erraten, worum es dabei ging. Sie schrieben offenbar zusammen an einem wissenschaftlichen Artikel, und Johannes war unzufrieden mit Hellands Engagement. Johannes wollte, dass Helland aus der Sache aussteigt, damit er als alleiniger Autor auftreten kann, und Helland weigerte sich.«

Søren nickte und Sten berichtete weiter.

»Eine Sache ist dabei relativ auffällig. Das ist mir eigentlich erst in den Mails aufgefallen, die in den letzten fünf oder sechs Wochen von Hellands Konto aus verschickt worden sind: Er wurde ungeheuer schlampig. Seine Texte wimmeln von Rechtschreibfehlern, und die aus den letzten drei bis vier Wochen sind fast unleserlich, sieh dir nur mal die hier an.« Sten reichte Søren einen Zettel, und der las:

»ich kan dr nihct helfn, denn wir nicht nict eing. Tut mileid. Termin morgen 19 in mm Büro biit. L.«

»Nicht gerade die perfekte Orthographie«, sagte Søren trocken und fasste sich abermals an die Stirn.

»Sten«, sagte er dann und sah aus wie vergiftet. »Helland hatte doch Parasiten im Gehirn. Klar, dass er da nicht mehr korrekt schreiben konnte.«

Als Sten gegangen war, wählte Søren Hanne Moritzens Nummer und bestand auf einer Begegnung. Sie sei noch immer in ihrem Sommerhaus, wandte sie ein. Søren schaute auf die Uhr, ließ sich die Adresse nennen und teilte mit, er werde in Kürze bei ihr sein, so es der Verkehr auf der Autobahn gestatte. Widerstrebend willigte sie ein.

Danach rief er Johannes an. Søren war sich intuitiv sicher, dass der ätherische Johannes ehrlich war. Dennoch wollte er Johannes' Erklärung hören, warum dieser seine Meinungsverschiedenheit mit Helland nicht erwähnt hatte. Das Telefon klingelte mehrmals, aber niemand meldete sich.

Søren fand Hanne Moritzens Sommerhaus nur mit großer Mühe, es lag in einem Ferienhausgebiet bei Hald Strand. Das Haus war klein, gut in Schuss und lag auf einem riesigen Grundstück wie ein Bauklötzchen auf einem Fußballplatz. Es bestand aus einem einzigen Raum, der hell und beinahe leer war. Auf dem Boden standen japanisch anmutende Gegenstände, und Hanne servierte einen fast weißen, aber überraschend kräftigen Tee in japanischen Bechern und bot Søren etwas an, das dieser für Schokolade hielt, das sich aber als ein entsetzlich schmeckendes asiatisches Teufelszeug entpuppte. Es rief Grimassen auf Sørens Gesicht hervor, die seiner Gastgeberin ein Lächeln entlockten.

Hanne Moritzen ist keine glückliche Frau, dachte Søren unwillkürlich. Das berührte ihn. Nicht, dass eine wie Anna Bella der Inbegriff reinen Glücks gewesen wäre, aber die hatte wenigstens ihren Zorn, und egal, was sonst, der Zorn schuf Leben. Hanne Moritzen hatte aufgegeben, und die Resignation hatte in ihren matten, silberfarbenen Augen bleibende Spuren hinterlassen. Zum Ausgleich drückte sie sich sehr gewählt aus, präzise und um einiges entgegenkommender, als Sørens Eindruck am Telefon gewesen war. Sie trug einen Anzug aus weichem Stoff, und ihre Haare waren locker mit einem Gummi zusammengebunden.

Søren versuchte so gut er konnte, ihr die Situation zu erklären. Er grüßte von Tove Bjerregaard, obwohl die ihm keine Grüße aufgetragen hatte. Hanne Moritzen wurde leichenblass, als Søren von Bøjes Obduktion und dem Fund von 2600 Finnen berichtete.

Søren registrierte, dass ihr Blick hin und her irrte und ihre Hände zitterten, ehe sie sich wieder unter Kontrolle hatte. Søren bat, die Toilette benutzen zu dürfen, und als er zurückkam, hatte Moritzen sich gefasst und gab unaufgefordert ihre Ansicht über die Angelegenheit zum Besten. Sie war überzeugt davon, dass Helland nicht durch einen Betriebsunfall infiziert worden war.

»Er war Vertebratenmorphologe«, sagte sie, als wäre das an sich schon Erklärung genug, und fügte hinzu: »Er hatte seit der obligatorischen Einführung in die Parasitologie während des Grundstudiums irgendwann in den siebziger Jahren keine Berührung mehr mit Parasiten gehabt.« Sie zuckte mit den Schultern. »Es ist ein überaus spezialisierter Bereich, und Lars Helland hatte sich in eine vollkommen andere Richtung bewegt. Parasitologie und Vertebratenmorphologie liegen ebenso weit auseinander wie Psychiatrie und orthopädische Chirurgie in der Medizin.«

Im Laufe der folgenden halben Stunde bestätigte Moritzen alles, was Tove Bjerregaard bereits gesagt hatte.

»Zuletzt haben wir in Dänemark 1997 eine Infektion mit Finnen registriert«, teilte Moritzen mit. »Der Patient, ein Mann von achtundzwanzig Jahren, reagierte nach einem längeren Aufenthalt in Mexiko mit heftigen Hautirritationen, subkutan fanden wir dann sehr bald Finnen, die allesamt operativ entfernt werden konnten. Und wissen Sie, wie er sich infiziert hatte? Er war zwischen zwei Gruppen von Jungen geraten, die einander mit Dreck beworfen hatten, und war dabei auf den Mund getroffen worden. Es ist kaum begreiflich, aber das war die einzige Infektionsquelle, die wir überhaupt finden konnten. Es gibt jede Menge andere Parasiten, die Leute aus dem Westen sich leicht einhandeln können. Parasiten, die direkt durch die Haut übertragen werden, durch Essen und Trinkwasser, durch unhygienische Toiletten und Geschlechtsverkehr. Aber eine Infektion mit Finnen ist eben sehr unwahrscheinlich, wenn ein hoher hygienischer Standard gegeben ist. Wenn wir hier vom eigentlichen Bandwurm sprächen, läge die Sache wieder etwas anders. Rohes oder nicht vollkommen durchgebratenes Schweinefleisch ist eine ewig gültige Infektionsquelle, und der Hang der Menschen zu rohem Fleisch ist aus unerfindlichen Gründen groß.«

»Sie halten eine natürliche Ansteckung also für unwahrscheinlich?«

»Nein«, sagte Moritzen. »Eine natürliche Infektion ist das einzig halbwegs Plausible, aber dennoch reichlich unwahrscheinlich. Ich kann nur einfach nicht glauben, dass Helland ein Betriebsunfall unterlaufen sein könnte.«

»Wieso nicht?«

»Das ist äußerst zweifelhaft, weil er nichts mit Parasiten zu tun hatte«, sagte sie bestimmt. »Es gibt kein lebendes Material in seiner Abteilung.«

»Könnte er sich nicht bei einem Besuch in der Parasitologischen Abteilung angesteckt haben?«

»Theoretisch schon, aber das wäre abermals kaum denkbar.«

»Weshalb?«

Hanne Moritzen schaute Søren fest an.

»Weil ich diese Abteilung leite, und ich weiß, wer kommt und geht und wer mit wem und warum die Abteilung verlässt. Das ist gesetzlich so vorgeschrieben.«

»Tove Bjerregaard nimmt an, dass Helland sich vor drei bis vier Monaten infiziert hat«, sagte Søren mit fragendem Blick.

»Da habe ich meine Zweifel«, sagte sie und fixierte ihn.

»Warum?«

»Weil es vollkommen unmöglich scheint, dass jemand über mehrere Monate hinweg in diesem Zustand leben kann. Haben Sie je eine Hand in einen Kaktus gesteckt?«, fragte sie überraschend.

Søren schüttelte den Kopf.

»Die Dornen sind fein und durchsichtig, aber scharf wie Skalpelle, sie bohren sich tief in die Handfläche hinein. Schon wenige Stunden später werden sie unangenehm, und innerhalb weniger Tage hat jeder Dorn eine quälende Beule entwickelt. Stellen Sie sich diese Situation in vitalem Gewebe vor. Das ist ein unrealistischer Gedanke, nicht wahr?«

Søren nickte.

»Aber vielleicht ist Helland eine Sensation?«, meinte sie dann.

Zuerst glaubte Søren, sie mache Witze, aber sie blickte ihn vollen Ernstes aus ihren grauen Augen an.

 »Vielleicht waren die Finnen zufällig genau so angebracht, dass sein Körper dennoch funktionieren konnte. Im Gehirn ist doch absolut entscheidend, wo es drückt. Das wissen wir von Gehirntumoren. Die einen fallen um, da hat der Tumor gerade die Größe einer Rosine erreicht, die anderen leben bei bestem Wohlergehen, bis sie ein Hühnerei im Kopf haben.« Wieder zuckte sie mit den Schultern.

»Sie wirken geschockt«, sagte Søren plötzlich und musterte sie forschend. »Sie versuchen, das zu verbergen, aber ich merke es trotzdem.« Das war einer von Sørens Schüssen ins Blaue.

»Der Tod ist immer ein Schock«, antwortete Hanne Moritzen neutral. »Und gerade, wo ich doch weiß, in welcher Hölle er gelebt haben muss, wenn Bjerregaard mit ihrer zeitlichen Perspektive recht hat. Natürlich bin ich geschockt von einem so schrecklichen Schicksal, und natürlich möchte ich erfahren, wie es dazu kommen konnte. Auch für seine Tochter tut es mir leid. Es ist hart, ohne Vater leben zu müssen.« Für einen Moment schaute sie Søren trotzig an.

»Sie haben Lars Helland also nicht persönlich gekannt?«

»Nein«, antwortete Hanne Moritzen. »Ich hatte ihn im zweiten Semester, über Form und Funktion. Er war ein guter Lehrer. Als ich dann im selben Gebäude angestellt wurde, kam es mitunter vor, dass wir einander über den Weg gelaufen sind und uns gegrüßt haben. Das ist alles.«

»Sind Sie verheiratet? Haben Sie Kinder?«, wollte Søren wissen.

»Verzeihung, aber was hat das mit dem Fall zu tun?«

Er sah sie nur eindringlich an und wiederholte seine Frage.

»Nein, ich war nie verheiratet und habe keine Kinder«, sagte sie dann. »Es verlangt einige Opfer, beruflich so weit zu kommen.«

Søren nickte.

»Haben Sie je gehört, dass Lars Helland Feinde hatte?«, fragte er dann.

Hanne lachte trocken, machte aber nicht im Geringsten einen belustigten Eindruck.

»Natürlich hatte er Feinde. Lars Helland war ein ungeheuer begabter Mann, dem so gut wie alle Möglichkeiten offen standen. Wenn man den Gerüchten Glauben schenken darf, dann war er dabei, seine engeren Mitarbeiter in den Wahnsinn zu treiben. Das kann man doch als Anleitung zum Erwerb von Feinden bezeichnen. Die meisten Menschen hassen Personen, die so viel erreichen. Ich habe ihn, wie gesagt, nicht gut gekannt, aber ganz spontan mochte ich ihn leiden. Er hatte Schwung und warf sich hemmungslos ins wissenschaftliche Kreuzfeuer, deshalb war er für die Fakultät eine Trumpfkarte. Unter anderem hat er jahrelang die vollkommen lächerliche sogenannte fachliche Diskussion über den Ursprung der Vögel angeführt. Das hat der Fakultät eine Menge Erwähnungen in der Presse eingebracht, auch wenn ich es für hirnrissig halte, dafür Spaltenplatz zu vergeuden.«

»Weshalb?«

»Weil Vögel Dinosaurier sind. Schluss, aus. Das ist doch Wissen von der Cornflakespackung. Als Anna mir erzählt hat, dass sie über dieses Thema ihre Diplomarbeit schreiben und ein ganzes Jahr oder mehr in Hellands und Tybjergs Sturm im Wasserglas herumsegeln würde, war ich richtig verärgert. Sie kann mit diesem Thema rein gar nichts anfangen, und das habe ich ihr zu erklären versucht. Es ist viel Lärm um nichts, wenn Sie mich fragen. Dieser Kanadier, für den Tybjerg und Helland ihre Haushaltsgelder verschwenden, weil sie ihn unbedingt kleinkriegen wollen, ist ein Narr, und …«

»Glauben Sie, dass Clive Freeman …«

»Ach, richtig, so heißt der«, fiel Moritzen ihm ins Wort.

»… glauben Sie, er könnte Helland mit Parasiten infiziert haben, um sich zu rächen?«

Hanne Moritzen lachte plötzlich laut.

»Nein, das glaube ich nun wirklich nicht! Ich kann mir überhaupt nicht vorstellen, dass irgendwer andere mit Parasiten infiziert …« Sie zögerte. »Das wäre durch und durch krankhaft.«

»Sie kennen also Anna Bella Nor. Sind Sie auch mit anderen Kollegen aus Hellands Abteilung bekannt?«

»Ja, ich kenne sie natürlich alle. Oder, das heißt, diesen Kerl, mit dem Anna ihr Büro teilt, den kenne ich nicht besonders gut. Ich habe ihn einige Male gesehen, wenn ich bei Anna vorbeigeschaut habe.«

»Aber Anna Bella kennen Sie ziemlich gut?«

»In gewisser Hinsicht ja … sie hat an einem meiner Blockseminare teilgenommen, und da haben wir uns gut verstanden.« Søren las in Moritzens Blick ein wenig Wärme.

»Ich habe mir immer eine Tochter gewünscht.« Sie sah Søren beinahe verlegen an. »Und Anna erinnert mich ein wenig an mich selbst, als ich jünger war.« Sie lächelte schüchtern, dann fügte sie hinzu: »Svend und Elisabeth kenne ich natürlich aus der alltäglichen Arbeit an der Fakultät. Wir sind ja schon seit fast einem Menschenalter dort angestellt.«

Hanne Moritzen richtete sich auf und machte Feuer im Kamin, Søren gingen die Fragen aus. Er erhob sich zum Gehen, und Hanne brachte ihn zur Tür. Plötzlich stellten sie fest, dass es angefangen hatte zu schneien. Große, wollige Flocken rieselten senkrecht auf den bereits weißen Boden.

»Ach, es schneit«, sagte Hanne überrascht und schüttelte sich.

»Ja, ein seltsamer Herbst«, murmelte Søren und reichte ihr zum Abschied die Hand.

»Ich fahre morgen früh zurück nach Kopenhagen«, sagte sie und erwiderte seinen Händedruck. »Wenn noch etwas ist, ich bin in meinem Büro.«

Søren nickte.

Auf der Fahrt nach Kopenhagen hatte er plötzlich Sehnsucht nach Vibe. Der unkomplizierten, sanften Vibe, die immer ihren blonden Kopf hochreckte und positiv dachte. Die naturwissenschaftliche Fakultät hätte zwei von ihrer Sorte zweifellos sehr gut brauchen können.

7

In der Nacht zum Mittwoch lag Anna wach, und erst gegen vier Uhr versank sie in einen tiefen, traumlosen Schlaf, aus dem sie um halb neun erwachte. Sie rief bei Cecilie an. Alles war gut gegangen, Lily war munter und hatte sie überhaupt nicht vermisst. Anna nahm ein Bad und frühstückte eine Schale Müsli.

»Sie hat dich überhaupt nicht vermisst«, äffte sie ihre Mutter nach, als sie Parka und Stiefel anzog. Um vier Uhr würde sie Lily abholen und über Nacht bei sich haben. Endlich.

Es war schon nach zehn, als Anna in der Abteilung für Zellbiologie und Vergleichende Zoologie eintraf. Auf dem Weg zu ihrem Büro begegnete ihr Elisabeth, die vier Thermoskannen trug. Bei ihrer letzten Begegnung auf dem Polizeirevier war Elisabeth restlos aufgelöst gewesen. Seither hatten Elisabeth und Svend die Abteilung nicht mehr betreten.

»Na, da bist du ja«, sagte sie und schaute Anna in die Augen. »Hilfst du mir mal eben?«

»Was hast du vor?«, fragte Anna verwirrt.

»Kaffee kochen. In einer halben Stunde halten wir im Aufenthaltsraum im dritten Stock eine kleine Gedenkfeier für Lars ab. Nur für die Abteilung und andere, die ihn als Kollegen gekannt haben.«

Anna blinzelte und nahm die Thermoskanne, die Elisabeth ihr reichte.

»Veranstaltet man solche Gedenkfeiern nicht eigentlich erst, wenn jemand beerdigt ist?«

»Doch«, sagte Elisabeth. »Aber Abteilungsleiter Ravn hat beschlossen, dass wir es so machen. Helland ist seit zwei Tagen tot, und schon überschlagen sich an der Fakultät die Gerüchte. Ravn will die Gedenkstunde dafür nutzen, sie auf den Boden zurückzuholen. Lars wird am Samstag beerdigt, und da kann man sich ja noch einmal sehen lassen, wenn man Lust hat.« Elisabeths Blick hing für einen Moment an Anna.

»Und was sagen die Gerüchte?« Anna war Elisabeth in die Küche gefolgt, wo diese die Thermoskannen auf den Tisch knallte und ihr mit schriller Stimme entfuhr:

»Die Gerüchte wollen wissen, dass Lars Helland ermordet worden ist und dass die Polizei glaubt, der Mörder müsse Helland sehr gut gekannt und sogar mit ihm zusammengearbeitet haben. Und weißt du, was?«, fügte sie wütend hinzu. »Ich halte diese Gerüchte für überaus unangenehm. Denn wenn er ermordet worden ist, ja, dann fällt der Verdacht in erster Linie auf mich, Svend, Johannes oder dich. Und diese Vorstellung finde ich nicht gerade angenehm.«

»Ja, oder auf ungefähr fünfhundert andere Fakultätsangehörige, die Helland gern tot gesehen hätten. Im übertragenen Sinn natürlich nur«, fügte Anna eilig hinzu.

Jetzt brach Elisabeth in Tränen aus.

»Ich kann sein Bild einfach nicht loswerden«, murmelte sie und stützte die Stirn in die Hand. »Weiß Gott, ich habe diesen Mann gehasst. Aber das hatte er nicht verdient.«

Plötzlich fiel Anna etwas ein.

»Elisabeth?«, fragte sie. Die hatte sich in der Kochnische auf einen Stuhl gesetzt und putzte ihre Brille.

»Glaubst du, Erik Tybjerg wird zu Hellands Nachfolger ernannt?« Elisabeth schaute sie einen Moment lang perplex an.

»Tybjerg oben aus dem Museum?«

»Ja. Hellands Kumpel. Mein externer Betreuer.«

»Nein, das kann ich mir nicht vorstellen«, sagte Elisabeth ohne zu zögern.

Anna runzelte die Stirn.

»Warum nicht?«

»Ich weiß nicht, warum Lars es für seine Aufgabe gehalten hat, Erik Tybjerg dermaßen zu fördern. Tybjerg ist außerordentlich begabt, daran kann es keinen Zweifel geben, aber wenn du mich fragst, dann ist er restlos ungeeignet für die Universität Kopenhagen. Vor allem hat er als Hellands Laufbursche fungiert. Es war jahrelang ein Rätsel, welchen Nutzen Helland daraus zog, Tybjerg überall mit hinzuschleppen und ihn sogar als seinen Stellvertreter loszuschicken. Damit ist jetzt natürlich Schluss. Wenn man eine feste Professorenstelle hat, muss man repräsentativ sein, und das ist Erik Tybjerg nicht. Er durfte einmal hier an der Abteilung ein Semester lang Form und Funktion unterrichten, weil Helland versichert hatte, dass er dazu in der Lage sei. Es war eine Katastrophe, und die Studierenden haben sich über ihn beklagt. Er sprach viel zu schnell, als ob er rezitierte, und wenn die Studierenden ihn nicht verstehen konnten, wurde er wütend und ist gegangen.«

»Aber er ist doch mein Betreuer«, sagte Anna unglücklich. »Mein einziger Betreuer.«

»Ganz ehrlich, Anna.« Elisabeth setzte sich die Brille wieder auf die Nase und sagte sanft: »Darüber haben wir auch gestaunt, als du dein Thema bekommen hast. Dass dir ausgerechnet diese beiden zugeteilt worden sind. Aber es hat doch funktioniert, deshalb …«

»Ich halte Tybjerg für einen guten Betreuer«, sagte Anna. »Ungefähr tausendmal besser als Lars Helland, nein, eine Million Mal.«

Elisabeth musterte sie ausdruckslos.

»Ja«, sagte sie dann. »Aber du stimmst doch mit mir darin überein, dass er ein wenig eigen ist? Und die Universität Kopenhagen ist eine angesehene staatliche Institution und kein Irrenhaus.«

Elisabeth erhob sich und füllte die Kannen mit Kaffee.

Oben im Aufenthaltsraum waren an die dreißig Menschen versammelt, ganz hinten im Raum stand Tybjerg. Er hatte die Hände gefaltet und starrte auf sie herunter. Anna war erleichtert, als sie ihn sah, und versuchte, seine Aufmerksamkeit auf sich zu lenken, aber er schaute nicht auf. Johannes stürzte im letzten Moment herein und quetschte sich hinter Anna, unmittelbar bevor die Tür geschlossen wurde. Sie drehte sich kurz zu ihm um. Er roch nach Wind und Kälte und hatte seine wirren karottenroten Haare in reichlicher Unordnung. Am Vortag hatten sie die ganze Zeit Seite an Seite gearbeitet, in unentwegt gereizter Stimmung.

Johannes war mehrmals im Begriff gewesen, ein Gespräch anzubahnen, aber Anna war ihm jedes Mal ins Wort gefallen. Sie habe zu tun. Zweimal hatte er nachgefragt, ob sie noch immer wütend darüber sei, was er der Polizei erzählt habe. Das sei nicht der Fall, meinte sie. Er hatte versucht, ein weiteres Mal um Entschuldigung zu bitten, aber ihre Hand war abwehrend in die Höhe geschnellt. »Geschehen ist geschehen«, sagte sie, »vergiss es.« In Wirklichkeit war sie verletzt. Johannes war der Letzte, von dem sie es für möglich gehalten hätte, dass er sie im Stich ließe. Als er ihr im Aufenthaltsraum zaghaft zulächelte, wollte sie das Lächeln eigentlich erwidern, drehte sich dann aber um und sah Tor Ravn an.

Der Abteilungsleiter brachte zuerst sein Bedauern über den Todesfall zum Ausdruck und widmete Hellands Witwe Birgit und der gemeinsamen Tochter Nanna einen warmen Gedanken. Die Abteilung habe einen entsetzlichen Verlust erlitten. Helland war dort seit 1979 fest angestellt und hatte soundso viele Artikel veröffentlicht, ein großer Verlust für die Abteilung, sagte Ravn noch einmal, ein loyaler Kollege. Anna hörte nur mit halbem Ohr hin und versuchte, Tybjerg so energisch anzustarren, dass er aufblicken musste, was aber nichts half. Elisabeth schluchzte laut. Helland werde am kommenden Samstag um dreizehn Uhr auf dem Friedhof von Herlev beerdigt. Die Abteilung werde einen gemeinsamen Kranz schicken.

Was mochte bloß mit Tybjerg los sein? Anna konnte seine Augen nicht sehen, und er stand stocksteif da. Der Abteilungsleiter räusperte sich und verkündete, er wolle die Gelegenheit nutzen und alle um ihre Hilfe bei dem Versuch bitten, die im Umlauf befindlichen Mordgerüchte zurückzuweisen. Er unterhalte engen Kontakt zur Polizei, wie er sich ausdrückte, und seinen Auskünften zufolge bestehe kein Grund zur Annahme, dass Lars Helland nicht an einem Herzinfarkt gestorben sei. Der Abteilungsleiter verstummte, und eine seltsame Verlegenheit machte sich breit. Die Versammlung löste sich gerade auf, als Anna aus dem Augenwinkel heraus registrierte, dass Tybjerg zielstrebig auf die Tür zulief. Anna setzte nach und holte ihn erst ein gutes Stück weiter hinten auf dem Gang zum Museum ein.

»Tybjerg«, rief sie. »He, Tybjerg, warte! Hast du zwei Minuten?« Tybjerg drehte sich um und sah sie an, ging aber weiter. Endlich lief Anna neben ihm.

»Hallo«, sagte sie gereizt. »Musst du einen Zug erwischen?«

Tybjerg sah sie mit gehetztem Blick an.

»Nein«, sagte er.

»Ich habe gemailt, angerufen und bei dir vorbeigeschaut. Wo versteckst du dich?« Sie erreichten die Tür zum Treppenhaus, und Tybjerg nahm immer zwei Stufen auf einmal, dicht gefolgt von Anna.

»Bei normaler Zimmertemperatur setzt die Totenstarre drei bis vier Stunden nach Eintreten des klinischen Todes ein, nach zwölf Stunden ist sie bei den meisten voll ausgebildet. Die biochemische Erklärung für die Totenstarre ist simple Hydrolyse von ATP im Muskelgewebe. Das ist Scheiße, Anna«, sagte er. »Das hier ist Scheiße.«

»Ja«, stimmte Anna zu, während sie all ihre Sinne benutzte, um zu orten, wo hier was Scheiße war. Hellands Tod? Die Gerüchte von seiner Ermordung? Dass Tybjerg einige Projekte allein beenden musste? Dass Annas Examen abgesagt werden müsste? Was?

Tybjerg blieb unvermittelt stehen, und Anna wäre fast in ihn hineingelaufen.

»Ich kann jetzt nicht mit dir reden. Nicht hier. Komm später ins Museum. Ich bin in der Sammlung.« Tybjerg sah sie eindringlich an.

»Du darfst niemandem sagen, dass du mich triffst. Komm einfach rein. Und wir treffen uns dort. Okay?«

»Heute Abend?«, fragte Anna.

Tybjerg nickte, dann war er verschwunden.

Anna blieb einen Moment stehen und spürte, wie ihr Herz wild schlug. Dann ballte sie die Faust und schloss verärgert die Augen. Heute hatte sie doch Lily bei sich und würde sich also nicht mit Tybjerg in der Wirbeltiersammlung treffen können. Verdammt. Sie spielte mit dem Gedanken, ihm hinterherzulaufen, gab diesen Plan dann aber auf. Vor dem Aufenthaltsraum wartete Johannes auf sie. »Willst du nach unten?«, rief er ihr entgegen. Sie ging auf ihn zu, geladen vor Wut. In zwölf Tagen müsste sie Examen machen. In zwölf Tagen!

Johannes und Anna liefen gemeinsam die Treppe hinunter und dann den Gang entlang, zu ihrem Büro eine Etage tiefer.

»Musst du so schlurfen, Johannes?«, rutschte es ihr heraus. Johannes schielte vorsichtig in ihre Richtung. Seinem grauen Gesicht sah man den Schlafmangel an, und dann hatte Anna wegen ihrer Gereiztheit ein schlechtes Gewissen und wollte sich schon erkundigen, wie es Johannes ging, ob er geschlafen hatte, aber plötzlich brachte sie kein Wort heraus.

»Du nimmst es mir immer noch krumm«, sagte Johannes, als er hinter ihnen die Bürotür geschlossen hatte. Anna setzte sich auf ihren Stuhl und schaltete den Computer ein.

»Ich weiß, dass du noch sauer bist. Können wir nicht darüber reden?«, fragte er noch einmal mit freundlicher Stimme.

Unvorhergesehen sprang Anna auf. Sie drehte sich zu Johannes um und schleuderte ihm ihren Stuhl entgegen. Johannes wich erschrocken zurück. Konnte er sie denn nicht einfach in Ruhe lassen? Konnte er nicht einfach die Klappe halten? Warum war er überhaupt noch an der Uni, das konnte sie einfach nicht begreifen. Er hatte seine Ausbildung schon vor hundert Jahren beendet, warum also konnte er nicht anderswo sitzen und seine Bewerbungen schreiben, an einem Ort, wo er sie nicht dauernd nervte? Sie hatte es satt, dauernd gestört zu werden. Sie hatte es satt, dass niemand ihre Arbeit ernst nahm. Weder Helland noch Tybjerg, und Johannes ja offenbar auch nicht. Anna dachte nicht, es sprudelte einfach alles aus ihrem Bauch heraus. Johannes kniff die Augen zusammen, griff dann Jacke und Tasche und ging.

Anna blieb baff zurück. Von einem Impuls geleitet, stürzte sie auf den Gang hinaus und rief:

»Was bist du eigentlich für ein Freund?« Sie stampfte mit dem Fuß auf, und Johannes blieb stehen. Dann machte er eine Drehung und kam auf Anna zu, bis allein ihr Atem sie noch trennte. Er sagte:

»Anna, ich bin dein Freund, und das weißt du sehr gut, wenn du kurz nachdenkst. Ich habe um Entschuldigung gebeten für die Sache mit der Polizei. Das hätte ich nicht tun dürfen, aber ich war nicht ganz bei mir. Wie dem auch sei, du hast kein Recht, mich so zu behandeln, und auch kein Recht, mich tagelang zu bestrafen und dich zu weigern, mit mir zu sprechen. Wir stehen momentan alle unter enormem Druck. Da bist du nicht die Einzige. Ich bin dein Freund«, sagte er noch einmal, »aber im Augenblick ertrinke ich gerade in meinen eigenen Problemen, und ich tauge nicht als Zielscheibe für deinen Ärger. Helland ist tot, und ja, das mag für Anna Bella und ihre Arbeit durchaus ungelegen kommen, aber er ist tot! Begreifst du das?« Johannes bohrte Löcher in die Luft. »Seine Tochter hat ihren Vater verloren, Birgit hat ihren Mann verloren, ich habe … meinen Freund verloren. Kannst du dich verdammt noch mal aus deinem eigenen Elend erheben und dich mal in der Welt umsehen? Es geht nicht immer nur um dich. Ich kann dein Gejammer gerade einfach nicht ertragen. Helland ist tot, und ich habe genug mit meinem eigenen Scheiß zu tun. Ich schlafe verdammt schlecht, und im Moment habe ich einfach keine Kraft.« Er machte kehrt und lief davon. Plötzlich drehte er sich noch einmal um, sah sie freundlich an und sagte: »Und übrigens: Du brauchst doch gar keine anderen, die deine Arbeit ernst nehmen, Anna. Du hast doch dich selbst.«

Als Johannes gegangen war, schloss Anna die Bürotür hinter sich, danach liefen ihr die Tränen über die Wangen. Das war schon so oft in ihrem Leben passiert. Sie wurde unfair behandelt, und wenn sie darauf reagierte, war ihre Reaktion plötzlich das einzig Wichtige, und die Ungerechtigkeit, deren Zielscheibe *sie* gewesen war, geriet zur Nebensache. Wie damals bei Troels und Karen. Auf einmal war es ihre Schuld, dass sie nicht mehr befreundet waren. Als wäre Troels die Unschuld in Person. Es war auch ihre Schuld, dass Lilys Vater nicht mehr bei ihnen wohnte.

»Keiner kann mit einer zusammen sein, die sich dermaßen aufführt«, hatte Thomas gesagt. Als ob es keine Rolle mehr spielte, was sie zu diesem Verhalten veranlasst hatte. Und wie oft hatte Jens nicht gesagt:

»Sei doch nicht so hart zu deiner Mutter, Anna Bella.«

Als wäre Cecilie niemals hart zu ihr.

Und jetzt auch noch Johannes. Er hatte der Polizei etwas verraten, das einfach nur lächerlich gewesen war, aber jetzt sollte Anna wieder diejenige sein, die sich ungerecht verhielt.

Nur langsam kam sie zur Ruhe. Sie putzte sich die Nase und kochte sich einen Tee. Als ihr Zorn verflogen war, meldete sich ihr schlechtes Gewissen. Johannes war wirklich ihr Freund, wenn sie sich die Sache genauer überlegte. Da hatte er recht. Im vergangenen Jahr hatte er ihr sehr viel geholfen.

Anfang Juni hatte sie ihre zweite Examenskrise durchlebt und fast hingeschmissen. Sie war alles über die Kontroverse um den Ursprung der Vögel durchgegangen und hatte sich vor allem über die fachlichen Implikationen, die mit Gefieder in Zusammenhang stehen, ausgiebig kundig gemacht. An diesem Punkt war sie längst zu der Überzeugung gelangt, Hellands und Tybjergs Position sei fachlich besser begründet und dass es einfach unsinnig sei, wie Clive Freeman unentwegt versuchte, die Welt vom Gegenteil zu überzeugen. Jegliches Fachwissen besagte, dass Vögel von Dinosauriern abstammen und die Raubdinosaurier, die sogenannten *Theropoda*, einen evolutionären Schrumpfungsprozess durchgemacht und dann angefangen hatten, ihre Beute zu jagen, indem sie zwischen Erdhügeln und Baumstümpfen hin und her gesprungen waren, um sich danach in die Bäume zu begeben. Hier hatten sie zunächst einen primitiven Gleitflug für die Entfernung zwischen den Baumwipfeln entwickelt und später dann den eigentlichen Flug. Alles wies darauf hin, dass Dinosaurier schon Federn hatten, noch bevor das Fliegen zu einem Teil ihres Verhaltens geworden war.

Die Krise wurde dadurch ausgelöst, dass Anna keine Ahnung hatte, was sie mit ihrem neu erworbenen Wissen anfangen sollte. Vor ihr hatten doch schon zahllose Fachleute Clive Freemans Position angegriffen: weltberühmte Vertebratenforscher aus aller Herren Länder, promovierte Ornithologen mit einer Professur im Rücken, die in Artikeln, auf Kongressen und in Büchern Freemans Argumente in Stücke gerissen hatten. Doch sogar gegen das Wissen dieser Experten war Freeman immun. Wie sollte sie, Anna, jemals etwas beitragen können, das die Debatte erweiterte oder in eine andere Richtung lenkte? Dazu war sie doch nicht in der Lage! Sie konnte nur wiederholen, was bereits geschrieben stand, und ein historisches Kapitel verfassen, das die Kontroverse von Solnhofen bis zum heutigen Tag durchging. Alles zusammen würde ein Referat ergeben, und eine Hausarbeit, die im Grunde nur ein Referat war, taugte nicht, um daraus eine Diplomarbeit zu machen. Sie musste etwas Neues hinzufügen.

Johannes hatte sie gerettet.

Er hatte gesagt: »Hast du dir eigentlich schon mal Freemans wissenschaftstheoretische Ideale genauer angesehen?« Sie hatte sich schrecklich über ihn geärgert, denn er faselte dauernd von Wissenschaftstheorie und hatte selbst eine hochintellektuelle wissenschaftstheoretische Arbeit über kambrische Gliedertiere verfasst und die Bestnote bekommen. Aber ihre Abschlussarbeit handelte von Knochen und Federn, und daher konnte sie seine philosophischen Ansichten zu gar nichts verwenden, das hatte sie gedacht und eben auch gesagt. Sie war ihm über den Mund gefahren und hatte sich tiefer in ihr Loch gegraben.

Irgendwann hatte Johannes auf den Tisch gehauen: »Morgen um zehn, im Seminarraum. Wenn du nicht kommst, kannst du von da an bis in alle Ewigkeit deinen eigenen Kurs segeln.«

Abends hatte sie sich widerstrebend mit sich selbst darauf geeinigt, dass sie dann eben hingehen müsste.

Am nächsten Morgen wollte sie gerade schon abhauen, als Johannes um zehn nach noch immer nicht im Kursraum aufgetaucht war. Sie war gerade aufgestanden und hatte ihre Tasche genommen, als er schnaufend zur Tür hereingekommen war.

»Super«, ächzte er. »Du bist da.«

»Das klang gestern wie ein Befehl und nicht wie ein Angebot.«

Johannes streifte seine Jacke ab und trat vor sie hin.

»Anna«, sagte er ruhig. »Das hier ist ein Angebot. Sollen wir es sausen lassen?«

Anna wagte nicht zu nicken, obwohl sie nicht übel Lust dazu hatte.

Sie gingen zur Tafel.

»Setz dich dorthin«, sagte Johannes und zeigte auf das erhöhte Pult. Sie stieg hinauf und schaute auf die leere Tafel.

»Also gut, Anna Banana …«, sagte er dann und rieb sich kurz die Stirn. »Wenn man ›Wissenschaft‹ sagt, stellen sich die meisten eine streng objektive Disziplin vor – unpersönlich, allgemein und wahr. Wir mögen es, wenn Literatur, Architektur und Politik subjektiv sind. Die meisten von uns aber wären entsetzt, wenn man das zum Beispiel auch in der Chemie und Biologie zuließe.« Johannes räusperte sich. »Die streng objektive Wissenschaftsperspektive wird unter anderem vertreten von dem Philosophen Karl Popper, der lebte von … das fällt mir jetzt gerade nicht ein. Popper suchte nach absoluten Regeln in der Wissenschaft und griff zur sogenannten hypothetisch-deduktiven Methode, bei der es darum geht, dass wissenschaftliche Theorien immer mit entsprechenden Experimenten überprüft werden müssen. Kommst du mit?« Johannes blickte Anna ins Gesicht.

»Äh, nein«, sagte Anna. »Popper meint also, wenn eine Theorie falsch ist, dann ist sie wissenschaftlich?«

»Natürlich nicht, du Dussel. Popper war der Ansicht, nur wenn eine Theorie getestet und möglicherweise widerlegt werden kann, kann man diese Theorie als wissenschaftlich bezeichnen. Anfang der sechziger Jahre«, fügte er dann hinzu, »wurde eine neue wissenschaftstheoretische Richtung geboren. Es ging darum, Subjektivität zu akzeptieren und ins Wissenschaftsverständnis einzubeziehen. Ein Hauptvertreter dieser Bewegung war der Physiker Thomas Kuhn, der die Rolle der subjektiven Werte in der Wissenschaft aufzeigte. Ich möchte übrigens gleich hinzufügen«, sagte Johannes und zupfte sich die Oberlippe, »dass man Kuhn natürlich auf viele unterschiedliche Weisen lesen kann und es keinesfalls feststeht, dass ich recht habe.« Er schaute sie neckend an, dann redete er weiter.

»Später erhielt Kuhn Unterstützung durch eine Dame, vor der ich großen Respekt habe, die megafleißige Wissenschaftstheoretikerin Lorraine J. Daston. Die hat bei ihrem Versuch, die Rolle des Subjektiven in der Wissenschaft zu konkretisieren, einen Begriff lanciert: *wissenschaftliche Moralökonomien.* Es war also die Rede von einem Paradigmenwechsel – auf der einen Seite Poppers Forderung nach absoluten wissenschaftlichen Regeln, auf der anderen eine eher relative Einstellung, hier vertreten durch Kuhn und Daston.« Johannes schrieb »Kuhn« an die Tafel, gefolgt von einem Semikolon.

»Ja, beide waren natürlich keine Genies, die ganz allein das Licht erblickt hatten, das ist klar«, meinte er dann, »aber der Einfachheit halber stelle ich das ein wenig gröber dar, okay?«

Anna nickte.

»Kuhn zeigte auf, dass die Entscheidungen, die ein Forscher trifft, von dessen Persönlichkeit und Biographie beeinflusst werden und dass letzten Endes die Subjektivität entscheidet, ob der Forscher dieses oder jenes wählt. Es liegt auf der Hand, dass Kuhn auf massive Kritik stieß und ihm eine komplett irreale Wissenschaftsauffassung vorgeworfen wurde. Doch dagegen setzte er sich zur Wehr und verwies darauf, unterschiedliche Meinungen zuzulassen sei noch nicht dasselbe, wie einer irreführenden und total subjektiven Wissenschaftsauffassung Tür und Tor zu öffnen, solange …«, hier hob Johannes den Zeigefinger, »die betroffenen Forscher ihren eigenen Erklärungen gegenüber hundertprozentig loyal sind und die Forscher einen möglichen Bruch mit dieser Loyalität überzeugend begründen können.« Johannes legte zu beiden Seiten Annas die Hände auf das Pult und kam ihr sehr nahe.

»Hast du überprüft, ob Freeman in sich konsequent ist? Ist er seinen eigenen Entscheidungen gegenüber loyal? Argumentiert er in den Fällen, wo er seine Ansichten ändert, konsistent?«

»Das weiß ich nicht«, sagte Anna.

Johannes trat zurück.

»Gehen wir ein wenig weiter.« Johannes schilderte während der nächsten fünfzehn Minuten den von der Wissenschaftstheoretikerin Lorraine J. Daston geprägten Begriff der Moralökonomien. Anna hörte zu und machte sich Notizen, beeindruckt von Johannes' Talent zum abstrakten Denken, das sich hier vor ihren Augen entfaltete.

»Jetzt reicht es für heute.« Plötzlich lächelte er. »Aber lass uns kurz zusammenfassen.« Nun sah er sie ernst an. »Und das tust du.«

»Ich?«

Johannes nickte.

Anna nahm ihre Notizen und sprang vom Pult herunter. Die Situation erinnerte plötzlich an eine Prüfung. Mit pochendem

Herzen wischte sie die Tafel ab, nahm sich ein Stück Kreide und schilderte ausführlich, wie sie was verstanden hatte. Als sie fertig war, wirkte Johannes zufrieden und sagte:

»Stell fest, ob Clive Freeman diese allgemeinen und wohlbegründeten Voraussetzungen für nüchterne Wissenschaft erfüllt. Wenn nicht«, Johannes schnippte mit den Fingern, »dann hast du ihn am Haken.«

»Und wenn doch?«

»Dann bist du angeschissen.« Johannes lachte.

Anna wollte schon sauer werden, aber dann spürte sie es. Da war etwas. Etwas nahezu beängstigend Flüchtiges und zugleich Essenzielles. Etwas, womit sie weiterarbeiten konnte.

In den folgenden Wochen hatte sie sich in Popper, Kuhn und Daston vertieft. Im Laufe der Zeit traten vor allem zwei Aspekte hervor: Ein Forscher, der sich selbst widerspricht, kann seine Theorien nicht gleichzeitig wissenschaftlich nennen, und ein Forscher muss jederzeit seine Entscheidungen für und wider hinreichend begründen können.

Als sie sich abermals der konkreten Kontroverse zuwandte, tat sie das mit einem anderen Blick. Sie ging Clive Freemans Argumente zum hundertsiebzehnten Mal durch, und sie waren noch immer so glatt, unangreifbar und professionell wie eh und je, doch zu Annas großer Überraschung ging ihr nun auf, dass Clives wissenschaftliche Voraussetzungen nicht stichhaltig waren. Von einer plötzlichen Erregung angestachelt, machte sie sich erneut über Clive Freemans *Die Vögel* her, und jetzt schossen die Ungereimtheiten nur so aus den Seiten wie Pilze aus dem Boden. Sie schlug hart und triumphierend mit der Faust auf ihren Schreibtisch, und als Johannes in dieser Sekunde zur Tür hereinkam und sie fragend ansah, sprang sie auf und küsste ihn auf die Wange. Johannes lachte verlegen.

»Ich weiß nicht, wie ich dir danken soll«, sagte sie. Johannes roch dunkel und parfümiert.

»Na ja«, sagte er zurückhaltend. »Dir wird schon was einfallen.«

Zwei Studierende gingen laut redend am Büro vorüber, und Anna wurde aus ihren Gedanken gerissen. Sie rieb sich die Stirn und schämte sich. Sie war in ihrer Dankbarkeit Johannes gegenüber so weit gegangen, dass sie ihn niedergemacht hatte, obwohl er ihr nichts getan hatte. Sie versuchte, ihn anzurufen, aber er meldete sich nicht. Sie hinterließ eine Nachricht und bat um Rückruf. Die Luft im Büro war schwer und drückend. Sie probierte auch, Tybjerg zu erreichen, um die Besprechung am Abend abzusagen, doch auch der meldete sich nicht. Danach kämpfte sie mit den Vorbereitungen für ihre mündliche Prüfung. Um kurz nach zwei Uhr packte sie ihre Sachen zusammen und schloss die Bürotür ab. Johannes hatte noch immer nicht zurückgerufen. Sie ging hinaus in die kalte Luft und hörte dann, wie an eine Fensterscheibe geklopft wurde. Sie schaute sich um und entdeckte Hanne Moritzen, die in ihrem Büro saß.

»Soll ich reinkommen?«, mimte Anna. Hanne nickte.

»Setz dich«, sagte Hanne, als Anna ihr geschmackvoll eingerichtetes Büro betrat. Anna setzte sich in einen Designersessel, und Hanne reichte ihr eine Tasse Tee, ohne vorher zu fragen.

»Ich kann auch gleich zur Sache kommen«, sagte sie und schaute Anna kurz an. »Ich möchte dich um einen Gefallen bitten. Kann das unter uns bleiben?« Anna nickte.

»Das mit Helland hast du sicher schon erfahren, oder?«, fragte Hanne jetzt.

»Ja, natürlich.«

»Gut.« Hanne wirkte erleichtert. »Gestern hatte ich Besuch von einem Kriminalbeamten namens Søren Marhauge. Ich habe ihn hier kommen und gehen sehen und kann sicher davon ausgehen, dass du weißt, wer er ist? So ein großer Kerl mit kurzen Haaren und dunklen Augen?« Wieder nickte Anna.

»Er wollte wissen, ob es irgendwie möglich sein kann, dass Material aus meiner Abteilung verschwindet und …«

»Material?«

»Ja. Proglottiden.«

»Ich fürchte, ich verstehe nicht ganz.«

»Du weißt es also doch nicht?«, fragte nun Hanne.

»Was weiß ich nicht?«

Hanne seufzte und erzählte Anna, was sie wusste. Anna war entsetzt.

»Wer hat das getan?«, flüsterte sie.

»Ich glaube schlicht überhaupt nicht, dass jemand *das getan hat*«, fauchte Hanne. »Das Material befindet sich in meiner Obhut. Alle, die mit lebendem Material arbeiten, müssen von mir grünes Licht bekommen, ehe irgendetwas ausgehändigt wird. Danach muss genau angeführt werden, wo das Material gelandet ist. Es steht alles unter strengster Kontrolle, und im Labor arbeiten immer dieselben Personen, Kollegen, denen ich vertraue.« Sie griff zu einem Blatt Papier und zählte eine Reihe von Namen auf. »Wir alle arbeiten schon unser gesamtes Berufsleben mit Parasiten und sind überaus vorsichtig. Außerdem ist schon einiges an Phantasie vonnöten, um überhaupt auf den Gedanken zu kommen, einen Menschen mit reifen Eiern zu infizieren. Es wäre leichter, jemanden vor ein Auto zu stoßen oder zu erschießen«, meinte sie trocken.

»Kann denn jemand Material gestohlen haben?«

»Nein, Anna.« Hanne hörte sich einen Moment lang aufgekratzt an, dann seufzte sie wieder. »Natürlich ist es theoretisch möglich. Es ist theoretisch auch möglich, die Kronjuwelen zu stehlen. Aber es ist überaus unwahrscheinlich. Man muss wissen, wie man das Material zu behandeln hat, sonst stirbt es. Das ist eine komplizierte Substanz.« Sie verstummte.

»Und wie sieht deine Erklärung dann aus?«, fragte Anna.

»Ich glaube, dass er sich bei einer Auslandsreise angesteckt hat«, meinte Hanne gelassen. »Der Polizist behauptet zwar, Helland habe Europa niemals verlassen, doch das wäre auch nicht zwingend nötig. Der Schweinebandwurm ist ein Kosmopolit, denn er wird immerhin von Schweinen übertragen, und obwohl er in Europa nur äußerst selten vorkommt, besteht doch immer noch eine Wahrscheinlichkeit. Summa summarum – er muss sich irgendwo infiziert haben.« Unversehens änderte sich Hannes Blick.

»Ich habe keine Ahnung, ob du das weißt, aber im Biologischen Institut gibt es keine reguläre Abteilung für Parasitologie mehr. Im nächsten Jahr werden keine Seminare angeboten werden. Kurse und Abteilung werden eingespart.«

»Das verstehe ich nicht«, sagte Anna überrascht. »Du bleibst aber doch angestellt, oder?«

»Das schon. Aber wenn ich in Pension gehe, ist Schluss.« Hannes Augen glühten. »Wir haben in diesem Jahr keine Diplom-, Promotions- oder Postgraduiertengelder bewilligt bekommen, und das bedeutet: Wenn unser Treibstoff aufgebraucht ist, ja, dann ist Schluss.« Hanne fischte eine dünne Perlenkette unter ihrer Bluse hervor und spielte zerstreut daran herum.

»Der Fakultätsrat kann ganz allein entscheiden, wie die Mittel verteilt werden. Wie jeder andere Rat verhandeln sie sich zu einem übergeordneten Plan für ein fachliches Profil durch. Worauf konzentrieren wir uns und warum? Für Dänemark ist es wichtig, dass wir ein wettbewerbsfähiges Forschungsprofil aufweisen, das sich mit den Forschungen in anderen EU-Ländern und überhaupt weltweit messen kann. Und natürlich kann kein Zweifel daran bestehen, dass der Fakultätsrat bei seinen Entscheidungen nicht zugrunde legt, was das Beste für Dänemark ist.« Hanne hob ihren Blick und starrte Anna an. »Selbstverständlich herrscht im geschlossenen Kreis des Fakultätsrates ein gewisser Nepotismus. Du hilfst mir, ich helfe dir. Ein Mechanismus, der garantiert fröhliche Urständ feiert, seit die Staatskasse zugeklappt ist«, fügte sie trocken hinzu. »Ich meine nicht, dass es eine leichte Aufgabe ist, weshalb ich administrativen Posten auch immer sorgfältig aus dem Weg gegangen bin. Es ist einfach unfassbar, welche Summen derzeit eingespart werden sollen. Die Ratsmitglieder stehen unter Druck, und zugleich erleben sie aus nächster Nähe, wie auch ihre eigenen Forschungsbereiche trockengelegt werden. Das alles versuchen sie auf ihren berüchtigten Fakultätsbesprechungen zu überspielen. Sie tauschen Geldposten und Stipendiaten, wie kleine Jungs Modellautos tauschen, und wenn sie ihre Beschlüsse veröffentlichen, halten alle die Luft an und hoffen auf das Beste.« Sie hielt für einen Moment inne.

»Ich glaube wirklich, dass sie bis zu einem gewissen Punkt ihr Bestes tun. Dass sie sich auch selbst fördern, ist wohl unvermeidlich. Ich kann dir ein Beispiel nennen: Sieh dir die Käfersammlung des Museums an. Wir haben eine der beeindruckendsten Sammlungen der ganzen Welt, und die lassen wir jetzt einfach so verkommen. Niemand kümmert sich darum, und zum Thema wird nicht geforscht. Käfer haben keinen hohen Status, Käfer bringen kein Prestige. Vor drei Jahren hat der Fakultätsrat die Abteilung für Coleoptera-Systematik geschlossen, die hier im Haus saß. Auf den ersten Blick sah es aus wie ein geringes Opfer, die Abteilung hatte ja nur zwei Angestellte, Professor Helge Mathiesen, der ohnehin kurz vor der Pensionierung stand, und einen ganz jungen Forscher, Asger ...« Hanne schüttelte den Kopf, als habe sie den Nachnamen vergessen. »Für ihn war es das Ende. Vor den Sommerferien noch stand er am Beginn einer vielversprechenden akademischen Karriere, und nach den Sommerferien war seine Abteilung geschlossen worden. Und so jemand, der innerhalb eines bestimmten Bereichs absolut mikrospezialisiert ist ...« Wieder schüttelte sie den Kopf. »Der ist erledigt. Seine akademische Karriere ist zu Ende. So ist es einfach. Manche Forschungsbereiche genießen Höchststatus, weil sie den Rest der Welt widerspiegeln, andere sind hochrangig, weil sie den eigenen Interessen der Ratsmitglieder entsprechen. Doch all diese Vorlieben ziehen für uns alle große Konsequenzen nach sich, abhängig davon, ob wir zufällig innerhalb eines Bereiches arbeiten, der einen Platz an der Sonne genießt, oder eben nicht. Bis zu diesem Jahr war ich nie unmittelbar von den Prioritierungen des Rates betroffen und habe immer erhalten, was ich brauchte. Aber in diesem Jahr, im Frühjahr, sind wir dann doch an die Reihe gekommen. Ich bin an die Reihe gekommen. Die Abteilung wird geschlossen.« Ihre Stimme klang hohl.

»Die Bombe platzte am ersten Tag nach den Osterferien. Wir haben drei Jahre, um unsere Forschungsprojekte abzuwickeln. Forschung, die den dänischen Staat bereits Millionen von Kronen gekostet hat, und wenn die Projekte zu Ende geführt würden, könnten sie Hunderttausende Menschen in der Dritten Welt das Leben retten, wo Parasiten tagtäglich tödliche Folgen haben. Drei Jahre. Auf den ersten Blick mag das vielleicht gar nicht so schlecht klingen, aber es wäre in etwa vergleichbar damit, an einem Vormittag die Chinesische Mauer bauen zu sollen. Es ist eine lächerliche zeitliche Perspektive.« Hanne schaute Anna düster an. »Meine Forschung ist mein Leben, Anna«, sagte sie dann. »Ich bin achtundvierzig und habe mein Leben meiner akademischen Karriere gewidmet.«

Da dämmerte es Anna langsam.

»Und jetzt hast du Angst, dass du sofort gefeuert wirst, sollte sich herausstellen, dass Hellands Parasiten aus deiner Abteilung stammen?«

»Ja«, sagte Hanne Moritzen.

»Und was kann ich da für dich tun?«, fragte Anna.

Hanne schüttelte kurz den Kopf.

»Entschuldige, ich rede einfach drauflos. Es hat gar keinen Zweck, wenn ich plötzlich anfange, bei euch oben herumzuschnüffeln. Nicht jetzt, nicht unter diesen Umständen. Es würde schlimmstenfalls Verdacht erregen und bestenfalls deplatziert wirken. Aber ich muss wissen, wie die Lage ist, und noch wichtiger: Welche Richtung nimmt die Entwicklung?« Sie blickte Anna fast flehend an. »Würdest du mir helfen?«

Anna legte die Hände auf die Knie.

»Ich bin nicht sicher, ob ich verstanden habe, was du von mir erwartest?«, fragte sie.

»Hör dir an, was getuschelt wird. Was sagen Svend und Elisabeth? Was die Polizei? Ich weiß ja gut, dass deine Möglichkeiten begrenzt sind, aber sperr einfach Augen und Ohren auf. Und sobald Gerüchte in Umlauf geraten, die behaupten, die Parasiten würden aus meiner Abteilung stammen«, für einen Moment sah sie besorgt aus, »musst du mir sofort Bescheid geben. Das ist wichtig, Anna. Ich habe drei Jahre, und danach hängt die Fortführung unserer Forschungsprojekte von externen Mitteln ab. Und ich kann dir sagen, wenn uns erst ein Schild auf der Stirn klebt, dass wir schlampig mit lebensgefährlichem Material umgehen, dann erhalten wir nicht eine Krone. Der Tuborg-Fonds ist im Moment unser Hauptsponsor, und die rühren nur Projekte an, die wirklich schneeweiß sind. Also muss ich wissen, wie tief das Damoklesschwert über meinem Kopf hängt.« Sie ließ die Perlenkette auf ihre Brust fallen. »Ich muss vorbereitet sein.«

Anna nickte langsam, und Hanne sank auf dem eleganten Sofa in sich zusammen. Sie hob die Hand an ihre Haare und schloss die Augen.

»Meine Güte, bin ich vielleicht müde«, murmelte sie.

Anna wickelte sich den Schal um den Hals und zog ihre Kapuze hoch. Hanne hatte ihre Augen noch immer geschlossen und den Hinterkopf an die Wand gelehnt.

»Ich muss meine Tochter abholen«, sagte Anna.

Lily kniete vor einem Glaskasten mit Keimen, als Anna sie holen kam. In der Hand hielt sie eine Gießkanne, und sie blickte abwartend zu einer Erzieherin auf, die ihr erklärte, wann sie gießen musste. Anna setzte sich ein Stück weit entfernt hin und beobachtete ihre kleine Tochter. Sie hatten einander so wenig gesehen, und einen Moment lang kam Lily ihr fast fremd vor. Das hier war ihr Kind. *Ihr* Kind. Unerwartet schien die Sonne durch die großen Fenster des Kindergartens, und Anna hörte Lily sagen:

»Zu Hause bei Oma wachsen Sonnenblumen.«

Die Erzieherin hörte zu, antwortete und schob die Erde dort ein bisschen zusammen, wo Lily doch ein wenig zu ausgiebig gegossen hatte. Anna wollte sie gerade rufen, als Lily sich umdrehte. Sie ließ alles fallen und kam wie ein Zicklein auf seine Mutter zugesprungen.

Anna sah die Ohrringe sofort. Zwei Sonnenblumen mit weißen Glassteinen, die im Licht funkelten. Wie lange hatte sie Lily nicht mehr gesehen? Zwei Tage? Sie sagte nichts. Lily riss und zerrte an ihr, führte sie herum, sprang auf und ab, kletterte auf ihren Schoß und versuchte, ihre Hände durch Annas Ärmel in deren Achselhöhlen zu schieben. Als eine Erzieherin Anna etwas sagen und Lily aus diesem Grund zum Stillsein bringen wollte, kam der erste Regenschauer. Lily warf sich auf den Boden und trat um sich, dass ein Fuß die dazugehörige Socke verlor. Anna probierte, sie von ihrem Anfall abzulenken, indem sie auf eine Clownzeichnung zeigte, über die Lily vielleicht etwas erzählen könnte. Das wollte sie nicht. Dann versuchte Anna sie mit einer Tasse heißen Kakaos zu locken, was Lily zum Verstummen brachte, wenn auch nur für einen Moment. Dann ging es weiter. Anna stand hilflos da und hatte keine Ahnung, wie sie sich aus dieser Notlage befreien sollte.

Am Ende schimpfte Anna mit Lily. Nicht laut, aber dennoch so laut, dass eine Erzieherin kam und Lily beim Anziehen half. Die

Kleine hörte zu weinen auf und schaute ihre Mutter wütend an. Dann gingen sie Hand in Hand über den Gartenweg und durch das Tor, über die öffentlichen Anlagen bis zu ihrem eigenen Hauseingang. Anna schwor sich, Lily niemals mehr auszuschimpfen. Oben in der Wohnung sahen sie im Fernsehen Teletubbies. Anna schlief neben ihrer Tochter ein, und als sie aufwachte, war Lily verschwunden. Sie fand ihre Tochter in deren Zimmer, wo sie mit Perlen Küche spielte.

»Ich will zu Oma«, sagte sie, als Anna hereinschaute.

Anna ging in die Hocke und wollte Lily an sich ziehen.

»Nein, Schatz«, sagte sie unsicher. »Du bleibst hier bei mir. Du musst doch bei deiner Mutter sein.«

»Ich hab meine Oma lieb.«

Lily wandte sich ab und vertiefte sich wieder in ihre Kocherei. Sie machte einen munteren Eindruck, plapperte vor sich hin, goss Perlen von einem Behälter in den anderen und würzte mit zwei Kastanien und vier kleinen Kuchenkerzen. Anna ging in die Küche und kämpfte mit den Tränen. Sie machte etwas zu essen. Ein Omelette mit Käse und Speck und dazu einen grünen Salat. Für Lily kochte sie außerdem Möhren und Erbsen. Beim Essen herrschte gute Stimmung. Lily wollte zuerst nicht essen und drehte den Kopf weg, als Anna sie füttern wollte. Aber dann erzählte Anna, die Gabel sei lebendig, und immer, wenn Lily hineinbeiße, schreie die Gabel laut und verstecke sich hinter dem Milchkarton. Hier luge sie dann hervor und fürchte sich, wenn sie Lily und deren Mund voller Zähne auch nur ansehe. Lily lachte Tränen. So kam es zu ein paar harmonischen Minuten. Dann war es urplötzlich viel zu spät. Lily rieb sich die Augen und war mit nichts mehr zufrieden. Anna brauchte eine Dreiviertelstunde, um sie ins Bett zu bringen. Sie las ihr vor, und Lilys Augen waren schwer und trübe, aber sie wollte trotzdem nicht schlafen, als Anna sie ins Bett legte und das Licht löschte.

»Ich will nicht«, sagte Lily laut und stand immer wieder auf.

Anna musste sie schließlich auf der Matratze festhalten, und nachdem Lily eine Zeit lang geschrien und getreten hatte, schlief sie endlich ein.

Anna stand in der dunklen Küche und lehnte sich an den Küchentisch. Sie konnte die Lichter der vielen Wohnungen überall um den Platz herum sehen – voller Wärme und Leben und Gemeinsamkeit, wie es schien.

Das Telefon klingelte. Sie lief durch die Wohnung und griff zum Hörer. Es war Cecilie. Sie wollte wissen, ob alles in Ordnung sei, wie es Lily gehe, ob sie gut gelaunt gewesen sei, ob sie gemerkt habe, dass sie ihren Teddy vergessen hatte.

»Warum hast du ihr Ohrlöcher stechen lassen?«, fragte Anna.

Es wurde still.

»Du hast ihr Ohrlöcher stechen lassen, ohne mich zu fragen«, sagte Anna. Diesmal ein wenig lauter.

»Ach, bitte entschuldige«, sagte Cecilie aufrichtig. »Ich hatte das für nicht so wichtig gehalten. Hatten wir denn nicht darüber gesprochen? Ich dachte, du hast gesagt, du wärst einverstanden, dass es kleinen Mädchen gut steht.«

»Du hättest mich aber fragen können, Mutter«, sagte Anna.

»Ja. Du hast recht. Entschuldige, Schatz. Nein, wirklich. Bitte entschuldige.«

»Können solche Löcher sich nicht entzünden?«, fragte Anna.

»Am ersten Tag war es ein wenig entzündet, aber das hat sich schnell gegeben. Ich habe mit Chlorhexidin desinfiziert.«

»Gute Nacht, Mutter«, sagte Anna und legte auf. Es war halb neun, und ihr Blut kochte.

Um Viertel nach neun klingelte Anna bei den Nachbarn unter ihr, bei einem Paar mit einer Tochter in Lilys Alter. Lene öffnete. Kein Problem. Sie hätten nichts dagegen, das Babyphon zu nehmen. Anna wolle eine Runde laufen, sagte sie und fügte kurz hinzu:

»Ich schau auf dem Rückweg noch kurz an der Uni vorbei. Ich will morgen zu Hause arbeiten und habe ein wichtiges Buch vergessen. Ist das okay? Ich nehme das Telefon mit, ihr könnt also einfach anrufen.«

Das war ihre einzige Chance, doch noch mit Tybjerg zu sprechen.

Anna legte ihre Runde schneller denn je zurück. Vier Seen in fünfundzwanzig Minuten. Der Himmel über Kopenhagen leuchtete orange, als brenne es irgendwo im Universum. Sie lief den Tagensvej hoch und gelangte in Haus 12, indem sie ihre Schlüsselkarte durch das Magnetschloss zog. Es war schwarz und still. Sie ging hinauf in ihr Büro, schaltete den Computer ein und wischte sich notdürftig den Schweiß von Bauch und Nacken. Sie betrachtete Johannes' ausgeschalteten Computer. Er war nicht zurückgekommen, und als sie ihre Mails überflog, wusste sie, dass er auch nicht geschrieben hatte. Bebende Unruhe breitete sich in ihr aus. Was, wenn er nicht mehr mit ihr befreundet sein wollte! Sie hatte ihn angebrüllt, sie war viel zu weit gegangen. Troels und Thomas hatten sie beide verlassen, weil sie eine Grenze überschritten hatte. Aber Johannes war anders, das sagte sie sich jetzt. Er würde sie nicht einfach verstoßen. Er würde sich schon noch melden.

Aus einer Schublade nahm sie einen Wollpullover und zog ihn über. Dann ging sie den Flur entlang.

Als sie das Museum erreicht hatte, bereute sie ihren Entschluss. Die Wahrscheinlichkeit, dass Tybjerg so spät noch an der Arbeit saß, war gleich null. Bestimmt hatte er längst aufgegeben, auf sie zu warten, und war nach Hause gegangen. Das Gebäude schien leer zu sein. Sie machte Licht auf dem Gang und lief rasch weiter. Die ganze Zeit hatte sie das Gefühl, hinter ihr fiele eine Tür ins Schloss, sie hörte Schritte, was ja auch nicht ausgeschlossen war, wie sie sich in Erinnerung rief. Hier wimmelte es doch von Studenten, die sich auf Prüfungen, Hausarbeiten und wissenschaftliche Projekte vorbereiteten.

Als sie vor der Vertebratensammlung stand, durchfuhr sie ein Schock. Er war dort. Genauer gesagt, er musste dort sein, denn am Eingang zur Sammlung, wo er immer saß, brannte eine einsame Tischlampe, und es lagen ein Bleistift, ein Stapel Bücher und die Schachtel mit der *Rhea americana* dort, wie sie beim Näherkommen sehen konnte. Die hätte er doch niemals liegen lassen, wenn er nach Hause gegangen wäre. Sie zog einen Stuhl heran und setzte sich. Es war ganz still, nur ein Ventilator brummte in der Ferne.

Nach fünf Minuten wurde sie ungeduldig. Vielleicht wollte er weitere Schachteln aus der Sammlung holen und war vor irgendeinem Objekt in sprachlose Bewunderung versunken? Sie legte den Deckel auf die *Rhea americana* und nahm die Schachtel, dann zog sie den Silberschlüssel aus ihrer Trainingshose und öffnete die Doppeltür der Vertebratensammlung. Der süßliche Geruch von präparierten Tieren und abgekochten Knochen umfing sie augenblicklich, und sie fing an, durch den Mund zu atmen. Die Tür fiel mit einem schweren, weichen Seufzer hinter ihr ins Schloss.

Nur das Nachtlicht brannte, weshalb Tybjerg sich unmöglich in der Sammlung aufhalten konnte. Wenn er dort bei der Arbeit gewesen wäre, hätte er mehr Licht benötigt. Anna wollte schon wieder gehen, als sie ein Rascheln hörte. Dieses Geräusch kam von der rechten Seite des Zimmers, ein Stück entfernt, gedämpft. Sofort galoppierte Annas Puls los.

Sie hörte ein neues Geräusch. Es war ein Schnaufen, gefolgt vom ausgiebigen Quietschen trockener Türangeln, danach zwei Füße, die über den Boden gingen. Anna streifte lautlos ihre Schuhe ab und stand auf Socken da.

Da wurde weiter hinten zwischen den Schränken eine Leselampe eingeschaltet, und weiches, honigfarbenes Licht erreichte Anna vielfach verdünnt. Dann hörte sie Tybjerg.

»Ja, ja«, seufzte er. Dann stieß er einen kleinen Pfiff aus und betätigte abermals eine Schranktür.

Anna räusperte sich. Sofort wurde alles still, und die Lampe wurde gelöscht. Anna hörte Schritte, dann wieder das knirschende Geräusch eines Deckels und – Stille. Sie runzelte die Stirn.

»Tybjerg«, rief sie vorsichtig. »Ich bin's, Anna Bella.«

Es blieb fünf Sekunden still, dann vernahm sie ein neuerliches Knirschen, und darauf wurde die Lampe wieder eingeschaltet. Anna ging auf das Licht zu, Tybjerg dem Geräusch entgegen, doch gingen beide nicht in dieselbe Richtung: Als Anna um die Ecke bog und den Tisch mit der brennenden Lampe sehen konnte, gab es dort keinen Tybjerg. Plötzlich stand er dicht hinter ihr. Sie fuhr herum und wich einen Schritt zurück.

»Anna«, sagte er nervös. »Du bist also doch gekommen.« Er ging an ihr vorbei. Anna versuchte zu begreifen, was Tybjerg überhaupt in der Sammlung trieb, denn sie konnte auf den ersten Blick keinen Sammelkasten mit Knochen, keinen Block und keine Lupe sehen.

»Was machst du hier?«, fragte Anna vorsichtig und stellte die

Schachtel mit der *Rhea americana* auf einen Arbeitstisch. Tybjerg starrte auf seine Hände.

»Ich forsche«, sagte er dann.

»Im Dunkeln?«

Tybjergs Gesicht sah unheimlich aus, und sein vager Stressgeruch hatte sich seit dem Morgen um eine unverkennbare Note aus altem Schweiß bereichert. Er stierte weiter auf seine Hände, und Anna schaltete die Lampen auf den nahe liegenden Arbeitstischen ein.

»Na gut, Tybjerg«, sagte sie energisch. »Was geht hier vor sich?«

Tybjerg schwieg lange.

»Anna, ich habe Angst«, flüsterte er dann und schaute kurz zu ihr auf. Seine Augen waren dunkel.

»Wovor hast du Angst?«, fragte Anna.

»Helland ist tot«, flüsterte Tybjerg.

»Ja, Helland ist an einem Herzinfarkt gestorben. Das kommt vor und ist nicht ansteckend.« Anna versuchte zu erahnen, ob er mehr wusste. Tybjerg sah sie lange an und schien gewillt, sich zusammenzureißen.

»Ich weiß das mit der Zunge«, sagte er dann und zeigte auf seine eigene. »Die Zunge ist ein mit Schleimhäuten bedeckter Muskel, den nur Wirbeltiere aufweisen. Die Oberseite ist von Papillen überzogen, von denen es vier verschiedene Typen gibt: die fadenförmigen, die Blätter-, die Wall- und die Pilzpapillen ...« Er schaute für einen Moment ins Leere. »Warum war seine Zunge abgebissen?« Jetzt konzentrierte er seinen Blick auf Anna. »Das verstehe ich nicht. An der ganzen Sache ist etwas faul, irgendetwas stimmt da nicht.« Er verstummte und starrte Anna weiterhin an.

»Schimmelfäule ist eine pelzige Schicht auf Lebensmitteln beispielsweise, die auftritt, wenn die betreffende Oberfläche mit einem Schimmelpilz befallen ist, zum Beispiel mit *Mucor*, *Rhizopus* oder *Absidia*, nicht dass ich eigentlich viel über Schimmel wüsste.« Er schüttelte leicht verwirrt den Kopf und ließ sich auf einen Stuhl sinken.

Anna zog einen Stuhl hinzu und nahm ihm gegenüber Platz. Sie war auf der Hut.

»Ich verstehe nicht ganz, worauf du damit hinauswillst …«, sagte sie.

»Er ist hier«, sagte Tybjerg.

»Wer?«

»Freeman.«

»Warum glaubst du das?«

»Verstehst du das wirklich nicht?« Tybjerg schüttelte den Kopf. »Am Wochenende findet ein Kongress zum Thema Vogelforschung statt, und Freeman wird einen Vortrag halten. Eine sogenannte kulturelle Einlage, wie es im Internet heißt. Auf diese Weise sagen sie, dass sein Beitrag aus fachlicher Perspektive der pure Blödsinn ist. Aber reden soll er. Eine ganze Stunde lang. Über vollständig alberne Themen, die er schon zwanzigmal durchgekaut hat. Das ist sein Vorwand. So ist das nämlich.«

»Sein Vorwand wofür?«

»Ich kann dir nicht sagen, wie es passiert ist, Anna.« Tybjerg sah jetzt ungeheuer nervös aus. »Aber Freeman muss in Erfahrung gebracht haben, woran du arbeitest, dass wir vorhaben, ihn ein für alle Mal vom Sockel zu stürzen. Helland und ich haben die letzten zehn Jahre damit zugebracht, Freemans fachliche Glaubwürdigkeit zu zerstören, und das ist uns immer mehr gelungen. Nun steht er mit dem Rücken zur Wand und …«

»Clive Freeman ist ein alter Mann«, wandte Anna ein.

»Er hat mich angegriffen«, flüsterte Tybjerg. »Vor zwei Jahren. In Toronto. Er trug einen Ring und hat mich ganz bewusst mit gerade der Hand geschlagen.« Tybjerg berührte seine Augenbraue, und Anna fiel wieder ein, dass sie dort eine dünne weiße Narbe gesehen hatte. Sie starrte ihn sprachlos an.

»Hast du ihn nicht angezeigt?«, fragte sie entsetzt.

»Außerdem hat er Droh-Mails an Helland geschickt«, sagte Tybjerg. »Helland fand das witzig, ach, es war ja auch zum Totlachen, ha, ha. Helland hat es mir selbst gesagt und darüber gelacht. Ich habe die Sache anders gesehen. Schließlich bin ich hier derjenige, der Freeman persönlich begegnet ist. Immer bin ich losgeschickt worden. Ich bin schon häufiger fachlich mit ihm aneinandergeraten, aber beim letzten Mal …« Tybjerg schluckte.

»Sein Blick.«

»Was war mit seinem Blick?«, fragte Anna.

»Der war voller Hass.«

Anna seufzte.

»Du glaubst also, dass Freeman unter dem Vorwand des Vogelkongresses nach Dänemark gekommen ist, um Lars Helland umzubringen?«

»Ja.«

»Und du kommst als Nächster an die Reihe?«

»Ja.« Wieder schluckte Tybjerg.

»Ich hoffe, du weißt, wie verrückt du dich anhörst.« Tybjergs Gesicht wurde verschlossen, und Anna bereute ihre Bemerkung.

»Und was ist mit mir?« Anna zwang Tybjerg, ihr in die Augen zu schauen.

»Ich weiß es nicht«, flüsterte sie. »Er muss herausgefunden haben, dass wir den Todesstoß vorbereiten. Ob er das alles auch mit dir in Verbindung bringt, weiß ich nicht.« Tybjerg sah Anna unglücklich an. »Aber ich finde, du solltest vorsichtig sein.«

»Du irrst dich«, sagte Anna leichthin.

»Das kann schon sein, aber ich will kein Risiko eingehen.«

»Aber du irrst dich.«

Tybjerg schaute in die Dunkelheit, er schien weit weg zu sein.

»Helland ist tot, weil sein ganzer Körper voller Parasiten steckte«, sagte Anna und war gespannt auf seine Reaktion. Tybjerg sah weiter in die Dunkelheit hinaus, dann drehte er langsam den Kopf um.

»Ich verstehe nicht, was meinst du?«

»Sein Gewebe war verseucht mit Finnen vom Schweinebandwurm. Mehrere tausend, etliche davon im Gehirn, und deshalb hat sein Herz ausgesetzt. Die Polizei versucht derzeit festzustellen, ob die Infektion auf ein Verbrechen zurückzuführen ist. Aber ob das nun der Fall ist oder nicht, Freeman kann es nicht gewesen sein. Die Ansteckung liegt zu lange zurück. Drei, vier Monate. Die Finnen waren schon sehr groß.« Anna setzte sich gerade. »Wenn du also nicht glaubst, dass Freeman irgendwann im Sommer schon hier gewesen sein kann, um Helland zu infizieren, dann kann er es nicht gewesen sein.«

Tybjerg sah plötzlich verwirrt aus.

»Ich weiß das von Hanne Moritzen und von Polizeirat Søren Marhauge. Marhauge möchte dich übrigens sprechen«, fügte sie hinzu.

»Ich finde, du solltest jetzt gehen«, sagte Tybjerg wie aus dem Nichts.

»Tybjerg, in zwölf Tagen mache ich Examen, und wenn es hier in diesem Saal stattfindet. Ich muss dieses Examen einfach machen. Hast du meine Arbeit vom Büro bekommen? Ich habe am Freitag drei Kopien dort eingereicht. Hast du eine bekommen?«

»Ich finde, du solltest jetzt gehen«, sagte Tybjerg noch einmal.

»Ja, ich mach mich ja schon auf den Weg«, sagte Anna und blieb stehen. »Wir können doch zusammen gehen, oder?« Sie musterte ihn forschend.

»Nein, ich habe noch was zu erledigen«, murmelte er. Anna zuckte mit den Schultern.

»Na, von mir aus«, sagte sie, ging den Gang entlang und drehte sich noch einmal um. »Dann bis bald, Tybjerg.«

Tybjerg gab keine Antwort, sondern kehrte ihr den Rücken zu. Anna ging zur Tür, öffnete sie, gab vor, hinauszugehen, blieb aber drinnen und zog die Tür zu. Sie verharrte ganz still. Ihre Schuhe standen noch immer links vom Eingang. Sie konnte Tybjerg etwas murmeln hören. Lautlosen Schrittes näherte Anna sich wieder dem Licht. Statt dem Gang zu folgen, durch den sie gekommen war, ging sie parallel zwei Schrankreihen weiter. Dann schaute sie verstohlen um die Ecke. Tybjerg hatte einen Schrank geöffnet, und Anna konnte sehen, dass er sich mit dem Versuch abmühte, etwas herauszunehmen – eine dünne, zusammengerollte Matratze, die er nun auf dem Boden ausbreitete. Dann zog er sich aus, rollte einen Schlafsack aus, kroch hinein und machte es sich auf der Matratze bequem. Er vertiefte sich in eine Zeitschrift und aß einen Apfel. Anna musterte ihn kurze Zeit, dann schlich sie zur Tür zurück und lief nach Hause.

Es war Viertel nach zehn, als sie über den Jagtvej lief, und obwohl sie ein gutes Tempo hielt, fror sie in ihrer Trainingskleidung. Ihre Mündliche würde in weniger als zwei Wochen stattfinden, sie musste sich auf eine Prüfung von einer geschlagenen Stunde vorbereiten, und es gab noch immer eine Menge Stoff, den sie inzwischen gelesen haben müsste, wenn sie bestehen wollte. Als sie in der Sammlung vor Tybjerg gestanden hatte, war ihr durch den Kopf gegangen, dass sie der Polizei schon am nächsten Tag mitteilen würde, wo er sich versteckt hielt. Sie wollte ihn ausräuchern, ihn dazu zwingen, sie zu prüfen. Jetzt zog sie ihr Vorhaben in Zweifel. Tybjerg hatte offenbar Angst und war vernünftigen Gedankengängen nicht zugänglich. Was, wenn er zusammenbrach? Es war ohnehin schon ein Mann weniger auf dem Platz, und das Letzte, was ihr jetzt noch fehlte, wäre, wenn auch Tybjerg noch aus dem Spiel genommen würde. Sie lief schneller, als könnte sie ihrer Frustration davonlaufen.

Anna schloss die Haustür auf und hörte, wie weiter oben im Haus eine Tür geöffnet wurde. Das Licht erlosch, und Anna hatte sofort ein schlechtes Gewissen. Eine Joggingrunde dürfte keine zwei Stunden dauern, nicht einmal dann, wenn unterwegs noch ein Buch abgeholt werden musste. Anna streckte ihre Hand nach dem Lichtschalter aus, aber das Licht ging schon vorher wieder an. Sie beugte sich behutsam vor und schaute über das Geländer hoch ins Treppenhaus, und ihre Haut überzog sich zum Zeichen gespannter Bereitschaft mit Gänsehaut.

Lenes Gesicht tauchte auf und schaute auf sie herab.

»Gibt es Probleme?«, fragte Anna schuldbewusst und nahm auf der Treppe mehrere Stufen auf einmal. Die Nachbarin hielt das Babyphon in der einen und Annas Schlüssel in der anderen Hand.

»Wer war das?«, fragte Lene. Das Licht erlosch, und Anna schaltete es wieder ein.

»Wer war was?«, fragte Anna verwirrt.

»Der Typ?«

Anna schaute Lene perplex an.

»Ist dir nicht gerade eben auf der Treppe ein Typ begegnet? Der ist eben nach unten gegangen.«

Anna kniff die Augen zusammen.

»Mir ist niemand begegnet. Ich war doch joggen.« Anna wusste noch immer nicht recht, was hier eigentlich los war.

»Hier war eben noch ein Typ«, sagte Lene eigensinnig. »Das

Babyphon hat Geräusche gemacht, und ich war oben zum Nachsehen, aber es war alles in Ordnung. Der Typ saß auf deinem Treppenabsatz. Er warte auf dich, hat er gesagt, dagegen war ja auch nichts einzuwenden. Ich habe gesagt, du müsstest jeden Moment zurück sein. Lily schlief, als ich reingegangen bin, und ich habe keine Ahnung, warum das Babyphon reagiert hat. Ich habe sie nur wieder ganz zugedeckt und wollte gerade anrufen und fragen, wo du denn bleibst. Wir würden gern ins Bett gehen. Ich hatte die Tür einen Spaltbreit offen gelassen, und als ich gehen wollte, hatte der Typ es sich schon auf deinem Sofa bequem gemacht, das war dann doch zu viel. Ich wollte dich anrufen, um mir bestätigen zu lassen, dass das in Ordnung geht.«

Anna steckte die Hand in die Trainingsjacke und zog ihr Telefon heraus. Drei Anrufe in Abwesenheit.

»Verzeihung«, sagte sie. »Das war lautlos gestellt.«

»Als ich dich nicht erreichen konnte, habe ich ihn gebeten, draußen auf dich zu warten. Ich habe ihm erklärt, dass du zum Joggen bist und er eben draußen warten müsste. Ich hatte ihn noch nie gesehen und konnte ihn wohl schlecht in die Wohnung lassen. Du hattest nicht erwähnt, dass du einen Gast erwartest, oder?«

Anna schüttelte den Kopf.

»Ich erwarte keinen Gast«, brachte sie heraus. Ihr war kalt.

»Aber du musst ihm doch begegnet sein?«, beharrte Lene. »Er ist eben erst gegangen.«

»Mir ist niemand entgegengekommen«, sagte Anna. »Kann das Johannes gewesen sein, mein Kollege aus dem Biologischen Institut? Hatte er rote Haare?«

»Er trug eine Mütze. Und einen langen Mantel«, sagte Lene. »Ich glaube, er hat die Mütze abgenommen, als er sich ins Wohnzimmer gesetzt hat. Aber ich weiß nicht, ob er rote Haare hatte. Wohl eher braune, glaube ich. Ich bin nicht sicher.«

»Ich versteh das nicht«, sagte Anna. »Ich habe die Haustür aufgeschlossen und bin die Treppe hochgegangen. Aber da ist niemand runtergekommen. Das schwöre ich.«

Lene fuhr sich müde durch die Haare.

»Seltsam« murmelte sie. »Unmittelbar bevor du gekommen bist, ist er die Treppe runtergetrampelt. Ich hatte die Wohnungstür geschlossen, stand aber noch in der Diele und fand es seltsam, dass jemand so spät noch auf dich wartete. Ich hatte schon überlegt, ob ich Otto rufen sollte, aber dann habe ich doch gehört, wie er weggelaufen ist. Als hätte er sich die Sache anders überlegt und doch nicht auf dich warten wollte. Ich bin ins Treppenhaus raus, habe gesehen, wie seine Hand über das Geländer glitt. Und dann ging das Licht aus, du hast es wieder eingeschaltet, und wir haben uns angesehen, durch den Spalt da.« Lene wies durch die Geländerstäbe.

Anna erstarrte.

»Wir sind uns doch einig, dass du das Licht angeknipst hast, oder?«, fragte sie.

»Nein«, sagte Lene. »Ganz und gar nicht. Ich habe das Licht nicht angeknipst. Das warst du.«

Anna jagte die Treppe hinauf und stand gleich darauf vor ihrer Wohnungstür, den Schlüssel gezückt wie eine Waffe. Ihre Hände zitterten, und erst beim dritten Versuch traf sie das Schlüsselloch. Es war stockfinster, und Anna lief wie blind in Lilys Zimmer. Sie konnte die Decke ahnen, den Stoffhund Bloppen, der auf die Seite gekippt war, und das bestickte Lieblingskissen, sie meinte sogar die Aufkleber sehen zu können, die Lily an ihren Bettpfosten angebracht hatte. Aber sie hatte keine Ahnung, ob Lily dort lag. Sie konnte Lene hinter sich hören, denn der Alarm ging los, als das Babyphon zu dicht an die Station geriet. Im selben Moment wurde der Empfänger ausgeschaltet, und Anna machte Licht.

Lily zuckte zusammen, nahm dann aber energisch ihre Bearbeitung des Schnullers wieder auf und schlief weiter. Mit rosigen Wangen, der Wange auf dem Kissen und dem Kissen an Ort und Stelle. Anna sank neben dem Bett auf die Knie und senkte die Stirn in ihre Handfläche. Ihr ganzer Leib schlotterte, und sie rang nach Atem. Was hatte sie denn in Lilys Zimmer erwartet? Ein leeres Bett? Eine Puppe mit blauen Augen? Eine Kindsleiche?

Anna hörte das Brodeln eines Kessels, dann wurden Tassen gefüllt und die Tassen ins Wohnzimmer gebracht, weg von Anna, die auf dem Boden kniete und ruckartig atmete. Natürlich schlief Lily geborgen in ihrem Gitterbettchen, wo denn auch sonst? Anna presste sich die Fäuste in die Augenhöhlen. Sie musste sich die vernünftige Geschichte tausendmal erzählen, sonst würde sie auch noch verrückt werden.

Anna konnte hören, wie Lene den Holzofen öffnete, Zeitungen zusammenknüllte, dann raschelte Holz, und ein Streichholz zischte. Gleich darauf stand Lene in der Tür.

»Kommst du nicht ein wenig ins Wohnzimmer?«, fragte sie. Anna erhob sich. Im Wohnzimmer wartete eine Tasse Tee auf sie. Ein weißes Band aus Wasserdampf zog zur Stuckdecke hoch. Anna konnte sich nicht dazu aufraffen, Lene anzusehen. Ein Mann hatte auf sie gewartet. Das hätte wirklich jeder sein können, und es war tatsächlich seltsam. Anna würde bestimmt erfahren, wer dieser Mann war. Am nächsten Tag oder in drei Tagen. Ein Verehrer, der kalte Füße bekommen hatte, nahm Lene an. Aber auch ihr komme die Sache merkwürdig vor, sagte sie zögernd.

Doch Anna war in Panik geraten, und Lene hatte es gesehen. Anna liefen die Tränen übers Gesicht. Lene streichelte ihr die Hand.

»Ich möchte jetzt schlafen«, murmelte Anna.

»Ist alles in Ordnung?«, fragte Lene. »Ich kann gern noch ein bisschen bleiben.«

»Nein«, sagte Anna. »Geht schon. Ich bin bloß müde.«

Als Anna allein war, zog sie ihren schweißnassen Trainingsanzug aus und setzte sich nackt auf einen Stuhl vor den Ofen. Sie öffnete die Klappe und ließ die ausstrahlende Hitze ihre Haut auftauen. Sie überprüfte ihr Handy. Nur ein unbeantworteter Anruf stammte von Lene. Die beiden anderen waren von Søren Marhauges Handy. Johannes hatte sich noch immer nicht gemeldet. Dann legte Anna den Kopf an die Rückenlehne und betrachtete lange ein gerahmtes Foto an der Wand hinter dem Ofen. Es war schwarz-weiß und begleitete sie schon seit ihrer Kindheit. Cecilie und Jens, blutjung, beide mit langen, unbändigen Haaren und glatter Haut um die Augen. Jens hatte den Arm um Cecilies Schulter gelegt und schien sie leicht in Richtung Kamera zu schieben. Zwischen den beiden schaute Anna auf, sie lachte, und ihre Augen strahlten.

Anna hatte dieses Bild immer geliebt, aber plötzlich konnte sie nicht mehr begreifen, warum. Cecilie sah kein bisschen glücklich aus. Ihr Mund lächelte zwar, aber ihre Augen waren grau wie Blei. Jens' Arm wog schwer auf ihrer Schulter. Wenn er sie losließe, würde sie aus dem Bild herausfallen. Jens' Blick war fest darauf gerichtet, dass das Bild aufgenommen werden musste. Als wisse er, dieser Augenblick müsse um jeden Preis verewigt werden, damit ein Abzug seine Tochter bis in ihr Erwachsenenleben begleiten und sie an eine glückliche Kindheit erinnern könnte. Annas eigenes Lachen war überwältigend, ihr blitzten euphorische Sterne in den Augen, und sie hatte keine Sorgen. Die Erwachsenen jedoch litten.

Gegen Mitternacht hatte sie ihre und Lilys persönlichen Unterlagen auf dem Wohnzimmerboden verteilt. Ihre eigenen waren einigermaßen in Ordnung, und das war Cecilies Verdienst. Anna sah kurz auf ihre Namensurkunde. Nach Lilys Geburt hatten Anna und Thomas sich einfach nicht einigen können, wie die Kleine heißen sollte, und erst zum Schluss, zwei Tage vor Ende der sechsmonatigen Frist, hatten sie gelost. Sonst hätte sie also Margrethe die Zweite geheißen, sagte Anna und hatte erleichtert aufgeatmet, als »Lily« auf dem Gewinnerlos stand. Bei Annas Geburt waren die Vorschriften offenbar weniger streng gewesen, das ging ihr nun auf. Sie hatte am 12. November 1978 den Namen »Anna Bella Nor« erhalten, fast elf Monate nach ihrer Geburt. Sie legte die Namensurkunde beiseite und vertiefte sich in Lilys Papiere, die wild durcheinander in einem großen braunen Umschlag lagen. Das knallbunte Untersuchungsheft der Hebamme, die allerersten Bilder aus dem Kreißsaal und das Armband von der Wochenstation. Alles hatte Anna für Lily in ein Album kleben wollen, aber dazu war sie nicht gekommen. Zum Bruch zwischen ihr und Thomas war es zwischen der Neun- und der Zwölfmonatsuntersuchung gekommen, und die Hebamme war verblüfft gewesen, als sie nach Lily sehen wollte und auf eine völlig aufgelöste Anna traf. Anna kochte Tee, während die Hebamme bunte Bälle für Lily kullern ließ, und plötzlich sagte die Hebamme:

»Ihr wart doch so eine wunderbare Familie.« Anna wusste sehr gut, dass das nicht böse gemeint war, aber trotzdem fuhr sie wütend zu der Frau herum und sagte:

»Wir sind immer noch eine wunderbare Familie. Mit oder ohne

Thomas.« Die Hebamme bat um Entschuldigung, Anna weinte, und Lily wollte nicht mehr mit den bunten Bällen spielen.

Ein wenig beklommen begann Anna, in Lilys Untersuchungsheft zu blättern – sie hatte Angst, von den Erinnerungen überwältigt zu werden. Die ersten Zähne, die hervorbrachen, die endlosen Nächte, in denen Anna mit dem weinenden Baby aufgestanden war, um Thomas nicht zu stören, und im Zimmer hin und her gewandert war, erschöpft bis kurz vor dem Wahnsinn und zugleich so glücklich, wie sie es niemals für möglich gehalten hätte. Lilys Gewicht war gestiegen, und die Zahlen waren in der eleganten Schrift der Hebamme ins Buch eingetragen worden. Anna fuhr mit den Fingerspitzen über all die Dinge, die Lily von Mal zu Mal hinzugelernt hatte.

Annas eigenes Untersuchungsheft von 1978 hatte dickes oranges Papier, und der Tonfall hier wirkte gelassener als der in Lilys. Anna blätterte neugierig darin herum. Mit knapp acht Monaten hatte sie angefangen zu krabbeln und ihre ersten Schritte zwei Tage nach ihrem ersten Geburtstag gemacht, las sie, außerdem hatte die Hebamme damals Lebertran und gekochte Eidotter empfohlen und es für gut befunden, dass Anna Fleisch und Obst essen mochte. Es muss noch ein anderes Buch geben, dachte Anna beim Blättern. Das, das sie hier in der Hand hielt, begann im September 1978, als Anna bereits knapp acht Monate alt gewesen war, und endete im Januar 1979. »Anna sagt ›Ach‹ und ›Nein‹«, stand dort. Anna lächelte. Die Hebamme damals hieß Ulla Bodelsen, ihr Name stand in wunderschöner Schreibschrift auf einer gepunkteten Linie.

Sie stand auf, ging an ihren Computer, suchte nach »Ulla Bodelsen« und erhielt zwei Treffer. Die eine hieß Ulla Karup Bodelsen und wohnte in Skagen, der Name der anderen war nur Ulla Bodelsen. Sie wohnte in Odense. Anna notierte beide Nummern und hielt den Zettel eine Weile in der Hand, dann legte sie ihn weg. »Anna sagt ›Ach‹ und ›Nein‹«, hörte sie in Gedanken. Sie drehte sich wieder um und sah das Foto an. Cecilies und Jens' Münder lächelten, aber nur Annas Lächeln war echt. Weil sie auf dem Bild drei Jahre alt war und keine Geheimnisse mit sich herumschleppte. Genau wie Lily.

Es war beinahe ein Uhr, als Anna zu Bett ging. Zum ersten Mal seit Tagen schlief sie tief und fest.

Am Donnerstagmorgen fror Anna, als sie aufwachte. Sie machte Feuer im Ofen, drehte die Heizung höher, kochte Haferbrei und nahm viel zu viel Zucker.

»Och«, sagte Lily und skalpierte den Brei elegant mit ihrem Löffel. »Mehr Zucker.«

Anna gab ihr ein wenig mehr und schnüffelte in ihrem Nacken.

»Heute hole ich dich schon früh«, flüsterte sie.

»Ich will zu Oma«, sagte Lily. Anna setzte sich an den Tisch und schaute Lily in die Augen.

»Nein, Lily, heute gehst du nicht zu Oma.«

»Oma macht Pfannkuchen«, wandte Lily ein.

»Hier kannst du auch Pfannkuchen haben«, sagte Anna. »Mit Eis.«

»Eis«, rief Lily freudestrahlend und schielte zur Tiefkühltruhe hinüber.

»Nicht jetzt, Lily. Heute Nachmittag«, sagte Anna.

»Nein, jetzt Eis.«

Anna seufzte, nahm ein Schüsselchen und grub zwei harte Löffel voll aus einer Eisdose. Lily kratzte das Schüsselchen aus und wollte mehr. Anna musste das schreiende Kind letztendlich in die Diele tragen und ihm den Overall überstreifen. Da legte Lily unerwartet die Arme um Anna.

»Du bist meine Mama«, sagte sie. Anna sah sie überrascht an.

»Und du bist mein Schatz«, sagte sie mit weicher Stimme.

»Bloppen muss mit in den Kindergarten«, sagte Lily energisch.

»Dann geh ihn holen.« Während Lily in ihrem Zimmer herumkramte, schloss Anna ihre Jacke und dachte wieder an Johannes, der nichts von sich hatte hören lassen, und dann an den, der am Vorabend auf sie gewartet hatte. Anna schrieb Johannes noch eine SMS:

»Lieber Johannes. Bitte, ruf doch an. Das von gestern tut mir wirklich leid. Es tut mir leid, dass ich dich angebrüllt habe. Warst du gestern Abend übrigens hier? Ruf sofort an!«

Anna fiel der Zettel mit der Nummer der Hebamme ein. Er lag

noch immer neben dem Computer, und Anna steckte ihn in die Tasche.

»Komm jetzt, Lily«, rief sie in Richtung von Lilys Zimmer.

Lily kramte weiter in ihrem Zimmer herum. Anna ging ins Treppenhaus und rief noch einmal hinter sich:

»Lily, komm jetzt!«

Im gleichen Augenblick hörte sie das Rattern einer Sicherheitskette, und Maggies Tür glitt einen dunklen Spalt weit auf. Maggie schaute hinaus, und als Anna hallo sagte, wurde der Spalt hell, sie schloss die Tür, löste die Sicherheitskette und trat auf den Hausflur hinaus.

»Wie siehst du denn aus?«, fragte Maggie diplomatisch. »Du hast ja die olympischen Ringe unter den Augen hängen. Hattest du Herrenbesuch?«

Maggie trug einen bis an die Fußknöchel reichenden Morgenmantel, und ihre Haare standen nach allen Seiten ab.

»Im Moment nicht«, sagte Anna und musste einfach lächeln. Maggie raffte den Morgenrock enger um sich zusammen und schaute plötzlich unruhig die Treppe hinunter.

»Aber wer ist das denn überhaupt? Es ist schon ein bisschen seltsam, oder?«

Anna erstarrte.

»Was meinst du?«

Die alte Dame sah Anna forschend an.

»Ja, gestern saß er wieder da, und da kam mir das Ganze plötzlich doch ein wenig seltsam vor. Beim ersten Mal habe ich ihn auf ein Gläschen eingeladen. Er musste doch nicht draußen sitzen und frieren, oder? Aber das wollte er nicht, und gestern war ich richtig froh darüber, dass er abgelehnt hat.«

»Wann war denn *das erste Mal*?«, fragte Anna und massierte durch den Stoff eine Stelle über ihrer linken Brust.

»Das erste Mal? Vorgestern? Oder vorvorgestern? Warum machst du das?«, fragte Maggie und zeigte auf Annas Massagebewegungen.

Anna seufzte.

»Einfach so. Mein Herz. Das hämmert immer so. Wie sah er denn aus?«

»Er hatte schöne Augen … und er war groß. Er sah nett aus. Nett und ein wenig nervös. Er trug eine Mütze und einen langen schwarzen Mantel. Und er hatte rotbraune Haare.« Maggie berührte die Stelle unter ihrem Ohr, wo seine Haare unter der Mütze hervorgelugt hatten.

»Na, dann muss es Johannes gewesen sein. Was hat er gesagt?«

»Tja, ich kam mit meinen Einkäufen nach Hause, und du weißt ja, dass ich die Taschen auf den Treppenabsätzen abstelle und in Etappen nach oben trage. Als ich mit der ersten Tasche hier ankam, saß er schon da. War sehr nett, fragte, ob er mir die Taschen hochtragen sollte. Er hat erklärt, dass er mit dir befreundet ist, und deshalb wollte ich ihn zu mir einladen, aber wie gesagt, das wollte er nicht. Er schaute auf die Uhr, als hätte er es eilig«, sagte Maggie eifrig. »Und gestern, als er wieder da saß, fand ich das doch verdächtig und hätte fast die Polizei angerufen. Aber dann war er plötzlich weg, genau wie beim ersten Mal. Komisch, nicht? Entweder wartet man auf jemanden, oder man wartet nicht. Ich bin in die Kammer gelaufen, um nachzusehen, ob du vielleicht nach Hause gekommen bist, ohne dass ich das gehört hätte, und ob du ihn mit in die Wohnung genommen hättest, aber deine Wohnung war finster wie ein Grab«, sagte sie dramatisch und kniff die Augen zu.

»Das muss Johannes gewesen sein«, wiederholte Anna leise. »Versuch, dich zu erinnern. Wann war er das erste Mal hier?«

»Vorgestern«, sagte Maggie voller Überzeugung. Jetzt kam auch Lily in den Hausflur. Sie hatte Bloppen unter dem Arm.

»Krieg ich ein Gummibärchen?«, fragte sie.

Maggie schlurfte in ihre Wohnung, gefolgt von Lily, und Anna blieb im Treppenhaus stehen. Da erst ging ihr auf, wie müde sie war.

Auf dem Weg zum Kindergarten erhielt Anna eine SMS. Sie wollte ihr Handy schon aus der Tasche angeln, wurde aber vom Tumult in der Garderobe abgehalten, wo es von Kindern und Eltern nur so wimmelte. Lily lief weg, rannte in ein Zimmer und zog einer Erzieherin am Rock.

 »Guck«, rief sie. »Guck! Das ist meine Mama! Guck mal, da

steht sie!« Lilys Finger zeigte, und eine der Erzieherinnen kam und teilte Lilys Freude.

»Sieh mal, das ist mein Löwe«, sagte Lily und schob die Unterlippe vor. Wann hatte sie nur so gut sprechen gelernt? »Ich habe den Löwen, Anton hat das Nashorn, und Fatima hat ein Spiegelei«, sagte sie und zeigte auf die Holzschildchen, die über den Garderobenhaken angebracht waren.

»Dauert es noch lange, bis Sie Ihr Examen haben?«, fragte die Erzieherin.

»Nein«, sagte Anna und schaute fragend auf.

»Sie fehlen ihr«, sagte die Erzieherin leise.

»Sie hat doch ihre Großmutter«, erwiderte Anna pikiert.

»Mag sein«, sagte die Erzieherin neutral. »Aber Sie sind ihre Mutter, und sie redet die ganze Zeit von Ihnen.« Dann drehte sie sich auf dem Absatz um und war verschwunden.

»Ich bin vier Jahre alt«, sagte Lily.

»Nein, mein Schatz. In fünf Wochen wirst du drei.« Anna hob fünf Finger. »Und ich hole dich um vier Uhr ab«, sagte sie und zog einen Finger ein.

Vor dem Kindergarten kramte sie ihr Handy hervor und spürte, wie Erleichterung sich in ihrem ganzen Körper ausbreitete. Die Nachricht stammte von Johannes.

»Entschuldigung angenommen. (Smiley) Sind nicht zerstritten. Muss nur gerade ein bisschen allein sein. Knutsch. War gestern den ganzen Abend zu Hause, nicht bei dir. Muss ein anderer Verehrer gewesen sein. (Smiley)«

Anna atmete nochmals erleichtert auf.

Sie war gerade auf dem Weg zu Haus 12, als ihr Handy klingelte. Es war Cecilie.

»Nein, du sollst sie nicht abholen«, sagte Anna, noch ehe Cecilie ein Wort sagen konnte.

»Äh, na gut. Aber: Hallo, Anna«, sagte Cecilie verletzt und fügte hinzu: »Ansonsten wäre heute ein guter Tag. Ein Termin ist abgesagt worden, und ich könnte sie schon um kurz vor zwei abholen. Dann braucht sie nicht so lange im Kindergarten herumzusitzen.«

Mit einem Mal rief Anna ins Telefon: »Du sollst sie nicht abholen, hast du gehört? Kapierst du verdammt noch mal nicht, dass du uns in Ruhe lassen sollst? Ich ruf dich an.« Sie legte auf und steckte das Handy in die Tasche.

Das Siegel an Hellands Tür war gebrochen, und als Anna vorüberging, konnte sie in seinem Büro die Techniker von der Polizei sehen. Sie ging langsamer. Die Männer trugen weiche weiße Schutzanzüge und redeten leise miteinander. Auf dem Gang wimmelte es nur so von Fußspuren, und Anna verspürte den unwiderstehlichen Drang, an der Tür zu horchen. Warum waren die Techniker jetzt wieder da? In ihrem Büro stellte sie fest, dass Johannes' Festplatte verschwunden war. Auf einem seiner Papierstapel lag ein amtliches Dokument, das verlautbarte, die Polizei habe die Festplatte beschlagnahmt. Anna zog ihr Telefon hervor.

»Die Polizei hat deinen Rechner mitgenommen«, schrieb sie.

Es kam keine Antwort.

Auch Cecilie blieb stumm.

Um zwölf Uhr ging Anna hinüber in die Kantine, kaufte sich zwei belegte Brote und zwei Packungen Saft und lief weiter ins Museum. Im dritten Stock schloss sie mit ihrem Silberschlüssel die Tür zur Wirbeltiersammlung auf. Das Deckenlicht brannte, und Anna entdeckte Tybjerg, wie er an dem großen Arbeitstisch saß und auf einen linierten Block schrieb. Neben Kästen voller Knochen lagen etliche Nachschlagewerke auf dem Tisch.

»Na, du bist's bloß«, sagte er erleichtert.

»Du hast heute Nacht hier geschlafen, Tybjerg. Ich weiß es«, sagte sie. Tybjerg sah wieder auf seine Hände, und Anna konnte beobachten, wie sich von seiner Nasenwurzel aus ein nervöser Tic in Bewegung setzte. Sie legte ihm eines der belegten Brote hin.

»Warum schläfst du nicht zu Hause?«, wollte sie wissen. Sie spürte, wie die Ungeduld in ihr aufwallte. Tybjerg sah sie unsicher an.

»Anna«, sagte er endlich. »Versprich mir, das niemandem zu verraten. Versprich es mir!«

»Was soll ich niemandem verraten?«

 »Ich wohne schon seit acht Monaten in meinem Büro«, gestand

er. »Um Geld zu sparen. Die Reisen zu den Grabungen … das kostet doch alles. Ich konnte die Wohnung nicht halten. Bisher hat niemand etwas gemerkt. Erst in den letzten Nächten habe ich hier geschlafen. Ist das für mich?« Vorsichtig berührte er das Brot.

»Ja«, bestätigte Anna und reichte ihm auch eine Saftpackung. Sprachlos sah sie zu, wie Tybjerg die Plastikfolie von dem Brot riss und sich darüber hermachte.

»Du versteckst dich vor Freeman, nicht wahr?«, fragte sie.

Tybjerg kaute und reagierte nicht. Plötzlich reichte es Anna. Sie hob den Deckel von einem der Vogelkästen auf dem Tisch, nahm etwas heraus und knallte es ihrem Betreuer auf die Tischplatte.

»Das hier«, sagte sie, »ist eine Vogelhand. Die verfügt über einen halbmondförmigen Karpus, der die Basis der beiden ersten Mittelhandknochen im Handgelenk sämtlicher Maniraptora überlagert, das heißt, bei allen Vögeln, basalen wie modernen. Es ist ein homologes Merkmal, das die enge Verwandtschaft der basalen mit den heutigen Vögeln betont. Freeman sieht das anders. Er meint, dass die Dinosaurier womöglich etwas in der Handwurzel gehabt hätten, das auf den ersten Blick auf Semilunare schließen lassen könnte, aber dass diese beiden Knochenelemente keine andere Gemeinsamkeit hätten als diese unmittelbare Ähnlichkeit und diese scheinbare Ähnlichkeit nichts mit irgendeiner Verwandtschaft zu tun hat.« Anna schob die Hand über den Tisch und griff wieder in den Kasten.

»Und das hier …«, setzte sie fort.

»Hör auf«, sagte Tybjerg.

»… ist das Schambein.« Anna achtete nicht auf ihn. »Wir, die es besser wissen, wissen, dass *Theropoda*, *Archaeopteryx* und einige enantiornithinen Vögel aus der frühen Kreidezeit eine distale Verdickung im Schambein aufwiesen, also ein weiteres homologes Merkmal. Freeman streitet das natürlich ab. Hinzu kommt unsere Uneinigkeit über die Orientierung des Schambeins, über Gefieder, über phylogenetische Methoden, über stratigraphische Disjunktion, über den Aufwärtsverlauf des Rollbeines, über alles.« Anna sah Tybjerg an.

»Und deshalb ist er in Dänemark. Um eine Auseinandersetzung zu gewinnen, aus der er niemals als Sieger hervorgehen wird, und nicht, um Helland, dich, mich oder meine Tochter umzubringen.«

»Hör auf«, sagte Tybjerg. Seine Fingerknöchel waren weiß geworden, und er sprang auf. »Es hat ja doch keinen Zweck.« Er nahm den Rest des Brotes und marschierte durch die Regalreihen, um dann in der Dunkelheit zu verschwinden. Anna konnte hören, wie er sich dort hinten zu schaffen machte, und für einen Moment war sie unsicher. Dann schlug sie mit dem Kopf gegen ihre Handfläche.

Auf dem Rückweg in die Abteilung klingelte ihr Handy. Jens.

»Hallo, Vater«, sagte sie, als sie das Gespräch annahm.

»Anna, hallo.« Er schien außer Atem zu sein. »Ich bin gerade bei einem Job. Übrigens bin ich in Odense.«

»Ach«, antwortete Anna. Sie durchquerte soeben den gläsernen Gang zwischen dem Museum und dem Biologischen Institut.

»Du, Anna«, sagte Jens nun, »vor ein paar Minuten hat deine Mutter angerufen. Sie war wirklich verletzt.«

»Ach«, sagte Anna wieder.

»Hör mal, was ist da eigentlich los bei dir?«, fragte Jens. »Ich weiß ja, dass du gestresst bist, aber kannst du nicht ein wenig Rücksicht auf deine Mutter nehmen? Sie hilft dir doch so viel, nicht wahr, Anna, Kleines?«

Anna hatte das Gefühl, innerlich zu kochen vor Wut, und zuerst brachte sie keinen Ton heraus.

»Sie sagt, du hast geschrien und gebrüllt und dann den Hörer aufgeknallt. Was ist denn los?«

Jetzt endlich hatte Anna sich ein wenig unter Kontrolle.

»Erzähl mir doch mal, wie meine Mutter so zerbrechlich werden konnte«, forderte sie heiser. »Warum ist meine Mutter aus Glas? Kannst du mir das erklären? Mein ganzes Leben lang hat sie diese Sonderbehandlung bekommen. Mein ganzes verdammtes Leben lang.«

Am anderen Ende wurde es sehr still.

»Meine Güte«, sagte Jens dann. »Jetzt reg dich doch erst mal ab.«

»Will ich aber nicht.«

»Jetzt komm gefälligst runter«, rief Jens wütend.

»Weißt du, was du kannst? Du kannst meiner Mutter einen schönen Gruß ausrichten, Lily ist mein Kind. Und wenn sie das kapiert hat, kann sie sich wieder bei mir melden. Verdammt, Vater, Cecilie lässt ihr die Haare schneiden und ihr Ohrlöcher stechen, ohne mich zu fragen.«

Wieder wurde es still am anderen Ende der Leitung.

»Ich glaube, sie versucht nur zu helfen«, sagte Jens endlich.

»Ihr sollt mir nicht helfen«, sagte Anna. »Weder du noch sie.«

Um vier Uhr holte sie Lily ab.

8

Clive erwachte in seinem Haus auf Vancouver Island und begriff im ersten Moment nicht, warum er auf dem Sofa lag. Dann fiel ihm ein, dass er Kay geschlagen hatte. Er duschte im Gästebadezimmer und rasierte sich, machte Frühstück, kochte Eier, briet Speck und toastete Brot. Alles stellte er auf ein Tablett und brachte es hinaus in den Garten, um dort den Tisch zu decken. Die Sonne schien, und die Luft war weich und dunstig. Kay nahm immer eine Tischdecke, aber Clive konnte keine finden. Er holte Servietten und breitete einige als Ersatz auf dem Tisch aus. Dann setzte er Teewasser auf, und als er es aufgegossen hatte, ging er nach oben, um Kay zu holen.

Die Schlafzimmertür stand offen. Clive konnte hören, dass im Badezimmer Wasser lief. Er schaute ins Zimmer und entdeckte Kays Koffer auf dem Bett. Da kam sie aus dem Bad und schaute ihn kurz an. Sie hörten einen Schlüssel in der Haustür.

»Mutter«, rief Franz. »Bist du oben?«

Kay ging die Treppe ins Erdgeschoss hinunter. Clive hörte, wie sie etwas murmelte.

»Setz dich einfach schon mal ins Auto«, sagte Franz.

Dann kam er die Treppe hoch. Franz stemmte Gewichte und war groß und sonnengebräunt. Er ging an seinem Vater vorbei und nahm den Koffer.

»Du bist ein Trottel, Vater«, sagte Franz leise, als er zurückkam.

»Und du bist Mamas Liebling«, erwiderte Clive.

Franz seufzte und ging mit dem Koffer in der Hand die Treppe hinunter. Clive konnte nicht begreifen, wie er es geschafft hatte, ein dermaßen ödes und erbärmliches Mannsbild zu zeugen. Ein aufgepumptes Schwein, ohne auch nur einen Hauch von Intellekt. Gleich darauf hörte er, wie Franz Gas gab und losfuhr. Unten in der Küche fand er zwei schwarzgebrannte Eier in einem Topf ohne Wasser.

Die ersten drei Tage igelte er sich ein. Er riss das Telefonkabel aus der Wand, schaltete sein Handy aus und rief seine Mails nicht ab. Am dritten Tag konnte er es nicht mehr ertragen, aber Kay hatte weder angerufen noch gemailt. Auch von Jack kein Wort.

Die Küche sah entsetzlich aus. An seinem ersten Tag allein hatte Clive zur besseren Orientierung alle Schränke geöffnet und Konserven und Trockenkost herausgeholt, um sich einen groben Überblick zu verschaffen. Sie waren wirklich gut versorgt, hatte er gedacht, aber inzwischen waren die Vorräte schon um einiges geschrumpft. Er ging die Straße hinunter zum Einkaufen und presste unterwegs zwei Finger auf seine Nasenwurzel. Kay und er hatten sich noch nie richtig gestritten. Nur ein einziges Mal in ihrer ganzen Ehe war sie nach einem Wortgefecht knapp drei Stunden weg gewesen. Drei Tage lang jedoch hatte sie ihr gemeinsames Heim noch nie gemieden. Ihm gefiel das überhaupt nicht.

Im Supermarkt nahm Clive sich einen Einkaufswagen und wanderte wütend zwischen den Regalen umher. Er packte Kekse, Maiskolben, abgepacktes Fleisch, Toilettenpapier, zwei Tüten Chips und einen Karton Bierdosen ein. Im Supermarkt herrschte wenig Betrieb, es war Vormittag, und die Kassiererin war fett und redselig. Nachdem sie die Waren gescannt hatte, half sie ihm, alles in Tüten zu verstauen. Als er diese hochhob, sagte sie:

»Ja, willkommen in Patbury Hill. Wir sehen uns sicher nicht zum letzten Mal. Das Einkaufen gewöhnt man sich schließlich nicht ab.« Sie lachte und zwinkerte Clive zu.

Der starrte sie nur an.

»Ich wohne seit fünfundzwanzig Jahren hier«, sagte er dann.

Die Kassiererin musterte ihn kurz, verzog dann verlegen ihr Gesicht.

»Na, da sieht man's mal wieder. Dabei dachte ich wirklich, ich hätte Sie noch nie gesehen.« Sie lachte noch einmal.

Clive machte auf dem Absatz kehrt.

Als er nach Hause kam, setzte er sich mit einer kleinen Auswahl Kekse in den Sessel. Er betrachtete seine Rasenfläche. Wenn er ganz ruhig saß, war es so still im Haus, dass er das Gefühl hatte, gar nicht zu existieren.

Franz und Tom hatten beide Frau und Kind. Er kannte seine Söhne nicht mehr richtig. Sie waren irgendwie unachtsam geworden, seit sie ihre eigene Familie gegründet hatten. Es war ja auch anstrengend, kleine Kinder zu haben. Als die Söhne selbst noch klein gewesen waren, hatte Clive oft in seinem Büro übernachtet, weil die Nächte sonst so unruhig waren. Franz war Geschäftsführer in einem Fitnesscenter, und Tom hatte eine wichtige Stellung bei der kanadischen Post. Aber das konnte doch nicht so anstrengend sein? Die Söhne kamen ab und zu zum Essen, und natürlich sahen sie sich zu Geburtstagen und ähnlichen Anlässen. Aber er und die Jungs hatten schon seit Jahren nichts mehr miteinander unternommen. Sie waren allerdings auch ganz üble Muttersöhnchen. Sie wollten Kay dauernd umarmen und standen bei ihr in der Küche, statt sich gemeinsam mit ihrem Vater um den Grill zu kümmern. Auf irgendeine Weise hatte Clive sich immer Jack viel näher gefühlt.

Michael Kramer rief an und fragte, wo er bleibe. Es gebe bereits jede Menge schöner Versuchsergebnisse, über die er sich hermachen könne, lockte Michael, und in zwei Wochen würden die Versuche abgeschlossen sein. Dann könnten sie ihren Bericht schreiben. Mit etwas Glück würden sie im Oktober beim 27. Internationalen Vogelsymposium in Kopenhagen mit einer Schautafel auftreten können. Bis dahin blieben noch etwas mehr als zweieinhalb Monate Zeit.

»Das klingt gut«, sagte Clive. »Mach dich einfach ran. Aber ich bin krankgeschrieben. Mittelohrentzündung.«

»In deinem Alter?« Michael schien überrascht zu sein.

»Ja.«

»Geht's dir sonst gut?«, fragte sein Protegé.

»Mir ging's noch nie besser«, log Clive und legte auf.

Er saß eine Weile mit der Hand auf dem Telefon da, dann rief er Kay an. *»Neue Beweise schießen aus dem Boden, Clive«*, sagte er spöttisch, während das Telefon bei seinem Sohn klingelte. Was für ein Blödsinn. Dabei handelte es sich um genau dieselben Beweise, die schon die ganze Zeit aus dem Boden geschossen waren. Nur wurden die Interpretationen, die diese Idioten lieferten, immer kreativer. Franz' Frau ging ans Telefon. Sie hörte sich regelrecht freundlich an, wenn sie auch ein wenig kurz angebunden war. Endlich konnte er dann auch mit Kay sprechen.

»Ja?«, fragte sie.

»Wie lange willst du eigentlich noch wegbleiben? Komm jetzt nach Hause, Kay. Hier sieht es unmöglich aus.«

»Ist das deine Art, um Entschuldigung zu bitten?«

»Ja.« Clive lachte. »Du weißt doch, wie ich bin. Ich bin Wissenschaftler. Komm jetzt, Schatz.«

»Clive«, sagte Kay, »man schlägt keine Menschen, die man liebt. Und man ruft auch nicht drei Tage später an und will das nicht wahrhaben, so wie du jetzt gerade.« Dann legte sie auf.

Er probierte es sofort wieder, aber niemand hob ab.

Innerhalb von drei Tagen und Nächten, die Clive so gut wie nicht schlief, schrieb er einen Artikel – ein Manifest. Als er fertig war, druckte er ihn aus, legte den Blätterstapel auf seinen Schreibtisch und machte ein Nickerchen. Er träumte von Jack, doch war es ein widerlicher Traum: Jack und Michael Kramer hatten beide ... sie waren ... nein, er konnte es nicht ertragen, daran zu denken. Jack und Michael ließen sich nicht miteinander vergleichen, sie spielten längst nicht in derselben Liga, und die bloße Vorstellung, sie könnten ... Clive fasste sich an den Kopf. Die Sonne hatte sich auf die andere Seite des Hauses bewegt und schien ihm schon einige Zeit ins Gesicht. Sein Magen knurrte, aber er hatte keinen Appetit. Er hatte etliche Fertigmahlzeiten aus dem Supermarkt ausprobiert, Tiefkühlpizzen, Ragouts, Konserven, und ihm war schlecht. Ihre Tiefkühltruhe war noch immer randvoll mit Lebensmitteln, aber die mussten richtig zubereitet werden. Am Vortag hatte Clive eine Lammkeule herausgenommen und in den Backofen gesteckt. Das konnte ja wohl nicht so schwer sein. Zuerst vergaß er sie, und als es im Haus plötzlich nach Lamm duftete und er in die Küche stürzte, war die Oberfläche ganz vertrocknet. Er aß ein wenig vom einen

Ende des Bratens, was aber überhaupt nicht wie Kays Lammkeule schmeckte, sondern eher nach verbranntem Stoff.

Er stand auf und holte sein Manifest. Es würde gedruckt werden, und zwar nicht in einer Zeitschrift, sondern als kleines Buch. Auf der Vorderseite sollte es eine 3-D-Abbildung des *Archaeopteryx* geben – natürlich ohne den imaginären Oberschenkelhalsknochen, den Helland und Tybjerg plötzlich erfunden hatten und der jetzt auf allen neuen Abbildungen des Vogels wiedergegeben wurde. In Clives Ausgabe sollte der *Archaeopteryx* genauso aussehen wie damals, als er 1877 in Solnhofen gefunden worden war. Daran hatte er sich natürlich auch gehalten, als er ihn 1999 vermessen hatte. Es war der schönste kleine Vogel auf der Welt.

Clive setzte sich in den Wintergarten und las sein Manifest Korrektur. Das Buch sollte vorliegen, wenn er nach Dänemark fuhr.

Clive war wieder eingenickt, als plötzlich an die Tür geklopft wurde. Ein Schlüssel wurde ins Schloss geschoben, und Franz steckte den Kopf ins Zimmer.

»Hallo, Vater«, sagte er kurz. Clive setzte sich auf und griff nach seinem Manuskript, das auf seinen Schoß gerutscht war.

»Tag, Franz«, antwortete er und rückte seine Brille zurecht. »Möchtest du einen Kaffee?«

Franz zögerte, schüttelte dann den Kopf.

»Nein, ich habe es eilig«, sagte er. »Ich wollte bloß für Mutter ein paar Kleider und einige Bücher holen.« Dann ging er nach oben und machte sich dort zu schaffen.

Clive blieb sitzen und gab vor, zu lesen. Als Franz wieder nach unten kam, hielt er in der einen Hand eine Tasche, über dem Arm hing die Plastikhülle mit Kays schwarzem, mit Jett besetzten Kleid. Clive liebte dieses Kleid. Es wogte schwer um Kays Hüften, und wenn sie es ein seltenes Mal anzog, dann trug sie ihre Haare offen, und sie lockten sich auf ihren Schultern. Sie waren zuletzt miteinander an einem Abend im Bett gewesen, an dem sie dieses Kleid getragen hatte. Das war schon sehr lange her.

»Wohin willst du mit dem Kleid?«, fragte Clive heiser.

»Mutter hat mich gebeten, es zu holen«, erwiderte Franz.

»Nein«, sagte Clive. »Dieses Kleid bleibt hier«, fügte er hinzu und griff nach der Hülle.

»Sei nicht albern«, blaffte Franz energisch. »Mutter braucht das Kleid.«

»Wozu denn?«

»Sie geht mit Molly und Jack ins Theater«, parierte Franz rasch.

»Nein«, sagte Clive noch einmal und packte das Kleid.

Jetzt wurde Franz wütend und riss die Hülle an sich. In der Türöffnung blieb er stehen und sah seinen Vater an.

»Ich verstehe dich nicht mehr«, sagte er. »Nicht dass ich dich jemals richtig verstanden hätte. Aber das jetzt, das geht überhaupt nicht mehr.« Dann war er verschwunden.

Den Rest des Nachmittags verbrachte Clive mit dem Versuch, sich nicht vorzustellen, wie Kay mit Molly und Jack im Theater war. Es war unmöglich: Jack im schwarzen Anzug, glattrasiert und frisch vom Friseur, mit konzentriertem Ausdruck in den aufmerksamen Augen und einem ausnahmsweise entspannten und weichen Mund. Neben ihm Kay in ihrem schwarzen Kleid, bleich und schön in einem Sessel, umgeben von erwartungsvollen Menschen, während Mollys verständnisvolle Hand auf ihrer lag.

Zeitig im letzten Frühling waren sie alle vier in die Oper gegangen, und es war ein wunderbarer Abend gewesen. In der Pause hatten sie ein wenig zu viel Prosecco getrunken, und nach der Pause war Kay als Erste in die Sitzreihe gegangen, sodass Clive zwischen ihr und Jack gesessen hatte. Clive hatte sich kaum auf den zweiten Akt konzentrieren können und die ganze Zeit gedacht, dass er zwischen den beiden Menschen saß, die ihm das meiste bedeuteten. Kay hatte ihre Hand in seine geschoben, und an seiner ganzen rechten Körperseite hatte er von Jack her eine zitternde Wärme gespürt – wenn er sich bewegte, wenn er lachte, wenn er sich über seine Knie vorbeugte.

Jacks und Kays Untreue erschien ihm schlagartig unverzeihlich.

Als er so weit gekommen war, fand er schließlich Ruhe. Das Menschentier war im Grunde einsam, und anders als die vielen Realitätsflüchtlinge sah Clive dieser Tatsache ins Auge. Nun ging es um seine fachliche Rehabilitierung. Kay würde schon wieder nach Hause kommen. Schließlich hatte sie ja kein Geld.

Am nächsten Morgen begann in der Abteilung für Evolution der Vögel, Paläobiologie und Systematik sein erster Arbeitstag seit drei Wochen. Clive fuhr mit dem Rad zur Universität und ging mit festen Schritten den Gang entlang. Michael kam aus seinem Labor.

»Clive, Mann«, sagte er. »Schön, dass du wieder da bist.«

»Guten Morgen«, sagte Clive, ging an dem Jüngeren vorbei und steuerte auf sein Büro zu. Die Luft war verstaubt und stickig, und er riss die Fenster auf. Kurz danach brachte seine Sekretärin einen Stapel Post, die Nachricht hatte sich schon verbreitet, und als die Mittagszeit näher rückte, nahm Clive Michaels Einladung an und aß mit den anderen in der Kantine. Alle freuten sich, ihn zu sehen.

Nach dem Essen machten sie sich an die Vorbereitungen zu ihrer Schautafel. Michael und er gingen die Ergebnisse des Knorpelexperiments durch, sie sahen wirklich gut aus. Michael zeigte ihm sehr viele Mikroskopaufnahmen, die er während des Versuchs aufgenommen hatte. Darauf war deutlich zu sehen, dass die primäre Knorpelbildung bei Vogelembryonen im Handwurzelknochen, dem vierten Zwischenhandwurzelknochen und in der Entwicklung des vierten Fingers resultierte, was bedeutete, dass die Vogelhand sich nicht aus der Dinosaurierhand entwickelt haben konnte, sofern keine Mutation in der Symmetrie der Finger *und* in der geltenden Zentralachse der Hand vorlag, was natürlich äußerst unwahrscheinlich war. Clive stieß einen leisen Pfiff aus. Das hier sah tatsächlich vielversprechend aus. Michael duftete nach irgendeinem Herrenparfüm, der Geruch entwich dem V-Ausschnitt seines T-Shirts und kitzelte Clive in der Nase. Wenn Michael nicht eine Frau und zwei Kinder hätte, könnte man doch glatt glauben … Clive rückte ein wenig weg.

»Ich lade euch allesamt ins Steakhouse ein«, rief Clive. »Das hier muss gefeiert werden.« Neben Michael lud er noch John, Angela, Piper, die Sekretärin Ann, zwei Doktoranden und zwei neue Examenskandidaten ein. Sein treues Team. Aber niemand hatte Zeit. Und Michael hatte versprochen, die *Kinder* zu hüten.

Den Abend verbrachte Clive auf der Homepage des 27. Vogelsymposiums und sah das Programm sorgfältig durch. Der Egotripper Tybjerg würde nicht weniger als viermal sprechen, was Clive keineswegs überraschte, zum Ausgleich konnte er leicht verwundert feststellen, dass Hellands Name im ganzen Programm nicht ein Mal auftauchte. Helland, der niemals an Kongressen teilnahm, die außerhalb Europas stattfanden, hatte jetzt endlich die Möglichkeit, seinen Unsinn in seinem Heimatland vorzuführen, und dann nahm er sie nicht wahr? Seltsam. Es war eigentlich auch schon eine Weile her, dass Helland und Clive das letzte Mal miteinander Kontakt gehabt hatten, wie Clive feststellte, als er seine Mailbox öffnete. Clive las ein wenig in ihrem Briefwechsel, hörte dann aber rasch damit auf. Er kannte keinen zweiten so perfiden und spottlustigen Menschen wie Lars Helland, und das versetzte ihn in schlechte Laune.

Draußen war es warm, und als Clive die Gartentüren geöffnet hatte, rief er bei Michael an, um mit ihm über die Schautafel zu sprechen. Es meldete sich Michaels Tochter.

»Nein, Mr. Freeman, mein Vater ist leider nicht zu Hause«, sagte sie.

»Aber wer passt denn auf euch auf?«, fragte Freeman ungläubig. Die Tochter lachte.

»Ich bin fünfzehn, meine Schwester ist dreizehn, und da können wir schon selbst auf uns aufpassen.«

Freeman klappte die Kinnlade herunter.

»Wo ist dein Vater denn?«, fragte er.

»Der hat irgendeine Besprechung in der Uni«, sagte die Kleine.

Clive bedankte sich und legte auf.

Dann starrte er einen Moment lang vor sich hin, um sich anschließend abermals seinem Computer zuzuwenden und die Homepage des Kopenhagener Zoologischen Museums aufzurufen. Zu seiner großen Freude entdeckte er, dass es dort eine Ausstellung über Federn gab. Die Freude war jedoch nur von kurzer Dauer, denn die Ausstellung hieß »Vom Dino zur Daune«. Nahm das denn nie ein Ende? Garantiert hatte Tybjerg diese verdammte Ausstellung verantwortet. In einigen Jahren, leider sicher erst, wenn Clive bereits tot und begraben sein würde, würden zoologische Museen in aller Welt sich schämen, weil sie sich so schrecklich geirrt hatten.

Clive hörte nichts von Jack, und Kay wohnte weiterhin bei Franz. Clive ärgerte sich darüber, dass sie nicht einfach nach Hause kam, aber das musste jetzt warten, bis das Symposium überstanden war.

Das Knorpelexperiment und der Kongress in Kopenhagen könnten für den Rest seiner Karriere entscheidend sein, und er musste die Konzentration hoch halten. Nachts träumte er von Jack. Düstere, verrückte Träume, voller Geräusche, in denen Jacks Gesicht nur schlaglichtartig zu sehen war, sodass Clive lediglich die vorgeschobene Oberlippe sehen konnte. Er verfiel darauf, abends eine halbe Schlaftablette zu nehmen, und zu seiner Erleichterung wurden die Nächte schwarz und leer.

Am 9. Oktober brachen Michael und Clive nach Kopenhagen auf. Normalerweise verabscheute Clive den Flug über den Atlantik, aber diesmal wurde sein Missmut dadurch gedämpft, dass Michael ihn in die Business Class hochgestuft hatte. Clive ging zur Toilette, und als er zurückkam, strahlte Michael übers ganze Gesicht und wedelte mit den Boarding Cards. Auf der ganzen Reise saßen sie ungeheuer bequem und diskutierten über ihre Präsentation, während attraktive Stewardessen Leckereien servierten. Clive bemerkte, wie aufmerksam Michael jetzt wieder war. Als Michael seine Promotion abgeschlossen hatte, gab es eine Phase, in der er alles selbst hatte bestimmen wollen. Clive war zutiefst unzufrieden gewesen. Wenn man sich fachlich auf vermintem Gebiet bewegte, so wie Clive, dann brauchte man loyale Unterstützung und keine unausgeglichenen Selbstständigkeitsversuche. Jetzt konnte er feststellen, dass Michael sich fachlich großartig verhielt. Er brachte fast keine Einwände vor, und wenn er es ein seltenes Mal doch tat, dann waren sie sachlich und präzise und trugen nur dazu bei, Clives Spitzen noch schärfer zu machen. Irgendwo über dem Atlantik überkam Clive der Drang, sich Michael anzuvertrauen.

»Ich habe das Gefühl, dass das hier das letzte Mal ist«, sagte er.

»Wie meinst du das?«, fragte Michael und reckte sich.

»Ich weiß nicht …« Clive zögerte. Was hatte er da nur sagen wollen?

»Die Präsentation ist gut«, sagte Michael ermunternd. »Das Experiment ist hieb- und stichfest.«

»Ja, vielleicht ist es nur das«, erwiderte Clive. Er schaute aus dem Fenster. Auf der einen Seite verschwand die Sonne gerade und tauchte die Wolken unter sich in glühendes Rot, auf der anderen Seite wartete die europäische Nacht, schwarz und fremd.

»Mein Leben kommt mir vor wie im Aufbruch«, sagte er plötzlich. »Wenn die Präsentation gut läuft, höre ich möglicherweise auf.«

Er hatte keine Ahnung, wie er auf diese Idee gekommen war.

Michael schien etwas sagen zu wollen und rutschte unruhig hin und her, aber als Clive dann endlich aufblickte, war Michael in eine Zeitschrift vertieft.

Das Hotel hieß Ascot und lag mitten in Kopenhagen in einer Seitenstraße nahe einem großen, hässlichen Platz. Die Zimmer waren klein und stickig, und die Bettwäsche wirkte speckig, als hätte das Spülprogramm der Waschmaschine nicht einwandfrei funktioniert. Eine Minibar gab es auch nicht. Clive rief die Rezeption an und ließ sich den Internetschlüssel nennen. Als er seine Präsentation hochgeladen und auf dem Server in Kanada die letzten Korrekturen eingegeben hatte, schlief er ein.

Am Mittwochmorgen frühstückten Michael und Clive in einem großen Saal, der halbleer und bitterkalt war. Sie hatten sich soeben mit Rühreiern und ausländischen Zeitungen an den Tisch gesetzt, als zwei Männer durch die Schwingtüren traten. Clive folgte ihnen mit seinem Blick, während die Männer sich orientierten. Sie waren beide hochgewachsen und kamen mit ruhigen, federnden Schritten zu ihnen herüber. Michael aß, las die Zeitung und blickte erst auf, als die Männer vor ihrem Tisch stehen blieben.

»Clive Freeman?«, fragte einer der Männer freundlich.

Clive starrte ihn an. Wenn Kay tot war, dann würde er … würde er … er wusste nicht, was er dann tun würde. Er schloss die Augen.

»Clive Freeman?«, fragte der Mann noch einmal.

Clive schaute auf.

»Ja?«, sagte er mit brüchiger Stimme.

»Ich heiße Søren Marhauge und bin von der Kriminalpolizei. Kann ich kurz mit Ihnen sprechen?« Sein Englisch war fehlerfrei und weich.

»Geht es um meine Frau?«, flüsterte Clive.

Der Mann lächelte.

»Es geht nicht um Ihre Frau und auch nicht um ein anderes Familienmitglied«, sagte er ruhig. »Ich bin wegen Lars Helland hier.«

Clive war erschüttert. Als das Gespräch überstanden war und er das Revier verließ, musste ein junger Polizist ihm in ein Taxi helfen, als wäre er ein um Jahre gealteter Mann. Der Polizist hielt schützend die Hand zwischen Clives Kopf und die Türöffnung, wie Clive das beobachtet hatte, wenn der Polizei Verbrecher ins Netz gegangen waren. Sie hatten all seine Mails. Der große, dunkeläugige Kommissar, Marhauge, hatte sie vor ihm auf dem Tisch ausgebreitet. Clive hatte schon darauf hinweisen wollen, dass so etwas verboten sei, aber dann ging ihm auf, dass das wohl nicht der Fall sein konnte. Lars Helland war tot, und die Polizei ermittelte in alle Richtungen, wie Marhauge das diplomatisch ausgedrückt hatte. Clive wusste sehr gut, was das bedeutete. Es hieß, dass Helland ermordet worden war. Marhauge sah ihn lange an, nahezu neugierig, wie Clive fand.

»Wir wissen, dass Sie nichts mit diesem Todesfall zu tun haben. Ich habe Ihre Reiseaktivitäten überprüft, Sie waren zuletzt 2004 in Europa, nicht wahr?«

Clive nickte brav.

»Und jetzt sind Sie wegen des Vogelsymposiums im Bella-Center hier?«

Wieder nickte Clive.

»Weil Sie dort einen Vortrag halten werden?«

»Ja, am Samstagabend.«

»Wo waren Sie im Juni dieses Jahres?«, wollte der Polizist dann wissen.

Clive überlegte. Juni, das war, ehe Jack ihn verraten hatte und noch bevor Kay ausgezogen war.

»Nirgendwo«, sagte er dann. »Einfach nirgendwo.«

Es war ein hektischer Juni gewesen, und er hatte ausschließlich Lust zum Arbeiten gehabt. Kay hatte gesagt, er müsse sich freinehmen, und sie waren zur Hütte gefahren und zwei geschlagene Wochen dort geblieben. Kay machte Salate, Clive warf den Grill an. Sie hatten unterschiedliche Gäste, alles Paare, immer kannte Kay die Frau, und der Mann war todlangweilig. Jack und Molly hatten keine Zeit für einen Besuch. Gegen Ende hatte er angefangen, den Schuppen auszumisten, und in Kays Augen war das eine seltsame Urlaubsbeschäftigung gewesen. Schließlich war Clive durchgedreht.

»Ich will einfach nicht freihaben«, hatte er gerufen. »Meine Arbeit ist zu wichtig. Denk doch nur daran, was beim letzten Mal passiert ist. Da schließt man mal für drei Sekunden die Augen, und schon finden sie einen gefiederten Dinosaurier!«

»Und was haben Sie im Juli gemacht?«, fragte der Polizist jetzt.

Im Juli war er allein im Haus gewesen und hatte von Konserven, Würstchen und Schinken gelebt.

»Ich habe gearbeitet«, sagte Clive. »Unter anderem habe ich meinen Vortrag für kommenden Samstag beim 27. Internationalen Vogelsymposium vorbereitet.«

Der Polizist reichte ihm einen Ausdruck. Clive las:

»For what you have done, you shall suffer.«

»Haben Sie das geschrieben?«

»Natürlich nicht«, antwortete Clive verärgert. »Ich bedrohe doch niemanden.«

Danach durfte er dann endlich gehen.

Im Hotel fiel Clive erschöpft auf sein Bett und träumte von seiner eigenen Beerdigung. Kay trug einen schwarzen Schleier und war sehr unglücklich, seine Söhne standen mit verbissener Miene neben ihr. Kay wollte sich gerade weinend über den Sarg werfen, als der Traum unvermittelt wieder von vorn anfing. Diesmal war die Kirche leer. Der Sarg stand einsam und weiß vorn beim Altar, und eilig kam der Pastor herbei und erzählte eine ganze Menge über Erde. Clive rief aus dem Sarg, er solle sich doch ein wenig konzentrieren, aber der Pastor hörte nichts. Plötzlich wurde die Kirchentür geöffnet, und ein einsamer Gast trat ein und setzte sich in die hinterste Reihe. Der Pastor bat ihn freundlich, näher zu kommen, vorn sei ja ausreichend Platz.

»Der Verstorbene hatte nicht sehr viele Freunde«, flüsterte der Pastor. »Nicht einmal seine Frau konnte kommen. Es freut mich sehr, dass Sie hier sind.«

Der Gast trat näher, und Clive sah, dass es sich um Tybjerg handelte. Er setzte sich in die erste Reihe, auf Kays Platz.

Zuerst glaubte Clive, Tybjerg applaudiere, aber dann dämmerte ihm, dass jemand an seine Zimmertür hämmerte. Verwirrt ließ er Michael eintreten. Sie beschlossen, zuerst in der Hotelbar etwas zu trinken und danach zum Symposium zu fahren. Lange sprachen sie über den Mord, dann nahmen sie ein Taxi zum Bella-Center, wo das Symposium stattfinden sollte. Es war Mittwochabend, und da konnten sie auch gleich eine schnelle Runde vor Ort drehen.

Michael versetzte ihm einen Rippenstoß.

»Schau mal«, sagte er leise. Clive folgte der Richtung, in die sein Finger zeigte, und erblickte eine elektronische Tafel mit dem Programm für das Wochenende. Clive kniff die Augen zusammen.

»Was ist los?«

»Tybjerg ist aus dem Programm gestrichen worden. Hier«, Michael tippte gegen das Glas. »Da steht: ›Abgesagt. N.B. Neuer Redner‹, bei den vier Programmpunkten, für die er angekündigt war.« Clive starrte den Bildschirm an.

»Er ist sicher total von der Rolle«, sagte er nachdenklich. »Helland war ja schließlich sein Mentor. Stell dir doch mal vor, wie dir zumute wäre, wenn ich ermordet würde.«

Michael lächelte.

»Ja, das wäre gar nicht lustig.«

Am Donnerstagmorgen ging Clive hinaus auf die Straße, wo ein kalter Wind wehte. Er hatte sich einen Stadtplan angesehen und ging jetzt zielstrebig zur Universität, wo er mit Johan Fjeldberg verabredet war. Nach einer halben Stunde tauchte zu seiner Linken die naturwissenschaftliche Fakultät auf. Der Komplex hatte wenig Charme. Drei hohe Gebäude aus den sechziger Jahren und mehrere niedrigere, gelbe Steinhäuser, eines unattraktiver als das andere. Er durchquerte einen Park. An der Museumspforte fragte er nach Johan Fjeldberg, der kurz darauf erschien. Johan redete wie ein Wasserfall und führte Clive durch ein Labyrinth aus Gängen und Korridoren. Das mit Helland sei ja schrecklich. So ein guter Kollege. Ein durch und durch tüchtiger Mann. Clive lächelte und nickte. Fjeldberg berichtete von Gerüchten, man munkele, Helland sei ermordet worden. Aber das könne er schlicht und einfach nicht glauben.

»Die Leute sind doch bloß paranoid«, sagte er gelassen. »Angeblich ist er sogar mit Parasiten umgebracht worden.«

Clive sah Fjeldberg geschockt an.

»Parasiten?«

»Ja, in irgendeinem Stadium, die sich angeblich in seinem Gewebe breitgemacht haben.« Fjeldberg schnaubte. Sie hatten den Fahrstuhl erreicht. Während sie darauf warteten, musterte Fjeldberg Clive neugierig.

»Wie gut hast du ihn eigentlich gekannt?«

»Tja«, antwortete Clive. Die beiden Männer betraten den Fahrstuhl. »Ich habe ihn sehr gut gekannt. Fachlich gesehen waren wir ja wie Hund und Katze.«

Fjeldberg nickte.

»Aber rein persönlich waren wir gute Freunde«, log Clive. »Ich komme jedenfalls am Samstag zur Beerdigung.«

»Ich habe die Leute, die Privatleben und Fach nicht trennen können, noch nie verstanden«, sagte Fjeldberg nachdenklich. »Du vielleicht? Helland konnte das alles sehr gut auseinanderhalten. Er hat sich wirklich mit jedem angelegt, aber seine sonstige Meinung über andere hat er von diesen Scharmützeln niemals beeinflussen lassen. Ich hatte sogar manchmal den Eindruck, dass er die am meisten mochte, mit denen er sich fachlich am heftigsten fetzte. Ihm gefiel diese Dynamik. Samstag kommen richtig viele, glaube ich. Er war ein angesehener Mann. Als solcher galt er auch unter seinen fachlichen Widersachern.«

Clive lächelte unentwegt.

»Ist Erik Tybjerg derzeit eigentlich im Museum?«, fragte er dann unschuldig. »Ich würde ihm gern mein Beileid aussprechen. Du weißt ja, aus alter Freundschaft. Ja, Tybjerg und ich haben uns ja bekämpft bis aufs Blut, aber das natürlich nur rein wissenschaftlich. Ich würde es für angebracht halten, dem jungen Mann die Hand zu drücken.« Fjeldberg hörte zu, und als sie den Fahrstuhl verließen, drehte er sich um und sah Clive einen Moment lang an.

»Seltsam, dass du das erwähnst«, sagte er zögernd. »Tybjerg scheint nämlich verschwunden zu sein.«

»Verschwunden?«

»Ja. Es gibt noch andere, die ihn suchen. Unter anderem die Polizei. Aber er beantwortet keine Mails, geht nicht ans Telefon und ist nicht im Büro.«

»Vielleicht muss er sich ganz privat ein wenig erholen«, bemerkte Clive mitfühlend. »Muss diese Nachricht verarbeiten, meine ich.« Was war denn hier nur los? Es musste doch eine Grenze dafür geben, wie viele seiner Erzfeinde starben oder verschwanden, bevor er noch damit rechnen musste, dass die Polizei weniger sanftmütig mit ihm umspringen würde.

»Ja, vielleicht«, antwortete Fjeldberg. »Na, da sind wir.«

Clive hatte Geschichten über die Wirbeltiersammlung des Zoologischen Museums gehört, aber obwohl er große Erwartungen mitbrachte, durchlief ihn doch ein Schauer, als er zusammen mit Fjeldberg den Saal betrat. Die Wände waren hoch, und überall standen prachtvolle alte Holzschränke mit Glasfenstern. Die Knäufe an Schränken und Schubladen waren aus Porzellan, und eine eingestanzte Schrift gab auf Latein Auskunft, welche Tiere man darin finden konnte. An den wenigen Stellen, wo keine Schränke standen, hingen schöne, handgemalte, uralte Schaubilder an der Wand. Rundherum war alles ungeheuer alt und edel. Hier und dort standen Arbeitstische, und jeder Tisch war bestückt mit einer mindestens fünfzig Jahre alten Architektenlampe. Die Tische waren aus dunklem, gebeiztem Holz gefertigt, und an jedem Tisch standen antike lederbezogene Stühle mit hölzernen Armlehnen.

»Du wolltest doch das Moaskelett sehen, nicht wahr?« Fjeldberg blieb stehen und zog eine Trittleiter heran, die er dann emporstieg.

»Dann schau'n wir doch mal«, sagte er und hob etliche Deckel hoch.

»Soll ich helfen?«, fragte Clive.

Fjeldberg sah alt und gebrechlich aus, als er mit seinen dünnen Oberschenkeln in der Khakihose auf der Leiter dastand.

»Ja, du kannst den Knaben annehmen, wenn ich ihn erst aus der Schublade befreit habe.« Fjeldberg öffnete eine Schublade und stellte sich auf Zehenspitzen.

»Was zum Teufel!«, rief er aus. »Er ist ja gar nicht da!« Fjeldberg schob die Hand in die Schublade und strich über den leeren Boden. Er stieg von der Leiter.

»Das ist ja unglaublich!«

Clive trottete ein wenig unschlüssig umher, als Fjeldberg zum Ausgang zurücklief. Dort schaltete er die Deckenbeleuchtung ein, und ein ziemlich abstoßendes weißes Licht zeigte, dass alles von einer dünnen Staubschicht überzogen war.

»Es muss hier aber irgendwo sein«, hörte Clive Fjeldberg murmeln. Clive versuchte, ihn zwischen den Schränken ausfindig zu machen, folgte seinen Schritten, die die ganze Zeit mal hier, mal dort erklangen, aber da er offenbar gerade den ganzen Saal auf den Kopf stellte, entkam er Clive immer wieder, und endlich beschloss der, dort stehen zu bleiben, wo er war. Eigentlich war ihm der Saal ein wenig unheimlich, auf eine einsame, schöne Art. Ihm schauderte. Über seinem Kopf hatte ein Flughund seine ganze Flügelbreite ausgebreitet. Die Zähne waren klein und weiß und die Augen leere Höhlen.

»Hier ist es!«, rief Fjeldberg jetzt triumphierend. Clive setzte sich in Bewegung und fand den alten Mann an einem großen Arbeitstisch.

»Irgendwer hat ihn sich angeschaut, ohne das zu dokumentieren. Und ohne ihn zurückzubringen. So was kommt vor. Wir haben im Moment etliche Studierende, die mit Projekten über Vögel befasst sind. Unter anderem ist da auch eine Studentin von Helland dabei. Vielleicht war die das ja. Sie macht sehr bald ihre

Prüfung, da hätte sie immerhin eine Art Entschuldigung«, fügte er hinzu und seufzte.

»Und worüber arbeitet sie so?«, fragte Clive neugierig.

Fjeldberg seufzte noch einmal.

»Ich weiß nicht sehr viel davon, sie ist ja in einer anderen Abteilung. Aber soviel ich weiß, ist sie fertig und wartet auf ihre mündliche Prüfung. Ich habe keine Ahnung, wer sie anstelle von Helland prüfen soll. Wir haben hier doch nicht so viele Paläoornithologen ... Vielleicht solltest du deinen Aufenthalt verlängern und ihr die Prüfung abnehmen?«

Clive konnte sehr gut hören, wie Fjeldberg diese Vorstellung amüsierte.

»Dann müsste ich sie ja durchfallen lassen«, sagte er trocken. »Denn wenn ihre Arbeit sich an Hellands und Tybjergs fachlichen Ansichten orientiert, dann bin ich nicht der Meinung, dass sie auch nur die allergrundlegendsten Vorgänge der Evolution verstanden hat, und das muss doch wohl die Mindestanforderung dafür sein, dass sie sich als Biologin bezeichnen darf?«

Fjeldberg sah Clive für einen Moment neugierig an, dann sagte er:

»Sollen wir abmachen, dass ich dich ein paar Stunden arbeiten lasse, bis ...« Er schaute auf die Uhr. »Halb eins? Dann hole ich dich ab, und wir gehen essen. Ich lasse etwas kommen, belegte Brote und so.«

Clive nickte.

Die Tür schloss sich hinter Fjeldberg, und Clive war allein. Er zog einen Stuhl zurück und setzte sich an den Arbeitstisch, kramte seine Lupe hervor und vertiefte sich in die Betrachtung des Skeletts. *Dinornis maximus.* Fabelhaft. Relativ junge Untersuchungen, bei denen es einer Gruppe von Forschern gelungen war, DNA aus den Knochen des seit langem ausgestorbenen Vogels zu isolieren, zeigten, dass das Weibchen dreimal schwerer und eineinhalbmal größer gewesen war als das Männchen. Clive wusste nicht so recht, ob er das glauben sollte. Vorsichtig drehte er das Rollbein mit beiden Händen herum. Er griff zu Papier und Bleistift und machte sich einige wenige Notizen. Dann begab er sich auf die

Suche nach den rudimentären Vordergliedern, die irgendwo sein mussten. Nach einer Stunde war er in überaus guter Laune. Die Synapomorphien zwischen diesem sekundär fluglosen Vogel und zum Beispiel *Caudipteryx* und *Protarchaeopteryx*, die nach Aussage von Tybjerg und Helland zu den Dinosauriern gehörten, waren überwältigend. Clive war überzeugter denn je, dass viele der Tiere, die Helland und Tybjerg als Dinosaurier ausgaben, in Wirklichkeit sekundär fluglose Vögel aus der Kreidezeit waren und durchaus keine Dinosaurier. Soweit er sehen konnte, waren ihre Skelette größtenteils identisch.

Plötzlich hörte er ein Geräusch und fuhr herum. Seine Nackenhaare sträubten sich. Es klang nach einem unterdrückten Husten und einem fast unhörbaren Schrappen, und jetzt glaubte er auch noch, jemanden atmen hören zu können. Er stand auf und witterte wie ein Kronhirsch. Das Gebäude seufzte. Draußen auf dem Gang ging jemand vorüber. Clive ließ die Schultern sinken. Er befand sich an einem öffentlichen Ort, beruhigte er sich. Trotzdem war er sich schlagartig des Teils des Vertebratensaals, der im Dunkeln lag, sehr bewusst.

Er dachte an das Gerücht, demzufolge Helland ermordet worden war. Parasiten. Das war eine widerliche Vorstellung. Sterben war das eine, von einem Augenblick auf den anderen, aber langsam zu sterben, während die Parasiten in einem wuchsen, war etwas ganz anderes. Würmer, Larven, Maden. Clive schüttelte den Kopf, um sich von diesen Bildern zu befreien. Er hasste diese Biester. Sie müssten vom Tierreich ausgenommen werden. Er hatte einmal eine Zecke an der Lende gehabt und sie erst entdeckt, als sie so groß geworden war wie der Kopf eines großen Stahlnagels und prall wie eine violette Pflaume. Kay hatte sie mit Reinigungsbenzin entfernt.

Diese Gedanken ließen ihn die Konzentration verlieren. Die Dunkelheit schien sich auszubreiten, und dann fand er, dass die Knochen stanken. Nach zurückgebliebenen, eingetrockneten Häuten und süßlichem Tod. Er stand auf und legte die Knochen, die er sich eben noch angesehen hatte, zurück in den Kasten. Dann öffnete er ein paar Schränke und zog einige Schubladen hervor. Alles war in Ordnung. In einer Schublade lagen Zähne, in einer anderen Federn, sortiert nach Größe und Farbe. In mehreren Schränken hingen Felle, in anderen standen Gläser mit in Alkohol eingelegten Exemplaren. Er blieb lange vor einem präparierten Dromedarauge stehen, das ihn seinerseits anstarrte. Er stöhnte auf. Es half nichts, seine Gedanken abzulenken. Die Dunkelheit war kompakt und bedrohlich, und er suchte sich den Weg zum Ausgang.

Draußen auf dem Gang setzte er sich und schaute aus dem Fenster. Es hatte keinen Sinn, sich auf die Suche nach Fjeldberg zu machen, dabei würde er sich nur verirren. Stattdessen setzte er sich hin, um ein kleines Nickerchen zu machen. Als Fjeldberg bald darauf kam, lachte er und sagte, die Sammlung sei ein ungeheuer einschläfernder Ort. Still wie in einer Gebärmutter und genau die zwei Grad zu warm. Sie gingen gemeinsam den Gang entlang, und Fjeldberg redete über das Wetter. Als sie gegessen hatten, erörterten sie die Möglichkeiten eines gemeinsamen Projekts, und Clive vergaß fast die unheimliche Atmosphäre im Saal, dass Helland möglicherweise ermordet und Tybjerg verschwunden war. Fjeldberg machte einen hervorragenden Vorschlag, und als die beiden Männer sich trennten, war die Grundlage für eine künftige Zusammenarbeit zwischen der Universität Kopenhagen und der UBC gelegt worden. Clive verzichtete sogar darauf, sich über die Federausstellung lustig zu machen.

»Wir sehen uns ja am Samstag«, sagte Fjeldberg und drückte Clives Hand voller Wärme.

Später an diesem Tag aßen Clive und Michael abends in einem feinen Restaurant. Clive studierte die Speisekarte mit skeptischer Miene und wollte gerade einen Einwand vorbringen, als Michael sagte: »Die Uni gibt einen aus.«

»Wie meinst das?«, fragte Clive überrascht.

»Die Geschäftsführung hat mich beauftragt, dich zu einem fürstlichen Essen einzuladen. Dieses Restaurant hier hat einen Michelin-Stern.« Michael hatte sich über den Tisch gebeugt und ihm diese Mitteilung zugeflüstert.

»Warum denn das?«

»Tja, weil das Essen großartig ist.«

»Nein, warum sollst du mich zu einem fürstlichen Mahl einladen?«

»Na, das ist ja wohl das Mindeste.« Michael lachte und wollte mit ihm anstoßen.

Clive starrte ihn nur an. In Michaels Augenwinkel sah er ein verlorenes kleines Funkeln. Plötzlich musste Clive an den Abend denken, als er bei Michael angerufen hatte und dieser nach Auskunft seiner Tochter zu einer Besprechung in der Universität gewesen war, obwohl er zu Clive gesagt hatte, er müsse die Kinder hüten. Er sprach ihn auf diesen Vorfall an. Michael lächelte.

»Daran kann ich mich grade gar nicht erinnern. Was hast du gesagt, wann war das?«

Clive starrte ihn weiterhin an.

»Das war am ersten Arbeitstag nach meiner Krankschreibung. An dem Tag, an dem du mir die Ergebnisse des Knorpelexperiments vorgelegt hast.«

»Ach«, sagte Michael, und sein Gesicht hellte sich auf. »Richtig. Das war eine Besprechung in der Abteilung und …«

»Eine Besprechung in der Abteilung ohne mich?«, fiel Clive ihm ins Wort und ließ die Speisekarte sinken.

»Ja, du bist nicht gekommen. Wir haben uns gedacht, dass du dich vielleicht noch immer nicht ganz wohlfühltest. Wir haben bis halb acht gewartet, für den Fall, dass du dich einfach verspätet hättest.«

Clive schwieg. Er konnte sich nicht daran erinnern, zu einer Besprechung der Abteilung gebeten worden zu sein. Er kam sonst immer zu allen Besprechungen. Gereizt hob er die Speisekarte wieder.

»Na gut«, sagte er. »Und jetzt will ich jedenfalls Hummer.«

9

Ihr Handy klingelte, als Anna gerade bei Døgnetto im Jagtvej einkaufte. Die Nummer sagte ihr nichts.

»Ja?«, fragte sie gereizt.

»Anna Bella?«, fragte eine Stimme vorsichtig.

»Ja, am Apparat. Mit wem spreche ich?«

»Hier ist Birgit Helland.«

Anna erstarrte.

»Hallo«, sagte sie zaghaft.

»Störe ich?«, fragte Birgit.

»Nein, nein«, log Anna und versuchte, eine Formulierung zu ersinnen, die anwendbar war, wenn man unverhofft mit der Frau eines Toten sprach, den man nicht hatte leiden können.

»Mein Beileid«, sagte sie unbeholfen und fügte eilig hinzu: »Das muss sehr hart für euch sein.«

»Danke«, flüsterte Birgit Helland leise. »Ich habe etwas für dich«, sagte sie dann. »Von Lars. Ich dachte, du könntest vielleicht vorbeikommen und es dir abholen. Ich würde dich gern kennenlernen. Lars hat viel von dir gesprochen.«

Birgit Hellands Stimme war leise, aber fest, als hätte sie ihren Text eingeübt. Anna hatte keine Ahnung, was sie denken sollte.

»Für mich? Ach ja, natürlich. Soll ich am besten jetzt gleich kommen?«

»Ja, das wäre sehr gut. Wenn das geht. Die Beerdigung ist Samstag, und am Sonntag fahren Nanna und ich ein wenig weg. Wenn du also heute kommen könntest, wäre das prima. Sonst geht es erst in ein paar Wochen, und … ja, wie gesagt, ich möchte dich gern kennenlernen. Es tut mir wirklich leid, dass er nicht mehr für dich da sein kann. Ehrlich. Er hat sich sehr auf deine mündliche Prüfung gefreut.«

Ja, er hat sich sicher darauf gefreut, meine Arbeit zu zerpflücken und mir eine Drei zu geben, dachte Anna, doch Birgit sagte:

»Er war sehr stolz auf dich.«

Anna glaubte, sich verhört zu haben.

»Wie bitte?«, fragte sie.

»Wann kannst du hier sein?«, fragte Birgit Helland dagegen.

»Ich muss nur schnell meine Einkäufe nach Hause bringen, dann mache ich mich auf den Weg.«

»Das freut mich«, sagte Birgit Helland. »Dann sehen wir uns bald.«

Die Villa der Hellands lag in Herlev im Gårdsangervej, gut geschützt auf dem hinteren Teil des Grundstücks, versteckt hinter einem Wall aus winterkargen Sträuchern. Das Tor sah aus wie frisch gestrichen. Im Garten vor dem Haus war Vogelgezwitscher zu hören, und Anna sah mehrere Futterhäuschen, die vor Meisenringen und Kornbündeln nur so überquollen. Birgit Helland war winzig klein, kaum mehr als einen Meter fünfzig groß. Sie lächelte müde und sah verweint aus.

»Hallo, Anna«, sagte sie und reichte Anna eine Hand, die sich eher wie ein schmales Stück Tierhaut anfühlte als wie eine Menschenhand. Das Haus war sauber und luftig, ordentlich und hell. Im Wohnzimmer standen Hunderte Bücher, von der Decke bis zum Boden an der fensterlosen Wand, aber auch in kleineren Regalen unter den Fenstern, die auf den riesigen Garten hinausblickten. Birgit bat Anna, sich auf eins der beiden hellen, mit Stoff bezogenen Sofas zu setzen, und verschwand dann in der Küche. Bald darauf brachte sie Tassen und eine Teekanne, die sie auf ein Stövchen stellte.

»Es tut mir wirklich leid«, sagte Anna.

»Ich bin froh darüber, dass du kommen konntest«, sagte Birgit nur. »Wir sind einfach total fertig«, fügte sie dann hinzu. Die Tränen liefen ihr über die Wangen, und sie unternahm keinen Versuch, dem Einhalt zu gebieten.

»Tut mir wirklich leid«, sagte Anna noch einmal.

»Die ersten beiden Tage hat das Telefon ununterbrochen geklingelt. Der Dekan, der Institutsleiter, Kollegen aus aller Welt. Alle wollten kondolieren. Die meisten in aufrichtiger Anteilnahme, aber oft auch nur aus Höflichkeit. Ich habe keine Ahnung, warum man jemandem sein Beileid ausspricht, wenn man von dem Todesfall eigentlich überhaupt nicht berührt ist, du vielleicht?«

Anna schüttelte den Kopf.

»Es hat viele gegeben, die Lars nicht leiden konnten. Im Grunde kann ich sie ja auch verstehen. Lars war immer schwierig.« Sie lächelte. »Aber wer ist das nicht?« Sie blickte Anna mit ernster Miene an. »Jetzt ist das Telefon verstummt«, sagte sie und schaute zu dem Tisch hinüber, auf dem der Apparat stand.

»Du hast nicht angerufen«, sagte Birgit dann. »Warum eigentlich nicht?«

Anna schluckte.

»Lars war davon überzeugt, dass du ihn nicht leiden konntest.« Birgit musterte Anna mit milder Miene. »Ihm war es nicht sonderlich wichtig, wer ihn leiden mochte und wer nicht. ›Ach‹, sagte er dann, ›das müssen sie selbst wissen. Immerhin bringt es ein bisschen Schwung in das Ganze.‹ Lars hatte gern Schwung im Ganzen. Aber mich hat es doch immer irgendwie gestört. Weil es so ungerecht war. Er war ein guter Mann.« Wieder lächelte Birgit. »Ein sehr eigener, aber guter Mann. Er war Nanna ein prächtiger Vater.«

Anna wollte Birgit gerade versichern, es seien keinerlei Erklärungen nötig, als Birgit selbst sagte: »Ich weiß nicht, warum ich das alles erzähle.« Sie lächelte und begutachtete ihre Hände. »Entweder grabe ich mich ein und komme nie wieder zum Vorschein. Oder ich erzähle aller Welt von Lars: dem Gemüsehändler, dem Busfahrer, dem jungen Mann, der von Gallup aus anruft – alle werden für meine Trauer zwangsverpflichtet.«

»Ich weiß sehr gut, wie dir zumute ist«, sagte Anna.

Birgit schenkte Tee nach.

»Er hat dich oft erwähnt. Ich glaube, du hast ihn fasziniert. Und dabei war Lars ansonsten nur von Vögeln fasziniert.« Birgit lächelte vielsagend.

Annas Wangen wurden heiß, und sie wollte protestieren, aber Birgit fügte hinzu:

»›Sie kann mich nicht ausstehen.‹ Das hat er über dich gesagt. ›Aber sie würde lieber sterben, als das zuzugeben.‹ Er hatte Respekt vor dir, Anna«, sagte sie dann. Anna wusste nicht, was sie sagen sollte. Alles, was sie je über Helland geäußert hatte, bekam jetzt einen bitteren Beigeschmack.

»Ich weiß nicht, was ich sagen soll«, erwiderte sie ehrlich.

Birgit blickte sie abwartend an.

»Wir hatten unsere Meinungsverschiedenheiten«, setzte Anna vorsichtig hinzu.

»Ja, natürlich hattet ihr die. Lars hatte mit den meisten Menschen Meinungsverschiedenheiten. So war er. Er hat gelebt, als wäre das Leben eine Wand, gegen die man so kräftig wie möglich hämmern muss, wenn man etwas erreichen will.«

Sie schwiegen.

»Stehst du auch unter Verdacht?«, fragte Birgit dann plötzlich.

»Du etwa?«, fragte Anna überrascht zurück.

»Sie sagen es nicht offen. Aber da ist dieser große Typ. Der will ja gern als gemütlicher Teddy rüberkommen. Also brummt er nur und weicht aus. Alles, womit er herausrückt, ist, dass Lars offenbar eine tropische Infektion hatte und die Polizei den Todesfall als *verdächtig* einstuft. Und dann beteuert er, sie würden der Sache bald auf den Grund kommen. Dabei verbirgt er etwas. Er sagt mir nicht die ganze Wahrheit, weil ich unter Verdacht stehe, da bin ich mir sicher.«

Plötzlich sprang Birgit auf und setzte sich neben Anna. Sie nahm Annas Hände und schaute ihr verzweifelt ins Gesicht.

»Wir werden hier langsam wahnsinnig«, sagte sie heiser. »Wir machen kein Auge zu. Bis Montag war Lars gesund und munter, und plötzlich ist er tot. Warum sollte jemand Lars umbringen wollen? Und wie kann das mit der tropischen Infektion möglich sein? Das ist doch lächerlich.«

Alles in Anna widersetzte sich. Birgit saß zu dicht neben ihr, etwas schnürte ihr den Hals zusammen.

»Du lügst«, sagte sie heiser. Birgit starrte sie an.

»Wie meinst du das?«

»Dein Mann war nicht gesund«, sagte Anna. »Ich habe ihn gesehen. Er war sterbenskrank. Warum behauptest du, er sei gesund gewesen, wo wir doch beide wissen, dass das nicht stimmt?«

Birgit wich ein wenig zurück.

»Ich verstehe nicht …« Ihr Mund zitterte.

»Was hatte er im Auge?«, fragte Anna jetzt.

»Diesen kleinen Polyp?«

»Ja, was war das?«

»So einen hatte sein Vater auch«, sagte Birgit. »Das hatte er von seinem Vater geerbt.«

»Nein«, sagte Anna. »Das stimmt nicht. Und das weißt du genau.«

Birgit schaute Anna mit festem Blick an.

»Lars war nicht krank. Ich weiß nicht, warum du das behauptest. Ich habe ihn geliebt. Er war nicht krank.« Birgit fing an zu weinen. »Ich wollte dir nur das hier geben«, sagte sie nach einiger Zeit und nahm eine kleine weiße Schachtel von einem runden Tisch neben dem Sofa. Noch immer liefen ihr Tränen über die Wangen.

»Das ist von Lars«, schluchzte sie. »Das ist dein Geschenk zum Diplom.«

Anna nahm das Geschenk widerstrebend entgegen.

»Mach es auf«, sagte Birgit.

Anna löste den Deckel von der Schachtel und zog die oberste Schicht dottergelbe Watte heraus. Dann sah sie eine Silberkette mit einem Anhänger. Dieser bestand aus zwei Teilen, einem Ei und einer Feder. Anna schluckte und sah auf zu Birgit.

»Wie schön«, sagte sie.

Birgit lächelte verweint. Sie saß noch immer zu dicht neben Anna. Anna konnte ihr Weinen riechen, spürte eine widerliche Wärme ihres Körpers. Anna wollte nicht mehr dort sein. Nicht eine Sekunde länger.

»Ich weiß nicht, warum du lügst, aber ich weiß, dass du lügst. Und solange du lügst, kannst du nicht auf mich zählen. Danke für den Tee.«

Erst draußen auf der Straße bemerkte sie, wie heftig sie schlotterte.

Anna fuhr mit dem Bus zurück zur Universität. Sie rief Johannes an, doch nur dessen Anrufbeantworter schaltete sich ein. Als sie die Kreuzung bei der Polizeiwache von Bellahøj erreicht hatte und der Bus in den Frederikssundsvej abbog, sah sie draußen auf der Straße Cecilie. Da ging sie, vornübergebeugt und mit einem Schal um die Haare gewickelt, und als sie den Bus entdeckte, lief sie los. Sie sah Anna nicht. Trotz des Wetters trug sie Stiefel mit hohen Absätzen und ihre beigefarbene Jacke mit Pelzbesatz, die zwar elegant war, aber absolut nicht warm genug.

Warum waren die beiden so verschieden? Warum hatte Anna eine Mutter, die sie so oft ansah, als wäre Anna vom Mars gefallen? Cecilie stand vor dem Fenster, hinter dem Anna saß, im hinteren Drittel des Busses. Cecilies Fuß glitt aus, aber sie fand das Gleichgewicht wieder. Sie zwängte sich in den vollbesetzten Bus und stellte sich so hin, dass Anna sie ungeniert beobachten konnte. Cecilie sah verhärmt aus. Sie trug immer roten Lippenstift, aber an diesem Tag war die Haut ihrer Lippen gesprungen, und sie hatten ihre normale Farbe. Sie schien geweint zu haben. Wegen Anna? Und der kleinen Lily? Trotzdem hatte sie nicht angerufen. Wer angerufen hatte, war Jens. Sieben Mal, seit Anna das Gespräch unterbrochen hatte. Wie der Spion bei Stratego, bereit, das Terrain zu sondieren, bereit, für die Fahne in den Tod zu gehen. Anna hatte die Angelegenheit dem Anrufbeantworter überlassen.

Cecilie hielt sich an einem Haltegriff fest. Anna saß halbwegs hinter einem Plakat, das die Nachtfahrpläne der Busse verzeichnete, und wenn sie den Kopf einzog, war sie ganz versteckt. Sie betrachtete ihre Mutter und hätte weinen mögen. Cecilie fehlte ihr. Als sie Thomas kennengelernt hatte, hatte sie gewagt, Cecilie ein wenig loszulassen. Geh du nur, Mutter, war ihr Gedanke gewesen. Werde dick und rund und backe Pfannkuchen, aber geh. Ich habe jetzt meine eigene Familie, ich brauche dich nicht mehr. Nicht so. Sie hatte versucht, Thomas das übernehmen zu lassen, was sie jahrelang von Cecilie bekommen hatte. Trost, Unterstützung, Solidarität. Für kurze Zeit hatte sie sich eingebildet, das könnte möglich sein. Weil sie es so wollte. Dann war das Kartenhaus eingestürzt, und Anna lag am Boden. Und wer kommt, wenn man am Boden liegt? Mutter.

Cecilie drehte den Kopf ein wenig, sodass Anna ihr Profil sehen konnte. Sie denkt an mich, dachte Anna. Trotzdem ruft sie nicht an, trotzdem will sie lieber warten, bis ich mich melde. Diese Prozedur kannte sie in- und auswendig. Sie stiegen an derselben Haltestelle aus, zusammen mit fünfzehn anderen Fahrgästen. Anna blieb ganz hinten, und Cecilie schaute nicht auf. Sie lief so schnell über den Jagtvej, wie die Absätze es ihr gestatteten. Anna blieb an der Ecke stehen und sah ihr hinterher.

In der Universität begegnete ihr Elisabeth auf dem Flur.

»Soll ich dich am Samstag mitnehmen?«, fragte Elisabeth. »Zur Beerdigung, meine ich. Ich könnte dich um Viertel nach zwölf abholen.« Elisabeth blickte Anna vorsichtig an, seit ihrem kleinen Zusammenstoß hatten sie kaum miteinander gesprochen.

»Ja, danke«, sagte Anna. »Ich wollte eigentlich gar nicht hingehen. Aber das habe ich mir inzwischen anders überlegt.«

»Das freut mich«, sagte Elisabeth gefühlvoll.

»Gibt's was Neues?«, fragte Anna.

»Nein«, sagte Elisabeth zögernd. »Nur dieses schreckliche Gerücht«, fügte sie hinzu. Sofort wurden ihre Augen blank.

»Was für ein Gerücht?«, fragte Anna unschuldig.

»Angeblich steckte er voller Parasiten, Finnenstadien des Schweinebandwurms. In seinem Gewebe sollen Tausende gesessen und sein System irgendwann einfach ausgeschaltet haben.« Elisabeth sah Anna voller Entsetzen an.

Anna schluckte. Sollte sie das Gerücht bestätigen?

»Gib doch nichts auf Gerüchte«, sagte sie endlich und legte Elisabeth liebevoll die Hand auf die Schulter. Elisabeth nickte.

Anna ging weiter. Sie musste mit dem Nervigsten Polizisten Aller Zeiten sprechen. Warum zum Teufel wurden diese Parasiten nur geheim gehalten?

Anna hatte Hunger. Sie stöberte in Johannes' Schubladen und fand eine Rolle Kekse. Die Kekse waren weich und viel zu süß, aber sie aß die ganze Packung. Dann trank sie ein Glas Wasser, schaltete ihren Computer ein, ging ihre Mails durch, las zum zwölften Mal das Schlusskapitel ihrer Diplomarbeit Korrektur, biss dabei auf einen Fingernagel, kratzte sich in den Haaren, und als sie nicht mehr wusste, wie sie die Zeit sonst noch totschlagen sollte, rief sie Ulla Bodelsen in Odense an.

Das Telefon wurde nach dem fünften Klingeln abgenommen, als Anna gerade schon auflegen wollte.

»Ja?«

»Ich heiße Anna«, sagte sie mit pochendem Herzen.

»Guten Tag.« Die Stimme klang freundlich.

»Es klingt vielleicht ein bisschen seltsam«, sagte Anna schnell. »Aber ich suche eine Frau, die vor ungefähr achtundzwanzig, neunundzwanzig Jahren in der Umgebung von Odense als Hebamme tätig war. Ich weiß nur, dass sie Ulla Bodelsen hieß, und … äh, Ihre Nummer habe ich im Netz gefunden.«

Die Stimme lachte. »Ach, du meine Güte. Mich gibt es tatsächlich im Internet? Damit kenne ich mich überhaupt nicht aus. Ich bin jetzt in Rente, aber es ist korrekt, ich habe hier in der Gemeinde mehr als fünfunddreißig Jahre als Hebamme gearbeitet. Womit kann ich Ihnen behilflich sein?«

Eigentlich mit einer ganz einfachen Auskunft. Anna war nervös und fand, dass sich alles so wirr anhörte. Ein Vater und eine Tochter, Jens und Anna Bella. Die Mutter lag wegen Rückenproblemen im Krankenhaus, Vater und Kind waren allein. Ob sie sich daran erinnern konnte?

»Hm, gar nicht so einfach.« Wieder lachte Ulla Bodelsen und schien dann nachzudenken. »Aber an so eine Konstellation müsste ich mich eigentlich erinnern«, sagte sie dann. »Väter und Kinder, davon gab es nicht so viele. Es waren fast immer Mütter. Aber damals in den siebziger Jahren gab es doch ein paar. Als es noch Gleichberechtigung gab«, sagte sie trocken. »Und Anna Bella. Nicht gerade ein alltäglicher Name. Sind Sie nach irgendwem benannt?«

»Nach einem Apfel, glaube ich«, antwortete Anna.

»Hm, aber es sagt mir nicht richtig etwas.«

Annas Herz wurde schwer.

»Ach«, sagte sie erschöpft.

»Wo haben Sie damals gewohnt? Vielleicht hilft die Geographie meiner Erinnerung auf die Sprünge?«

»In Brænderup, außerhalb von Odense. Im Hørmarksvej«, sagte Anna. Es wurde still.

»Ja, jetzt weiß ich's wieder. In der Gegend war ich oft. Die vielen Wohngemeinschaften. Da kamen die Kinder doch am laufenden Band.« Wieder lachte sie. »Aber nein, ich glaube trotzdem nicht, dass ich Ihnen helfen kann.«

»Sie müssen das doch sein«, sagte Anna hartnäckig. »Wir haben doch da gewohnt, und Ihr Name steht in meinem Untersuchungsheft. Sie müssen es sein. Ich möchte nur etwas wissen von damals, warum meine Eltern …«

»Stellen Sie sich vor, jetzt kann ich mich auf einmal erinnern«, sagte Ulla Bodelsen. »An den Vater. Gut möglich, dass er Jens hieß. Er war Journalist oder so etwas, kommt das hin?«

»Ja«, rief Anna. »Das ist er!«

»Der arme Mann war schrecklich angespannt und versuchte, zu Hause zu arbeiten und gleichzeitig auf sein Kind aufzupassen. Das klappte natürlich nicht, und als die Mutter dann ins Krankenhaus musste, kündigte er seine Arbeit. Das Haus sah unmöglich aus, und er war total am Ende, weil er zu wenig geschlafen und zu viel gearbeitet hatte, deshalb habe ich ihn bei dieser Entscheidung unterstützt. Wir haben uns gut verstanden, bis er dann plötzlich anrief und sagte, er brauche keine Hilfe mehr. Ich habe nie herausbekommen, warum er das getan hat. Ich habe noch zweimal angerufen, aber er beharrte auf seiner Entscheidung. Jetzt sehe ich das Kind auch wieder vor mir. Es war reizend. So ein kleines dunkles … Ach, hören Sie bloß, wie ich daherrede.« Sie lachte. »Aber das kommt vor, wenn alte Leute sich in der Vergangenheit suhlen dürfen.«

Anna war verwirrt.

»Das Kind«, sagte sie leise. »Das Kind, das war doch ich.«

Dann wurde es still.

»Nein, so kann das nicht gewesen sein. Dieses Kind hieß Sara. Das weiß ich ganz genau. Meine Mutter hieß Sara, und als Kind wusste ich genau, wenn ich je ein Kind bekäme und es ein Mädchen wäre, dann sollte es auch Sara heißen. Deshalb habe ich mir alle Kinder gemerkt, die Sara hießen.«

 Anna Bella war sprachlos.

»Klingelt denn rein gar nichts, wenn Sie den Namen Anna Bella hören?«

»Nein«, sagte die Stimme fest.

Anna hätte schreien mögen. Das konnte doch nicht wahr sein. Der Mann, von dem Ulla erzählt hatte, war Jens, das wusste sie. Brænderup, die Wohngemeinschaften. Cecilies Krankenhausaufenthalt, Jens, der alles allein schaffen musste, hier war unmissverständlich die Rede von ihnen. Von Annas Leben, Annas Kindheit. Da war keine Sara. Ulla Bodelsens Erinnerung musste sie täuschen.

»Darf ich Sie besuchen kommen?«, fragte Anna verzweifelt.

»Aber Kind«, sagte Ulla Bodelsen. »Selbst wenn ich damals Ihre Hebamme war, kann ich Sie doch fast dreißig Jahre später nicht wiedererkennen. Sie sind schließlich erwachsen und kein kleines Küken mehr.«

»Nein«, sagte Anna. »Ich weiß. Aber vielleicht würden Sie mich durch meine Tochter erkennen.« Wieder wurde es still.

»Natürlich können Sie kommen«, sagte Ulla Bodelsen dann.

»Morgen?«

»Morgen ist … Freitag? Ja, das passt gut.«

Als Anna aufgelegt hatte, lief ihr ein Schauer den Rücken hinunter.

Wer zum Teufel war Sara?

In der nächsten halben Stunde schlug sie die Zeit am Computer tot; googelte ein wenig, versuchte, eine Einladung zu ihrer Mündlichen zu schreiben, aber wen sollte sie eigentlich einladen? Dann suchte sie Karen im Telefonbuch. Das hatte sie in den vergangenen Jahren regelmäßig gemacht, und jedes Mal war Karen mit einer Adresse in Odense auf dem Bildschirm erschienen. Anna stierte den Schirm überrascht an. Karen war umgezogen und wohnte jetzt in Nordwest-Kopenhagen, unweit der Florsgade und noch näher bei der Universität. Vølundsgade 21, 3. li. Das musste sie sein. Karen Maj Dyhr. Davon gab es nur eine. Lange starrte Anna auf die Nummer. Drehte sich auf ihrem Stuhl um sich selbst. Schaute zu Johannes' Computer hinüber, dessen Festplatte noch immer fehlte, und zu dem unvorstellbaren Chaos auf seinem

Schreibtisch. Sie staunte darüber, dass er auf die SMS über die Festplatte nicht geantwortet hatte. Wenn jemand ihre Festplatte mitgenommen hätte, wäre sie im Dreieck gesprungen. Sie schickte ihm noch eine SMS.

»Hast du jetzt nicht lange genug Winterschlaf gehalten?«, fragte sie. Keine Reaktion. Hol ihn doch der Teufel. Sie rief bei ihm an. Sofort war sein Anrufbeantworter dran. Aus purer Wut riss sie seine Schubladen auf. Chaos allerorten. Papiere, Notizen und Bücher. Sie suchte nichts Bestimmtes und fand auch nichts. Es war kurz vor zwei. Sie schaltete den Computer aus und packte zusammen. Sie wollte mit Johannes reden. Er hatte gesagt, sie seien noch Freunde, also könnte er auch mit ihr sprechen. Sie konnten doch nicht auf Dauer schweigen. Als sie schon gehen wollte, fiel ihr das Geschenk ein. Sie holte die kleine weiße Schachtel hervor. Dass Helland tatsächlich ein Geschenk für sie gekauft hatte. Anna hatte noch nie von einem Mann ein Schmuckstück bekommen. Und das hier war keine Dutzendware, denn wer, außer ihr, würde die Bedeutung eines Eis und einer Feder schon verstehen? Sie hob die Kette auf und legte sie sich an. Dann ging sie. Als sie an Hellands Tür vorüberkam, sagte sie laut:

»Tut mir leid, aber bei einer Tür bedanke ich mich nicht für ein Schmuckstück.«

Sie fuhr mit dem Bus nach Vesterbro und ging in Richtung von Johannes' Straße weiter.

Als sie die Istedgade überquerte, fiel ihr eine lange zurückliegende Winternacht ein, in der Thomas und sie aus einer Bar gekommen waren, wo sie drei Stunden zugebracht hatten. Inzwischen hatte es heftig geschneit. Kopenhagen war bezaubernd gewesen, und sie waren den ganzen Weg nach Hause zu Fuß gegangen. Der Schnee war weiß und unberührt, die Wolken hatten sich längst verzogen, und so konnten sie eine Million Sterne sehen. Vor dem Haus hatte Thomas sie gegen die Wand gepresst.

»Lass uns noch ein bisschen draußen bleiben«, flüsterte er. »Es ist so schön hier.«

»Lieb mich«, sagte Anna plötzlich. »Lieb mich immerzu, egal, was passiert.«

»Anna«, sagte er. »Ich liebe dich, egal was. Es gibt nur uns beide, immer. Mit Kindern und dem ganzen Pipapo.« Er lachte. Anna hatte weinen müssen.

Am nächsten Tag war der Schnee wieder verschwunden. Das war jetzt vier Jahre her.

Anna überquerte den Enghave Plads, wo die Alkis an ihren Flaschen nuckelten, obwohl die Temperatur unter null lag, und ging weiter in Richtung Kongshøjgade. Es schneite, und sie zog sich die Kapuze über die Haare. Sie hatte Johannes schon oft besucht, und immer war es nett gewesen. Johannes servierte seltsame Butterbrotkreationen und bereitete jede Tasse Tee einzeln zu. Immer wenn man eine neue Tasse bekam, lag ein knuspriges Plätzchen auf der Untertasse. Bei einem dieser Besuche hatte Johannes plötzlich angefangen, sie nach den Einzelheiten ihres Privatlebens auszufragen. Nicht nur nach oberflächlichen Details, wie ihrer *Kindheit in der Nähe von Odense, geschiedene alleinstehende Mutter*, sondern nach genaueren Einzelheiten.

Damals hatte Johannes Anna längst alles erzählt, was es über ihn an wichtigen Dingen zu wissen gab. Seinen Vater hatte er schon als ziemlich kleines Kind verloren, und Stiefvater Jørgen war an dessen Stelle getreten, als die Mutter wieder geheiratet hatte. Der Stiefvater war Inhaber eines Möbelimperiums und hatte sich vorgestellt, Johannes würde das eines Tages übernehmen. Für Johannes war es sehr schwer gewesen, diesem Wunsch entgegenzutreten. Richtig gelungen war ihm das erst, als er Zugang zur Gothic-Szene gefunden hatte und dort auf einen ganz eigenen Zusammenhalt von Gleichgesinnten gestoßen war. Mit dünner Stimme hatte Johannes auch von einer kleinen Schwester erzählt. Anna musste Johannes endlich einmal mehr über ihr eigenes Leben berichten.

Zuerst versuchte sie sich mit der stark gekürzten Version durchzuschummeln, und anfangs ließ Johannes sie auch gewähren. Bei ihrer nächsten Begegnung aber sagte er:

»Anna. Du kannst mir voll und ganz vertrauen.«

Anna hatte zwei Stunden gebraucht, um ihm die Geschichte von Thomas zu erzählen. Sie war so gut wie sofort schwanger geworden, und Thomas' Begeisterung hatte sich in Grenzen gehalten. Anna wurde wütend und verzweifelt, sie wollte nicht abtreiben. Sie hatten ohne Kondom miteinander gevögelt. Drei Monate lang! Als Thomas dann endlich nachgegeben hatte, versuchte Anna sich einzureden, seine erste Reaktion überinterpretiert zu haben. Für einen Mann war ein Kind etwas Abstraktes, und er war mit der Vorstellung einfach nicht zurechtgekommen. Danach aber waren sie glücklich gewesen.

Kurz nach Lilys Geburt tat die Erde sich unter Annas Füßen auf. Lily wurde jede Nacht drei- oder viermal wach, und Anna konnte nicht atmen, wenn Thomas von der Arbeit kam, so als hätte sich ein eiserner Reifen um ihre Brust geschlossen. Sie weinte und schrie. Hämmerte mit den Fäusten gegen seine Brust. Weckte ihn nachts, weil sie nicht allein sein wollte. Thomas zog sich zurück, arbeitete bis spätabends, ging früh schlafen, hörte nicht zu, wenn sie etwas sagte. Trotzdem sah sie die Trennung nicht heraufziehen.

Das sei der beschämendste Augenblick in ihrem Leben gewesen, erzählte sie Johannes, leise und mit gesenktem Kopf.

Lily war elf Monate alt und konnte »Papa« und »Mama« und »hei« sagen, auch wenn sie noch nicht gehen konnte. Eines Samstags, als Anna und Lily vom Babyschwimmen nach Hause kamen, waren Thomas' Sachen nicht mehr in der Wohnung. Aus dem Wohnzimmer waren die Stereoanlage und zwei gerahmte Plakate verschwunden, aus der Küche die Espressokanne, und Thomas' Zimmer war komplett leer geräumt. Auf dem Boden stand ein Kasten mit der Gebrauchsanweisung für den Geschirrspüler und der Garantie für die Küchenmaschine. Später rief er an und sagte: »Wir sind kein Paar mehr.« – Als wäre sie schwer von Begriff.

Der Schock kam dann die Nacht darauf und dauerte drei Monate. Sie konnte nicht schlafen und bebte am ganzen Leib, schwitzte, und ihr Herz bollerte wie verrückt. Lily weinte und weinte und wollte immer wieder in Thomas' Zimmer. Anna versuchte, sie zu stillen, und küsste ihre schweißnasse Stirn, versicherte ihr, alles werde gut werden, aber Lilly weinte immer nur noch lauter. Ein Kind von elf Monaten trauern zu sehen, war das Schlimmste, was Anna jemals erlebt hatte, und sie hatte keine Ahnung, wie sie Lily beschützen sollte. Die Klinke von Thomas' Zimmertür war lose, und so ging die Tür immer wieder auf. Lily krabbelte hinein und wuselte ziellos auf dem Holzboden hin und her. Irgendwann nagelte Anna die Tür zu.

»Nuckel doch mal an meiner Brust, kleiner Schatz«, flüsterte sie, aber wenn Lily Annas Brust, die sie bisher so heiß und innig geliebt hatte, nur sah, dann schrie sie los. Eines Tages presste Anna sich einen Tropfen Milch auf den Finger und kostete ihn. Die Milch war bitter. Nach drei Tagen in der Hölle rief sie Jens an, der mit Cecilie telefonierte, und vier Stunden darauf war Cecilie bei ihnen eingezogen.

»Das war hart für euch beide«, sagte Johannes, als sie geendet hatte.

»Für mich und Cecilie oder für mich und Lily?«, fragte Anna. Johannes musterte sie nachsichtig.

»Nein, hart für dich und Thomas«, sagte er.

»Du darfst Thomas nicht verteidigen!«, sagte Anna impulsiv. »Wenn du Thomas verteidigst, können wir nicht befreundet sein.«

Johannes sah sie lange an.

»Niemand will seine Frau und sein Kind verlassen, Anna. Das würde keiner tun, der voll bei Verstand ist. Natürlich war es hart für ihn. Für ihn vermutlich tausendmal härter, als es das jemals für euch sein kann. Sein Schmerz wird sein ganzes Leben andauern. Du findest einen anderen Mann, Lily bekommt einen anderen Vater. Aber Thomas wird euch niemals wiederfinden. Niemals.«

Anna brach in Tränen aus.

»Thomas hat gesagt, es sei alles meine Schuld.«

»Ja, selbstverständlich hat er das gesagt. Was hätte er denn sonst sagen sollen? Wie hätte er sich sonst erklären können? Und du warst sicher nicht im Geringsten pflegeleicht, Anna. Du hast ihn bestimmt geschlagen und ihm sonstwie die Hölle heiß gemacht. Da bin ich mir sicher. Ich kann es in deinen Augen lesen. In dir stecken zwanzigtausend Volt. Aber nichts, rein gar nichts spricht einen Feigling frei. Er hätte alles tun können: dich fesseln und knebeln, dich in eine Erziehungsanstalt stecken, die Bullen rufen, Geldbußen verhängen, wann immer du ausflippst – aber er hätte dir eine Chance geben müssen. Er hätte eurer Familie eine Chance geben müssen. Sich auf diese Weise davonzuschleichen, war feige. Und mit einem Feigling darfst du einfach nicht zusammenleben. Schluss, aus.«

Dieser Schlusspunkt hatte Anna am tiefsten berührt. Johannes' absolute Sicherheit. Das, was Thomas getan hatte, war nicht in Ordnung. Schluss, aus. Später hatten sie über Vergebung gesprochen. Johannes hatte Anna gefragt, ob sie wohl je fähig sein könnte, Thomas zu verzeihen. Das wisse sie nicht, sagte Anna.

»Aber das musst du tun«, sagte Johannes. »Versprich mir, dass du ihm verzeihst. Deinet- und auch Lilys wegen.« Er sah sie eindringlich an, und sie hielt seinem Blick nicht stand. Johannes sprang auf und packte sie an den Schultern.

»Anna, das ist mein Ernst. Wenn du ihm nicht verzeihst, kannst du niemals weiterkommen. Versprich mir, dass du ihm vergibst.«

Anna nickte, aber Johannes ließ sie nicht los.

»Ich nagle dich darauf fest«, sagte er. »Und warte lieber nicht zu lange«, fügte er hinzu. »He, sieh mich an.«

Anna sah ihm in die Augen, ohne mit der Wimper zu zucken.

»Johannes, ich werde ihm sicher verzeihen. Das verspreche ich. Aber nicht gleich heute, in Ordnung? Bestimmt bald.«

Anna bog um die Ecke in die Kongshøjgade, fuhr aber erschreckt zurück. Auf der Straße standen drei Streifenwagen, und ungefähr zehn Menschen drängten sich dicht zusammen und starrten in ein mit rot-weißem Band abgesperrtes Treppenhaus. Annas Herz raste, als sie langsam weiterging.

10

Am Donnerstag erwachte Søren viel zu früh. Er gab den Versuch auf, noch einmal einzuschlafen, und stand auf. Er machte Licht im Wohnzimmer, legte tiefgefrorene Brötchen zum Aufbacken in den Ofen und zwang sich zu zehn Minuten Privatleben, in denen er nicht an den Fall dachte. Um zwanzig nach sieben wurde es langsam hell. Søren zog dicke Socken an und dachte, dass es für Oktober doch sehr kalt war. Vielleicht kündigte das einen strengen Winter an.

Søren konnte sich nur an einen eisigen Winter erinnern, in dem Dänemark mit Schweden über mehr als zwei Monate durch eine zusammenhängende Eisfläche verbunden war. Das war 1987 gewesen, Søren war damals siebzehn. Knud ging mit ihm zum Eisfischen. Sie fuhren bei klirrender Kälte und strahlendem Sonnenschein los, über das Eis bis nach Schweden, mit Spikesreifen an Knuds Citroën. Draußen auf dem Eis herrschte Ausnahmezustand. Autos wichen einander vorsichtig aus, Eltern zogen ihre Kinder auf Schlitten hinter sich her und plauderten dabei miteinander, einige waren mit flatternden Schals auf Schlittschuhen unterwegs. Als sie sich Schweden näherten und festen Boden unter den Füßen hatten, bogen sie nach Norden ab. Knud hatte die auf einer Insel gelegene Hütte eines Freundes ausgeliehen.

»Wie sollen wir denn angeln, wenn der See total zugefroren ist?«, fragte Søren, als sie zur Insel hinübergingen, und Knud zwinkerte ihm zu.

Das ganze Wochenende über machten sie rein gar nichts. Sie saßen in der Hütte, spielten Karten und Master Mind und aßen Schokolade. Sie legten Holz nach und machten Spaziergänge um die Insel. Knud hatte Darts dabei, und sie hängten die Zielscheibe in die Galerie vor dem Haus und warfen, bis das Licht verschwand, trugen Fingerhandschuhe, damit sie Bier trinken konnten, ohne sich die Finger abzufrieren. Knud fragte Søren, woran er dachte. Zuerst hatte Søren das für eine seltsame Frage gehalten, aber dann doch Lust gehabt, seinem Großvater alles zu erzählen. Woran er dachte und an wen er dachte. Wen er für seine Freunde hielt, wen er nicht leiden konnte. Warum er selbst glaubte, sich gelangweilt zu haben, als er mit der Klasse im Königlichen Theater das Stück *Der Hosenkrämer* hatte ansehen müssen, während er die Novelle verschlungen hatte. Warum er im Moment keine Zeit für eine Liebschaft hatte, dass es aber einige gab, Mädchen natürlich, die er ansah. Zum Beispiel eine aus der Parallelklasse, Vibe, sie hatte vollkommen grüne Augen. Es war Abend geworden, und über Schweden leuchteten millionenfach Sterne, und sie saßen draußen und schauten in den Himmel, obwohl es mindestens zehn Grad unter null war. Knud hatte Grog aufgesetzt und die Schlafsäcke am Feuer gewärmt, jetzt saßen sie da wie zwei fette Larven, im Dunkeln, in Schweden. Plötzlich schaute Søren seinen Großvater an und erwähnte etwas, wovon er sonst nur selten sprach.

»In meiner Parallelklasse ist ein Junge, der Gert heißt. Er hat seine Eltern mit zehn Jahren verloren. Verkehrsunfall. Er ist total wild und bluttrünstig. Er schwänzt, trinkt und macht keine Hausaufgaben. Vielleicht wird er von der Schule geworfen. Am Anfang hat er angeblich bei einer Tante gewohnt. Ich kenne ihn nicht sehr gut. Aber die hatte ihn dann wohl satt. Anschließend kam er in Pflege. Zwei verschiedene Familien. Zum Schluss landete er in einem Internat. Jetzt wohnt er wieder bei dieser Tante, aber da kann er nur bis zum Abitur bleiben. Falls er überhaupt Abitur macht.«

Knud lächelte in die Dunkelheit und ließ sich zurücksinken. Die Sternbilder waren klar, und die Dunkelheit zwischen ihnen war unendlich.

»Aber ich bin nicht unglücklich, Knud«, sagte Søren. »Ich weiß sehr gut, dass Peter und Kirstine nicht mehr da sind, dass sie meine Eltern waren und mich geliebt haben. Aber ich bin absolut nicht unglücklich. Deswegen jedenfalls nicht.« Dann verstummte er.

Sie saßen ungefähr fünf Minuten schweigend nebeneinander, als Knud mit gepresster Stimme sagte:

»Ab und zu, wenn ich dich ansehe, fehlen sie mir so sehr, dass ich das Gefühl habe, mein Herz zerspringt.«

Søren sagte nichts, sondern nahm einfach seine Hand.

Als Søren nach seinem misslungenen Versuch, einen friedlichen Morgen zu verbringen, nach Kopenhagen fuhr, stand der Himmel vor ihm rot in Flammen, als die Sonne aufging. Das Gebläse rauschte. Søren schaltete das Radio ein und wieder aus. Er musste die vergangenen Tage durchgehen. Es gab etwas an der naturwissenschaftlichen Fakultät, das ihn faszinierte und zugleich zum Wahnsinn trieb. Eigentlich waren alle freundlich und entgegenkommend und beantworteten seine Fragen bereitwillig. Trotzdem hatte er das Gefühl, nicht durchzudringen. Als gebe es die ganze Zeit über eine Menge Dinge, die sie zurückhielten.

Die technischen Ergebnisse waren ebenfalls rätselhaft gewesen. Überall in Hellands Büro hatten sie Fingerabdrücke gefunden: Annas, Johannes', Elisabeths und Svends und noch eine Million andere. Da kamen sie nicht weiter. An Helland selbst hatten sie nichts von Bedeutung gefunden, abgesehen von der mikroskopisch dünnen Seifenschicht mit Lavendelduft, die zu der Erklärung passte, Helland habe gebadet, kurz bevor er am Montagmorgen zur Arbeit gefahren sei. Es gab keine Fingerabdrücke, keine Hautpartikel, keinen Schweiß und keinen Speichel, die nicht von Helland stammten. Alles wies darauf hin, dass der Mord, wenn Helland tatsächlich ermordet worden war, technisch gesehen drei bis vier Monate zurücklag.

Am Mittwoch hatte Søren erfahren, Clive Freeman sei am Vorabend im Hotel Ascot in der Studiestræde eingetroffen. Kurzfristig hatte ihn das in Erregung versetzt, aber zum einen wurde am selben Abend die internationale Ornithologenkonferenz im Bella-Center eröffnet, und natürlich war Freeman aus diesem Anlass angereist. Zum anderen glaubte er nicht einen Augenblick daran, dass ein kurz vor dem Ruhestand befindlicher Wissenschaftler aus Kanada drei oder vier Monate zuvor in Dänemark gewesen sein sollte, um

Lars Helland mit Parasiten zu infizieren. Søren und Henrik fuhren dennoch zum Hotel, um Freeman zur Vernehmung aufs Revier zu bringen. Und als sie im Auto saßen, überlegte Søren, ob das nicht eher eine Verzweiflungstat war als wirkliche Polizeiarbeit. Wenn man mit leeren Händen dastand, griff man nach Strohhalmen. Es war Zeitverschwendung gewesen. Als er den kanadischen Professor zurück ins Hotel geschickt hatte, gab es in dem Fall noch genauso wenig Anhaltspunkte wie zwei Stunden zuvor.

Søren hatte den Tag danach vor allem am Schreibtisch verbracht, und seine Frustration war stetig gewachsen. Dann hatte er beschlossen, seine Aufmerksamkeit wieder Erik Tybjerg zuzuwenden, und um kurz nach vier am Mittwochnachmittag betrat er das Zoologische Museum. Diesmal wandte er sich sofort an die Pforte, doch da konnte man ihm nicht helfen.

»Sie sind nicht der Erste, der nach ihm fragt«, klärte ihn die Frau hinter dem Tresen auf. Jetzt ärgerte sich Søren wirklich. Was zum Teufel war das für ein Arbeitsplatz, von dem man einfach so verschwinden konnte, ohne dass jemand irgendwie weiter Notiz davon zu nehmen schien? Er bat darum, mit dem Institutsleiter sprechen zu dürfen. Die Frau schaute ihn skeptisch an, nahm dann aber den Hörer ab und tippte eine Nummer ein. An die zehn Minuten später erschien ein Mann, der sich als Johan Fjeldberg vorstellte. Er war knochig und grau, hatte aber lebendige Augen.

»Was kann ich für Sie tun?«, fragte er freundlich.

»Ich bin von der Kriminalpolizei«, sagte Søren und zeigte seinen Dienstausweis. »Ich möchte einen Blick in Erik Tybjergs Büro werfen. Seit zwei Tagen schon suche ich ihn in Verbindung mit Lars Hellands Tod. Ich muss dazu sagen, dass Tybjerg nicht unter Verdacht steht, aber ich würde sehr gern mit ihm sprechen, um mir ein besseres Bild von Hellands Weg in den Tod machen zu können.« Søren hörte sich an wie eine Tonbandaufnahme, und der ältere Mann betrachtete ihn eingehend.

»Sie wissen besser als ich, dass ich Sie nicht so einfach in Erik Tybjergs Büro lassen kann. Es sei denn, Sie haben einen Durchsuchungsbefehl!«

Søren machte ein resigniertes Gesicht, und Fjeldberg fügte mit ernster Miene hinzu:

»Aber vergessen wir das für heute«, sagte er dann. »Ich frage mich ja selbst, wo er wohl stecken mag.«

Sie gingen einen Søren unbekannten Weg durch das unüberschaubare Gebäude, und erst als sie den höhlenhaften Kellergang erreicht hatten, wusste Søren, wo er war: im zum Universitätspark hin gelegenen Keller. Sie betraten das Tybjergs Büro vorgelagerte Labor, und Søren schaute sich um. Das Labor sah ungenutzt aus. Die Mülleimer waren leer und die Mikroskope mit Plastikhüllen überzogen.

»Bitte sehr«, sagte Fjeldberg. »Wie lange werden Sie brauchen?«

»Fünfundzwanzig Minuten«, sagte Søren.

Fjeldberg blieb in der Tür stehen.

»Stimmt das mit den Parasiten?«, fragte er vorsichtig.

Søren stöhnte lautlos.

»Wie meinen Sie das?«, fragte er unschuldig.

»Stimmt es, dass Helland gestorben ist, weil er voller Parasiten steckte?«

Søren lachte kurz.

»Ich kann diesen Fall schließlich nicht mit Ihnen diskutieren, oder? Aber davon habe ich nun wirklich nichts gehört.« Er drehte sich zu Tybjergs Schreibtisch um.

»Ich hab ja gewusst, dass es nicht stimmt!«, rief Fjeldberg triumphierend und ging hinaus.

Scheiße, Scheiße, Scheiße, fluchte Søren innerlich, während er lauschte, wie Fjeldbergs Schritte verhallten. Das Gerücht über die Parasiten breitete sich offenbar aus. Søren orientierte sich in Tybjergs Büro. Es war klein und vollgestopft, ohne chaotisch zu wirken. Bücher standen an drei Wänden und ein Schreibtisch an der vierten. Keine benutzten Tassen oder Gläser, keine Zeitschriften lagen herum. Tybjerg hatte ein gutes Dutzend klassischer CDs neben seinem Computer stehen, ansonsten gab es kaum persönliche Gegenstände.

Søren vertiefte sich lange in den Anblick des Raums. Das Büro sah aus wie in einer Möbelausstellung bei IKEA, nicht wie der Arbeitsplatz eines lebendigen Menschen. Er nahm das Bücherregal genauer unter die Lupe und stellte fest, dass fast zwei ganze Fächer mit Tybjergs eigenen Veröffentlichungen vollgestopft waren, vor allem mit Zeitschriften, wo gelbe Zettel an den Stellen klebten, wo seine Artikel begannen. Aber es gab auch ein Dutzend Bücher, die seinen Namen auf dem Cover trugen. Das neueste war ein Nachschlagewerk über Vögel, das früher in diesem Jahr erschienen war, wie Søren nun feststellte. *Moderne Dinosaurier A–Z* hieß es.

Doch was war das? Er zog ein dickes Buch heraus und schob die Hand in den Spalt. Ein Zahnputzbecher. In dem Becher standen eine Zahnbürste und ein Einmalrasierer. Søren entfernte zwei weitere Bücher und schaute seinen Fund überrascht an. Rasierschaum, Haarshampoo, Salbe gegen Schuppenflechte, eine Tüte voller billiger Kämme, Stapel von sauberen Unterhosen, aufgerollte Socken und drei Paar doppelt zusammengelegte Jeans. Und als er in den anderen Fächern nachsah, fand er hinter allen Büchern persönliche Dinge. Kleidung, Toilettenartikel, vier Romane, eine Briefmarkensammlung, eine Wolldecke, eine Taschenlampe, einen altmodischen Walkman und eine Tüte voller Hörbücher, darunter auch *Der Herr der Ringe.*

Als Søren alles durchgesehen hatte, stellte er die Bücher wieder zurück, und gleich war das Büro wieder neutral und unpersönlich. Hinter der Tür entdeckte er ein zusammengeklapptes Feldbett, wenn auch ohne Matratze. Eigenartig. Søren schaute im Papierkorb nach, aber der war leer. Dann entdeckte er eine Postkarte, die zwischen zwei Büchern hervorlugte. Er zog sie heraus. Es war eine farbenprächtige Karte aus Malaysia, die Schrift war aufrecht und kindlich. Es sei schön in Malaysia, das Essen sehr stark gewürzt, er werde bald nach Hause kommen. Liebe Grüße, Asger. Eine Postkarte von einem Freund. Er schaute auf die Uhr, kritzelte seine Telefonnummer auf einen Zettel und legte ihn neben Tybjergs Tastatur. Dann verließ er das Büro. Eins war klar: Er musste Erik Tybjerg finden. Schon hörte er vom Flur her Fjeldbergs Schritte.

Auf dem Weg zurück in die Zivilisation versuchte Søren, Fjeldberg über Tybjerg auszufragen, aber das war nicht leicht.

»Er ist tüchtig«, sagte Fjeldberg mehrmals. »Sehr tüchtig. Jede Menge Publikationen, überaus visionär. Nur nicht sonderlich beliebt.«

»Warum nicht?«

»Er ist ein wenig eigen«, sagte Fjeldberg vage. »Aber wer von uns hier ist das schließlich nicht?«

»Können Sie das etwas genauer schildern?«, fragte Søren, und Fjeldberg überlegte.

»Erik Tybjerg hatte schon seit seinem vierzehnten Lebensjahr mit dem Museum zu tun. Ich habe das von einem Freund erfahren, der mit seinem Pflegevater zusammenarbeitete und zu Beginn der achtziger Jahre Kontakt zu ihm aufnahm. Tybjerg hat ein perfektes Gedächtnis, und er weiß alles über Vögel. Ich habe ihn damals die Sammlungen durchsehen lassen, und er hat den ganzen Kram geordnet, sortiert und seither in Schuss gehalten. Er kennt jeden einzelnen Knochensplitter und jede Feder in jeder Schublade. Später wurde er selbst Biologe. Aber obwohl er seit fünfundzwanzig Jahren hier im Haus ein und aus geht, kenne ich ihn nicht. Wir haben mehrmals zusammengearbeitet, zuletzt in Verbindung mit der Ausstellung über Federn, die gerade im Publikumsbereich gezeigt wird. Sie kennen das sicher: Es gibt Menschen, denen man einfach nicht nahekommen kann. Tybjerg ist so ein Mensch. Er spricht immer über sein Fach, auf etwas salbungsvolle, feierliche Weise, und er arbeitet ununterbrochen. Meine Frau würde Ihnen erzählen können, dass ich mehr arbeite, als gut für mich ist, das muss man in dieser Branche, weil die Konkurrenz so hart ist. Aber im Vergleich zu Tybjerg bin ich der pure Tagedieb. Er ist immer hier. In der Vertebratensammlung, auf dem Gang vor der Sammlung, in seinem Zimmer im Keller oder in der Kantine. Immer. Im letzten Jahr bin ich ihm sogar Heiligabend hier begegnet.« Fjeldberg blickte Søren nachdenklich an. »Ich hatte das Weihnachtsgeschenk für meine Frau hier im Büro vergessen, und gegen drei Uhr nachmittags war ich dann hier, um es zu holen. Es war stockfinster, und ich war mir sicher, dass ich allein war. Doch da hörte ich Schritte hinter mir und drehte mich um, in dem Glauben, es sei der Wächter, aber es war Tybjerg. Er hatte eine Tüte voller Lebensmittel bei sich und schien überhaupt nicht schlechter Laune zu sein. Wir grüßten einander und wünschten uns fröhliche Weihnachten, und als er weitergehen wollte, rutschte es mir heraus: Willst du nicht nach Hause und Weihnachten feiern? Zuerst murmelte er etwas, das ich nicht verstehen konnte, und als ich ihn bat, es zu wiederholen, sagte er etwas anderes. Nein, nein, er sei Atheist. Wie gesagt, ihn schien das alles nicht zu stören, sonst hätte ich ihn doch zu uns eingeladen, wenn er sich allein gefühlt hätte oder so. Aber er kam mir nicht deprimiert vor. Offenbar ist die wissenschaftliche Arbeit sein ganzes Leben.« Søren musterte Fjeldberg aufmerksam. Sie hatten jetzt den Haupteingang erreicht, wo Søren knapp eine Stunde zuvor abgeholt worden war.

»Es gibt da eine Sache, die ich nicht verstehe«, sagte Søren. »Er ist verhältnismäßig jung, tüchtig, er veröffentlicht jede Menge Artikel, arbeitet hart und voller Hingabe, aber gestern habe ich mit Ihrer Personalabteilung gesprochen und erfahren, dass er keine feste Stelle hat. Wieso eigentlich nicht?«

Fjeldberg seufzte, und Sørens Seismograph schlug aus.

»Persönlich wundert es mich gar nicht, dass er keine feste Stelle hat, es gibt viele, die keine bekommen. Wir müssen auswählen, und es sind reichlich tüchtige Bewerber da.« Fjeldberg sah Søren wachsam an. »Was mich dagegen wundert, ist, dass Tybjerg sich aufführt, als wäre er fest angestellt. Er muss sich irgendwie ernähren, das ist mir schon klar, aber woher er das Geld nimmt, um seine Forschungen zu finanzieren, das weiß ich nicht. Er ist natürlich in sehr viele von Hellands Projekten einbezogen worden, und das … Damit ist jetzt ja Schluss. Ich nehme an, er wird sich im Ausland bewerben müssen, und ich glaube, das wäre nur richtig so. Raus aus diesem Ententeich, wenn Sie verstehen. Tybjerg ist fachlich vollkommen überqualifiziert, aber seine soziale Kompetenz ist mangelhaft. Die Universität Kopenhagen ist einfach nicht der richtige Ort für einen wie ihn. Hier gibt es zu viele spitze Ellbogen, zu großen fachlichen Futterneid und viel zu enge Grenzen für einen wie Tybjerg, der nicht unterrichten kann und das auch nicht will, sondern eigentlich nur auf seinem Fachgebiet herumpusseln möchte. Es wäre schön, wenn es anders wäre. Wenn wir Geld genug hätten, um einerseits auf Forscher mit sozialen und pädagogischen Fähigkeiten und andererseits auf Experten zu setzen, die sich mit einem ziemlich kleinen Bereich beschäftigen, über den sie aber alles wissen. Doch dieses Geld haben wir nicht, so einfach ist das. Deshalb stellen wir nur Leute an, bei denen fachlich alles stimmt und die für die Lehre qualifiziert sind, also Menschen, die mit Menschen umgehen und ihr Wissen weitergeben können.«

»Und das kann Erik Tybjerg nicht?«

»Nein«, sagte Fjeldberg mit einem überzeugten Lächeln. »Das kann er nicht.«

»Kennen Sie Anna Bella Nor aus Hellands Abteilung?«

»Ja. Oder, kennen wäre zu viel gesagt. Ich weiß, dass sie ihre Diplomarbeit bei Helland schreibt.«

Søren nickte.

»Und bei Tybjerg. Sie bezeichnet ihn als ihren sogenannten externen Betreuer, ein wenig pädagogisches Geschick muss er da doch besitzen?«

Fjeldberg sah ehrlich überrascht aus.

»Tybjerg? Dann muss es eine inoffizielle Absprache zwischen Helland und Tybjerg gegeben haben. Eigentlich dürfen nur Festangestellte Abschlussarbeiten betreuen. Aber wissen Sie …«, er machte plötzlich ein nachdenkliches Gesicht, »in den letzten Jahren ist alles zusammengestrichen worden. Die Regierung hat uns die Mittel gekürzt, dass es fast ein Witz ist. Deshalb müssen wir ab und zu die Regeln umgehen, damit der Laden überhaupt funktioniert. Aber das nur unter uns«, fügte er eilig hinzu.

»Warum das?«

»Sie haben ja keine Ahnung, wie das hier bei uns läuft«, sagte Fjeldberg düster. »Und ich will keinen Ärger. Ich emeritiere in drei Jahren und habe schon alles vorbereitet. Schrebergarten, Enkelkinder, Muße.«

»Na gut«, sagte Søren. »Ganz unter uns. Sie haben mein Wort.«

Fjeldberg sah erleichtert aus.

»Ich glaube, Helland hat Tybjerg mehr geholfen, als üblich ist. Sicher hat er dafür seine Gründe gehabt, ich will mich da nicht einmischen. Persönlich würde ich niemals einen wie Tybjerg als meinen Nachfolger aufbauen, ich würde mir einen nehmen, der innerhalb der Institution eine Zukunft haben kann. Tybjerg wird an der Universität Kopenhagen niemals eine feste Stelle bekommen«, sagte Fjeldberg und lachte plötzlich. »Er ist zwar ein Experte, aber er ist auch ein Nerd, und da wir im System ohnehin schon kaum Platz für Experten haben, können wir uns erst recht keine Experten leisten, die außerdem Nerds sind. Absolut keine.« Fjeldberg schaute auf die Uhr.

»Ich habe jetzt leider keine Zeit mehr. Kann ich sonst noch etwas für Sie tun?«

Søren schüttelte den Kopf.

»Ich rufe Sie an. Erst mal vielen Dank.«

»Keine Ursache.« Fjeldberg stand auf und ging zur Tür, die ins Museum führte, während Søren ihn nachdenklich musterte. Fjeldberg schloss mit einem Schlüssel die Tür auf, der an einem Karabinerhaken von seinem Gürtel hing.

Plötzlich fiel Søren noch etwas ein.

»Verzeihung, Fjeldberg!« Der Mann drehte sich um. »Was, glauben Sie, hat er damals gesagt?«, fragte Søren.

Fjeldberg sah für einen Moment verwirrt aus.

»Tybjerg«, erklärte Søren. »Was glauben Sie, was er Heiligabend geantwortet hat, als Sie ihm begegnet sind?«

»Ach … na ja, ich bin so gut wie sicher, dass er gesagt hat: ›Das hier ist mein Zuhause.‹« Fjeldberg machte ein trauriges Gesicht und zuckte mit den Schultern. Dann war er verschwunden.

Als Søren den Wagen etwa zwanzig Minuten später als sonst in die Tiefgarage unter der Wache fuhr, stand die Sonne am Himmel, der nur noch schwach rosa war. Linda war schon da, und es duftete nach Kaffee.

»Weil Donnerstag ist«, sagte sie und zeigte auf einen Teller mit zwei Plunderteilchen, der auf ihrem Tisch stand.

»Was Neues über Johannes Trøjborg?«, fragte Søren und tippte eines der Teilchen vorsichtig an.

»Nein«, antwortete Linda. »Ich habe mehrmals angerufen, gestern und heute morgen«, sie zeigte ihm eine Liste, »aber immer lande ich sofort bei seinem Anrufbeantworter.«

Søren spitzte den Mund und sagte:

»Würdest du bitte versuchen, Henrik für mich zu erreichen? Wenn er nichts anderes vorhat, könnten wir in einer halben Stunde hinfahren. Ich muss diesen Kerl jetzt einfach finden.«

 Linda nickte.

»Und Tybjerg?« Søren klang müde.

»Auch nicht«, sagte Linda. »In der Universität der Anrufbeantworter, keine Antwort per Mail, und als ich sein Handy angerufen habe, kam die Antwort, die Nummer sei nicht vergeben.«

»Na«, sagte Søren und hob die Augenbrauen. »Aber seine Mailbox hast du doch schon mal erreicht, oder nicht?«

»Doch«, Linda nickte. »Die bei Telia konnten mir mitteilen, dass Tybjergs Mobilanschluss gestern stillgelegt worden ist, weil er die Rechnung auch nach drei Mahnungen nicht bezahlt hat.«

Søren nickte und wollte schon in sein Büro gehen.

»Ich hätte mich fast mit Telia angelegt«, sagte Linda jetzt. »Stell dir vor, die haben sein Handy gesperrt, weil er eine Rechnung über zweihundertneun Kronen nicht bezahlt hat. Ist das nicht der Gipfel?«

»Die haben eben ihre Vorschriften«, sagte Søren.

»Ja, aber trotzdem. Für eine so geringe Summe. Ich finde das himmelschreiend.«

»Dann ist es nur gut, dass du für die Polizei arbeitest und nicht für Telia. Die hättest du dann mit deiner Gutmütigkeit in Windeseile in den Ruin getrieben.« Plötzlich sah er Linda nachdenklich an. »Sag mal, haben wir Tybjergs Adresse überprüft?«

»Du meinst, ob *ich* seine Adresse überprüft habe?« Sie musterte ihn neckend. »Habe ich. Er ist gemeldet im Mågevej 26, 2. links, in Nordwest.«

»Danke«, sagte Søren und ging in sein Büro. Gleich darauf schaute er wieder zur Tür heraus:

»Ich verzichte heute übrigens auf die Heißwecken«, sagte er. Seiner Meinung nach sahen die aus wie etwas, in dem gut ein paar Parasiten hausen könnten.

Etwa eine halbe Stunde später wurde an die Tür geklopft, und Sten schaute herein.

»Störe ich?«

»Nee, komm ruhig rein.« Sten zog die Tür hinter sich zu.

»Endlich habe ich Johannes Trøjborgs Rechner mehr oder minder geknackt. Ganz schöne Arbeit.« Sten setzte sich Søren am Schreibtisch gegenüber.

»Dass er sich mit Helland gestritten hat, wussten wir ja schon von Hellands Computer, aber …« Sten blätterte in einem Stapel Papiere. »Ja, hier ist es«, sagte er dann. »Sieht aus, als wäre Lars Helland nicht der Einzige in der Abteilung gewesen, der seltsame Mails bekommen hat.«

Søren beugte sich neugierig vor.

»Irgendwer, der sich *YourGuy* nennt, hat Johannes innerhalb der letzten vier Wochen drei Mails geschickt.« Sten zog ein Blatt aus seinem Ordner und las Søren vor:

»He, Jo. Ich bin neulich zu weit gegangen. Entschuldige. Ich bin durchgedreht, weil du einfach wunderbar bist. Ich versuche schon die ganze Woche, dich zu erreichen, aber du machst nicht auf, gehst einfach nicht ans Telefon. Ich respektiere, dass du nicht willst, aber können wir nicht miteinander reden?«

Søren trommelte mit den Fingern auf den Tisch und schaute aus dem Fenster.

»Was soll ich sagen«, meinte er dann. »Irgendwelche schwulen Aktivitäten?«

»Sieh dir das mal an«, sagte Sten, als hätte er Søren nicht gehört, und reichte ihm ein ausgedrucktes Foto. Es zeigte einen androgyn aussehenden Menschen, den Søren aufgrund der flachen Brust unter der Korsage für einen Mann hielt. Die Haare waren in fetttriefenden Streifen glatt nach hinten gekämmt und die Kleidung hauteng – schwarzes Leder und Netzstrümpfe. Die Lippen der Person waren feuerrot angemalt und der Lippenstift auf einer Seite verschmiert, als ob die Lippen geküsst worden wären oder bluteten. Das Augen-Make-up war dramatisch. Jede Menge Schwarz, und zur linken Schläfe hin breiteten dekorative Spinnweben ihre Fäden aus.

»Wer ist das?«, fragte Søren neugierig.

»Ich habe allen Grund zu der Annahme, dass das Johannes ist«, antwortete Sten gelassen.

Jetzt konnte auch Søren es sehen. Für einen flüchtigen Moment traten Johannes' Züge durch die Schminke hervor, und Søren stieß einen überraschten Laut aus.

»Verdammt, tatsächlich!«, sagte er dann.

»Johannes ist ein Goth«, erklärte Sten.

»Ein Goth?«, wiederholte Søren verwirrt.

»Das sind Leute aus einer Subkultur, das weiß ich aus dem Internet. Männer und Frauen, die die Dunkelheit lieben und sich verkleiden, von Graf Dracula bis hin zu Lederladys im Korsett. Die sind total verrückt nach schwarz-weißer Schminke und bis über die Ohren gepierct. Das Bild hier stammt aus der Roten Maske, und das ist offenbar der aktivste Gothic-Nachtclub in Kopenhagen. Der Club hat jeden ersten Freitag im Monat geöffnet, und wenn ich das richtig verstanden habe, ist er sogar im Ausland ziemlich bekannt. Die Bilder werden immer auf der Website des Clubs veröffentlicht, und da steht unter dem Bild schlicht ›03/09/07, Johannes‹. Das hat mich doch überhaupt erst auf die Idee gebracht, dass er das sein muss.« Sten grinste, dann sprach er weiter. »Woanders auf dieser Website nennt er sich Orlando, aber dieser Deckname scheint kein Versuch zu sein, sich zu verstecken, sondern wirkt eher wie ein Teil des Spiels, das in der Gothic-Szene gespielt wird. Wirklich!«, fügte er hinzu, als er Sørens skeptisch hochgezogene Augenbrauen sah. »Die geben festliche Bankette auf Graf Draculas Schloss. Eigentlich ist mir das ganz sympathisch. Beinahe wie in einem Club, der für Toleranz, Akzeptanz und Geselligkeit eintritt. Die Gothic-Szene ist, soviel ich gelesen habe, in den achtziger Jahren als eine Art Reaktion auf die Punks entstanden. In der Punkszene muss man ein bestimmtes Aussehen haben und dezidierte Meinungen vertreten. Das wollen die Goths nicht. No code, no core, no truth. Das ist ihr Slogan. Der einzigartige persönliche Ausdruck ist alles.«

»Ist das ein Club für Homosexuelle?«, fragte Søren.

»Nein. Wie gesagt, kein Code, keine Regeln«, sage Sten. »Homosexuelle sind willkommen, wie auch Heterosexuelle. Offenbar kommen viele auch einfach in ihren normalen Klamotten und geben nicht preis, was von beidem sie sind.«

»Kein Sex?«, erkundigte sich Søren.

»Nein, kein Sex. Das ist sicher auch der Grund, warum sie es für weniger wichtig halten, ihre Identität zu verbergen. Johannes ist nicht der Einzige, der beim Namen genannt wird. Allein die Veranstaltungsorte sind geheim. Die Teilnehmer können sich in eine SMS-Liste eintragen. Dann wird ihnen mitgeteilt, wo das nächste

Treffen steigt, ein paar Stunden bevor sich die Pforten öffnen. Sie treffen sich jedes Mal an einem anderen Ort. Bestimmt, um zu verhindern, dass umtriebige Neonazis oder anderes Gesocks da auftauchen.« Sten zuckte mit den Schultern.

»Ich habe eigentlich nicht den Eindruck, dass sich da Dinge abspielen, die das Tageslicht scheuen müssten«, fügte er hinzu. »Wir reden hier von verkleideten Erwachsenen mit einer Vorliebe für Schauder und Grausen und Dunkelheit. Zum Ausgleich gibt es in der Gothic-Szene viele Überlapper.«

»Überlapper?«

»Leute, die in der Gothic-Kultur und zugleich in der Fetischszene aktiv sind, und ich kann dir sagen, so offen die Gothic-Szene auch ist, so verschlossen ist das Fetischmilieu, wenn ich das richtig verstanden habe. Wie eine verschreckte Auster. Hier heißt der Club Incognito. Die Veranstalter der monatlichen Clubtreffen sind dieselben, aber bei den Fetischarrangements gelten strengere Regeln. Man darf zum Beispiel unter gar keinen Umständen fotografieren. Die Fetischisten sind in der Regel älter als die Goths und sind meist auch gesetzter, mit Familie und festem Arbeitsplatz, und deshalb hüten sie ihre zivile Identität sorgfältiger. Der grundlegende Unterschied zwischen Gothic-Szene und Fetischmilieu liegt natürlich im Sexuellen. Fetisch-Events finden oft in sogenannten Darkrooms oder Vögelkammern statt, wie wir in Jütland sagen, wo die Leute sich den Freuden der Anonymität hingeben können. Die sexuelle Ausrichtung ist absolut hardcore. Man kann die Peitsche kriegen, Klammern in die Brustwarzen, mit Ketten und Bleigewichten an die Wand gehängt werden, es gibt japanisches Bondage und einiges mehr, wovon ich natürlich keine Ahnung hatte, bevor ich mich gestern Abend im Netz darüber informiert habe.« Sten lächelte Søren zuckersüß an. »Aber jedenfalls sind die Leute da anonym, auch in den Vögelkammern. Man sucht sich einen Partner und gibt Gas. Johannes hat mehrere Mails mit Infos über Fetisch-Events bekommen, deshalb halte ich es für sehr wahrscheinlich, dass er in beiden Szenen aktiv ist. Ich tippe, Orlando hat *YourGuy* bei einer Veranstaltung in einem der beiden Clubs kennengelernt, und ich vermute weiter, dass Johannes verschwunden ist, weil er sich vor *YourGuy* versteckt. Der hört sich nicht gerade nach dem lieben Onkel an«, fügte Sten hinzu und wies auf die Ausdrucke. Søren überlegte.

»Und du meinst nicht, es hört sich an, als hätte *YourGuy* ganz einfach Liebeskummer, und dass sein Tonfall ein wenig grob ist, weil das in diesen Kreisen eben so ist?«, fragte er.

Sten nickte und sagte: »Kann schon sein, aber was mich wundert, ist, dass die *YourGuy*-Adresse anonym registriert ist, oder vielmehr sie gehört Donald Duck in 2200 Entenhausen. So ist das mit Gratis-Mailadressen. Wenn man will, kann man sich ganz anonym eine einrichten, wie bei Helland und den Drohungen, die er bekommen hat. Man kann sich als sonst wer registrieren lassen, als Donald Duck oder Bill Clinton, und wenn man dann noch einen öffentlichen Computer benutzt, tja, dann ist man einfach nicht ausfindig zu machen. Die Absenderadresse ist nur diese drei Male benutzt worden. Sie wurde am 4. September dieses Jahres eingerichtet, und die drei Mails wurden am 12. und am 16. September und vor vier Tagen versendet, am 7. Oktober. Ich habe natürlich mit dem Inhaber des Internetcafés gesprochen, zu dessen Server ich die Mails zurückverfolgt habe. Der hat nur gelacht, als ich meinen Spruch aufgesagt habe. Das Café hat zwanzig Computer, verteilt auf drei kleine Zimmer, und circa zweihundert Gäste pro Tag. Sie haben natürlich keinen Überblick darüber, wer kommt und wer geht. Diese Mails kann also jeder geschrieben haben. Das Einzige, was wir mit Sicherheit festhalten können, ist, dass der Betreffende nicht identifiziert werden will. Und warum sollte man so geheim tun, wenn man nur ›ganz einfach Liebeskummer‹ hat?«
Søren nickte langsam.

»Warum hältst du Johannes eigentlich für schwul? Das hast du jetzt schon zweimal angedeutet«, fragte Sten nun.

»Genau weiß ich das nicht. Ich habe meine Ahnungen, aber Anna Bella Nor sagt, dass er das nicht ist. Wieso?«

Sten sah nachdenklich aus.

»Ich habe Orlando gegoogelt. Es ist der Name der Hauptperson in einem Roman von Virginia Woolf von 1926. Orlando ist ein Kaufmann, der vierhundert Jahre lebt und unterwegs in eine Frau verwandelt wird …«

»Und?« Søren blickte Sten forschend an.

»Ich habe überhaupt nicht den Eindruck, dass Johannes schwul ist«, sagte Sten gelassen. »Auf der Website der Roten Maske gibt es ein Gästebuch, in das die Leute nach den Partys ihre Kommentare schreiben können, und Johannes scheint bei den Frauen beliebt zu sein und flirtet so energisch, dass im Cyberspace kein Stuhlsitz trocken bleibt. Ich glaube, er spielt mit seiner femininen Seite, und wir zwei sind bloß dumm genug, das mit Homosexualität zu verwechseln.«

Es wurde an die Tür geklopft. Sten stand auf, und Henrik kam herein.

»Wir waren ja eigentlich auch fertig«, sagte Sten und grüßte Henrik. Auf dem Weg zur Tür hielt er kurz inne.

»Heil und Glück dem entscheidenden Moment«, sagte er und schüttelte kurz den Kopf. Als er gegangen war, knallte Søren mit der Stirn auf die Tischplatte.

»Äh, was ist hier eigentlich los?«, fragte Henrik. Er hatte die Arme verschränkt und sah aus wie einer, den gar nichts mehr erschüttern kann.

»Ich habe meine Kraft verloren«, murmelte Søren auf seine Schreibunterlage.

Søren und Henrik fuhren von der Wache aus los, bogen nach rechts ab und folgten dem Frederikssundsvej.

»Warum nimmst du nicht die Borups Allé? Wollten wir nicht nach Vesterbro?«

»Erst müssen wir kurz etwas überprüfen«, erwiderte Søren. »Johannes Trøjborg ist nämlich nicht der einzige Verschwundene. Erik Tybjerg meldet sich weder am Telefon noch per Mail oder auf die freundliche Notiz, die ich ihm mit eigenen Händen auf den Schreibtisch gelegt habe. Aber er wohnt im Mågevej 26, und da dachte ich, wir schauen da mal eben vorbei.« Sie fuhren schweigend weiter.

Søren und Henrik waren seit der Polizeischule befreundet. Aus heiterem Himmel, ohne ersichtlichen Grund, auf dem kurzen Stück zwischen Bellahøj und Mågevej, wurde sich Søren bewusst, dass sie das nicht mehr waren. Henrik saß immer auf dem Beifahrersitz und regte sich darüber auf, wie seine Familie ihn in den

Wahnsinn trieb. Oder er erzählte Anekdoten über seine Mühle und wie er zuletzt dort gewesen war. Oder er faselte von Frauen, Fußball oder dass er jetzt verdammt noch mal einen Englischkurs belegen würde, weil seine Drecksgören so wahnsinnig gut waren, dass sie sich über seine Aussprache lustig machten. Als Søren in den Mågevej einbog und in eine Parklücke vor Hausnummer 26 glitt, wurde ihm klar, wie lange der Redeschwall schon verstummt war.

Søren ließ den Schlüssel in der Zündung stecken. Er hatte Henrik noch nie erzählt, was geschehen war. Und was würde passieren, wenn er darüber redete? Søren konnte es nicht ertragen, darüber zu sprechen. Deshalb hatte er nichts gesagt, zu niemandem. Er war allein mit seiner Trauer, und die war jetzt eingekapselt wie in eine Glashülle.

»Scheiße, hab ich vielleicht Kopfschmerzen, Mann!«, rief Henrik plötzlich. Einer seiner Füße wippte ungeduldig auf und ab.

»Na, warst du gestern unterwegs?«, fragte Søren.

»Ja, ich hatte eine Verabredung mit …«, sagte Henrik, dann doch unsicher, als hätte er zu viel gesagt. »Wir haben ein paar Bier getrunken und so.«

»Mit Allan oder was?«, fragte Søren.

Allan war ihr gemeinsamer Freund und Kollege. Henrik grinste dämlich.

»Nein, das … ach, scheißegal. Ich habe ziemlichen Mist gebaut. Die Geschichte erzähl ich dir ein andermal.«

Søren blieb sitzen und hielt das Lenkrad fest.

»Was ist los?«, fragte Henrik. »Wollten wir nicht diesen Tybjerg suchen, oder was?«

Søren hörte nicht zu.

»Ich weiß genau, warum du so geheimnisvoll geworden bist«, sagte Søren. »Entschuldige bitte.«

»Äh, was faselst du da?«, fragte Henrik.

Søren steckte ein Kloß im Hals, und er sah verlegen seine Hände an.

»Tut mir leid. Ich weiß sehr gut, dass man nicht mit jemandem befreundet sein kann, der nie was zurückgibt.« Er wusste nicht, was er sonst noch hätte sagen können.

Henrik musterte ihn einen Moment. Søren konnte den Blick auf seiner Wange spüren.

»Können wir das irgendwann anders besprechen?«, fragte er dann. »Ich bin einfach fertig. Harmlos ausgedrückt. Lass uns jetzt lieber raufgehen.«

Henrik öffnete die Tür und stieg aus. Er ging hinüber zu den Klingeln, und Søren folgte ihm mit seinem Blick durch die Windschutzscheibe. Eine widerliche Unruhe durchzuckte seine Brust.

»Der steht hier nicht«, sagte Henrik, als Søren nachgekommen war. »Hier gibt es keinen Erik Tybjerg. Bist du sicher, dass es Nr. 26 ist?«

Søren trat neben Henrik, und sie sahen es beide gleichzeitig. Im vierten Stock hatte jemand einen weißen Streifen über den vorherigen Namen geklebt. Auf dem Streifen stand K. Lindberg. Søren kratzte eine Ecke los, zog den Aufkleber ab, und tatsächlich, darunter stand: Tybjerg.

Ehe Søren nachdenken konnte, hatte Henrik schon auf den Klingelknopf gedrückt. Beide reckten die Brust heraus und warteten darauf, dass geöffnet wurde.

»Er ist sicher bei der Arbeit«, sagte Henrik und schaute auf die Uhr. Da steuerte ein Mann mit zwei vollen Einkaufstüten auf das Haus zu. Henrik und Søren hatten denselben Gedanken, und der Mann schaute ihnen fragend entgegen.

»Wollen Sie zu mir? Kommen Sie von einem Inkassobüro oder was?«

»Heißen Sie Lindberg?«

»Ja. Karsten Lindberg. Stimmt etwas nicht?«

»Wir sind von der Polizei«, sagte Henrik und zeigte seinen Dienstausweis.

»Ist etwas passiert?«, fragte der Mann. Er stellte seine Tüten auf den Boden und sah ganz erschrocken aus.

»Nein«, sagte Søren freundlich. »Es hat nichts mit Ihnen oder Ihren Angehörigen zu tun.« Karsten Lindberg atmete erleichtert auf.

»Und womit kann ich Ihnen dienen?«

»Sie wohnen hier im Haus?«

»Ja, im vierten Stock links. Ich habe die Wohnung für ein Jahr gemietet, bis zum nächsten Sommer.«

»Von Erik Tybjerg?«

»Ja«, antwortete der Mann überrascht.

»Wissen Sie, wo Erik Tybjerg wohnt, wo Sie doch immerhin seine Wohnung gemietet haben?«

»Ja, das weiß ich«, sagte Karsten Lindberg. »Jedenfalls so ungefähr. Irgendwo in Los Angeles. Er ist Paläoontologe oder so was, hat jedenfalls etwas mit Vögeln zu tun. Und er lehrt für zwei Semester an der UCLA.«

Søren gab sich alle erdenkliche Mühe, seine Überraschung zu verbergen.

»Wie sind Sie mit Erik Tybjerg in Kontakt gekommen?«

»Er hatte im H.-C.-Ørsteds-Institut einen Aushang gemacht. Ich bin Biochemiker. Ich habe gerade eine Wohnung gesucht und seinen Aushang entdeckt. Worum geht es denn?«

»Wir suchen Erik Tybjerg«, sagte Søren knapp. »Haben Sie die Wohnung leer gemietet?«

»Nein, sie ist teilmöbliert. Er hat alle seine persönlichen Habseligkeiten herausgenommen, aber die meisten Möbel stehen noch da. Mir war das ganz recht. Die Wohnung ist ja nur eine Übergangslösung.«

»Haben Sie seine Adresse in Kalifornien?«

»Nein. Ich habe eine Mailadresse, die ist aber von einer dänischen Universität. Und ich kann Ihnen sagen, vor ein paar Monaten hätte er mich fast in den Wahnsinn getrieben. Deshalb dachte ich, dass Sie von einem Inkassobüro kommen.« Er grinste. »Ich wurde geradezu überschüttet mit Post, und dann wurden Strom und Telefon abgestellt. Ich habe zwei Wochen lang versucht, Erik zu erreichen, aber nicht einen Ton gehört. Ich war total sauer auf ihn. Dann hat er endlich geantwortet. Er sei bei einer Grabung gewesen, sagte er. Totaler Schwachsinn. Wir hatten verabredet, ich sollte Geld auf sein Konto überweisen, und er würde dann die Fixkosten übernehmen, aber nach seiner Abreise habe ich nichts mehr von ihm gehört. Ich ging davon aus, dass er alles in die Wege geleitet hatte, und dachte nicht weiter daran. Jedenfalls kam mir nicht in den Sinn, dass er einfach keine

Rechnungen bezahlt haben könnte. Letzten Endes konnte ich ihn überreden, die Rechnungen vorübergehend auf mich ausstellen zu lassen. Das war tausendmal einfacher für uns beide. Er konnte sich um seine Knochen und Ausgrabungen kümmern, und ich hatte wieder Licht im Kühlschrank und konnte telefonieren. Er hat mich gebeten, alle Briefe aufzubewahren, und das habe ich getan. Wenn ich ganz ehrlich sein soll, sehen einige davon besorgniserregend aus, und das habe ich ihm per Mail mitgeteilt, doch er reagiert nicht. Und was kann ich schon machen? Ich bin sein Mieter, nicht seine Mutter, oder? Neulich ist schon wieder ein Inkassobrief gekommen«, sagte er und sah dabei ungeheuer verlegen aus.

»Es ist mir eigentlich gar nicht so recht, das alles hier so zu erzählen. Das ist doch privat. Na ja, jedenfalls. Wollen Sie die Briefe oder was?«

»Ja, bitte«, sagte Søren rasch.

Was Karsten Lindberg hier angeboten hatte, war eigentlich verboten, würde Søren aber einen Haufen bürokratischer Scherereien ersparen.

Søren begleitete Karsten Lindberg nach oben, um die Briefe zu holen. Er trug eine der Einkaufstüten.

»Sie sind ja wahrhaftig ein Freund und Helfer«, sagte Karsten Lindberg und lächelte.

Tybjergs Wohnung war klein und unpersönlich. Zwei Zimmer und eine Duschkabine in der Küche. Die Herdplatte war abgenutzt, und die Fenster hätten geputzt werden müssen. Søren nahm fünfzehn Mahnungen vom Inkassobüro entgegen und verabschiedete sich. Als er auf die Straße herunterkam, saß Henrik bereits im Auto und blätterte in einem Gartenkatalog.

»Ich überlege, ob ich mir nicht eine Fräse kaufen soll«, sagte er. »Was meinst du? Ist man ohne Fräse ein richtiger Mann?«

»Ich weiß ja nicht, wie das bei dir ist«, sagte Søren. »Aber ich komme auch ohne einigermaßen zurecht.«

»Dein Garten sieht ja auch scheiße aus«, sagte Henrik. Sie fuhren schweigend los, dann fügte er hinzu:

»Der Typ ist doch nie im Leben in L. A.«

»Nein«, sagte Søren. »Aber seinem Mieter hat er das so erzählt. Die Frage lautet also, warum?«

Sie fuhren über die Falkoner Allé in Richtung Vesterbro. Mehrmals machte Søren Anstalten, etwas zu sagen, aber Henriks Kopf ruhte an der Nackenstütze des Beifahrersitzes, und er schien eingenickt zu sein. Søren trommelte auf das Lenkrad und manövrierte den Wagen geschickt durch den Verkehr. Für einen Sekundenbruchteil kam er sich vollkommen isoliert vor. In der Kongshøjgade hielten sie, und Henrik ließ Søren zuerst Johannes Trøjborgs Treppenhaus betreten. Die letzte Treppenreparatur musste mindestens dreißig Jahre zurückliegen, dermaßen ausgetreten waren die Treppenstufen. Auf jedem Absatz lagen zerquetschte Saftpäckchen, Bonbonpapiere, Einwegflaschen und irgendwo auch ein Gummiband, das einmal fest um einen Arm gezogen worden war. Das Licht funktionierte nur bis zum ersten Stock, weiter oben waren die Birnen durchgebrannt, und die beiden Männer konnten kaum sehen, wohin sie ihre Füße setzten. Es stank nach Pisse.

»Pfui Teufel«, sagte Henrik leise.

»Ja, ziemlich gemütlich.«

Am Ende standen sie vor Johannes' Tür. Es war still, plötzlich knurrte Sørens Magen. Henrik streckte den Arm aus, um zu klingeln, doch Søren packte seinen Arm.

»Sieh mal«, sagte er. Die Tür war zwar angelehnt, aber nicht geschlossen. Ein sehr dünner Spalt, der im Dunkeln des Treppenhauses nur zu ahnen war, hatte Sørens Aufmerksamkeit geweckt.

»Mir schwant Böses«, sagte er, zog einen Bleistift aus der Brusttasche und schob die Tür auf. Sie öffnete sich ins Wohnungsinnere. Es war totenstill.

»Wir gehen rein«, entschied Søren.

Die Wohnung war noch dunkler als das Treppenhaus. Søren und Henrik standen in einem kleinen Gang, von dem links die Küche und rechts das Wohnzimmer abgingen. Sie konnten das Fenster sehen, die zugezogenen Vorhänge, eine schmiedeeiserne Bank, auf der Stoffbahnen und große Kissen lagen, und vor dem Fenster einen Esstisch mit vier Stühlen. Henrik ging in die Küche und machte Licht. Die Küche war unordentlich und heruntergekommen. Leere Wasserflaschen, Lebensmittel in offenen Tüten und ein fettiger Rost, der zwar irgendwann aus dem Backofen genommen worden war, es aber nicht weiter als bis zum Spülbecken geschafft hatte. Es stank, und Henrik öffnete die Tür unter dem Spülbecken, worauf ein überfüllter Mülleimer herausgeschwenkt wurde. Søren zog zwei Paar Gummihandschuhe und zwei Paar Schuhüberzüge aus der Tasche und gab Henrik jeweils eines. Er war schon dreihundert Jahre zu lange bei der Polizei.

Vorsichtig schritten sie durch die Wohnung und fanden Johannes im Schlafzimmer. Das Szenario war grotesk. In einem abstrakten Gemälde aus Blut lag Johannes auf seinem Bett, die Decke war sorgfältig zwischen Matratze und Rahmen gestopft. Er schien zu schlafen. Das Blut stammte aus einem dunklen Loch in Johannes' Hinterkopf.

»Verdammt, Johannes«, sagte Søren.

Die beiden Männer standen eine Weile still da. Das Schlafzimmer roch muffig.

»Es ist zehn Uhr achtzehn«, sagte Henrik kurz, griff nach seinem Handy und rief Verstärkung. Bald darauf konnten sie Sirenen hören, die näher kamen. Søren studierte die Leiche, und anders als sonst fiel es ihm schwer, seine Gefühle im Griff zu behalten.

»Johannes ist mein bester Freund«, hatte Anna gesagt.

Der restliche Vormittag verlief routinemäßig. Der stellvertretende Oberobduzent Bøje und die Leute vom kriminaltechnischen Labor trafen gleichzeitig ein. Bøje konnte sehr bald feststellen, dass Johannes zwischen zwölf und vierundzwanzig Stunden tot war, was Søren sofort quälende Gewissensbisse bescherte, denn das hieß, Johannes war noch am Leben gewesen, als sie versucht hatten, ihn zu erreichen. Warum zum Teufel war er nicht einfach ans Telefon gegangen? Die blutige Schleifspur auf dem Boden zeugte davon, dass Johannes im Wohnzimmer getötet worden war, und Bøje bat die Techniker, nach einer Mordwaffe in Gestalt eines harten, spitzen Gegenstandes zu suchen. Die Beamten brauchten drei Minuten, um ihn zu finden.

»Seht mal«, sagte der leitende Techniker und winkte seine Kollegen heran. Eingehend betrachteten sie eine der vier Stangen mit

Zwiebelknauf, die an den Kanten der schmiedeeisernen Bank aufragten.

»Blut, Gehirnmasse und Haare«, teilte der Techniker mit, während Søren das alles von der Diele aus verfolgte, um nicht auf mögliche Spuren zu treten. Bøje warf von der Türöffnung zum Schlafzimmer aus einen Blick auf den Fund und teilte mit: »Wird schon stimmen«, und machte sich wieder an seine Arbeit.

Søren und Henrik verließen die Wohnung und stellten sich draußen auf den Treppenabsatz, während die Techniker Spuren von Boden, Wand und Textilien sicherstellten. Blitzlicht leuchtete von ihren Kameras auf, und Søren kratzte sich die Kopfhaut. Sie würden als Nächstes die unmittelbare Umgebung mit Vernehmungen durchlöchern. Nachbarn, die Leute weiter oben im Haus, die von gegenüber. Die Leichensackleute kamen und brachten Johannes weg, Bettwäsche und Matratze wurden versiegelt und abtransportiert. Bøje verabschiedete sich und lief die Treppe hinunter. Um kurz nach drei war alles vermessen, fotografiert und alle Spuren sichergestellt. Jetzt mussten sie auf das Ergebnis der Obduktion warten, und das würde noch mehrere Stunden dauern. Erst am nächsten Tag würde Søren sich ein genaues Bild der Lage machen können. Er schickte fünf Teams zu je zwei Beamten von Tür zu Tür. Als die Wohnung versiegelt worden war, stapfte er müde die Treppe hinunter. Obwohl es ein wenig schneite, stand eine große Menschengruppe vor dem Haus und gaffte neugierig auf die Tür und die rot-weißen Absperrbänder, die im Wind flatterten.

Vier weitere Kollegen von Søren waren eingetroffen, und Søren winkte sie ins windgeschützte Treppenhaus, wo er sie in aller Kürze auf den neuesten Stand brachte. Als er sie losgeschickt hatte, schloss Henrik sich ihm an. Søren fror und spürte nichts davon, dass er Wollsocken trug. Er merkte seine Füße überhaupt nicht mehr.

»Wir müssen den Eltern wohl Bescheid geben«, sagte Søren tonlos.

»Das habe ich im Griff«, sagte Henrik und klopfte ihm auf die Schulter. »Ich habe Mads und Özlem losgeschickt.«

Søren blickte ihn dankbar an. Er verfolgte, was Henrik ihm sagte, während er zugleich den Versuch unternahm, die Gesichter der Neugierigen auf seiner Festplatte zu speichern. Die Gruppe löste sich langsam auf, wie ihm schien, sie froren offenbar doch. Zwei ältere Damen mit Rollwägelchen und gefütterten Baskenmützen traten von einem Fuß auf den anderen, neben ihnen standen drei jüngere Männer mit violetten Daunenjacken und Rucksäcken und eine junge Frau mit einem Kinderwagen. Ein junger Mann telefonierte, seine Wangen glühten, links unterhielten sich zwei Frauen Mitte vierzig mit zwei halbwüchsigen Kindern.

Ganz hinten stand Anna.

Sie hatte sich die Kapuze über das Haar gezogen, und ihre Körpersprache sagte Søren, dass sie sich der Gruppe der Neugierigen eben erst angeschlossen hatte und versuchte, sich nach vorn durchzudrängeln. Henrik sagte gerade etwas, sein Mund bewegte sich lautlos, und er versuchte, Sørens Blick einzufangen. Anna schaute verängstigt auf das Haus, die Streifenwagen, die Absperrbänder, und für den Bruchteil einer Sekunde sah sie Søren in die Augen, so kam es ihm zumindest vor. Dann machte sie kehrt und lief davon. Søren stürzte hinter ihr her, stieß Henrik brutal zur Seite, schlitterte über das erste Stück Bürgersteig vor dem Haus, verwickelte sich im Absperrband. Als er so weit gekommen war, stieß er mit den jungen Typen zusammen und hatte dann endlich die Gaffer hinter sich gelassen und die Fahrbahn erreicht. Die Ecke war fünfzig Meter von der Haustür entfernt, und Anna war schon längst dahinter verschwunden. Søren wusste sicher, dass sie es gewesen war. Der Blick, der Mund, die über die Haare gezogene Kapuze. Er erreichte die Ecke und bog in die Haderslevgade ab, überquerte den Enghave Plads und lief dann den Enghavevej entlang. Der Verkehr war dicht und zäh, und Søren blieb für einen Moment stehen. Ein Bus fuhr an, und der Fahrer hupte die übrigen Wagen an, die ihm keinen Platz machten. Søren lief zum Bus und versuchte hineinzusehen, aber die Fenster waren von menschlichem Atem zu sehr beschlagen. Er schlug gegen die Seite des Busses, als er neben ihm lief, schlug gegen die Reifen, die sich in Bewegung setzten, schlug gegen die Tür und bekam vagen Blickkontakt zum Fahrer.

»Weg da!«, rief der Fahrer. »Nehmen Sie den nächsten!«

 Søren griff unbeholfen nach seinem Dienstausweis, doch da

machten die anderen Autos Platz, der Bus gab Gas und ließ Søren frierend und besorgt stehen.

»Was zur Hölle sollte das denn?«, rief Henrik, als Søren in die Kongshøjgade zurückkam. Ein wütender Blick schlug Søren entgegen.

»Ich dachte, ich hätte jemanden gesehen«, sagte Søren und wich Henriks Blick aus.

»Wen denn?«

»Ist doch egal. Es war … ein anderer.« Henrik kniff die Augen zusammen und musterte Søren forschend.

»Seit wann machst du dich allein an die Verfolgung von Verdächtigen?«

»Seit heute«, sagte Søren müde. »Tut mir leid. Ich finde mich in diesem Fall einfach nicht zurecht.«

Henrik war sichtlich gereizt.

»Søren«, sagte er. »Alle Kriminalbeamten müssen akzeptieren, dass nicht jeder Fall aufgeklärt werden kann. Bis hierher hast du jeden Fall gelöst, der dir vorgelegt worden ist. Finde dich einfach damit ab, wenn das hier dein erster ungeklärter wird. Daran stirbst du schon nicht, und kein Vorgesetzter wird dir die Sterne vom Revers reißen und dich zurück in den Streifenwagen stecken, oder? Außerdem sind wir noch längst nicht am Ende. Wir haben doch gerade erst angefangen! Jetzt warten wir brav und ordentlich auf Bøjes Bericht und entwerfen dann unseren Schlachtplan, okay? Mach Feierabend für heute. Ich packe hier zusammen und fahre mit Mads zurück. Jetzt mach schon. Den vorläufigen Bericht schreibe ich dann auch.«

Søren nickte und setzte sich ins Auto. Dort blieb er einen Moment sitzen und versuchte, sich unter Kontrolle zu bringen.

Søren fuhr zielstrebig über die Falkoner Allé in Richtung Nørrebro. Als er die Ågade überquert hatte, fuhr er nach rechts und hielt hinter Annas Haus. Er ging um das Haus herum zum Eingang. Er klingelte. Lange. Niemand machte auf. Dann klingelte er bei den Nachbarn. Lange Zeit tat sich nichts, dann ertönte eine alte Stimme:

»Ja?«

»Frau Snedker?«, fragte Søren mit einem Blick auf die Klingel. »Hier ist die Polizei, bitte öffnen Sie.« Er hörte ein Brummen, und Søren glaubte schon, sie werde aufmachen, aber offenbar hatte sie sich die Sache noch einmal überlegt, denn sie sagte:

»Und warum sollte ich Ihnen das glauben?«

Søren war baff. »Na ja, im Prinzip ist das ein berechtigter Einwand«, sagte er dann. Was sollte er bloß tun? Wieder hörte er das Brummen.

»Wenn Sie der sind, der auf Anna gewartet hat«, sagte die alte Stimme erbost, »dann können Sie sich auch gleich nach Hause zu Ihrer Mutter scheren. Wir haben kein Interesse an dem Schund, den Sie zu verkaufen haben, oder was immer Sie wollen. Schluss, aus.«

Es knackte in der Gegensprechanlage, und Søren stand unschlüssig vor der Tür. Er trat zwei Schritte zurück und schaute am Gebäude hoch. In einem Fenster im vierten Stock, auf der wahrscheinlich Annas Wohnung gegenüberliegenden Seite, sah er eine alte Frau. Sie starrte ihn an, und als er zurückstarrte, winkte sie. Er ging zur Tür und klingelte noch einmal.

»Ich habe Sie noch nie gesehen«, sagte die Frau über die Anlage. »Und halten Sie mich ja nicht für so dumm, dass ich einen fremden Mann ins Haus lasse, nur weil er behauptet, von der Polizei zu sein.«

»Frau Snedker«, sagte Søren energisch. »Jetzt gebe ich Ihnen eine Telefonnummer, Sie rufen die Auskunft an und werden feststellen, wem diese Nummer gehört. Sie werden erfahren, dass es sich um die Zentrale des Reviers von Bellahøj handelt. Danach warten Sie zwei Minuten, und dann rufen Sie auf der Wache an und fragen, ob es eine gute Idee sein könnte, einen Mann einzulassen, der behauptet, er heiße Søren Marhauge und komme von der Polizei. Und wenn die Antwort ja lautet, dann lassen Sie mich ein, ja? Ich rufe sofort auf dem Revier an und teile meine Koordinaten mit. Ist Ihnen das recht?«

»Halten Sie mich vielleicht für senil?«, fragte die Stimme kess. »Denn das kann ich Ihnen sagen, mein Bester, das bin ich nicht. Ich war schon auf der Welt, als Sie noch nicht einmal ein Jucken in der Unterhose Ihres Vaters waren.«

Søren lächelte.

»Na, dann ist das also abgemacht.« Es knackte wieder. Søren telefonierte mit dem Revier, und vier Minuten darauf rief die Wache zurück und meldete grünes Licht. Eine Maggie Snedker, geboren am 26.02.1919, hatte soeben angerufen. Sie war überaus misstrauisch gewesen, zum Schluss aber zu einer Abmachung bereit gewesen. Der Kollege klang fröhlich. In diesem Moment wurde der Türöffner betätigt, und Søren konnte das Treppenhaus betreten.

Frau Snedker stand im Hausflur, als er oben ankam. Sie hatte die Arme vor der Brust verschränkt und sah überaus grimmig aus. Aber tief in ihren Augen ahnte Søren auch Spott.

»Sie haben es schon ziemlich weit nach oben gebracht, Frau Snedker«, sagte er schnaufend und zeigte seinen Dienstausweis.

»Da haben Sie recht. Die Luft hier oben ist zu dünn für Schwächlinge.« Sie musterte seinen Ausweis. »Was wollen Sie?«

»Ich muss so schnell wie möglich mit Ihrer Nachbarin sprechen, mit Anna Bella Nor, aber sie macht nicht auf und geht auch nicht ans Telefon.«

»Aber warum sollte Anna denn keine Lust haben, einen so netten Bullen einzulassen?«, fragte die alte Dame.

Sie war elegant gekleidet und hatte lange rote Fingernägel. Er konnte es nicht fassen, dass sie weit über achtzig war. Ihre Haare waren voll und lockig und sehr rot, und Søren kam der Gedanke, dass sie vielleicht eine Perücke trug. Elvira hatte mit Anfang sechzig seidenweiche dünne Haare bekommen und sie ganz kurz scheren lassen.

»Worum geht es denn?«, fragte Frau Snedker. »Das arme Mädchen hat genug gelitten. Erst dieser Dreckskerl, der sie mit dem ganzen Kram einfach sitzenlässt. Ja, der hat bei mir nichts zu melden. Lily war noch kein Jahr alt. Was für ein Schuft. Anna ist ein liebes Mädchen, das kann ich Ihnen sagen. Sie hat nur einfach alles so satt. Und wenn man alles satthat, dann spielt man sich eben ein wenig auf. Aber mich kann sie nicht an der Nase herumführen. Egal. Was also wollen Sie?«

Die alte Dame hatte einen Blick wie eine Nagelpistole.

»Ich kann Ihnen das leider nicht genauer erklären, aber die Sache ist überaus ernst«, sagte er beruhigend. »Sie haben nicht zufällig einen Zweitschlüssel?«

»Und ob ich einen habe, aber den kriegen Sie auf keinen Fall.« Frau Snedker musterte ihn mit strengem Blick. »Es ist sechzehn Uhr, und Anna holt sicher ihr Wuschelkind ab, das süßeste Baby aller Zeiten. Können Sie das begreifen? So ein kleines Wesen im Stich zu lassen? Anna ist sicher nicht die allerleichteste Mitbewohnerin auf der Welt, aber wer hat denn je behauptet, es sei leicht, zusammenzuwohnen, oder? Und dieses kleine Kind. Ihr Vater hat sie seit fast zwei Jahren nicht mehr gesehen.« Frau Snedker beugte sich vor und flüsterte den letzten Satz. Søren nahm ein staubiges, schweres Parfüm wahr. Jetzt machte Frau Snedker entschlossen auf dem Absatz kehrt und verschwand in der Wohnung.

»Äh«, sagte Søren zaghaft, aber es kam keine Antwort. Søren stapfte zur Tür und betrat eine dunkle, rustikale Diele, dann ging er weiter in ein Wohnzimmer, wie er es noch nie gesehen hatte. Auf dem Boden lagen dicke alte Teppiche, und an der Wand gab es nicht ein freies Fleckchen. Bilder in schweren Goldrahmen, Teller und Fotografien, und an der Querwand, nur unterbrochen durch eine Balkontür, standen alte Bücher vom Boden bis zur Decke. Zwischen den Büchern sah er ein Grammophon, das mindestens siebzig Jahre alt zu sein schien. Frau Snedker stand an einem flachen Beistelltisch und füllte zwei Gläser mit einer rotbraunen Flüssigkeit.

»Na, da sind Sie ja«, stellte sie zufrieden fest.

»Ich trinke nicht während der Arbeitszeit«, sagte Søren, klang dabei aber nicht sonderlich überzeugend.

»Schnickschnack«, sagte Frau Snedker. Søren betrachtete einen alten Revolver, der an der Wand hing. Das Metall war frisch geputzt, das Holz gepflegt. Aber die Waffe war sicher mehrere hundert Jahre alt.

»Der hat einmal Griffenfeld gehört«, sagte Frau Snedker, die seinem Blick gefolgt war. »Prachtexemplar, nicht wahr? Na, runter damit.« Sie reichte ihm ein Glas, leerte ihres in einem Zug und sah skeptisch zu, wie Søren vorsichtig an seinem nippte. Dann ging sie zum Fenster und schaute hinaus über den Balkon.

»Sehen Sie, da kommen die beiden«, sagte sie triumphierend. Søren trat neben sie – und richtig. Aus einem niedrigen schwarzen Holzhaus, das, wie Frau Snedker mitteilen konnte, Lilys Kindergarten beherbergte, trat eine Gestalt mit einem kleinen Kind an der Hand. Anna zog die Kleine hinter sich her, die in ihrem Overall dahinstolperte.

»Sie können gern noch einen Angstvertreiber kippen, mein Lieber. Was ist das denn?« Sie beäugte Sørens halbvolles Glas empört.

Er stellte es auf den Beistelltisch.

»Sagen Sie«, fragte er, »was soll das heißen, dass jemand auf Anna gewartet hat?«

»Meine Güte«, sagte Frau Snedker. »Ich kann Ihnen das natürlich auch ersparen.« Dann leerte sie Sørens Glas. »Ja, wissen Sie, schon zwei Mal in dieser Woche hat irgendein Mannsbild draußen auf der Treppe auf Anna gewartet. Einer, den sie nicht kennt. Oder jedenfalls hat sie keine Ahnung, wer es sein könnte.«

»Wann genau hat er auf sie gewartet?«

»Wann? Wann?«, fauchte sie. »Ich habe schon vor zwei Tagen aufgehört, über belanglose Ereignisse Buch zu führen. Vor zwei langen Tagen.« Sie schenkte nach, und Søren überlegte ernsthaft, ob Schnaps womöglich doch gesund sein könnte. Die alte Dame jedenfalls wirkte stark und furchtlos.

»Versuchen Sie doch zu überlegen«, bat Søren. »War es gestern? War es vorige Woche?«

»Tut mir leid«, sagte Frau Snedker. »Mein Bewusstsein ist wohl noch voll auf Sommerzeit.« Sie spitzte den Mund. »Und wo wir schon über die Sommerzeit reden. Sie könnten nicht zufällig die Freundlichkeit besitzen und mein Videogerät schon einmal auf Winterzeit umstellen? Nur während wir darauf warten, dass Anna ihr Spanferkelchen in den Vierten heraufschleift? Kommen Sie, ich zeig es Ihnen, ich habe die Gebrauchsanweisung bereitliegen, aber darüber hinaus habe ich's nicht so mit der Technik.«

Søren stapfte brav hinter der Frau her. In die eine Hand wurde ihm eine Taschenlampe gedrückt und in die andere eine vergilbte Gebrauchsanweisung. Das Videogerät war 1981 gekauft worden, wie Søren jetzt sah. Er ging in die Knie und betätigte allerlei

Knöpfe, bis die Zeitangabe auf dem Display die gewünschte war. Als er aufstand, sagte Frau Snedker:

»Witzig, wie die Erinnerung plötzlich zu ihrer Eigentümerin zurückkehrt. Jetzt weiß ich es wieder ganz genau. Der Mann hat zum ersten Mal am Montagnachmittag und zum zweiten Mal am Mittwochabend hier gewartet.« Frau Snedker lächelte.

»Mittwochabend dieser Woche?«

»Nein, im Mai vor zehn Jahren«, sagte Frau Snedker. »Natürlich in dieser Woche. Gestern, am 10. Oktober.«

»Wo war Anna, wo er doch auf sie warten musste?«

»Tja, das weiß ich nun wirklich nicht. Sicher hat sie sich irgendwo herumgetrieben.«

»Und Anna weiß nicht, wer dieser Mann war?«

»Nein. Sie ist überzeugt davon, dass es Johannes war, der Bursche, mit dem sie in der Universität ihr Büro teilt. Vor allem wohl wegen seiner Haarfarbe. Der Mann trug eine Mütze, aber ich glaube, es lugte etwas Rotbraunes hervor, und das habe ich Anna gesagt. Sofort war sie sicher, dass es dieser Johannes sein musste. Was ich von mir nicht behaupten kann. Ich habe ganz schnell die Tür zugemacht. Vielleicht war es dieser Johannes. Man kann nie wissen.« Frau Snedker war plötzlich verärgert. »Ich bin hier ja wohl nicht als Blockwart angestellt, oder was?«

»Wo bleiben die denn eigentlich?«, fragte Søren plötzlich ungeduldig. Sogar mit einem Kind im Schlepptau hätte Anna mittlerweile oben sein müssen.

»Na, dann waren sie es vielleicht doch nicht.« Frau Snedker zuckte mit den Schultern.

Søren sah sie müde an.

»Natürlich waren sie das«, sagte er. »Sie müssen woanders hingegangen sein als nach Hause.«

»Der Supermarkt in der Falkoner Allé ist sicher keine unwahrscheinliche Alternative. Noch ein Glas, um das Warten zu verkürzen?«

Søren lehnte dankend ab.

»Ich komme später noch einmal vorbei, um mich mit Ihnen zu unterhalten«, kündigte er an, und Frau Snedker tat so, als fühlte sie sich ungeheuer geschmeichelt.

»Sind Sie dann vielleicht so freundlich und bringen mir ein halbes Weißbrot mit?«, rief sie hinter ihm her.

Søren entdeckte Anna und ihre Tochter fast sofort. Sie gingen sehr langsam und waren gerade erst dort vorbeigekommen, wo Søren sein Auto abgestellt hatte. Er folgte ihnen in einiger Entfernung, und als sie die Ågade überquerten und dann die Falkoner Allé entlanggingen, wechselte er auf die andere Straßenseite und folgte ihnen. Er konnte nicht hören, was sie sagten, behielt ihre Körpersprache aber genau im Auge. Das Kind ging im Schneckentempo. Immer wieder entdeckte die Kleine etwas, das sie sich genau ansehen musste, mehrmals setzte sie sich auf eine Treppenstufe. In der einen Hand hielt sie ein Stofftier, das sie hinter sich her über den regennassen Bürgersteig schleifte. Anna machte einen apathischen Eindruck. Ihre Haltung verriet Søren, dass sie nur unter Aufbietung aller Kräfte die Ruhe bewahren konnte. Dreißig Meter vor dem Supermarkt setzte Lily sich auf den Boden, und Anna zerrte an ihrem Arm. Dann war es einfach zu viel, und Anna lief wütend weiter, nachdem sie etwas zu Lily gesagt hatte, so laut, dass Søren es hören, aber nicht verstehen konnte. Als Anna den Supermarkt schon fast erreicht hatte, blieb sie stehen und fasste sich an den Kopf. Lily saß auf dem Bürgersteig und weinte herzzerreißend, und mehrere Passanten musterten das kleine Kind besorgt. Anna ging zurück und hob Lily auf. Zuerst zappelte das Kind wütend, aber Anna flüsterte ihr etwas ins Ohr, und sofort war die Krise vorüber. Fürs Erste zumindest. Anna trug ihre Tochter in den Supermarkt, Søren überquerte die Straße und ging hinterher. Er blieb im Eingangsbereich stehen, wo die tristen Winterblumen hofften, gekauft zu werden, und konnte beobachten, wie Anna eine Münze in einen Wagen schob, der Kleinen den Overall auszog und sie in den Kindersitz setzte. Als Erstes stellten sie sich beim Bäcker an und kauften eine Schnecke für Lily. Anna streifte ihre Kapuze nach hinten und blickte für einen Moment hoch. Søren trat einen Schritt zurück, und als er wieder hinschaute, war Anna mit dem Wagen ins Innere des Supermarktes unterwegs. Ihr Gesicht war verheult, und ihre Haare waren von der Kapuze platt gedrückt und fettig.

Als sie nicht mehr zu sehen waren, nahm Søren sich einen Korb und betrat ebenfalls den Supermarkt. Er hatte Feierabend und wollte ein wenig einkaufen, ehe er nach Hause fuhr. Er folgte den beiden zwischen den Regalen voller Lebensmittel die ganze Zeit auf Distanz. Er schnappte Bruchstücke von ihrem Gespräch auf. Lily wollte aus dem Wagen heraus. Sowie sie dann auf dem Boden stand, lief sie weg. Dann fing Anna sie ein, und Lily lachte. Anna lachte nicht. Mit einem soliden Griff wollte Anna ihre Tochter wieder in den Wagen setzen. Nun aber wehrte das Kind sich aus Leibeskräften. Die beiden Menschen kämpften miteinander, und Søren sah ihnen dabei zu. Er wollte hinüberlaufen und Anna das Kind wegnehmen. Lily war jetzt so groß, wie Maja hätte sein müssen, glaubte Søren. Nicht dass er irgendeine Ahnung von den Größen kleiner Kinder gehabt hätte. Lily sah groß aus in Annas Armen, wie ein wildes Tier, mit dem Anna nicht fertig wurde. Aber Søren wusste, dass sie in seinen Armen winzig klein sein würde. Sie würde klein wie eine Maus werden und perfekt in seine Brusttasche passen. Zusammen würden sie an den seltsamen Käsesorten in der Käsetruhe schnuppern oder nach oben gehen und nach einem Fahrrad mit Stützrad und bunten Gummibändern am Lenker Ausschau halten, während Mutter die Einkäufe erledigte.

»Jetzt hör gefälligst auf, Lily«, schrie Anna plötzlich. »Ist das klar? Sonst gibt es eine Woche lang kein Eis, nein, einen Monat lang.«

Lily weinte und weinte, als Anna sie mit hartem Griff in den Einkaufswagen setzte und weiterwanderte. Sie blieben beim Gemüse stehen, und Anna streichelte versöhnlich Lilys Wange. Die Kleine schniefte. Anna drückte sie an sich.

»Entschuldigung«, flüsterte sie und fügte hinzu: »Jetzt brauchen wir nur noch Kartoffeln, dann sind wir fertig.«

»Ich will«, rief Lily.

»Nein, Schatz«, sagte Anna müde.

Søren war jetzt dicht an sie herangekommen. Anna und Lily sahen beide entsetzlich aus. Müde, verweint und vernachlässigt, Mutter wie Kind. Lily schien wieder losheulen zu wollen, doch Anna hob sie mit einem Ruck aus dem Wagen.

»Na gut«, sagte sie. »Ich halte die Tüte, und du legst die Kartoffeln hinein.«

»Lily hilft Mama«, sagte Lily empört.

»Ja, so ist das auch richtig, Schatz«, sagte Anna. Lily nahm mit beiden Händen Kartoffeln und knallte sie in die Tüte.

»Nicht so fest.« Lily machte weiter.

»Nicht so fest, habe ich gesagt«, wiederholte Anna, etwas zu streng. Lily machte weiter. Jetzt lagen zehn Kartoffeln in der Tüte, Lily nahm mit zwei Händen noch eine und feuerte diese noch dazu.

»So, mehr brauchen wir nicht«, sagte Anna, und im selben Moment riss die Tüte, und die Kartoffeln kullerten in alle Richtungen auseinander.

»Da hast du's«, rief Anna verzweifelt. Ihre Arme hingen schlaff nach unten. Alles schien zusammenbrechen zu wollen.

»Kommen Sie, lassen Sie mich das machen«, sagte Søren. Er stellte seinen Korb, der eine reichlich seltsame Kombination von Waren enthielt, auf den Boden. »Lassen Sie mich helfen«, sagte er noch einmal.

Anna richtete sich auf und sah Søren ungläubig an.

»Was machen Sie denn hier?«

»Einkaufen«, sagte Søren unschuldig.

Anna fing an, die Kartoffeln aufzulesen.

»Ich will nicht mit Ihnen reden«, sagte sie wütend und starrte auf den Boden. »Es interessiert mich nicht, was Sie zu sagen haben. Ich will es nicht hören.« Sie sah zu Søren hoch. Ihre Augen leuchteten gelb.

»Jetzt sammle ich Ihre Kartoffeln auf«, sagte Søren, »und danach werde ich Ihre Tüten und Ihr Kind zu Ihnen nach Hause tragen.«

»Das werden Sie nicht«, erwiderte Anna.

»Sie können sich darauf verlassen, dass ich das tun werde«, sagte Søren.

»Nur über meine Leiche«, sagte Anna dramatisch.

»Ja, wenn es denn sein muss«, gab Søren gelassen zurück.

Anna funkelte ihn wütend an, aber Søren ließ sich nicht beirren. Sie sah unmöglich aus. Viel zu dünn und verwahrlost, und Lily im Wagen wirkte wie ein Kind, um das sich niemand kümmerte, mit Tränen auf den Wangen, Rotz am Mund und dem verdreckten

Teddy in den Armen. Anna war überhaupt nicht aufgefallen, wie die anderen Kunden sie kopfschüttelnd anstarrten. Sozial depravierte alleinstehende Mutter. Genau das strahlte sie aus. Seltsam, dass in ihrem Einkaufswagen weder Chips noch Bier lagen. Aber Søren war verloren. Es war der pure Wahnsinn, er konnte sie ja nicht einmal leiden, abweisend und eingebildet, wie sie war. Er kannte sie erst seit vier Tagen, und in dieser Zeit war sie immer feindseliger geworden. Aber er war schlichtweg verloren.

Lily wollte nicht gehen, und Anna sagte: »Das musst du aber.« Doch Lily hatte sich entschieden und setzte sich vor einem geschlossenen Laden auf eine Treppe. »Nein!«, sagte sie und schob ihre Unterlippe vor. »Du gehst!«, wiederholte Anna.

Søren wollte etwas sagen, aber Anna drehte sich zu ihm hin, als sie merkte, wie seine Lippen sich bewegten, und sagte:

»Sie muss gehen. Wenn sie nicht geht, geht überhaupt nichts mehr. Ich kann nicht alle Tüten und alle Bücher und noch dazu ein Kind tragen. So stark bin ich nicht.« Es war deutlich zu sehen, dass sie mit den Tränen kämpfte. Søren leerte seine Tüte in die am wenigsten volle von Anna aus, band die beiden übrig gebliebenen Tüten zusammen und hängte sie sich wie ein Joch über die Schulter. Ohne um Erlaubnis zu bitten, hob er dann Lily von der Treppe auf und nahm sie Huckepack.

»Halt die Füße still«, sagte er. »Sonst machst du die Eier kaputt.«

»Okay«, sagte Lily stolz. Søren ging los, und bald darauf konnte er Annas Schritte hinter sich hören. Lily freute sich auf ihrem Aussichtsposten und rief:

»Ich kann alle Autos auf der ganzen Welt sehen, ich kann alle Häuser und alle kleinen Jungen und Mädchen sehen!«

Anna schwieg den ganzen Weg über, erst als sie ihre Haustür erreicht hatten, sagte sie:

»Danke für die Hilfe, den Rest schaffe ich allein.«

»Anna«, sagte Søren und setzte Lily auf dem Boden ab. »Ich gehe mit Ihnen nach oben.« Er sah sie mit festem Blick an.

Lily machte sich kampfbereit an die Treppen, und Anna schaute Søren an. Ihre Augen standen voller Tränen.

»Ich will nicht hören, was Sie mir sagen wollen. Ich will es nicht hören.«

»Anna«, sagte er freundlich. »Es verschwindet nicht, auch wenn Sie es nicht hören wollen. Es verschwindet nicht. Und ich muss mit Ihnen sprechen. Was zum Teufel haben Sie vor Johannes' Haus gewollt? Und warum sind Sie weggelaufen?«

»Mamaaaaa!«, hörten sie vom ersten Treppenabsatz. »Ich mach gleich Pipi in meinen Overall.«

»Shit«, sagte Anna. Sie verschwand im Haus und wollte mit Lily die Treppen hochlaufen. Die lachte. Søren ging mit den Tüten hinterher.

Oben im vierten Stock wartete Frau Snedker schon auf sie.

»Hallo, Maggie«, hörte Søren Anna sagen. »Notfall. Lily muss Pipi machen.«

»Aha«, sagte Maggie. »Hast du den Bullen im Schlepptau?«

Søren konnte gerade noch sehen, wie Anna Frau Snedker überrascht ansah, dann schloss sie ihre Tür auf und verschwand mit Lily in der Wohnung.

»Haben Sie an mein Brot gedacht?«, fragte Maggie streng.

»Ja, natürlich«, sagte Søren, löste die Knoten der Tüten und reichte ihr die vom Bäcker.

Anna trat in die Tür.

»Maggie, geh jetzt bitte zu dir rüber, ja? Ich komme nachher vorbei, okay?«

Die alte Frau nickte enttäuscht und verschwand in ihrer Wohnung.

»Warum haben Sie ihr das Brot gegeben?«, fragte Anna neugierig, während sie ihre Einkäufe auspackte.

»Das hatte ich für sie gekauft.«

Anna wandte langsam den Kopf und sah Søren verständnislos an.

»Ich habe auf Sie gewartet. Bei Frau Snedker. Wir haben Sie vom Fenster aus gesehen, und als Sie dann nicht nach oben kamen, meinte Frau Snedker, Sie wären sicher einkaufen gegangen, und da habe ich mich auf die Suche nach Ihnen gemacht«, sagte er ehrlich.

»Und sie hat Sie gebeten, ihr ein Brot mitzubringen?«

Søren nickte.

»Und Sie haben das auch noch getan?«

Søren nickte. Eine Millisekunde verging, dann hörte er Anna zum ersten Mal lachen. Es hielt nicht sehr lange an, aber es passte zu ihr.

»Zuerst essen wir«, sagte Anna. »Danach muss Lily baden, und um sieben stecke ich sie ins Bett. Also müssen Sie warten. Ich will nicht, dass Lily mich sieht, wenn ich … Sie können im Wohnzimmer warten.«

Søren sah sie kurz an. Konnte man das? Die Nachricht von einem entsetzlichen Ereignis aufschieben, bis sie ins übrige Programm passte? Er ging ins Wohnzimmer und setzte sich auf einen Stuhl. Was hatte er denn gemacht, als er die vier Babybilder von Maja in einen Karton im Keller gelegt hatte? Hatte er sich nicht haargenau so verhalten? Weitergemacht, als wäre nichts geschehen? Lily schaute ihn von der Tür her an, und er lächelte ihr zu. Irgendwann kam Anna ins Wohnzimmer, um eine Schüssel zu holen, und warf ihm einen raschen Blick zu.

»Haben Sie Kinder?«, fragte sie.

»Ich habe Sie gestern angerufen. Zwei Mal. Warum sind Sie nicht ans Telefon gegangen?«

»Ich war … mit ihr woanders«, antwortete Anna rasch und war schon auf dem Weg zurück in die Küche.

»Wo denn?«

»Das kann ich Ihnen leider nicht sagen.«

Søren seufzte, dann runzelte er plötzlich die Stirn.

Das hatte er nun schon zum zweiten Mal an diesem Tag gehört.

11

Anna wusste genau, dass der Nervigste Polizist Aller Zeiten nicht einfach nur einkaufen wollte. Sie hatte ihn vor Johannes' Haus gesehen, sie hatte bemerkt, wie er sie verfolgt hatte, und sie hatte seine resignierte Handbewegung gesehen, als der Bus losgefahren war. Wie es dazu gekommen war, dass er jetzt in ihrem Wohnzimmer saß und mit Lily ein Puzzle legte, war mehr, als sie verstehen konnte. Als die Kartoffeln gar waren, machte sie unter wütendem Stampfen Püree und knallte die Teller auf den Küchentisch. Sie hasste ihn. Seit er eine knappe Woche zuvor in ihr Leben getreten war, war alles aus den Fugen geraten. Er sollte kein Brot für Maggie kaufen, er sollte ihre Tochter nicht tragen, er sollte sie in Ruhe lassen. Sie wollte nicht hören, was er ihr zu sagen hatte. Johannes durfte nicht tot sein. Jetzt strömten ihr die Tränen über die Wangen. Das Kartoffelpüree stand in einer Schüssel im Spülbecken und dampfte vor sich hin, und Anna beugte sich unversehens darüber, als wäre sie mit einem Messer niedergestochen worden.

Als sie sich gefasst hatte, holte sie Lily aus dem Wohnzimmer.

»Essen ist fertig, Lily«, sagte sie und bedachte den Nervigsten Polizisten Aller Zeiten mit einem zornigen Blick. Verdammt, den würde sie auf gar keinen Fall zum Abendessen einladen. Wenn der Feierabend hatte, würde er garantiert zu seiner Ehefrau mit Stufenschnitt, weißen Zähnen und goldener Haut nach Hause fahren, und sie würden auf ihrem Bolia-Sofa kuscheln und er sich überlegen, was für ein Glück er mit Pernille oder Sanne doch hatte, so harmonisch und verdammt politisch korrekt. Aber jetzt, solange er noch im Dienst war, spielte er den sozialen Robin Hood und betrachtete sie, die arme, bedauernswerte Anna, mit seinen dunkelbraunen Augen und seinen gesunden Sommersprossen. Die Sommersprossen konnte er doch wenigstens morgens auf dem Revier in seinen Spind hängen, wenn er zur Arbeit kam. Sommersprossen waren ein Hohn für alle bettelarmen Kriminellen und für Anna. Sie hasste ihn.

Als Lily eingeschlafen war, ging sie ins Wohnzimmer und fand den Nervigsten Polizisten Aller Zeiten auf einem Stuhl vor dem Fenster. Er schaute hinaus auf die Rantzausgade.

»Draußen ist es kalt und dunkel«, teilte er mit, als sie das Zimmer betrat.

»Was Sie nicht sagen!«

Der Nervigste Polizist Aller Zeiten drehte langsam den Kopf vom Fenster weg und sah Anna an, die sich auf die am weitesten entfernte Kante des Sofas gesetzt hatte.

»Warum sind Sie eigentlich so zornig?«, fragte er.

Anna blickte ihn an. Lilys Geruch hing noch immer in ihrer Kleidung, sie war nur unter Gewaltanwendung ins Bett zu bringen gewesen, und als sie endlich eingeschlafen war, war Anna auf dem Boden sitzen geblieben und hatte sie beobachtet. Nach einer Weile stand sie dann auf und ging durch den Flur, auf einmal freute sie sich darüber, dass er da war, freute sich darüber, dass sie nicht allein war.

»Ich habe so eine Wut in mir, ich könnte einen Mord begehen«, sagte sie leise und sah zuerst ihre Hände an, dann ihn. Søren beugte sich vor und musterte Anna freundlich.

»Johannes ist tot. Aber ich glaube, darauf sind Sie von selbst gekommen. Er ist ermordet worden.« Anna starrte ihn mit leerem Blick an.

»Anna, haben Sie ihn umgebracht?« Søren schaute sie eindringlich an.

»Ja, natürlich habe ich das. Es ist doch nur gut, dass ich nicht einen einzigen Freund mehr auf der Welt habe«, sagte sie tonlos.

»Bedeutet das nein?«, fragte er.

»Ja. Das bedeutet nein.« Wieder liefen ihr die Tränen über die Wangen, und sie wischte sie trotzig weg.

»Was ist passiert?«, fragte sie dann. »Wer hat das getan?«

Søren schüttelte den Kopf und schien zu überlegen, was er sagen durfte und was nicht, letzten Endes schien er aufzugeben. Aber wo er doch schon nach Feierabend im Wohnzimmer einer in den Fall verwickelten Person saß, dachte Anna, brauchte er doch eigentlich keine Hemmungen mehr zu haben.

»Ich weiß es nicht«, sagte er. »Er wurde in seiner Wohnung ermordet. So viel immerhin weiß ich. Er ist seit über vierundzwanzig Stunden tot und …«

Anna riss die Augen auf.

»Aber das kann doch nicht stimmen«, rief sie triumphierend, als würde das bedeuten, dass Johannes doch nicht tot war. »Ich habe heute morgen noch eine SMS von ihm bekommen.« Sie sprang auf, um ihre Tasche zu holen.

»Sehen Sie«, sagte sie und warf Søren das Telefon zu. Die SMS war im Display aufgerufen. Er schaute die Mitteilung lange an und scrollte weiter, wahrscheinlich, um Zeitpunkt und Datum der Nachricht zu überprüfen.

»Was hat das zu bedeuten?«, fragte Anna.

Søren sagte kein Wort und sah sie auch nicht an. Er schaute vor sich hin. Hinter seiner Stirn schien es heftig zu arbeiten. Als er sie endlich ansah, war sein Blick düster.

»Sie haben eine SMS von einem Mörder erhalten.«

Annas Gesicht spiegelte Verwirrung. »Wir können sein Telefon nirgendwo finden«, sagte Søren jetzt. »Der Täter hat es also wohl mitgenommen, und um Zeit zu gewinnen, hat er Ihre Nachricht und sicher auch die von anderen beantwortet, damit niemand Verdacht schöpft.« Søren sah Anna an.

»Johannes ist durch mehrere Schläge auf den Hinterkopf getötet worden, das war kein schöner Anblick, überall Blut«, sagte er dann, während er sie weiter eindringlich musterte. Als sie ihren Fuß bewegte, registrierte er das, als sie sich räusperte, verzog er unmerklich das Gesicht. Das war unangenehm, und plötzlich bekam sie es mit der Angst zu tun.

»Ist das hier nicht eigentlich total verboten?«, fragte sie unvermittelt. »Verhalten Sie sich nicht absolut unprofessionell? Warten im Supermarkt auf mich und tun so, als wollten Sie nur einkaufen, während Sie mir in Wirklichkeit doch gefolgt sind? Pure Schikane.« Søren stand plötzlich auf und setzte sich neben Anna auf das Sofa.

»Hallo!«, rief sie wütend und sprang auf, aber Søren packte sie und zog sie wieder zurück aufs Sofa, dann legte er ihr den Arm um die Schultern und sagte leise:

»Ich habe dich satt, Anna Bella.« Sein Griff war wie ein Schraubstock. »Ich habe es satt, dass du uns nicht helfen willst. Ich bin seit vielen Jahren bei der Polizei, aber ich hatte noch nie einen Fall, der so undurchschaubar war wie dieser hier. Und das Letzte, was ich hier brauchen kann, ist eine widerspenstige Zeugin, die sich aus Gründen, die ich bei Gott nicht kapieren kann, aufführt, als ob die Polizei und vor allem ich nur auf der Welt wären, um sie zu belästigen. Ich sehe ja, dass das alles nicht leicht für dich ist, Anna. Das sehe ich. Ein kleines Kind, die bevorstehende Prüfung und jetzt auch noch zwei absolut schockierende Todesfälle. Ich kann gut verstehen, dass du Angst hast und wütend bist und überhaupt total außer dir. Aber ich begreife nicht, warum du so böse auf mich bist. Wenn in dieser verdammten Kiste hier überhaupt noch jemand dein Freund ist, dann doch wohl ich.« Er ließ sie los, und Anna rief:

»Jetzt kriege ich blaue Flecken. Hast du denn völlig den Verstand verloren? Du darfst mich doch nicht misshandeln, du mieser Dilettant!«

Søren stand auf und ging zum Fenster.

»Dann kannst du dich ja beim Staatsanwalt über mich beschweren, Anna. Fahr morgen nach Bellahøj und reiche eine Klage ein. Du hast dich wenig kooperativ gezeigt und stehst im Prinzip auch unter Verdacht. Hast du Helland mit Parasiten infiziert? Kommt das bei deinen Wutanfällen heraus? Wirst du so wütend, dass du andere umbringst? Und was ist mit Johannes? Warst du auf den auch wütend? Hat er dir ein paar Wahrheiten an den Kopf geknallt, und schon bist du durchgedreht? Ist das so gelaufen? Und was ist mit Lily? So wie du dich verhältst, müsste man alles daransetzen, dir das Kind wegnehmen zu lassen. Du bist psychisch aus dem Gleichgewicht geraten, das schreit doch zum Himmel. Vielleicht wäre es für deine Kleine besser, anderswo aufzuwachsen als bei dir? Also, bitte sehr, Anna Bella. Beschwer du dich nur über mich.« Während er das alles sagte, blickte Søren ihr ruhig in die Augen, und als er fertig war, wandte er sich wieder dem dunklen Fenster zu.

Annas Herz galoppierte hundertzwanzig Kilometer in der Stunde, und sie musste nach Luft schnappen. Søren hatte entsetzliche Dinge gesagt, er verdächtigte sie, er hatte gewissermaßen den Daumen in ihr entzündetes Auge gedrückt, aber scheiß drauf. Sie wollte nicht ohne Lily leben. Søren schaute noch immer in die Dunkelheit hinaus, und Anna sah, dass seine rechte Hand zitterte.

»Ich will ja helfen«, sagte sie heiser. »Ich will dir doch helfen.«

Søren drehte sich langsam um und blickte sie lange an, dann nickte er.

»Irgendwer war in Johannes verliebt und … hat ihn belästigt«, sagte sie dann. »Eine Frau, die er in diesem Club kennengelernt hatte, den er besucht … in der Roten Maske.«

»Eine Frau?« Søren hob die Augenbrauen und schaute Anna abwartend an.

»Ich bin mir nicht sicher … Ich gehe davon aus, dass es eine Frau war. Ich glaube, er hat so etwas gesagt. Eine, mit der er sich gut verstanden hatte, in die er aber nicht verliebt war und die offenbar ein wenig durchgedreht ist, weil sie sich in ihn verliebt hatte.« Anna schämte sich, als ihr aufging, wie schlecht sie Johannes zugehört hatte. »Er hat es mir am Montag erzählt, und da hatte ich sozusagen genügend andere Sorgen«, fügte sie unglücklich hinzu. »Aber da war jemand, der ihn nicht in Ruhe ließ, der immer wieder anrief und …«

»Wir haben in Johannes' Computer Mails von jemandem gefunden, der sich *YourGuy* nennt«, sagte Søren und sah plötzlich nachdenklich aus. »Sie sind anonym und stammen von einem Mailkonto, das Donald Duck gehört, unterschrieben hat sie jemand, der sich *YourGuy* nennt und den wir für einen Mann halten. Sagt dir das irgendetwas?«

Anna schüttelte nachdenklich den Kopf und schaute aus dem Wohnzimmerfenster ins Dunkle.

»Es kommt mir nur so … vollkommen daneben vor, Johannes zu töten«, sagte sie dann. »Er ist der reizendste Mensch auf der Welt. Er streitet sich nie mit anderen. Das ist ja gerade das Nervige an ihm«, fügte sie hinzu. »Johannes sieht in allem und allen etwas Gutes.« Jäh erstarrte sie, als wäre ihr eben erst aufgegangen, dass sie noch immer in der Gegenwart sprach.

»Johannes hatte sich mit Lars Helland zerstritten«, wandte Søren ein.

»Nein, das bestimmt nicht. Helland war Johannes' Freund. Johannes hat immer die Krallen ausgefahren, wenn ich mir auch nur die geringste Kritik an Helland erlaubt habe.« Anna antwortete, als hätte Søren eine Frage gestellt.

»Anna, ich sage dir doch, dass Helland und Johannes zerstritten waren. Wir haben das schwarz auf weiß. Einen langen Mailwechsel, der schon vor dem Sommer angefangen hat und noch immer nicht zu Ende war. Helland hatte irgendeinen Artikel ruiniert, den sie eigentlich gemeinsam schreiben sollten. Johannes war offenbar unzufrieden mit Hellands mangelndem Engagement und wütend, weil der nicht genug Arbeit in das Projekt investierte. Hat Johannes diesen Konflikt jemals erwähnt?«

Anna blickte Søren unglücklich an.

»Nein«, sagte sie leise.

»Und du hast ihm nie angemerkt, dass in seiner Beziehung zu Helland etwas nicht stimmte?«

»Nein.« Sie hob ruckhaft den Kopf und starrte Søren unwirsch an. »Du willst doch nicht andeuten, dass Johannes Helland umgebracht hat, oder? Das kann nicht sein. Johannes ist der liebste Mensch, den ich kenne, er könnte niemals …« Sie griff sich an die Stirn.

»Anna«, sagte Søren ruhig. »Ich will überhaupt nichts andeuten. Ich versuche nur, mich in diesem Fall zurechtzufinden. Sonst nichts. Warum, glaubst du, hat Johannes dir nichts erzählt?«

»Weil ich eine riesige Egoistin bin«, sagte Anna leise.

»Wie bitte?« Søren sah sie fragend an.

»Nichts«, sagte Anna.

Dann passierte etwas, das sonst nie vorkam. Lily stand in der Tür, und Bloppen baumelte an einer ihrer Hände.

»Ich kann nicht schlafen«, sagte sie mit verschlafener Stimme. »Bloppen macht solchen Krach.«

Der Nervigste Polizist Aller Zeiten drehte sich um, setzte sich auf den Stuhl und sah Lily an. Sie ließ ihren Blick neugierig von ihrer Mutter zu Søren wandern.

»Schatz, du gehst jetzt sofort wieder ins Bett«, sagte Anna erschöpft.

»Bloppen hüpft im Bett auf und ab«, erklärte Lily.

»Es ist schon spät, Schatz«, sagte Anna und erhob sich.

»Aber Bloppen liest in meinen Büchern«, sagte Lily trotzig. »Und singt dabei.«

»Dann kann ich gut verstehen, dass du nicht schlafen kannst«, schaltete Søren sich ein.

Anna fuhr wütend zu ihm herum. Scheißbulle. Du hast überhaupt nicht mit meiner Tochter zu sprechen, wo du sogar gedroht hast, sie mir wegzunehmen.

Søren sah Lily an.

»Er macht ganz schrecklich viel Krach«, sagte Lily verzagt, aber auch ein wenig froh darüber, dass sie einen aufmerksamen Zuhörer hatte.

»Warum, glaubst du, macht er denn solchen Lärm, statt zu schlafen? Nett ist das nicht von ihm.«

»Bloppen will mich ärgern«, erklärte Lily.

Lily kam weiter ins Wohnzimmer herein, vorbei an Anna, als gäbe es diese gar nicht, und dann weiter zu Søren, und stellte sich dicht vor ihn hin. Sie reichte ihm ungefähr bis an die Knie, und ihr Nachthemd war bodenlang. Sie schleifte Bloppen hinter sich her und knallte Søren den frechen Hund auf die Beine.

»Wollen wir mal versuchen, ihn zu fragen, warum er so einen Krach macht?«, fragte Søren. Lily nickte.

»Ich bin Polizist«, sagte Søren jetzt listig. »Meinst du nicht auch, es ist gut, wenn ich frage? Dann glaubt Bloppen vielleicht, dass du die Polizei geholt hast, weil er solchen Lärm veranstaltet.« Lily hielt das für eine ausgezeichnete Idee. Søren hob Bloppen hoch und sah ihn streng an, wobei er ein Auge zukniff.

»Bloppen«, sagte er. »Warum machst du Krach und liest Lilys Bücher und singst und hüpfst im Bett auf und ab, sodass Lily nicht schlafen kann?«

Fasziniert starrte Lily Bloppen an. Søren machte rasch einige Hundegeräusche und musterte Lily verärgert.

»Ach, nein«, sagte er. »Ich kann einfach nicht verstehen, was er sagt.«

Lily machte ein zutiefst enttäuschtes Gesicht.

»Aber kannst du denn nicht die Hundesprache? Ich dachte, deine Mutter hätte so was gesagt.«

Strahlend drehte Lily sich zu Anna um und sah dann Søren wieder an.

»Na ja«, sagte sie dann. »Bloppen sagt, er macht das alles nur, weil er traurig ist.«

»Und warum ist er traurig?«, fragte Søren.

Lily fragte Bloppen mit ernster Miene und hörte ihm genau zu, als er die Antwort bellte.

»Er ist traurig, weil jemand richtig gemein zu seiner Mutter ist. So richtig, richtig gemein. Und weil sie deshalb nie mehr fröhlich ist.«

Søren sah Lily lange an, dann sagte er: »Wollen wir abmachen, dass ich die Leute fange, die so gemein sind zu Bloppens Mutter, damit Bloppen wieder froh wird und du schlafen kannst?«

Lily nickte.

»Dann gib mir die Hand«, sagte er und streckte seine Pranke aus. Lily reichte ihm ihr hellrotes Händchen. »Wenn ich sie gefangen habe, komme ich zurück und sag dir und Bloppen Bescheid, ja?«

Lily nickte zufrieden. Dann drehte sie sich ein wenig unschlüssig zu Anna um, und die sagte:

»Komm, Schatz. Jetzt bring ich dich zurück ins Bett.«

»Nein, der soll das machen«, sagte Lily und zeigte auf Søren.

»Nein, Lily.«

»Doch«, sagte Lily und zog einen Schmollmund.

Søren stand auf und warf Anna einen beruhigenden Blick zu. Er nahm Lily an die Hand und ging auf die Tür zu.

Und dann passierte das, was noch nie passiert war. Lily ließ Sørens Hand los, lief zurück zu Anna und gab ihr einen Kuss. Einen kleinen, trockenen Kuss auf die Wange.

»Du hast mich lieb, Mama«, sagte sie.

Zehn Minuten später kam Søren zurück. Anna saß wie versteinert auf dem Sofa. Søren nahm den Stuhl, der vor dem Fenster stand, drehte ihn mit der Rückenlehne zu Anna und setzte sich rittlings darauf.

»Anna«, begann er. »Es ist jetzt dreieinhalb Tage her, dass Lars Helland tot aufgefunden wurde, und abgesehen davon, dass ich weiß, *was* ihn umgebracht hat, tappe ich im Dunkeln. Heute haben wir Johannes tot aufgefunden, und hier tappe ich genauso im Dunkeln.«

»Glaubst du, ich war das?«, fragte Anna heiser.

Søren sah sie lange an.

»Im Moment kann ich gar nichts ausschließen. Aber wenn du mich fragst, so wie ich hier sitze, nachdem ich deine Einkaufstüten getragen und deine Tochter ins Bett gebracht habe, bin ich, ganz unter uns gesagt, ziemlich überzeugt davon, dass du weder mit Hellands noch mit Johannes' Tod etwas zu tun hast. Aber das alles will ich genauestens untersuchen, und dabei brauche ich deine Hilfe.«

»Wie denn?« Plötzlich spürte Anna, wie in ihr ein kleines bisschen Neugier wuchs.

»Vor allem wäre es eine große Hilfe, wenn du dich mir gegenüber weniger feindselig verhalten könntest«, sagte er friedlich.

Anna schlug die Augen nieder.

»Glaubst du, du schaffst das?«

»Ich kann es versuchen«, murmelte sie.

»Ich möchte, dass du Augen und Ohren offenhältst und mir erzählst, was du im Institut siehst und hörst und wie du darüber denkst. Eure Welt ist für mich ein total unbekanntes Fahrwasser, und ich muss zu meiner Schande gestehen, dass mir das Manövrieren schwerfällt. Alle sind entgegenkommend und wollen die Fragen dieses netten Kommissars gern beantworten, aber ich komme keinen Schritt weiter. Du kannst mir helfen, weil du die Sprache verstehst, du kennst ihren Ehrgeiz, kannst sie durchschauen. Hoffe ich. Jedenfalls besser als ich«, fügte er hinzu. »Hilf mir, Tybjerg zu finden, für den Anfang. Ich glaube, er versteckt sich, aber warum? Hilf mir, Johannes zu verstehen. Du warst seine Freundin. Du musst wissen, wie er war. Bist du sicher, dass er nicht schwul war? Hatte er eine Beziehung? Hast du jemals etwas beobachtet, das für den Fall von Bedeutung sein könnte? Hat er irgendwann einmal erwähnt, dass jemand wütend auf ihn war? Alles, Anna. Ich brauche Hilfe *bei allem*.«

Anna beobachtete ihn genau, während er sprach. »Und was, wenn ich es war?«, fragte sie dann.

»Dann nehme ich dich fest und bringe dich aufs Revier, führe dich einem Haftrichter vor und beantrage Untersuchungshaft, und du erhältst eine sehr lange Gefängnisstrafe. Aber ich glaube wie gesagt, dass du weder Helland noch Johannes umgebracht hast.«

»Warum glaubst du das?«

»Weil du viel zu viel zu verlieren hast, Anna.«

Sie schwiegen eine Weile.

»Frau Snedker hat gesagt, Lily habe keinen Vater«, sagte Søren dann.

»Das geht dich nichts an.«

Søren hob die Hand, wie um einen Ball abzuwehren.

»Oh, Mann«, stöhnte er.

»Na ja«, murmelte sie.

»Aber ansonsten hast du recht, es geht mich wirklich nichts an. Ich bin nur neugierig.«

»Lily hat einen Vater. Er heißt Thomas und lebt in Stockholm. Er ist Arzt. Das hier war einfach nichts für ihn.« Anna zuckte mit den Schultern und sah sich im Zimmer um. »Das Ganze hier. Kind und Verpflichtungen und eine Frau, die sich als so unliebenswürdig entpuppte wie ich. Wer will schon solchen Dreck unter der Schuhsohle kleben haben?«, fragte sie mit harter Stimme und sah Søren an. »Er sagt, er hat mich verlassen, nicht unser Kind«, murmelte sie dann. »Das behauptet er jedenfalls. Aber seit zwei Jahren hat er sich nicht mehr hier blicken lassen. Zufrieden?«

Søren nickte und schien aufstehen zu wollen.

»Du musst morgen aufs Revier kommen und deine Aussage machen.«

Anna schaute ihn überrascht an.

»Ja, mein Gefühl reicht eben nicht aus. Ich muss dich vernehmen, wie alle anderen, die mit diesem Fall zu tun haben. Wann kannst du da sein?«

»Morgen ist schlecht«, sagte Anna zögernd. »Ich muss nach Odense.«

»Nein, musst du nicht.«

»Doch, das muss ich.« Anna sah Søren trotzig an.

»Was willst du in Odense?«, fragte er gereizt. Anna spielte mit einer Streichholzschachtel herum.

»Ich muss etwas überprüfen. Zusammen mit Lily. Eine lange Geschichte«, fügte sie hinzu und seufzte, als sie Sørens Blick sah. »Okay«, fauchte sie. »Ich habe festgestellt, dass meine Eltern mich belügen. Zu allem Überfluss auch das noch.« Sie machte eine wütende Handbewegung. »Sie lügen, und ich weiß nicht, warum.«

»Tja, das musst du wohl absagen«, sagte Søren entschieden. Anna stand auf und sah ihn resigniert an.

»Ich bringe Lily morgen früh in den Kindergarten, und dann komme ich zur Vernehmung. Um zehn. Du kannst bis ein Uhr über mich verfügen. Danach hole ich Lily ab und fahre mit ihr nach Odense. Ich komme morgen Abend wieder nach Hause, und wenn du am Samstag zu Hellands Beerdigung kommst, dann sehen wir uns dort.« Sie schloss unvermittelt die Augen. Johannes war tot.

»Ach, Johannes, verdammt.« Sie verzog das Gesicht. »Das ist so beschissen sinnlos.«

Søren musterte sie einen Moment lang stumm, dann sagte er:

»Na gut, du darfst morgen zwischen ein Uhr und Mitternacht nach Odense fahren. Aber du trittst niemandem in die Eier und verschwindest auch nicht unterwegs.«

»Das ist nicht komisch«, sagte Anna kleinlaut.

»Nein«, sagte Søren wütend. »Das ist überhaupt nicht komisch. Und deshalb solltest du die ganze Chose ein bisschen ernster nehmen. Ist das klar? Weißt du, wo Tybjerg ist?« Die Frage kam angeschossen wie ein Pfeil.

Annas Blick irrte umher. Wenn sie Tybjergs Versteck verriet, würde die Polizei ihn sofort holen, und ihr Examen müsste abgesagt werden.

»Nein«, log sie.

Søren hielt ihren Blick fest.

»Na gut«, sagte er und fügte hinzu: »Gibt es irgendetwas, das du mir hier und jetzt erzählen möchtest?« Anna sah ihn intensiv an.

»Ich weiß, woran Lars Helland gestorben ist. Ich weiß von den Parasiten.«

Søren stöhnte.

»Woher?«

»Abgesehen davon, dass das gesamte Biologische Institut das Gerücht kennt«, sagte sie und sah ihn vielsagend an, »weiß ich es von Hanne Moritzen. Sie hat mich in ihr Büro gebeten und mir erzählt, dass du sie in ihrem Sommerhaus aufgesucht hast und warum. Sie wollte, dass ich ihr Bescheid gebe, für den Fall, dass Gerüchte aufkommen, die Parasiten stammten aus ihrer Abteilung. Nicht dass ich eine Ahnung hätte, wie man das herausfinden sollte. Diese Viecher tragen ja wohl keine bescheuerten Ringe. Aber sollten sie bestimmt werden, oder wie auch immer das heißt, und sich herausstellen, dass sie ursprünglich aus Hannes Bestand kommen – dann will sie das wissen.«

»Warum?«, fragte Søren neugierig.

»Die Parasitologie soll stillgelegt werden. Hanne hat noch drei Jahre, dann muss alles abgewickelt sein, und die Abteilung wird geschlossen. Aber Hanne ist überzeugt davon, dass der Fakultätsrat, wenn er eine Chance sieht, sie so schnell wie möglich über Bord wirft, also noch ehe die drei Jahre um sind. Das geht aber nur, wenn sie denen einen Kündigungsgrund liefert. Wenn die Parasiten aus ihrer Abteilung ausgebüxt sind und sie ihren Bestand so wenig im Griff hat, dass ein paar Exemplare daraus plötzlich im Gewebe von Kollegen auftauchen, dann ist das ein Grund für fristlose Kündigung. Natürlich. Und darauf möchte sie vorbereitet sein und hat nicht vor, sich kampflos zu ergeben. – Außerdem bin ich mir sicher, dass Birgit Helland lügt.« Anna fütterte den Hai und hoffte, dass er Tybjerg darüber vergessen würde.

»Wieso glaubst du das?« Søren blickte Anna neugierig an.

»Sie sagt, Helland sei gesund und munter gewesen. Er sei grenzenlos vital und energiegeladen gewesen. Der pure Unsinn. Ich habe ihn gesehen und weiß, dass er todkrank war.« Anna erzählte Søren von der Episode auf dem Parkplatz, mit einem Mal verlegen, weil sie das nicht schon längst getan hatte. »Es war verdammt unheimlich, bestimmt war er ziemlich krank«, endete sie.

 »Wann hast du mit Birgit Helland gesprochen?«, fragte Søren.

»Ich war heute bei ihr«, gestand Anna. »Das hier habe ich bekommen.« Sie fingerte den Anhänger aus ihrer Bluse hervor und sah Søren plötzlich schüchtern an. »Helland hatte den offenbar für mich machen lassen. Als Examensgeschenk. Birgit wollte ihn mir vor der Beerdigung noch geben.«

Søren machte ein nachdenkliches Gesicht.

»Sie lügt«, wiederholte Anna.

»Und sonst noch?«, wollte Søren wissen und sah Anna fragend an. Sie hatte sich in ihrem ganzen Leben noch nicht so kooperativ gefühlt.

»Ich glaube, Clive Freeman ist in Dänemark.«

Søren nickte langsam. Das wusste er bereits.

»Woher weißt du das?«, fragte er dann.

Scheiße. Sie ließ es darauf ankommen.

»Im Bella-Center findet gerade eine Vogelkonferenz statt«, sagte sie gelassen. »Ich habe seinen Namen im Programm gesehen.«

Søren hatte die Erklärung geschluckt.

»Wäre es vorstellbar, dass Tybjergs Verschwinden mit Freemans Auftauchen zusammenhängt?« Søren blickte Anna fragend an.

»Nein, was soll denn da für ein Zusammenhang bestehen?«, fragte Anna unschuldig.

»Anna«, sagte Søren ernst. »Ich muss das hier ins Reine bringen. Können der Tod von Helland und der von Johannes deiner Meinung nach mit deiner Diplomarbeit in Verbindung stehen? Du schreibst über eine wissenschaftliche Kontroverse über den Ursprung der Vögel, in die Helland sehr stark involviert war, stimmt's? Helland, Tybjerg und dieser kanadische Forscher, Clive Freeman. Aber wie kommt Johannes ins Bild? Ich blicke einfach nicht durch. Ich bin nur ein dummer Polizist und habe einfach keinen blassen Schimmer. Normalerweise werden Menschen aus Eifersucht, wegen Drogen, Geld oder irgendwelcher Familienangelegenheiten umgebracht. Es überschreitet meine Vorstellungskraft, jemand könnte andere Menschen aufgrund einer Sache ermorden, die mit einer wissenschaftlichen Position zu tun hat. Mit etwas, das in einer Diplomarbeit steht.«

Anna dachte lange nach.

»Johannes hat mich unterstützt«, sagte sie dann. »Er ist … er war Wissenschaftstheoretiker und sehr fleißig. Er hat mir geholfen, die Aspekte der Wissenschaftstheorie herauszufiltern, die in Bezug auf biologische Kontroversen wichtig sind. Diese Aspekte habe ich benutzt, um Clive Freeman zu Fall zu bringen.« Anna sah Søren ins Gesicht. »Und das mache ich in meiner Abschlussarbeit. Ich bringe ihn zu Fall.« Sie schluckte. »Johannes wusste ungeheuer viel über Karl Popper und dessen Vorstellungen von Falsifizierung und über Thomas Kuhn, der in den sechziger Jahren den Paradigmenbegriff eingeführt hat, vor allem aber über Lorraine J. Daston und ihre Definition der wissenschaftlichen Moralökonomien ... Ja, und ich habe Wochen gebraucht, um das zu kapieren, du brauchst dich also nicht schämen, wenn dir das vorkommt wie böhmische Dörfer. Es geht darum, dass es unzählige Wirbeltierforscher und Ornithologen gibt, die Clive Freeman im Laufe der Jahre angegriffen haben. Seine anatomischen Schlussfolgerungen und seine Fossilanalysen. Und weißt du was? Das ist ihm total egal, er weicht einfach aus, ganz gleich, was ihm auch vorgehalten wird. Vor 2000, bevor in China der *Sinosauropteryx* gefunden wurde, konnte man Clive Freeman häufig sagen hören: ›Zeigt mir eine Feder, die auf einem Dinosaurier gewachsen ist, dann werde ich euren Unsinn glauben.‹ Und als ihm dann ein gefiederter Dinosaurier gezeigt wurde, sagte er: ›Das da war niemals eine Feder.‹ Oder wenn er um nichts mehr in der Welt leugnen konnte, dass es sich wirklich um die Struktur einer Feder handelte: ›Das, woran diese Federn sitzen, ist kein Dinosaurier, sondern ein sehr alter Vogel. Natürlich, schließlich hat er ja Federn.‹ Das Problem ist nur, dass Freeman in Sachen Anatomie und Physiologie so fähig ist, dass er den meisten weit überlegen ist. Aber bisher hat niemand versucht, ihn an den grundlegenden wissenschaftlichen Idealen zu messen. Niemand hat bisher nachgewiesen, dass er die prinzipiellsten wissenschaftlichen Regeln bricht.«

»Und die wären?«

Anna sah ihn resigniert an.

»Das ist ein wenig schwer zu erklären«, sagte sie dann. »Aber interne Widersprüche darf es zum Beispiel nicht geben, wenn man eine Arbeit wissenschaftlich nennen will, und Freemans Arbeit strotzt nur so vor Inkonsequenzen. Außerdem lehnt er geltende unterstützende Analysemethoden ab, was natürlich sein gutes Recht ist, aber nur, wenn er überzeugend für eine Alternative argumentieren kann. Wir wissen nicht, ob er das kann, denn er unterlässt es konsequent.« Anna legte eine Pause ein und blickte Søren an. Eines seiner Augen war ein klein wenig geschlossen.

»Ich glaube nicht eine Sekunde, dass Clive Freeman etwas damit zu tun hat, was passiert ist. Wenn Freeman eine Veröffentlichung meiner Arbeit hätte verhindern wollen, dann gäbe es eine Menge Menschen, die er vor Johannes und Helland hätte erledigen müssen. Mich zum Beispiel. Und Tybjerg.«

»Genau«, sagte Søren und sah Anna vorsichtig an. »Aber vielleicht ist Tybjerg nirgendwo zu finden, weil er tot ist. Ich frage mich ehrlich, ob wir dich nicht unter Polizeischutz stellen sollen.«

»Falls es zwischen den beiden Todesfällen überhaupt einen Zusammenhang gibt«, wandte Anna energisch ein. Sie hatte nicht die geringste Lust, rund um die Uhr den Nervigsten Polizisten Aller Zeiten am Hals zu haben. Und Tybjerg war ja nicht tot.

»Ja, falls«, sagte Søren und sah sehr müde aus.

»Ich weiß, die Finnen waren zwischen drei und vier Monate alt«, sagte Anna. »Das muss doch bedeuten, dass Helland und Johannes, auch wenn sie innerhalb einer Woche gestorben sind, zu völlig unterschiedlichen Zeitpunkten ermordet worden sind, Johannes gestern«, sie schluckte, »und Helland vielleicht schon im Juni oder Juli.«

»Wir werden morgen erst erfahren, ob Johannes von Finnen befallen war«, sagte Søren leise. Anna starrte ihn stumm an.

»Wer ist eigentlich der Mann, der hier zweimal auf dich gewartet hat, Anna?«, fragte Søren dann plötzlich.

»Woher weißt du das?«

»Frau Snedker«, sagte Søren.

»Ich weiß nicht, wer das war«, antwortete sie ehrlich. »Freeman jedenfalls nicht. Er war jung, sagt Maggie.«

»Möchtest du nicht wissen, wer es ist?«

»Zuerst war ich der Meinung, dass es Johannes war«, sagte sie leise. »Und ich habe ihm gesimst, damit er das bestätigte. Als er es dann doch nicht war, habe ich mir schon meine Gedanken gemacht. Aber wenn … wenn sein Mörder sein Telefon hat«, wieder schluckte Anna, »dann kann es doch sein, dass Johannes hier war und die SMS gar nicht stimmt … vielleicht wollte Johannes mir etwas sagen? Aber warum ist er dann weggegangen? Das ergibt doch keinen Sinn.« Sie wandte sich ab.

Søren erhob sich.

»Morgen um zehn«, sagte er und zeigte mit dem Finger auf sie. »Und dass du mir ja nicht zu spät kommst.«

Anna schüttelte den Kopf. Als sie die Tür hinter ihm geschlossen hatte, hob sie den Mittelfinger.

Dreißig Sekunden später klapperte es am Briefschlitz. Anna machte auf.

»Darf ich den neuesten Hofklatsch erfahren?«, flüsterte Maggie. Anna konnte hören, dass Søren noch nicht einmal die Haustür erreicht hatte.

»Maggie, ich bin einfach zu müde«, flüsterte Anna zurück. »Morgen.«

Maggie sah enttäuscht aus und hatte sich schon umgedreht, als Anna noch etwas einfiel.

»Maggie«, sagte sie und nahm die Hand der alten Dame. Sie war samtweich. »Wenn dieser Typ noch mal auf mich wartet, dann …«, sie sah Maggie mit ernstem Blick an, »dann ruf die Polizei.«

Maggie blickte einen Moment ängstlich drein, dann sagte sie: »Du kannst mir glauben, du bist eine spannendere Nachbarin als damals Frau Lerby. Früher ist hier niemals auch nur das Geringste passiert.«

Anna lächelte schwach und wünschte gute Nacht. Sie setzte sich ins Wohnzimmer und konnte fast nicht aus den Augen schauen. Die ersten fünf Minuten saß sie einfach nur da. Johannes war tot. Sie konnte nichts anderes denken. Wie sollte sie das Jens und Cecilie sagen? Die würden durchdrehen. Sie würden ihr verbieten wollen, jemals wieder einen Fuß in die Universität zu setzen. Jens würde wütend im Zimmer auf und ab laufen und mit Feuer und Schwefel und Schlagzeilen drohen. Dann fiel ihr ein, dass beide sich in Schweigen hüllten. Und sie streifte ihre Schuhe ab.

Sie schluchzte auf. Ihre Brust zog sich zusammen, aber es kamen keine Tränen. Lange blieb sie so sitzen, erfüllt von Trauer um Johannes. Danach nahm sie das Telefon und rief Karen an.

Karen meldete sich sofort und schien sich darüber hinaus zu freuen, als sie hörte, wer da anrief. Sie war beileibe nicht so reserviert oder zurückhaltend, wie Anna sich das vorgestellt hatte. Karen plapperte drauflos. Sie war an der Kunstakademie angenommen worden und wohnte seit August in Kopenhagen. Sie fand es wunderbar, Kopenhagen sei eine phantastische Stadt, und sie habe schon viele neue Freunde. Sie wisse sehr wohl, wo Anna wohne, habe aber noch nicht angerufen. Ehrlich gesagt hätte sie sich ja nach all den Jahren endlich ein Herz fassen müssen, sagte sie und lachte, aber am Dienstag sei ihr dann Cecilie auf der Straße begegnet. Die habe erzählt, Anna habe so viel zu tun, dass sie kaum zum Atmen komme, und zu allem Überfluss sei ihr Betreuer an der Uni gestorben. Cecilie hatte versprochen, Karen per Mail mitzuteilen, wann genau Annas Mündliche stattfinden würde, und sie hatten verabredet, dass Karen dann vorbeikommen sollte. Als Examensgeschenk.

»Dass du wirklich Biologin geworden bist«, sagte Karen. »Ich bin so stolz auf dich.«

Und dann wollte Karen alles über Lily wissen. Braune Haare, rote Haare, Annas Haare? Was mochte sie gern? Ob Karen ihr ein Geschenk kaufen dürfe. Eine Puppe? Oder so eine Plastikschürze mit Spiderman-Bild, damit sie zusammen töpfern könnten? Anna verstummte zusehends. Warum hatte sie Karen seit so vielen Jahren nicht gesehen? Es kam ihr absolut lächerlich vor, und sie kam zu dem bedrückenden Schluss, dass sie sich gegen Karen entschieden hatte, nicht umgekehrt. Bei diesem Gedanken schnürte es Anna den Hals zu, und sie beantwortete Karens muntere Fragensalven nur noch einsilbig. Am Ende fragte Karen, ob es ihr eigentlich gut gehe, abgesehen von der Hektik natürlich, so richtig gut? Anna verneinte.

Dann brach die ganze Geschichte aus ihr heraus. Über Thomas, über diese gekenterte Beziehung, über Cecilie, die ihr auf die Beine geholfen hatte, sich aber jetzt in ihrem Leben eingenistet hatte und alles ausfüllte, über das vergangene Jahr an der Abteilung für Zellbiologie und Vergleichende Zoologie, über Helland, der tot war – und zuletzt erzählte sie auch noch widerstrebend von ihrem Freund Johannes. Der scheint ja ganz nett zu sein, sagte Karen, und Anna brach in Tränen aus. Als Karen begriff, was Anna ihr eigentlich erzählt hatte, nämlich, dass Johannes ebenfalls tot war, wollte sie sofort herüberkommen,

»Anna, du kannst doch jetzt nicht allein sein«, rief Karen entsetzt.

»Ich will auch gar nicht allein sein«, sagte Anna impulsiv. »Meinst du, du könntest morgen Abend kommen?«, fragte sie mit jämmerlicher Stimme. »Könntest du das Wochenende bei uns verbringen? Meinst du, du könntest mir ein wenig mit Lily helfen, damit ich Cecilie nicht anrufen muss? Ich will Cecilie nicht anrufen, ich schäme mich so.« Wieder strömten ihre Tränen, und Karen sagte zu. Ohne zu zögern. Sie wolle gern kommen. Nichts lieber als das.

Du hast mir wirklich gefehlt, sagte Anna dann, und ehe Karen noch antworten konnte, legte sie auf.

Danach konnte sie nicht einschlafen. Die Gedanken wirbelten ihr durch den Kopf, bis sie sich schließlich aufsetzte. Johannes war tot. Er lag irgendwo eiskalt auf einer Bahre in einem Schrank. Und sie hatte ihn nicht einmal mehr um Entschuldigung bitten können. Sie hatte ihn beschimpft und ihn für das bestraft, was er der Polizei gesagt hatte, obwohl sie deshalb nicht einmal richtig wütend gewesen war. Jetzt war es zu spät, und Johannes hatte recht gehabt: Sie führte sich auf, als wäre sie das einzig Wichtige auf der Welt.

Anna stand auf und lief durch die Wohnung, vorbei an der zugenagelten Tür zu Thomas' altem Zimmer und weiter ins Kinderzimmer, von wo sie die schlafende Lily zu sich holte.

Als sie dicht aneinandergeschmiegt unter Annas Decke lagen, erwachte ihr schlechtes Gewissen. Wenn das Kind mitten in der Nacht selbst angestapft kam und in ihr Bett wollte, war das eine Sache. Etwas ganz anderes war es, sie zu sich zu holen. Lily war doch ein Mensch und nicht Annas Wärmflasche. Cecilie verhielt sich manchmal so, als wäre Anna etwas, worauf sie einen Anspruch besaß. Nicht auf bösartige oder berechnende Weise, so war Cecilie wahrhaftig nicht. Aber auf Situationen und Konfrontationen folgte oft der Refrain: *Ja, aber wir sind doch Mutter und Tochter.* Als ob das irgendetwas rechtfertigte, ein Mutter-Tochter-Verhältnis. Das bedeutete doch nicht, dass es für sie hundert Abkürzungen und ebenso viele niedrige Zäune gab, über die man einfach hinwegspringen konnte, es bedeutete nicht, dass man einfach *zugreifen* durfte. Jetzt lag Anna im Bett und berauschte sich an ihrem Kind. Schnupperte im Dunkeln an Lilys Haaren, öffnete die Fäuste der Schlafenden, berührte eine runde, warme Schulter. Sie konnte die Tränen nicht zurückhalten. Es war stockfinster im Raum und ganz still auf Nørrebro. Die Tränen versickerten in der Bettwäsche, doch kamen immer neue, sie kullerten und kullerten. Anna hätte Lily so gern aufrichtig und rein geliebt. Sie wäre so gern imstande gewesen, ihr Kind zu lieben. Sie wäre so gern die stabile Sonne gewesen, die aus der Distanz auf Lily herabschien, eine rasch wachsende Bohnenranke, die hoch und weg wollte und die schöne grüne Blätter und feuerrote Blüten und saftige Hülsenfrüchte bekam. Aber ihr Herz schien wie gelähmt zu sein.

Sie schob die Hand unter das Kissen, auf dem Lily lag, und zog sie dichter an sich. Anna hatte sich nie so freuen können, wie Karen das schaffte. Karen, die vor Glück einfach aus den Fugen geraten konnte, wenn sie Anna nach den Sommerferien wiedersah, oder Karen, die es einfach liiiiebte, die Schule zu schwänzen, damit sie gemeinsam mit ihrer Mutter nach Odense fahren und sich Kleider kaufen und Croques essen und sich scheinbar wunderbar und unkompliziert amüsieren konnte. Karen liebte außerdem gute Filme, Spaghetti Bolognese, Strandspaziergänge, Spielabende, Platten mit dramatischen Musicals, die sie bei voller Lautstärke abspielte, während sie unter ihren wilden Locken umhertanzte. Doch nie hatte Karen angedeutet, dass ihre Art zu leben besser sein könnte als Annas. Karen tanzte und johlte, während Anna zögerte und ein wenig mit dem Fuß wippte. Sie waren Freundinnen gewesen. Aber trotzdem hatte Anna alles ruinieren können.

Gab es überhaupt irgendetwas, worüber Anna sich freuen konnte? Ihre Eltern bedeuteten ihr etwas. Viel sogar. Genau wie Lily ihr sehr, sehr viel bedeutete. Aber diese Bedeutung entsprang vielmehr dem Kopf und weniger dem Herzen. Anna wandte sich ein wenig von Lily ab, beschämt über ihre Gedanken, während die Kleine sich an sie klammerte. Sie schaute hinaus auf das Licht der Stadt, das durch den groben Vorhangstoff sickerte. Als Troels an jenem Morgen gegangen war, vor zehn Jahren, in dem Sommer, in dem sie Abitur gemacht hatten, war Karen vollständig außer sich gewesen und hatte ihn gesucht, hatte immer wieder seine Eltern angerufen, obwohl es Anna war, die den Bruch herbeigeführt hatte. Karen konnte es nicht ertragen, dass sie zerstritten waren, und Anna versuchte, sich in Karens Unruhe hineinzuversetzen. Wo war er wohl? Was hatte sie bloß angerichtet? Im tiefsten Herzen war es ihr egal gewesen, und sie hatte sich nur verstellt. Troels war selbst an allem schuld. Er war ein ganz und gar schlechter Freund gewesen. Außerdem war es total egal. Sollten sie doch machen, was sie wollten. Alle miteinander.

Aber ein Mal hatte sie geliebt. Das ging ihr jetzt auf, und so banal dieser Gedanke auch war, so sehr erfüllte er sie doch mit Angst. Sie hatte Thomas einmal so geliebt, wie sie jetzt Lily schrecklich gern geliebt hätte. Brennend, bedingungslos, ohne Kompromisse. Anna ließ Lily los und setzte sich im Dunkeln auf. Es konnte nicht angehen, dass sie es geschafft hatte, ihn zu lieben, ihr Kind aber nicht. Es konnte verdammt noch mal nicht sein. Thomas war Vergangenheit, Lily war Gegenwart und Zukunft, sie war immer. Anna schwang die Beine über die Bettkante. Sie schaute auf die Uhr, es war jetzt drei.

Sie ging aus dem Schlafzimmer und schloss die Tür, um Lily nicht zu wecken. Sie kochte Kaffee. Eine große Tasse mit heißer Milch. Im Wohnzimmer machte sie Feuer im Ofen und schob den Sessel vor die offene Klappe.

Warum bist du eigentlich so zornig?, hatte Søren gefragt. Sein Blick war für einen Moment weich und fragend gewesen. Als ob er es wirklich nicht verstehen könnte. Vielleicht begriff sie es ja selbst nicht. Aber es war eben trotzdem so. Sie spürte vor allem jenen Zorn. Viel mehr als die Liebe. Dieser Gedanke lähmte sie. Sie war böse auf Thomas. Was an sich ja auch egal war. Sie hatten ihn seit über zwei Jahren nicht gesehen, sie wusste nur, dass er in Stockholm arbeitete, und irgendwo hatte sie seine Telefonnummer, sonst aber wusste sie nichts über ihn und hörte auch nie von ihm.

Aber sie war auch wütend auf Cecilie, und immer wenn sie zusammen waren, loderte diese Wut zwischen ihnen auf. Und ein wenig auch auf Jens. Weil er in der Nase bohrte, weil er zu spät kam, weil er sich das Rauchen nicht abgewöhnen konnte, und wenn er sich zu nichts aufraffen konnte, dann ließ sich ihr Ärger nicht durch Fürsorge und Nachsicht ersticken, sondern sie wurde rasend. Einfach so. Und Lily. Natürlich war sie ihrer drei Jahre alten Tochter nicht böse, aber sie hatte auch nie die Geduld mit dem Kind, die sie gern gehabt hätte. Lily war so anspruchsvoll und so wenig kompromissbereit, sie war starrköpfig, als besäße sie keinen Funken Vernunft, und den hatte sie ja auch nicht, sie war schließlich erst knapp drei Jahre alt!

Anna war auf Helland sauer gewesen, auf Tybjerg, auf Johannes. Johannes, der ihre Schultern massierte, wenn sie schlecht geschlafen hatte, Johannes, der freundlich und aufmerksam zuhörte, der sie in den vergangenen Jahren so oft dazu gebracht hatte, schallend loszulachen. Ihr Zorn durchdrang alles ohne Widerstand. Das ergab doch keinen Sinn. Warum war sie so? Sie stellte ihre Tasse auf den Boden und presste die Knie gegen ihre Augenhöhlen. Das Feuer loderte jetzt und wärmte ihre Oberschenkel.

Wütend sprang sie auf. Sie wollte verdammt noch mal nicht böse auf ihr Kind sein. Das konnten Kinder überhaupt nicht ertragen. Kinder lieben, weil sie zuerst geliebt werden.

Anna starrte wieder auf das Bild von Cecilie, Jens und ihr selbst mit den Sternenaugen. Stierte auf den Kontrast zwischen den lächelnden Mündern ihrer Eltern und ihren traurigen Augen, auf ihre eigene zum Himmel schreiende Unschuld. Damals war irgendetwas geschehen. Am nächsten Tag würde sie Ulla Bodelsen besuchen. Ein Kind liebt, weil es zuerst geliebt worden ist.

Die Vernehmung auf dem Revier am Freitagmorgen dauerte knapp zwei Stunden. Søren war frisch rasiert und glatt, nicht nur im Gesicht, sondern auch in seiner Art, wie er Anna willkommen hieß. Er verriet in keiner Weise, dass er am Vorabend ihre Tochter ins Bett gebracht und Anna an den Schultern gepackt hatte. Während der Vernehmung war ein weiterer Polizist zugegen, vielleicht war das der Grund. Als Anna wieder auf der Straße stand, war es kurz nach zwölf, und der Zug nach Odense fuhr erst in anderthalb Stunden. Sie brauchte frische Luft und beschloss, den Frederikssundsvej entlangzugehen. Es war kalt, ein paar Vögel machten sich nicht einmal die Mühe, aus ihren Büschen aufzufliegen, als Anna vorübermarschierte.

Ein Mann vor ihr auf dem Bürgersteig erinnerte sie irgendwie an Troels. Karen hatte ihn mit keinem Wort erwähnt, und Anna hatte einen großen Bogen um dieses Thema gemacht. Aber vielleicht half alles nichts. Vielleicht würde Anna herausfinden müssen, wo er steckte, und sie würde sich für das entschuldigen müssen, was sie damals gesagt hatte. Selbst wenn es nicht von Herzen kam. Der schöne Troels. Anna fixierte den Mann – das musste sie sich einbilden. Wie war es möglich, dass jemand eine solche Ähnlichkeit mit jemand anderem haben konnte? Es war wirklich vollkommen unmöglich, dass er es war. Troels tauchte nicht einfach mir nichts, dir nichts auf, nach zehn Jahren am Ende des Frederikssundsvej, ohne überhaupt wissen zu können, dass Anna dort unterwegs sein würde, und schon gar nicht zehn Sekunden nachdem Anna gerade an ihn gedacht hatte, und ausgerechnet an dem Tag, nachdem sie seit zehn Jahren erstmals wieder Kontakt zu Karen aufgenommen hatte. So etwas gab es einfach nicht.

Aber er war es wirklich. Er stand vor einem Gemüseladen, in lässiger Körperhaltung, als stünde er an der Ecke 2nd Avenue und 58th Street und wartete auf ein Taxi. Troels schaute vor sich hin, in Richtung Fahrbahn, über die Autos hinweg, und Anna versuchte, seinem Blick zu folgen. Sie dachte gerade noch, er verstelle sich, er müsse sie gesehen haben und gebe jetzt nur allzu übertrieben vor, sie nicht gesehen zu haben, als er den Kopf drehte und ihr ins Gesicht schaute.

»Hallo, Anna!«, rief er verdutzt. »Nein, Mensch! Hallo, Anna!«, wiederholte er laut. Seine Stimme klang glücklich und aufrichtig, und Anna musste einfach lachen, als er sie umarmte.

»Was zum Teufel machst du denn hier?«, fragte sie in seine Öljacke hinein, die nach Tabak roch.

»Ich stand da und hatte gerade überlegt«, lachte Troels und drückte sie an sich, »ob Anna Bella Nor seit dem letzten Mal vielleicht den Kammerton gefunden hat oder ob sie wohl noch immer flucht wie ein Bierkutscher. Wie geht's dir denn? Ich habe gehört, du bist eine Art Dinosaurierexpertin geworden, Archäologin oder wie man so was nennt.«

»So ungefähr.« Anna lächelte. »Aber von wem hast du das?« Troels sah gut aus. Seine Haut war elfenbeinfarben, und seine Augenbrauen und Wimpern wirkten wie sorgsam ausgeführte Kunstwerke, geschwungen und dunkel. In der Augenbraue funkelte ein grüner Stein, und er hatte sich eine St.-Pauli-Strickmütze mit dem bekannten Totenkopf tief in die Stirn gezogen.

»Vor ein paar Tagen bin ich Karen über den Weg gelaufen. Seltsam, was? Dass ich euch beide innerhalb so kurzer Zeit zufällig treffe? Sie hat es mir erzählt. Klingt wahnsinnig spannend. Wir haben verabredet, uns mal zu treffen.«

Anna sah Troels unsicher an. Treffen? Nur er und Karen? Oder meinte er Karen, Anna und sich selbst? Er wirkte nicht sauer, nicht im Geringsten. Eher ein wenig überspannt. Als wäre er nervös. Das war sie auch. Tief unter ihrer Kleidung spürte sie deutlich ihre feuchten Achselhöhlen.

»Dinosaurierbiologin. Mannomann, Anna Bella. Ich hätte eigentlich gedacht, du würdest etwas anderes werden.«

Anna runzelte die Stirn.

»Sollen wir ein bisschen weiterlaufen?«, fragte sie. »Es ist zu kalt, um rumzustehen.« Er schaute auf die Uhr, dann nickte er. Sie gingen los.

»Wenn ich hätte raten sollen, dann hätte ich getippt, dass du Offizier in der Armee geworden bist oder so was. Irgend so ein Hardcorekram, bei dem du das Kommando über einen Haufen Menschen hättest.« Er lachte.

Anna schaute ihn verletzt an. »Zehn Jahre, und du hast noch immer tausend Meinungen über Dinge, von denen du eine Scheißahnung hast.«

»He, Anna Bella«, sagte er fröhlich. »Wir wollen uns doch nicht zanken!«

»Warum eigentlich nicht?«, fragte Anna, überrascht darüber, wie rasch der alte Zorn wieder aufloderte. »Du hast verdammt noch mal immer schon so viele konkrete Vorstellungen von mir gehabt.« Sie waren erst fünfzig Meter weiter in Richtung Innenstadt gegangen. Anna hätte gern mit dem Fuß aufgestampft. Troels kam ihr so überlegen vor.

»Warum sehen wir uns eigentlich nie mehr?«, fragte er plötzlich.

»Du und ich und Karen. Ihr wart meine allerbesten Freundinnen, und plötzlich wart ihr weg.«

»*Du* warst plötzlich weg«, sagte Anna überrumpelt. »Du warst es doch, der plötzlich weg war.« Troels schaute sie einen Moment verblüfft an.

»Whatever«, sagte er dann.

»Was hast du denn so gemacht?« Anna wechselte das Thema und sah ihn neugierig an.

»Alles Mögliche«, antwortete Troels gleichgültig. »Mailand zuerst, das lief sehr gut. Dann bin ich nach New York gegangen. Hab als Model Geld verdient, aber das weißt du vielleicht?«

»Nee«, erwiderte Anna.

»Tja, da kann man mal sehen. Da hatte ich doch tatsächlich gedacht, ich sei wegen meines guten Aussehens berühmt und berüchtigt.« Er lachte kurz. »In New York habe ich angefangen zu malen. Auch deshalb bin ich nach Dänemark zurückgekommen. Ich habe mich an der Kunstakademie beworben. Und da bin ich Karen über den Weg gelaufen. An einem Informationsabend. Es war total heftig. Wir haben danach ein Bier getrunken und über dich geredet. Ich bin leider nicht aufgenommen worden. Aber ich werde es noch mal probieren. Na ja, und seither haben wir ein wenig Kontakt.« Troels lächelte. »Übrigens haben wir uns am Dienstag gesehen, haben in einem Café einen Burger gegessen. Karen wollte, dass ich zu deiner Mündlichen mitkomme. Als Überraschung. Ich glaube, sie möchte, dass wir alle wieder Freunde sind.« Troels wirkte einen Augenblick verlegen, und sie gingen schweigend weiter.

»Karen hat etwas von irgendjemandem gesagt, der bei dir an der Uni gestorben ist?«, sagte Troels dann.

»Das ist nicht irgendjemand. Sondern mein Betreuer. Herzversagen. Er war erst siebenundfünfzig«, murmelte Anna. Der Rest ging ihn nichts an. Cecilie hätte es Karen nicht erzählen dürfen, und Karen hätte es erst recht nicht Troels erzählen dürfen. Troels schwieg einen Moment, dann sagte er:

»Nein, ein Freund von dir. Ein junger Typ.« Anna blieb stehen und blickte ihn ungläubig an.

»Woher weißt du das?«, fragte sie leise.

 »Von Karen«, sagte Troels leichthin. »Sie hat gestern Abend

spät noch angerufen«, gab er dann zu. »Nachdem ihr telefoniert hattet. Sie hat vorschlagen, dass wir die Knoten lösen, wie sie das ausgedrückt hat. Sie hat gesagt, du seist darüber sehr traurig. Ganz aufgelöst, sozusagen.« Anna starrte Troels verständnislos an.

»Und sie hat dich gestern angerufen, um dir das zu erzählen?«

»Ja«, sagte Troels gelassen. »Ich war schon im Bett, habe aber noch gelesen. Es war weit nach Mitternacht. Sie war ziemlich aufgewühlt, weil du so traurig gewesen bist. Sie sagte, du brauchtest dringend Hilfe. Du brauchtest alte Freunde. Und dass deine Stimme fremd geklungen habe.« Troels lächelte freundlich. »Ist schon komisch, ich wollte längst wieder Kontakt zu dir aufnehmen. Neu anfangen und vergessen, was immer damals passiert ist.« Er lachte kurz. Anna begegnete ihm mit misstrauischem Blick.

»Und am nächsten Tag kreuzen sich zufällig unsere Wege in Nordwest?« Sie trat einen Schritt zurück und musterte ihn.

»Okay«, gab er mit breitem Lächeln zu. »Hast mich durchschaut. Es ist kein purer Zufall. Ich habe dich heute Morgen im Bus gesehen. Ich saß ganz hinten. Du bist an der Rantzausgade ein- und in Bellahøj ausgestiegen. Da bin ich auch ausgestiegen und habe vor der Polizei gewartet. Ich war feige. Seit Februar bin ich zurück aus New York, und ungefähr als Erstes habe ich versucht rauszukriegen, wo ihr wohnt – du und Karen. Schon so oft wollte ich dich anrufen, und ich weiß eigentlich gar nicht, was mich daran gehindert hat.« Er wirkte verlegen.

»Es ist mir wohl peinlich«, sagte er dann. »Auch deinen Eltern gegenüber. Nach allem, was sie für mich getan haben. Jahrelang haben sie mir geschrieben und so. Aber ich habe nicht ein Mal geantwortet. Als ich dich dann heute Morgen gesehen habe, dachte ich: Jetzt oder nie. Ich habe vor der Wache auf dich gewartet und hatte schon fast aufgegeben, als du endlich rauskamst. Es war ja auch bitterkalt.« Er lachte und schlang sich die Arme um den Leib.

»Du bist ja auch ganz schön dünn«, rutschte es Anna heraus.

»Ebenfalls«, sagte Troels liebevoll. Aus einem Impuls heraus hakte Anna sich bei Troels ein. Der lächelte.

»Muss hart sein«, sagte er. »Ganz schön heftig. Bist du bei der Polizei vernommen worden und so?«

»Hmm«, brummte Anna ausweichend. »Ich helfe denen ein wenig. Die haben keine Ahnung von unserer Welt«, sagte sie dann und verstummte. Troels schielte neugierig zu ihr herab.

»Was wollen die denn so wissen?«, fragte er.

Anna blieb stehen und sah ihn an.

»Ganz ehrlich, Troels. Was ist damals passiert?« Anna sah ihn fragend an. »Warum bist du abgehauen? Warum bist du verschwunden? Karen hat wochenlang nach dir gesucht.«

»Kann dir das jetzt nicht egal sein?«, fragte Troels.

»Wenn es so egal ist, warum bist du dann damals abgehauen? Drama Queen.«

Troels schüttelte ihren Arm ab.

»Tu das bloß nicht!« Seine Augen glühten. Anna stemmte die Arme in die Seiten.

»Was nicht?«, fragte sie heftig. »Ich tu doch nichts. Du bist es, der mir nachspioniert, der mich verfolgt und sich seltsam verhält. Und dann behauptest du, es sei alles egal. Du warst zehn Jahre lang wie vom Erdboden verschluckt. Und deshalb ist es eben nicht egal! Ich kann es nicht ertragen, wenn Menschen auf diese Weise verschwinden, verstehst du? Das ist einfach widerlich.« Sie gestikulierte wild, und ihre Augen waren schon längst blank vor Zorn. Troels' Gesicht war plötzlich wie versteinert.

»Du warst meine beste Freundin«, sagte er dann fast unhörbar. »Ich habe mich auf dich verlassen. Auf dich und Karen und auf deine Eltern. Und in der Nacht, da warst du genau wie mein Vater. Das weißt du genau. Es war gemein.« Troels biss die Zähne zusammen. Anna kochte und spürte, dass sie drauf und dran war, die Fassung zu verlieren. Nur weil der Nervigste Polizist Aller Zeiten vor ihrem inneren Auge auftauchte, riss sie sich zusammen.

»Hör mal, wollen wir uns jetzt nicht verabschieden und uns wieder treffen, wenn ich die Mündliche hinter mir habe?«, fragte sie beherrscht. »Du und Karen könnt natürlich hinkommen. Das ist ja öffentlich«, fügte sie hinzu und sah ihn kurz an. »Aber im Moment habe ich es eilig, Troels. Tut mir leid. Ich würde jetzt eigentlich gern weitergehen. In Ruhe. Ich muss meine Gedanken sortieren. Außerdem muss ich einen Zug erwischen.«

Kurzzeitig verzerrte sich sein Gesicht, sie hatte den Eindruck, dass er zitterte, aber dann sank er in sich zusammen.

»Na gut«, sagte er lässig. »Ist schon gut. Ich kann ja verstehen, dass du unter Stress stehst. Zuerst dein Betreuer, dann Johannes. Das ist verdammt noch mal ganz und gar nicht geil.« Anna taute ein wenig auf.

»He«, sagte sie dann und griff nach seiner Hand. »Ich will dich wirklich gern treffen, Troels. In ein paar Wochen, ja?« Sie versuchte, alles zu überspielen, und dachte wieder daran, was Søren gesagt hatte: dass sie sich anständig benehmen sollte. Fast war es ihr immerhin gelungen.

»Ich muss da lang«, sagte Troels tonlos und zeigte auf die andere Seite der Kreuzung. »Ich wohne nicht weit von hier.«

»Okay«, sagte Anna. Sie umarmte ihn, und diese Berührung fühlte sich hart und knochig an. Anna hielt seine Arme fest und schob ihn ein Stück von sich weg.

»Sind wir gute Freunde?«, fragte sie.

»Natürlich«, antwortete Troels und lächelte. »Schlechtes Timing«, fügte er hinzu. »Ich konnte es nur einfach nicht lassen, als ich dich heute Morgen gesehen habe. Ich hatte gerade an dich gedacht, und schwupp!, schon stehst du im Bus. Ich hätte warten sollen.« Er strich mit seiner behandschuhten Hand eine Locke aus Annas Stirn.

»Wir sehen uns bald, meine Schöne«, sagte er dann und überquerte die Straße. Anna schaute ihm hinterher.

Die Zugfahrt nach Odense war geprägt von Lilys ausgelassener Stimmung. Sie hatten in einem Familienabteil Plätze gefunden, und als Erstes leerte Lily ihren Rucksack voller Spielzeug auf dem Tisch aus. Ihre lärmende Fröhlichkeit zog rasch zwei andere Kinder an, und gleich darauf hatte Lily sie mit Teddys und Puppen und Bauklötzen ausstaffiert. Anna musterte ihre Tochter von ihrem Fensterplatz aus. Als die Zugbegleiterin mit dem Servierwagen kam, kaufte sie ein Würstchen und zwei Packungen Saft, und als sie alles aufgegessen hatten, mussten sie auch fast schon wieder aussteigen.

Im Bahnhof von Odense staunte Anna darüber, wie sehr sich

alles verändert hatte und wie sehr alles doch gleich geblieben war. Es gab jede Menge neuer Läden, und es sah eher aus wie ein Einkaufszentrum als ein Bahnhof, mit Rolltreppe und einem Parkplatz vor dem Eingang. Trotzdem überkam sie die Nostalgie.

Während Anna und Lily mit winzigen Schritten die Straße entlanggingen, überlegte sie, ob sie in der Stadt wohl noch jemanden kannte. Sicher wohnten dort noch einige von ihren und Karens alten Schulkameraden, aber sie konnte sich an keinen einzigen Namen erinnern. Karens Mutter lebte noch in Odense. Anna seufzte. An diesem Abend würde Karen zu ihr nach Hause kommen.

Anna hatte einen Ausschnitt aus dem Stadtplan ausgedruckt und zu ihrer Freude festgestellt, dass Ulla Bodelsen nur einige Fußminuten vom Bahnhof in der kleinen Rytterstræde wohnte. Lily stapfte enthusiastisch in ihrem Overall dahin, und erst als sie plötzlich ausrutschte und auf den Po fiel, wollte sie getragen werden. Anna schwitzte. Was zum Teufel machte sie hier eigentlich? Ulla Bodelsen musste an die achtzig sein und war garantiert senil und verwirrt. Anna dachte, wie dumm sie doch sei. Sie musste für die Beerdigung am nächsten Tag auch noch Blumen kaufen, fiel ihr jetzt ein. Dann klingelte ihr Handy, sie schob sich Lily auf die Hüfte und konnte das Handy aus ihrer Tasche ziehen. Es war ein Mann vom Prüfungsamt, der den genauen Zeitpunkt für Annas mündliche Prüfung bestätigte. Als das Gespräch beendet war, sagte Lily:

»War das mein Papa?«

Anna sah sie überrascht an.

»Nein, Schatz«, antwortete sie.

»Hab ich keinen Papa?«, fragte Lily neugierig. Die Augen der beiden waren nahe beieinander, und Anna spürte Lilys warmen Atem an ihrem Kinn.

»Doch, mein Schatz. Du hast einen Papa. Er heißt Thomas und wohnt weit weg von uns. In Schweden. Er ist Arzt und macht Leute gesund.«

»Andreas' Papa heißt Mikkel«, sagte Lily. »Ich möchte auch gern einen Papa haben.«

»Das kann ich gut verstehen«, sagte Anna.

»Das mit meinem Papa ist ein bisschen schade«, sagte Lily und wollte nach unten. Sie hatte auf dem Boden etwas Funkelndes entdeckt. »Guck mal, Mama, Gold«, rief sie glücklich.

»Warum ist das mit deinem Papa schade?«, fragte Anna.

»Guck mal, Mama. Das ist echtes Gold!« Lily hob eine Flaschenbanderole aus Goldstanniol vom Boden auf. Irgendwer hatte eine Sonne daraus gefaltet. »Gold! Gold!«

Anna gab auf.

Ulla Bodelsen wohnte in einer Erdgeschosswohnung in einer kleinen gepflasterten Straße. Anna zögerte, bevor sie klingelte, und ihr brach der Schweiß aus, als sie hinter der Tür rasche Schritte hörte. Die Tür wurde geöffnet, und Lily zwängte sich hindurch.

»Guck mal, wir haben Gold gefunden«, teilte die Kleine mit. »Wie heißt du?«

Eine ältere Frau, die sich sehr gut gehalten hatte, bückte sich, nahm Lilys Gesicht in die Hände und begutachtete das Kind eindringlich.

»Ja, das ist ja deutlich«, sagte sie rätselhaft. »Ich heiße Ulla. Wie heißt du?«

»Lily Marie Nor«, sagte Lily sorgfältig. »Kann ich Saft kriegen?«

Ulla Bodelsen lachte und sah Anna an.

»Tag«, sagte sie neugierig. Anna reichte ihr die Hand. Ulla Bodelsens Blick war grün und klar, sie hatte eine moderne Kurzhaarfrisur, ihre Haut war erstaunlich glatt, und hinter ihr lehnte ein Kajak an der Wand.

»Sie fahren Kajak?«, fragte Anna verblüfft.

»Ja«, antwortete Ulla Bodelsen und streichelte den Glasfaserbug, als sie Anna in ihr Wohnzimmer führte. »Ich bin ohne große Begeisterung in Rente gegangen, vor … ja, wie lange mag das jetzt her sein … vor zwölf Jahren oder so. Mit zweiundsechzig. Die Vorstellung, nichts zu tun, war mir ziemlich fremd.« Sie lachte. »Ich habe meine Arbeit doch geliebt, verstehen Sie. Aber jetzt bin ich absolut zufrieden. Heute habe ich sogar noch mehr zu tun als damals, als ich berufstätig war.« Wieder lachte sie. »Ich habe eine Ausbildung zur Schwimmlehrerin gemacht und unterrichte dreimal in der Woche einen Anfängerkurs, außerdem bin ich von einem tollwütigen Kajak gebissen worden.«

Die Wände des Wohnzimmers waren weiß, die Möbel stilecht und schlicht, und an der Wand hing ein Plakat vom Kopenhagener Jazzfestival 1996. Ulla Bodelsen wies auf ein schwarzes Sofa, und Anna nahm Platz. Es gab frisch gebackene Rosinenbrötchen und Tee, eine Schale mit Kandiszucker stand auch bereit.

»Schau mal, was ich für dich gemacht habe«, sagte die ältere Dame zu Lily. Sie befreite einen Teller von Plastikfolie und reichte Lily ein Arrangement aus Apfelscheiben, Melone, einer geschälten Mandarine, drei Gummibärchen und verschiedenen Nüssen. Während Lily die Leckerbissen in Augenschein nahm, holte Ulla Bodelsen einen Karton mit Spielzeug, über das Lily sich anschließend neugierig hermachte.

»Greifen Sie einfach zu«, sagte Ulla Bodelsen zu Anna und nickte zum Tisch hinüber. »Ich muss nur schnell etwas holen.« Anna bestrich ein Brötchen mit Butter und goss Milch in ihren Tee. Ob Cecilie wohl so eine Frau werden würde, wenn sie erst einmal alt wäre? Wie Maggie? Wie Ulla Bodelsen? Voller Pep und Lebensfreude, auch wenn ihre Tage gezählt waren? Das konnte Anna sich nur mit Mühe vorstellen.

Jetzt kam Ulla Bodelsen mit einem weißen Briefumschlag zurück und legte ihn auf den Wohnzimmertisch. Sie aßen und tranken zuerst einmal und unterhielten sich über die Wohngemeinschaften in Brænderup, deren Häuser inzwischen entweder abgerissen oder zur Unkenntlichkeit umgebaut worden waren. Sie tasteten sich sogar zu einer Lehrerin vor, die Anna in der Grundschule gehabt hatte und von der Anna nun erfuhr, dass sie mit Ulla Bodelsens Neffen verheiratet war. Unversehens sagte Ulla Bodelsen:

»Der Umschlag ist für Sie.« Sie sah Anna an. »Ich weiß nicht so recht, was hier vor sich geht, und …« Sie zögerte. »Und Sie brauchen auch nichts zu erklären, wenn Sie nicht wollen. Das ist schon in Ordnung.« Sie war wieder unsicher. »Ich glaube nicht, dass ich Sie schon einmal gesehen habe. Aber gestern, nachdem wir telefoniert hatten, bin ich mein Archiv durchgegangen.« Sie zeigte auf eine Nische im Wohnzimmer, wo ein Esstisch stand. Auf dem Tisch standen vier Pappkartons mit metallverstärkten Kanten.

»Unser Gespräch ging mir nicht aus dem Kopf. Und dann habe ich unten im dritten Karton Bilder gefunden. In diesen Kartons liegen Hunderte, wenn nicht Tausende von Schnappschüssen. Von Kindern und ihren Eltern aus allen meinen Jahren als Hebamme. Und es gab auch eins von einem Vater mit Kind, an das ich mich erinnerte, Jens und ... Sara. Irgendwo in meinem Hinterkopf konnte ich mich an ein Foto erinnern, und dann habe ich es gefunden.« Ulla Bodelsen wandte sich ab.

»Die Hebamme, die die Familie anfangs betreut hatte, war nach Grönland übergesiedelt, weil ihr Mann dort oben Arbeit gefunden hatte, und ich übernahm die Familie, als Sara ungefähr sieben Monate alt war. Die Mutter hatte sich bei der Geburt den Rücken ruiniert und hatte immer arge Schmerzen. Sie wurde mehrfach operiert und musste lange Zeit im Krankenhaus verbringen. Wann immer ich damals nach dem Kind sah, war der Vater allein mit ihm.«

»Gibt es Unterlagen über diesen Fall? Haben Sie damals irgendetwas geschrieben, über ... Sara?«

»Ja, darüber habe ich gestern Abend dann auch nachgedacht. Plötzlich fiel mir wieder ein, dass der Bericht verschwunden war«, sagte Ulla Bodelsen matt. »Als ich den Fall übernahm, war alles im Aufbruch begriffen. Wir waren soeben der Krankenpflegeschule in Odense unterstellt worden, und das führte allseits zu einem wilden Chaos. Als ich die Familie zum ersten Mal besuchen sollte, suchte ich den Bericht, konnte ihn aber nicht finden. Als ich einer Kollegin die Sachlage erklärte, überzeugte die mich davon, dass unsere ehemalige Kollegin ihn bestimmt bei der Familie hinterlegt habe, damit die den Bericht dann ihrer Nachfolgerin überreichte. Aber als ich mich nach den Unterlagen erkundigte, behauptete der Vater, diese niemals erhalten zu haben. Wir halfen uns also gegenseitig, die Entwicklung zu rekonstruieren. Sara ging es gut, sie nahm zu, und mehr gab es für mich zu der Angelegenheit nicht zu sagen. Bei dem, was ich für meinen vorletzten Besuch hielt, erzählte Jens mir freudestrahlend, dass es gute Nachrichten gebe. Die Mutter sei soeben noch einmal operiert worden, in einer Privatklinik irgendwo, in England, glaube ich, und diesmal sei alles gut gegangen. An dem Tag hat er mir das Foto gegeben.« Ulla

Bodelsen nickte zu dem Briefumschlag herüber. »Ich war zutiefst berührt, als ich danach das Haus verließ. Ich freute mich schon darauf, die Familie drei Monate später noch einmal zu besuchen, endlich Saras Mutter kennenzulernen, ich wünschte ihnen nur Gutes. Aber ich habe sie niemals wiedergesehen. Jens rief mich an und sagte, ich brauchte nicht mehr zu kommen.«

»Und dafür haben Sie keine Erklärung erhalten?«

»Nein«, antwortete Ulla. »Das Leben ging weiter. Neue Kinder, neue Schicksale.«

»Diese andere Hebamme … wie hieß die?«, fragte Anna jetzt.

»Grethe Nygaard. Sie ist tot. Ich habe vor drei Jahren ihre Todesanzeige in der Zeitung gesehen. Sie ist in Grönland gestorben.« Anna schielte zu dem Umschlag hinüber.

»Machen Sie ihn auf, Anna«, sagte Ulla Bodelsen freundlich. Anna streckte die Hand nach dem Umschlag aus, und ihre Hand zitterte. Jetzt sterbe ich, dachte sie. Sie öffnete den Umschlag und zog vorsichtig ein Bild heraus. Es kam mit der Rückseite nach oben zu liegen.

»Jens und Sara Bella Nor, September 1978«, stand darauf. Anna hielt ihren Blick fest darauf gerichtet. Dann drehte sie das Bild um. Die Farben waren ein wenig verschossen, aber nicht sehr. Den Hintergrund bildeten eine Jutetapete und ein Stück von einem braun angestrichenen Fenster. Zwei Personen waren auf dem Foto zu sehen. Ein sehr junger Jens mit ungeheuer vielen Haaren und einem Bart. Er schaute in die Kamera, und sein Mund war zu einem Lächeln verzogen, der Blick dagegen düster und traurig. Auf seinem Schoß saß ein kleines Mädchen in Unterhemd und Windel. Es ähnelte Lily wie ein Ei dem anderen. Anna liefen die Tränen über die Wangen.

»Da kann es doch gar keinen Zweifel geben«, sagte Ulla Bodelsen vorsichtig. »Sie ähneln einander doch wie zwei Tropfen Wasser.« Sie musterte Anna eindringlich. »Und ich schwöre bei meiner ganzen Berufsehre: Dieses Mädchen auf dem Bild, die dort«, sie zeigte auf das Kind, »hieß Sara. Es ist gut möglich, dass Sie das sind, aber dann haben Sie früher einmal Sara geheißen. Sonst hätte ich das nie und nimmer hinten auf das Bild geschrieben. Ich habe diese Dinge immer sehr genau genommen.«

Ulla Bodelsen erhob sich und nahm neben Anna auf dem Sofa Platz. Lily war unter dem Esstisch in ihr Spiel vertieft, sie hatte Teddys und Puppen in einer langen Reihe aufgestellt. Anna wollte aufstehen. Stattdessen beugte sie sich zu der alten Frau hinüber, und Ulla Bodelsen legte ihre starken alten Arme um sie.

Anna wollte nicht weg, aber Lily rieb sich schon die Augen, und Anna beschloss, Abschied zu nehmen. Sie steckte das Bild in den Umschlag und den in ihre Tasche. Dann zog sie Lily den Overall an und umarmte Ulla Bodelsen. Sie redeten nicht mehr viel. Anna sagte: »Danke«, und Ulla Bodelsen: »Passen Sie auf sich auf.« Lily wollte getragen werden, und kaum dass sie im Zug nach Kopenhagen saßen, schlief Lily an Annas Schulter ein, und Anna war in Schweiß gebadet. Sie legte Lily längs über zwei Sitze, öffnete ihr den Overall und kaufte sich einen großen Becher Tee mit Milch. Ohne sich das weiter überlegt zu haben, hatte sie Jens' Nummer gewählt.

»Hier ist Jens.« Er hörte sich müde an.

»Vater, ich bin's«, sagte Anna.

»Hallo, Schatz«, sagte er erschöpft.

»Warum ruft ihr mich beide nie an?«, fragte sie so leise sie konnte. »Habt ihr euch gegen eure einzige Tochter verschworen, oder was?« Sie betonte *einzige*.

»Anna«, sagte ihr Vater. »Ich habe dich sehr oft angerufen, aber du nimmst nie ab. Sei nicht albern, Anna. Ehrlich. Du hast keinen Grund, deine Mutter anzuschreien und mich zur Schnecke zu machen. Du bist gestresst, das wissen wir sehr gut. Cecilie und ich finden es beide vollkommen schwachsinnig, dass Lily nicht bei uns sein soll, bei Cecilie, die paar Wochen, die noch ausstehen. Aber sie ist dein Kind, und wir können dir deine Entscheidungen nicht abnehmen, oder? Nur können wir dich einfach nicht verstehen. Es ist doch bestimmt viel besser für die Kleine, bei Menschen zu sein, die Kraft genug haben, meinst du nicht, Anna, Kleines? Aber wenn du nicht willst …« Wenn Anna ihm nicht ins Wort gefallen wäre, hätte er immer weitergeredet.

»Ich liebe dich, Vater, weißt du das?«, fragte sie heiser. »Aber du bist ein Weichei.« Die Tränen stiegen ihr in die Augen. »Nicht alles, was Cecilie tut und sagt, ist der Weisheit letzter Schluss, ist dir das überhaupt bewusst? Und Cecilie tut Lily und mir im Moment nicht gut. Und ich glaube, das weißt du sehr gut. Ich war in den letzten beiden Jahren wegen Thomas so unglücklich, und ich weiß nicht, wie ich ohne deine und Cecilies Hilfe zurechtgekommen wäre. Aber jetzt müsst ihr aufhören. Alle beide. Lily und ich müssen Mutter und Tochter sein. Wir sind vielleicht eine kleine Familie, Jens, aber wir sind ebenso eine Familie wie alle anderen Familien auch. Und ihr müsst uns in Ruhe lassen. Ihr könnt Oma und Opa sein und sonntags mit Süßigkeiten zu Besuch kommen und Lily in den Sommerferien zu euch holen. Aber Lily ist *meine* Tochter, und ich bin eine gute Mutter. Nicht perfekt, aber ich will das so. Hast du das verstanden?« Weil sie sich solche Mühe gab, leise zu sprechen, zischte sie jetzt. Am anderen Ende der Leitung war es ganz still.

»Ich habe noch nie verstanden, warum du so aggressiv bist.« Er schien verletzt zu sein.

»Wer ist Sara Bella?« Sie schlug erbarmungslos zu.

»Wie bitte?« Jens nahm den Hörer in die andere Hand, und Anna stellte sich vor, wie er auf dem Sofa gelegen und sich jetzt aufgesetzt hatte.

»Wer ist Sara? Ich bin das, oder? Ich habe Sara geheißen, als ich klein war, oder etwa nicht? Warum? Seid ihr denn total verrückt, oder was?« Sie bereute das Letzte schon, sowie sie es gesagt hatte. Jetzt würde Jens nur die Beschimpfungen hören, nicht den Inhalt. Wie schon tausendmal zuvor. Und richtig.

»Anna«, sagte Jens leise. »Ich will nicht, dass du so mit mir redest. Du bist gestresst, und das ist in Ordnung. Aber jetzt gehst du zu weit.«

»Ist mir scheißegal, wie ich mit dir spreche, Vater«, sagte Anna kalt. »Du hast gelogen. Du lügst. Es hat ein Mädchen namens Sara Bella gegeben, und ich habe heute ein Bild von ihr gesehen. Sie ähnelt Lily aufs Haar. Hinten auf dem Bild steht: Jens und Sara Bella. Ich bin dieses Mädchen, das weiß ich. Aber warum?«

»Wo bist du?« Jens schien aufrichtig geschockt zu sein.

»Im Zug zwischen Odense und Kopenhagen«, sagte Anna müde. Es wurde still.

»Wo ist Lily?«

»Die hab ich anonym beim Roten Kreuz abgegeben. Wofür hältst du mich? Sie schläft hier neben mir.«

»Was habt ihr in Odense gemacht?« Die Angst in Jens' Stimme war unverkennbar, was Anna ein wenig besänftigte.

»Dummes Väterchen«, spottete sie. »Wir waren in Odense, um Ulla Bodelsen zu besuchen. Die Hebamme. Die dir damals geholfen hat, als Mutter so oft im Krankenhaus lag. Du fragst, warum ich wütend bin? Ich kann dir nicht erklären, warum, denn ich weiß es selbst nicht. Aber du weißt es.« Sie holte Luft.

»Meine Geburtsurkunde«, sagte sie dann. »Auf der das Datum für meine Namensgebung fast elf Monate nach meiner Geburt liegt. Es stimmt doch nicht, dass ich meinen Namen erst so spät bekommen habe, wie ihr immer behauptet, oder? Ihr habt meinen Namen geändert. *Warum*?« Die letzte Frage kam nicht mehr sonderlich gedämpft. Lily zuckte zusammen, und ein Mann, der mit Kopfhörern dasaß, drehte sich neugierig zu Anna um.

Am anderen Ende der Leitung herrschte Totenstille.

»Anna«, sagte Jens dann heiser. »Wir müssen miteinander reden. Ich kann dir alles erklären.«

Anna hielt das Handy ein Stück von ihrem Gesicht fort und schnitt dem Display Grimassen. Dann fiel ihr wieder ein: Der Nervigste Polizist Aller Zeiten hatte gesagt, sie solle sich zusammenreißen. Sie hielt ihr Handy wieder ans Ohr.

»Anna!«, rief Jens flehend. »Anna?«

»Ich bin hier«, sagte sie tonlos.

»Cecilie darf nichts erfahren«, flüsterte er. »Versprich mir, ihr nichts davon zu erzählen. Ich kann alles erklären. Aber es würde sie einfach zerstören.«

»Vater«, sagte sie sanft. »Wenn die Wahrheit sie zerstören kann, dann muss sie sich eben zerstören lassen. Jetzt ist Schluss.« Dann legte sie auf. Sofort klingelte das Handy. »Jens« stand im Display. Sie stellte das Telefon lautlos und starrte es an. Er rief acht Mal an, dann gab er es auf. Eine Nachricht hinterließ er nicht. Anna ließ sich zurücksinken und versuchte, in die dunkle Nacht hinauszusehen, konnte aber nur ihr eigenes Spiegelbild schemenhaft erkennen. Sie sah müde aus, aber nicht zornig. Absolut nicht. Anna schloss die Augen. Sie ahnte die Konturen dessen, was sich vor fast dreißig Jahren nach ihrer Geburt abgespielt hatte. Sie ahnte die Konturen, sonst nichts. Ein Mädchen, das zuerst Sara geheißen hatte, dann Anna – eine Lüge.

Nach einer Weile wurde sie ruhig. Sie ging zur Toilette, und als sie zurückkam, deckte sie Lily mit ihrer Jacke zu. Dann rief sie Karen an.

»Ich hätte dich fast schon aufgegeben«, sagte Karen glücklich. Anna war den ganzen Tag wütend gewesen, weil Karen Troels am Vorabend angerufen hatte, aber ihr Zorn war jetzt verflogen. Deshalb sagte sie:

»Es hat gedauert. Ich war in Odense. Lange Geschichte. Wir sitzen im Zug, kommen um 22.08 Uhr an.«

»Ich hole euch ab«, sagte Karen.

»Ist nicht nötig«, sagte Anna.

»Weiß ich doch. Ich komme aber trotzdem.«

12

Am Freitag, dem 12. Oktober, stand Søren um kurz vor sechs auf und nahm ein Bad. Es war kurz vor acht, als er auf dem Revier eintraf, und er hatte noch reichlich Zeit, ehe um neun die Morgenbesprechung stattfand. Er ging in sein Büro, trat ans Fenster und schaute hinaus auf die Sportplätze, während er den Fall sorgfältig von einem Ende bis zum anderen durchdachte. Zwei Tage nach einem Mord, vier Tage nach einem geheimnisvollen Todesfall, der aller Wahrscheinlichkeit nach ebenfalls ein Mord war, und was hatte er? Nicht auch nur die geringste Idee. Dabei müsste er unterwegs sein und tausend Schiffe zu Wasser lassen, tausend Messer an tausend verdächtige Kehlen halten und tausend bereits ausgepresste Zitronen ein weiteres Mal auspressen.

Er dachte an Anna. Nie zuvor hatte er jemanden um Hilfe gebeten. Er war noch nie unprofessionell aufgetreten. Ausgerechnet bei ihr. Einer labilen Löwin mit einem bedrohten Jungen. Einer, die etwas verbarg.

Er betrachtete den Himmel über der Stadt, und ihn überkam die Lust, mit ihr zu schlafen. Es war Silvester, stellte er sich vor, und sie waren zusammen ausgegangen, Anna und er. Ein Fest mit vielen Menschen, Frauen in eleganten Kleidern, Männer im Anzug. Anna stand am Fenster, und Søren musterte sie über die Gäste hinweg. Sie trug ein schwarzes Kleid, ihre gelben Augen waren geschminkt und dramatisch, und Søren wusste, dass alle Männer sie insgeheim begehrten. Später in dieser Nacht tanzte sie. Betrunken und vulgär und jeglicher Etikette gegenüber gleichgültig, ihre Haare waren zerzaust und standen nach allen Richtungen ab, und ihre Oberschenkel waren entblößt, weil ihr Kleid sich nach oben schob. Er wollte sie in der Dunkelheit finden, und er wollte Öl in ihr Feuer gießen. Es dürfte niemals ausgehen. Nie und nimmer, solange er lebte.

Plötzlich erstarrte er. Wo war sie an diesem Mittwoch gewesen, als er sie zweimal angerufen hatte, und zwar ziemlich spät? Was hatte sie gemacht, das so privat war, dass sie sich weigerte, ihm davon zu erzählen? Seltsam, Henrik hatte etwas ganz Ähnliches gesagt. Dass er mit *einer* zusammen war, dass er *Scheiß* gebaut hatte. Da war Søren davon überzeugt, dass Henrik bei Anna zu Hause gewesen war. Dass er sie unter dem Vorwand, es habe mit dem Fall zu tun, aufgesucht hatte und dass sie … Søren schaute auf seine Uhr und eilte aus seinem Büro, um nicht zu spät zur Morgenbesprechung zu kommen.

Als das Team sich versammelt hatte, fasste Søren den aktuellen Stand der Ermittlungen zusammen, verteilte die Aufgaben für diesen Tag und beantwortete einige Fragen. Er sah Henrik nicht ins Gesicht, registrierte aber aus dem Augenwinkel heraus, dass er zerstreut wirkte und Kringel auf einen Block zeichnete. Erst als Søren mitteilte, dass er Johannes Trøjborgs Mutter, Janna Trøjborg, besuchen wollte, reagierte Henrik und wollte den Grund erfahren. Ob Søren auf irgendeiner Spur sei. Sie hatten doch bereits mit Janna Trøjborg gesprochen.

»Ich will wissen, ob Johannes schwul war oder nicht«, sagte Søren.

»Natürlich war er das.« Henrik starrte Søren verdutzt an. »Wenn Johannes hetero war, dann darfst du dir beim nächsten Mal den Eurovision Song Contest in meiner Wohnung ansehen.« Søren erwiderte Henriks Blick irritiert.

»Wie meinst du das?«

»Ja, so machen die das doch. Ficken sich gegenseitig in den Arsch und gucken Schlagerprogramme.« Vereinzeltes Lachen war in der Runde zu hören.

»So wie du ein faschistoides Bullenschwein bist, das den ganzen Tag im Auto sitzt und Donuts frisst?« Søren hatte damit gerechnet, brüllendes Gelächter auszulösen, aber niemand lachte. Søren war auf einmal bewusst, wie wütend er geklungen hatte.

Nach der Besprechung erschien Anna wie abgemacht um Punkt zehn auf dem Revier. Es war überdeutlich, dass sie ihm nichts Nettes über ihre letzte Begegnung sagen wollte. Sie starrte ihn während der gesamten Vernehmung vernichtend an, würdigte Henrik dagegen keines einzigen Blickes, nicht einmal, wenn er sie direkt ansprach, nicht einmal, als sie seinen Fragenhagel beantwortete. Es war demonstrativ.

»Die ist verdammt noch mal was für Fortgeschrittene«, sagte Henrik danach und schaute interessiert den Gang entlang, auf dem Anna gerade verschwand. Søren folgte seinem Blick.

»Was zum Teufel läuft da eigentlich bei dir?«, fragte Søren und knallte seine Bürotür zu. Henrik öffnete die Tür wieder und wollte wissen, warum zum Teufel Søren so sauer sei. In dieser Sekunde klingelte das Telefon, und Søren gab ihm Zeichen, zu verschwinden.

Es war Bøje.

»Ja?«, meldete Søren sich.

»Wer hat auf deine Bonbons gepisst?«, fragte Bøje.

»Raus mit der Sprache«, sagte Søren.

In Johannes' Gewebe gab es nicht einen einzigen Parasiten.

Søren wusste gar nicht mehr, ob er erleichtert oder enttäuscht sein sollte. Jetzt suchte er urplötzlich nach zwei Tätern.

»Und sonst noch?«, fragte er ungeduldig.

»Ich habe an Johannes' Körper etliche Spermaspuren sichergestellt«, sagte Bøje und blätterte, das konnte Søren hören, »und die Technik hat welche vom Boden und zwei Stuhlbeinen in einem Radius von einem halben Meter von der Stelle im Wohnzimmer, wo er ermordet wurde. Ich brauche vielleicht nicht zu erwähnen, dass das Sperma nicht von Johannes stammt.« Søren hielt den Atem an.

»Was schließt du daraus?« Søren konnte wieder Papier rascheln hören, dann holte Bøje Luft.

»Johannes Trøjborg ist durch sechs Verletzungen am Hinterkopf gestorben, vier davon hätten jede für sich schon ausgereicht. Wenn wir von den Ergebnissen der technischen Untersuchungen am Tatort, die hier vor mir liegen, und von den Verletzungen des Verstorbenen ausgehen, wurde er mit dem Hinterkopf auf die rechte äußere Stange der Bank geworfen. Zwei Verletzungen sind *ante mortem* und haben ihn vermutlich bewusstlos werden lassen, aber eben nicht tot, und danach wurden ihm vier weitere Verletzungen zugefügt, die …«, Bøje zögerte, »tja, darauf schließen lassen, dass jemand ihm mit voller Wucht einen Eispickel in den Schädel gerammt hat. Johannes war zweifellos schon nach dem ersten Treffer tot, und da liegt es doch nahe, sich die Frage zu stellen, warum hat der Täter weitergemacht? Johannes muss schwer gewesen sein wie nichts Gutes, und das weist darauf hin, dass der Täter entweder sehr stark ist oder sehr wütend war, oder beides. Was ist das überhaupt für ein seltsames Möbelstück?«, fügte er nachdenklich hinzu, und Søren vermutete, dass er sich ein Foto von Johannes' Bank ansah.

»Sieht glatt aus wie das Sofa von Graf Dracula«, murmelte er. »Alles in allem stinkt das doch zum Himmel nach einem Berserkeranfall. Und dann haben wir es also nicht mit einem berechnenden Mörder zu tun, sondern mit irgendwem, der im Affekt durchgedreht hat. Man muss schon ganz schön wütend sein, um einem Bewusstlosen gegenüber Amok zu laufen und auch noch weiterzumachen, wenn der Nämliche schon tot ist, oder?«

»Wie kommt das Sperma mit ins Bild?«, fragte Søren ungeduldig.

»Ja, das wundert mich auch. An der Leiche gibt es Spermaspuren. An der Leiche wohlgemerkt, nicht in der Leiche. Sie haben also keinen Sex gehabt, weder freiwillig noch unfreiwillig.« Es wurde still, als wartete Bøje darauf, dass der Groschen fiele.

»Und?«, fragte Søren, als Bøje bedrohlich lange nichts gesagt hatte.

»Ja, was mich ein bisschen stört, ist, dass es sich um bemerkenswert wenig Sperma handelt.«

Søren war verwirrt.

»Jetzt komm ich nicht mit.«

Bøje zögerte.

»Das Ganze ist ein wildes Durcheinander … als ob der Täter ejakuliert hat, während er den Verstorbenen durch die Gegend geworfen hat. Ziemlich verwirrend und schwer auseinanderzuhalten, sogar für mich.«

Søren stöhnte in Gedanken. Ein Parasitenfreak und ein Nekrophiler. Was verdammt war hier nur los?

»Reden wir hier von Nekrophilie?«

»Nein, das glaube ich nicht«, erwiderte Bøje ruhig. »Kannst du dich an diesen Familienvater erinnern? Den da draußen in Søborg, der einen bewaffneten Einbrecher in den Kamin gestoßen und umgebracht hat?«

»Nee«, sagte Søren.

»Na, damals haben wir die DNA des Familienvaters am Einbrecher gefunden. Auch in Form von Sperma. Wir waren, gelinde gesagt, verwirrt. Der Mann hatte selbst bei uns angerufen, und nichts deutete darauf hin, dass Herr Jensen vor dem Anruf seinen eventuellen nekrophilen Gelüsten nachgegeben hat, und es hätte ja auch keinen Sinn gehabt. Er war ein ganz normaler Typ, dessen Frau mit einem fast neugeborenen Baby auf dem Arm weinend im Hintergrund stand. Ich habe nicht im Entferntesten geglaubt, dass er über der Leiche ejakuliert haben könnte. Außerdem war auch hier die Rede von zu wenig Sperma, wenn das denn doch die Erklärung hätte sein sollen. Wir fanden Spuren, aber nicht annähernd in dem Umfang, wie wir sie zum Beispiel bei Vergewaltigungsopfern sicherstellen, also weder eine ganze noch eine halbe Ladung. Aber wie war sein Sperma dann bei dem Typen gelandet? Wir sind damals allesamt beinahe durchgedreht, weil wir einfach nicht herausfinden konnten, wie das passiert sein sollte. Du warst in Urlaub oder so, und irgendein hoffnungsloser Idiot … mein Gott, wie hieß er noch gleich, Flemming Tørslev oder Tønnesen oder so?«

Wieder stöhnte Søren in Gedanken.

»Hans Tønnesen«, sagte er.

»Ach ja, danke. Dieser Idiot bestand also darauf, dass der Familienvater pervers war und auf den Einbrecher onaniert hatte, nachdem er schon auf tödliche Weise in den Kamin gestoßen worden war. Was für ein Trottel«, betonte Bøje, als wäre es Sørens Schuld, dass Hans Tønnesen nur ein mittelmäßiger Polizist war. Irgendwie war es auch Sørens Schuld. Es war jedenfalls Sørens Entscheidung gewesen, dass seine Kollegen sich fast das ganze Frühjahr 2005 mit Tønnesens beschränkten Talenten hatten abfinden müssen, da Søren sich ohne Vorwarnung drei Monate Urlaub genommen hatte. Elvira war tot und Knud krank. Und dann war da die ganze Sache mit Vibe. Und das mit Maja. Er hatte einfach nicht mehr gekonnt und das nur verstecken können, indem er den Stecker herausgezogen hatte. Bellahøj war es nicht geglückt, einen anderen Stellvertreter aufzutun als eben Hans Tønnesen. Als Søren zur Arbeit zurückgekehrt war, hatte er dafür unangemessen lange büßen müssen.

»Schließlich gestand der Familienvater unter Druck, dass er nackt auf dem Klo gesessen und über einer Pornozeitschrift masturbiert hatte. Und just in der Sekunde, in der es ihm kam, hörte er den Dieb zum Wohnzimmerfenster einsteigen und rannte ins Wohnzimmer, wo er zum Angriff überging und dabei dem Einbrecher die Spermaspuren verpasste. Sowie dem Badezimmer, der Diele auf dem Weg ins Wohnzimmer, dem Türrahmen der Wohnzimmertür, eben allen Stellen, die er berührt hatte. Natürlich *minimale* Mengen, aber genug, dass wir ihm vom Badezimmer ins Wohnzimmer folgen konnten. Es war alles ganz schön makaber. Aber schreib dir das hinter die Ohren, mein Junge: Ab und zu ist die absolut unwahrscheinlichste Erklärung die richtige.«

Søren verspürte einen Hauch von Kopfschmerzen.

»Und jetzt hast du wieder Spuren gefunden«, sagte er. »Aber nicht genug, um von direktem sexuellen Kontakt reden zu können?«

»Alle neune.«

»Aber Nekrophilie schließt du ebenfalls aus?«

»Natürlich lässt sich nichts ganz ausschließen, aber ich habe in meiner ganzen Laufbahn drei Fälle von Nekrophilie gehabt, und bei allen drei Fällen hatten wir entweder eine volle Spermaportion in oder an der Leiche oder gar keins, weil offenbar noch der gestörteste Nekrophile nur zu gut weiß, dass DNA ausgesprochen verräterisch sein kann. Hier ist das Sperma sozusagen weder Fisch noch Fleisch, wie damals in Søborg eben. Johannes hat kurz vor seinem Tod mit niemandem Verkehr gehabt. Er hat ein paar alte Kratzer im Rektum, die bedeuten könnten, dass er zu einem früheren Zeitpunkt mit irgendwem anal verkehrt hat, aber selbst das ist schwer zu sagen. Solche Kratzer können vielerlei Ursachen haben, und diese hier stehen jedenfalls in keiner direkten Verbindung zum Todesfall. Ich vermute, dass wir es mit einem ähnlichen Zusammentreffen von Umständen zu tun haben wie in Søborg. Der Täter ist gerade mit Onanieren beschäftigt, und während er das tut, geraten sie in Streit, er ejakuliert und wird zugleich wahnsinnig wütend und greift Johannes an, und damit hinterlässt er die vielen Spuren an ihm.«

»Habt ihr das Sperma verglichen?«

»Jawoll.« Im Hörer war ein Klappern zu hören. »Negativ. Wir haben ihn nicht im System.«

Søren schwieg, dann fragte er:

»Was sagst du zu einem möglichen Zusammenhang mit Lars Helland?«

»Dem Wurmstichigen von neulich?«

»Ja«, sagte Søren resigniert.

»Tja, jemanden mit Parasiten zu infizieren ist, würde ich sagen, kaltblütig. Das macht man nicht im Affekt, oder? Das muss geplant werden. Ich glaube nicht, dass es derselbe Täter sein kann. Ich verstehe zwar gut, dass du das gern glauben möchtest, weil die beiden Opfer enge Kollegen waren, und ich kann auch gut nachvollziehen, wenn du zwei Fliegen mit einer Klappe schlagen willst, aber mit über vierzig Jahren Erfahrung auf dem Buckel, mein Junge, fühle ich mich doch einigermaßen kompetent, zu behaupten, dass wir es hier mit zwei verschiedenen Tätern zu tun haben. Einem kaltblütigen Satan einerseits, der eine sorgfältig geplante Rache durchgezogen hat, und einem Hitzkopf andererseits, der seinen Liebhaber bei einem Streit ein wenig zu hart geschubst hat und vor Wut durchdreht, als der Liebhaber es wagt, am Hinterkopf zu bluten.«

Søren hörte verbissen zu.

»Was meinst du mit ›Liebhaber‹?«

Bøje hielt kurz inne.

»Ja, da bin ich mir gar nicht so sicher«, sagte er dann überraschend kleinlaut. »Der Verstorbene war im Penis gepierct, am Urinrohr und an der Unterseite der Eichel, also muss er ja ein wenig daneben gewesen sein, oder? Normale Männer, richtige Männer, also solche wie wir, laufen doch nicht mit einem Klunker in unseren edlen Teilen herum, oder? Der Verstorbene muss einfach schwul gewesen ein.«

Søren war geneigt, ihm recht zu geben.

Als Søren sein Gespräch mit Bøje beendet hatte, erledigte er im Büro einige Angelegenheiten und aß dann hinter seiner Zeitung in der Kantine zu Mittag, damit niemand auf die Idee kam, ihm Gesellschaft leisten zu wollen. Um kurz vor zwei fuhr er nach Charlottenlund, um Janna Trøjborg aufzusuchen. Die Villa der Familie Trøjborg hatte etwas von einem Schloss, und als Søren durch die Pappelallee fuhr, musste er doch an Johannes' heruntergekommene Behausung denken. Konnte es wirklich angehen, dass Johannes hier seine Kindheit verbracht hatte? Das Haus war drei Stockwerke hoch, eine breite Treppe mit zwei Aufgängen führte zur Haustür.

Es herrschte Totenstille.

Søren klingelte, und die Tür wurde von einer Frau geöffnet, die ihn mit Johannes' intelligentem Blick musterte. Sie reichte ihm die Hand und bat ihn herein. Die drei Räume, die Søren begutachten konnte, ehe sie in einen Salon kamen, wo im Kamin ein Feuer brannte, waren mit Möbeln, Nippes, Teppichen sowie ausgestopften Tierköpfen und präparierten Fellen vollgestellt. Im Salon standen zwei königsblaue Sofas einander gegenüber, und Søren konnte auf dem einen eine Wolldecke und eine eilig zusammengelegte Zeitung sehen. Janna Trøjborg zeigte auf das andere Sofa und setzte sich ihm gegenüber. Søren informierte Johannes' Mutter über den vorläufigen Obduktionsbericht, der darauf hinwies, dass zwischen dem Mord an ihrem Sohn und Lars Hellands' Tod drei Tage zuvor kein Zusammenhang bestand. Janna Trøjborg machte für einen kurzen Moment ein skeptisches Gesicht. Dann lenkte sie das Gespräch auf Johannes' Todesursache. Søren war geübt darin, so wenig wie möglich preiszugeben, ohne direkt wortkarg zu sein. Janna Trøjborg wandte sich ab, als ihre Augen glasig wurden.

»Es ist von entscheidender Bedeutung für die Ermittlung, dass wir uns ein so genaues Bild von Johannes' Umgang machen können wie überhaupt nur möglich. Von seinen Bekannten, mit wem er sich traf, welche Freunde er hatte. Deshalb bin ich hier.«

Janna Trøjborg sah ihn lange an, dann sagte sie:

»Ich wünschte, ich könnte Ihnen helfen, aber das kann ich leider nicht. Ich habe Johannes nicht sehr gut gekannt. Weihnachten wären es zwei Jahre, dass wir uns nicht mehr gesehen haben. Ich habe keine Ahnung, mit wem er befreundet war. Im Grunde habe ich von meinem Sohn keinen blassen Schimmer. Oder, das heißt …« Sie stand auf und holte ein Sammelalbum. Søren ließ sie nicht aus den Augen. Nicht das Gesicht verlieren, sagte ihre Miene, um nichts in der Welt das Gesicht verlieren. Sie reichte ihm das Album.

»Ein wenig weiß ich. Das hier habe ich aus der Zeitung ausgeschnitten.«

Søren schlug das Album auf. Die Seiten waren mit Zeitungsartikeln beklebt, in denen Johannes erwähnt wurde. Søren studierte das Bild eines lächelnden Johannes, der soeben seine mündliche Prüfung mit großem Erfolg hinter sich gebracht hatte. Er hielt die Arme voller Blumen, und soviel Søren sehen konnte, stammte der Artikel aus der Universitätszeitung. In einem anderen Artikel war Johannes in einer bunt durcheinandergewürfelten Menschenmenge abgebildet, der Bildunterschrift entnahm Søren etwas über ein Seminar. Ein dritter Artikel handelte von Wissenschaftsvermittlung und war in der Zeitschrift *Dagens Medicin* veröffentlicht worden. Hier war Johannes mit seinen Kollegen aus der Abteilung für Zellbiologie und Vergleichende Zoologie abgebildet, und Søren zuckte zusammen, als er Anna erkannte. Sie sah skeptisch und direkt in die Kamera. Johannes stand neben ihr und lächelte heiter, und hinter beiden starrte Lars Helland zerstreut aus dem Bild heraus. Søren blätterte weiter. Das Album enthielt an die vierzig Artikel, ausgeschnitten und archiviert wie kostbare Briefmarken.

»Darf ich fragen, warum Ihre Beziehung so angespannt war?«, fragte er. Janna Trøjborg sah ihn abermals lange an.

»Ich habe in all das hier eingeheiratet«, sagte sie und wies in den eleganten Salon. »Mein verstorbener Mann, Jørgen, war nicht der Vater der Kinder. Der ist gestorben, als sie noch klein waren. Meine Tochter war nicht einmal ein Jahr alt und Johannes knapp vier. Wir waren für den Rest des Lebens finanziell abgesichert«, sagte sie und wirkte kein bisschen froh darüber.

»Die Kinder haben ihr Glück niemals richtig zu schätzen gewusst«, sagte sie dann. »Bei meiner Tochter wurde das natürlich entschuldigt, aber Johannes … Johannes wirkte immer …«, sie suchte nach dem richtigen Wort, »uninteressiert. Auf beinahe schon demonstrative Weise. Jørgen war ein strenger Stiefvater, aber er hätte Johannes auch ein überaus privilegiertes Leben ermöglicht, doch diese Möglichkeit wollte Johannes einfach nicht. Johannes hätte durchaus mehr …« Sie runzelte die Stirn und beschloss dann, das Thema zu wechseln.

»Geld geht mit Verantwortung einher«, sagte sie entschieden. »Und alles war darauf angelegt, dass Johannes in die Firma eintreten sollte. Alles. Und plötzlich wollte er nicht.« Sie sah Søren düster an. »Er war wild entschlossen, Akademiker zu werden, wie sein biologischer Vater. Für Jørgen war es sehr schwer, das zu akzeptieren. Es kam zu heftigen Auseinandersetzungen zwischen meinem Mann und Johannes. Sie stritten sich, dass die Fensterscheiben nur so klirrten, aber Johannes ließ sich nicht umstimmen. – Auf dem Höhepunkt dieser Auseinandersetzungen begann Johannes ganz bewusst, Jørgen zu provozieren. Eines Abends erschien er im Rock und mit geschminkten Augen. Es war am Martinsabend, und ich weiß nicht, was Johannes sich dabei gedacht hatte. Mir war sein bisweilen exzentrisches Äußeres ja schon häufiger aufgefallen. Die schwarzen Stiefel im Flur, die ich unter die Mäntel schob, und natürlich seine Haare. Die färbte er rot. Es gab noch andere kleine Details, die mir auffielen. Das Aufblitzen irgendeines wahnwitzigen Schmuckstückes. Die Löcher in den Ohren, die er lange Zeit taktvollerweise Löcher bleiben ließ, wenn er uns besuchte. Ich hielt das für eine stillschweigende Übereinkunft.

Johannes wusste, wie sehr sein Stiefvater sich aufregen würde. Jørgen fand es gar nicht gut, wenn jemand sich so von allen anderen abhob.« Janna Trøjborg schüttelte den Kopf. »Und dann tauchte er eines Tages im Lederrock und mit geschminkten Augen auf. Zuerst hielt ich ihn für betrunken, aber das war er nicht. Seine Hände zitterten, das weiß ich noch, aber sein Blick war provozierend, als hätte er sich entschlossen, jetzt auf den Kriegspfad zu ziehen. An diesem Abend wusste ich, dass es nicht gutgehen würde.« Janna Trøjborg sah Søren mit einem Blick an, in dem sich die Unsicherheit und der Trotz spiegelten, die sie soeben bei ihrem Sohn beschrieben hatte.

»Jørgen ging mit Johannes immer in sein Büro. An diesem Abend saß ich eine Ewigkeit in der Küche und wartete. Ich löste Kreuzworträtsel. Das Essen wurde kalt.« Sie lächelte verlegen. »Plötzlich sah ich, dass die Bürotür wieder offen stand. Jørgen saß hinter seinem Schreibtisch und blätterte in einer Jagdzeitschrift. Ich fragte, wo Johannes sei, und er sagte: ›Der ist gegangen und kommt nicht wieder.‹«

»Und ist er nicht wiedergekommen?«

»Nein«, sagte seine Mutter. »Das ist er nicht. Nicht, solange Jørgen noch lebte. Ich habe ihn oft angerufen. Er fehlte mir. Er wollte, dass ich mich scheiden ließ. Es hörte sich an wie eine Bedingung dafür, dass er mich besuchte. Aber das wollte ich natürlich nicht. Ich liebte Jørgen doch. Und dann sagte er eine Menge widerlicher Dinge.«

»Welche zum Beispiel?«, fragte Søren.

»Dass ich eine lebendig Begrabene sei. Dass Jørgen ein Tyrann sei und ich mit einer unsichtbaren Fußfessel herumliefe. Und wenn das meine Vorstellung von Liebe sei, ja, dann sei ich blind.« Sie senkte den Blick.

»Nach Jørgens Tod hat Johannes nichts geerbt. Doch, eine der Jagdtrophäen draußen auf dem Flur. Die hängt noch immer dort, denn er wollte sie nicht mitnehmen. Er war wütend, aber was hatte er denn erwartet? Wir hatten seit fast einem Jahr nichts von ihm gehört, nicht einmal als Jørgen im Krankenhaus lag und ihm nur noch wenig Zeit blieb. Als Johannes erfuhr, dass er nichts erben würde, war er außer sich vor Wut.«

Sie sah Søren kurz verärgert an, dann löste dieser Blick sich auf.

»Ich wünschte, Johannes wäre noch immer klein. Er war ein wunderbarer Junge. Lieb und umgänglich. Er gehorchte und machte nie Ärger. Das war bei beiden Kindern so … aber als Erwachsene … ich weiß nicht. Wir müssen doch etwas falsch gemacht haben. Und jetzt ist es zu spät.« Sie setzte sich aufrecht.

»Warum gab es für Ihre Tochter Entschuldigungen?«, fragte Søren.

»Sie war psychisch krank«, erwiderte Janna. »Es fing an, als sie in die Pubertät kam. Sie wohnte zuerst zu Hause, aber nachher wurde die Belastung für uns zu groß. Deshalb kam sie in ein Pflegeheim.«

»War Johannes homosexuell?«, fragte Søren aus dem Nichts.

»Seine Schwester sagt, er sei es nicht gewesen«, antwortete die Mutter vage. »Ich hatte natürlich auch diesen Verdacht. Lederrock und Schminke. Und ich habe ihn nie mit einer Freundin erlebt. Aber was weiß ich schon von Schwulen? Ich mag Schwule nicht, und ja, eine Zeit lang habe ich ihn für schwul gehalten. Meine Tochter sagte, er sei nur Mitglied irgendeines Clubs gewesen, wo Männer eben Röcke und Corsagen tragen. Aber ganz bestimmt sei er nicht schwul. Das wusste sie, weil sie seine Freundin kennengelernt hatte: eine Frau, die älter war als er.«

»Ich muss mit Ihrer Tochter sprechen«, sagte Søren.

»Nein«, sagte Janna Trøjborg.

Søren bereute seine Strategie.

»Ich muss mit einem Menschen sprechen, der Johannes gekannt hat«, sagte er freundlich. »Mit einem Freund oder einer Exfreundin oder seiner Schwester.« Er sah Janna Trøjborg flehend an. »Im Moment stehe ich mit leeren Händen da.«

Janna Trøjborg griff zu dem Sammelalbum und blätterte fünf Seiten weiter. Das Bild zeigte eine rundliche Frau um die vierzig mit wilden Locken, die von einem gepunkteten Tuch gezähmt wurden. Sie lächelte, und ihr Lächeln sprühte Funken. Der Artikel drehte sich um einen Secondhandladen in der Nordre Frihavnsgade. Die Frau hieß Susanne Winther, war ausgebildete Psychotherapeutin und jetzt leidenschaftliche Möbeljägerin, wie es im Text hieß. Die Wochenenden verbrachte sie damit, auf Flohmärkten in Kopenhagen und im Umland nach Möbeln zu stöbern. Gemeinsam mit ihrem Lebensgefährten Johannes. Der Name war markiert und der Artikel zwei Jahre alt.

»Meine Tochter hat mir den Ausschnitt gegeben. Sie sagte, diese Frau sei Johannes' Freundin. Ich solle ihn Vater geben, Jørgen, meine ich. Damit Jørgen nicht glauben sollte, Johannes sei … vom anderen Ufer.«

 Søren notierte Susanne Winthers Namen in seinen Block und

schrieb das Datum dazu. Johannes hatte eine Freundin namens Susanne Winther gehabt. Vielleicht eine Übertreibung, hier gleich von einem Durchbruch zu reden, dachte er trocken, aber es war immerhin etwas.

»Das ist eine gute Nachricht«, sagte Søren. »Doch zuerst möchte ich sehr gern mit Johannes' Schwester sprechen. Ich gehe davon aus, dass sie ebenfalls Trøjborg heißt? Wo finde ich sie?«

»Im Himmel«, sagte Janna Trøjborg leise. »Sie hat sich im vergangenen Sommer das Leben genommen. Sie war schizophren und oft in der Klinik. Zum Schluss hatte sie aufgegeben.«

Søren saß geschockt einer Frau gegenüber, die ihre beiden Kinder verloren hatte. Kurz danach gingen ihm die Fragen aus, und er erhob sich. Janna Trøjborg begleitete ihn durch das elegante kalte Haus, und er versprach anzurufen, sobald sich etwas Neues ergäbe.

Als Søren in die Stadt zurückfuhr, konnte er seinen eigenen Schweiß riechen.

Unter normalen Umständen wäre er am Revier vorbeigefahren, um Henrik abzuholen, aber dann stand er plötzlich an der Jagtvej-Kreuzung auf Østerbro, sehr weit von Bellahøj entfernt, sehr nahe bei der Nordre Frihavnsgade und noch immer wütend auf Henrik. Er ließ den Wagen am Strandboulevard stehen und ging weiter zur Nordre Frihavnsgade, wo er bald Susanne Winthers Laden gefunden hatte. Der Laden hieß »Apfel«. Als er eintrat, sah er als Erstes ein Dutzend apfelförmiger Plastikschüsseln auf einem niedrigen Palisandertisch, der hervorragend in das Haus seiner Großeltern im Snerlevej gepasst hätte. Leise Musik war zu hören, und es roch nach Äpfeln und Zimt.

»Moment, bin gleich da«, hörte er aus dem Hinterzimmer. Søren setzte sich in einen Großvatersessel, der aufgepeppt worden war, indem jemand rote Apfelflicken auf die verschlissenen Armlehnen genäht hatte. Er dachte an Vibe. An ihr treuherziges Gesicht, an den Blick, der seit der ersten Party auf dem Gymnasium voller Vertrauen zu ihm gewesen war. Er dachte an Maja. Die Erinnerung an das letzte Mal, als er sie gesehen hatte, schien nicht verblasst zu sein. Ihr seltsam leichter Duft, süß und aufregend, und ihr Fuß, der winzig klein in der Strampelhose war und noch kleiner in seiner Hand. Die Lüge belastete ihn. Knud hatte ihn gebeten, richtig zu leben, ohne Lüge, ohne Geheimnis. Er hatte gesagt, die Halbwertszeit einer Lüge sei länger als ein Menschenleben. Aber Søren war so eingebildet gewesen, zu glauben, seine eigene Lüge werde zerfallen und verschwinden. Und danach werde sein Leben weiterhin aus überschaubaren Fluktuationen innerhalb des Normalbereichs bestehen. Ohne Schmerz. Nicht mehr Schmerz jedenfalls. Wie in all den Jahren mit Vibe. Ein hübsches, stilles Leben ohne Drama, ohne Verluste. Jetzt hatte er das genaue Gegenteil bekommen. Er war verliebt in Anna. Das war zugleich unprofessionell und gefährlich. Anna hackte mit ihrer Wut in alle seine ausgeklügelten Befestigungsanlagen. Worum ging es hier überhaupt? Die gelben Augen, die bebende Heftigkeit, ihre ganze Teufelei. Er wagte gar nicht daran zu denken, wie er sich fürchten würde, stets aufs Neue, wenn sie schließlich die seine war. Das ganze Drama, jeden Tag, die ganze Zeit, jeden Stein umdrehen, in allem mit einem Stöckchen herumstochern, das Innere nach außen kehren.

In Susanne Winthers Laden gab es überall Äpfel. Ein Plastikspiegel mit einem Rand aus Äpfeln hing an der Wand, und auf dem Boden lag ein geknüpfter Teppich, der einen großen roten Apfel zum Motiv hatte.

»Hallo.« Søren erkannte Susanne Winther sofort vom Foto her. Sie war stark übergewichtig und sehr hübsch. Weiße, makellose Haut, Sommersprossen auf dem Nasenrücken und eine imponierende Lockenpracht, gebändigt von einer tiefsitzenden Spange, die sie zu beiden Seiten hochbrausen ließ. Susanne hielt Søren eine Schüssel hin, die er verwundert anschaute.

»Ich habe gerade erst gebacken«, sagte sie munter. »Und in der Kanne ist Tee. Suchen Sie etwas Bestimmtes?«

»Sie sind verrückt nach Äpfeln«, stellte er fest.

Susanne Winther lachte.

»Wir sind uns doch schon mal begegnet, oder?«, fragte Susanne jetzt. »Sind Sie nicht der, der einen Esstisch sucht? Ich habe jetzt einen Tisch draußen im Lager. Wollen Sie den sehen? Sie wollten doch massives Holz, oder? Sind Sie das nicht?« Søren richtete sich auf.

»Ich komme von der Kriminalpolizei«, sagte er verlegen und wischte sich einen Krümel aus dem Mundwinkel. Susanne Winther lachte und sah ihn spöttisch an. Dann erstarrte sie.

»Sie machen doch Witze, oder?« Søren zeigte zum zweiten Mal an diesem Tag seinen Dienstausweis. Susanne Winther schlug die Hände vors Gesicht.

»Ist Magnus etwas passiert?« In Sørens Hinterkopf klingelte etwas. Er schüttelte den Kopf.

»Ich bin hier, weil Johannes Trøjborg tot ist, und ich habe Grund zu der Annahme, dass Sie Johannes gekannt haben.« Sørens Blick suchte nach ihrer Reaktion, und sie wirkte erleichtert.

»Verzeihung«, sagte sie und ließ sich auf ein Sofa sinken. »Das ist ja entsetzlich. Was ist passiert? Nein, aber verdammt«, sagte sie dann. »Ich habe einen kleinen Jungen. Magnus. Er ist sieben Monate alt und zu Hause bei seinem Vater. Und eben dachte ich, ihnen wäre ein Unglück passiert oder so. Dass sie tot seien.« Sie sah Søren verwirrt an. »Aber Johannes ist tot. Ein Verkehrsunfall? Warum sind Sie hier?«

»Sind Sie die Susanne Winther, die vor zwei oder drei Jahren ein Verhältnis mit Johannes Trøjborg hatte?«, fragte Søren.

»Ja, wir hatten ein Verhältnis. Ein Jahr lang. Aber wir haben uns schon lange nicht mehr gesehen.« Wieder schlug sie die Hände vors Gesicht. »Aber, verflucht noch mal, wir haben vor Kurzem noch miteinander geredet«, fügte sie hinzu. »Vor weniger als zwei Wochen. Wir waren gute Freunde, oder wie man das auch immer nennen mag, wenn man sich nicht so häufig sieht. Er wollte Magnus sehr gern kennenlernen. Er wollte wieder anrufen und zu Besuch kommen, sowie er ein bisschen Luft hätte, sagte er. Ich habe nicht weiter darüber nachgedacht, dass er sich nicht wieder gemeldet hat. Und jetzt ist er also tot?« Sie starrte Søren an.

»War es ein Verkehrsunfall?«, fragte sie noch einmal.

Søren schüttelte den Kopf.

Susanne Winther schloss den Laden und rief ihren Mann an. Søren hörte wieder ihre leise Stimme aus dem Hinterzimmer, sie schien zu schluchzen. Søren half ihr, zwei Grabbelkisten von der Straße in den Laden zu bringen. Zusammen gingen sie zum Auto,

Søren öffnete ihr die Tür. Die Sonne schien, und Søren setzte die Sonnenbrille auf. Er steckte sein Handy in die Station und den Ohrstöpsel ein. Zwei Mitteilungen. Die erste war unwichtig, die andere war von Henrik, der fragte, wo in drei Teufels Namen er nun wieder stecke. Sie hatten noch immer keine Spur von Erik Tybjerg, und Henrik wollte wissen, ob sie ihn nun zur Fahndung ausschreiben sollten? Sie brauchten einen Erfolg, egal, wie gering der auch ausfiele. Søren ärgerte sich immer schrecklich, wenn Henrik dozierte, und er wollte sich schon aufregen, als sein Blick auf ein Zeitungsplakat vor einem Kiosk fiel.

»Killerrächer an der Uni«, stand dort in schwarzen Lettern, und darunter: »Die Polizei tappt peinlich im Dunkeln.« Zugleich hörte er Henriks wütende Stimme:

»Ich weiß nicht, ob du heute schon die Schlagzeilen gesehen hast, aber na ja. Der Polizeidirektor war gerade hier. Er hatte zwei Hörner auf der Stirn, und Rauch quoll ihm aus den Ohren. Er wollte auch gern wissen, wo du steckst. Ich glaube, die Zeit ist reif für eine Pressekonferenz, und ich glaube, du tust gut daran, wenn du irgendetwas findest, das wir den Bestien zum Fraß vorwerfen können. Bis dann also. Ich kapier ja nicht so recht, was du da eigentlich treibst.« Und dann hatte er aufgelegt.

Søren und Susanne Winther fuhren schweigend weiter. Plötzlich klingelte das Handy. Es war wieder Henrik.

»Wo zum Teufel treibst du dich rum?«, rief er.

»Bin in drei Minuten auf dem Revier. Kannst du ein Vernehmungszimmer bereitstellen? Ich komme mit Susanne Winther, Johannes Trøjborgs Exfreundin.«

»Man könnte ja fast glauben, Sie hätten mich in Verdacht oder so«, sagte Susanne vorsichtig, als Søren das Gespräch beendet hatte. »Vernehmung. Das klingt so seriös. Es ist zwei Jahre her, dass ich mit Johannes zusammen war, für weniger als ein Jahr. Da kommt es mir doch übertrieben vor, von der Polizei abgeholt und mit Lalülala zur Vernehmung gefahren zu werden.«

Søren wollte schon instinktiv ihre Unsicherheit ausnutzen und sie ein wenig im Schweigen schmoren lassen, das ihm so sehr lag.

»Sie stehen unter gar keinem Verdacht«, gab er dann freundlich zur Antwort. »Natürlich nicht. Aber ich muss einfach begreifen, wer Johannes war, muss rauskriegen, wer ihn umgebracht hat. Ich brauche Ihre Hilfe. Ich brauche dringend Ihre Hilfe.«

Susanne Winther seufzte.

»Okay«, sagte sie.

Susanne Winther hatte Johannes in der Gothic-Szene kennengelernt. Sie waren in der Roten Maske ins Gespräch gekommen, unter einem mit Kerzen bestückten Bogen in einem dichtbesetzten Lokal auf Østerbro, und relativ kurze Zeit darauf waren sie eine erotische Beziehung eingegangen, in der Susanne Johannes dominiert hatte. Danach war Johannes von ihr in die Fetischszene und in den Club Incognito eingeführt worden.

Johannes war zehn Jahre jünger als Susanne, und da ihre Beziehung anfangs ausschließlich sexuell gewesen war, hatte das keine Rolle gespielt, im Gegenteil. Aber als sie dann ein echtes Paar wurden und Susanne Johannes anvertraute, sie wünsche sich ein Kind, hatte er sich zurückgezogen. Nicht auf unangenehme Weise, ganz und gar nicht. Sie hatten viel darüber gesprochen, und es war nicht ohne Tränen abgegangen, als sie sich trennten. Johannes hatte kein Kind gewollt. Beide waren gleichermaßen fest entschlossen gewesen. Das war eigentlich alles gewesen. Jetzt war sie mit Ulf verheiratet, den sie bei einem Fetisch-Event kennengelernt hatte.

»Johannes und ich hatten uns sehr gern, aber ein Kind ist etwas Grundlegendes, worüber wir unvereinbare Ansichten hatten. Unsere Trennung war unwiderruflich und sauber. Kurz nachdem ich Ulf kennengelernt hatte, wurde ich schwanger, und seither sind wir in der Szene nicht mehr aktiv.«

»Warum?«, wollte Søren wissen.

»Weil wir verliebt waren, schwanger und uns selbst genug.« Susanne lächelte. Søren schaute sie forschend an. Ihr Blick war offen und vertrauensvoll.

»Vorhin haben Sie Johannes als zu sanft bezeichnet«, sagte Søren und blätterte in seinem Notizblock, obwohl er nichts notiert hatte. »Ich habe heute schon mit Johannes' Mutter gesprochen, und die zeichnet ein etwas anderes Bild von ihrem Sohn. Sie schildert ihn als undankbar und provokant.«

Susanne's Augen wurden dunkel.

»Glauben Sie kein Wort von dem, was Johannes' Mutter sagt«, wurde sie heftig. »Die hat ihre Tochter kaputt gemacht und sich große Mühe gegeben, auch Johannes' Leben zu zerstören.« Søren blickte überrascht auf.

»Als ich heute mit Janna Trøjborg gesprochen habe, schien sie sehr um ihren Sohn zu trauern«, wandte er ein, als Köder.

»Das kauf ich ihr einfach nicht ab«, sagte Susanne erregt. »Ja, vielleicht ist sie traurig, denn was soll sie jetzt den Damen aus ihrem Bridge-Club erzählen? In den Kreisen sind doch erfolgreiche Kinder angesagt. Direktoren rauf und runter. Da kommt es der Dame sicher ungelegen, dass sie jetzt erklären soll, warum sie nun gar kein Kind mehr hat. Johannes' jüngere Schwester hat Selbstmord begangen, aber das wissen Sie sicher«, fügte sie hinzu, als Søren keine weitere Reaktion zeigte. Søren nickte langsam.

»Lag die schlechte Stimmung nicht vor allem an Johannes' Stiefvater, Jørgen …?« Søren blätterte weiter in seinem Block.

»Kampe«, half Susanne aus. »Das war der von Möbel Kampe draußen in Lyngby. Doch, natürlich lag vieles an ihm, aber meiner Meinung nach hat es Janna in gewisser Hinsicht sehr gut gepasst, dass sie einen Tyrannen zum Mann hatte. Da brauchte sie doch für nichts selbst die Verantwortung zu übernehmen. Und genau das hat sie auch bleiben lassen. Sie hat die wehrlose kleine Frau gespielt, die nichts dafür konnte, dass sie einen dominanten Tyrannen geheiratet hatte, der, so wie ich das sehe, Übergriffe gegen seine Stiefkinder beging. Nicht sexuell«, fügte sie eilig hinzu, als sie Sørens gehobene Augenbrauen bemerkte. »Aber im übertragenen Sinn. Johannes' Schwester kam ein wenig glimpflicher davon, weil sie in ihrer Krankheit verschwand und ebenso passiv und leidend wurde wie ihre Mutter. Aber Johannes stand voll in der Schusslinie. Er war vier Jahre alt, als Jørgen in ihr Leben trat, und seine Schwester war noch ein Baby. Und von morgens bis abends gab es die Peitsche. Auch die im übertragenen Sinn«, wiederholte sie. »Elite durch und durch. Der Junge sollte einen Araber reiten, zum Golf gehen, Segeln lernen, Taucher werden, sich aufrecht halten, sogar auf Johannes' schmächtigen Körperbau hatte er es abgesehen. Ein richtiger Mann wiegt doch keine fünfundsechzig

Kilo, ein richtiger Mann ist nicht nur eins siebzig groß und hat keine Klavierfinger. Jedenfalls nicht in Jørgens Augen.« Sie verstummte jäh und sah ihre eigenen Finger an. Ihre Hand war groß, die Finger dick, aber ihr Handrücken sommersprossig und weich, und die Nägel glänzten. Søren musterte die hübsche Frau mit dem allzu dicken Körper.

»Meine ganze Jugend hindurch hatte ich das Gefühl, eine andere sein zu sollen, als ich war«, gestand sie plötzlich und sah Søren verlegen an. »Damals, mit zwanzig, war das sehr schwer. Ich war davon überzeugt, dass das Glück in sich unter der Haut abzeichnenden Rippen läge. Wenn ich nur abnehmen könnte, würde ich einen Liebhaber mit dunklen Bartstoppeln, gesunden Interessen und einem Auto bekommen. Wenn. Als ich dreißig wurde, war ich fertig, und circa zwei Jahre lag ich herum und schmorte in meinem eigenen …«, hier sah sie Søren schelmisch an, »… Fett. Aber dann änderte sich alles. Ich machte eine Therapie, ging auf Reisen, machte eine Ausbildung zur Therapeutin. Fast fünf Jahre habe ich als Therapeutin gearbeitet, dann hatte ich die Nabelschau plötzlich satt und habe den Laden gekauft. Ich weiß ja, dass das im ersten Augenblick absurd klingt. Aber ich wusste plötzlich ganz einfach, dass ich etwas mit Äpfeln und Möbeln machen wollte. Das war witzig«, sagte sie fröhlich. »Etwas von Grund auf hochziehen. Ich war achtunddreißig und hatte auf einmal nur noch Spaß. Eine meiner Kundinnen, Stella, fragte, ob ich nicht mit in die Rote Maske kommen wollte. Ich wusste natürlich von den Partys dort, das ist klar. Ich war jahrelang in der Fetischszene aktiv, und viele Fetischisten verkehren in beiden Szenen, aber die Gothic-Szene hatte mich nie richtig angesprochen. Am Fetischmilieu interessierte mich nur der sexuelle Aspekt, und ich konnte ehrlich gesagt nicht so recht sehen, was die ganze Gothic-Kultur überhaupt sollte. Aber als Stella fragte, bin ich mitgegangen. Stella ist Mitorganisatorin von Veranstaltungen in beiden Szenen und kam oft im Laden vorbei«, erklärte sie und sah Søren an. »Die Gothic-Szene wurde zu einem Wendepunkt für mich. Da wird man einfach akzeptiert, respektiert und gemocht, und so bleibt das auch, wenn man sich entsprechend verhält. Offenheit und Toleranz für das, was außerhalb der Norm ist. Ich fühlte mich wie ein Fisch im Wasser. Bei meinem dritten Besuch dort habe ich Johannes kennengelernt. Und wissen Sie was?«

Søren schüttelte den Kopf.

»Es war, wie mir selbst zu begegnen. Nur als Mann und zehn Jahre jünger. Anfangs konnte ich damit nicht richtig umgehen. Seine fehlende Selbstachtung. Die erinnerte so sehr an all das, dem ich mühsam den Rücken gekehrt hatte …«

Søren musterte sie aufmerksam.

»Aber dann ging mir auf, wie komplex er wirklich war. Natürlich war er geprägt von den vielen Demütigungen, und in mancher Hinsicht war sein Selbstbewusstsein wirklich löchrig wie ein Sieb.« Sie schaute nachdenklich vor sich hin. »Aber das Interessante an Johannes war, dass er beschlossen hatte, dieses Muster zu durchbrechen, deshalb war er in anderen Bereichen stark und zielstrebig. Er hatte mit sich abgemacht, nicht wie ein geprügelter Hund durchs Leben zu gehen, obwohl er in seiner Kindheit meistens wie einer behandelt worden war. Deshalb habe ich mich in ihn verliebt. Weil er mir außerhalb des Bettes jede Menge Kontra gab, während er es zugleich ertragen konnte, dass ich ihn sexuell dominiert habe. Es war eine sehr harmonische Beziehung. – Wir waren sechs Monate zusammen, in denen die Harmonie total war«, sagte sie dann. »Schließlich kamen wir auf die Kinderfrage zu sprechen. Und wenn ich mir überlege, wie geschockt ich war, als mir klar wurde, dass er keine Kinder wollte, habe ich das eigentlich sehr schnell überwunden. Ich habe immer gewusst, dass ich Kinder wollte. Wir waren beide traurig darüber, aber die Trennung ließ sich nicht vermeiden.« Susanne verstummte.

»Haben Sie irgendeine Vorstellung davon, was damals in seiner Familie geschehen ist?«, mischte sich Henrik ein. Søren und Susanne schauten sich im selben Moment zu ihm um, als fiele ihnen beiden seine Anwesenheit jetzt erst auf.

»In Johannes' Familie?«

»Ja.«

»Ich glaube, dass wir uns ungefähr fünf Wochen kannten, als es zwischen Johannes und Jørgen und damit auch zwischen Johannes und Janna zum Bruch kam. Später versuchte Johannes mehrmals, sich mit seiner Mutter auszusprechen, aber immer stand Jørgen im Weg. Das hat ihn natürlich fertiggemacht. Er hatte nie die Kraft gefunden, sich Jørgen Kampe gegenüber zu behaupten, und als Erwachsener wurde es zu seiner Überlebensstrategie, Jørgens Dreck von sich abprallen zu lassen. Wir haben viel darüber gesprochen, wie er sich am besten verhalten sollte. Nach Jørgens Tod hoffte Johannes auf eine Öffnung. Kurz nach der Beerdigung besuchte er dann seine Mutter und stellte fest, dass Jørgen ihn aus seinem Testament gestrichen hatte, was Johannes an sich egal war. Aber als Janna behauptete, er sei ja nur gekommen, um sein Erbe an sich zu reißen, hat ihn das umgehauen. An diesem Abend hat er die Tür zu seinem Elternhaus für immer zugeschlagen. Johannes hat mir alles erzählt, als er nach Hause kam …« Unsicher sah sie zu Søren hinüber. »Ich habe die Eltern ja nie kennengelernt, aber …«

»Trotzdem scheinen Sie ja ganz sicher zu sein, wen Sie da beschreiben«, wandte Henrik ein. Søren bewegte unter dem Tisch gereizt die Füße.

»Ich habe mich auf Johannes verlassen. Das konnte man eben. In gewisser Hinsicht war er durch seine Kindheit verkrüppelt«, sie schnitt eine Grimasse, »aber er war ein sehr feiner Mensch. Er hat sich mit seinen Mitmenschen große Mühe gegeben, und niemals hätte er sich diese Kindheitsschilderungen aus den Fingern saugen können. Niemand hätte mit so einer Geschichte bluffen können, und Johannes schon gar nicht. Er war zu … reflektiert.« Sie schaute Henrik entschieden an und wandte sich dann wieder Søren zu.

»Ich würde aber gern noch bei meiner Frage bleiben«, sagte Henrik. Susanne sah ihn an, als fände sie seine Einmischung überaus unpassend, worüber Søren sich einfach freuen musste.

»Was, wenn Sie sich geirrt haben? Was, wenn Janna und Jørgen Kampe in Wirklichkeit sympathische Menschen mit guten Absichten waren und Johannes doch nicht so ganz richtig lag?«

»So war das nicht«, erklärte Susanne voller Überzeugung. »So etwas weiß man. Das ist doch bei Ihnen genauso.« Wieder sah sie Søren an, als interessierte Henrik sie nicht. »Man weiß, wenn man es mit Spiegelfechterei zu tun hat. Es kann schon sein, dass man ab und zu mal gewisse Signale verdrängt, aber im tiefsten Herzen weiß man Bescheid. Das glaube ich.« Sie schluckte und fügte hinzu: »Johannes trug vielleicht eine schwere Last, aber er war aus eigenen Kräften zu einem wohlgeratenen und überaus liebevollen Menschen geworden. Zu einem, der mit der Vergangenheit abgeschlossen und sich der Zukunft positiv zugewandt hatte.«

»War er bisexuell?«, fragte Henrik hart. Susanne hielt Sørens Blick fest, dann wandte sie sich langsam Henrik zu.

»Nein«, sagte sie.

»Sind Sie sicher?«

»Absolut sicher. Wir sind unsere Beziehung in vollkommen sexueller Offenheit eingegangen. No code, no core, no truth. Das galt auch für unser Sexualleben. Alles war erlaubt, nichts war tabu. Nein, Johannes hatte keine bisexuellen Tendenzen.«

»Er hat aber Röcke getragen«, beharrte Henrik trotzig und zeigte auf den Ordner, der vor ihm auf dem Tisch lag. »Ich habe etliche Fotos von ihm im Rock gesehen.«

»Ja, das hat er, aber man wird nicht schwul, bloß weil man einen Rock trägt. So wenig wie man hetero wird, nur weil man Hosen anhat.« Susanne taxierte lange Henriks Achtziger-Jahre-Jeans.

»Johannes stand auf Dominanz mit beiden Vorzeichen, und er war Transvestit. Er ging gern im Rock und mit vollem Make-up in die Rote Maske – und in etwas gewagterer Kluft ins Incognito.« Søren spürte, wie Henrik sich immer weiter provoziert fühlte.

»Transvestiten sind doch auch homosexuell«, erklärte er bockig. Søren kratzte sich im Nacken.

»Und Motorradfahrer sind Schläger, und Kinderschänder tragen einen Schnurrbart«, sagte Susanne Winther friedlich. Ihr Blick ruhte lange auf Henriks Schnurrbart, der unbedingt gestutzt werden musste.

»Sie haben Ihre Hausaufgaben offenbar nicht ordentlich gemacht«, sagte sie dann. »Transvestiten sind Menschen, denen es einen Kick bringt, wenn sie *crossdressen*, wie es heißt, wenn sie also Dinge tragen, die herkömmlicherweise mit dem anderen Geschlecht assoziiert werden. Transsexuelle sind Männer und Frauen, die das Gefühl haben, im falschen Körper geboren worden zu sein, und die deshalb durch eine Operation auf das richtige Geschlecht überwechseln wollen. Aber Transsexuelle werden nicht als homosexuell betrachtet, auch nicht, wenn ihre sexuelle Orientierung sich auf Angehörige ihres eigenen Geschlechts richtet, weil … ja, das ist doch logisch. Wenn jemand zu neunzig Prozent Frau ist und einen Mann liebt, aber zufälligerweise noch immer einen Pimmel hat, weil die Warteschlangen hierzulande so verdammt lang sind, dann bedeutet das doch nicht, dass dieser jemand ein Mann ist. Es ist doch wohl nicht nur der Pimmel, der einen Mann ausmacht, oder?« Susanne Winther begutachtete abermals ausgiebig Henriks Jeans.

Søren wusste genau, dass sie sich dem Siedepunkt näherten.

»Kommen wir doch mal wieder zum Thema zurück«, schlug er vor. Susanne Winther musterte ihn mit offenem Blick.

»Johannes war nicht bisexuell«, erklärte sie. »Warum ist das eigentlich so wichtig?«

»Wir haben Grund zur Annahme, dass Johannes von einem Mann ermordet worden ist. Das liegt an besonderen Umständen am Tatort, auf die ich nicht näher eingehen darf …«

»Das ist natürlich in Ordnung«, sagte Susanne.

»Äh, danke«, sagte Søren dämlich. Dann schwiegen alle.

»Und ganz ehrlich«, sagte er dann in einem Anfall von Vertraulichkeit. »Ich hatte ihn ebenfalls für homosexuell gehalten. Aufgrund seiner Kleidung und seines ganzen Auftretens. Wir haben Bilder auf der Homepage der Roten Maske gesehen. Es ist natürlich nicht korrekt, dass wir …« Søren räusperte sich. »Ja, dass wir … dass ich mir über die genaue Bedeutung der Fachausdrücke nicht im Klaren war. Und das Szenarium, äh … dieses überaus kärgliche Szenarium … also … Okay. Am Tatort wurde Sperma gefunden, und das stammte nicht von Johannes.«

Henrik glotzte ihn an.

»Und offenbar wurde Johannes ein Opfer von überaus brutaler Gewalt.«

»Was zum Teufel ist denn in dich gefahren?« Henrik war aufgesprungen und zeigte mit dem Finger auf Søren. »Hast du den Verstand verloren?« Henriks Hand war nur zwei Zentimeter von Sørens Gesicht entfernt, als Søren ihn am Handgelenk packte.

»Setz dich«, sagte Søren und drückte Henrik auf den Stuhl zurück. »Ich weiß, was ich tue.«

»Du fütterst die Zeugin mit Informationen, die sie missbrauchen kann«, flüsterte Henrik. »Ich finde deine Alleingänge zum Kotzen, verstehst du? Du hast dein Urteilsvermögen eingebüßt, Søren. Was zum Teufel ist denn los mit dir?«

»Ich verlasse mich auf sie«, brüllte Søren plötzlich. Henrik und Susanne Winther fuhren zusammen. »Ich verlasse mich verdammt noch mal auf sie. Auf das, was ich sehe.« Er zeigte wütend mit zwei Fingern auf seine Augen. »Kapierst du das nicht? Wir können diesen Fall nicht knacken, weil wir nur das sehen, was wir gestern gesehen haben, dieselbe alte Scheiße. Wir sind blind geworden.« Er wurde wieder leiser. »Ich bin blind geworden. Alles hier steckt voller Lügen, und ich kann verdammt noch mal nichts sehen. Jetzt fange ich an einer anderen Stelle an, kapierst du das? Ich fange da an, wo das Wasser klar ist. Und ich weiß, wenn jemand lügt.« Er richtete seinen Blick auf Henriks Gesicht und kniff die Augen ein wenig zusammen. »Und ich kann dir sagen: Wenn jemand weiß, dass jemand lügt, dann ich. Und sie lügt nicht. Sie lügen nicht.« Die letzte Feststellung war an Susanne Winther gerichtet.

»Nein«, sagte sie.

Henrik sagte kein Wort mehr. Als sie eine Pause einlegten, verschwand er wütend auf dem Gang, und als sie weitermachten, ließ er sich durch Lau Madsen vertreten. Das war schon in Ordnung. Søren war es schlichtweg egal, ob Henrik vorhatte, sich über ihn zu beschweren. Irgendwann musste man wagen, anderen zu vertrauen. Auch bei der Polizei. Auch Søren.

Søren brachte Susanne Winther zum Ausgang.

»Auf Wiedersehen«, sagte sie und reichte ihm die Hand. Die ihre war fest und kühl, wie ein reifer, geschälter Apfel. Ihre Augen leuchteten.

»Auf Wiedersehen«, sagte Søren und schluckte. »Ich rufe an, falls noch etwas sein sollte.«

»Ja, tun Sie das.« Sie drehte sich um. Søren starrte ihren Mantel an. Unten, kurz über den Kniekehlen, am Mantelsaum, saß ein apfelförmiger Reflektor. Susanne wogte über den Parkplatz.

Sie hatte ihm einen Namen genannt. Stella Marie Frederiksen. Stella Marie war die Kundin, die Susanne in die Rote Maske eingeführt hatte. Søren hatte ihren Namen notiert und saß jetzt in seinem Büro und starrte den Zettel an, abgelenkt von seinem Zusammenprall mit Henrik. Er konnte das alles einfach nicht erklären. Henrik war jähzornig und ungeduldig, dachte er. Neulich schon und auch heute. Als hätte er aus irgendeinem Grund ein schlechtes Gewissen. War doch etwas mit Anna? Oder war Søren neuerdings paranoid? Er griff sich an den Kopf. Henrik hatte recht. Søren zog Alleingänge vor, wie Henrik gerufen hatte. Alleingänge. Besser ließ sein Leben sich gar nicht beschreiben.

Er schlug Stella Marie Frederiksen im FR nach, dem polizeilichen Register über alle in Dänemark lebenden Personen, und fand sie auf Nørrebro, in der Elmegade, sie hatte Handy- und Festnetznummer. Er rief auf der Festnetznummer an.

»Stella.« Es hatte nur einmal geklingelt, da meldete sie sich auch schon. Sie klang außer Atem. Søren legte auf. Dann erhob er sich und ging auf den Flur hinaus. Henrik saß in seinem Büro und hämmerte auf die Tastatur ein. Rote Flecken zogen sich über seine Wange und den Hals hinab. Die Tür stand offen, Søren schlüpfte hinein und musterte Henrik eine Zeit lang, dann schaute der auf und starrte Søren an.

»Nein«, sagte er.

»Was, nein?«, fragte Søren.

»Komm jetzt nicht und sag mir, dass du mich im Sommer, zu Weihnachten oder zu Ostern in all deine Geheimnisse einweihen wirst. Morgen, bald. Ich hab genug.« Henrik knallte die Hand auf den Tisch. »Wir gehen zusammen in eine Vernehmung, und weißt du, was ich da bin? Deko. Beschissene Deko. Du machst verflucht noch mal einfach, was dir gerade passt. Nimmst einem deiner Mitspieler den Ball ab und dribbelst einfach wahnsinnig drauflos über das Spielfeld, das tust du.« Henrik war wütend und zeigte auf Søren.

»Dein Privatleben ist das eine«, sagte er dann. »Und vielleicht stehen wir uns gar nicht so nah, wie ich immer gedacht habe. Vielleicht hat es in Wirklichkeit keine Bedeutung, dass wir uns schon mit zwanzig gekannt haben. Vielleicht ist es auch richtig, dass du mich nur in das Allernötigste einweihst. Vielleicht bist du einfach so. Hermetisch abgeriegelt, auch wenn alle Welt sehen kann, dass du dich mit etwas herumschlägst.«

»Du hast auch so deine Geheimnisse«, sagte Søren verbissen. Henrik war überrascht.

»Ich habe keine Geheimnisse vor dir, Søren. Aber stimmt schon, ich habe dir lange nichts mehr erzählt, und weißt du, wieso? Um zu testen, ob du das überhaupt merkst. Und weißt du was? Du hast dich verhalten, als ob es dir nur zu gelegen käme, dass ich genauso verschlossen bin wie du. Von mir aus. Wenn wir wie zwei verdammte Holzklötze zusammenarbeiten sollen, bitte, dann tun wir das eben. Und wenn es das im Auto von gestern ist, worauf du anspielst, dann bist du ein Idiot. Wir waren im Dienst. Ich konnte dir da doch nicht erzählen, dass …«

»Na, was denn?« Søren merkte, wie sein Hals enger wurde.

»Dass ich eine Affäre habe, okay?«, fauchte Henrik leise. »Und das schon seit fünf Wochen. Ein Scheiß. Ich will mich doch von Jeanette nicht scheiden lassen. Aber ich hab jetzt keinen Bock, darüber zu reden.«

»Seit fünf Wochen?«

»Pah! Mit einer Frau aus dem Fitnessstudio. Line. Ist einfach so passiert.« Henrik schaute für einen Moment aus dem Fenster. Søren schloss die Augen.

»Aber wir haben hier über dich gesprochen«, sagte Henrik jetzt. »Nicht über mich. Du tust so, als wäre alles in bester Ordnung, auch wenn alle wissen, dass das gelogen ist. Alle wissen, dass dein plötzlicher Urlaub vor fast drei Jahren nichts damit zu tun hatte, dass du ausgebrannt warst. Damals, zu Weihnachten, war irgendetwas passiert. Das weiß ich. Aber nur zu. Wie gesagt, es ist dein Privatleben, und wenn du das mit niemandem teilen willst, dann ist das dein Bier.« Er schaute zu Søren auf, und da verhärtete sich sein Blick.

»Aber wenn du im Dienst bist, ist das etwas anderes. Hier kocht niemand einfach sein eigenes Süppchen, und weißt du, warum? Weil wir ein Team sind.«

»Ich bin dein Vorgesetzter, Henrik«, wandte Søren ein.

»Ich würd sogar drauf scheißen, wenn du der Ministerpräsident wärst«, brüllte Henrik. »All diese Wände, die du zwischen dich und die Welt schiebst, die kannst du zu Hause in Humlebæk pflegen. Wenn du zur Arbeit kommst, gehörst du zu einem Team.

Ich ertrag das jetzt schon jahrelang. Du führst dich auf wie Sherlock Holmes, und ich bin dein blöder Watson, der ohnmächtig den großen Detektiv anglotzt, während der total zugedröhnt am Erkerfenster steht und Geige spielt und absolut unfähig ist, seine Ideen und Überlegungen mit denen zu teilen, die ihm am nächsten stehen.«

Søren sagte nichts. Er wollte sich verteidigen, aber er wusste plötzlich nicht, weshalb. Was gab es denn zu verteidigen?

»Und mich trifft es doppelt, weil ich obendrein dein Freund bin«, sagte Henrik leise. »Ich werde aus deinem Privatleben und aus deinem Arbeitsleben ausgeschlossen. Als ob du mich so wenig brauchen könntest, dass du lieber gleich alles allein machst. Und ich glaube keine Sekunde daran, dass du alles allein schaffen kannst.«

Wie den Tag zuvor im Auto verstummte er unvermittelt, als wäre alle Luft aus ihm entwichen. Er spielte an seinem Schlüsselbund herum. Søren schloss die Tür hinter sich. Vor ihm lag ein Augenblick des Wahnsinns oder ein Augenblick des Mutes.

»Henrik«, sagte er dann.

Henrik blickte auf.

»Vor fast drei Jahren …« Søren schluckte.

Er brauchte zehn Minuten, um Henrik zu erzählen, was damals geschehen war. Er erzählte im Stakkato, und Henriks Gesichtsfarbe wandelte sich von rotgesprenkelt in kreideweiß. Als Søren fertig war, hingen seine Hände schlaff nach unten. Henrik stand auf und legte die Arme um Søren.

»Verdammt, Mann«, sagte er mit gepresster Stimme. »Warum hast du nie was gesagt?«

Søren wusste keinen Grund.

Um kurz vor fünf klingelten Søren und Henrik bei Stella Marie Frederiksen in der Elmegade. Sie öffnete in einem rostroten Trainingsanzug, Pantoffeln in Form von Bärentatzen und hatte eine gewaltige schwarze Mähne mit Verlängerungen in Altrosa. Sie blickte die beiden Männer freundlich an und wirkte nicht sonderlich überrascht, dass sie Besuch von der Polizei bekam. Sie bot Kaffee an. Erst als sie verstanden hatte, worum es ging, wurde sie blass. Sie hatte geglaubt, es handele sich um ihren Exmann, wie sie verwirrt stammelte. Er werde wegen Körperverletzung gesucht, und in den vergangenen drei Wochen habe deshalb ein Streifenwagen in ihrer Straße gestanden.

Doch, Johannes habe sie sehr gut gekannt.

»Er ist tot?«, flüsterte sie, hob ein Kind vom Boden auf und drückte es an sich. Die Kleine hatte funkelnde schwarze Augen unter einer dichten Markise von Augenwimpern. Søren wollte instinktiv die Hände nach ihr ausstrecken.

»Moment mal«, sagte Stella Marie. »Ich lege nur schnell einen Film ein, okay? Das ist doch ein wenig zu hart für ein kleines Kind.« Als die Kleine beschäftigt war, setzten sie sich in die Küche, und Søren überließ Henrik die Gesprächsführung. Stella Marie hatte Johannes zuletzt bei der letzten Septemberveranstaltung in der Roten Maske gesehen. Für gewöhnlich herrschte immer gute Stimmung auf diesen Partys, aber der Freitag war etwas ganz Besonderes gewesen, und das war in hohem Grad Johannes' Verdienst. Meistens war er eher zurückhaltend gekleidet und trank ein Bier mit guten Freunden. Aber ein seltenes Mal stach ihn der Hafer, und er warf sich gewaltig in Schale und ließ die Luft um sich herum Funken sprühen. Hinzu kam, dass es in Horsens ein Gothic-Konzert gegeben hatte, weshalb die Rote Maske ziemlich entvölkert war. Wie viele dort gewesen seien? An die hundert, nahm Stella Marie an. Das habe für eine gelassene, behagliche Stimmung gesorgt.

»Johannes stand in der Ecke.« Sie kniff die Augen zusammen und kramte in ihrer Erinnerung. »Rechts von der Bar, wo die Leute sich zusammendrängten. Er war in Leder gekleidet, Rock oder Hose und irgendeine Corsage unter schwarzer Netzunterwäsche. He, Moment mal …« Sie kippte auf ihrem Stuhl zurück und holte einen Computer aus seinem Dämmerzustand.

»Ich hab eine Menge Fotos von dem Abend.«

Ehe Søren sagen konnte, dass die Bilder von der Homepage ihnen bereits bekannt waren, hatte Stella Marie die Seite geöffnet und startete die Diashow. Schwarzgekleidete Goths in allen Nuancen tauchten auf. Einige schnitten wilde Grimassen und zeigten ihre Zungenpiercings, andere waren in ganz normaler Gemütlichkeit verewigt worden, mit erhobenem Bier auf halbem Weg zu den schwarzgemalten Lippen oder mitten in einem Lachanfall, sodass ihre reichverzierten Augen zu schmalen Schlitzen wurden. Søren erkannte das Bild von Johannes sofort.

»Hier haben wir ihn«, sagte Stella Marie.

»Wissen Sie, neben wem er da steht?«, fragte Henrik.

Søren zeigte auf etwas Schwarzes, das Johannes flankierte. Worauf er da zeigte, gehörte nicht notwendigerweise zu einem Menschen, war jedoch durchaus möglich. Es war vielleicht ein Stück Rücken oder ein Oberschenkel, jedenfalls etwas Schwarzes, das gegen Johannes' Bein drückte. Der Stoff schien geriffelt zu sein und konnte womöglich auch zum Hintergrund gehören, da musste Søren den beiden anderen recht geben.

»Wir haben verschiedene Ebenen in der Bar, Kästen und alte Stühle, über die wir schwarze Stoffbahnen hängen, um eine Stimmung totaler Finsternis zu erreichen. Vielleicht steht neben ihm auch ein Pult.« Stella Marie zuckte mit den Schultern. »Ich weiß nicht mehr so genau, mit wem er gesprochen hat«, fügte sie dann hinzu. »Mit allen, glaube ich. Wie gesagt, er war in Hochform.«

»Sagt Ihnen der Name *YourGuy* irgendetwas?«, fragte Søren.

»Nein«, antwortete Stella Marie und schüttelte den Kopf. »Aber in unserer Szene ist es vollkommen normal, Kunstnamen zu benutzen. Das gehört zum Spiel.«

»Wie heißen Sie denn selbst?«, fragte Henrik.

»Surprise«, sagte Stella Marie gelassen.

»Ich hätte gern eine Kopie Ihrer Mailingliste«, sagte Henrik.

Stella Marie sah einen Augenblick skeptisch aus. »Okay, kann ja wohl nicht schaden«, murmelte sie dann und wandte sich wieder ihrem Computer zu, öffnete eine Datei und druckte sie aus.

Alle schwiegen ein Weilchen, und Søren musterte eine rosa Haarsträhne auf Stella Maries Rücken. Als sie sich wieder umdrehte, zögerte sie. Dann sagte sie:

»Mir ist noch etwas von diesem Abend eingefallen.« Sie sah Søren unsicher an. »Es war auch ein Mann da, den ich noch nie gesehen hatte … und er fiel schon auf. Es hat sicher keine Bedeutung, aber ich erzähle Ihnen das doch.«

»Gehen wir rasch die Bilder durch«, fiel Henrik ihr ins Wort, »und dann zeigen Sie ihn uns?«

Plötzlich wirkte sie verlegen. »Hmm, es ist so, na ja, er sah ungeheuer gut aus, dieser Typ, dunkelrote Haare, aber nicht gefärbt wie Johannes oder viele andere Goths, sondern echt rothaarig, von Natur aus. Und groß. Als ich ihn gesehen habe, dachte ich, den kenn ich von irgendwo her. Ich hab ihn gesehen, als er ankam. Er war allein, und ich habe keine Ahnung, ob er irgendwen kannte. Später entdeckte ich ihn oben am Tresen. Er stand allein, aber ich konnte sehr gut beobachten, wie er angestarrt wurde. Die Mädels gafften ja beinahe wie ein Schwarm von hungrigen Raubfischen. Irgendwann habe ich dann Fotos für unsere Website gemacht und mir gedacht, das wäre eine gute Gelegenheit, an ihn heranzukommen. Und zu diesem Zeitpunkt stand er jedenfalls rechts von der Bar, da, wo ich später Johannes dabei zugesehen habe, wie er die Masse unterhalten hat.« Sie grinste. »Ich habe versucht, ein Foto für unsere Website von ihm zu machen, weil er so gut aussah, aber eben auch, um mit ihm ins Gespräch zu kommen. Aber das wollte er nicht …«

»Fotografiert werden?«

»Ja. Er legte die Hand auf die Kamera und schob sie nach unten. Er war nicht aggressiv oder so, er wollte nur nicht fotografiert werden. Das habe ich natürlich respektiert. Als ich die Bilder auf den Computer gezogen habe, bin ich sie durchgegangen, um zu kontrollieren, ob er nicht doch vielleicht auf einem anderen Foto auftaucht. Ich war neugierig, aber er war nicht dabei. Wie gesagt: Ich habe an die zweihundertfünfzig Fotos gemacht, und wir waren an die hundert Leute, also hätte jeder Gast theoretisch auf zweieinhalb Bildern zu sehen sein müssen, aber dieser Typ eben nicht. So als wäre er gar nicht da gewesen. Aber mehrere von meinen Freundinnen hatten auch ein Auge auf ihn geworfen. Der war ein echter Leckerbissen.« Stella Marie zuckte mit den Schultern.

»Können Sie Näheres darüber sagen, wie er ausgesehen hat? Wie war er zum Beispiel gekleidet?«, erkundigte sich Søren. Ein Mann mit rotbraunen Haaren hatte auf Anna gewartet, und Sørens Puls jagte in Sekundenschnelle in die Höhe.

»Er hatte sich nicht besonders zurechtgemacht. Aber das ist ganz normal. Immer kommen ein paar Gäste in ihrem Alltags-Outfit, das hängt von der Stimmung ab. Und ich kann mich nicht erinnern. Seins war schwarz, glaube ich.« Wieder zuckte sie mit den Schultern.

»Und witzigerweise hatte ich eben dieses Gefühl, ihn schon einmal irgendwo gesehen zu haben. Ich habe mir am Samstag, am Tag danach, wirklich den Kopf darüber zerbrochen, aber dann … Tja, ich hab ja auch sonst genug zu tun.« Sie nickte zu dem kleinen Mädchen hinüber, das in einen Zeichentrickfilm vertieft war.

»Aber vielleicht kommt er beim nächsten Mal ja wieder, wer weiß? Und dann können Sie doch auch kommen, wenn Sie Lust haben?« Stella Maries herausfordernder Blick wanderte von Søren zu Henrik.

»Wissen Sie übrigens etwas von der Beerdigung?«, fragte sie dann. »Da würde ich gern hingehen. Ich kenn auch noch andere, die sicher hinwollen. Es ist ganz fürchterlich, dass Johannes tot ist.« Eine senkrechte Furche erschien auf ihrer Stirn. »Er wird uns richtig fehlen.«

»Sie können sich doch bei der Familie erkundigen«, sagte Søren knapp. »Johannes hat ja noch eine Mutter, die sollten Sie anrufen.«

»Johannes' Mutter«, sagte Stella Marie schnell. »Ach du meine Güte. Ich habe gehört, dass Johannes aus einer reichen Familie kam, er mit denen aber nichts mehr zu tun haben wollte. Das hat mir übrigens Susanne Winther erzählt, damals, als sie noch mit ihm zusammen war. Und eines Tages, als ich nach einem Event in der Roten Maske aufgeräumt habe, brachte ein Lieferwagen doch tatsächlich zwei Sofas. Ich war total perplex und sagte, das müsse ein Irrtum sein. Aber der Mann ließ sich nicht beirren. Zwei Sofas von Möbel Kampe für Stella Marie Frederiksen. Ein Geschenk. Damals wusste ich noch nicht, dass Möbel Kampe Johannes' Familie gehörte, aber das hat mir Susanne dann erzählt. Ich habe erst auf der nächsten Party mit Johannes darüber gesprochen, und der wäre vor Staunen fast aus den Latschen gekippt, als er das gehört hat. Wir haben nie herausfinden können, woher seine Mutter von der Roten Maske wusste, und Johannes hat sie wohl auch nie gefragt. Aber an diesem Abend hat er immer wiederholt: ›Meine Mutter liebt mich!‹ Richtig triumphierend. Er hat alle zum Lachen gebracht, weil er so rührend war.«

»Wo sind diese Sofas jetzt?«, fragte Henrik.

»Die stehen hinten in unserem Möbelwagen und werden mit dem restlichen Kram herumkutschiert. Mit Tresen und Spots und so. Die sind einfach super. Schwarzes Leder natürlich. Großgeblümt würde sich schließlich nicht so gut machen.« Sie lachte kurz.

Wieder hatte Søren das Gefühl, dass eine minimale Bewegung des Kaleidoskops das ganze Bild verändert hatte.

Als sie im Auto saßen, sagte Henrik: »Bist du ganz sicher, dass du dieser Susanne Winther vertrauen kannst?«

»Ja«, sagte Søren.

»Hätte eine eiskalt Abweisende diese beiden Sofas geschickt?«

»Vielleicht ist das Bild nicht ganz so schwarz-weiß, Henrik. Vielleicht hat Johannes' Mutter auch ihre guten Seiten. Es ist nicht alles immer nur so oder so.«

Henrik fuhr, und auf einmal schlug Søren sich die Hände vors Gesicht.

»He, alles in Ordnung?«, fragte Henrik. Sein ganzer Zorn schien verflogen zu sein.

»Weißt du, wie es bei mir immer gewesen ist? In meinem Leben?«

»Äh, nein.«

»Wenn jemand irgendwie aussah, dann war das auch so. A führte zu B und weiter zu C, D und E.«

»Na gut, und ist es nicht so?«

»Nein«, sagte Søren. »Manchmal gibt die Realität ein bestimmtes Bild ab, und man ahnt nicht, wie es zu diesem Bild gekommen ist, es gibt nur das Produkt, E, und den Ausgangspunkt, A – vom Rest hat man keine Ahnung. Der Weg zwischen den beiden Punkten verliert sich.«

»Søren«, sagte Henrik sanft. »Da komm ich nicht mit.«

»So gehe ich vor«, erzählte Søren unbeeindruckt weiter. »Ich will rückwärts gehen und verstehen können, was vorher passiert ist. Ich will das verdammt noch mal so.« Er hämmerte mit der Hand aufs Handschuhfach. »Aber ab und an ist es eben nicht so, oder? Und weißt du, was das dann bedeutet?« Søren wartete Henriks Antwort nicht ab.

»Das bedeutet: Nicht alles ist so, wie es scheint. Vieles, ja. Aber verdammt noch mal nicht alles.«

»Ich bin nicht sicher, ob ich dir folgen kann«, sagte Henrik freundlich.

»Ist schon gut«, sagte Søren. »Ich muss nur mein Leben ändern.«

»Du solltest mit jemandem darüber reden … über das mit Maja«, sagte Henrik plötzlich. »Das solltest du wirklich.«

Søren nickte. Sie fuhren schweigend weiter.

»Meine Eltern sind gestorben, als ich fünf war«, sagte Søren dann.

»Das weiß ich doch. Du bist bei Knud und Elvira aufgewachsen. Das weiß ich doch.«

»Na ja, na klar.« Søren griff sich an die Stirn. »Ich bin einfach gerade total fertig. Total fertig.«

»Du solltest mit jemandem über das mit Maja sprechen«, wiederholte Henrik. »Wenn so was mit meinen Töchtern passiert wäre, ach, dann könnte ich nicht mehr hier sitzen, das könnte ich echt nicht …«

»Glaubst du, das reicht?«, fiel Søren ihm ins Wort.

»Was meinst du jetzt?«

»Meine Eltern, dass sie gestorben sind. Als ich fünf war. Urplötzlich. Glaubst du, das reicht aus, um ein Kind zu traumatisieren?«

»Kommt auf die Umstände an.« Henrik schien verwirrt zu sein.

»Und genau das kapiere ich nicht«, sagte Søren heiser. »Natürlich ist es eine Tragödie, seine Eltern zu verlieren. Aber ich kann mich ja nicht einmal an sie erinnern, Mann. Und Knud und Elvira haben mich geliebt. Ich hätte keine besseren Eltern finden können, keine bessere Kindheit haben können als bei ihnen, und das sage ich nicht einfach nur so.« Er schaute aus dem Seitenfenster. »Trotzdem scheint sich in mir irgendetwas verkrampft zu haben. Total verkrampft. Ich trau mich nicht.«

»Was traust du dich nicht?«

»Ich traue mich nicht … Vibe ist wie eine Schwester für mich, verdammte Pest!« Søren breitete die Arme aus. »Das war sie, seit ich sie auf der ersten Party in der Oberstufe kennengelernt habe. Seit ich siebzehn und bis ich vierunddreißig war, war ich mit meiner Schwester zusammen! Ich habe mich nicht getraut, mit ihr ein Kind zu bekommen. Immer dann, wenn man sich trauen müsste … Wenn ich Vibe jetzt sehe, mit ihrem riesigen Bauch, dann danke ich dem Schöpfer dafür, dass sie mich verlassen hat. Ich hätte es mir nie verziehen, wenn sie bei mir geblieben und meinetwegen niemals Mutter geworden wäre. Sie hatte etwas so viel Besseres verdient als mich.«

Es herrschte verlegenes Schweigen.

»Ich habe ja auch eigentlich keine Freunde«, sagte Søren dann. »Ich habe dich. Und Allan. Und Vibe, und natürlich auch ihren Mann.«

»Allan und ich sind doch zwei richtig gute Kumpels auf dem Revier«, sagte Henrik und wirkte beleidigt und belustigt zugleich.

»Ja, ich kann mich wirklich nicht beklagen. Aber du hast es heute doch selbst gesagt, nicht? Ich schenke kein Vertrauen, ich schenke nichts. Ihr kennt mich doch gar nicht, oder?« Wieder breitete er die Arme aus. »Jede Menge Kinder verliert ihre Eltern, und einige kommen ins Waisenhaus oder werden von Pflegefamilie zu Pflegefamilie weitergereicht und finden sich trotzdem zurecht. Ich habe im Garten meiner Großeltern gespielt, als der Unfall passierte, und es war der beste Garten auf der Welt. *Das* weiß ich noch. Aber ich kann mich nicht mehr erinnern, dass sie gestorben sind, ich weiß nicht einmal mehr, ob ich auch nur eine einzige Träne vergossen habe. Ich war auch nicht böse darüber, dass sie tot waren, mir hat nie etwas gefehlt. Eigentlich nicht. Knud und Elvira waren meine Eltern. So war das. Ich sehe keinen Grund, warum ich so verdammt zurückhaltend und feige geworden bin.« Er legte eine Pause ein. Henrik räusperte sich.

»Gerade hast du's doch getan«, sagte er dann.

»Was denn?«

»Dich geöffnet. Etwas gewagt.«

»Ich sehe die ganze Zeit das Gesicht der Kleinen vor mir«, sagte Søren. »Ganz plötzlich ist sie überall. Ich dachte, ich könnte mich damit durchmogeln. Kannst du dir vorstellen, wie es war, neben Vibe zu liegen, ohne ihr erzählen zu können, was da in Wirklichkeit ablief? Sie dachte, ich trauerte wegen unserer Trennung. Sie hat mich getröstet und mir versichert, dass wir immer Freunde bleiben würden. Sie brachte mir Abendessen, und ich habe die ganze Zeit gelogen.« Søren presste die Faust auf seinen Mund.

»Du musst mit jemandem darüber reden«, sagte Henrik zum dritten Mal. Søren schaute aus dem Fenster. Wie hatte er nur an Henrik zweifeln können?

»Ja, das werde ich«, sagte er dann.

Um zehn vor acht klingelte Søren an der Wohnungstür in einem Häuserblock am Rand von Nørrebro. An der Tür stand *Beck Vestergaard*. Søren hatte Bo zuletzt an dem Tag in die Augen gesehen, als er mit Katrine und Maja nach Thailand gefahren war.

»Du passt auf sie auf«, hatte er gesagt und Bos Blick festgehalten. Bo hatte vor Wut fast gekocht. Seither hatte Søren Bo nur ein einziges Mal gesehen: in der Kirche, und das nur von hinten.

Søren hatte vorher angerufen und sein Kommen angekündigt, und jetzt wurde die Tür von einem Mann geöffnet, den Søren kaum wiedererkannte. Bo war unrasiert und trug Jeans und Unterhemd. Sein Bauch hing über die Hose wie ein Fender über die Schiffsreling. Bo starrte Søren an, machte kehrt und verschwand in der Wohnung. Søren folgte ihm in ein kleines Wohnzimmer mit offener Kochnische. Rechts von der Kochnische führte eine Tür in ein Zimmer, in dem Søren ein ungemachtes Bett erkennen konnte. Die Vorhänge waren zugezogen, und der Fernseher lief.

»Was willst du?«, fragte Bo feindselig. Er setzte sich aufs Sofa und zündete sich eine Zigarette an. Noch ehe Søren antworten konnte, fügte Bo hinzu: »Ich weiß nicht, warum du plötzlich herkommst. Aber wenn du irgendeine Art von Entschuldigung erwartest, dann kannst du dir das abschminken. Diese Chance hat sich in Luft aufgelöst, als du nicht mehr ans Telefon gegangen bist, als ich dich nicht mehr erreichen konnte. Nicht einmal auf dem Revier. Sie haben mir sogar mit einer Anzeige gedroht! Einer Anzeige! Falls ich weiter anrufen sollte. Als ob ich der Verbrecher wäre. Wenn die wüssten, Mannomann! Wenn die wüssten.«

»Ich konnte es nicht ertragen, zu hören, was geschehen war. Sie waren tot. Ich konnte es nicht ertragen, die Einzelheiten zu erfahren.«

Bo starrte ihn einige Sekunden lang wie verloren an.

»Ich wollte dich damals nicht belästigen, aber genau so wurde ich behandelt. Wie irgendein blöder Stalker. Ich wollte doch nur mit dir reden. Ich hatte soeben meine Frau und mein Kind verloren. *Unser* Kind. Ich wollte doch nur mit dir reden!« Bo schlug die Hände vors Gesicht.

»Ich war feige«, sagte Søren. »Ich habe mich falsch verhalten.«

Die beiden Männer schwiegen eine Weile, dann sagte Søren:

»Jetzt möchte ich es gern wissen. Die Details. Ich möchte wissen, warum du hier sitzt, während sie in der Erde liegen.« Bo wurde leichenblass und schnappte nach Luft.

»Soll das etwa heißen, dass es meine Schuld war? Du mieser Scheiß...« Bo wollte aufspringen, aber sein Körpergewicht ließ ihn zurück auf das Sofa plumpsen. Dann gab er auf.

»Unser Hotelzimmer lag ziemlich weit vom Strand entfernt, und am Morgen wachte ich früh auf, weil Wasser unter der Tür durchkam. Draußen herrschte Chaos. Ein Dach wurde weggerissen, die Leute schrien und rannten vom Strand weg. Ich rief nach Katrine und versuchte, mich zum Strand durchzukämpfen. Ich konnte noch immer nicht begreifen, was da vor sich ging, aber plötzlich war mir klar, dass ich keine Chance hätte, wenn ich nicht losstürzte. Das tat ich also. In die Gegenrichtung, weg von der Küste und einen Hang hoch, und da endete ich dann zusammen mit fünfzig anderen. Ich wollte nicht in die Bucht hinunterblicken. Das wollte ich auf keinen Fall. Ich lag unter einem Busch und betete, dass sie noch am Leben waren. Aber meine Gebete wurden nicht erhört.« Er lachte kurz. »Ich hatte am Vorabend zu viel Wein getrunken, wir hatten eine Art Weihnachtsessen improvisiert. Ich nehme an, dass Katrine mit Maja zum Frühstück an den Strand gegangen war, um mich nicht zu stören. Maja war knapp drei Monate alt. Und man konnte doch nichts machen, als die Welle kam. So sind sie also ertrunken. Sie wurden weiter hinten am Strand gefunden. So war das, Søren. Bist du jetzt zufrieden? Ich habe sie nicht gerettet, weil ich geschlafen habe, als sie gestorben sind. Weil ich verkatert war.« Bo versank in seinen Gedanken.

»Ich war auf der Beerdigung«, sagte Søren. »Ich saß ganz hinten.«

»Ich habe dich gesehen.«

»Danke, dass du alles so schön gemacht hattest. Die Blumen auf den Särgen, die Seidenschleifen, einfach alles.« Bo sagte nichts. Er schien aufgegeben zu haben. Irgendwann mühte er sich vom Sofa hoch und holte sich ein Bier. Er bot Søren keins an. Das war in Ordnung. Sørens Tochter war tot, und Søren hatte sich wie ein Feigling ganz hinten in der Kirche verkrochen, in der Überzeugung, Bo habe ihn nicht gesehen. Er hatte kein Bier verdient. Er hatte gar nichts verdient. Sie schwiegen lange. Bo schaute träge auf den Fernsehschirm und trank aus der Flasche. Søren saß wie versteinert da. Als er sich zum Gehen erhob, sagte Bo:

»So Jungs wie du, solche Typen von Mitte vierzig, die auf ein Sündenbekenntnis aus sind und sich große, alles umfassende Vergebung aller Sünden erhoffen – ihr seid ja so was von erbärmlich.« Bo warf die leere Flasche auf den Boden.

»Ich ruf an«, sagte Søren. »Und ich komm wieder zu Besuch.«

»Das tust du nicht.« Bo schaute nicht auf, als Søren das Zimmer verließ. Er öffnete die Wohnungstür, und als er schon über die Schwelle getreten war, hörte er Bo sagen:

»Aber Maja hat mich angelächelt. Mich! Sie hatte doch keine Scheißahnung von diesem Trottel.«

Søren ging über den Laubengang aus Beton, wo es von Müllsäcken und ramponierten Fahrrädern nur so wimmelte. Sein Herz war schwer wie Stein.

Vibe öffnete mit dem Bauch zuerst. Ihr Kopf war kugelrund, sie hatte zwei dicke Füße in ihren Birkenstocksandalen, und sie strahlte übers ganze Gesicht.

»Ich bin das allerglücklichste Nilpferd auf der ganzen Welt«, sagte sie und drückte Søren an sich. »Wie schön, dich zu sehen. Ich dachte, du wärst nur noch im Stress, und ich würde dich erst wiedersehen, wenn die Polizei nicht mehr *peinlich im Dunkeln tappt.*« Sie musterte Søren forschend.

»He, was ist denn los mit dir? Du siehst ja total fertig aus.«

Søren hängte seine Jacke auf.

»Vibe, ich muss mit dir reden. Das Timing ist total beschissen«, er nickte zu ihrem Bauch hinüber, »aber es muss sein. Ich kann meiner Matschbirne nicht einen einzigen konstruktiven Gedanken mehr abringen, ehe ich nicht mit dir gesprochen habe.«

»Das klingt aber ernst«, sagte Vibe leichthin.

»Das ist es auch.«

John saß auf dem Sofa, und der Fernseher lief. Auf dem Tisch stand eine Flasche Massageöl, und John hatte ein Handtuch über den Beinen liegen. Auch zwei Gläser Rotwein standen auf dem Tisch. Eins war sehr voll, im zweiten stand nur die Neige. Sie sahen sich Inspektor Morse an. John stand auf und reichte Søren die Hand.

»Hey. Mist, das heute mit den Schlagzeilen, was?«

»Ach, nicht so wichtig«, murmelte Søren.

»Kann ich dir etwas anbieten? Ein Glas Wein? Hast du Hunger?«, fragte Vibe. Søren zögerte. Er hatte einen Wahnsinnskohldampf. Vibe durchschaute ihn.

»Schatz«, sagte sie zu John. »Würdest du Søren die Reste warm machen und ihm ein Glas Wein einschenken? Er möchte mit mir reden. Über etwas Ernstes.«

John hob die Augenbrauen.

»Ist es okay, wenn wir uns ins Esszimmer setzen? Da stören wir doch nicht, oder?« John schaute auf die Uhr.

»Ich mach dir was zu essen.« Er sah Søren kurz an. »Danach geh ich mit Cash eine Runde, okay? Dann könnt ihr euch ins Wohnzimmer setzen.«

»Bitte nicht«, sagte Søren. »Ich wollte nicht einfach hereinplatzen und euch den Freitagabend ruinieren.«

»Ist schon in Ordnung«, erwiderte John und tippte Søren kurz mit der Hand auf die Schulter.

Zwanzig Minuten darauf aß Søren Gulasch mit Kartoffelpüree. Er versuchte, sich zu erinnern, wann er zuletzt gegessen hatte. Vibe schenkte ihm Wein ein, und sie plauderten, während er aß. Dann war der Teller leer, und Søren brachte ihn in die Küche, damit Vibe nicht aufstehen musste. In der Küche trank er eiskaltes

Wasser aus dem Hahn und spritzte sich welches ins Gesicht. Dann ging er zurück ins Wohnzimmer. Vibe saß in der Sofaecke und sah ihn abwartend und nervös an.

»Seit zwanzig Jahren fürchte ich mich vor diesem Augenblick«, sagte sie. Søren fuhr zurück.

»Ich verstehe nicht?«, sagte er perplex. Sie starrte ihn an.

»Na ja«, beeilte sie sich zu sagen. »Vielleicht greife ich den Ereignissen ja vor.« Sie wandte sich kurz ab. »Setz dich und bring es hinter dich. Du scheinst dich zu quälen.«

Es war Freitag, der 12. Oktober, draußen war es stockfinster, böse und kalt. Søren ließ sich zurücksinken und starrte auf seine Hände. Und dann erzählte er.

Konnte sie sich erinnern, dass sie im Dezember 2003 mit ihren Freundinnen in Barcelona gewesen war? Ja, natürlich konnte sie das. Konnte sie sich auch daran erinnern, wie Søren mit Henrik ausgegangen war? Dass sie in einem asiatischen Restaurant auf Vesterbro gegessen hatten? Und wie Søren ihr von diesem Abend erzählt hatte, als sie aus Barcelona zurückgekommen war, von dem Restaurant, von den Frauen am Nachbartisch, mit denen sie ins Gespräch gekommen und in einen Club gegangen waren, wo sie getanzt hatten? Vibe erinnerte sich gut. An diesem Abend sei er mit einer Frau namens Katrine nach Hause gegangen.

Zuerst schlich sich ein harter Ausdruck in Vibes Augen, dann fing ihr Mund an zu lächeln. Und Vibe wollte wissen, ob Søren ihr erzählen wolle, dass er sie vier Jahre zuvor betrogen habe. »Pfui«, sagte sie und hob einen Finger. »Aber ganz ehrlich«, fügte sie hinzu, »wir waren siebzehn Jahre zusammen, und ich wusste sehr gut, dass es passieren könnte, dass es möglicherweise schon passiert war. Es gibt keinen Grund, so schuldbewusst dreinzublicken.«

Søren schüttelte den Kopf. »Nein, nein. Aber Katrine, diese Frau. Sie wurde schwanger.«

Jetzt machte Vibe große Augen. »Was wurde sie?«

»Es war nur eine Nacht und ein Morgen, danach haben wir uns nicht wiedergesehen, kein einziges Mal. Bis Katrine dann über ein halbes Jahr später plötzlich anrief und sagte, sie sei schwanger. Sehr schwanger.«

Vibe unterdrückte einen überraschten Ausruf. Søren schluckte.

»Katrine hatte jetzt einen Freund, der der eigentliche Vater des Kindes sein wollte. Sie sagten ganz offen, dass ich ihnen nicht die Bude einrennen sollte«, erzählte er leise weiter. »Aber das Kind sollte die Wahrheit wissen. Dass es einen biologischen Vater und einen alltäglichen Vater gab und dass diese beiden Väter nicht dieselben waren. Es war auch nicht so, dass ich das Kind gleich am Anfang kennenlernen sollte. Sie wollten abwarten und dann entscheiden, wenn und falls sich das Bedürfnis einstellte. Ich war vollkommen abgemeldet.« Er schaute auf, fand in Vibes Blick aber keinerlei Mitgefühl. »Dann wurde Elvira krank, und ich war einfach fertig«, sagte er. »Dabei wollte ich doch kein Kind. Ich saß in Katrines und Bos Wohnung und wünschte sie alle drei dahin, wo der Pfeffer wächst.« Søren räusperte sich. »Aber dann rief Bo mich plötzlich an und sagte, sie sei geboren worden. Ich fuhr beim Krankenhaus vorbei, eines Tages, nach Feierabend, aus purem Pflichtgefühl, dachte ich. Aber dann habe ich sie gesehen, Vibe.«

Vibe fing an zu weinen.

»Ich habe sie gesehen, und die Welt explodierte. Ich liebte sie. Einfach hemmungslos, wie ich noch nie zuvor einen Menschen geliebt hatte. Sie war kahl und lag auf der Seite und schlief, und sie sah einfach genauso aus wie ich. Als ich an diesem Tag nach Hause fuhr, musste ich auf den Seitenstreifen fahren, sonst hätte es ein Unglück gegeben. Ich lachte und zitterte am ganzen Leib und konnte mich überhaupt nicht konzentrieren. Die Kleine wurde dann Maja getauft. Ich sah sie erst zwei Wochen später wieder, da waren sie schon zu Hause. Bo war offenbar zum totalen Alphamännchen geworden, und ich konnte ihm schon auf fünf Kilometer Entfernung ansehen, dass er nicht vorhatte, seine Vaterrolle mit mir zu teilen. Aber das stand nun nicht mehr zur Debatte. Ich wollte Majas Vater sein. Ich hatte zwei Wochen lang Tag und Nacht darüber nachgedacht und war nicht mehr bereit, sie aufzugeben. Bo wurde stocksauer und pöbelte mich an, und es vergingen zwei harte Monate, in denen er sich nur langsam besänftigte. Ich gab mir alle Mühe, nicht bedrohlich zu wirken und ihm zu zeigen, dass ich zwar einen Platz in Majas Leben einnehmen wollte, nicht aber seinen Platz. Und das gelang mir.« Søren schwieg und schaute auf seine Hände.

Vibe putzte sich die Nase und positionierte ihren dicken Bauch anders.

»Ich konnte es nicht erzählen«, sagte Søren jetzt. »Ich brachte es nicht über mich, davon zu erzählen. Dass ich mit dir kein Kind haben wollte, aber eine andere geschwängert hatte. Ich konnte es einfach nicht. Das lag auch an unserer Beziehung, Vibe«, sagte er plötzlich, als hätte sie ihm widersprochen. »Wir waren doch wie Geschwister, verdammt noch mal. Wir waren doch kein Liebespaar. Es hat doch nicht gefunkt. Nicht wirklich. Ich meine, sieh dir John an. Sogar John behandelt mich wie seinen Schwager, es kann ihm einfach nichts ausmachen, dass ich häufiger mit seiner Frau im Bett gewesen bin als er selbst.« Vibe konnte ein Lächeln nicht unterdrücken. »Abgesehen davon, dass ich eigentlich kein Vater sein wollte, war unsere Beziehung an sich schon Grund genug, kein Kind zusammen zu bekommen. Und dann starb Elvira auch noch und dann Knud ... Ich konnte es dir einfach nicht gestehen. Damals jedenfalls.« Søren schluckte. »Also beschloss ich, noch ein wenig zu warten. Bis der Sturm sich gelegt hätte. So wie wir verabredet hatten, den beiden nichts von unserer Trennung zu erzählen.«

»Wussten Knud und Elvira etwas von dem Kind?«, flüsterte Vibe.

»Nein, Vibe. Sie wussten nichts. Das hätte ich dir niemals angetan. Niemand wusste etwas. Auch Henrik oder Allan oder irgendwer sonst nicht. Ich habe das ausschließlich mit mir allein herumgetragen. Aber natürlich hätte ich es nicht für immer verschweigen können, das lag ja auf der Hand ... aber ...«

»Du hast eine Tochter«, flüsterte Vibe. Sie schüttelte verwundert den Kopf, als wäre ihr ganzes Weltbild ins Wanken geraten.

»Ich habe keine Tochter«, sagte Søren hart. Vibe blinzelte verwundert.

»Am 18. Dezember flogen Bo, Katrine und Maja nach Thailand, um dort Weihnachten zu feiern. In Phuket. Sie sind im Tsunami umgekommen. Nicht Bo, aber Maja und Katrine.«

Vibe schlug die Hände vors Gesicht, und ihre Augen flackerten hin und her, als läse sie die Dokumente der Vergangenheit und als ergäben die alle plötzlich einen Sinn.

»Aber du bist doch erst im Januar so richtig zusammengebrochen«, sagte sie erstaunt. »Nachdem wir uns getrennt hatten. Einige Zeit nach Elviras Tod und während Knud noch gesund wirkte und noch niemand ahnen konnte, wie schnell es auch bei ihm gehen würde. Und das war doch nach der Flutwelle, Anfang Januar?«

»Wir waren doch in Schweden. Wir hatten ja keine Ahnung, was geschehen war, bis wir dann nach Hause kamen und die Schlagzeilen sahen. Ich wollte dir in Schweden von Maja erzählen, schaffte es aber nicht. Du warst dermaßen in Ferienstimmung. Als wir nach Hause kamen und erfuhren, was in Asien geschehen war, suchte ich nach ihren Namen, konnte sie aber nicht finden. Ich glaubte, sie wären heil davongekommen. Dass sie mich nur nicht sofort angerufen hätten, weil alles ein Chaos war. Ich war schließlich bloß der, der den Samen geliefert hatte. Ich konnte nur darauf warten, dass Katrine auf die Idee kam, sich zu melden. Am Abend des 5. Januar rief Bo an. Er brüllte und schrie. Ich begriff überhaupt nichts mehr. Ich brachte ihn dazu, sich zu setzen. Ich weiß nicht, was man in so einer Situation denkt. Vollkommen hoffnungslose Gedanken. Ich dachte, dass Katrine verletzt sei und im Krankenhaus lag. Bo war schließlich so hitzig und hatte seine Gefühle nicht im Griff. Nicht in meiner wildesten Phantasie wäre ich auf die Idee gekommen, dass sie tot sein könnten. Sie wurden doch nicht auf den Listen geführt. Aber sie waren tot. Bo hatte sie kurz zuvor identifiziert.«

»Oh nein!« Vibe weinte, die Tränen liefen ihr in zwei parallelen Rinnsalen über die Wangen.

»So war das. Ich brach zusammen. Ich ließ mich beurlauben. Vibe, verzeih mir. Ich weiß, wie schuldig du dich gefühlt hast, weil ich so litt. Ich konnte nicht darüber sprechen. Ich habe Maja in eine Kapsel gesteckt. Als Knud dann bald darauf starb, habe ich die Trauer um Maja in die Trauer um Knud gepackt. Damit niemand etwas merkte.« Vibe starrte stumm vor sich hin.

»Ich kann gut verstehen, wenn du mich jetzt hasst«, sagte er schließlich.

»Ich hasse dich überhaupt nicht, Søren«, sagte sie. Sie beugte sich über ihren Bauch vor, so gut sie konnte, und griff nach seiner Hand.

»Du musst entsetzlich gelitten haben«, sagte sie. Søren spürte, wie sein Gesicht sich verzog, und er wandte sich ab.

»Warum jetzt?«, wollte Vibe plötzlich wissen, während sie seine Hand streichelte. »Warum kommt es jetzt heraus? Weil ich schwanger bin? Oder ist etwas passiert?«

Søren hatte die Augen geschlossen, um die Tränen zurückzuhalten. Als ihm das gelungen war, wandte er ihr den Kopf zu und sah sie an.

»Es liegt an dem Fall, in dem ich gerade ermittele«, sagte er leise. »Er ist weder sonderlich bestialisch noch sonderlich tragisch, und so gesehen dürfte er gar nicht so emotional aufreibend wirken. Nicht für einen Polizisten. Kein Kind hat Schaden genommen, und beide Opfer … Na ja, natürlich haben sie Familie und Freunde, aber dennoch. Keine weinende Ehefrau und drei kleine Kinder mit kugelrunden Augen. Verstehst du, was ich meine?«

Vibe nickte.

»Trotzdem ist es ungefähr das Übelste, was ich je erlebt habe. Und es scheint auf alle meine entzündeten Wunden zu drücken. Sie lügen allesamt. Viele von ihnen jedenfalls. Sie lügen, um etwas zu beschützen, das es in Wirklichkeit gar nicht wert ist. Etwas, das ihrer Meinung nach um jeden Preis im Verborgenen bleiben muss. Genau wie ich das mit Maja gemacht habe. Ich weiß erst seit fünf Tagen von diesem Fall. Es ist totaler Dreck, dass wir *peinlich im Dunkeln tappen*. Wir haben über vier Wochen gebraucht, um den Fall Malene aufzuklären, und da wurde unsere Schnelligkeit betont und gelobt. Die schreiben so etwas bloß, weil ich keinen Plan habe.« Er wirkte verlegen. »Das ist mir noch nie passiert. Kürzlich habe ich mit zwei Journalisten gesprochen. Die Schlagzeilen sind eigentlich noch freundlich. Sie hätten lauten müssen: *›Kommissar nimmt sein Privatleben mit zur Arbeit‹* oder so etwas.« Er schluckte.

»Und dann bin ich obendrein noch in eine in den Fall verwickelte Frau verliebt«, sagte er.

Vibe schwieg. Als er sie ansah, hatte sie ihm die Seite zugekehrt und schien den letzten Satz nicht gehört zu haben.

»Ist alles in Ordnung?«, fragte Søren erschrocken. Er dachte an John, der mit dem Hund unterwegs war, und an den riesigen Bauch, der jeden Moment zu bersten drohte.

»Ganz ruhig«, sagte sie. »Es ist noch nicht so weit.« Sie lächelte. »Aber …«

»Aber was?«

»Ich muss dir auch etwas sagen.«

Und dann erzählte Vibe Søren etwas, das sein Leben veränderte.

Danach dachte Søren lange über eine bestimmte Sache nach.

Henrik hatte recht gehabt. Es kam immer auf die Umstände an.

13

Karen stand wie versprochen auf dem Bahnsteig, als Anna und Lily nach ihrem Besuch in Odense im Kopenhagener Hauptbahnhof ankamen. Karen hatte eine Plastiktüte mit Chips und Wein bei sich, die sie fast zu Boden fallen ließ, als sie Anna umarmen wollte. Anna wurde stocksteif, aber Karen flüsterte:

»Lass mich nicht los«, weshalb Anna ihr vorsichtig die Arme um den Körper legte. Danach kam Lily an die Reihe. Sie stand verschlafen und verwirrt daneben und wurde von einer Frau angehimmelt, die sie noch nie in ihrem Leben gesehen hatte. Anna musste einfach lachen, und Lily widerlegte jedes Naturgesetz über den Auftauprozess. Sie strahlte, nicht zuletzt, weil Karen einen Teddy hervorzauberte. Lily wollte ihre Hand halten, und Karen wollte Annas Hand halten, und so gingen sie zum Taxistand, durch einen fast leeren Hauptbahnhof, Hand in Hand.

Als Lily im Bett lag, setzten sie sich ins Wohnzimmer. Karen wollte alles wissen. Anna holte Fotos von der neugeborenen Lily und Thomas auf der Wochenstation, wo er Lily auf dem Arm hielt und lächelnd zwischen Cecilie und Jens stand. Karen unternahm keinen Versuch, ihre Neugier zu verbergen, und starrte die Fotos lange an.

»Na, das ist doch deutlich zu sehen«, sagte sie dann.

Anna schaute sie verständnislos an. Karen zeigte auf Thomas.

»Der ist irgendwo da draußen und findet keinen Boden unter den Füßen.«

Anna nahm das Foto. Sie fand, dass Thomas gut aussah. Locker, ruhig, obenauf. Alles, wovon sie geträumt hatte. Er hatte das Gesicht gehoben, sein Blick war selbstsicher.

»Sie dir mal seine Hand an.« Anna folgte Karens Finger. »Man steht doch nicht mit geballter Faust im Krankenhaus, wenn man eben erst Vater geworden ist. Und seine Augen erst!«

Anna betrachtete die funkelnd blauen Augen.

»Der stirbt doch fast vor Angst. Und du bist sicher auch beängstigend.« Karens Augen blitzten. »Wenn man also schon selbst so ein Weichei ist.«

Anna wurde für einen Augenblick nachdenklich. Dann lachte sie los.

»Worüber lachst du?«

»Ich lache über dich«, sagte Anna. »Über deine Fähigkeit, den Zauberstab zu schwingen und alles in einem neuen Licht zu sehen. Wieso zum Teufel hast du Troels angerufen, nachdem wir gestern telefoniert hatten, du doofe Nuss? Die Preiselbeer-Maja ist mit dem Fahrrad unterwegs, oder was?«

»Woher weißt du das?«, fragte Karen, ohne im Geringsten verlegen auszusehen.

»Ich habe ihn heute getroffen.« Anna wurde ernst. »Total seltsam. Wir haben uns gut verstanden, und ich habe mich wirklich gefreut, ihn zu sehen. Aber dann geriet es irgendwie ins Stocken. Er hatte was … Merkwürdiges an sich.«

Karen sah Anna lange an. Ihr Blick war herzlich. Dann sagte sie: »Ich wollte nur so gern, dass wir wieder Freunde sind. Alle drei. Wie damals. Es war die beste Zeit meines Lebens. Die gemeinsamen Jahre mit euch. Ich will mehr davon.«

Anna umarmte sie.

»Du hoffnungslose Romantikerin«, sagte sie in Karens Haare. Das Eis war gebrochen und hingeschmolzen, das Wasser warm. Sie tranken den ganzen Wein und verputzten alle Chips. Sie sprachen über alles, ihr Leben. Annas Mund wollte nicht stillstehen. Karen lachte über das, was sie erzählte. Das sollte Søren mal erleben, dachte sie triumphierend. Anna in ihrem Wohnzimmer, vollkommen entspannt, beschwipst vom Rotwein, zusammen mit einer guten Freundin. Und dann fing sie an zu weinen. Karen sah sie erschrocken an und nahm ihre Hand.

»Was ist los? Was ist passiert?«, wollte sie wissen.

»Weißt du, wer Sara ist?« Anna betrachtete ihre Freundin aufmerksam. Karens Mutter war Cecilies beste Freundin gewesen. Hundert Jahre lang. Karen und ihre Mutter hatten über alles geredet, alles geteilt. Was, wenn sie alle wussten, wer Sara war, nur sie selbst nicht?

»Nein«, antwortete Karen. »Ich kenne keine Sara. Wer ist das?«

Jetzt überlegte Anna. Das Foto. Da hing es doch, neben dem Ofen, in seinem braunen Lackrahmen, wie ein Gesicht, das sie ansah. Sie sprang auf.

»Was ist denn jetzt los?«, fragte Karen verwirrt und setzte sich aufrecht.

»Warte.« Anna wischte sich die Augen und nahm das Foto von der Wand.

»Wie alt bin ich hier?«, fragte sie.

»Keine Ahnung ... zwei Jahre? Mit Kindern kenne ich mich nicht aus«, lautete Karens verlegene Antwort.

»Es ist Sommer. Ich trage ein Unterhemd, Cecilie einen Bikini. Ich bin also anderthalb oder zweieinhalb. Und ich glaube, zweieinhalb kann nicht stimmen, weil ich noch immer diesen Nuckelmund habe. Also tippe ich auf anderthalb. Okay?«

»Äh, okay.« Karen wuschelte sich durch die Locken, während Anna ihre Tasche holte und Ullas Foto herauszog. Sie zeigte es Karen.

»Das bist du mit Jens, oder?«, fragte Karen. »Meine Fresse, siehst du Lily ähnlich, was?«

»Die Aufnahme ist von August 1978. Ich bin darauf ungefähr acht Monate alt. Auf dem einen Foto bin ich also anderthalb, auf dem anderen acht Monate, kannst du mir folgen?« Karen nickte. Jetzt holte Anna ein Messer aus der Küche und legte das gerahmte Foto mit der Rückseite nach oben.

»Was machst du denn da?«

»Meine Eltern lügen«, rief Anna keuchend. Der fast dreißig Jahre alte Bilderrahmen war ein widerspenstiges Biest. Die kleinen Klammern waren in der Pappe fest eingehakt.

»Wieso sollten sie lügen?« Karen hatte offenbar wirklich keine Ahnung.

»Dreh dieses Bild da um.« Anna nickte zu Ullas Foto auf dem Tisch hinüber und mühte sich weiter ab. Ihr war es egal, ob sie den blöden Rahmen dabei ruinierte. Karen saß schräg hinter ihr tief im Sofa und Anna auf dem Sofarand, mit dem Couchtisch als Arbeitsfläche. Da sprangen die widerborstigen Klammern nach allen Seiten auseinander.

»Sara Bella und Jens, August 1978«, murmelte Karen vor sich hin. »Ich hab immer noch nicht kapiert, wer Sara ist.«

»Frag mich nicht.«

Jetzt hatte sie die Pappe aus dem Rahmen befreit, Anna schob das Messer darunter und hob sie an.

»Gruselig«, sagte Karen nachdenklich. »Hattest du vielleicht eine Zwillingsschwester, die gestorben ist, oder so?« Anna unterbrach sich mitten in der Arbeit. Auf diese Idee war sie noch gar nicht gekommen. Sie überlegte kurz.

»Das da«, sie legte eine Pause ein und wies mit dem Messer auf Ulla Bodelsens Foto, »das bin ich. Wenn ich das bin«, sagte sie und zeigte auf das Bild, das sie gerade bloßlegte, »dann bin das da auch ich. Die sind doch absolut identisch.«

»Eineiige Zwillinge«, flüsterte Karen dramatisch.

»Das ergibt doch keinen Sinn, Karen. Warum sollten meine Eltern mir verheimlichen, dass ich eine Zwillingsschwester gehabt habe, die gestorben ist? Diese Hebamme, die ich heute besucht habe, Ulla, hat nichts von Zwillingen erzählt.« Jetzt war die Pappe fast abgelöst. Darunter kam eine gelbliche Rückseite zum Vorschein, und Anna stieß einen triumphierenden Ruf aus. Hier stand geschrieben:

»Anna Bella, Vater und Mutter. Juli 1979.«

Sie legte die beiden Fotos nebeneinander auf den Tisch. Anna und Karen saßen nebeneinander und betrachteten sie.

»Es ist dasselbe Kind«, sagte Karen. »Aber im August hieß sie Sara und ein knappes Jahr später Anna. Das ist wirklich komisch.«

Sie schwiegen lange, beide in Gedanken versunken. Anna spürte eine seltsame Zielstrebigkeit. Sie war nicht allein, Karen war da.

»Warum ändert man den Namen seines Kindes? Ganz plötzlich?«, fragte sie Karen.

»Kannst du nicht Jens und Cecilie fragen?«, schlug Karen vor.

»Doch«, sagte Anna, »und das habe ich auch vor. Aber lass uns jetzt mal Detektivinnen spielen. Ich möchte vorbereitet sein.«

»Okay«, sagte Karen und war jetzt voll dabei. »Normalerweise kennzeichnet der Name den Beginn eines Lebens, nicht wahr? Man enthält einen Namen, und mit diesem Namen geht man durchs Leben. Man behält ihn. Es sei denn, man geht zu einem Numerologen und muss feststellen, dass man im Lotto gewinnt, wenn man sich in Solvej oder so umbenennt.«

Anna musste lächeln.

»Der Name kennzeichnet also einen Anfang«, sagte sie langsam. »Cecilie war krank. Sie hatte die Probleme mit dem Rücken.«

»Hm«, sagte Karen. »Das weiß ich noch gut. Meine Mutter hat immer gesagt, dass du deshalb so an Jens hängst, weil er dich in dem ersten Jahr die ganze Zeit mit sich herumgeschleppt hat.«

»Er war fast alleinerziehender Vater«, sagte Anna. »Cecilie war ständig im Krankenhaus. Ich glaube aber, dass er seine Sache sehr gut gemacht hat.«

»Scheiße, da hättest du mal meinen Vater sehen sollen.« Karen lachte. »Der wollte mich unbedingt stillen, mit einem Beutel auf dem Rücken und einem dünnen Gummischlauch, den er auf seine Brust geklebt hatte. Meine Mutter fand das völlig in Ordnung. Ich wäre fast gestorben, als sie mir das erzählt haben. Ein echtes Wunder, dass ich nicht verrückt geworden bin.«

»Ja, das ist in der Tat ein Wunder«, sagte Anna und lachte.

Bald darauf gingen sie schlafen.

Am Samstagmorgen wusste Anna beim Aufwachen für einen Moment nicht, wo sie war. Verwirrt setzte sie sich auf. Es war schon nach zehn, und sie lag in ihrem Schlafzimmer. Sie konnte sich nicht erinnern, wann sie das letzte Mal so lange geschlafen hatte. Sie hörte gedämpftes Lachen, stand auf und ging in die Küche. Die Tür zu Lilys Zimmer war offen, und auf dem Boden saßen Karen und Lily und malten. Sie hatten fast überall auf dem Boden Papier festgeklebt und malten Häuser und Straßen aus der Vogelperspektive. Lily richtete bereits eins der Häuser mit Puppenmöbeln und kleinen Teddys ein. Die Heizung war voll aufgedreht, und es duftete nach Toast.

»Hallo«, sagte Anna.

»Mama«, rief Lily, ließ fallen, was sie in den Händen gehalten hatte, und stürzte in Annas Arme. Anna hob ihre Tochter hoch und setzte sich auf einen Küchenstuhl. Lilys Körper war warm und weich unter dem Nachthemd.

»Hast du gut geschlafen?«, fragte Karen. Anna nickte.

»Cooler Afro«, sagte sie und warf Karen einen anerkennenden Blick zu. Karens Haare standen an diesem Morgen womöglich noch wilder ab als sonst. Sie prusteten beide los.

»Wieso lacht ihr?«, fragte Lily unsicher.

»Über Tante Karens Haare«, sagte Anna.

»Tante Karen hat einen Löwen auf dem Kopf, was, Mama?« Karen und Anna lachten noch lauter. Die Küche war gemütlich, und Anna hatte Lust auf Toast. Mit Butter und Käse. Es war genau wie in alten Zeiten. Karen und Anna, die sich bei Sonnenschein auf einer Wiese durch das hohe Gras kullerten, kullerten und kullerten und lachten. Sie hatten alles im Griff. Die Kuhfladen, über die sie kullerten, die Welt, die sich drehte, Hunger, Durst, alles. Wenn sie nur zusammen waren.

Karen saß am Tisch, während Anna frühstückte. Lily spielte in ihrem Zimmer weiter. Der Kaffee, den Karen gekocht hatte, schmeckte himmlisch.

»Was ist eigentlich hinter der Tür?«, fragte Karen plötzlich und zeigte über Annas Schulter. Anna kaute erst zu Ende. Sie drehte sich um und schaute dann überrascht die Tür zu Thomas' Zimmer an, als sähe sie die zum ersten Mal. Dann blickte sie zu Lily hinüber, die in ihr Spiel vertieft war.

»Das war Thomas' Zimmer, als wir hier zusammengelebt haben. Ich habe die Tür zugenagelt, als er ausgezogen ist. Wir brauchen den ganzen Platz nicht.« Sie verzog den Mund zu einem schwachen Lächeln.

»Was ist da jetzt drinnen?«, wollte Karen wissen.

»Nichts«, antwortete Anna und biss in ihren Toast.

»Aha«, sagte Karen. Sie schwiegen wieder eine Weile. Dann fiel Karen ein, dass Jens angerufen hatte.

»Siebenmal auf deinem Handy und zweimal auf dem Festnetz. Ich habe den Stecker rausgezogen, damit du nicht geweckt wirst.« Karen blickte Anna forschend an.

»Hast du mit ihm gesprochen?«

»Nein. Dein Handy liegt dahinten.« Karen zeigte auf den Küchentisch. »Ich konnte nur seinen Namen im Display blinken sehen.«

Sie schwiegen wieder. Karen schaltete das Radio ein und fand den Sender P 1.

»Na gut«, sagte Anna dann. »Würdest du rangehen, wenn er wieder anruft? Ich muss um ein Uhr zu Lars Hellands Beerdigung.« Sie schaute auf die Uhr. »Shit, ich hab keine Blumen gekauft ... Wie lange dauert so eine Beerdigung? Zwei oder drei Stunden? Würdest du Jens ausrichten, dass ich mich um halb fünf mit ihm treffen kann? Bei ihm zu Hause. Ich habe nur eine Stunde, ich muss um sechs zu einem wichtigen Vortrag im Bella-Center. Das alles hängt natürlich davon ab, ob du dich um Lily kümmerst? Zwischen sieben und acht kann ich wieder zu Hause sein«, fügte sie hinzu. Karen dachte nach.

»Mach ich gern«, sagte sie dann. »Aber du musst auch etwas für mich tun. Du musst mir versprechen, dass du dich in aller Ruhe mit Troels triffst. Ich werde auch dabei sein. Also, wir treffen uns zu dritt und stellen fest, ob wir wieder Freunde sein können. Wenn das nicht klappt, dann eben nicht, dann finde ich mich damit ab. Aber du musst der Sache eine Chance geben, Anna.«

Anna dachte kurz nach, dann reichte sie Karen die Hand.

»Abgemacht.«

»Gut«, sagte Karen.

Als Anna aus dem Badezimmer kam, hatte Jens angerufen.

»Er schien überrascht zu sein, dass ich am Telefon war«, sagte Karen. »Ich habe ihm gesagt, du seist im Badezimmer und würdest um halb fünf zu ihm nach Hause kommen. Er war einverstanden. Die ganze Sache scheint ihm wirklich arg zu sein.« Anna verschwand im Schlafzimmer und versuchte, etwas zum Anziehen zu finden. Sie entschied sich für schwarze Jeans, einen dünnen Pullover und Tennisschuhe.

»Das kannst du doch nicht anziehen«, sagte Karen. »Tennisschuhe?«

»Ich ziehe an, was ich will«, sagte Anna. »Zu Beerdigungen und zu Partys.«

Sie saßen noch ein wenig im Wohnzimmer, Lily und Karen auf

dem Boden, wo sie mit Duploklötzchen spielten, Anna im Sessel, den sie ans Fenster geschoben hatte. Sie schaute hinaus auf die Dächer. Ihr saß ein dicker Kloß im Hals, und jedes Mal, wenn sie die Augen schloss, sah sie Johannes vor sich – seine unreine Haut, seinen sanften Blick und seine schrecklichen Haare mit den Möhrenauswüchsen. Lily kam an ihren Sessel. »Mama weint«, sagte sie. Anna sah ihre Tochter an. Sie wollte schon den Kopf schütteln, alles abstreiten, die Tränen abwischen, lügen, aber da wechselte draußen das Licht, und Lilys Köpfchen schien zu strahlen.

»Ich bin auch richtig traurig«, sagte Anna. »Weil ich einen Freund habe, den ich nicht mehr besuchen kann.«

»Warum denn nicht?«, fragte Lily.

»Weil er tot ist. Er ist oben im Himmel.« Anna zeigte auf die Wolken, die auseinanderglitten und für einen Augenblick Sonnenstrahlen ins Zimmer ließen.

»Da läuft er jetzt herum und spielt mit einem Ball. Ich glaube, er ist froh. Es ist schön im Himmel. Aber ich bin hier auf der Erde und bin traurig, weil wir uns nicht mehr sehen können.«

»Ich will auch in den Himmel«, sagte Lily und schaute sehnsüchtig aus dem Fenster. Anna hob ihre Tochter auf den Schoß.

»Dahin kommst du auch eines Tages«, sagte sie. »Aber zuerst bleibst du richtig lange hier auf der Erde, zusammen mit deiner Mama.« Lily schmiegte sich für einige Sekunden an Anna. Dann sprang sie auf den Boden.

»Ich will mit Tante Karen spielen«, sagte sie.

Karen hatte die beiden beobachtet.

»Das ist schrecklich mit … deinem Freund«, sagte sie leise. »Wie hieß er überhaupt?«

»Johannes.«

»Das mit Johannes ist schrecklich.«

Anna nickte.

Bald darauf zog Anna ihren Parka an und streifte sich die Kapuze über die Haare.

»Die willst du anziehen?« Karen stierte die Jacke ungläubig an. Anna zog den Reißverschluss bis zum Kinn hoch und schaute Karen mit ihrem gelben Blick an.

»Jep«, sagte sie und ging.

Anna erkannte Clive Freeman auf den ersten Blick. Er stand vor der Kirche neben einem tadellos gekleideten jüngeren Mann und scharrte wie ein Kind mit dem Fuß im Kies. Anna ging vorsichtig näher und versuchte, sich in ihrer Jacke zu verstecken, bis ihr einfiel, dass er ja nicht wusste, wer sie war. Sie blieb fünfzehn Meter von ihm entfernt stehen, und als er in die Kirche ging, folgte sie ihm und setzte sich zwei Reihen hinter ihn, auf die andere Seite des Mittelgangs, sodass sie ihn die ganze Zeit im Auge behalten konnten.

Birgit und Nanna standen vorn beim Sarg. Anna musterte Birgit. Sie lächelte abwesend und drückte jemanden an sich, legte die Hand in den Nacken ihrer Tochter, lächelte ein weiteres Mal, sagte etwas. Plötzlich schaute sie Anna ins Gesicht. Zwei Sekunden lang, tief in die Augen, ein Blick voller Schmerz, dann wandte sie sich hastig ab. Birgit sah Anna nicht wieder an. Kein einziges Mal.

Auf einmal stand Søren neben ihr.

»Schön, dich zu sehen«, sagte er und legte ihr die Hand auf die Schulter wie einer Gefangenen, die Hafturlaub gehabt hatte und nun entgegen aller Erwartung brav zurückgekehrt war. Anna nickte.

»Guten Tag«, sagte sie mürrisch.

Søren sah sie kurz an.

»Gibt's was Neues?« Er schaute sich ruhelos um. Was erwartete er wohl? Dass sie über Nacht sein Mordmysterium gelöst hätte? Anna beugte sich zu ihm vor.

»Es war der Butler«, flüsterte sie ihm ins Ohr. »In der Bibliothek.«

Søren sah sie an, sein Blick war eiskalt. Ohne ein Wort zu sagen, ging er in der Kirche nach hinten und setzte sich in eine der letzten Reihen. Auch er sah sie nicht wieder an. Nicht einmal, als Anna versuchte, seinen Blick einzufangen. Mal ganz ehrlich: Hatte der denn keinen Humor? Dann legte die Orgel los.

Anna fühlte sich während der Predigt sterbenselend. Sie sah ihren Strauß an und war froh, dass man Blumen und Beileidskarten getrennt abgab. Auf diese Weise würde Birgit Helland dieses jämmerliche Gestrüpp niemals mit ihrer Karte in Verbindung bringen. Ihre Füße konnten fast nicht still stehen, und sie schwitzten. Der Kirchenboden hatte sich längst in eine braune Dreckpfütze verwandelt. Es wurde gesungen. Anna versuchte, sich auf den Sarg zu konzentrieren, versuchte, in sich hineinzuschauen. Nannas Pferdeschwanz wippte in der ersten Reihe auf und ab, und sobald die Musik eine Pause einlegte, konnte Anna sie herzzerreißend schluchzen hören. Anna schaute mehrmals zu Clive Freeman hinüber. Sie konnte das einfach nicht lassen. Zuerst probierte sie es diskret, aber als er dann hin und her rutschte und sich immer wieder umschaute, starrte sie ihn ganz offen an. Was hatte dieser Mann für einen Ärger gemacht. Ein unscheinbarer alter Wicht in einer riesigen Daunenjacke. Wenn doch alle Wissenschaftler der Welt sein Gerede zum einen Ohr rein- und zum anderen wieder rausgehen ließen. Dann würde seine wissenschaftliche Position eintrocknen und abfallen wie der Rest einer Nabelschnur. Und Anna hätte ihre Arbeit über ein anderes Thema schreiben können, sie hätte einen anderen Betreuer gehabt und womöglich kaum bemerkt, dass Helland tot war, vielleicht eine Notiz in der Universitätszeitung gelesen, und eventuell, wer weiß, wäre Johannes dann noch am Leben. Ihr schauderte.

Tybjerg! Shit! Anna fuhr dermaßen heftig zusammen, dass ihr Banknachbar sie überrascht anschaute. Sie schlug die Hand vor den Mund. Verdammt, sie hatte Tybjerg vergessen. Wie war das möglich gewesen? Zuletzt hatte sie ihn am Donnerstag gesehen, jetzt war schon Samstag. Er war zwei Tage allein gewesen. Wie hatte sie so unbedacht sein können? Wütend versetzte sie der Bank vor ihr einen Tritt, aber zum Glück dröhnte die Orgel los, weshalb nur der Banknachbar sie skeptisch beäugte. Es überraschte sie fast, wie elend sie sich fühlte. Jetzt brannte Tybjergs hilfloser Blick auf ihrer Netzhaut, die Art, wie er über das belegte Brot hergefallen war, das sie ihm mitgebracht hatte. Sie hatte ihm mehr zu essen bringen wollen, ein sauberes Handtuch, eine Decke, hatte anbieten wollen, seine Wäsche zu waschen. Aber sie hatte einfach nicht mehr an ihn gedacht. Es war schwer, sich überhaupt an irgendetwas zu erinnern, wenn man den Kopf im eigenen Hintern stecken hatte. Wieder trat sie gegen die Bank.

Jetzt drehte die Frau vor ihr sich um und blickte Anna empört an, ihr Banknachbar glotzte hemmungslos zu ihr herüber. Die Orgel spielte. Dann wurde es still. Anna schaute demonstrativ vor sich hin. Sogar Freeman wandte sich ab. Zuerst sah er auf seine Hände, dann auf das Glasmosaik über dem Altar. Nanna erhob sich. Sie war in Tränen aufgelöst, ihre Stimme hörte sich dünn und gepresst an. Ihre Rede war unsicher und ein wenig banal, aber wie alt konnte Nanna überhaupt sein? Achtzehn? Plötzlich wurde es Anna zu viel. Sie legte den Kopf auf die Knie. Warum bin ich so egoistisch? Für Jens würde ich niemals so eine Rede halten. Niemals würde ich aufstehen und etwas Banales und Jugendliches und überaus Liebevolles über meinen Vater sagen, wenn er tot wäre. Ich würde lediglich in der ersten Reihe sitzen und mich in Selbstmitleid suhlen. Wütend würde ich sein, weil er mich verlassen hatte, was bildet der Kerl sich ein? Nanna war aufrecht und stolz und verletzlich, Anna in ihrem Parka saß da und spürte Galle in den Adern. Sie hatte sich nicht einmal um Tybjerg kümmern können. Jetzt wurde der Sarg hinausgetragen – Nanna auf der einen Seite, Birgit auf der anderen, hinter ihnen vier Männer in Hellands Alter. Als der Sarg auf dem Karren stand, wurde die Glocke zum Gebet geläutet. Alle blieben stehen und senkten die Köpfe. Nachdem die Menge sich endlich aufgelöst hatte, ging Anna. Es war erst kurz nach zwei. Sie lief zur S-Bahn und fuhr bis Nordhavn. Hier kaufte sie in einem Supermarkt ein, warf die Sachen in ihren Korb. Sie war selten so wütend auf sich gewesen. Sie hatte Tybjerg vergessen. Zwei Tage lang.

An der Universität war es ruhig. Anna zog ihre Magnetkarte durch den Apparat und ging hinein. Es war fast halb vier, in einer Stunde würde sie ihren Vater sehen. Diese Begegnung erschien ihr geradezu gemütlich im Vergleich zu der, die ihr jetzt bevorstand. Wenn Tybjerg nun tot war? Natürlich war er das nicht. In zwei Tagen verhungerte man nicht, und außerdem hatte er sicher sein Versteck verlassen und sich etwas zu essen besorgt. Sie schloss ihr Büro auf und hängte ihre Jacke über einen Stuhl. Als sie vom Institut ins Museum hinüberging, begegnete ihr keine Menschenseele. Im Gebäude ächzte es, und auf den Gängen war es stockdunkel. Das Licht vor der Sammlung brannte. Anna blieb stehen. War soeben jemand gegangen, oder war gerade jemand gekommen?

Sie schloss die Tür zur Sammlung auf. Der Geruch ließ sie nach Luft schnappen. Sie schaltete sämtliche Lampen ein. Die Belüftungsanlage rauschte. Anna ging zwischen den Schränken hindurch und rief Tybjergs Namen. Es war mucksmäuschenstill. Sie holte mühsam Luft, presste die Angst hinunter. Sie rief noch einmal: »Erik?« Sie hatte ihn noch nie Erik genannt. »Ich habe dich vergessen. Es tut mir wirklich leid. Wo bist du? Wenn du hier bist, bitte, dann komm raus!« Sie sprach laut und wusste nicht, ob sie mit sich selbst sprach oder mit ihm oder mit beiden. Sie stierte in die Schrankreihen.

Von jetzt auf gleich erschien er im Mittelgang, und Anna fuhr zusammen. Er hatte inzwischen lange Bartstoppeln, und seine Augen wirkten schwarz. Er fixierte ihre Einkaufstüten.

»Hast du etwas zu essen?«, fragte er heiser.

»Ja«, sagte Anna und versuchte, eine Entschuldigung zu formulieren, hatte aber keine Ahnung, was sie sagen sollte, ohne zugleich zu verraten, dass Johannes nicht mehr lebte. Deshalb schwieg sie.

»Er war hier«, flüsterte Tybjerg plötzlich.

»Johannes?« Anna machte große Augen.

»Nein. Clive Freeman war hier. Stundenlang. Ich habe mich ganz hinten versteckt.« Anna sah einen Tropfen, der über seine Schläfe rollte. »Warum war er hier? Es klang so, als ob er sich das Moaskelett angesehen hätte. Hat mit den Knochen geklimpert. Dann ist er gegangen. Was wollte er?«

Sie gingen zurück ins Licht.

»Ach, er wollte sich wahrscheinlich eben das Moaskelett ansehen«, antwortete Anna. Dann drehte sie sich um, und sie standen sich von Angesicht zu Angesicht gegenüber.

»Erik«, sagte sie. »Freeman ist ein kleiner alter Mann. Er bringt dich nicht um. Was hätte er denn davon? Ganz ehrlich? Deshalb bekäme er trotzdem nicht recht.« Aber er würde seinem ärgsten Gegner den Mund schließen, dachte Anna. Hellands Mund war bereits nachdrücklich geschlossen worden. Es war wirklich ein merkwürdiger Zufall. Sie schaute wieder auf ihr Handy. Kein Empfang. Es war zehn vor vier. In vierzig Minuten würde sie sich mit Jens treffen. Sie hatte keine Ahnung, was sie machen sollte, und sie rieb sich unschlüssig die Stirn.

»Erik«, sagte sie flehend.

»Ich bleibe hier. Wenn er weg ist, komme ich wieder raus. Du kannst mich gern als dumm und paranoid bezeichnen. Das bin ich vielleicht auch.« Tybjerg schaute sie trotzig an.

»Ist Helland schon beerdigt?«, fragte er dann.

»Ja«, sagte Anna.

»Hast du Blumen für mich gekauft?«, wollte Tybjerg wissen.

»Ja«, log Anna. »Einen schönen Strauß von uns beiden. Freeman war auch auf der Beerdigung.«

Tybjerg nickte.

»Da siehst du's«, sagte er kryptisch.

»Ich muss jetzt los«, sagte Anna. »Aber morgen komme ich wieder.«

»Ja, ja«, sagte Tybjerg und setzte sich an einen der kleinen Arbeitstische. Anna packte ihn und drehte ihn zu sich um.

»Hör zu. Ich helfe dir, ist das klar?«, sagte sie.

Tybjerg sah sie mit klarem Blick an und sagte leise:

»Die Forschung ist mein Leben. Allein dafür lebe ich. Wenn ich nicht forschen kann, ist alles egal. Ich bleibe hier. Du kannst mir ja Bescheid geben, wenn er weg ist. Dann komme ich raus. Und dann rede ich auch mit der Polizei. Aber nicht eine Sekunde früher.« Er wandte sich wieder dem Arbeitstisch zu.

»Wenn ich eine feste Anstellung bekomme, werde ich eine komplett neue Vertebratensammlung aufbauen. Eine dynamische Forschungseinheit, ein junges Team«, sagte er träumerisch.

Anna hätte weinen mögen. Stattdessen ging sie.

Jens wohnte in einem Hinterhof in der Larsbjørnstræde mitten in Kopenhagen, im obersten Stock über einer alten Druckerei, zu der man durch einen Torweg gelangte. Er hatte diese Wohnung, seit er offiziell von Fünen weggezogen und von Cecilie geschieden worden war, als Anna etwa acht Jahre alt gewesen war. Damals hatte der Hinterhof einem Automechaniker gehört und war von

Bäumen und Gestrüpp überwuchert. Anna hatte ihn sehr oft besucht.

Jetzt besuchte sie Jens kaum mehr. Ein seltenes Mal hatte sie ihn in der Larsbjørnstræde abgeholt, und sie waren im Sabines essen gegangen oder hatten im Magasin gestöbert, um für Cecilie ein Weihnachtsgeschenk zu kaufen. Jetzt war der Hinterhof sauber und aufgeräumt und mit neuen Autos vollgestellt. Die alte Druckerei wirkte fehl am Platz, eingefasst von hippen Werbeagenturen und Architektenbüros, mit vielen Fahrradkurieren, die dauernd etwas brachten – Sushi oder eine Vase zum Fotografieren. Sie hätten sich bestimmt nicht vorstellen können, dass dort, wo Jens wohnte, überhaupt jemand lebte. Anna stieg eine Holztreppe hoch und erreichte einen baufälligen Laubengang. Jens' Wohnungstür lag am hinteren Ende. Auf einer Leine hingen Socken zum Trocknen. Sie klingelte, und Jens kam aus der Küche, sie konnte ihn durch das Fenster sehen. Seine Haare standen nach allen Seiten ab, und er sah aus, als hätte er eine lange, ausschweifende Nacht hinter sich.

»Wie siehst du denn aus?«, rutschte es Anna heraus. Sie umarmte ihn kurz, das musste reichen. Er hatte eine Schnapsfahne.

»Gestern ist es ein bisschen spät geworden, und als ich dann endlich im Bett lag, konnte ich nicht schlafen.«

»Es ist ein Lügenmärchen, dass man von Schnaps besser schläft. In Wirklichkeit ist das Gegenteil der Fall«, sagte Anna.

»Ich hätte lieber schlecht geschlafen als gar nicht«, murmelte Jens. Sie setzten sich ins Wohnzimmer auf das lackierte Bambussofa, dessen Kissen acht Millionen Jahre alt waren. Die Wohnung hatte eine schräge Decke und bestand aus einem großen Raum, unterteilt durch eine Wand, die vier Meter in die Höhe ragte. Auf der Seite des Wohnzimmers war die Wand mit Büchern gepflastert, und eine findige Vorrichtung aus einem Eisenrohr und einer Leiter ermöglichte es Jens, an die obersten Fächer zu gelangen. Auf der anderen Seite der Wand konnte Anna die offene Küche sehen, ein Baguette war halb aus der Tüte gerutscht, eine Packung Butter lag offen daneben. Auf dem Boden sah sie eine zerknüllte Flickendecke.

»Sollen wir lieber rausgehen?«, fragte Jens verlegen. »Von mir aus gern. Ich könnte dich zu einem Kakao einladen?«

Anna schaute ihn ungläubig an.

»Willst du kneifen?«

Jens sah sie müde an.

»Ja, ich glaube schon. Bleiben wir also hier. Möchtest du Tee?«

»Nein, danke«, sagte Anna und setzte sich. »Ich will nur eine Erklärung.« Jens' Blick war verzweifelt. Dann brach er unvermittelt in Tränen aus. Anna starrte ihn geschockt an. Sie hatte ihren Vater noch nie in ihrem Leben weinen sehen.

»Wir wollten dich doch nie verletzen, Anna, Kleines«, sagte er. Er ließ die Arme hängen und sah verloren und einsam aus in Jeans und Hemd, sein Bauch war zu groß, und seine Haare hätten geschnitten werden müssen. Anna spürte einen Kloß im Hals. Jens setzte sich ihr gegenüber in einen verschlissenen Ledersessel. Er hielt den Blick lange gesenkt, seine Hände ruhten auf den Knien.

»Cecilie weiß nicht, dass du hier bist«, sagte er zögernd. »Ich habe gestern mit ihr gesprochen, ihr aber nichts gesagt. Du wolltest ja, dass wir erst allein drüber sprechen …«

»Genau«, sagte Anna. Ihre Augen funkelten. »Jetzt erzählst du mir, wer Sara ist, wo sie ist und warum ich noch nie von ihr gehört habe. Ich höre mir an, was du sagst, und versuche, mit allem, was ich bin, zu verstehen.«

Jens erschrak.

»Und wenn du jemals wieder lügst«, ihre Stimme zitterte, »dann verlierst du mich. Ich zähle bis zehn, Jens. Das ist mein Ernst. Du hast zehn verdammte Sekunden, um deine Zunge in Bewegung zu setzen.«

Anna fing an zu zählen. Bei drei räusperte sich Jens.

»Als Cecilie schwanger wurde, war alles gut. Wir waren frisch verliebt, wir freuten uns. Ich war noch keine zwanzig, und diese wunderbare, attraktive, erwachsene Frau hatte sich für mich entschieden. Wir waren zusammengezogen, sie ging arbeiten, ich studierte, der Sommer nahm kein Ende, wir strichen das Kinderzimmer. Deine Mutter hängte ein Che-Guevara-Plakat über den Wickeltisch und nähte dir eine endlos lange Schlange aus Schaumgummiresten, ihr Bauch wuchs, die Sonne schien, und ich konnte mein Glück verdammt noch mal nicht fassen. Dann kamst du zur

Welt. Es war Winter und stockfinster. Ich war bei der Geburt dabei. Die dauerte. Cecilie kämpfte, und endlich warst du da. Draußen war es zehn Grad unter null und sternenklare Nacht, als ich nach Brænderup zurückkam. Das weiß ich noch, weil ich im Gartenzimmer stand und zum Himmel schaute. Ich war Vater geworden. Ihr seid fünf Tage später nach Hause gekommen, zwischen Weihnachten und Neujahr.« Jens fasste sich an den Kopf. »Und da schon wusste ich, dass etwas nicht stimmte.« Anna merkte, wie sie sich am ganzen Körper verkrampfte.

»Mit Mamas Rücken?«, fragte sie.

Jens sah sie düster an.

»Sie hatte eine Wochenbettdepression. Sie wollte dich nicht. Das mit ihrem Rücken war nur unser Vorwand.«

Anna war wie gelähmt. Was Jens da sagte, schlängelte sich wie ein Fangarm durch ihr Auge, durch den Gaumen und die Speiseröhre bis in ihr Innerstes und verkeilte sich dort, wie ein Anker auf dem Meeresboden. Sie hätte sich erbrechen mögen.

Jens senkte den Blick.

»Ich wollte es nicht wahrhaben. Aber ich sah es. Sie schaute dich nicht an, wenn sie dir die Brust gab. Du hast sie angesehen. Du konntest kaum die Augen öffnen, und trotzdem hast du versucht, ihren Blick mit aller Kraft einzufangen. Doch sie schaute aus dem Fenster, auf die Vögel draußen auf dem Futterbrett. Wenn du gestillt warst, legte sie dich eilig weg. Ins Gitterbettchen oder auf eine Decke auf dem Boden. Dann hat sie gelesen. ›Ich bin bloß müde‹, sagte sie, wenn ich vorsichtig nachfragte. Und bald darauf hatte sie keine Milch mehr. Zuerst wollte ich ihr nicht glauben. Eines Tages beobachtete ich sie unter der Dusche. Sie hatte die Augen geschlossen und den Kopf unter dem Wasserstrahl begraben. Ich kam zufällig ins Badezimmer, um etwas zu holen – und die Milch lief ihr über den Bauch. Tropfte heraus und verschwand im Abfluss. Als wir ins Bett gingen, erzählte ich ihr, was ich gesehen hatte. Es war Mitte Januar, du warst vielleicht drei Wochen alt. Sie drehte durch, wie ich das noch nie erlebt hatte, schrie und heulte, schlug sich ins Gesicht. ›Bin ich eine schlechte Mutter? Willst du mir das sagen?‹, schrie sie. Du lagst im Gitterbettchen und hast geweint und geweint. Schließlich habe ich dich mit ins

Arbeitszimmer genommen. Es war schrecklich. Ich konnte dich zwar beruhigen, aber mitten in der Nacht wurdest du wach und hattest Hunger. Ich ging ins Schlafzimmer, wo Cecilie schlief, aber sie wollte dich nicht nehmen. ›Bring sie weg‹, sagte sie. Ich hatte keine Ahnung, was ich machen sollte. Also träufelte ich dir mit einem Teelöffel Vollmilch ein. Wir hatten ja nichts. Keine Nuckelflasche, kein Pulver. Cecilie hatte sich die ganze Schwangerschaft über darauf gefreut, dich zu stillen. Am nächsten Tag kaufte ich das alles ein, Flaschen und Nuckel und Pulver. Ich habe dich zu Hause gelassen, als ich einkaufen ging, draußen war es noch immer bitterkalt. Cecilie saß am Fenster und starrte hinaus in den Garten, als ich die Wohnung verließ. Du lagst zugedeckt auf einer Decke auf dem Boden. Ich weiß noch, wie ich gefragt habe, ob sie dich nicht aufnehmen wollte. ›Sie schläft doch‹, antwortete Cecilie gereizt. Ich fuhr mit dem Auto in die Stadt und kaufte alles Nötige, war vielleicht eine Stunde unterwegs. Als ich nach Hause kam, hast du immer noch geschlafen, aber Cecilie war verschwunden. Ich schaute in alle Zimmer, ich rief nach ihr. Zwei Stunden später kam sie zurück. Vom Schnee weiß gepudert und mit roten Wangen. Ihre Stimmung war ein wenig besser. Ich habe dir eine Flasche gemacht und gefragt, ob Cecilie dich füttern wollte, aber sie wollte lieber ins Badezimmer. ›Mach du das nur‹, sagte sie. ›Ich weiß ja, wie das ist.‹« Jens holte tief Luft. »Einige Tage danach fing ich an zu arbeiten.«

Anna konnte sehen, wie sein Adamsapfel sich auf und ab bewegte.

»Das klappte gut«, sagte er, und sein Blick verfinsterte sich. »Es klappte überhaupt nicht. Ich konnte es nicht ertragen, Anna. Ich konnte es nicht ertragen, das zu Hause mit anzusehen. Ich weiß nicht, wie ich es sonst erklären soll.

Als du fünf Wochen alt warst, kam die Hebamme wieder. Sie war schon zweimal da gewesen, in den ersten beiden Wochen, als alles noch ganz neu war. Sie sagte mir, es sei wichtig, Cecilie wegen des Stillens keinen Stress zu machen. Dass die Flasche absolut in Ordnung sei. Fast alle frischgebackenen Mütter bekämen diesen Babyblues. Du seist ein feines kleines Mädchen. Ich solle einfach anrufen, falls ich mir Sorgen machte. Ich rief nicht an. Als sie wiederkam, schlug sie Alarm. Du hattest stark abgenommen, und sie konnte keinen richtigen Kontakt zu dir aufnehmen. An diesem Nachmittag änderte sich unser Leben. Cecilie wollte dich nicht füttern. Das sagte sie der Hebamme ganz offen. Sie fand es widerlich, wenn du gekleckert oder ein Bäuerchen gemacht hattest. In unserem Wohnzimmer herrschte große Verwirrung. Ich hatte keine Ahnung, was ich machen sollte. Die Hebamme stellte jede Menge Fragen. Bald darauf kam ein Arzt. Cecilie sagte, ja, sie wünsche oft, dich niemals bekommen zu haben. Und ab und zu ließe sie dich auch allein, sagte sie. Ganz offen. Plötzlich nahm ich wahr, dass sie ebenfalls sehr dünn geworden war. Abgemagert wie ein Birkenzweig. Die Hebamme sah mich mit einem Blick an, den ich niemals vergessen werde. Dieser Blick sagte: ›Du weißt ja wohl, dass Kinder aus Mangel an Liebe sterben können? Sie können sterben!‹

Der Arzt untersuchte Cecilie und sprach mit ihr. Danach fuhren sie zusammen weg. Ich hielt dich in den Armen, während die Hebamme deine Sachen zusammensuchte.

›Wir müssen die Sache beobachten‹, sagte sie. ›Wir müssen sehen, wo Ihre Tochter es am besten hat. Das kann dauern.‹ Ihr Blick war voller Vorwürfe und Mitgefühl zugleich. Dann ging sie mit dir weg. Erst da erwachte ich aus meiner Trance. Ich polterte durch das Haus und brüllte wie ein Tier.«

Anna wischte sich eine Träne ab, und Jens musterte seine Hände.

»Dann kam der Amtsschimmel in Gang. Deine Mutter lag im Krankenhaus. Sie wollte dich nicht sehen. Eigentlich wollte sie auch mich nicht sehen. Sie war weit weg, apathisch. Lange Zeit sah es so aus, als ob ich dich nicht behalten dürfte. Drei, vier Wochen. Ich nahm mir von der Arbeit frei. Es gab unendlich viele Vorladungen, Anhörungen, Untersuchungen. Das war Anfang 1978. Damals gab es hierzulande nicht viele alleinerziehende Väter.« Er lächelte. »Sie hatten damit keine Erfahrung. Schließlich kamen wir durch. Ich war sogar ein Präzedenzfall.«

Er sah für den Bruchteil einer Sekunde stolz aus. »Du durftest nach Hause kommen. Ich fühlte mich entsetzlich. Ich hatte Cecilie im Stich gelassen, fand ich, und dich hatte ich im Stich gelassen.

Physisch ging es dir bald besser. Ich habe dich gemästet.« Er lächelte. »Nachts schliefen wir nebeneinander, und wenn du wach warst … dann habe ich dir die ganze Zeit in die Augen geschaut.« Er blinzelte eine Träne weg. »Anfangs wolltest du nicht, aber irgendwann habe ich deinen Blick gewonnen. Wir konnten stundenlang auf dem Bett liegen und einander in die Augen schauen.«

Anna weinte jetzt ganz offen.

»Ich unterhielt mich mit Cecilies Arzt. Er sagte, Cecilie habe an einer sehr schweren postnatalen Depression gelitten. Es sei nicht ihre Schuld. Nach einer Geburt verändert der Hormonspiegel sich drastisch, und das kann größere oder kleinere Depressionen auslösen. Cecilie war hart davon betroffen. Sie bekam Medikamente und musste eine anstrengende Therapie machen. Es vergingen Monate, in denen sie weder mit mir noch mit dir etwas zu tun haben wollte.« Jens sah Anna mit tiefer Liebe im Blick an.

»Ich nannte dich Sara. Das ist hebräisch und bedeutet Prinzessin.« Es herrschte vollkommene Stille, dann erzählte er weiter.

»Ich war erschöpft und unglücklich, aber es ging. Ich kaufte einen Tragegurt und hatte dich auf dem Rücken, als ich dann wieder arbeitete. Ich habe meinen Schreibtisch höher gestellt, um im Stehen schreiben zu können. Ich arbeitete natürlich sehr viel weniger, aber irgendwie kamen wir durch. Du hingst auf meinem Rücken und hast geplappert und mit Armen und Beinen gefuchtelt. Das konnte ziemlich störend auf meine Analysen vom Einfluss des Kalten Krieges auf die Europapolitik wirken.« Er lachte kurz. »Wir sollten eine neue Hebamme bekommen, weil unsere nach Grönland ging. Ich weiß noch, wie sie zum Abschied zu uns kam. Sie sei stolz auf mich, sagte sie. Wir standen in der Tür, und sie umarmte mich. – ›Du kannst das hier schaffen, Jens‹, sagte sie. Und ich wusste, dass sie damit recht hatte.

Im Laufe des Spätsommers ging es Cecilie dann besser, und sie fing an, uns zu besuchen. Sie fand dich reizend. Sie wollte nach Hause kommen. Langsam glaubte ich ihr. Die Medikamente machten Cecilie müde und empfindlich, aber der apathische Schleier vor ihren Augen war verschwunden, und es war wunderbar, zu sehen, wie sie Interesse an dir entwickelte. Du warst einfach nur dick und munter und hast ihr nichts übel genommen, im Gegenteil. Du hast ihr neugierig die Hände entgegengestreckt. – Es gab nur zwei Wermutstropfen. Der eine war: Cecilie wollte nicht, dass irgendwer von ihrer Depression erfuhr. Sie schämte sich, und das müsse ich respektieren, sagte sie. Wir sollten erzählen, sie habe nach der Geburt schreckliche Rückenprobleme gehabt und sei deshalb mehrmals im Krankenhaus gewesen. Als die neue Hebamme zum ersten Mal kam, ging mir auf, dass ich Cecilies Lüge verinnerlicht hatte. Ich sagte der Schwester, ich hätte deine Unterlagen nicht, obwohl ihre Vorgängerin sie bei mir hinterlegt hatte. Die Lüge war einfach. Ich verbrannte die Unterlagen und erzählte die Geschichte von Cecilies krankem Rücken. Ein Dreivierteljahr war vergangen, und natürlich hatten viele bemerkt, dass nicht alles so war, wie es sein sollte. Wir hatten ja Freunde, vor allem in Kopenhagen, Leute, die wir von der Uni her kannten. Aber niemand hatte dem weiter Bedeutung zugemessen. Die ersten Jahre mit einem kleinen Kind sind eben hart. Als wir endlich zu mehr Geselligkeit aufgelegt waren, besuchten wir Freunde und Bekannte, tischten die Rückengeschichte auf und baten um Entschuldigung dafür, dass wir uns so selten gemeldet hatten. Alle nickten verständnisvoll und konnten sich vorstellen, wie hart das gewesen war.

Zu Hause in Brænderup war das Lügen ebenso leicht. Wir waren ja kurz vor der Geburt erst ins Haus eingezogen, und erst später, als alles besser lief, wurden wir ein Teil der Dorfgemeinschaft, wegen der wir doch hingezogen waren. Nur ein Jahr später hätten wir eine solche Krankheit unter keinen Umständen geheim halten können. Und dann schien sie wie weggeblasen. Cecilie blühte auf, malte das Haus an und nähte neue Vorhänge – genoss es, zu Hause zu sein. Im Herbst bekamst du einen neuen Namen. Das war der andere Wermutstropfen. Sara ist so ein schöner Name. Anna auch«, fügte er rasch hinzu. »Aber ich hatte mich doch daran gewöhnt, dass du Sara hießest. Noch jahrelang habe ich dich Sara genannt, wenn es niemand hörte. Kannst du dich nicht auch daran erinnern, dass ich diesen Namen für Lily vorgeschlagen habe?«

Anna nickte. Jetzt schien Jens keine Worte mehr zu haben. Annas Tränen waren getrocknet, und sie wusste nicht, was sie sagen sollte. Jens sah sie besorgt an, als ahnte er, dass die Jury gerade zu ihrem Urteil kam. Anna sagte:

»Du bist ein beinharter politischer Analytiker, gefürchtet und bewundert, aber Cecilie gegenüber bist du ein Waschlappen.« Sie konnte hören, dass ihre Stimme liebevoller klang, als sie das eigentlich vorgehabt hatte.

»Wie konntest du dich zu so etwas überhaupt breitschlagen lassen?«, fragte sie dann. »Das verstehe ich einfach nicht. Mama war schwerkrank, und zwei Monate lang war ich mit ihr allein zu Hause, jeden Tag. Das ist übel, Jens. Und es hätte nicht passieren dürfen. Aber es ist passiert. Cecilie war krank, es war nicht ihre Schuld. Aber ihr wolltet es geheim halten. Das verstehe ich verflucht noch mal nicht.« Anna schaute nachdenklich vor sich hin und sagte langsam: »Wenn du wüsstest, wie vieles plötzlich einen Sinn für mich ergibt.«

Jens hob kurz die Augenbrauen.

»Ich war achtzehn, als ich Cecilie kennengelernt habe«, sagte er. »Sie war fünfundzwanzig. Ich wohnte noch immer bei meinen Eltern im Wohnblock«, er grinste. »Cecilie hat mich im Sturm erobert. Sieben Jahre älter, reif und … eine richtige Frau. Ich bewunderte sie. Sie war schön und arriviert. Schon fertig mit der Ausbildung, sie hatte gerade ihre erste Wohnung gekauft, als es mit uns losging. Cecilie war immer die Stärkere von uns beiden.«

»Jedenfalls die Dominantere«, fiel Anna ihm ins Wort.

»Nenn es, wie du willst. Ich war von jeher still und eher unscheinbar. Der, der nie viel sagte, aber immer dabei war. Cecilie hatte Mut. Sie stellte die Tagesordnung auf. Die Rollen wurden verteilt, und wir fanden es beide gut so. Bei politischen Veranstaltungen sprang Cecilie auf und war klar und visionär. Ich schrieb, was geschrieben werden musste, sagte aber kein Wort. Ich war sicher, dass viele nicht begreifen konnten, was sie an mir fand. Aber wir ergänzten einander. Cecilie war temperamentvoll, hochtrabend, wegweisend. Ich war loyal, flexibel, und ich betete sie an. Deswegen haben wir uns auch scheiden lassen. Weil es irgendwie nicht passte. Cecilie wollte Kontra haben. Ich unternahm Versuche, konnte ihr aber nicht das geben, was sie sich wünschte. Trotzdem sind wir ja nie richtig geschieden worden. Wir lieben einander, Anna. Noch immer. Und damals … damals bat sie mich, zu verschweigen, was geschehen war. Sie konnte nicht einsehen, warum wir etwas aufwühlen sollten, von dem es für alle besser wäre, wenn es vergessen würde. Nicht zuletzt für dich. Irgendwie habe ich die ganze Zeit gewusst, dass das Folgen haben würde. Aber sie hat mich davon überzeugt, so wäre es das Beste. Als du ein Teenager warst, warst du dann unvorstellbar böse auf uns. Wir haben viel darüber geredet. Ob du vielleicht doch wüsstest, was passiert war. Irgendwo, vor der Sprache, in deine frühesten Empfindungen eingeprägt. Cecilie ging zu Fachleuten und erhielt eine Menge widersprüchlicher Informationen, die uns nur verwirrten. Und dann trat auch noch Troels in unser Leben. Troels … der war übrigens …« Jens zögerte, weil er sich selbst unterbrochen hatte, dann schüttelte er den Kopf.

»Wir wussten ja, dass wir dich liebten. Wir wussten, wir hatten alles geflickt, so gut wir das nur konnten. Du warst damals zwar ein wütender Teenager, aber du warst auch wunderbar. Offen und lebhaft. Wir sahen Troels und sahen in ihm jemanden, der uns viel dringender brauchte. Vor allem Cecilie stürzte sich auf ihn. Manchmal war es fast zu viel. Ich hatte solche Angst, dass du eifersüchtig werden könntest. Zum Glück hast du ihn genauso gemocht. ›Hier ist ein Junge, der niemals etwas bekommen hat‹, sagte Cecilie eines Abends. Ich weiß nicht so genau, was das mit dir zu tun hatte, aber irgendwie war es so. Die Logik war …«, er wandte sich ab, »dass es andere gab, denen es schlechter ging.« Anna bewegte gereizt einen Fuß.

»Papa«, sagte Anna leise. »Hast du Cecilie je nach diesen beiden Monaten gefragt? Als ich abgenommen habe, als ich schlaff und apathisch wurde?« Sie drehte bewusst das Messer in der Wunde herum.

Jens sah sie lange an. Er rutschte in seinem Ledersessel hin und her, irgendwo zischte eine Thermoskanne. Er schluckte.

»Nein«, sagte er dann. »Danach habe ich sie nie gefragt.« Er sank wie ein gestürzter König ins Sofa zurück. Anna konnte ihm ansehen, dass er mit dem Schlimmsten rechnete. Aber in Anna war alles ruhig.

»Ist schon gut«, sagte sie dann. »Aber ich werde sie fragen.« Jens sah seine Tochter unglücklich an, sagte jedoch nichts.

»Mein ganzes Leben haben du und ich auf Mama aufgepasst«, sagte Anna dann. »Mama war doch krank, Mama musste geschont werden. Sei nicht so laut, nein, sag es Mama nicht, das würde sie nur traurig machen. Du hast sie beschützt, weil du geglaubt hast, es sei das Beste. Das weiß ich doch sehr gut.« Anna beugte sich über den Tisch vor und sah ihn eindringlich an.

»Aber das war Scheiße, Jens Nor«, sagte sie. »Das war Scheiße. Und jetzt ist Schluss damit.«

Anna schaute auf ihre Uhr. Freemans Vortrag würde in einer halben Stunde beginnen. Sie musste los. Sie standen auf und gingen zur Tür. Anna legte die Hand auf die Klinke, dann drehte sie sich um und zog ihren Vater an sich.

»Du alter Trottel«, sagte sie. »Du bist doch ein alter Trottel.«

Jens legte den Kopf auf ihre Schulter und ließ sich umarmen. Er sagte noch immer nichts. Erst als sie ein Stück durch den Laubengang gegangen war, rief er plötzlich:

»Ach, Anna, übrigens.« Er kam auf sie zu und schüttelte sich in der Kälte. »Was ich vorhin sagen wollte ... das mit Troels. Ich bin dann aus dem Konzept gekommen. Aber er war neulich hier. Mittwochabend.« Anna blieb auf der Treppe stehen und sah ihren Vater an, kam zwei Stufen höher. Etwas in ihr gefror zu Eis.

»Hier?«

»Ja. Ich war vor dem Fernseher eingeschlafen, und plötzlich wurde ich davon geweckt, dass jemand an die Tür klopfte. Draußen stand Troels. Erst habe ich ihn nicht erkannt. Wir überlegten, wie lange wir uns nicht mehr gesehen hatten, und kamen auf zehn Jahre. Ich kochte ihm Tee, total durchgefroren war er. Er sei im Studentenhaus gewesen, sagte er, und auf dem Heimweg dann hier vorbeigekommen. Offenbar hat er vergeblich versucht, dich zu erreichen. Das mit der Kunstakademie sei spannend. Er sagte, er will sich bewerben. Ich habe von diesem Modelkram ja auch nie sehr viel gehalten. Und Karen. Troels hat erzählt, dass sie schon angenommen worden ist. Das ist doch super, was? Hast du das gewusst? Es freut mich ja so, dass ihr euch wiederseht.«

Jens sah fröhlich aus. Dann fiel sein Blick auf Annas Gesicht.

»Stimmt was nicht?«

»Es ist nur seltsam«, sagte Anna langsam. »Denn gestern bin ich ihm begegnet. Auf der Straße. Und er hat nichts davon erzählt, dass er versucht hatte, mich zu erreichen.«

»Er schien nicht ganz bei sich zu sein, wenn ich ehrlich sein soll.« Jetzt fror Jens wirklich. »Zuerst dachte ich, er steht unter Drogen. Er zitterte und wirkte wie auf Speed. Aber das hörte auf, als er ins Warme kam. Und er war lächerlich dünn angezogen. Ich hab ihm einen Pullover gegeben. Seine Eltern sind beide tot, wusstest du das? Zuerst seine Mutter, Brustkrebs, dann voriges Jahr der Vater. Troels hat erzählt, er habe seinen Vater seit dem Tod der Mutter kaum noch gesehen, und seine Schwester sei Juristin und lebe hier in Kopenhagen. Zu der hat er wohl auch nicht viel Kontakt ...«, endete Jens.

»Karen und ich wollen uns mit ihm treffen« sagte Anna. »Ich wollte nur erst das hier hinter mich bringen. Die Mündliche und ... Cecilie.«

»Tu das Richtige, mein Schatz«, riet Jens ihr. Anna wollte fragen, ob das bedeutete, dass sie den Mund halten sollte, aber dann unterdrückte sie ihre Angriffslust.

»Das werde ich schon, Papa«, sagte sie leise, lief zur Nørreport und nahm die U-Bahn zum Bella-Center.

Es war kurz vor acht, als sie den Schlüssel ins Schloss schob. Karen und Lily spielten im Wohnzimmer mit Knete. Lily trug ihr Nachthemd und eine Plastikschürze. Sie hörten Lisa Ekdahl, und auf dem Tisch lagen vier farbenprächtige Bilder, Lilys Figuren und Karens präzise Farbgebung.

»Die sind aber schön«, sagte Anna aufrichtig. »Hast du die gemalt?«

Lily klammerte sich mit jedem Muskel ihres kleinen Körpers an sie.

»Ja, ganz allein mit Tante Karen.«

Anna aß die Reste vom Abendessen. Die Puzzlestücke jagten noch immer durch ihren Kopf, draußen brauste der Sturm, in der Vertebratensammlung saß Tybjerg, und in der Erde lag Helland. Und irgendwo hockte sicher der Nervigste Polizist Aller Zeiten mit den Füßen auf dem Tisch und dem Bauch voller Frikadellen seiner Frau. Scheiße. Die Tomatensuppe schmeckte köstlich, und als Anna ihre Tochter zu Bett brachte, lagen sie dicht aneinandergeschmiegt in der Dunkelheit, und Anna erzählte Lily die Geschichte eines Vogels, der mit Skiern an den Füßen aus dem Ei geschlüpft war. Anna blieb neben ihr liegen, bis sie eingeschlafen war.

Karen saß auf dem Sofa und las, als Anna sich neben ihr niederließ. Sie blickte auf. Und jetzt?, fragte ihr Blick.

»Cecilie hatte nach meiner Geburt eine schwere Depression. In den ersten Monaten war sie zu Hause, dann wurde entdeckt, dass ich alarmierend abgenommen hatte. Sie mochte mich einfach nicht füttern. Sie kam in eine Klinik, und Jens wurde zum alleinerziehenden Vater. Als Cecilie wieder nach Hause kam, war ich neun Monate alt. Sie war gesund, gesund genug jedenfalls. Sie mochte den Namen Sara nicht, also wurde ich umbenannt. Wie eine Datei.« Anna verstummte. Karen saß mit offenem Mund da.

»Ganz ehrlich, hast du davon gewusst? Über deine Mama?«

Anna blickte Karen fragend an.

Der Ausdruck in Karens Augen änderte sich, dann nahm sie Annas Gesicht zwischen ihre Hände und zog es ein wenig zu sich.

»Anna«, sagte sie liebevoll. »Ich schwöre dir, ich hatte keinen blassen Schimmer. Absolut nicht. Ich weiß nicht, ob Mama etwas gewusst hat. Ich jedenfalls nicht. Warum in aller Welt haben sie das geheim gehalten?«

Anna befreite sich aus Karens sanftem Griff.

»Um Cecilie zu beschützen«, sagte sie müde. »In unserer Familie war es immer ungeheuer wichtig, Cecilie zu schützen.«

Lange schwiegen sie.

»Das ist so dumm«, sagte Karen dann.

Sie tranken Wein. Anna ließ ihren Kopf auf die Sofalehne sinken und schloss die Augen.

»Troels«, sagte Karen plötzlich. »Das bereust du doch nicht, oder?«

»Wir haben etwas verabredet. Und meine Verabredungen halte ich immer.« Anna lächelte mit geschlossenen Augen. Dann öffnete sie sie.

»Er hat übrigens wirklich beschlossen, von den Toten aufzuerstehen«, sagte Anna trocken. »Am Mittwoch hat er Jens besucht, und wenn ich gleich Cecilie anrufe, dann sitzt er sicher mit einer

Decke um die Beine bei ihr und isst Birne Helene.« Sie stieß ein Geräusch aus, das eigentlich ein Lachen hätte sein sollen.

»Ich glaube, er hat Angst, Anna.«

»Wovor denn Angst?«

»Vor dir.«

»Warum denn?«

»Weil du Drachenzähne und zwei Schwänze mit tödlichen Stacheln hast.« Anna sah Karen irritiert an und wollte sich schon verteidigen, als Karen hinzufügte:

»Und wenn man selbst ein Hamster ist, ja, dann bist du schon ein wenig einschüchternd.«

»Das sagst du jetzt schon zum zweiten Mal. Findest du mich auch einschüchternd?«, fragte Anna leise.

»Nein. Ich finde es befreiend, mit dir zusammen zu sein, denn einschüchternd hebt einschüchternd auf, und wenn wir zusammen sind, brauche ich nicht die ganze Zeit daran zu denken, wie ich auf andere wirke. Ich kann einfach ich sein. Deshalb begreife ich auch nicht, warum wir uns seit zehn Jahren nicht mehr gesehen haben.«

»Du warst damals so wütend auf mich.«

»Ja, stimmt. Na und? Kannst du ein bisschen Widerstand nicht vertragen?«

Anna zuckte mit den Schultern.

»Diese Nacht, nicht wahr?«, fragte Karen. »Da waren wir high. Und Troels hatte sich doch geoutet. Vielleicht nicht offiziell, aber doch uns gegenüber. Wir wussten, dass er schwul war. Trotzdem sind wir auf die schwachsinnige Idee gekommen, dass wir vögeln könnten …«

»Ihr seid auf die schwachsinnige Idee gekommen«, korrigierte Anna.

»Von mir aus.« Karen zog die Beine hoch. »Er und ich haben einfach mit Küssen angefangen, als du auf der Toilette warst. In Wirklichkeit war ich verknallt in ihn. Er sah doch so unheimlich gut aus«, sie starrte hingerissen vor sich hin, »und ich konnte mich einfach nicht damit abfinden, dass er schwul war. Ich war neunzehn und glaubte wohl, ich könnte ihn bekehren oder so.« Sie lachte. »Na ja, jedenfalls fingen wir einfach an, uns zu küssen, und ich weiß noch, wie ich dachte, er hätte uns an der Nase herumgeführt. Er hatte doch einen Ständer. Und Schwule sollen Mädchen doch peinlich finden, aber Troels hatte den Superhammer. Und es lief auch richtig gut, bis du Troels plötzlich den Kung-Fu-Tritt von außerirdischer Dimension verpasst hast und er auf den Boden knallte. Und dann bist du einfach ausgerastet. Hast gebrüllt und geschrien und ihn attackiert. Er stand da mit seinem schlaffen Schwulenschwanz, und du hast auf ihn eingeschlagen.« Karen musste lachen.

Anna verzog keine Miene.

»Das ist absolut nicht komisch«, sagte sie.

Karen kniff die Augen zusammen.

»Dafür, dass du ab und zu selbst Molotowcocktails wirfst, bist du verdammt empfindlich«, sagte sie verwundert.

»In dieser Nacht … was habe ich da zu ihm gesagt?«, wollte Anna wissen.

»Weißt du das nicht mehr?«

»Nicht so genau. Ich weiß nur, dass ich sauer war. Wie mein Mund aufging und ich nur noch Blut sah.«

»Du hast ihn gedemütigt«, sagte Karen gelassen. »Du hast gesagt …«

»Ich will es doch nicht hören«, fiel Anna ihr ins Wort. Sie hob die Hand und wandte sich ein wenig ab.

»Jetzt ist es ja auch egal«, sagte Karen versöhnlich.

»Ich war auf Koks.«

»Mir war das damals nicht klar, aber neulich hat er mir erzählt, dass er gegangen ist, weil er dir um ein Haar seine Faust in die Visage gerammt hätte. Dich zu Brei geschlagen hätte, wie er seinen Vater zu Brei geschlagen hatte.« Karen sah Anna vorsichtig an. »Wir wussten nur zu gut, wie es zu Hause bei Troels aussah, dass sein Vater ihn misshandelte. Aber wir wussten nicht, dass die Gewalt physisch wurde, als Troels ins Teenageralter kam. Sein Vater reizte ihn, bis Troels zuschlug. Dann erst schlug sein Vater zurück. Bis zuletzt haben sie aufeinander eingehauen. Auch das hat er mir neulich erzählt. Sein Vater war präfinaler Patient und lag auf der Onkologie in Odense, voller Schläuche und abgemagert zum Skelett. Bei ihrer letzten Begegnung haben sie sich geschlagen. Der Vater griff ihn verbal an, machte ihn herunter, und Troels schlug zu, und der Vater schlug zurück. Wir haben darüber gelacht, neulich, meine ich. Weil es so grotesk war. Als er ihn zum letzten Mal lebend gesehen hat, konnte der Vater die Schublade aus dem Nachttisch reißen und sie Troels in die Fresse hauen. Troels musste vom Sterbebett seines Vaters in die Notaufnahme.« Sie lachte kurz.

»Und dann war noch das, was in besagter Nacht passiert ist. Du hast ihn gedemütigt. Genau so, wie er es einfach nicht ertragen konnte.«

»Hör auf, Karen.« Anna stand auf und ging zum Fenster.

»Und was jetzt?«, flüsterte sie. »Jetzt will er wieder mit mir befreundet sein? Weil zehn Jahre vergangen sind? Weil er keine Lust mehr hat, mich zusammenzuschlagen?«

»Wir haben uns alle verändert, Anna.«

Anna ging auf die Toilette, und als sie zurückkam, hatte Karen eine alte dänische CD eingelegt, stand am Fenster und sang lauthals mit.

»Hat diese Birgit dich eigentlich erreicht?«, fragte sie mitten in einer Strophe.

»Nein«, sagte Anna und erstarrte. »Wann hat sie denn angerufen?«

»Um fünf. Birgit Helland. Sie hat mir ihre Telefonnummer genannt, und ich habe ihr deine Handynummer gegeben.« Mit drei Schritten war Anna bei ihrer Jacke. Im Display war ein Briefumschlag zu sehen. Birgit hatte um kurz nach fünf angerufen und eine Nachricht hinterlassen.

»Ich muss mit dir sprechen«, sagte sie eindringlich. »Es ist wichtig. Nanna und ich fahren morgen Nachmittag zu unserem Sommerhaus. Können wir uns vorher treffen? Am liebsten heute Abend. Bitte. Ruf mich an. Ich kann dich auch irgendwo abholen. Danke.«

Anna ging ins Badezimmer und wusch sich das Gesicht mit kaltem Wasser. Dann trug sie ein wenig Make-up auf und putzte sich die Zähne. Noch ehe sie das Badezimmer verließ, rief sie Birgit an. Sie sprachen eine knappe Minute miteinander. Birgit wollte sofort losfahren und sie in zwanzig Minuten an der Ecke Jagtvej und

Borups Allé auflesen. Anna schaute auf die Uhr. Es war fast elf. Sie ging ins Wohnzimmer und fragte lässig:

»Du übernachtest doch hier, oder?« Karen drehte sich um und lächelte.

»Ich hab doch gesagt, dass du mich so schnell nicht wieder loswirst. He, was ist los mit dir?« Sie stieß einen leisen Pfiff aus.

»Ich muss nur schnell etwas erledigen.« Anna konnte ein Lächeln nicht unterdrücken. »Ich muss zu Birgit Helland. Sie will mit mir sprechen und holt mich ab. Ich bin in zwei Stunden wieder da.« Anna schaute auf die Uhr. »Aber wenn nicht und du morgen aufwachst, und ich bin nicht hier«, Anna schluckte, »dann rufst du Søren Marhauge an und schlägst Alarm, okay?« Anna gab Karen einen Zettel mit Sørens Handynummer.

»Was soll das heißen? Was könnte denn passieren?« Karen blickte Anna forschend an.

»Nichts«, sagte Anna gelassen. Sie ging hinaus in die Diele, und Karen folgte ihr. Anna zog ihren Parka an, überprüfte den Akku ihres Handys, öffnete schließlich den Wandschrank und nahm ihren Werkzeugkasten heraus. Sie steckte zwei Kabelbinder und einen kleinen spitzen Schraubenzieher in die Tasche.

»Was willst du denn damit?«, fragte Karen.

Anna legte ihr den Arm um die Schultern und schaute ihr beschwörend in die Augen.

»Karen. Mach dir keine Gedanken. Gottes Gnade und tröste den, der mir Unrecht will.« Sie lächelte. »Ich treffe nur Vorsichtsmaßnahmen, weil ich ein paranoides Arschloch bin, das nicht zu den ganzen Würmern in die Erde will.« Sie küsste Karen auf die Wange.

»Bis gleich«, sagte sie dann, und ehe Karen antworten konnte, hatte Anna schon die Tür hinter sich geschlossen.

Es schneite ein wenig, aber die Fahrbahn lag schwarz und nass da. Anna trat an der Ecke in den Eingang eines Fahrradladens. Durch die Fensterscheibe konnte sie ein hellrotes Mädchenrad sehen. Hellrot mit einem Fahrradkorb. Auf dem Korb prangte eine Erdbeere.

Plötzlich hupte ein Auto.

Birgit Helland fuhr an die Seite, beugte sich herüber und öffnete die Tür zum Beifahrersitz. Anna stieg ein. Birgit sah müde aus.

»Hallo, Anna«, sagte sie leise. Anna legte den Sicherheitsgurt an.

»Ist es dir recht, wenn wir zu mir nach Hause fahren? Es ist so kalt. Ich bringe es einfach nicht, im Auto zu sitzen, und einen Ort voller Menschen kann ich auch nicht ertragen. Es war ein anstrengender Tag.« Sie lächelte kurz.

Anna nickte.

»Danke, dass du heute auf der Beerdigung warst.« Birgit konzentrierte sich auf die Fahrbahn.

»Natürlich.«

»Nein, das finde ich nicht selbstverständlich. Ich freue mich darüber. Ich kann gut verstehen, dass du nicht zum Kaffee geblieben bist. Fast wäre ich selber nicht hingegangen.« Sie lachte freudlos.

»Ich hatte eine andere Verabredung.«

»Das ist völlig in Ordnung.« Schweigend fuhren sie weiter.

»Wo ist denn deine Tochter heute Abend?«, fragte Birgit mitten in die Stille und sah Anna neugierig an.

»Zu Hause«, antwortete Anna und versuchte, ruhig zu klingen. »Meine Freundin Karen passt auf sie auf.«

Wieso um alles in der Welt hatte Birgit das wissen wollen?

Als sie bei der Villa ankamen, war es schon fast halb zwölf. Die Straße war menschenleer, aber zu beiden Seiten geparkte Autos verrieten, dass die Häuser das nicht waren. In der Villa brannte Licht, und Birgit hatte offenbar viel Holz ins Feuer gelegt, ehe sie losgefahren war, denn der Ofen bullerte fröhlich vor sich hin, als sie das Haus betraten.

»Nein, danke, ich möchte nichts.« Anna lehnte den angebotenen Wein ab. Birgit goss sich ein Glas ein und trank in großen Schlucken. Anna fragte sich, wie viel sie wohl schon getrunken hatte. War sie etwa betrunken gefahren? Birgit leerte ihr Glas und schenkte sich nach.

»Komm, wir gehen nach oben. Ich muss dir etwas zeigen.«

Anna hatte ihre Jacke in die Diele gehängt, Telefon, Kabelbinder und Schraubenzieher aber in die Gesäßtaschen ihrer Jeans gestopft. Jetzt folgte sie Birgit Helland nach oben. Im ersten Stock duftete es nach Blumen, und als sie am Badezimmer vorübergingen, stieß Birgit die Tür auf.

»Ich habe ein paar Sträuße mit nach Hause genommen«, sagte sie monoton. Auf dem Badezimmerboden standen ein paar weiße Plastikeimer mit bunten Sträußen. Sie gingen weiter, vorbei an einer halboffenen Tür zu einem Mädchenzimmer, geschmackvoll und ordentlich, ganz anders als Annas Zimmer zu ihrer Teenagerzeit. Auf dem Bett lag eine altmodische Häkeldecke, neben dem Bett stand ein niedriger Toilettentisch mit einem runden Spiegel, Parfümflaschen und einem iPod, der gerade aufgeladen wurde. Die Vorhänge waren offen, und die Fenster starrten Anna böse an.

»Nanna wollte unbedingt noch eine Freundin besuchen.« Birgit hob die Arme und ließ sie resigniert sinken. »Das Leben geht weiter.«

Jetzt hatten sie das Ende des Ganges erreicht, und Birgit öffnete die Tür zu einem überraschend großen Zimmer. Links stand vor einer fensterlosen Wand ein Schreibtisch, rechts war eine Pritsche angebracht, die von mit grobgewebtem Stoff bezogenen Kissen bedeckt war. Die Außenwand war verglast, und draußen vor dem Fenster stand eine winterkahle Magnolie. Ein eingeschalteter Computer stand auf dem Schreibtisch.

»Heute habe ich etwas gefunden …«, sagte sie. Anna sah auf den Bildschirm und erkannte das Logo der Onlinebank, bei der sie ebenfalls Kundin war. Birgit loggte sich mit einem Passwort ein, das sie auf einem Zettel notiert hatte. Auf dem Bildschirm waren Kontobewegungen zu sehen.

»Sie dir das mal an«, sagte Birgit und zeigte auf den Bildschirm. Anna folgte ihrem Finger, konnte aber nur mit Mühe erfassen, was dort stand. Das Blut rauschte in ihren Ohren.

»Was ist das?«, brachte sie heraus.

»Geld. Jeden Monat, seit drei Jahren. Ich habe mir die Jahresabrechnungen angesehen. Jeden Monat siebentausend Kronen. Geld, das Lars von seinem Privatkonto auf ein Konto bei der Amagerbank überwiesen hat. Und weißt du, wem dieses Konto gehört?«

Anna schüttelte den Kopf.

»Erik Tybjerg.«

Sie schwiegen.

»Was bedeutet das?«, fragte Anna dann langsam.

»Ich habe keine Ahnung. Aber es geht um zweihundertfünfzigtausend.« Birgit ließ den Betrag in der Luft hängen wie ein Transparent mit einem verräterischen Text. Anna schluckte. Ihr Herz hinkte traurig hinterher.

»Und davon hast du erst heute erfahren?«

»Genau. Das hat sich auf Lars' Privatkonto abgespielt. Ich habe das Passwort in seinem Schreibtisch gefunden und mich eingeloggt, um mir einen Überblick darüber zu verschaffen, wie viel Geld er hinterlassen hat. Nanna hat heute ein wenig ängstlich gefragt, ob wir uns das Haus hier überhaupt noch leisten können, und ich wollte ja auch wissen, wie unsere Lage ist. Als ich das Konto eingesehen und die Überweisungen an Tybjerg entdeckt hatte, habe ich Lars' Büro durchsucht. Alle Schubladen, alle Schränke.« Birgit hatte sich über den Computer gebeugt, jetzt richtete sie sich auf und sah Anna an. Die Tränen liefen ihr über die Wangen.

»Du hast recht gehabt«, sagte sie leise. »Lars war krank. Viel kränker, als ich mir das in meiner wildesten Phantasie hätte vorstellen können.«

»Was hast du gefunden?« Anna schluckte.

»Eine Tüte voller blutigem Papier.«

»Du hast *was* gefunden?« Anna war nicht sicher, ob sie richtig gehört hatte. Birgit ging zu der Pritsche hinüber, öffnete eine Schublade darunter und zog eine Plastiktüte heraus. Angst breitete sich in Annas Körper aus.

»Ich habe auch eine andere Tüte gefunden. Weiter hinten.« Sie schluckte. »Voller Hilfsmittel, um den Körper zu stützen: Bandagen, eine Nackenstütze.« Sie sah Anna unglücklich an. »Und einen Beißring, so wie Babys sie haben, voller Bissspuren. Die Polizei hat gesagt, Lars sei von Blutergüssen übersät gewesen. Alten Blutergüssen. Er müsse gefallen sein, habe mehrere Knochenbrüche an Fingern und Zehen aufgewiesen, sogar auf der Kopfhaut hatten sie zwei vernarbte Wunden entdeckt, die nicht genäht worden waren. Ich dachte, das sei nur Gerede. Du weißt schon, weil sie mich im Verdacht hatten. Die Polizei verschweigt immer etwas, und immer sagen sie etwas, das nicht stimmt. Sie stellen Fallen.« Birgit holte Luft und sah Anna verzweifelt an.

»Erik Tybjerg hat ihn erpresst«, flüsterte sie dann. »Und ich habe den ganzen Abend damit zugebracht, mir alle denkbaren Gründe dafür zu überlegen.«

Anna sah sie abwartend an.

»Bei Lars wurde vor neun Jahren ein Gehirntumor festgestellt, er wurde operiert und für geheilt erklärt. Seither war er nicht mehr krank. Im August hatten wir eine Grillparty, um Nannas Abitur zu feiern. Lars stand am Grill und fiel plötzlich um. Wir waren natürlich erschrocken, aber er winkte ab. Zehn Minuten saß er auf dem Rasen, um zu sich zu kommen, und den restlichen Abend war er gut in Form. Grillte Steaks wie ein Weltmeister und spielte mit den jungen Leuten Krocket.« Birgit sah Anna an. »Lars' größte Angst war es, seinen Intellekt zu verlieren, langsam alle Fähigkeiten einzubüßen und am Ende nur noch vor sich hin zu vegetieren. Als er kurz darauf aus dem Schlafzimmer in sein Arbeitszimmer umzog, dachte ich ja auch daran, dass er vielleicht wieder krank war. Aber er sagte, er wolle mich mit seinem Schnarchen nicht stören. Und das hatte sich ja tatsächlich verschlimmert. Ich muss also ehrlich gestehen, dass mir das alles nur recht war.« Jetzt liefen die Tränen kreuz und quer über Birgits Wangen. »Aber in Wirklichkeit war das der Grund.« Sie hob die Tüten. »Ich sollte nicht merken, dass ihn die Krankheit wieder eingeholt hatte. Dass der Tumor wieder wuchs.« Sie schaute nachdenklich vor sich hin. »Ich glaube, Tybjerg hat das mit dem Tumor gewusst, hat gewusst, dass Lars schwerkrank gewesen war. Vielleicht versuchte er, das gegen Lars zu verwenden. Tybjerg war immer neidisch, weil Lars eine feste Stelle hatte und er nicht. Jedenfalls bin ich sicher, dass Tybjerg ihn erpresst hat. Was kann es denn sonst bedeuten? Siebentausend Kronen jeden Monat. Das ist viel Geld. Ich habe heute versucht, Tybjerg anzurufen. Aber der geht nicht ans Telefon und beantwortet keine Mails. Weißt du, was mich wirklich wundert?«

Anna schüttelte den Kopf.

»Tybjerg war nicht auf der Beerdigung. Ist das nicht seltsam? Sogar Clive Freeman war da. Aber nicht Tybjerg. Ich glaube,

Tybjerg hat Lars umgebracht, Anna.« Birgit musterte Anna mit brennendem Blick.

»Das solltest du der Polizei erzählen.«

»Ja«, sagte Birgit tonlos.

»Warum hast du mich angerufen, Birgit?«

»Als du hier warst, konnte ich dir von den Augen ablesen, dass du glaubtest, ich hätte Lars umgebracht. Die Verachtung stand dir ins Gesicht geschrieben. Das wollte ich nicht.«

»Ich glaube nicht, dass du Lars umgebracht hast«, sagte Anna sanft.

»Ich habe Lars geliebt«, sagte Birgit.

Anna ging von Herlev zu Fuß nach Hause. Dafür brauchte sie anderthalb Stunden. Kabelbinder und Schraubenzieher lagen in ihrer Jackentasche, der Einsatz war abgeblasen worden. Die Nacht war kristallklar, der Wind hatte sich gelegt, es war beißend kalt. Sie ging mit langen Schritten und schwenkte die Arme. In diesem Augenblick war sie der einzige lebende Mensch, der einzige, den Millionen von Sternen ansehen wollten und für den sie aufgestanden waren. Dann ging plötzlich Johannes neben ihr. Sie fuhr zusammen.

»Du bist zu dünn angezogen«, sagte sie dann. Er trug Windjacke und Chucks und weder Mütze noch Handschuhe.

»Wie geht es dir, Anna?«, fragte er.

»Ich finde es blöd, dass du tot bist«, sagte sie laut. »Ich finde das einfach blöd.« Sie spürte einen Kloß im Hals und sagte ganz offen: »Ich hätte dich gern ganz, ganz lange gekannt.«

Sie wandte den Kopf, und Johannes war verschwunden. Anna blieb kurz stehen und hielt Ausschau nach ihm. Du bist ein Idiot, Anna, dachte sie. Sie machte zwei Schritte. Dann ertönte aus ihrer Hosentasche ein Piepen. Es war fast halb zwei. Sicher war Karen aufgewacht und fragte sich jetzt, wo Anna stecken mochte. Anna fischte ihr Handy aus der Tasche und trat in ein Wartehäuschen.

Die SMS war von Johannes.

»Können wir uns treffen?«, stand dort.

Anna starrte das Display ungläubig an.

14

Am Samstag, dem 13. Oktober, machte Clive sich am Vormittag auf die Suche nach einem Blumenladen, und als er einen gefunden hatte, blieb er stehen und machte sich so seine Gedanken. Jetzt stand er hier doch tatsächlich und kaufte Blumen für Hellands Beerdigung. Das Frühstück im Hotel hatte er ausfallen lassen, und als er die Blumen gekauft hatte, ging er in ein Café, aß einen Bagel und trank Kaffee. Er dachte an Kay. Was die wohl machte? Sie hatten einander damals durch gemeinsame Bekannte kennengelernt, und Kay war an jenem Abend nicht die auffälligste Frau gewesen, aber sie hatte etwas Altmodisches und Fürsorgliches ausgestrahlt, das Clive gut gefallen hatte. Sie waren rasch zusammengekommen und hatten am Jahrestag ihrer ersten Begegnung geheiratet. Ganz klassisch, hatte Clive gedacht, und es hatte ihm nichts ausgemacht. Franz und Tom waren dicht hintereinander gekommen, und Kay war bei den Kindern zu Hause geblieben, während Clive arbeiten ging. Ihre Ehe war undramatisch verlaufen, bis jetzt. Eigentlich erinnerte sie sehr stark an die von Clives Eltern, mit einer Ausnahme: Clive bemühte sich um Kay. Er wusste genau, dass sie seine Arbeit nicht immer verstand, aber er gab sich Mühe, sie in groben Zügen darüber auf dem Laufenden zu halten, und sie sprachen immer freundlich miteinander, wenn sie allein waren und vor den Kindern. Clive wusste, dass er sich stets anständig benommen hatte. Andere Frauen interessierten ihn überhaupt nicht, und er trank oder spielte nicht. Er hatte Kay auch nie geschlagen. Bis jetzt. Er schaute auf das graumelierte Kopenhagen hinaus und verfluchte Jack. Jack war für den Großteil des Dramas in Clives Leben verantwortlich, wie ein Fluch, der seit fast vierzig Jahren auf ihm lastete und ihn nicht freigeben wollte. Clive hatte nie wieder, weder vorher noch nachher, so gelitten wie damals, als Jack zum Teenager geworden war, plötzlich nichts mehr mit ihm zu tun haben wollte und bald darauf weggezogen war. Nicht einmal das intellektuelle Scharmützel mit seinem Vater hatte Clive so aus der Bahn geworfen. Er hatte nachts nicht schlafen können und gehofft, Jack würde zurückkommen. Nur langsam hatte der Schmerz sich gelegt. Als er Jack dann wiedergesehen hatte, war das Schicksal gewesen. Clive war Wissenschaftler und glaubte eigentlich nicht an das Schicksal, aber als er Jack mit seinem dunklen, suchenden Blick in der Eingangshalle der Universität hatte stehen sehen, hatte er gedacht: Das kann kein Zufall sein. Irgendetwas trieb sie unentwegt zueinander, sodass sie selbst nur noch die Hand auszustrecken brauchten. Clive hatte Jack Hunderte von Chancen gegeben, aber seit seiner Kindheit war Jack nicht darauf eingegangen.

Clive massierte sich die Augenbrauen. Er wollte nicht an Jack denken. Er musste um sechs Uhr seinen Vortrag halten, vorher aber war noch Hellands Beerdigung.

Die Kirche war bereits überfüllt, als Clive und Michael eintraten. Der große Polizist, Marhauge, saß in der hintersten Reihe bei der Tür und nickte Clive freundlich zu. Der Küster hatte ihm die Blumen abgenommen, und Clive versuchte, einen Sitzplatz zu finden. Michael blieb hinten stehen, während Clive nach vorn geschoben wurde und schließlich recht weit vorn in der Kirche saß. Es waren mindestens zweihundert Trauergäste gekommen, und der Sarg stand blumengeschmückt vor dem Altar. Ganz rechts vorn saßen eine Frau und ein junges Mädchen in schwarzer Kleidung. Sie sprachen leise miteinander. Das musste Hellands Familie sein. Clive fand es unvorstellbar, dass Helland eine Familie gehabt haben sollte. Helland, dieser Widerling. Auf der anderen Seite saßen sehr viele Männer, so als ob Helland viele Brüder gehabt hätte. Zumindest hatte er viele Freunde und Kollegen gehabt.

Schräg hinter sich entdeckte er eine junge Frau, die in seine Richtung starrte. Sie hatte kurze hellbraune Haare, trug Turnschuhe, Jeans und eine unpassende Tarnjacke mit Kapuze. Sie schien wütend zu sein.

Was zum Teufel hatte die eigentlich so zu glotzen? Er versuchte, ihrem Blick zu folgen, konnte aber in der Menschenmenge nichts Auffälliges entdecken. Alle waren damit beschäftigt, ihre Mäntel abzulegen und die Gesangbücher aufzuschlagen.

Dann ging ihm plötzlich auf, dass die junge Frau ihn anstarrte. Im selben Moment begann die Trauerfeier.

Später, im Bella-Center, stellte Clive zufrieden fest, dass an die hundertzwanzig Leute gekommen waren, um sich seinen Vortrag anzuhören. Er suchte im Publikum nach bekannten Gesichtern, konnte aber keins ausmachen. Nach dem Vortrag kam eine erregte Diskussion in Gang. Clive kannte diese Prozedur in- und auswendig und hatte inzwischen so viele verbale Schläge eingesteckt, dass er sich sehr gewundert hätte, wenn das Publikum mit Schweigen reagiert hätte. Trotzdem registrierte er, dass die Ergebnisse des Knorpelexperiments nicht die revolutionäre Wirkung zeitigten, auf die Michael und Clive gehofft hatten.

»Das ist ein interessantes Experiment«, sagte jemand. »Aber es kassiert doch nicht die 286 Apomorphien, die moderne Vögel und Dinosaurier miteinander verbinden.«

»Da gebe ich Ihnen recht«, sagte ein anderer und nickte zu Clive hoch. »Die Ontogenese der Vogelhand ist einer der schwächsten Bereiche der Dinosauriertheorie. Aber damit müssen wir leben. Wir wissen ja aus guten Gründen nichts über die Fötenentwicklung bei Dinosauriern. Aber selbst ohne diese Kenntnis haben wir eine mehr als breite Basis, um eine Verwandtschaft festzustellen. Das haben wir wirklich, Mr. Freeman.«

»Ja«, rief ein Dritter. »Es ist so, als hätten Sie ein Puzzle gelegt, das die Skyline von New York darstellt. Von tausend Stücken fehlt Ihnen nur noch eins – dennoch behaupten Sie, nicht erkennen zu können, welche Stadt das sein soll.«

»Richtig«, rief ein Vierter.

Clive erreichte stets einen Punkt, wo er nur noch auf seiner Meinung beharrte und alle Angriffe zurückwies. Zwei verließen den Saal, doch das waren weniger als sonst. Er stand keiner höflichen und aufmerksamen Zuhörerschar gegenüber, die seine Worte begierig aufsog, aber es ließ sich auch einiges zu ihren

Gunsten sagen. Er fand, dass ihre Blicke von aufrichtigem Interesse zeugten.

Eine Stunde später hatte der Saal sich geleert, und Clive konnte seine Enttäuschung nicht verbergen. Ein paar Zuhörer waren zu ihm gekommen und hatten ihm nach dem Vortrag die Hand geschüttelt, aber er hatte nicht das Gefühl, mit dem Knorpelexperiment Boden gutgemacht zu haben. Er begriff nicht, wieso. Es war ein guter Versuch gewesen.

»Was sagst du?«, fragte er Michael. »Sie schienen nicht so ganz bei der Sache zu sein, oder?«

Clive schüttelte gereizt den Kopf. Michael wirkte zerstreut. Er hatte gerade die großen bunten Schautafeln zusammengepackt und dabei innegehalten.

»Michael?«

Michael reagierte erst, als Clive dicht neben ihm stand.

»Bist du auf dem Mars?«, fragte Clive dann.

»Clive«, sagte er. »Es tut mir wirklich leid.«

Clive sah ihn verständnislos an.

»Die Abteilung wird dichtgemacht«, sagte Michael dann. Clive schnappte nach Luft. »Das ist so beschlossen worden. Unsere Abteilung wird der Vertebratenmorphologie unterstellt, und du …« Michael griff sich an die Stirn und setzte gequält fort: »Du wirst nicht mit übernommen. Offiziell jedenfalls nicht. Du wirst emeritiert. Auf dem Papier. Natürlich kannst du weiter mitmachen. Jedenfalls bei meinen Projekten. Das hätte ich dir eigentlich sagen sollen, bevor wir nach Europa geflogen sind. Aber das konnte ich nicht. Ich verstehe gut, wenn du jetzt wütend bist.«

»Aber warum?«, brachte Clive mit Mühe heraus. Er war wie gelähmt.

»Ich bin noch immer auf deiner Seite«, beeilte Michael sich zu sagen. »Das ist es nicht. Sieh dir die Resultate des Experimentes an. Ich bin auf deiner Seite. Aber jeden Tag tauchen Anhaltspunkte auf, die darauf hinweisen können, dass wir uns womöglich irren. Wir müssen akzeptieren, dass wir uns irren könnten. Die Abteilung für Evolution der Vögel, Paläobiologie und Systematik ist zum Synonym für deine fachliche Position geworden, und so war das nie gedacht. Die UBC leidet darunter. Wir werden die *Kreationisten-*

Fakultät genannt. Wir haben weniger Studierende denn je, und du weißt, was das bedeutet.« Er rieb Daumen und Zeigefinger aneinander. »Die neu ausgebildeten Vertebratenbiologen werden nicht ernst genommen, finden keine Stellen, und die Fakultät braucht dringend Geld. Wir müssen unseren Stil ändern, wenn wir uns Hoffnungen machen wollen, die Zahl der Studierenden zu erhöhen. Und du bist zu berühmt, Clive. Solange du die Galionsfigur der Abteilung bist, gehen alle davon aus, dass das sinkende Schiff nicht mehr zu retten ist.« Clive starrte Michael an.

»Ich habe mehr als dreißig Jahre lang Gelder für die Abteilung besorgt. Bei jedem einzelnen Budget«, flüsterte er.

»Und deshalb ist jetzt Schluss. Solange das Spiel noch gut ist. Es kann so nicht weitergehen. Du würdest immer weniger Geld bewilligt bekommen und am Ende gar keins mehr. Außerdem ist das eine Forderung der Universitätsleitung. Sofortige Zusammenlegung und deine Emeritierung.«

»Ich bin noch keine sechzig«, sagte Clive.

»Ich hätte es dir sagen müssen, ehe wir losgeflogen sind«, wiederholte Michael. »Oder wenigstens noch im Flugzeug. Aber das war nicht leicht.«

»Business Class und edles Essen mit Michelin-Stern? War das der Versuch der Abteilung, mir den Abschied zu versüßen? Und die Besprechung«, rief Clive spöttisch, »die Besprechung, zu der ich ganz zufällig nicht eingeladen worden war?«

»Ich bedaure das wirklich«, sagte Michael.

Clive ballte die Faust.

»Ich möchte allein sein«, sagte er dann leise. Michael machte eine resignierte Handbewegung.

»Es tut mir leid, alter Kumpel«, sagte er kameradschaftlich. »Aber das Leben geht weiter, was? Du hast enorm viel geleistet, darüber sind wir uns allesamt im Klaren … Ohne dich hätte die Abteilung nicht ihr markantes Profil und …«

»Ich möchte allein sein«, brüllte Clive.

»Komm mal ein bisschen runter. Es war wahrhaftig nicht meine Entscheidung«, sagte Michael verärgert und ging zum Ausgang. Dabei schüttelte er ein wenig den Kopf, als wäre er der allerhöchste Hüter jeglicher Moral.

Als Clive nun allein war, drehte er sich um und starrte die riesige Leinwand an. Er war wie gelähmt, voller Hass. Als er wieder Schritte hörte, glaubte er, es sei Michael. Aber der war es nicht, der hinter ihm stand. Es war die Frau, die er sechs Stunden zuvor auf Hellands Beerdigung gesehen hatte. Sie hielt ihm ihre Hand hin, und rein reflexmäßig nahm er sie.

»Ich heiße Anna«, sagte die Frau. »Ich würde gern mit Ihnen sprechen.«

»Sie waren heute bei Hellands Beerdigung«, sagte er. »Warum haben Sie mich so angestarrt?«

»Es hat mich überrascht, Sie zu sehen«, antwortete sie ruhig. »Ich war neugierig.«

Ihre Augen waren fast gelb, und ihr Mund wies einen trotzigen Zug auf.

»Und warum?« Clive fing an, seine Papiere einzusammeln und in seinem Ordner zu verstauen.

»Ich habe meine Diplomarbeit bei Helland und Tybjerg geschrieben«, sagte die Frau jetzt. »Eine Abhandlung zur Kontroverse über den Ursprung der Vögel. Es gibt einige anatomische Details, über die ich mich gern mit Ihnen unterhalten würde. Im Vertebratensaal. Ich wollte fragen, ob wir uns dort treffen können. Morgen ... oder vielleicht am Montag? Sind Sie am Montag noch hier?«

Er hielt seinen Blick starr auf sie gerichtet. »Dass Sie bei Tybjerg und Helland studiert haben, ist vor allem Ihr Problem«, sagte er dann und nahm Jacke und Mappe. »Worüber sollte ich mit Ihnen reden wollen? Helland ist tot, und das tut mir leid. Tybjerg ...« Er sah sie kurz an. »Tybjerg hat nicht einmal den Anstand besessen, sich heute blicken zu lassen. Mit dem Protegé dieser Leute habe ich nichts zu besprechen. Auf Wiedersehen.«

Er schloss den Ordner und ging die breite Treppe zwischen den Bänken hinauf. Die Frau lief hinter ihm her.

»Ich habe etwas für Sie von Tybjerg«, sagte sie plötzlich.

Er blieb stehen und schaute sie verärgert an.

»Und das wäre?«

»Das kann ich Ihnen hier nicht sagen.« Sie schaute sich über die Schulter um, als hätten die Wände Ohren.

»Warum gibt er es mir nicht selbst?«, wollte Clive wissen.

»Das werde ich Ihnen alles erklären. Es ist ein Knochen … und es ist kompliziert.« Die Frau richtete sich auf und fragte leise:

»Wie würden Sie sich fühlen, wenn Sie mit einem Mal erkennen müssten, dass Sie sich geirrt haben? Ihre gesamte wissenschaftliche Karriere hindurch?«

»Ha«, schnaubte Clive. »An dem Tag, an dem Tybjerg seine Fehler erkennt, wird die Sonne im Westen aufgehen.«

Er stieg weiter die Treppe hoch, erreichte den Ausgang und beschleunigte sein Tempo. Die Frau rief hinter ihm her:

»Professor Freeman! Montag um elf! Im Vertebratensaal! Haben wir eine Verabredung?«

»Ich kann Ihnen versichern, dass wir die nicht haben!« Clive schüttelte den Kopf und lief weiter.

Vor dem Bella-Center wartete Michael in einem Taxi auf ihn. Er saß bei offener Tür auf dem Rücksitz, das Taxameter lief bereits, aber was hatte er eigentlich erwartet? Dass Clive so tun würde, als wäre nichts passiert? Michael telefonierte, sicher erstattete er Bericht. Ja, ja, alles sei sehr gut gegangen, jetzt habe er es endlich gesagt, der alte Trottel sei nun endlich ausgeschaltet. Mit wem sprach er da wohl? Ann? Der Institutsleitung? Michael rückte auf dem Sitz durch, um Clive Platz zu machen.

»Du wirst nie wieder in einem Taxi mit mir fahren«, schrie er in Michaels verblüfftes Gesicht. Der ließ das Handy sinken.

»Reg dich ab, Clive«, sagte er leise. »Steig jetzt ein.«

Hatte er nicht gehört, was Clive gesagt hatte? Nie wieder! Das hatte er gesagt. Also stampfte er über den Parkplatz hin zur U-Bahn-Station. Er schaute sich nicht um.

Clive stieg an der Haltestelle Nørreport aus und folgte der nächstbesten Straße. Er hatte sich auf Michael verlassen. Er hatte Michael alles gelehrt, was er wusste. Ohne Clive wäre Michael ein mittelmäßiger Forscher mit einem in jeglicher Hinsicht überflüssigen Wissen über die Evolution der Vögel. Er war nicht besser als Jack, dachte Clive. Es war ungeheuer wichtig, standhaft zu bleiben. In Stürmen, Hungersnot und unter Folter. Sonst war man kein echter Wissenschaftler, sondern ein Amateur. Jack und Michael waren Amateure. Aus anderem Holz als er selbst. Und wenn es das Letzte wäre, was er in diesem Leben tat, er würde aufrecht stehen bleiben. Wenn er ganz ehrlich sein sollte, dann hatte er Helland und Tybjerg gerade deshalb respektiert. Man konnte viel über die beiden sagen, aber sie hielten aus und kämpften für ihre Position, genau wie er selbst. Das war die einzig gültige Vorgehensweise. Man hat einen Standpunkt, bis man einen neuen bezieht. Das war doch Unfug. Deshalb glaubte er auch dieser verdammten Göre nicht. Nie im Leben würde Tybjerg einsehen, dass er sich geirrt hatte. Wenn er diese Eigenschaft besäße, wäre er niemals so weit gekommen. Clive erkannte seinesgleichen sofort. Ein Knochen! Ha! Ein Witz.

Er bestieg einen runden Turm, der zu seiner Linken aufgetaucht war. Der Weg nach oben bestand aus einer fast stufenlosen glatten Spirale, und doch stolperte Clive und landete auf den Knien. Er fluchte laut und wähnte sich allein, aber ein jüngerer Mann auf dem Weg nach unten blieb bestürzt stehen. Plötzlich konnte Clive es nicht mehr aushalten und rief dem jungen Mann etwas zu. Der kam sofort zurück, sagte etwas, ging dann aber endlich.

Jetzt war Clive allein. Was war denn los? Früher einmal, als er jung gewesen war, hatte die Sonne geschienen, und wenn er sich über seinen Schreibtisch vorgebeugt und in den Garten hinausgeschaut hatte, hatte er Kay sehen können, die mit einem breitkrempigen Hut in der Sonne saß, und die Kinder, die in einem Becken planschten und johlten und mit Strohhalmen Limonade tranken. Es hatte immer ehrerbietige Stille geherrscht, wenn er zur Arbeit gekommen war, damals, als Michael zweiundzwanzig gewesen war und hellgrün wie ein frisch geschlüpfter Grashüpfer, durch und durch glücklich, weil er im übernächsten Sommer ein Stipendium bekommen würde, und dankbar dafür, dass er in der Zwischenzeit Clives Vorlesungsnotizen ins Reine schreiben und all seine Nachschlagewerke in klare Plastikfolie einschlagen durfte. Es hatte einmal Tage gegeben, da hatten seine Söhne ihn mit großen, bewundernden Augen angesehen, irgendwann einmal hatte Jack ihn geliebt.

Clive durchfuhr ein kalter Schauer, und er stand auf. Er brauchte Kay. Ohne sie ging es nicht.

Er rief sie von einer Telefonzelle aus an. Um ihn herum kämpften die Menschen sich durch die Dunkelheit, und es schneite ein wenig. Clives Herz drohte auszusetzen. Kay meldete sich am Telefon. Nicht Tom. Nicht Toms Frau. Kay.

»Kay, ich liebe dich«, flüsterte er. »Ich will nicht ohne dich leben. Ich kann nicht ohne dich leben. Ich werde mich ändern. Ich werde dich nie wieder schlagen. Ich werde wieder mehr Kontakt zu unseren Kindern aufnehmen. Lass mich zurückkommen. Ich gebe mir alle Mühe. Das verspreche ich.«

Clive fiel es schwer, den Hörer zu halten. Der Wind schien die Richtung zu ändern und nun geradewegs in seinen Rücken und die Hand zu wehen, die den Hörer hielt. Die angezeigte Zeit auf dem Display neigte sich dem Ende entgegen. Am anderen Ende der Leitung war alles still.

»Kay?«

»Ruf mich heute Abend an, mein Lieber«, sagte sie dann freundlich. »Ich kann jetzt nicht reden. Ich wollte gerade mit Annabel losgehen. Aber heute Abend bin ich … in unserem Haus. Dann kannst du mich anrufen.« Sie legte auf.

Für einen Moment zerriss der Jubel seine Brust. Es war nicht zu spät. Kay liebte ihn.

Er ging zurück ins Hotel. Michael hatte drei Nachrichten hinterlassen. Clive hinterlegte eine für Michael. Wenn er die nicht verstand, war er dumm. Er ging auf sein Zimmer und schaltete den Laptop ein. Er wollte eine Reise für Kay buchen. Sie hatte noch nie den Atlantik überquert und oft davon gesprochen, dass sie gern Paris besuchen würde. Clive wollte sie nach Paris einladen. In Paris war es sechzehn Grad warm. Herbstlich frisch, aber nicht die schneidende Kälte, die sich über Kopenhagen gelegt hatte. Er sah sich Abflugzeiten an und fing an zu rechnen. Es gab einen Flug von Vancouver über Seattle und London und weiter nach Kopenhagen am nächsten Tag um 13.20 Uhr, Eintreffen in Kopenhagen Dienstagmorgen um 06.20 Uhr. Hier könnte er Kay abholen, und zusammen könnten sie um 12.30 Uhr nach Paris weiterreisen. Er buchte das Ticket mit seiner Kreditkarte. Fast zweitausend Dollar hin und zurück. Das war viel Geld. Aber dann fiel ihm ein, dass er Kay nichts zur Silberhochzeit geschenkt hatte. Ihm fiel außerdem ein, dass er nicht allein sein wollte. Er versuchte, sie bei Franz zu erreichen, doch da meldete sich niemand. Sie wollte sicher auch ein wenig packen können. Bald darauf schlief er ein. Er schlief tief und bleiern und kam zweimal, als das Telefon auf seinem Zimmer wütend klingelte, knapp an die Oberfläche, verschwand aber wieder im Schlaf, sowie das Telefon verstummte. Zuerst träumte er von Helland, von Kay, von den Jungen, von Michael und Tybjerg. Allesamt baten sie ihn um Entschuldigung. Dann glitt der Traum in einen anderen Traum über, der von Jack handelte. Jack stand dicht neben ihm und sagte etwas, und dabei lächelte er. Clive hat nicht verstehen können, was er sagte, weil Musik lief. Er hörte sich Jack bitten, das noch einmal zu wiederholen, aber auch dann konnte Clive nichts verstehen. Plötzlich entdeckte er, dass Jack das Gesicht eines Kindes hatte. Er war groß wie ein Erwachsener, trug die Hose und den dünnen Wollpullover eines Erwachsenen, aber sein Gesicht war das eines Knaben. Die markante Oberlippe, die seit beinahe vierzig Jahren auf Clive gezeigt hatte, der von kindlicher Bewunderung erfüllte Blick. In Clives Schritt pochte es. Jack lächelte, und nichts schien verkehrt zu sein. Von mir aus, sagte Jack auf einmal. Die Musik setzte aus. Es war ganz still. Dann kniete Clive vor Jack nieder und streifte ihm vorsichtig die Hose über die schmalen Hüften.

Er fuhr aus dem Schlaf hoch und setzte sich im Bett auf. Der Schweiß troff nur so, und wütend wischte er sich mit einem Handtuch ab, rieb an den Flecken auf dem Laken. Clives Uhr leuchtete patinagrün auf dem Nachttisch. Bald würde sie klingeln und ihn daran erinnern, dass er Kay anrufen wollte. Er duschte, und als er sauber und abgekühlt im Sessel neben dem Telefon saß, rief er Kay an. Sie meldete sich nach dem vierten Klingeln.

»Hallo«, sagte sie sanft. »Schön, dass du anrufst.« Clive atmete erleichtert auf. Er wollte nicht allein sein.

»Weißt du schon, was du morgen vorhast?«, fragte er.

»Mich um Annabel kümmern. Sie hat eine Halsentzündung«, antwortete Kay.

»Nein, du fliegst nach Paris.«

»Nach Paris?«

»Ja, ich habe gerade das Ticket gebucht. Wenn du deine Mails abrufst, wirst du es sehen. Du fliegst morgen um 13.20 von Vancouver über Seattle und London nach Kopenhagen. Ich hole dich am Flughafen ab, und dann geht es weiter nach Paris.«

»Das kann ich nicht.«

»Wie meinst du das?«, fragte Clive verdutzt.

»Ich kann das nicht. Ich habe für morgen andere Pläne.«

»Aber ich habe schon das Ticket gekauft«, sagte Clive.

»Du hättest mich vorher fragen sollen.«

»Kannst du das nicht absagen, was du da vorhast? Was hast du denn vor? Um Annabel kannst du dich doch immer noch kümmern.«

Wieder war es still am anderen Ende.

»Kay?«, fragte er.

»Ich will nicht«, sagte Kay leise. »Du hättest mich zuerst fragen müssen. Ich möchte gern nach Paris, aber ich muss mich um Annabel kümmern. Das ist wichtig für mich. Sie freut sich so. Du hättest mich fragen müssen.«

Als sie das Gespräch beendet hatten, saß Clive auf dem Bett. Um ihn herum wurde alles weiß.

15

Im Sommer 1975 hatten Sørens Eltern, Peter und Kirstine, ein Ferienhaus an der Nordsee gemietet. Deutlich konnte Søren sich jetzt an das Haus erinnern. Es war hellblau und aus Holz und stand in der Ecke eines riesigen Grundstücks, umgeben von hohen Bäumen. Der Strand war ein Stück weit entfernt, das Fischerdorf noch ein wenig weiter. Der Unfall geschah nach der ersten Ferienwoche. Sørens Vater reparierte gerade das Auto und hatte alles abmontiert – Scheiben, Kotflügel, Auspuff. Die Sonne stach, und sie brauchten dringend Eis. Es waren nur vier Kilometer über eine winzige Straße, und sie nahmen das Auto, weil Sørens Mutter mitkommen wollte. Sie wollte nicht mit dem Rad fahren, da die Geburt von Sørens Brüderchen oder Schwesterchen unmittelbar bevorstand. Sie mussten nur eine Hauptstraße überqueren. Das würde schon gehen.

Das Auto wurde zu einem Blechwürfel zusammengepresst, als es einen Lastwagen rammte. Søren kam nicht ums Leben. Er war im Gesicht übel zugerichtet, hatte mehrere Rippenbrüche, erlitt eine Gehirnerschütterung, und die Rettungsmannschaft brauchte über eine Stunde, um ihn aus dem Autowrack herauszuschneiden. Er konnte sich an nichts erinnern. An nicht einen Schweißtropfen, der über den Nasenrücken eines Retters gelaufen war, nicht an den plötzlichen Kaffeeduft, nicht an das Korn, das sicher in der Sommerwärme gelb gewogt hatte. An nichts. Alles war schwarz. Seine Eltern saßen auf dem Vordersitz. Die ganze Front des Wagens war eingedrückt.

Im Krankenhaus konnte nicht festgestellt werden, wie Søren hieß und wer seine Angehörigen waren.

Die Ärzte und Krankenschwestern fragten ihn immer wieder danach, aber er sagte nichts. Er lag fast drei Tage im Krankenhaus und sagte kein einziges Wort. Etwas Entsetzliches war geschehen, er war allein, und er war fünf Jahre alt. Also hatte er zu schweigen. Knud und Elvira ließen sich auch nicht blicken. Niemand hatte ihn lieb.

Knud und Elvira hatten keine Ahnung, was passiert war. Sie besuchten ein Seminar in Finnland. Sie hielten sich nicht in ihrem Haus bei Ørslev auf, als die Nachricht kam, und mussten sich nicht zusammenreißen, in den Garten gehen und ihrem Enkel von dem Unfall erzählen. Das war gelogen. Sie waren in Finnland. Nach drei Tagen sagte Søren:

»Mein Opa heißt Knud Marhauge, er wohnt in dem roten Haus bei Ørslev in Dänemark.« Danach hatten die Ereignisse sich überschlagen, ein Anruf, ein Freund, der gerade Knuds und Elviras Haus hütete, ging ans Telefon, dann wurde in Finnland angerufen, und Knud und Elvira reisten nach Dänemark zurück und holten Søren ab.

Als Vibe ihm das alles erzählt hatte, sah sie Søren fragend an. Er hatte die Hände schlaff nach unten hängen und starrte in die Flammen der Kerzen, die in Vibes weißen Keramikleuchtern unendlich langsam brannten, in einem Regal an der hinteren Wohnzimmerwand. Søren hatte im Garten hinter Knuds und Elviras Haus gespielt, als das Unglück geschehen war. Ganz hinten im Garten. Knud war zu ihm gekommen und hatte ihm davon erzählt. Daran konnte er sich doch erinnern, auch wenn er erst fünf Jahre alt gewesen war, auch wenn sie kurz darauf nach Kopenhagen gezogen waren. Das Haus bei Ørslev war rot gewesen, es hatten drei alte Apfelbäume im Garten gestanden, und Elvira hatte eine große Regentonne gehabt, in die Søren die im nahe gelegenen See gefangenen Kaulquappen warf. An dem Tag, als Peter und Kirstine verunglückt waren, waren sie unterwegs nach Ørslev gewesen, um ihn abzuholen. Er war an diesem Wochenende bei Knud und Elvira gewesen und hatte mit einem roten Auto gespielt, als Knud zu ihm in den Garten gekommen war. Später hatten sie Eis gegessen, drei Kugeln für jeden. Es war nicht so gewesen, wie Vibe das sagte.

»Warum hast du das geheim gehalten?«, fragte er. Sein Pullover klebte ihm am Rücken, es heulte in seinem Kopf.

»Ich habe es mit siebzehn erfahren«, sagte Vibe. »Ich habe davon in dem Sommer erfahren, in dem ich das Foto auf dem Büfett entdeckt und herausgefunden habe, dass Elvira und Knud nicht deine leiblichen Eltern sind. Ich war geschockt darüber, dass deine richtigen Eltern tot waren. Tot! Mir ging damals zum ersten Mal auf, dass man die Menschen, die man liebt, auch durch einen Unfall verlieren kann. Als ich an dem Tag nach Hause ging, war ich vollkommen fertig. Abends, als meine Mutter mir gute Nacht sagte, brach ich in Tränen aus. Du hattest deine Eltern verloren, und ich hatte schreckliche Angst, dass mir das auch passieren könnte. Ich war siebzehn«, wiederholte sie. »Ich erzählte meiner Mutter, was ich von Elvira gehört hatte. Wie schrecklich es für Knud gewesen war, an diesem Tag in den Garten zu gehen und dir von dem Unfall erzählen zu müssen. Elvira selbst hatte oben am Haus gewartet und sich vor Kummer an die Mauer lehnen müssen. Meine Mutter drückte mich an sich und versprach mir, dass sie nicht sterben würde. – Als ich das nächste Mal in der Bibliothek war, konnte ich mich nicht beherrschen. Ich suchte Informationen über den Unfall in den Mikrofiches. Ich wollte ein Bild deiner Eltern sehen, wollte über den Unfall lesen, wollte über das traurige Schicksal weinen, das mein Liebster erlitten hatte, wollte wohl darin schwelgen.« Vibe senkte den Blick. »Ich hatte schon beinahe aufgegeben, als ich endlich eine Notiz über den Unfall fand. ›Sommerferientragödie geklärt‹, stand dort. Der fünfjährige Junge aus Viborg, der drei Tage zuvor bei einem schrecklichen Autounfall seine Eltern verloren hatte, war endlich identifiziert und seinen Großeltern anvertraut worden. Ich starrte das Foto neben dem Artikel an, das veröffentlicht worden war, als noch niemand wusste, wer du warst. Das Bild war im Krankenhaus gemacht worden und war ein schlechter Witz. Du warst schwarz und blau, bis zur Unkenntlichkeit verschwollen, und du trugst Verbände um den Kopf. Unter dem Bild stand: ›Der fünf Jahre alte Søren Marhauge ist endlich wieder bei seiner Familie.‹ Ich stürzte außer mir vor Entsetzen aus der Bibliothek, wütend, und abends rief ich dann bei euch an. Knud ging ans Telefon. Ich legte die Karten auf den Tisch.

Sie hatten gelogen und mussten dir die Wahrheit sagen. Knud bat mich, ihn nach der Schule am nächsten Tag hinter dem Wall zu treffen.

Er saß auf einer Bank und starrte auf das Wasser im Wallgraben, als ich kam. Es war windig, und ich fror. Er umarmte mich. Elvira wollte nicht, dass du es erfuhrst, sagte er. Sie war davon überzeugt, dass du auch so Probleme genug hattest, und sie glaubte, du brauchtest die Ausmaße der Tragödie nicht vor Augen geführt bekommen, wenn du dich von selbst nicht daran erinnern konntest. Wenn irgendwann etwas davon an die Oberfläche käme, würden sie natürlich für dich da sein, dich unterstützen und alles erklären. Aber bis dahin würden sie den Mund halten. Verdrängung sei die souveräne Methode, mit der dein Körper sich vor dem Unerträglichen schützte, meinte sie.

Knud hatte arge Zweifel, ob das so richtig wäre, erzählte er, und ich hatte den Eindruck, dass dies zwischen beiden einen stetigen Konflikt ausmachte. Knud war davon überzeugt, dass Kinder Überlebende sind, sie könnten in Rekordzeit heilen, passten sich an und glichen aus, wie Pflanzen, die verwelken, wenn sie im Schatten stehen, und aufblühen, wenn man sie in die Sonne bringt. Aber Elvira sagte nein. Knud hatte am Ende widerstrebend eingewilligt, aber eben eingewilligt, das erzählte er mir damals am Wall, weil Elvira versprochen hatte, dass alles auf den Tisch kommen würde, wenn sich bei dir auch nur ein Fitzelchen Erinnerung an das Geschehene einstellte. Dabei blieb es dann. Sie hatten einander darauf die Hand gereicht.

›Liebe Vibe‹, flüsterte Knud. ›Sag ihm nichts. Lass es seinen Gang gehen. Jetzt ist endlich Frieden.‹ Er sah mich eindringlich an, flehend. Ich sagte, ich würde es mir überlegen. Elvira wusste nichts und du auch nicht, aber Knud musterte mich an den folgenden Tagen immer wieder, aufmerksam, hoffnungsvoll. Plötzlich ergab es keinen Sinn mehr. Du warst siebzehn und gingst in die Oberstufe. Warst Schulsprecher, Kamerad, Sportler. Tüchtig, beliebt, ausgeglichen. Sollte ich ein Geheimnis ausgraben, das dich überhaupt nicht zu beeinflussen schien? Ich fragte dich nach Peter und Kirstine. Du hast dich nicht über meine Fragen gewundert, ich hatte ja gerade erst erfahren, dass deine Eltern in Wirklichkeit deine Großeltern waren, deshalb hast du bereitwillig geantwortet. Ja, du dachtest ab und zu an sie, vor allem, wenn Knud und Elvira um sie trauerten, zu Weihnachten und an Kirstines Geburtstag Mitte Mai, wenn die beiden im Garten ein Feuer machten, sogar bei Regen. Du hattest angeblich große Ähnlichkeit mit Peter, und es wäre vielleicht witzig gewesen, einen Vater zu haben, dem du ähnlich sahst. Aber Knud und Elvira waren die besten Eltern, die man sich wünschen konnte. An dieser Stelle wurde dein Blick immer sanft und sicher. ›Überleg doch nur, wie gut es uns geht‹, sagtest du. Und das stimmte. Das Haus war groß und voller Leben.

Ich traf mich mit Knud hinter der Schule und teilte ihm meine Entscheidung mit. Er sah sehr erleichtert aus. In den ersten Jahren glitt die Sache mit dem Geheimnis für mich dann in den Hintergrund. Wir machten Abitur, zogen zusammen, alles war leicht und offen. Du hattest dich an der Polizeischule beworben.« Vibe lächelte. »Damals habe ich keinen Gedanken daran verschwendet, warum es dir so wichtig war, Geheimnisse aufzuklären. Es ging uns gut, unsere Beziehung entwickelte sich. Erst als ich anfing, mir ein Kind zu wünschen, war das Geheimnis wieder da. Denn du wolltest nicht, ohne das weiter zu erklären. Ich habe dich zu Erklärungen gezwungen, und das Einzige, was ich deinen vielen Ausflüchten entnehmen konnte, war, dass du Angst hattest. Aber warum hattest du Angst davor, ein Kind zu bekommen? Wir waren beide Ende zwanzig und liebten einander. Das bildete ich mir jedenfalls ein.« Sie schaute kurz auf. »Und natürlich würdest du ein Kind lieben können. Du warst selbst geliebt worden und konntest mit Kindern umgehen, ich hatte dich doch mit Kindern zusammen gesehen. Das kann man nicht vorgeben. Das Einzige, was einen Sinn ergab, war, dass dich das Geheimnis irgendwo in deinem Unterbewusstsein vor Angst um den Verstand brachte. Psychisch gesehen waren Kinder für dich etwas, das in einem Zimmer mit hohen Wänden allein zurückgelassen wird, und niemand kommt es holen … Da ist es doch klar, dass du keine Kinder haben wolltest.

Ich war wieder davon überzeugt, es sei das einzig Richtige, dir die Wahrheit zu sagen«, erzählte sie dann. »Knud und ich haben uns in der Stadt zum Mittagessen getroffen, und er war total überrascht, als ich das Unglück nun wieder zur Sprache brachte. Zuerst wollte er nicht darüber reden: ›Du hast es versprochen‹, sagte er. Aber dann fragte ich ihn, ob er sich jemals überlegt hätte, ob es einen Zusammenhang zwischen dem Unfall und der Tatsache geben könnte, dass du kein Kind wolltest. Das machte Eindruck auf Knud. Der alte Dussel wünschte sich doch Urenkel«, sie grinste. Søren spürte, wie es irgendwo in seinem Herzen glühendheiß wurde.

»Und plötzlich ergab alles für uns beide einen Sinn. Es musste einen Zusammenhang geben. Als wir uns an diesem Tag trennten, war ich zuversichtlich und ganz nervös. Wir hatten einen Plan. Ich hatte keine Ahnung, wie du reagieren oder wie wütend du auf Elvira und Knud werden würdest, ob es klug war, dir zu sagen, dass ich es schon wusste, oder ob ich so tun sollte, als wäre das nicht der Fall. Wir müssten alles bis ins kleinste Detail vorbereiten, dachte ich. Knud hatte versprochen anzurufen, sowie er mit Elvira geredet hätte.

Er meldete sich aber nicht. Es war eine der schlimmsten Wochen in meinem Leben, und ich wurde immer wütender und verzweifelter. Seine hartnäckige, selbstsichere Art hatte ich so satt, aber zugleich tat es wahnsinnig weh, dass du nicht einmal daran denken wolltest, mit mir ein Kind zu bekommen. Ich schlief im Wohnzimmer, und jeden Morgen, den ich aufwachte, hätte ich dich am liebsten mit all der Bitterkeit überschüttet, die ich in mir anhäufte. Knud hatte noch immer nicht angerufen, und jetzt konnte es auch egal sein, sagte ich mir.

Am Sonntag fuhren wir wie immer zum Essen in den Snerlevej, und erst jetzt begriff ich, warum Knud nicht angerufen hatte … diese verdammte Krankheit«, rief Vibe jäh und blickte ins Leere, dann fügte sie hinzu: »Das Groteske war ja, dass ich John mitten in diesem ganzen Chaos kennengelernt hatte. Als Knud starb, war ich verliebt. Ich besuchte ihn zwei Tage vor seinem Tod, er war entkräftet und schwach, konnte aber noch immer sprechen, und zum ersten Mal in all den Jahren bat er mich offen um etwas:

›Sag es nicht, Vibe. Lass es ruhen. Gib dem Jungen Frieden. Er leidet so. Gib ihm Frieden.‹ Ich hielt Knuds Hand, und da überkamen mich die Zweifel. Vielleicht hatte er recht? Du schlepptest dich immer weiter, du hast gelitten, wie ich dich noch nie hatte leiden sehen. Sollte ich dich noch mehr zerstören? Ich war mir nur so unsicher, ob Schweigen Friede bedeutete. Da bin ich mir noch immer nicht sicher. Aber von heute auf morgen konnte ich es einfach nicht mehr. Elviras Wunsch trotzen, Knud trotzen, der im Sterben lag, dich vielleicht in einen Abgrund stürzen, aus dem wir beide keinen Ausweg finden könnten.«

»Weiß John Bescheid?«, fragte Søren hart.

»Ja, er weiß Bescheid.«

Søren stöhnte.

»Warum jetzt?«, fragte er dann.

Sie schwieg für einen Moment. Faltete die Hände um ihren Bauch.

»Als du heute angerufen und gesagt hast, du wolltest über etwas Ernstes mit mir sprechen, dachte ich, du hättest es selbst herausgefunden. Im Netz findet man nicht viel, aber doch ein wenig. Außerdem sind die Mikrofiches von damals ja weiterhin zugänglich, im Landesarchiv und in der Zentralbibliothek. Und vielleicht war dir ja ein Verdacht gekommen und du hattest dich aktiv auf die Suche gemacht? Du bist doch Polizist«, sie lachte kurz. »Vielleicht hattest du dich plötzlich über deine eigene Geschichte hergemacht, ich konnte es ja nicht wissen. Aber im Laufe des Tages habe ich mich auf das Schlimmste gefasst gemacht. Und …«, sie verzog den Mund, »ich hätte mir in meinen kühnsten Träumen nicht ausmalen können, dass das Schlimmste so schlimm sein würde. Dass du eine Tochter bekommen hast und dass sie gestorben ist. Du Armer«, sagte sie. »Du armer Kleiner.« Das sagte sie so zärtlich, dass, als sie die Arme um Søren legte, er den Kopf an sie schmiegte. Sie duftete warm und vertraut, und ihr großer Bauch war voller Leben. Lange streichelte sie über seine Haare. Dann kam John nach Hause. Søren stand auf, und die beiden Männer umarmten einander unbeholfen. Als Søren gehen wollte, wurde Vibe nervös. »Du kannst auf dem Sofa schlafen«, beteuerte sie. Aber er wollte nach Hause. »Ich schaff das schon«, sagte er.

Als Søren am Samstagmorgen aufwachte, war er wütend. Wütend, als er frühstückte, wütend, als er ein Bad nahm. Er war wütend, als er an Bellahøj vorbeifuhr, und wütend, als er zu Lars Hellands Beerdigung die Kirche von Herlev erreichte. Er saß in der hintersten Reihe und beobachtete Anna, Clive Freeman, Birgit Helland und die übrigen an die zweihundert Trauergäste. Erst während des Gottesdienstes löste sein Zorn sich ein wenig auf. Hellands Sarg sah aus wie ein Papagei. Das Dröhnen der Orgel ließ seine Gedanken strömen, und während der Predigt war er fast entspannt, ließ seinen Blick zwischen Annas und Freemans Nacken hin und her wandern, der eine sturer als der andere.

Majas Beerdigung war der schlimmste Tag in seinem Leben gewesen, das hatte er damals gedacht. Er war absichtlich zu spät gekommen und als Letzter in die Kirche gegangen. Beerdigungen konnten stimmungsvoll, fast euphorisch oder aber nüchtern sein, aber wenn der Sarg die Größe einer Dattelkiste hatte, waren sie ein Albtraum. Sørens Albtraum. Niemand wusste, wer er war, und er hatte nicht geglaubt, dass Bo ihn gesehen hatte. Während des Gottesdienstes hätte Søren aufspringen und schreien mögen: »Das ist meine Tochter, die da im Sarg liegt. Meine Tochter!«, aber er hatte nichts gesagt. Es war der schlimmste Tag seines Lebens gewesen. Hatte er gedacht.

Nach Hellands Beerdigung ging Søren mit zum Leichenschmaus. Der fand in einem Lokal statt, das nicht weit von der Kirche entfernt lag. Søren stand in einer Ecke, beobachtete alle, sprach mit keinem und stank nach Polizei. Birgit war geistesabwesend. Sie trank ruhig und stetig Wein, sprach mit den Gästen, aber nie länger am Stück, und Søren sah ihren Blick umherflattern wie einen unruhigen Schmetterling. Um kurz vor fünf entschuldigte sie sich und war sofort verschwunden. Ihre Tochter Nanna blieb. Die Menge zerstreute sich langsam. Nanna bat ebenfalls um Entschuldigung, wie Søren hören konnte. Sie hatte rote Augen, wirkte aber gefasster als ihre Mutter. Sie räumte ein wenig auf, und um kurz vor sechs bot ein älterer Herr an, sie nach Hause zu fahren. Sie verabschiedete sich von den letzten Gästen, reichte die Hand, wurde umarmt. Søren ging hinaus zu seinem Auto. Er war nur zum Kaffee gegangen, weil er verzweifelt war. Sogar Handschellen hatte er mitgenommen, um sie beim Erstbesten zuschnappen zu lassen, der verdächtig aussah. Es war lächerlich.

Søren war gerade im Revier angekommen und hatte die Autos getauscht, als sein Handy klingelte.

»Hier ist Stella Marie«, sagte eine heisere Stimme.

»Hallo«, sagte Søren überrascht.

»Ich weiß jetzt, wo ich den Typen schon mal gesehen hatte.«

Søren wollte gerade aus der Tiefgarage fahren, fuhr nun aber an die Seite und winkte einen Kollegen vorbei.

»Und?«

»Er hängt am Magasin. Ich bin heute Vormittag dort vorbeigefahren. Ein riesiges Plakat hinten am Magasin.«

Ja, sie sei ganz sicher. Søren bedankte sich und fuhr in die Stadt und nicht nach Hause. Er hielt am Sankt Annæ Plads und ging die wenigen hundert Meter zu Fuß, über die Bredgade, vorbei an Charlottenborg und zum Magasin. Das Plakat hing gegenüber dem Blumenmarkt.

Darauf waren ein Mann und eine Frau zu sehen. Die Frau lächelte schelmisch und entblößte kreideweiße Zähne. Sie trug einen weichen rosa Strickpullover und eng sitzende Jeans und streckte ihre Hand nach hinten aus, zu dem Mann, der ihr einen prachtvollen Goldring auf den Finger schob. Der Man sah sehr gut aus, das war sogar Søren klar. Rotbraune Haare, braune Augen und jede Menge Sommersprossen. Er lächelte siegesgewiss und diebisch. Hinter seinem Rücken hielt er ein Taschenmesser mit ungefähr vierhunderttausend Funktionen versteckt, und die Botschaft des Plakates war, dass er sich beim herannahenden Ausverkauf im Magasin sowohl Taschenmesser als auch Ring werde leisten können. Søren starrte dem Mann ins Gesicht. Er war um die dreißig, vielleicht ein wenig jünger, und sah nicht aus wie der typische Stammgast der Roten Maske. Søren überlegte kurz, was zu tun sei. Er musste sich bei der Werbeabteilung des Magasin erkundigen. Zwei Models waren fotografiert worden, und er würde den Namen des Mannes erfahren. Aber das wäre erst am Montag möglich. Scheiße. Er sah auf die Uhr. Er hatte frei, aber keinerlei Sehnsucht nach seinem Haus in Humlebæk, wo die Stille sich sofort über ihn senken und alles ausfüllen würde. Er rief Henrik an.

»Natürlich«, sagte Henrik. »Komm vorbei.«

Henrik wohnte mit seiner Familie am Rand von Østerbro, und

Søren verbrachte den ganzen Abend dort. Sie aßen gemeinsam, und Søren betrachtete fasziniert Henriks große Mädchen, die zurückhaltend und allgegenwärtig zugleich waren. Einige Männer hatten eine Tochter, die niemals größer werden würde, winzig klein war sie, an Fuß und Socke, und andere Männer hatten zwei Töchter, bei denen sich Wölbungen unter der Kleidung abzeichneten, die im Essen herumstocherten, die widersprachen und klare Augen hatten. Søren mochte Henriks Frau und konnte nicht begreifen, warum Henrik eine Affäre hatte. Jeanette war fünf Jahre jünger als Henrik und stellvertretende Leiterin eines Kindergartens. Als sie gegessen hatten, räumten die Männer den Tisch ab, die Mädchen verschwanden in ihren Zimmern, und Henriks Frau ging ins Fitnessstudio. Einen Moment lang sah Henrik nervös aus.

Henrik und Søren holten sich ein Bier und sprachen über die beiden Todesfälle. In Bezug auf den Fall Helland stimmte Henrik mit Søren darin überein, dass sie sich Hanne Moritzen genauer ansehen mussten. Moritzen war die Einzige, die genau wusste, wie man mit den verdammten Parasiten umging, also musste es ein Motiv geben, auch wenn sie es nicht sofort erkennen konnten. Sie verabredeten, dass Henrik sich am Montag mit Hanne Moritzen befassen und feststellen würde, ob es eine Verbindung zu Helland gegeben hatte.

Henrik runzelte dagegen die Stirn, als Søren Birgit Helland als mögliche Mörderin ins Spiel brachte.

»Warum hätte sie ihren Mann umbringen sollen? Sie hat kein Motiv«, widersprach Henrik. »Und sie weiß nichts über Parasiten.« Die beiden Männer wechselten einen Blick.

»Tybjerg dagegen hat ein Motiv«, sagte Henrik jetzt. »Er hat es verflucht satt, fachlich in Hellands Schatten zu stehen, und beschließt, sich Helland vom Hals zu schaffen. Er weiß vielleicht nicht besonders viel über Parasiten, aber trotz allem ist er Biologe, er kann sich also alles anlesen.«

Søren war noch immer nicht überzeugt.

»Birgit Helland verbirgt etwas. Das merke ich doch.«

»Anna Bella Nor verbirgt auch etwas«, erwiderte Henrik daraufhin. »Und auch sie hat ein Motiv.«

»Und das wäre?«

»Sie ist eine Killerbraut aus der Hölle, die alle Männer abmurkst, die ihr über den Weg laufen. Vielleicht auch Johannes. Du musst mir recht geben, es ist schon auffällig, dass die beiden Männer, mit denen Anna Nor seit dem 1. Januar dauernd zu tun hat, innerhalb von drei Tagen tot umfallen, oder fällt das nur mir auf?«

»Ich glaube nicht, dass Johannes Trøjborgs Tod etwas mit der Universität zu tun hat. Ich glaube, wir müssen erst eine Gala auf Graf Draculas Schloss besuchen, wenn wir uns Hoffnung machen wollen, seinen Mörder zu finden. Oder seine Mörderin.« Henrik nickte. Sie würden sich einen Überblick über sämtliche Gäste verschaffen, die am 3. September in der Roten Maske waren.

»Ich finde Anna aber immer noch rätselhaft«, sagte Henrik. »Vielleicht hat sie ein Verhältnis mit Tybjerg, und sie haben Helland gemeinsam umgebracht? Damit sie zusammen als Herr und Frau Sauerierexperte den Thron besteigen können?«

»Ich will eigentlich nicht mehr über die Arbeit reden«, sagte Søren gereizt und reckte sich.

»Von mir aus. Aber über das andere will ich nicht reden. Ich habe ihr heute gesagt, dass wir uns nicht mehr treffen können.« Henriks Blick irrte umher.

Sie tranken aus der Flasche. Henrik ließ sich zurücksinken: »Ah.«

Dann erzählte Søren eine Geschichte über einen kleinen Jungen, der an der Nordsee Ferien machte und zusammen mit seinen toten Eltern in einem Auto eingeklemmt war.

Sie betranken sich. Nicht vollkommen, aber doch genug, dass Søren sich entspannte. Kurz nach Mitternacht rief er zwei Taxis. Das eine sollte ihn nach Hause bringen, der Fahrer des anderen seinen Wagen fahren. Als die Autos vor dem Haus hupten und Søren in der Tür stand, wollte er Henrik die Hand geben, doch das ging nicht. Henrik umarmte ihn. Länger und nachdrücklicher als am Vortag.

Als Søren in der Nacht zum Sonntag nach Hause kam, ging er zu Bett und schlief genau dreißig Minuten lang tief und fest, als das Handy klingelte. Søren war mitten in einem blauen Traum voller Hunde mit dickem, glänzendem Fell. Er sittete sie, oder sie gehörten ihm, jedenfalls konnte er ihnen mit kleinen Winken gebieten. Als Einziger im Universum. Benommen setzte er sich auf, feucht vor Schweiß, obwohl die Fensterscheiben von außen vereist waren. Das Geräusch war verstummt, aber als er die Füße über die Bettkante schwenkte, klingelte das Handy wieder. Es lag zum Laden unter der Kleidung, die er abgelegt hatte, und als er es herausgefischt hatte, hatte der Anrufbeantworter sich eingeschaltet.

Er hob die Tastensperre auf, doch ehe er noch mehr tun konnte, klingelte es abermals.

»Hallo«, sagte er mit brüchiger Stimme.

Es war Anna.

»Warum gehst du nicht ans Telefon? Was soll man mit der Handynummer eines Kommissars, der nicht ans Telefon geht, wenn man anruft und ihn braucht?«, rief Anna, und Søren hatte den Eindruck, dass sie außerdem mit den Zähnen klapperte. Er schaute auf den Wecker. Der zeigte fünf Minuten vor zwei.

»Ich habe geschlafen«, sagte er verwirrt. »Was ist passiert?« Jetzt war er hellwach, stand auf, machte Licht, wühlte zwischen seiner Kleidung herum.

»Ich habe gerade eine SMS von Johannes bekommen«, sagte sie.

»Ich leg dich kurz aufs Bett. Zwei Sekunden,« sagte Søren, streifte Kleidung über und griff dann wieder zum Telefon.

»Wo bist du?«, fragte er.

»Gleich gegenüber der Wache von Bellahøj, witzigerweise. Ich war in Herlev und bin zu Fuß nach Hause gegangen. Ich hab die SMS an der Ausfahrt zur Autobahn nach Lyngby erhalten, und es war ziemlich dunkel, deshalb bin ich losgerannt. Und jetzt bin ich hier. Es ist kalt, ich schwitze, und jetzt gehe ich nach Hause.«

Er dachte nach.

»Was hast du in Herlev gemacht?«

Es wurde still am anderen Ende.

»Ich rufe an, um zu sagen, dass ich eine SMS von einem Toten bekomme habe«, sagte sie dann, »und dass ihr vielleicht eure Aufspürmaschine anwerfen solltet, bevor das Handy wieder ausgeschaltet wird. Es ist sicher schon zu spät, so einen Tiefschlaf hast du. Es war ein langer Tag. Gute Nacht.«

»Halt, Anna!« Die Leitung war tot. »Verdammt!«

Er rief zurück. Anrufbeantworter.

Jetzt war es fünf Minuten nach zwei Uhr in der Nacht auf Sonntag und er hellwach.

»Verdammt«, sagte er noch einmal.

Er rief auf dem Revier an und erreichte den Wachhabenden in der Zentrale, der gerade Søren hatte anrufen wollen. Johannes Trøjborgs verschwundenes Handy, das sie seit Mittwoch gesucht hatten, war soeben in Betrieb gewesen. Die Aktivität war zur Ecke Schlegels Allé und Vesterbrogade zurückverfolgt worden, und das Handy hatte sich danach über die Vesterbrogade in Richtung Stadt bewegt. Eine Minute und zwanzig Sekunden nach Ende der Aktivität war das Telefon abgestellt worden. Søren legte auf und aß langsam fünf Äpfel. Er hatte das Gefühl, dass sie in seinem Magen sofort zu gären begannen, irgendetwas brodelte jedenfalls. Er rief zehn Mal bei Anna an, ohne Erfolg. Dann starrte er in den Wald hinaus, auf den Mond, der groß und rund über den unruhigen Baumwipfeln hing. Er legte die Hand auf die Fensterscheibe und spürte durch das Glas die Kälte wie einen schwachen elektrischen Strom. Er hielt sich an der Fensterbank fest. Deckte er Anna, weil er so verrückt nach ihr war? Hatte Henrik recht? Hatte Anna Helland umgebracht? Aus Hass? Hatte sie Johannes umgebracht? Wenn ja, warum? Hatten sie Freeman zu rasch wieder laufen lassen? War er gestern mit einem Mörder in der Kirche gewesen und hatte ihn laufen lassen? War es Birgit Helland gewesen, lag das für alle auf der Hand, nur für ihn nicht? Und Tybjerg. Was hatte er mit den anderen zu tun? Wo steckte er? War er tot? Oder schuldig und deshalb untergetaucht?

Søren badete. Als er schwer und nackt in seinem kalten Badezimmer stand, spürte er unvermittelt, dass jetzt die Wende kommen würde. Es lag kein Dreck mehr im Weg. Dann zog er sich an und kochte Kaffee. Zwei Stunden lang machte er Notizen, zeichnete Mondgesichter und legte die Zettel auf den Boden, schob sie umher, dachte nach. Dann legte er sich aufs Sofa und schlief ein paar Stunden. Um acht Uhr stand er auf und kochte sich Haferbrei. Während der warm wurde, wusch er sich das Gesicht. Er dachte an Susanne Winther. An die Angst in ihrer Stimme, als sie geglaubt hatte, Magnus sei etwas passiert, ihrem kleinen Sohn. Er hatte seine Tochter ebenso sehr geliebt, auch wenn er sie nur wenige Male gesehen hatte, als sie klein und krumm wie eine Bohne gewesen war. Was hatte Søren in der Nacht gesagt, als Bo angerufen hatte? Hatte er die Augen aufgerissen und geflüstert: »Ist etwas mit Maja?« Nein. Er hatte gebrüllt: »Jetzt reiß dich verdammt noch mal zusammen, du Missgeburt!«

Was hatte Hanne Moritzen gesagt? Damals, als er sie zum allerersten Mal angerufen hatte. Sie hatte geflüstert: »Ist Asger etwas passiert?«

Es war Sonntag neun Uhr, zwei riesige Steine waren Søren vom Herzen gefallen, und soeben hatte er seine Kraft zurückbekommen.

16

Als Anna Samstagnacht von Birgit Helland und ihrer langen Nachtwanderung zurückkehrte, kroch sie neben Karen ins Bett und schlief wie ein Stein. Am nächsten Morgen buk sie Pfannkuchen und ließ Lily lange im Schaumbad planschen. Wann immer Karen vorbeikam, umarmte Anna sie. Schließlich lachte Karen.

»Was ist denn los mit dir?«, fragte sie.

Anna lächelte müde.

»Es ist nur …« Anna schüttelte den Kopf.

Karen fragte, ob sie Lily aus der Wanne holen dürfe, und Anna ging ins Wohnzimmer – es war noch eine SMS von Johannes' Nummer gekommen.

»Können wir uns zu Hause bei mir treffen?«, stand dort.

Anna antwortete: »Nein. Zool. Museum 15 Uhr. Sonst ruf ich die Polizei.« Dann ging sie zurück ins Badezimmer. Karen saß mit einem Handtuch auf den Knien bereit, und Lily lachte über ein Plastikbambi, das einen Nikolausbart aus Schaum bekommen hatte. Anna schluckte. Bald schon würde Karen sehr traurig werden.

»Ich dachte, wir könnten Cecilie besuchen«, sagte Anna. Lily schnellte aus dem Schaum hoch und hob beide Arme über den Kopf.

»Oma, Oma«, rief sie. Karen drehte sich um und sah Anna überrascht an.

Sie gingen über den Assistens-Friedhof und brauchten dafür fast eine Stunde. Lily trug ihren Overall und kletterte überall rauf. Anna und Karen gingen nebeneinander her und sahen sich die Schneelandschaft an.

In der Nørrebrogade kauften sie Kuchen in einer arabischen Bäckerei. Schnecken mit Pistazien und eine Tüte mit trockenen, runden, süßen Kuchenstücken. Anna und Lily blieben vor jedem Schaufenster stehen und sahen hinein, Anna zeigte und sagte: »Guck mal da«, oder: »Nein, das ist aber niedlich.«

»Kommt jetzt«, sagte Karen fröstelnd. »Es hilft nichts, wenn du es hinauszögerst.«

Anna warf ihr einen Blick zu.

Karen und Lily drängten sich die Treppe hoch, und Anna lief hinterher. Sie konnte freudestrahlenden Tumult hören, als die Tür geöffnet wurde.

»Herzenskind«, konnte sie Cecilie rufen hören. »Hallo, Karen. Wie schön, euch zu sehen. Komm her, mein Schätzchen, lass dich richtig drücken. Du hast mir ja so gefehlt.« Als Anna auf Cecilies Etage ankam, hatte ihre Mutter Lily soeben hochgehoben und an sich gedrückt. Sie sah Anna über Lilys Schulter und erblasste.

»Hallo, Anna«, sagte sie und stellte Lily auf den Boden. Das Kind lief in die Wohnung und fühlte sich offenbar wie zu Hause.

»Hallo, Mutter«, sagte Anna. Sie legte kurz die Wange an die ihrer Mutter.

»Komm doch rein. Es ist hundekalt.«

In der Wohnung begann Lily sofort, mit ihren Sachen aus einer großen blauen Kiste zu spielen, die sie aus einem Schrank gezogen hatte. Sie trug noch immer Overall und Mütze. Karen half ihr beim Ausziehen.

»Guck, das ist mein Bett bei Oma«, plapperte Lily. »Guck, ich hab auch Puppen. Einen kleinen Pupp und einen großen Pupp. Und Teddys und Bücher.« Karen ließ sich alles zeigen. Anna zog ihre Jacke nicht aus, und Cecilie lächelte unsicher.

»Willst du nicht ablegen?«

»Nein, ich bleibe nicht sehr lange. Ich habe etwas zu erledigen. Ist das okay, Karen?«

Wieder sah Karen Anna überrascht an, nickte aber.

»Bist du immer noch wütend?«, fragte Cecilie. »Und darf ich dir noch immer nicht mit Lily helfen?« Sie lächelte nachsichtig.

»Hast du mit Jens gesprochen?«, fragte Anna.

Cecilie blinzelte.

»Ich spreche jeden Tag mit Jens, Anna.«

Cecilie hatte einen offenen und leicht verärgerten Blick, als meine sie, Anna solle um Entschuldigung bitten, dass sie neulich so geschrien hatte. Anna musterte ihre Mutter schweigend und spürte, wie Karen in dem Spannungsfeld schrumpfte. Plötzlich hob Karen Lily entschlossen hoch und ging mit ihr und einem Buch ins Wohnzimmer. Cecilie sah verwirrt aus und schien zu begreifen, dass sich hier etwas zusammenbraute.

»Ich weiß alles, Mutter«, sagte Anna heiser.

Cecilie blinzelte wieder.

»Verzeihung, wie bitte?«

»Ich weiß, dass du nach meiner Geburt eine schwere Depression hattest. Ich weiß, dass du dich nicht um mich kümmern konntest, mir nicht genug zu essen gegeben hast. Ich weiß, dass ich früher einmal Sara hieß, weil Vater diesen Namen so schön fand, ich weiß, dass er sich um mich gekümmert hat, so gut er konnte. Ich weiß, du bist wieder nach Hause gekommen, als ich fast ein Jahr alt war, und ich weiß, du wolltest nicht, dass jemals herauskam, wie krank du gewesen warst. Ich weiß alles.«

Cecilies Mund stand offen.

»Ich weiß auch, dass du mich liebst«, sagte Anna jetzt. »Dass du jeden Tag versuchst, es wiedergutzumachen. Ich weiß, dass du Lily über alles auf der Welt liebst, und ich weiß, dass du Angst hast, dass auch sie im Stich gelassen werden könnte. Ich glaube, du hast Angst bekommen, als Thomas mich verlassen hat und ich so unglücklich war, dass ich mich kaum um sie kümmern konnte, als ich ganz unten war und nur noch geröchelt habe. Wie sich alles wiederholte. Plötzlich sahst du dich selbst nach all den Jahren. Ich glaube, du hattest Angst, ich könnte Lily verletzen, so wie du mich verletzt hast.«

Cecilie hatte nichts gesagt, jetzt schnappte sie nach Luft und stieß ein trockenes, gequältes Geräusch aus.

»Aber ich bin nicht du, Mutter«, sagte Anna sanft. »Ich bin Anna Bella, und ich war niemals so krank. Ich habe gekämpft … Ich war wütend und ohnmächtig, weil Thomas uns verlassen hatte. Aber ich war nie krank, und ich habe Lily niemals im Stich gelassen.« Anna hielt Cecilies Blick fest. Jetzt trat sie einen Schritt auf ihre

Mutter zu, sie nahm ihre Hand und zog Cecilie an sich. Cecilie war stocksteif und wehrte sich, aber Anna ließ nicht locker.

»Was passiert ist, war nicht gut, Mutter«, sagte sie in Cecilies Haare. »Aber es ist passiert. Ich kann damit leben. Jetzt, wo ich es weiß«, fügte sie hinzu. »Lily liebt dich. Du sollst ihre Großmutter sein. Aber du sollst nicht versuchen, sie vor etwas zu beschützen, das nichts mit mir zu tun hat.« Jetzt packte Anna ihre Mutter an den Schultern und schob sie ein Stück von sich weg.

»Verstehst du, was ich sage?«, fragte sie energisch. Cecilies Gesicht ging in Auflösung über. Sie hatte noch immer nichts gesagt. Jetzt nickte sie. Anna zog sie wieder an sich.

Als Cecilie sich gesammelt hatte, küsste Anna ihre Tochter und Karen zum Abschied, umarmte Cecilie noch einmal und ging.

Anna riss die Tür zur Vertebratensammlung auf, trat in die Dunkelheit ein und rief:

»Tybjerg, wo bist du? Ich muss mit dir reden.« Sie war gereizt, und als sie vom Ende der Sammlung her ein Geräusch hörte, ging sie zielstrebig darauf zu. Unerwartet stand er da, wie beim letzten Mal, voller Schatten und mit düsterem Blick.

»Warum schreist du so?«, fragte er.

»Warum hast du Helland erpresst?«

Tybjerg riss die Augen auf und schien nicht antworten zu wollen. Anna beugte sich zu ihm hin und sagte ganz ruhig:

»Weißt du, dass ich dich in Verdacht haben müsste?«

»Weshalb denn?«, fragte er überrascht.

»Wegen des Mordes an Lars Helland. Du bist der Einzige, der wirklich ein Motiv hatte. Du warst Hellands Kronprinz, und jetzt ist der König tot.«

»Was für ein Unsinn«, sagte Tybjerg. »Lars war mein Freund.« Er wich ein wenig in die Dunkelheit zurück, und Anna trat einen Schritt auf ihn zu.

»Aber du hast ihn erpresst?«

»Das eine hat mit dem anderen überhaupt nichts zu tun«, sagte er. »Das eine ging um Forschung und Wissenschaft, das andere um Freundschaft. Freundschaft und Wissenschaft sind zwei unvereinbare Größen. Helland hat gesagt, er würde es genauso machen.

Jeder setzt jeden unter Druck. So ist das eben. Wenn die Krippe leer ist, beißen die Pferde sich gegenseitig. Und die Krippe ist leer.« Tybjerg sah Anna finster an.

»Aber warum hast du ihn erpresst? Siebentausend Kronen im Monat, drei Jahre lang. Nicht gerade Kleingeld.« Tybjerg sah Anna für einen Moment wie gelähmt an, dann zuckte er mit den Schultern.

»Weil ich Mittel für meine Forschungen brauchte. Das habe ich doch gesagt.« Er machte einen weiteren Schritt zurück in die Dunkelheit, und Anna folgte ihm.

»Warum hast du ihn erpresst? Jetzt hilf mir endlich!«

Tybjerg zuckte mit den Schultern.

»Ich hatte herausgefunden, dass Helland einen Sohn hat, von dem niemand weiß. Er heißt Asger.«

Asger. Dieser Name sagte Anna etwas.

»Asger war einmal mein Freund, und nicht einmal Asger selbst ahnte, dass er Hellands Sohn war. Es war ein Skandal. Oder es wäre einer geworden, wenn es herausgekommen wäre. Helland hatte etwas mit einer Studentin gehabt. Sie war neunzehn und ging ins zweite Semester, Helland war ihr Lehrer. Die Mutter hat Asger niemals gesagt, wer sein Vater ist.« Tybjerg sah Anna an, als sei er aus allen Wolken gefallen. »Asger hatte seinen eigenen Vater als Dozenten, ohne es zu ahnen, was sagst du dazu? Er ist nicht mehr mein Freund. Er ist seltsam geworden, weil er arbeitslos ist. Er war einmal tüchtig. Der Tüchtigste. Er war Käferexperte, das ist er natürlich noch immer. Er hat sein Studium mit links gemacht«, erzählte Tybjerg. »Seinen Doktor, die ganze Schweinerei, in Rekordzeit. Er war der Jüngste in einer winzigen Abteilung, in der der ältere Professor kurz vor der Pensionierung stand. Alles sah rosig aus. Und weißt du was? Dann hat die Fakultätsleitung die Abteilung dichtgemacht. Sie hätten Asger einen Brief geschrieben, behaupteten sie, aber der war offenbar verloren gegangen. Damals waren wir noch befreundet. Als er nach den Sommerferien zurückkam, vorbereitet auf das neue Semester und den Unterricht und die Forschung, existierte seine Abteilung nicht mehr. Bumm! Einfach bedauerlich, und …«

»Wie hast du herausgefunden, dass Asger Hellands Sohn ist?«

Tybjerg schien kurz zu überlegen, dann seufzte er und sagte: »Asgers Mutter ist Professorin hier an der Fakultät, aber in einer anderen Abteilung als Helland. Eines Tages habe ich sie zusammen gesehen. Sie stritten sich auf irgendwie sonderbare Weise, ganz offenbar ging es um eine Privatangelegenheit. Sie standen in einer Ecke, gleich beim Eingang, und ich konnte sie ungestört beobachten. Asgers Mutter schien Helland zu drohen, sie war sehr erregt. Ich hatte damals gerade meinen Doktor gemacht und träumte davon, mit der Forschung anzufangen, wusste aber nicht so recht, wie ich das anstellen sollte. Ich weiß nicht, was mich da für ein Gefühl getrieben hat, aber eines Tages, kurz nachdem ich diesen Streit beobachtet hatte, ließ ich Helland gegenüber eine Bemerkung fallen. Wir waren bei der Arbeit, da draußen übrigens, an den langen Tischen, und ich habe meinen Schuss ins Blaue abgegeben. Und traf voll ins Schwarze. Das konnte ich seinem Gesicht ansehen. Es wurde kreideweiß, und seine ganze Reaktion verriet mir, dass ich über etwas viel Größeres gestolpert war, als ich zunächst geglaubt hatte. Bei unseren folgenden beiden Treffen hakte ich nach, und schließlich bat er mich ganz offen, die Sache für mich zu behalten. Das versprach ich natürlich. Kurz darauf bekam ich das Büro hier im Keller. Helland hatte es mir verschafft. Es war ja nicht so, dass ich astronomische Summen oder alle möglichen Leistungen erwartet hätte, oder? Ich konnte einfach nur sehen, woher der Wind wehte, bei den ganzen Einsparungen. Es mussten sich doch alle gewaltig einschränken, und das wollte ich nicht. Ich wollte es nicht, verdammt noch mal. Ich habe mein ganzes Leben gebraucht, um auf dieses Niveau zu gelangen, und ich habe keine Lust, in irgendeinen Motivationskurs für Arbeitslose gesteckt zu werden.« Er klang aufgebracht. »Also kann man wohl sagen, dass ich Helland ein wenig den Arm auf den Rücken gedreht habe. Aber wie gesagt, wir trafen eine Art Übereinkunft. Ich tat ihm einen Gefallen, indem ich schwieg, und er tat mir einen und gab mir ein Almosen. Ein kleines Büro im Keller, das niemand sonst haben wollte, und eine Einladung zur Teilnahme an seiner Forschung. Deshalb haben wir so viel zusammen gemacht. Artikel und Schautafeln und Projekte. Aber natürlich nicht nur deshalb. Zwei Fliegen mit einer Klappe, nicht wahr? Wir arbeiteten im selben Feld, also wurden wir ein starkes Team. Eins der stärksten auf der Welt. Dass ich ihn ein wenig den Arm auf den Rücken gedreht hatte, geriet da in den Hintergrund.«

»Warum sollte das mit Asger nicht herauskommen?«

»Ja, was glaubst du wohl? Erstens wäre er auf der Stelle gefeuert worden, und zweitens wäre seine Frau auch nicht gerade in Jubelstürme ausgebrochen, oder?«

»Wer ist Asgers Mutter? Eine, die ich kenne?«

»Vielleicht. Sie heißt Hanne Moritzen und ist Parasitologin. Sie sitzt im Erdgeschoss.«

Die Verblüffung war Anna ins Gesicht geschrieben.

»Seine Mutter?«

»Ja«, sagte Tybjerg. »Hanne Moritzen ist Asgers Mutter.«

»Wie kommst du darauf?«, fragte Anna ungläubig.

»Meinst du nicht, Asger weiß, wer seine Mutter ist?«

»Aber ich kenne sie doch«, sagte Anna verletzt. »Sie hat keine Kinder. Sie hat immer gesagt, sie habe keine Kinder.«

»Dann hat sie eben gelogen«, sagte Tybjerg.

Anna war verwirrt. Hanne Moritzen hatte mit Lars Helland einen Sohn. Sie war für einen kurzen Augenblick unaufmerksam, und Tybjerg konnte in der Dunkelheit verschwinden. Anna hörte seine Schuhe über den Boden tappen, hörte ihn murmeln und mit einer Schranktür schlagen. Sie stand da wie gelähmt, und ihr Blick ging ins Leere.

»Ich muss gehen«, murmelte sie dann.

Anna verließ die Vertebratensammlung und ging hinüber ins Museum. Ihr Herz hämmerte los, und sie wurde unsicher. Hätte sie Søren anrufen und ihm erzählen müssen, was sie in Erfahrung gebracht hatte? Hatte sie hier etwas Gefährliches ins Rollen gebracht?

Da sah sie Troels. Er wartete auf sie in der Türöffnung zum Mammutsaal. Er streckte zögernd die Hand zu dem künstlichen Gletscher aus und zog sie dann verwundert wieder zurück. Er trug keine Jacke, und seine Strickmütze ragte ihm aus der Gesäßtasche seiner Jeans. Troels' Haare fielen in gut geschnittenen Locken in seine Stirn.

Anna holte tief Luft, blieb zwei Sekunden stehen und betrachtete ihn. Als sie ruhiger atmen konnte, ging sie weiter und legte ihm vorsichtig die Hand auf den Rücken. Er wandte sich um.

»Hallo, Anna«, sagte er. Seine Augen flackerten.

»Na dann, gehen wir«, sagte sie sanft.

Sie wanderten langsam durch die Ausstellung, sagten nichts, nahmen sich sogar die Zeit, sich ein wenig umzusehen, landeten im Pottwalsaal und setzten sich auf eine Bank. Dort stand eine lärmende Gruppe von Kindern und wartete ungeduldig auf die Kopfhörer, die herumgereicht wurden. Sie saßen dicht nebeneinander. Plötzlich sagte Anna:

»Was hast du getan?« Sie drehte ein wenig den Kopf und sah ihn an.

»Ich wollte das nicht.«

Anna schnappte nach Luft. »Was ist passiert?«, flüsterte sie.

»Ich war verliebt in ihn«, sagte er offen.

»In Johannes?« Anna sah ihn verblüfft an, und für einen Moment verschwand ihr Entsetzen. »Aber Johannes war nicht schwul, er ...«

»Das weiß ich doch«, sagte Troels leise. »Trotzdem war ich verliebt in ihn.«

»Und was ist passiert?«, fragte Anna.

»Wir haben uns in der Roten Maske kennengelernt. Ich war noch nie dort gewesen und kam mit zwei Typen, die ich eigentlich gar nicht sonderlich gut kenne. In der Roten Maske gefiel es mir. Ich bemerkte Johannes fast sofort. Er stand am Tresen und sah phantastisch aus. Dabei war er doch eigentlich gar nicht wirklich hübsch, oder? Aber er überstrahlte alle und brachte alle zum Lachen. Er war von einer Menschentraube umgeben. Ich ging ein wenig näher, und wir kamen ins Gespräch, tranken Bier, und ich hatte schon zu viel intus. Wir unterhielten uns lange am Tresen, und ich musste mir große Mühe eben, den Faden nicht zu verlieren.« Troels sah Anna verlegen an. »Er sprach über ziemlich komplexe Themen, gestikulierte mit den Händen, berührte meine Schulter, tippte mir mit dem Finger auf die Brust und fuhr mir durch die Haare. Für eine neue Bekanntschaft war er ganz schön physisch, und das habe ich genossen. Ich bin doch seit etlichen Jahren auf dem homosexuellen Markt«, er lächelte verlegen, »und normalerweise ist dieser rasche körperliche Kontakt mit Sex verbunden. Ich dachte … er trug einen Lederrock, Netzstrümpfe und Springerstiefel. Aber Johannes hat den ganzen Abend über alles andere als über Sex gesprochen. Es ging endlos lang um Wissenschaftstheorie, was mich eigentlich überhaupt nicht interessierte. Aber von ihm war ich hin und weg. Er schien vollkommen unbeeindruckt davon, wie er auf andere wirkte, redete mit genau den großen Gesten, zu denen er Lust hatte. Nimm mich, wie ich bin, oder lass mich in Ruhe. Deshalb wirkte er natürlich wie ein Magnet. Ich habe solche Menschen immer schon bewundert. – Gegen Morgen brachen wir zusammen auf. Zum Enghave Plads. Er umarmte mich, sagte, es sei wunderbar gewesen, mich kennenzulernen, und er wolle mich gern wiedersehen.«

»Johannes war nicht schwul«, sagte Anna noch einmal. Beharrlich. Troels schaute weg.

»Wir haben uns einige Tage darauf getroffen. Die ganze Zeit über hatte ich nur an ihn gedacht. Er lud mich zum Essen in seine Wohnung ein, und wir tranken Wein. Ich war total verwirrt. Er sandte widersprüchliche Signale aus, und dann fragte ich ihn direkt. Sagte, dass ich mich sehr zu ihm hingezogen fühlte und gern mit ihm ins Bett wollte. Er sei nicht schwul, meinte er. Zuerst wurde ich wütend, fand, er habe mich zum Narren gehalten. Mit dem Wein und dem Essen und seinen schwachsinnigen Klamotten. Aber dann ging mir auf, dass das nicht alles war. Er war nicht schwul, aber …« Troels zögerte.

»Er wollte von mir … gedemütigt werden. Sexuell, aber ohne dass wir einander berührten. Ich musste ihn mit Worten schlagen und erniedrigen, aber seinen Schwanz durfte ich nicht anfassen. Erniedrigung erregt ihn, sagte er. Er hatte es mit Frauen versucht, aber die Wirkung war nicht stark genug. An diesem Abend haben wir es dann versucht. Ich hatte so etwas noch nie probiert, nichts so Authentisches. Ich habe mehrere Jahre in den USA gelebt auf der Suche nach einer solchen Szene, war in SM-Clubs, war in all meinen Beziehungen der Dominante, der Gewalttätige. Aber mit Johannes war es so … wild. Weil es neu war für ihn. Weil ich der

Erste war.« Er blickte verlegen zu Anna herüber, die wie versteinert dasaß und auf den Pottwal an der Wand starrte.

Die Kinder waren verschwunden, jetzt stand dort eine vierköpfige Familie, der Vater hob den Jüngsten hoch.

»Ich habe ihn geschlagen und … ach, ist ja auch egal. Er hat sich selbst zum Orgasmus gebracht. Ich hätte das natürlich gern übernommen, aber immer, wenn ich das versuchte, wich er aus. Das wollte er nicht. Nachher war ich bloß noch frustriert. Ich wollte mit ihm ins Bett. Ich habe es versucht, aber dann war die Magie auf einmal weg. Er war verletzt, ging ins andere Zimmer, sagte, das könne ich doch nicht machen. Wir hätten eine Verabredung gehabt. Ich bat um Verzeihung, aber das half nichts. Ich solle gehen, sagte er. Geh, geh schon, sagte er. Ganz leise, als hätte ich ihn wirklich im Stich gelassen. Dann bin ich gegangen. An den folgenden Tagen war ich ganz aufgelöst. Ich konnte nur noch an ihn denken, schrieb ihm Mails, aber er antwortete nicht. In der Gothic-Szene heiße ich *YourGuy*.« Troels sah Anna fast verlegen an. »Die meisten in der Szene haben Kunstnamen. Das gehört zum Spiel. Mir kam das nur gelegen. Kopenhagen ist schließlich ein Dorf, nicht? Und ich bin gerade erst aus dem großen Ausland zurückgekehrt und habe ehrlich gesagt eine Scheißangst davor, in der Boulevardpresse zu landen. ›Supermodel als Sadist‹ oder so eine Scheiße. In den USA bin ich tatsächlich ziemlich bekannt«, fügte er hinzu, »aber hier zu Hause lief es reichlich zäh mit den Jobs, als ich im Frühling zurückgekommen bin. Im September war ich kurz davor, in einer großen Kampagne zu landen, bei der viel Geld im Spiel war, und da war es nur gut für mich, dass es einen Ort gab, wo niemand sich dafür interessierte, wer ich in Wirklichkeit war. Also, jedenfalls antwortete er nicht, und ich verzweifelte langsam. Eines Tages trafen wir uns zufällig in einem Café. Er schien sich zu freuen, als hätte er vergessen, was bei unserer letzten Begegnung geschehen war. Er hatte nur so viel zu tun gehabt. Wir verabredeten uns für den nächsten Tag. – An diesem Abend wurde mir klar, dass ihr euch kanntet. Schon am ersten Abend hatte er dich mehrmals erwähnt. ›Anna, meine Kollegin.‹ – ›Anna, mit der ich mir das Büro teile‹, aber ich hatte nicht weiter darüber nachgedacht. Doch als wir uns dann wieder trafen, nannte er dich plötzlich Anna Bella, und da wusste ich, dass du es sein musstest. Ich wusste inzwischen ja auch, wo du wohntest, und seit ich vor einem halben Jahr nach Kopenhagen gekommen war, hatte ich Kontakt aufnehmen wollen. Aber ich schämte mich so. Schämte mich, weil ich damals einfach verschwunden war. Deine Eltern …« Troels schüttelte den Kopf. »Ich hatte noch jahrelang von ihnen gehört. Meine Schwester hatte ihnen meine Adresse in New York gegeben, und sie schrieben mir treu zu Weihnachten und zum Geburtstag. Deine Mutter hat mir sogar einmal einen Adventskalender geschickt und hat geschrieben, ich müsste mich unbedingt melden, wenn ich mal wieder in Dänemark wäre.« Er lachte verlegen. »Und ich habe nie geantwortet. Als ich dann nach Kopenhagen gezogen bin, dachte ich, es wäre einfacher, zuerst Karen ausfindig zu machen. Du hast mir mehr gefehlt, aber … Scheiße, du bist in dieser Nacht damals ja dermaßen durchgedreht!« Einen Moment lang musterte er sie belustigt.

»Bin ich dermaßen durchgedreht, dass du Angst hattest, du würdest mir die Fresse polieren?«, fragte Anna. Da merkte sie, wie hinter dem Schock Zorn in ihr aufstieg. Die Belustigung wich aus Troels' Gesicht.

»Ich weiß nicht, warum du mich so gedemütigt hast. Das weiß ich noch immer nicht«, sagte er und zuckte mit den Schultern. »In dieser Nacht warst du kein bisschen besser als mein Vater. Du hast mich getreten, Anna. Hast geschlagen und geschrien. Es war überhaupt eine idiotische Idee, dass wir miteinander ins Bett gehen sollten. Wer war überhaupt darauf gekommen?«

»Du und Karen«, sagte Anna wütend. »Du und Karen, ihr hattet die Idee, und …« Plötzlich brach es aus ihr heraus. »Du hast immer versucht, mich auszuschließen. Du hast dich so eng mit Karen angefreundet, nur um mich zu verletzen. Und so war es auch in der Nacht. Ich hätte genauso gut nicht da sein können. Mit meinen Eltern war es dasselbe. Der liebe Troels, der ist so niedlich, wir müssen auf den kleinen süßen Troels aufpassen.« Sie äffte ihre Eltern nach.

Troels blickte Anna verwundert an.

»Anna«, sagte er leise. »Ich habe dich immer mehr geliebt. Karen ist meine Freundin, und sie ist vollkommen unkompliziert. So war das schon damals. Du hattest alles, wonach ich mich sehnte. Ich betete dich an und liebte deine Eltern. Ich wollte bei euch wohnen, immer, immer bei euch sein. Aber ab und zu dachte ich, dass du mich hasst. In dieser Nacht dachte ich, dass du mich hasst. Und noch mehr Hass konnte ich nicht ertragen. Ich wollte dir den Mund verschließen, und deshalb bin ich weggelaufen. In der Woche zuvor hatte ich meinem Vater die Zähne eingeschlagen, verdammt noch mal. Er erzählte aller Welt, er habe vergessen, den Sicherheitsgurt anzulegen, und zu hart bremsen müssen. Aber ich hatte das getan. Er hatte mich in den Keller eingeschlossen und die schrecklichsten Dinge zu mir gesagt, mich provoziert, mich aufgestachelt, mich als Scheißschwulen bezeichnet. Letztendlich packte ich ein Regal, das an der Wand hing, riss es herunter und zerschlug es in seinem Gesicht. Ich konnte es nicht mehr ertragen, so gehasst zu werden, verstehst du das? Und in dieser Nacht hatte ich Angst vor meiner Reaktion. Große Angst. Später habe ich hundertmal darüber nachgedacht. Wie eifersüchtig du gewesen sein musst. Du warst Einzelkind und hattest immer wie die Made im Speck gelebt, wurdest mit einem beschissenen goldenen Löffel im Arsch geboren, und unversehens kam ich und störte das Paradies. Ich habe übrigens nie so richtig kapiert, was deine Eltern an mir fanden. Wo sie doch dich hatten«, fügte er hinzu. »Aber …« Er verstummte.

»Du weißt nichts über mich«, sagte Anna leise. Troels stierte ins Leere und schien sie nicht gehört zu haben.

»An besagtem Abend ging mir auf, dass Johannes in dich verliebt war. Er redete die ganze Zeit über dich. Nicht direkt … aber er schaffte es, dich in allen Zusammenhängen zu erwähnen. Ich stellte hier und da eine Frage, als ob du mich interessiertest, und er antwortete bereitwillig. Innerhalb kurzer Zeit wusste ich sehr viel: dass du von deinem Freund verlassen worden warst, dass dieser Freund Thomas hieß, dass er eure kleine Tochter nie besucht, dass er keine Weihnachtsgeschenke schickt, dass er gerade mal das Kindergeld zahlt, zu dem er gesetzlich verpflichtet ist, obwohl er Arzt ist und du studierst, dass du mit deinem Zorn kämpfst, dich einfach machtlos fühlst und dass du bald Examen machst, dass Cecilie nach Kopenhagen gezogen ist und du Probleme mit ihr hast. Johannes schien nicht zu bemerken, wie seltsam es doch war, wenn ich dauernd nach dir fragte, so aufgegangen war er darin, über dich sprechen zu können. Seine Augen strahlten. Es war bizarr. Ich war wie wild in ihn verliebt, und er war wie wild in dich verliebt.« Troels lächelte. »Das scheint mein Fluch zu sein. Alles, was ich mir wünsche, bekommst du.« Wieder schwieg er.

»An diesem Abend«, sagte er dann leise, »ging ich zu weit. Johannes wollte es wieder so haben. Ich sollte ihn verbal überfallen, ihn niedermachen, demütigen und schlagen. Mit der flachen Hand. Vor allem am Körper, aber auch am Kopf. Er berührte sich dabei selbst, und wenn ich versuchte, ihn anzufassen, dann zog er sich zurück. Ich könne es doch auch so machen, sagte er. Meinen Schwanz hervorziehen und mir einen runterholen. Das wollte ich nicht. Ich war außer mir, angetrunken und verliebt. Und ich war der Stärkere, ich hatte die Macht. Auf einmal drang ich in ihn ein. Ich hielt ihn einfach fest. Es dauerte bloß fünf Sekunden, verdammt noch mal. Ich kam in ihm, und er drehte durch. Weinte und schrie und warf mich raus. In der Fetischszene ist das streng verboten«, sagte Troels verlegen. »Man geht bis zu einem gewissen Punkt, aber ohne die Zustimmung des anderen geht es nicht weiter. Johannes sagte an diesem Abend sehr oft stopp, aber ich habe nicht auf ihn gehört. Die folgenden Tage waren schrecklich. Ich rief an, mailte. Er antwortete nicht. Erst nach fast einer Woche konnte ich ihn erreichen. Er schien sich gar nicht über meinen Anruf zu freuen. Ich hatte eine Grenze überschritten. Das konnte er nicht akzeptieren. Die Regeln waren kristallklar gewesen. Wir hatten mit Machtverhältnissen gespielt, aber es hatte keinen direkten sexuellen Kontakt geben sollen. Damit hatte ich mich einverstanden erklärt und später dagegen verstoßen. Er wollte mich nie mehr wiedersehen.

Einige Wochen vergingen. Ich traf mich zweimal mit Karen, erzählte ihr, dass ich verliebt sei, dieses Gefühl aber nicht erwidert wurde. Sie tröstete mich.« Troels lächelte. »Wir haben auch über dich gesprochen. Ich fragte sie, ob sie glaubte, wir könnten wieder Freunde werden. Du und ich, wir drei. Fragte sie, wie es dir ging. Hier änderte sich ihre Stimmung. Auch ihr hättet euch nicht wieder getroffen, sagte sie dann. Das kam total überraschend. Aber sie war Cecilie begegnet, und die hatte erzählt, dass du mit deiner Tochter allein leben würdest. Du seist wie gelähmt gewesen, hatte Cecilie erzählt. Total am Boden. Karen gegenüber machte Cecilie kein Geheimnis daraus, dass sie und Jens im Grunde erleichtert darüber waren, dass Thomas aus eurem Leben verschwunden war. Sie hatten ihn nie besonders gemocht. Er sei ein überaus intelligenter Mann, aber ohne besondere Tiefe. So hatte Cecilie das wohl ausgedrückt. Sie machten sich große Sorgen um dich, erzählte Karen, aber sie halfen dir auch mit deiner kleinen Tochter Lily. Die würde ich gern eines Tages kennenlernen.« Er lächelte.

»Karen hatte vorgeschlagen, Kontakt zu dir aufzunehmen, aber Cecilie bat uns zu warten, bis nach deiner Mündlichen. Das vereinbarten wir dann so. Dass wir uns treffen könnten, sobald du dein Examen hinter dir hättest. Karen war total begeistert von dieser Idee. Sie habe uns wahnsinnig vermisst, sagte sie. Ihre Begeisterung machte mir Mut. Einmal war ich auch zum Tee bei Cecilie. Es war ein wunderschöner Nachmittag. Ich bat um Entschuldigung für mein Schweigen, und Cecilie sagte, das sei nicht schlimm. Ich hätte es sehr schwer gehabt, sagte ich, und sie dürfe dir nichts von meinem Besuch verraten. Wir wollten dir eine Überraschung bereiten, aber in Wirklichkeit … hatte ich Angst, du könntest wieder wütend werden. Wütend und eifersüchtig. Und dann wären wir wieder an derselben Stelle gelandet. Ich musste zuerst die Spielregeln mit dir verabreden. Du durftest mich nicht wieder demütigen. Das könnte ich nicht ertragen. Und ich würde mich im Gegenzug deinen Eltern gegenüber bedeckt halten, wenn dir das so viel ausmachte.

Ich suchte auch Jens auf. Wartete am Rådhusplads vor der Redaktion auf ihn, sah ihn herauskommen, viel älter, fand ich, abgemagert und grau. Ich folgte ihm nach Hause, aber dann verließ mich mein Mut. Stattdessen ging ich zu meiner Schwester. Karens Freude. Cecilies offene Arme … Da wurde ich übermütig und rief also meine Schwester an. Sie war eiskalt. Ruf mich nie wieder an, sagte sie. Komm nie in meine Nähe oder in die Nähe meiner Kinder, sonst zeige ich dich an.« Er lächelte verlegen. »Ich habe mich mit meinem Vater geprügelt, während er schon todgeweiht auf der Onkologie lag, ich glaube, es war deshalb. Ich habe ihm eine Krankenhausvase an den Kopf geworfen, und er hat mir eine Schublade an die Stirn geknallt. Meine Schwester hat sich immer schrecklich aufgeregt, wenn wir aneinandergerieten.« Sein Lächeln verblasste. »Zur Beerdigung sechs Tage später hatte ich noch immer sechs Stiche auf der Stirn, von der Schublade, die mein Vater mir an den Kopf gehauen hatte. Ich habe keine Ahnung, woher er die Kraft dafür genommen hat. Er war total geschwächt und lag im Sterben. Ich habe noch immer eine Narbe.« Troels kehrte Anna sein Gesicht zu und ließ den Finger über einen langen, dünnen weißen Strich auf seiner Stirn laufen.

»Meine Schwester kam gar nicht erst auf die Idee zu fragen, warum ich eine Wunde mitten auf der Stirn hatte. Sie weigerte sich, in der Kirche neben mir zu sitzen. Sie und ihre Familie saßen auf der anderen Seite. Danach nahm sie mich beiseite und sagte, wenn ich ihr jemals wieder unter die Augen käme, würde sie mich wegen Körperverletzung anzeigen. Der Mann war vom Krebs zerfressen gewesen, aber ihrer Logik nach hatte ich unseren Vater mit einer Vase getötet.« Troels schaute resigniert.

»Als ich an jenem Abend meine Schwester anrief, in der Hoffnung auf Versöhnung, kam ziemlich schnell heraus, dass sie nicht vorhatte, mich in Gnaden wiederaufzunehmen. Nachdem ich aufgelegt hatte, bekam ich einen kleinen Zusammenbruch. Ich dachte die ganze Zeit an Johannes, hatte Angst vor dem, was ich verbockt hatte, Angst, er könnte mich anzeigen, während ich zugleich in unendlicher Sehnsucht nach ihm verging. Karen begriff gar nichts. Wir trafen uns zweimal und tranken Kaffee, sie plapperte die ganze Zeit über die große Wiedervereinigung. Plötzlich musste ich dich einfach sehen. Ebenso plötzlich erschien es mir das einzig Richtige. Vielleicht könntest du mit Johannes sprechen? Ich weiß nicht, was ich mir vorgestellt hatte. Ich wartete zweimal auf dich. Schlich mich ins Haus und hoffte, du wärst zu Hause. Ich habe ganz bewusst nicht vorher angerufen, denn ich wollte nicht abgewiesen werden. Beide Male ließ mich der Mut im Stich. Das eine Mal bin ich fast in Panik weggelaufen. Die Frau aus der Wohnung unter dir kam heraus, weil sie nach deiner Tochter sehen wollte. Du warst joggen, wie sie mir sagte. Sie ließ die Tür angelehnt, und ich betrat die Wohnung, setzte mich und tat so, als wäre ich ein alter Freund, der dich oft besuchte. Sie warf mich raus. Sagte, ich müsse draußen warten. Sie sah mich wütend und misstrauisch an, ihre Augen blitzten, als ob sie mich durchschaut hätte, auf frischer Tat ertappt. Ich geriet in Panik, lief die Treppe hinunter und konnte dann hören, dass du nach Hause kamst. Die Haustür unten ging auf, du warst atemlos, und ich wusste, dass du es warst. Du hast gehustet. Ich zwängte mich in den Schrank mit den Zählern und Sicherungen. Ich war fast unten, und du hast Dehnübungen gemacht, glaube ich. Ich hatte das eindeutige Gefühl, dass deine Nachbarin nach mir Ausschau hielt. Als wäre ich der Verbrecher, als wäre ich eine Gefahr für andere.« Seine Stimme klang jetzt müde. »Genau wie in der Schule, was? Mein Vater musste doch hart vorgehen, denn sonst wäre ich nicht zu lenken, erklärte er den Lehrern. Nein, natürlich schlage er mich nicht. Aber er mache klare Ansagen, versicherte er, setze Grenzen. Das konnten sie gut verstehen. Sie hatten ja auch ihre Mühe mit mir. Nur deine Eltern fielen auf diesen Schein nicht herein.

Ich musste mich im Schrank verrenken, und du gingst dicht an mir vorüber. Danach kam ich heraus und lief los. Plötzlich war ich auf Vesterbro und stand vor Johannes' Haustür. Ich blieb stehen und schaute zu seinen Fenstern hoch. In seiner Wohnung brannte Licht, und irgendwann tauchte Johannes im Fenster auf, er telefonierte gerade. Wenig später ging ich ins Haus, klopfte an seine Tür, und als er öffnete, schob ich die Tür auf. Ich hatte ihn zwei Wochen lang jeden Tag angerufen, hatte Blumen geschickt und um Verzeihung gebeten, hatte mehrere Mails geschickt. Keinen Mucks hatte ich von ihm gehört. Er hatte Angst, als ich unverhofft in der Wohnung stand. Ich bin viel größer als er, das machte die Sache zwischen uns doch so schön. Klein und schwächlich er, ich dagegen viel größer und stärker. Ich war erregt, sah einen Funken in seinen Augen. Er will doch, schoss es mir durch den Kopf. Das alles war ein Spiel, und dieser Moment war Teil des Spiels. Er wollte, dass über ihn bestimmt wurde, er wollte beherrscht und gedemütigt werden, in diesem Augenblick war alles klar. Er hatte mich zum Narren gehalten, mich sehr geschickt zum Narren gehalten.« Troels' Augen leuchteten. Anna schob vorsichtig die Hand in ihre Jackentasche, schüttelte sich, als ob sie fröre.

»Ich schloss die Tür hinter mir und öffnete meine Hose. Das wollte er doch. In diesem Moment war ich so sicher. Er ging rückwärts, genau wie ich das wollte. Ich hielt meinen Schwanz in der Hand, rieb ihn und befahl Johannes, sich auszuziehen, sagte, er solle mich in den Mund nehmen. Es gelang ihm gut, den Verängstigten zu spielen, es wirkte ganz echt. Er weigerte sich. Ich befeuerte ihn mit vielen Schimpfnamen … und da kam ich. Über meine Hand und den Boden. Ich krümmte mich und wollte ihn nur noch umarmen, einfach ganz dicht bei ihm sein. Ich schloss kurz die Augen, und als ich ihn wieder ansah, war er bewaffnet. Ich weiß nicht, woher er es hatte, aber er hielt ein Messer in der Hand. Sein Blick war schwarz. Ich sagte etwas, hob die Arme. Du darfst mich nicht bedrohen, sagte ich, ich wollte, dass er sich beruhigte. Aber er griff mich an. Fuchtelte mit dem Messer in der Luft herum und stach nach mir. Ich versuchte, ihn zu warnen, sagte, er solle das Messer weglegen, sich beruhigen, sich abregen. Alles Schöne war weg, alles Zarte, weshalb ich ihn liebte. Einfach weg. Auch seine Stimme war seltsam. Dunkel und anders. Er machte weiter. Kam mit dem Messer auf mich zu und sagte, ich solle gehen. Er kreischte, und ich spürte seinen Speichel auf meiner Wange.« Troels sah Anna kurz an.

»Diesmal lief ich nicht weg. Er sollte still sein. Er sollte einfach still sein.«

Troels verstummte. Anna hatte die Kabelbinder in ihrer Tasche gefunden, sie lagen wie eine aufgerollte Schlange in ihrer Hand. Sie beugte sich vor, wie um ihre Haltung zu ändern. Ihr Herz hämmerte wie besessen.

»Danach habe ich Jens besucht«, sagte Troels gelassen. »Ich weiß nicht, wie ich hingekommen bin, aber irgendwann stand ich vor seinem Haus, ohne Jacke, mit nasser Hose. Mein einziger Gedanke war, dass ich jede Sekunde verhaftet werden würde. Vorher wollte ich mit Jens sprechen, nur mit ihm sprechen. Das taten wir. Viele Stunden lang. Ich beruhigte mich ein wenig, dachte, es sei ja nicht sicher, dass Johannes etwas passiert war, nicht ganz sicher. Hatte ich ihn denn überhaupt geschlagen? Mir kamen Zweifel. Jens gab mir einen Whisky und lieh mir Kleidung. Du hast wunderbare Eltern, Anna.«

Sie nickte. »Sie mögen dich auch sehr gern«, sagte Anna milde.

»Ich gehe bald weg, und dann komme ich nicht wieder zurück. Ich will nicht ins Gefängnis.« Er lachte trocken. »Das war ich ja irgendwie mein Leben lang.«

»Warum hast du mir die SMS geschickt?«, fragte Anna.

»Weißt du, wie sehr es mich beschäftigt hat, dass wir zerstritten waren? Es hat alles ausgefüllt. Ich wollte nicht weg, ohne dich vorher noch gesehen zu haben. Ich wollte dir mein Herz ausschütten, dir sagen, dass ich das nicht wollte. Weder damals noch jetzt. Ich glaube nicht, dass du mich noch einmal im Stich lassen wirst«, sagte er plötzlich. »Ich glaube nicht, dass du jetzt aufstehst und mich wieder im Stich lässt.« Er lächelte schüchtern. »Ich glaube, du hast dich verändert. Dein kleines Mädchen. Das muss ich irgendwann einmal kennenlernen.«

»Auf einmal wusste ich, dass du es warst.«

»Ja, das war echt unglaublich«, sagte er und grinste. »Ich dachte, es würde ein wenig länger dauern. Was habe ich geschrieben?«

»Dass du versucht hast, es zu sagen«, antwortete Anna. »Aber nicht deswegen habe ich es gewusst. Sondern weil du gesagt hast, dass er Johannes hieß. Als wir uns am Freitag getroffen haben. Du hast Johannes Johannes genannt. Es sollte sich so anhören, als hätte Karen diesen Namen erwähnt.« Anna drehte sich zu Troels um, und ihre Augen leuchteten gelb.

»Aber Karen kannte seinen Namen nicht. Woher also wusstest du ihn? Da ergab alles einen Sinn. Dass du auf mich gewartet hattest, überall aufgetaucht bist. Karen ist dir begegnet, Jens, Cecilie offenbar auch. Und die Person, die Johannes belästigte … zuerst dachte ich, es wäre eine Frau gewesen, aber als die Polizei dann sagte, sie suchten einen Typen … *YourGuy*. Das waren zu viele Zufälle auf einmal.«

Troels sah Anna trüb an.

»Hat er das wirklich gesagt?«, fragte er tonlos. »Dass ich ihn belästigte?«

Jetzt beugte Anna sich zu ihrem Freund vor.

»Und du hast recht. Ich lasse dich nicht wieder im Stich«, sagte sie leise zu seinem Ohr hin. Troels drehte ihr sein Gesicht zu. Sein Blick war glasig …

»Das mit Johannes tut mir leid«, sagte er dann. »Ich liebe ihn. Hoffentlich beruhigt er sich wieder. Hoffentlich ist er nicht allzu wütend.«

»Er ist tot, Troels«, sagte Anna mit sanfter Stimme. »Johannes ist tot.«

Troels sah sie für einen Moment mit leerem Blick an, dann drehte er sich um, und Anna ahnte, dass er jetzt aufspringen und verschwinden würde – und wusste, dass sie ihn jetzt nicht im Stich lassen dürfte.

Es dauerte zehn Sekunden. Sie schwang sich blitzschnell mit ihrem ganzen Gewicht auf seinen Arm, legte die Kabelbinder über seinen Arm, zog an der Plastikschnur und zurrte sie fest. Er stieß einen verärgerten Ruf aus, ohne begriffen zu haben, warum sie sich auf ihn geworfen hatte, und jetzt riss sie, jetzt zerrte sie an seinem Arm, was zum Teufel sollte das, Scheiße, sie würde es nicht schaffen, jemand schrie. Erst als sie anderthalb Meter weiter mit dem Schraubenzieher in der Hand benommen auf dem Boden saß, wurde ihr bewusst, dass sie geschrien hatte. Troels wand sich, erhob sich zu seiner vollen Größe, und die Bank ruckte bedrohlich. Anna schnappte nach Luft. Die Schlinge saß ganz straff, doch Troels zog daran. Sie griff zu ihrem Handy. Troels schrie, beschimpfte sie, drohte ihr. ›Ich bring dich um‹, rief er. ›Ich bringe dein Kind um.‹ Andere strömten hinzu. Die Schlinge gab nach. Das Plastik wurde weiß. Sie ging auf ihn zu. Er stieß nach ihr, mit dem freien Arm, mit dem Fuß, traf sie mit der Faust am Kopf. Ihr wurde schwarz vor Augen. Sie schob den zweiten Kabelbinder unter den ersten, legte ihn um die Rückenlehne der Bank und zurrte ihn fest. Wieder schlug er, schlug mit gekrümmtem Zeigefinger gegen ihre Schläfe, hart und präzise. Sein Arm wurde rot. Anna rollte sich weg. Jetzt hing sein ganzer Arm fest an der Bank. Die Leute waren herbeigeströmt. »Was ist denn los?«, schrie jemand. Wieder griff Anna zu ihrem Handy. Ihre Hände zitterten. Er meldete sich sofort.

»Søren«, sagte Anna. »Hilf mir.«

Anna verließ das Museum, noch bevor die Polizei eintraf, und mit Gefahr für Leib und Leben rannte sie zum Jagtvej und sprang als Letzte in den anfahrenden Bus. Sie kochte vor Wut, als sie an Hanne Moritzens Tür klingelte.

»Warum glauben alle, dass sie mich belügen können?«, wollte sie wissen, als Hanne sie in ihre Wohnung im zweiten Stock eingelassen hatte. Anna stampfte mit dem Fuß auf. Dann sah sie den Ausdruck auf Hannes Gesicht.

»Warum hast du gelogen, was deinen Sohn angeht?«, fragte sie dann ruhiger. »Mit Lars Helland. Das ergibt doch keinen Sinn. Warum hast du das nie erzählt?«

Sie standen in der großen weißen Diele, die Tür zum Wohnzimmer war angelehnt, und Anna konnte ein weißes Sofa und eine Messingschüssel mit auf Glanz polierten Muscheln ausmachen. Plötzlich fiel Hanne auf die Knie. Sie packte Annas Hände, hielt sie an ihr Gesicht. Das Geräusch, das sie dabei ausstieß, ging Anna durch Mark und Bein. Geschockt half Anna ihr ins Wohnzimmer. Sie setzten sich aufs Sofa, und Anna ließ geschehen, dass Hanne sich an sie klammerte. Jetzt war ihr klar, wie nah sie des Rätsels Lösung war. Als Hanne sich beruhigt hatte, erzählte sie Anna von ihrem Sohn.

»Es ist meine Schuld«, sagte sie. »Ich dachte, es würde verschwinden, wenn ich es im Boden verbuddelte. Es ist meine Schuld.«

Anna widersprach ihr nicht.

Sie redeten fast zwei Stunden, und am Ende bat Hanne Anna, zur Polizei zu gehen.

»Ich kann meinen eigenen Sohn doch nicht anzeigen«, flüsterte sie.

Als Anna das eingesehen hatte, fragte Hanne: »Möchtest du ein Bild von ihm sehen?«

Anna nickte, und Hanne holte einen Karton voller Fotos. Anna erwartete ein aktuelles Bild, eins von dem Asger Moritzen, der offenbar drei Etagen über seiner Mutter gearbeitet hatte und dem Anna sicher schon im Institut begegnet war, oder den sie vielleicht als Dissektionslehrer in einem morphologischen Grundkurs gehabt hatte. Aber Hanne holte einen Karton mit Kinderbildern. Fotos eines lächelnden dunkeläugigen Kindes, mit offenem Mund und glitzernder Spucke am Kinn und einer gestreiften Rassel im

Patschhändchen, Fotos eines Jungen im Overall im Schnee mit strahlenden Kinderaugen und einem Blick, der offen und empfänglich war wie ein Blatt Löschpapier, vollkommen unverdorben.

»Ich muss zu Lily nach Hause«, flüsterte Anna.

Hanne und Anna nahmen in der Tür voneinander Abschied, doch Hanne wollte sie nicht gehen lassen.

»Ich werde für dich da sein. Das verspreche ich«, sagte Anna.

Hanne lächelte müde und ließ ihre Hände los.

»Ich rufe Søren an, wenn ich zu Hause bin«, sagte Anna jetzt. »Und danach übernimmst du die Sache, okay?«

Hanne nickte.

Es war Sonntagabend, und Anna ging den kurzen Weg zur Falkoner Allé, über den Jagtvej und hinter dem Landesarchiv vorbei. Ihre Jacke stand offen, und plötzlich hörte sie hinter sich Schritte und drehte sich um. Es war Johannes. Er lief schnell und kam immer näher.

»Ich begreife nicht, dass du dich nicht dicker anziehst, du Geist«, sagte sie liebevoll. Er trug noch immer Converse und Windjacke.

»Ich friere nicht«, sagte er und ließ seine Hand in ihre gleiten. Gemeinsam gingen sie bis zur Haustür, sagten aber nichts. Anna schloss auf und wandte sich zu ihm um, unsicher, ob sie ihn hereinbitten sollte. Was, wenn Lily sich fürchtete? Aber er war nicht mehr da. Sie verharrte ein wenig und spähte, mit der Hand auf der Türklinke, in die Dunkelheit hinaus, dann ging sie ins Haus und die Treppe hoch. Sie konnte die Fernsehfiguren Kaj und Andrea ein Duett singen hören und hörte etwas, das wie das Hüpfen eines begeisterten Kindes klang.

Es war fast überstanden. Nun fehlte nur noch die Begegnung mit Freeman am nächsten Morgen.

17

Als Søren am Sonntag, dem 14. Oktober, im Zoologischen Museum eintraf, war Anna nicht mehr dort. Er war auf dem Weg in die Stadt gewesen, als sie ihn angerufen hatte, und sein Blut war zu Eis gefroren.

»Hilf mir«, hatte sie gesagt. Er hatte hören können, wie sie nach Luft schnappte. »Mein Freund Troels hat Johannes umgebracht. Er ist hier. Im Walsaal des Museums. Ich habe ihn an eine Bank gefesselt. Aber ich muss jetzt weg.« Dann hatte sie aufgelegt. Troels? Søren fuhr schneller und rief auf dem Revier an. Ein Streifenwagen mit zwei Polizisten traf gleichzeitig mit ihm ein. Søren erklärte das wenige, was er wusste, als sie die Treppen hochliefen. Wir müssen in den Walsaal, rief er der jungen Frau hinter dem Schalter zu. Sie wies freundlich auf den Fahrstuhl. Als sie im vierten Stock angekommen waren, rannten sie durch das Foyer, vorbei an einem überraschten Museumsangestellten, eine Treppe hoch und in einen großen Saal. Dort hing hinter einer Menschenmenge ein Wal an der Wand, und es herrschte das reine Chaos.

Søren bahnte sich einen Weg durch die Masse. Auf der Bank saß der Mann vom Plakat am Magasin. Troels. Søren starrte ihn verblüfft an. Troels zog und zerrte an seinem linken Arm, der an der Rückenlehne der Bank festgebunden war. Sein Handgelenk blutete, und er fauchte wie ein wildes Tier. »Still sitzen«, befahl Søren. Aber Troels reagierte nicht.

»Bleib du verdammt noch mal ganz still sitzen«, brüllte Søren.

Der Typ schaute ihn zornig an. Seine Augen waren blutunterlaufen. Dann trat er Søren mit voller Wucht mit dem Stiefel gegen das Schienbein. Søren machte einen Schritt zurück und ließ seinen Kollegen den Vortritt.

»Jetzt mal ganz ruhig«, sagte der eine. Der andere Kollege schnitt die Kabelbinder los und legte Troels amtliche Handschellen an.

»Wie heißen Sie mit Nachnamen, Troels?«, fragte Søren freundlich und humpelte näher.

»Das geht dich nichts an, du Bullenschwein«, antwortete der Typ.

»Wo ist Anna?«, fragte Søren. Die Augen des Typen blitzten auf.

»Wenn ich die wiedersehe, dann bring ich sie um.«

»Ja, ja«, sagte Søren freundlich. »Davon gehe ich aus. Es ist 15.22 Uhr, und ich verhafte Sie wegen … Gewalt gegen einen Beamten im Dienst.« Søren spürte den Blick seines Kollegen, aber so war es eben. In zwei Stunden, wenn er mehr wüsste, würde er Troels wegen des Mordes an Johannes festnehmen können.

»Als Festgenommener sind Sie der Polizei gegenüber zu keiner Aussage verpflichtet«, sagte er dann noch. Das Licht in Troels' Augen veränderte sich, sein Mund öffnete sich kurz, dann fügte er sich in sein Schicksal.

»Fahrt schon mal los mit ihm«, sagte Søren zu seinen Kollegen. »Ich komm gleich nach.« Er drehte eine Runde durch das Museum, fand Anna aber nirgendwo. Er versuchte unentwegt, sie anzurufen, doch sie meldete sich nicht. Schließlich hinterließ er eine Nachricht. Er wolle nicht durch das ganze Institut laufen, um sie zu finden, sagte er, er gehe davon aus, dass sie sich so bald wie möglich melden würde. Er dankte ihr für die inoffizielle Festnahme und bat um eine genauere Erklärung. So bald wie möglich, wiederholte er.

Um halb sechs hatte Søren noch immer nichts von Anna gehört. Er saß in seinem Büro und wägte seine Möglichkeiten ab. Den Nachmittag hatte er mit dem Versuch verbracht, Troels dessen Nachnamen zu entlocken. Den wollte der aber nicht nennen. Zum Schluss hatte Søren bei Stella Marie Frederiksen angerufen. Sie war gerade auf dem Weg zu Freunden, hatte sich aber bereit erklärt, mit einem Taxi zum Revier zu kommen. Sie blieb etwa eine Viertelstunde, sah sich Troels durch eine Spiegelwand an und erklärte, er sei es. Ohne jeglichen Zweifel. Sie händigte Søren eine Liste der Gäste aus, die sich am 3. September in der Roten Maske aufgehalten hatten. Irgendwo auf dieser Liste stand auch Troels' vollständiger Name. Søren überflog die Liste und war danach so schlau wie zuvor. Zwei Gäste namens Troels waren aufgeführt. Der eine hieß Vedsegaard, der andere Nielsen. Søren kratzte sich am Kopf und schaute auf die Uhr.

Ticktack.

Er aß ein belegtes Brot.

Er schrieb seinen Bericht.

Er schaute hinaus in die Dunkelheit, konnte aber an seinem Spiegelbild nicht vorbeisehen.

Als Anna endlich anrief, lagen seine Nerven blank.

»Wo steckst du?«, rief er, als sie ihren Namen genannt hatte.

»Ich bin jetzt zu Hause«, sagte sie ruhig. Søren sank in sich zusammen.

»Dieser Typ, Troels, den du an die Bank gefesselt hast, wie heißt der mit Nachnamen?«, wollte Søren wissen.

»Vedsegaard«, sagte Anna müde. »Er war mal mein bester Freund … als ich klein war. Ich werde dir alles erklären, aber nicht jetzt. Es tut mir leid, dass ich einfach abgehauen bin.«

Søren zog einen dicken Strich unter Troels' Namen.

»Er hat gestanden«, sagte sie dann.

»Ja, das muss er ja getan haben, wo du ihn schon festgenommen hast.« Søren konnte sich ein Lächeln nicht verkneifen. »Du musst morgen um zehn Uhr herkommen.«

Anna schwieg.

»Ich muss dir noch etwas erzählen«, sagte sie dann.

»Ja?«

»Ich weiß, wer Lars Helland infiziert hat.«

Nun schwieg Søren.

»Bist du noch da?«, fragte Anna.

»Was hast du gesagt?«

»Dass ich weiß, wer Lars Helland infiziert hat.«

»Wer?«

»Er heißt Asger Moritzen und ist der Sohn von Lars Helland und Hanne Moritzen. Er wohnt im Glasvej 12, im Nordwest-Viertel. Tybjerg hat irgendwie herausgefunden, dass Helland Asgers Vater ist. Er ist seit dem Grundstudium mit Asger befreundet, und der hatte eine Stelle an der Uni, wurde aber entlassen, weil seine Abteilung eingespart wurde. Tybjerg hat mir erzählt, dass Asger bis vor ziemlich kurzer Zeit keine Ahnung hatte, dass Helland sein Vater ist. Tybjerg hat das alles rein zufällig in Erfahrung gebracht und Helland mit seinem Wissen erpresst. Als Asger endlich davon erfuhr, wurde er seltsam, sagt Tybjerg. Heute sind sie nicht mehr befreundet.«

Søren versuchte, das alles in verdaubaren Portionen in sich aufzunehmen.

»Weiter«, sagte er schroff.

»Ich war heute fast drei Stunden bei Hanne. Deshalb konnte ich nicht auf dich warten oder ans Handy gehen. Ich musste einfach zu ihr. Hanne ist meine Freundin, sie hat gelogen, sie hat einen Sohn. Ich war stocksauer, als ich bei ihr ankam, aber … sie hat mir alles erzählt. Sie wusste schon das ganze Wochenende über, dass Asger Helland umgebracht hat. Sie wollte auch zur Polizei gehen, aber … Mütter und ihre Kinder«, sagte Anna plötzlich. »Was Mütter nicht alles aus missverstandener Güte tun, um ihre Kinder zu beschützen.«

Søren wollte schon etwas sagen, aber sie redete weiter.

»Ich habe Hanne versprochen, dass ihr vorsichtig sein werdet, wenn ihr ihn holt. Er ist sehr gebrechlich, aber nicht gefährlich. Das hat sie mir geschworen. Vor allem hat er wohl Angst.«

Søren schluckte.

»Du weißt also, wo Tybjerg ist?«, fragte er dann.

»Ja«, sagte Anna. »Das habe ich die ganze Zeit gewusst. Entschuldige.«

»Warum hast du das nicht gesagt?«

»Tybjerg steht kurz vor dem Zusammenbruch, ich habe mich nicht getraut. Ich will am nächsten Montag Examen bei ihm machen. Ich muss das jetzt hinter mich bringen. Ich habe eine drei Jahre alte Tochter. Ich muss wieder ihre Mutter sein.«

 »Wo steckt er?«, fragte Søren gelassener.

»Ich werde dir sagen, wo er ist.« Annas Stimme klang ruhig. »Morgen. Aber ich komme nicht um zehn Uhr. Ich muss vorher noch etwas erledigen. Ich komme um eins. Und jetzt muss ich wirklich auflegen.«

»Anna, ich will wissen, wo Tybjerg ist. Jetzt.«

»Verlass dich auf mich.«

Und weg war sie.

Søren saß hinter dem Schreibtisch und starrte das Telefon an.

Søren klingelte bei Hanne Moritzen, die in einer kleinen Seitenstraße der Falkoner Allé wohnte.

»Kommen Sie hoch«, sagte sie heiser und betätigte den Türöffner. Sie trug ein weiches graues Kostüm und stand schon in der Tür, als er oben ankam. Ihre Haare waren feucht, als käme sie gerade aus dem Bad.

Sie setzten sich ins Wohnzimmer. Wie das Sommerhaus war auch die Wohnung stilsicher eingerichtet, in Bambusfarben und Rohweiß, unterbrochen von Tiefrot und Orange. Hanne Moritzen setzte sich auf die Sofakante und sah Søren abwartend an.

»Ich bin hier, weil Anna Bella Nor mich vor einer Stunde angerufen und gesagt hat …«

»Ich hatte sie darum gebeten«, fiel Hanne Moritzen ihm ins Wort.

Søren nickte.

»Sie haben Ihren Sohn Asger also in Verdacht, Lars Helland mit Parasiten infiziert zu haben?« Hanne Moritzen nickte.

»Und der verstorbene Lars Helland ist der biologische Vater Ihres Sohnes?«

Wieder nickte Hanne Moritzen.

»Warum, glauben Sie, hat Ihr Sohn seinen biologischen Vater mit Parasiten infiziert?« Søren überlegte einen kurzen Moment, ob Hanne Moritzen geistesgestört sein könnte. Hatte sie überhaupt einen Sohn, oder war alles nur erfunden?

»Asger hat es mir am Donnerstag erzählt«, sagte sie dann. »Er hatte große Angst, aber es half ihm, darüber zu sprechen. Wann werden Sie ihn holen?« Hanne sah Søren plötzlich flehend an. »Asger ist sehr feinfühlig. Sie können nicht einfach so über ihn hereinbrechen. Sie müssen allein hinausfahren und mit ihm reden. Sie werden doch nicht einfach so über ihn herfallen?«, fragte sie noch einmal. »Er hat lebensgefährliche Tiere bei sich.«

»In der Wohnung?«, fragte Søren verwirrt.

»Ja, er hat Terrarien«, antwortete sie. »Viele. Fahren Sie hin?«

»Wann haben Sie zuletzt mit ihm gesprochen?«

»Asger ist ein guter Junge«, sagte sie und tat, als hätte sie seine Frage nicht gehört. »Sie dürfen ihm nichts tun. Er wollte Lars nicht umbringen ... Der dumme Junge dachte, er hätte seinem Vater einen Bandwurm verpasst. Einen Bandwurm! Er wollte ihm bloß eins auswischen, ihn aber nicht umbringen, natürlich wollte er das nicht. Man bekommt aber doch keinen Bandwurm, wenn man ein Stück Bandwurm isst. Man bekommt doch keinen Bandwurm, wenn man dessen Eier isst. Der dumme Junge.« Ihre Stimme klang auf einmal gedämpft. »Ich bin Parasitologin, und dann leistet sich mein eigener Sohn so einen Patzer. Dabei ist er selbst Biologe.« Hanne schien sich zu schämen.

»Wie bekommt man einen Bandwurm denn dann?«, fragte Søren jetzt.

»Man bekommt einen Bandwurm, indem man infiziertes Fleisch verzehrt, das nicht richtig durchgebraten ist. Auf diese Weise wird man zum Wirtstier, darum geht es ja gerade.« Sie malte Anführungszeichen in die Luft. »Wenn Menschen zum Endwirt werden, entwickeln sie einen Bandwurm. Aber wenn man durch ein Versehen zum Zwischenwirt wird, dann setzen sich Larvenstadien im Fleisch fest, wie sie das bei einem Schwein getan hätten, und warten darauf, verzehrt zu werden. Aber Menschen werden ja nicht verzehrt, und deshalb verkalken die Schlummerstadien mit der Zeit und werden hart. Später dann fangen sie an, ihrem Wirt argen Schaden zuzufügen, vor allem, wenn Nervengewebe befallen ist. Es beginnt mit leichten epileptischen Anfällen, die sich rasch verschlimmern, man hat Sehstörungen, Nervenstörungen in Form von Halluzinationen, und letzten Endes stirbt man. Wie Lars. Einen Bandwurm zu bekommen, ist ungefährlich, aber die Larvenstadien zu erhalten, ist lebensbedrohlich. Das ist parasitologisches Grundwissen.« Hanne Moritzen sah Søren unglücklich an.

 »Jetzt wissen Sie immerhin, woher die zweitausendsechshundert

Finnen gekommen sind«, fügte sie trocken hinzu. »Von meinem törichten Jungen. Ich habe mir natürlich überlegt, woher Asger das Material haben konnte, und jetzt weiß ich es … An einem Wochenende im Mai waren meine Schlüssel verschwunden, und ich musste Ersatzschlüssel benutzen. Plötzlich waren sie dann wieder da, und ich habe mir weiter keine Gedanken darüber gemacht. An diesem Wochenende war Asger in meinem Labor und hat einen Bandwurm aus dem In-vitro-Vorrat genommen. Ich hatte wirklich geglaubt, eine bessere Kontrolle über meine Tiere zu haben. Ich zähle sie doch. Er hatte aber nur einen mitgenommen, und als ich sie einen nach dem anderen durchgegangen bin, schien alles zu stimmen.« Sie machte eine bedauernde Handbewegung. »Ich habe eingefrorene Exemplare, zur Dissektion, und ich habe lebende Exemplare, die ich unter Bedingungen aufbewahre, wie sie im Dünndarm herrschen. Er war immerhin gescheit genug, sich einen Wurm aus der lebenden Kultur zu holen, doch weiter hat sein Wissen nicht gereicht«, fügte sie trocken hinzu. »Am Montag darauf war er in der Abteilung für Zellbiologie und Vergleichende Zoologie und frühstückte zusammen mit Elisabeth, deren Büro dem Gemeinschaftsraum gegenüber liegt. Sie kennen sich von einem einige Jahre zurückliegenden Projekt, damals war Asger noch Student. Irgendwann stand er auf, um Salz zu holen, und während er im Gemeinschaftsraum war, öffnete er den Kühlschrank und legte ein Stück Bandwurm in Lars' Hellands Proviant, den der dort aufbewahrte.«

»Wie konnte er denn wissen, dass es der Proviant von Lars Helland war?«, fragte Søren.

Hanne seufzte.

»Der dumme Junge hatte das peinlich genau geplant. Er war zweimal vorher da gewesen. Und jedes Mal hatte eine benutzte Plastikeisdose mit der Aufschrift L. H. dort gestanden. Außerdem war Asger einmal am Gemeinschaftsraum vorbeigekommen, als Lars gerade aus dieser Dose aß. Er war sehr vorsichtig. Er wollte ja weder Svend noch Elisabeth einen Bandwurm verpassen, nicht wahr? Oder den Examenskandidaten. Ihm ging es um Helland. Weil Asger wütend war. Ich hatte ihm gestanden, dass Lars Helland sein biologischer Vater war, da lag seine Kündigung noch nicht lange zurück. Asgers ganzes Leben lang hatte ich behauptet, mit seinem Vater nur zufällig im Bett gelandet zu sein und nichts über ihn zu wissen. Im zweiten Semester wurde ich mit Asger schwanger, und ich war verliebt in Lars. Er war schon mit Birgit verheiratet und geschockt, als ich ihm die Wahrheit offenbarte. Er sagte, er glaube nicht, dass es sein Kind sei. Aber ich wusste doch, dass es so war. Wir kamen nicht weiter, und es waren schon Gerüchte im Umlauf. Jemand hatte uns zusammen gesehen, und dann war ich schwanger. Lars war vollkommen paranoid und bot mir Geld an. Er wäre doch sofort entlassen worden, wenn die Universitätsleitung erfahren hätte, dass er eine Studentin geschwängert hatte. Ich nahm sein Angebot an, zog nach Århus um und brachte Asger zur Welt. Lars kaufte uns eine Wohnung, dafür musste ich aber schriftlich bestätigen, dass Lars nicht Asgers Vater war. Ich gab den Vater als unbekannt an, und ganz ehrlich: Ich war ziemlich bald über die Sache mit Lars hinweg. Ich war zwanzig Jahre alt, wohnte in Århus, war vollauf beschäftigt mit dem Studium und meinem kleinen Sohn, hatte andere Freunde. Möchten Sie Tee?«

»Warum haben Sie sich nach all den Jahren entschlossen, Asger zu sagen, dass Helland sein Vater war?«

Hanne seufzte.

»Asger war ohne Vater aufgewachsen, und das war nie ein Problem. Als er neunzehn wurde, wollte auch er Biologie studieren. Ich war anfangs absolut dagegen, denn eine akademische Karriere ist nichts für schwache Gemüter. Es ist ein einziger langer Kampf – um Gelder, um Prestige, um Ellbogenfreiheit. Ich hatte wirklich meine Zweifel, ob Asger diesem Druck gewachsen war. Er war ein Einzelgänger, vorsichtig und äußerst empfindsam, aber er wollte unbedingt. Eigentlich war es ja auch absehbar, denn er hatte sozusagen sein Leben lang bei mir am Spielfeldrand gestanden, und wenn er sich zu Weihnachten ein Schmetterlingsnetz und zum Geburtstag ein Aquarium gewünscht hatte, wurden ihm seine Wünsche auch erfüllt. Ich weiß nicht, was ich erwartet hatte.« Sie schüttelte den Kopf. »1998 habe ich mich auf die Stelle als Chefparasitologin an der Universität Kopenhagen beworben, ich hätte mir doch nicht träumen lassen, die auch zu bekommen. Mitten in den Sommerferien kam dann ein Anruf, und ich hatte den Posten. Weniger als eine Woche darauf erhielt Asger Post: Er hatte einen Studienplatz für Biologie an der Universität Kopenhagen. In diesem Sommer zogen wir dann nach Seeland. Ich verkaufte die Wohnung in Århus und nahm uns dafür zwei Wohnungen, diese hier und Asgers im Glasvej.

Nach den Sommerferien fing Asger sein Biologiestudium an, und in derselben Woche, in der ich gesehen hatte, wie er verlegen an meinem Fenster vorübergegangen war, lief mir Lars über den Weg. Natürlich hatte ich die Möglichkeit in Betracht gezogen, dass er noch immer dieselbe Stellung haben könnte wie damals, aber trotzdem war ich schockiert. Wir hatten uns seit neunzehn Jahren nicht mehr gesehen und keinerlei Kontakt gehabt. Erst nach fast einem halben Jahr standen wir uns dann von Angesicht zu Angesicht gegenüber. Das war schon komisch, wo er doch nur zwei Stockwerke über mir im selben Haus saß. Aber es passierte erst kurz vor Weihnachten. Das Seltsame war, dass er sich darüber zu freuen schien, mich zu sehen. Er näherte sich von hinten, drehte mich herum und sagte immer wieder, wie unglaublich es doch sei. Er habe keine Ahnung gehabt, was aus mir geworden sei, ob ich überhaupt mit der Biologie weitergemacht hätte. Doch, doch, sagte ich. An der Uni Århus. Er verlor kein Wort über unseren Sohn, als wäre die Tatsache, dass er mich damals geschwängert hatte, wirklich aus seinem Gedächtnis getilgt worden. In diesem Moment kam Asger, und Lars gab ihm die Hand. – ›Das ist mein Sohn Asger‹, sagte ich. ›Er studiert im ersten Semester.‹ Ich starrte Lars an, aber sein Gesicht verriet nichts. Er drückte Asger nur die Hand und hieß ihn willkommen.

Rein fachlich gesehen hatte ich sehr viel zu tun. Zu Beginn des neuen Jahrtausends war die Parasitologie stark angewachsen. Entwicklungshilfe wurde wichtig genommen, und die Regierung stellte großzügig Mittel für Projekte bereit, die außerhalb Dänemarks angesiedelt waren. Die Bilharziose war ernsthaft ins Scheinwerferlicht gerückt, und ich trug die Verantwortung für drei riesige Forschungsprojekte, von denen zwei in Zentralafrika durchgeführt wurden. Asger ging es gut. Er absolvierte das Grundstudium mit links und fühlte sich offenbar pudelwohl. Ich freute mich für ihn, machte mir aber auch Sorgen. Er hatte keine Freunde und ging niemals aus. Er büffelte unaufhörlich und bereitete sich auf die nächste Prüfung vor, und wenn er ein seltenes Mal freihatte, befasste er sich mit seinen immer zahlreicheren Terrarien, besuchte Messen, las oder sammelte Insekten. Ich versuchte, ihn ein wenig auszuhorchen, aber er lächelte dann immer nur sein dummes Lächeln. ›Menschen interessieren mich nicht, Mutter‹, sagte er. ›Ich bin Wissenschaftler.‹ Was mir am meisten zu schaffen machte, war, dass er das immer mit einem verständnisinnigen Grinsen sagte, als wären er und ich ganz einer Meinung. Ich wollte nicht jemand sein, der keine Freunde hatte, weil das eigene Fach alles in Anspruch nahm. Aber die Wahrheit war, dass ich eben genau so eine war.

Bald darauf fand Asger einen Freund. Erik Tybjerg, Annas externer Betreuer, witzigerweise. Ja, Sie können mir glauben, die Uni ist wirklich ein Dorf.« Sie lachte kurz. »Asger saß an seiner Diplomarbeit, und die beiden Jungs waren viel zusammen. Vor allem ging es ihnen um ihr Fach, aber dennoch. Es trug Züge einer Freundschaft. Asger war noch immer auf diese seltsame Weise zufrieden. Nichts schien ihn zu stören. Wenn er nicht in allem, was er anrührte, die allerbesten Noten bekommen hätte, ich hätte an seiner Intelligenz gezweifelt.« Sie lächelte. »Aber er ist aufgeweckt und weiß alles über die Natur. Er weiß nur so gut wie nichts über andere Dinge. Solange er froh war, tröstete ich mich damit.« Sie seufzte.

»Eines Tages besuchte ich ihn spontan in seiner Wohnung im Glasvej. Ich wusste, dass er nach einer Grippe noch immer zu Hause war, ich hatte bei einem Bäcker Kuchen gekauft und wollte ihn überraschen. Als ich die Straße entlangging, versuchte ich mich zu erinnern, wann ich ihn zuletzt besucht hatte. Ich rechnete rückwärts. Er war jetzt fast fertig mit seiner Doktorarbeit, und auf einmal wusste ich nicht mehr, ob ich drei Jahre zuvor zum Examen das letzte Mal bei ihm gegessen hatte oder an seinem Geburtstag. Eigentlich quälte mich mein schlechtes Gewissen, weil ich so selten bei ihm war. Asger zog mich immer damit auf. ›Meine Mutter hat Angst vor Tieren‹, sagte er und fand das wahnsinnig komisch. Das habe ich natürlich nicht. Aber ich mochte seine Tiere nicht, ich mochte nicht, was sie symbolisierten.«

»Was symbolisierten sie denn?«, fragte Søren interessiert.

»Nur Nerds haben Terrarien«, sagte Hanne offen. »Man lebt doch nicht mit Schlangen und Skorpionen zusammen!« Sie machte ein verärgertes Gesicht. »Ich lebe ja auch nicht umgeben von den Parasiten, mit denen ich arbeite, oder?«

Søren schaute sich verstohlen in der kahlen Wohnung um und wusste nicht, was schlimmer war: Ungeziefer oder Leere.

»Und immer, wenn ich mit dieser Seite meines Sohnes konfrontiert wurde, kamen mir Schuldgefühle. Ich wünschte mir doch so sehr, dass er Freunde hätte. Andere junge Männer, mit denen er einen trinken gehen oder Marathon laufen könnte, was weiß ich. Ich hätte ihm auch eine Freundin gewünscht. Eine, mit der er zusammenziehen könnte, sodass ich sie sonntags besuchen könnte, eine, mit der er vielleicht irgendwann eine Familie gründen wollte. Aber wenn er es jemals schaffte, eine Frau mit in seine Wohnung zu nehmen, dann würde die sich bestimmt weigern, dort zu übernachten, sobald sie all seine Tiere entdeckte. Damals wusste ich nur, dass er eine kleine ungiftige Schlange, vier Vogelspinnen und einige geheimnisvolle, überdimensionale Stäbchenschnecken hielt. Ich habe nie verhehlt, dass ich gegen Tiere in der Wohnung bin, aber Asger lachte nur und sagte, deshalb zögen Kinder ja schließlich von zu Hause aus. Ich redete also nicht mehr dauernd darüber, und wir trafen uns meistens bei mir, deshalb war plötzlich so viel Zeit vergangen.

Er freute sich so, als ich vor der Tür stand. Über seinem Schlafanzug trug er einen Bademantel, seine Haare waren zerzaust, und er strahlte übers ganze Gesicht. Alles war gut. Ich ging in die Diele und legte den Mantel ab. Es roch muffig, aber das hatte ja seine Gründe – er war wohl schon seit drei oder vier Tagen krank. Es war auch ein wenig dunkel, vielleicht hat er bis eben noch geschlafen, dachte ich.

Asger nahm meinen Mantel, hängte ihn über einen Kleiderbügel und öffnete einen Einbauschrank, um den Mantel wegzuhängen, und dabei fiel ihm ein Bündel auf den Kopf. Es war ein Stoffbündel, das oben mit einer Schnur zusammengebunden war, offenbar war es vollgestopft mit Kleidungsstücken und Schuhen. Asger bat mich, den Bügel mit dem Mantel zu halten, und stopfte das Bündel wieder in den Schrank. Als er die Tür geschlossen hatte, hängte er den Bügel an eine Türklinke und ging in die Küche, um Wasser aufzusetzen. Ich blieb auf dem Gang stehen und rief: ›Warum ist es so dunkel?‹, aber das Wasser lief, und wenn er geantwortet hat, dann habe ich das nicht gehört. Ich streckte die Hand aus und machte Licht in der Diele. Die Schlafzimmertür stand sperrangelweit offen, und ich ging hinein und suchte nach dem Lichtschalter.

Ich brauchte fünf Minuten, um zu begreifen, was ich da sah.

Er hatte jetzt drei Terrarien, ich war fast erleichtert, drei sind ja nicht vollkommen übertrieben, und auf den ersten Blick schienen sie ohnehin leer zu sein. Dann kam der Schock. Überall lagen Stoffbündel herum. Ein Stoffbündel an sich ist vielleicht noch kein bestürzender Anblick, aber die Systematik machte mir Angst.« Hanne sah Søren vorsichtig an, der vergaß, seinen Tee zu trinken. »Auf dem Bett waren Decke, Kissen und Laken zu einem Bündel aufgerollt, und das Bündel wurde zusammengehalten von«, Hanne schluckte, »dem Gürtel meines Bademantels, den ich schon lange vermisste. An der Wand zur Straße hin lagen noch drei Bündel, eins mit Büchern, konnte ich sehen, und zwei, die Asgers Kleider zu enthalten schienen, denn das eine war nicht ganz verschlossen, und außer einem Gürtel konnte ich zwei teure Fjällrävenhosen sehen, die ich ihm zu Weihnachen geschenkt hatte. Unter das Bett hatte er ein Bündel mit etwas geschoben, das aussah wie die Badezimmerwaage, die er von mir übernommen hatte. Und auf dem kleinen Schreibtisch in der Ecke, rechts vom Fenster, lag ein Bündel, das zweifellos einen geöffneten Laptop enthielt, und daneben gab es noch kleinere Bündel voller Kleinkram. Ich ging zwei Meter ins Zimmer hinein und starrte die Stoffbündel an, als ich unmittelbar hinter mir etwas spürte. Ich konnte Asger in der Küche pfeifen hören, hörte Papier knistern. Ich drehte mich um. An der Wand hinter mir hatte Asger drei Regale angebracht, breit wie Decksplanken, und darauf standen Gläser, die mit Äthanol gefüllt waren und Insekten enthielten, kleine Terrarien mit lebenden Wesen, Styropor mit aufgespießten Insekten und Schmetterlingen und mehrere Nachschlagewerke über Anatomie und Physiologie von Tieren.

Ich ging aus dem Schlafzimmer ins Wohnzimmer, wo es stockfinster war, denn das Fenster war von einem dicken Vorhang verdeckt, glaubte ich. Vielleicht hat er ja so lange geschlafen, dachte ich verzweifelt. Ich riss am Vorhang und zog ihn zur Seite, aber es war noch immer reichlich dunkel. Und dann wurde mir bewusst: Das Zimmer lebte, ich wusste, was hier los war. Asger hatte sein Wohnzimmer in ein Terrarium umfunktioniert.

›Ich habe kürzlich das Fenster angestrichen‹, sagte er fröhlich, als er mit dem Tee hereinkam. ›Ich hatte jemanden zum Wasser- und Gasablesen hier, und als der nichts sehen konnte, zog er den Vorhang beiseite, obwohl ich ausdrücklich gesagt hatte, er dürfe das nicht. Meine südchilenische Tarantel legte gerade Eier, und beim Eierlegen kann sie kein Tageslicht vertragen. Absolut nicht‹, sagte er nachdrücklich. ›In ihrem natürlichen Habitat graben die Weibchen sich tief in den Boden ein, denn die Eier brauchen Feuchtigkeit und Kälte und Dunkelheit. Er hat alles kaputt gemacht, dieser Gas- und Wasserableser‹, sagte Asger verärgert. ›Ich hab sie seither nicht wieder dazu bringen können.‹ Er stellte Teekanne und Kuchenteller auf einen Couchtisch, dessen Umrisse ich nur erahnen konnte.

›Aber wenn du Licht haben möchtest, kann ich es gern einschalten‹, und noch bevor ich antworten konnte, hatte er schon Licht gemacht.

›Das ist ein besonderes Licht‹, erklärte er. ›Die roten Strahlen sind alle rausgefiltert. Man kann dabei zwar nicht lesen, aber man kann sich orientieren. Ist das gut genug, oder möchtest du lieber in der Küche sitzen?‹

Das Wohnzimmer war jetzt in ein kaltes Zwielicht gebadet, und ich sah mich um. Kein Fleck an den vier Wänden war nicht mit einem Terrarium bedeckt.

›Sind das Spinnen?‹, flüsterte ich.

›Zweiundsiebzig Spinnen, davon sind vierunddreißig tödlich, neununddreißig Skorpione, alle tödlich, vier Giftschlangen und dann natürlich Kakerlaken, Mäuse und Heimchen. Als Futter‹, antwortete er munter. An der linken Terrarienwand standen ebenfalls diese Bündel. Bücher, Ordner, Ausgaben der Zeitschrift *Science,* CDs, nahm ich an.

Ich fragte ihn, warum er seine Sachen in Bündeln aufbewahrte, und er antwortete, das sei die natürliche Weise, seine Bestandteile aufzubewahren. Eier, Nester und Nahrungsballen, immer gepackt in Dolden, Haufen und Bündel. Er ahme die Natur nach.

›Das ist nur ein Experiment‹, sagte er. ›Nur aus Jux natürlich‹, fügte er, unsicher geworden, hinzu.« Hanne hielt inne und starrte Søren an.

»Ich weiß nicht so recht, warum ich Ihnen das alles erzähle.«

Søren räusperte sich.

»Sie können gern weiter erzählen. Das ist wichtig.« Søren sah Hanne Moritzen ins Gesicht, und es sah kurzzeitig so aus, als habe sie den Faden verloren.

»Ich weiß nicht … ich bin weggegangen …« Sie schüttelte sich. »Und ich war traurig … aber auch wütend auf mich selbst. Ich hatte seine Wohnung doch nicht voller Kinderpornos vorgefunden oder ihn beim Gelddrucken erwischt …« Sie seufzte. »Aber was war denn nur los? Ich dachte in den folgenden Wochen viel darüber nach. Helland lief mir in dieser Zeit dauernd über den Weg. Wann immer ich aus dem Fenster schaute, stand er unten und redete mit einem Kollegen oder setzte gerade seinen Fahrradhelm auf, ständig auf Zack. Ich hatte ihn zweimal mit seiner Tochter gesehen. Sie hatte keinerlei Ähnlichkeit mit Asger. Lars sah die beiden auch auf ganz unterschiedliche Weise an. So durchsichtig, wie Asger für ihn an dem Tag gewesen war, an dem sie einander die Hand geschüttelt hatten, so sehr war er von seiner Tochter erfüllt. Wie er ihr die Hand in den Nacken legte, wie er ihr zuhörte, den Kopf ein wenig geneigt. Sie war damals vielleicht zwölf oder dreizehn. Etwas in mir verkrampfte sich. Warum konnte er Asger nicht auf eine ebenso natürliche Weise lieben? Ich fühlte mich immer mehr gespalten. Seit dem Besuch in Asgers Wohnung spielte ich mit dem Gedanken, ihn über Lars' Identität aufzuklären. Ich brauchte Stunden, um mir ein Bild von der Lage zu machen. Wünschte Asger sich einen Vater, oder hatte ich das Bedürfnis, über Asger mit jemandem zu sprechen, der ihn ebenfalls liebte? Es bestand kein Zweifel daran, dass Letzteres meinen Beweggrund bildete. Ich stellte mir vor, wie ich mit Helland hier auf dem Sofa saß, stellte mir vor, wie wir über unseren Sohn sprachen. Aber Lars hatte diesen Wunsch offenbar nicht. Er wusste doch sehr gut, dass

Asger sein Sohn war, hatte aber niemals den Wunsch geäußert, Asger in seinem Leben eine Rolle spielen zu lassen. Er schaute nicht einmal zu mir hoch, wenn er vorüberging. Nur wenn wir uns bei Seminaren oder Vorträgen begegneten, grüßte er mich. Freundlich und aufmerksam, wie eh und je. Dann sollten Lars und ich plötzlich eine Sitzung leiten, über Finanzen. Es ging um Forschungsmittel, um Gelder, die seine und meine Abteilung zusammen beantragt hatten und die nun bewilligt worden waren. Jetzt sollten wir also eine Möglichkeit finden, alles gerecht zu teilen. Es war Ende der neunziger Jahre und die Kassen ziemlich leer gekratzt. Dass es noch schlimmer werden würde, hätte sich ja niemand vorstellen können.« Sie musterte Søren düster. »Jedenfalls machten wir uns ans Werk und kamen überein, dass zwei Vertreter jeder Abteilung das Geld auf die verschiedenen Forschungsprojekte verteilen sollten. Ich trat mit einer jüngeren Forscherin unserer Abteilung an und Helland mit einem Kollegen aus der seinigen. Ich konnte sofort sehen, dass etwas vorgefallen war. Helland sah müde und verhärmt aus, und die vitale Ausstrahlung, die mir fast auf die Nerven gehen konnte, war wie weggeflogen. Während der Besprechung war er gereizt und kurz angebunden, er schien nicht der Meinung, auch nur ein einziges unserer Projekte habe Geld verdient. Ich dachte lange darüber nach, was wohl in ihn gefahren sein mochte, aber ich kannte ihn ja nicht besonders gut, deshalb kam ich zu keiner Lösung. Das Einzige, was ich feststellen konnte, war, dass seine übliche Unangreifbarkeit plötzlich wenn nicht verschwunden, dann doch geschwächt war.

Und hier sah ich nun eine Möglichkeit, ihn zu treffen.« Hanne sah Søren offen an. »Nach dieser Besprechung lauerte ich ihm auf und sagte, ich hätte mir die Sache überlegt und fände, wir müssten Asger die Wahrheit sagen. Er sagte, er habe keine Ahnung, wovon ich da redete.

Zwei Tage später wurde mir offiziell mitgeteilt, dass über drei Viertel der bewilligten Mittel unserer Abteilung zugeteilt worden seien, ganz ausdrücklich zweien meiner Projekte. Ich kam zur Arbeit, die anderen hatten Gammel Dansk und Brötchen gekauft. Meine jüngere Kollegin, die bei der Besprechung dabei gewesen war, strahlte:

›Was hast du zu ihm gesagt? Das hast du toll gemacht.‹ Sie umarmte mich. Ich war natürlich sprachlos, und genau fünf naive Minuten lang glaubte ich, das Geld sei uns auf gerechte Weise zugefallen. Aber dann ging mir auf, warum. Helland hatte mein Schweigen erkauft.

In den folgenden Wochen wusste ich nicht ein noch aus. Die Stimmung in der Abteilung war großartig, und wir hatten eine überschäumende Strategiebesprechung nach der anderen. Wir würden uns ein neues Elektronenmikroskop leisten können, wir würden die drei Doktoranden auf die geplante Reise zu unseren Projektgebieten mitnehmen können, und wir würden auch zwei bevorstehende Symposien in Asien und Amerika besuchen können. Die Stimmung war euphorisch, das steckte natürlich an. Ich sah Helland in diesen Wochen mehrere Male, aber er schaute nie in mein Fenster, obwohl ich sicher bin, dass er wusste, wann ich dort saß. Ich sah auch Asger in diesen Wochen mehrere Male. Er strahlte. Er hatte bei seiner Disputation stehende Ovationen erhalten, und zwei Wochen danach war ihm ein Postgraduiertenstipendium bewilligt worden. Abermals zerbrach ich mir den Kopf. Sollte ich es Helland durchgehen lassen, dass er sich mein Schweigen erkauft hatte?

Eines Nachmittags, als ich Asger zusammen mit Erik Tybjerg sah, fasste ich meinen Entschluss. Sie gingen an meinen Fenstern vorüber und schienen sich über irgendetwas dermaßen köstlich zu amüsieren, dass Asger das Winken vergaß. Das war ihm nie zuvor passiert. Am nächsten Tag teilte ich Helland mit, sein unverschämter Bestechungsversuch werde angenommen, unter einer Bedingung: Er solle sich für den Fakultätsrat bewerben, und wenn er gewählt würde, müsse er dafür sorgen, dass es meiner Abteilung niemals wieder an Geld mangele. Ich presste die Zitrone aus, auch um mir ein Bild davon zu machen, wie wichtig es für ihn war, dass Asger ein Geheimnis blieb. Offenbar war es ihm sehr wichtig, denn Lars stimmte zu. Asger blieb vaterlos, ich war zur Erpresserin geworden, und Lars Helland behielt seinen Posten. Keine zwei Sekunden lang plagte mich ein schlechtes Gewissen. Unsere Parasitenforschung rettete in der Dritten Welt Menschenleben, und meinem Sohn wurde ein Vater erspart, der ihn im Grunde gar nicht ausstehen konnte. So ging es jahrelang weiter.« Hanne kniff die Augen zusammen. »Lars schaffte es immer wieder, Mittel bewilligt zu bekommen, da war er ungeheuer tüchtig. Wenn er die Geldgeber dann erst hatte, wurde er kreativ. Das Geld wurde ständig im System herumgeschoben, und immer wenn es an eine neue Stelle geleitet wurde, wurde es geschminkt und weitergeschickt. Als es dann endlich bei uns ankam, hatte niemand mehr einen Überblick, niemand stellte Fragen.«

»Und was geschah dann?«, wollte Søren wissen.

»Regierungswechsel«, sagte Hanne trocken. »Die Kasse wurde geschlossen und der Schlüssel weggeworfen. Jetzt musste jede Institutseinheit einen halbjährlichen Rechenschaftsbericht ablegen und aufzeigen, was aus dem Geld geworden und was bei den Forschungen herausgekommen war. Für jede Krone. Die neue Regierung war zutiefst misstrauisch, und sehr bald war klar, dass sie keine fünfundzwanzig Öre für unseren Einsatz gab, wenn da nicht unter dem Strich etwas Zählbares herauskam. In der Hierarchie kam es zu sehr vielen Verschiebungen, und letztlich bekamen wir einen neuen Institutsleiter. Vor drei Jahren beschloss er zusammen mit dem Fakultätsrat, die Coleoptera-Systematik zu schließen …«

»Was ist das?«

»Eine Zweipersonenabteilung, die sich auf die Systematik der Käfer spezialisiert. Dort gab es zwei Angestellte, einen älteren Professor der Taxonomie, der fast schon pensionsreif war, und einen jungen, aufstrebenden Invertebratenmorphologen …« Hanne sah Søren aus blanken Augen an.

»Asger.«

Hanne wandte sich ab.

»Asger hatte den ganzen Sommer auf Borneo verbracht, um Material zu sammeln, und war am Tag vor Semesterbeginn zurückgekehrt. Er war sonnengebräunt, und ich hatte ihn noch nie so locker und fröhlich erlebt. Die Institutsleitung behauptete, sie hätte ihm einen Brief und eine Mail geschickt, hätte wirklich versucht, ihn zu erreichen, aber egal, ob es jetzt Asgers Fehler oder ihre Lüge war – er erschien nichtsahnend im Institut und stieß auf eine Abteilung, die geschlossen war. Vor seinem Büro stand ein in Plastikfolie gewickelter Kopierer und wartete ungeduldig darauf, dass Asger seinen Platz räumte, damit sie einen Kopierraum einrichten könnten. Ich saß bei der Arbeit und hatte ihn eben erst kurz begrüßt, und dann kam er auch schon wieder aus der Tür gestürzt, durch die ich ihn eben erst hatte verschwinden sehen. Ich starrte ihm hinterher. Er hatte Eimer und Krüge mitgebracht, eine viel zu dicke Jacke getragen, ein glückliches Gesicht gehabt und einen Rucksack unter dem Arm, und jetzt sah ich ihn in Richtung Parkplatz verschwinden, ohne sein Hab und Gut und im T-Shirt. Unruhig wartete ich darauf, dass er zurückkommen würde. Nach einer halben Stunde wusste ich, da stimmte etwas nicht. Als ich bei ihm anrief, zitterten mir die Hände. Danach meldete ich mich bei Lars. Es war ein äußerst unangenehmes Gespräch. ›Ich konnte nichts machen‹, sagte er immer wieder. ›Es ist die kleinste Einheit am Institut. Etwas musste geschlossen werden. Ich konnte nichts machen.‹ Ich hätte ihn umbringen können, egal, ob er etwas hätte machen können oder nicht. Lars beteuerte, alles versucht zu haben. Aber er sei der Einzige gewesen, der dagegen gestimmt hatte. Ob ich schon mal von Mehrheit gehört hätte, von Demokratie? Die Abteilung sei augenblicklich geschlossen worden, der ältere Professor war emeritiert, und Asger war … freigestellt worden.« Hanne schaute aus dem Fenster, auf das Haus gegenüber. Es war schon dunkel geworden.

»Ich fuhr natürlich zu Asger. Er machte nicht auf. Ich rief durch den Briefschlitz. Die ganze Zeit hatte ich es gewusst. Freude, Erfolg, Borneo, die kessen Sommersprossen, die ihn fast normal wirken ließen. Das alles war eine Illusion. Darunter war Asger der, der er immer schon gewesen war. Ein Nerd. Einer, der sich in der Welt überhaupt nicht zurechtfand, und das alles war meine Schuld. Ich hatte zu viel gearbeitet, und er hatte keinen Vater. Am Ende rief ich einen Schlosser an und verschaffte mir Zugang zur Wohnung. Er lag auf seinem Bett und starrte an die Decke. Ich setzte mich auf das Bett und streichelte seinen Arm.« Hanne sah Søren an.

»Ich versprach ihm, dass wir eine Lösung finden würden, versprach, dafür zu sorgen, dass er nicht arbeitslos würde. Durch Helland hatte meine Abteilung in diesen Jahren Geld genug, und ich stellte Asger in der Parasitologischen Abteilung als Assistenten an und presste Lars noch weiter aus. Er sollte Asger Geld besorgen.

Für zwei jährliche Studienreisen nach Südostasien, wo Asger neues Material sammeln könnte. Außerdem sollte er Asger drei Vorlesungen pro Jahr im Auditorium A verschaffen. Mit vollbesetztem Saal, sonst würde ich alles an den Tag bringen.

Asger war natürlich alles andere als zufrieden. Er welkte dahin. Es war doch nicht dasselbe. Er fuhr einige Male nach Südostasien und sammelte Material, und er saß in meiner Abteilung, untersuchte Tiere, schrieb Artikel und machte sich nützlich. Aber das war doch nicht das, was er wollte. Er wollte kein Tagelöhner an der Universität Kopenhagen sein. Er wollte eine feste Anstellung und sein eigenes Büro haben, wollte Studierende zum Examen führen, wollte im Forschungsmilieu für Wachstum und Gedeihen sorgen – aber kein im Grunde gleichgültiger Freelancer sein. Ich fragte vorsichtig, ob er noch immer Kontakt zu Erik Tybjerg hätte. ›Nee‹, murmelte er. Am Ende hasste ich Lars Helland.« Hanne sah Søren in die Augen. »Hasste ihn, weil …«

»Er nicht Asgers Vater sein wollte«, sagte Søren.

»Er war Asgers Vater«, sagte Hanne trotzig. »Und ich habe ihn gehasst, weil er nicht dazu stehen wollte. In Wirklichkeit hasste ich auch mich selbst. Forschungsmittel sind Doping in unserer Welt. Wer das meiste bekommt, bringt es am weitesten. Und ich sorge dafür, reichlich zu bekommen.« Sie sah Søren reumütig an.

»Im April wurde ich dann gefeuert. Mit einer dreijährigen Abschlussordnung, damit ich meine Projekte zu Ende führen kann. Die Parasitologie an der Universität Kopenhagen sollte geschlossen werden, das Seruminstitut bekam die Mittel. Das geschah in den Osterferien. Anders als Asger wurde ich von der Institutsleitung brieflich und telefonisch informiert. Es tue ihnen ja so leid. Es gebe neue Sparmaßnahmen. Die Regierung habe dem Institut das Messer an die Kehle gesetzt. Als ich nach den Ferien in die Abteilung kam, suchte ich nach Lars Helland. Er war wie vom Erdboden verschluckt, sein Büro abgeschlossen. Ich rief an, mailte, aber er antwortete nicht. Schließlich rief ich bei ihm zu Hause an, und seine Tochter war am Telefon. Ihre Stimme klang hell und munter. Sie war Asgers Schwester, sie teilten Gene, wie konnte sie so hell und munter klingen? ›Mein Vater ist verreist‹, sagte sie. Zu einer Grabung. Er werde erst in zehn Tagen zurückkommen. An diesem

Wochenende habe ich es Asger gesagt. Nach allen Überlegungen und all den Jahren, in denen ich verhindert hatte, es im Affekt zu offenbaren, erzählte ich Asger, dass Lars sein Vater war. Weil ich wütend war. Weil ich gefeuert worden war. Weil die Kasse jetzt geschlossen war. Weil jetzt nichts mehr für Asger abfallen würde. Weil ich verbittert darüber war, dass Lars' Tochter sich so fröhlich anhörte. Aus all diesen verqueren Gründen also«, sagte sie müde. Sie schwieg und starrte auf ihre Hände.

»Warum hat Anna nicht gewusst, dass Sie einen Sohn haben?«

Hanne schaute auf.

»Das hat sie mich auch gefragt, vor zwei Stunden.« Hanne lächelte müde und spielte an ihrer Kleidung herum. »Sie war böse auf mich, weil ich das geheim gehalten hatte. Sie schimpfte mich sogar aus.« Hanne lächelte. »Aber wir haben uns nur selten privat gesehen. Wir haben uns bei einem der obligatorischen Blockseminare kennengelernt, wo ich in terrestrischer Ökologie unterrichtete. Wir kamen ins Gespräch, und sie gefiel mir gut. Sie ist aus ganz anderem Holz als Asger. Und dann hat sie mich so daran erinnert, wie ich selbst junge Biologin und alleinstehende Mutter war. Wir haben zusammen gegessen, vielleicht fünfmal. Es machte Spaß, mit ihr gemeinsam in der Kantine zu sitzen. Es ergab einen Sinn. Anna hat kein leichtes Leben, oder? Mit dem kleinen Kind und dem Studium. Sie hat nie direkt gesagt, was passiert war. Weil sie sich schämte, dass ihr Freund sie verlassen hatte, das hat sie heute gesagt. Aber wissen Sie, was?« Sie sah Søren kurz an. »Ich habe mich auch geschämt. Ich habe mich Asgers wegen geschämt.« Søren versuchte, seine Gedanken zu sammeln.

»Und plötzlich, am Donnerstag, hat Asger Ihnen gestanden, dass er Lars Helland mit Parasiten infiziert hatte?«

»Ja.« Sie sah ihn unglücklich an. »Es ist meine Schuld. Ich hätte ihm nicht sagen dürfen, dass Helland sein Vater ist. Aber das hatte ich eben getan. An dem Abend, an dem ich es gesagt habe, nahm er es überraschend ruhig auf. Er kam mir beinahe verblüfft vor. Sagte immer wieder: ›Aber ich dachte, du weißt nicht, wer mein Vater ist?‹ Als ob es nicht in seinen Kopf wollte, dass ich gelogen hatte. Danach aßen wir zusammen und sahen einen Film. Er kam mir vor allem nachdenklich vor, nicht böse. Drei Tage danach rief er an und sagte, er wolle mich für einige Zeit nicht sehen. Dann legte er auf. Asger hat niemals rebelliert, nicht einmal als Teenager. Immer war er mein kleiner dummer Junge. Als er aufgelegt hatte, war ich wie gelähmt. Ich versuchte, ihn zurückzurufen, aber er nahm nicht ab. Ich ging ins Bett, wollte die Sache überschlafen, wollte nicht durch unüberlegtes Vorgehen noch mehr Schaden anrichten. Drei Wochen später rief ich ihn an. Doch, doch, ihm gehe es auch ganz gut. Welcher Tag heute sei? Ach. Das schien ihn doch zu überraschen. Egal, was ich sagte, er blieb freundlich und gelassen. Ich lud ihn zum Essen ein, fragte, ob wir zu Pfingsten zusammen wegfahren wollten. Nein, er wolle mich nicht sehen. Bis dann. So ging es weiter. Ich sagte mir, das sei in Ordnung so. Er war neunundzwanzig und hatte das Recht, seiner Mutter aus dem Weg zu gehen. Ich wollte nur so gern mit ihm sprechen, ihm ein weiteres Mal erklären, warum ich das mit Lars geheim gehalten hatte.

Ich schrieb Asger einen langen Brief und bat um Verzeihung. Schrieb, ich sei damals neunzehn gewesen und mit meinem Lehrer ins Bett gegangen, hätte nichts gewusst, würde heute niemals dieselben Entscheidungen treffen wie damals. Ich hörte nichts, nicht einmal zu meinem Geburtstag im Juli, den Asger immer sehr wichtig genommen hat. Nicht einmal eine Postkarte.« Jetzt liefen Hanne die Tränen über die Wangen.

»Er reagierte auf gar nichts. Nicht auf meine Briefe, nicht auf meine Anrufe. Er hatte mich ganz einfach fallen lassen. Im August fing ich mit einer Therapie an. Dabei ging es fast nur um meine Beziehung zu Asger und um meine Rolle in seinem Leben. Die Therapeutin sagte, ich sollte Asger noch einen Brief schreiben, bestimmt lese er meine Briefe, sie spielten eine Rolle, auch wenn er nicht reagierte. In diesem Brief sollte ich ihm klarmachen, dass ich da sein würde, wenn er so weit wäre, ihn liebte und mich darauf freute, dass wir irgendwann wieder miteinander zu tun haben würden. Aber erst, wenn er so weit wäre. Das sei wichtig, sagte die Therapeutin. Sie meinte, er mache einen Emanzipationsprozess durch, und ich sollte ihn in Ruhe lassen, ihn respektieren. Die Therapeutin deutete an, es sei an der Zeit.« Hanne warf Søren einen verlegenen Blick zu. »Also machte ich das. Schrieb einen

Brief, den die Therapeutin las und absegnete, ehe ich ihn Asger schickte. Und dann wartete ich wieder. Ich hörte nichts, aber die Therapeutin tröstete mich. Das sei ganz normal. Je länger es nach den Teenagerjahren dauerte, wo die Befreiung eigentlich hätte geschehen sollen, umso schwerer würde es. Sie bereitete mich darauf vor, dass es Jahre dauern könnte. Deshalb war ich glücklich, als er am Donnerstag anrief.« Hanne sah Søren eindringlich an. »Ich schwöre, nicht eine Sekunde war ich auf die Idee gekommen, Asger könnte etwas mit Lars' Tod zu tun gehabt haben. Ich habe mir wie besessen den Kopf darüber zerbrochen, ob die Parasiten aus meinem Bestand stammen könnten, aber zusammen mit meinen Kollegen war ich zu dem Ergebnis gekommen, dass das unmöglich war. Nichts war angerührt worden, nichts fehlte. Am Donnerstag sagte Asger, er habe mich durch das Fenster beobachtet. Er sagte, er habe es so aussehen lassen wollen, als hätte ich Helland den Bandwurm verpasst. Er habe uns beide bestrafen wollen, sagte er. Diese Vorstellung habe ihn ganz einfach amüsiert. Er wusste, dass Bandwürmer nicht gefährlich sind, aber oft erst dann entdeckt werden, wenn sie mehrere Meter lang sind und das gesamte Darmvolumen ausfüllen. Er habe das herrlich eklig gefunden, sagte er, er habe sich vorgestellt, wie der Bandwurm allmählich wachsen und uns mehr und mehr ausfüllen würde. Genau wie wir das gemacht hätten.

Er erzählte mir auch, dass er Lars bedroht hatte. Er hatte ihm Mails auf Englisch geschickt, von einer Adresse aus, die nicht zurückzuverfolgen war. Lars war das vollkommen egal, er nahm die Sache überhaupt nicht ernst. Er antwortete zweimal, erzählte Asger, natürlich ohne zu wissen, an wen er schrieb, und er schien die Drohungen unterhaltsam zu finden. Das machte Asger fertig«, sagte sie mild.

»Asger hörte im Radio von dem Todesfall und war entsetzt. Am Mittwoch ging er ins Institut. Er brauchte weniger als eine Viertelstunde, um das Gerücht aufzuschnappen, dass Helland voller Schweinefinnen gesteckt habe. Er geriet in panische Angst, fuhr nach Hause und überlegte einen Tag lang. Für ihn ergab das alles keinen Sinn. Am Donnerstagabend rief er mich an. Seine Stimme klang dünn und jämmerlich. Zuerst begriff ich nicht, warum er anrief und sich nach den Lebenszyklen von Parasiten erkundigte, nach all diesen Monaten des Schweigens. Er hatte selbst Bücher, da konnte er doch wohl nachschlagen? Aber er ließ nicht locker. Dann dämmerte es mir, und schließlich fragte ich ihn ganz offen. Hast du etwas mit Lars Hellands Tod zu tun? Das glaube er, flüsterte er. Also erzählte er mir alles, noch immer ohne es ganz zu begreifen. Er hatte diesem Schuft, der sein Vater war, doch nur einen Bandwurm verpassen wollen. Und den Rest konnte ich mir dann selbst denken.« Hanne sah Søren verzweifelt an. »Spricht es nicht für ihn, dass er gestanden hat? Tut es das nicht?«

»Er hätte ja auch die Polizei anrufen können«, sagte Søren freundlich.

»Das hat er doch getan, indem er mich angerufen und gestanden hat«, wandte Hanne ein. »So war es doch sein Leben lang.« Wieder sah sie beschämt aus. »Ich habe immer für ihn angerufen. Beim Einwohnermeldeamt, beim Finanzamt, beim Wohnungsamt, bei der Unileitung. Er kann nicht bei Fremden anrufen. Dann bringt er ganz einfach keinen Mucks heraus.« Für einen Moment blickte sie aus dem Fenster.

»Vielleicht stimmt wirklich etwas nicht mit ihm«, sagte sie dann. »Ich verstehe nur nicht, warum er bei allem, was er anfasst, die allerbesten Noten bekommt«, fügte sie hinzu.

Sie schwiegen eine Weile. Søren ließ Hanne Moritzen ein wenig Atem holen. Dann erhob er sich.

»Ich hole ihn jetzt«, sagte er. »Und dann helfen wir ihm, okay? So gut wir können.«

Hanne musterte ihn mit einem unergründlichen Blick.

»Ja«, sagte sie nur.

Als Søren Hanne Moritzens Haus verließ, fiel leichter Regen.

Es war gegen Mitternacht, als Søren mit vier Kollegen im Glasvej 12 eintraf. Søren schaute zu der Wohnung hoch, die nach Hannes Beschreibung im dritten Stock links lag. Da war alles dunkel. Er hatte die anderen kurz informiert, ehe sie die Wache verlassen hatten, und jetzt fasste er die Lage noch einmal zusammen. Asger Moritzen sei aller Wahrscheinlichkeit nach überaus sensibel. Er sei menschenscheu und ängstlich, alles solle so sanft wie möglich vor sich gehen. Vier Gesichter signalisierten ihre Zustimmung. Dann gingen sie ins Haus. Als sie sich dem dritten Stock näherten, positionierten sich die vier Kollegen auf der Treppe und ließen Søren, der in Zivil war, zur Tür gehen, wo er anklopfte, nachdem er zuerst gehorcht hatte. Aus der Wohnung war kein Laut zu hören. Also klopfte er ein wenig fester. Keine Reaktion. Søren rief einen Schlosser an, der versprach, in zehn Minuten dort zu sein. Søren hätte die Tür gern eingetreten, ließ es aber sein.

Søren klopfte bei den Nachbarn. Einen Moment später hörten sie Schritte. Die Tür wurde geöffnet, und eine Frau im Nachthemd sah den Kommissar überrascht an. Es dauerte drei Minuten. Die Frau hatte ihren Nachbarn noch nie gesehen. Sie wohnte seit zehn Monaten in dieser Wohnung und hatte sich natürlich gewundert, letztendlich aber gedacht, die Wohnung stehe vielleicht leer, während der Bewohner auf Reisen sei. Sie höre nie etwas von nebenan. Weder laufendes Wasser noch Musik oder Gäste. Sie zuckte mit den Schultern. Sie könnte leider nicht behilflich sein. Søren bedankte sich und bat sie, wieder in ihre Wohnung zu gehen. Als die Tür geschlossen war, kam der Schlosser die Treppe hochgekeucht. Zwei Minuten darauf öffnete Søren die Tür zu Asgers Wohnung.

»Asger Moritzen«, rief er. »Hier ist die Polizei. Wir würden gern mit Ihnen reden.« Kein Laut. Die Diele war dunkel, nur das Licht aus dem Treppenhaus ermöglichte eine gewisse Orientierung. Søren machte Licht. Die Diele war groß und aufgeräumt, der Wandschrank geschlossen, die drei Türen ebenfalls. Die Küche lag offenbar links. Er gab den anderen Zeichen, zurückzubleiben, wo sie waren. Er rief noch einmal. Noch immer keine Antwort. Dann öffnete er vorsichtig mit dem Ellbogen die Küchentür. Wieder fand er mit Hilfe des Lichtes aus dem Nebenraum den Lichtschalter. Die Küche war ordentlich und unpersönlich. Die Wände waren leer, Søren konnte die Spuren eines Wischlappens auf der Tischplatte sehen, das Spülbecken blitzte. Er ging zurück in die Diele und stellte sich vor die beiden geschlossenen Türen. Die eine musste ins Wohnzimmer mit den schwarz angestrichenen Fenstern führen, die andere ins Schlafzimmer. Plötzlich wusste er nicht mehr, welche wohin führte, er öffnete die linke und rief noch einmal:

»Asger Moritzen. Hier ist die Polizei. Wir würden gern mit

Ihnen reden.« Der Geruch machte seiner Nase zu schaffen. Nagellackentferner, war sein erster Gedanke, oder ein Verdünnungsmittel. Das Zimmer war kohlschwarz und still.

»Taschenlampe«, sagte er nach hinten, und einer der Kollegen richtete einen hellen Lichtstrahl in das Zimmer. Überall standen Terrarien, genau wie Hanne Moritzen gesagt hatte. Vom Boden bis zur Decke. Mitten im Zimmer standen ein zweisitziges Sofa und ein niedriger Couchtisch. Nicht ein Schatten rührte sich. Søren schaltete das Licht ein, und kaltes, gedämpftes Zwielicht verschaffte ihm einen Überblick. Der Gestank der Verdünnungsmittel war überwältigend. Dann entdeckte Søren etwas, das weiß leuchtete. In allen Terrarien lagen Watteballen von der Größe einer Kinderfaust.

Sein Kollege hinter ihm hustete. Søren drehte sich um und bat ihn, das Fenster zu öffnen. Dann trat er ganz dicht an ein Terrarium heran. Plötzlich sah er etwas, eine Vogelspinne von der Größe eines Kuchentellers, schräg hinter dem Wattebausch. Sie bewegte sich nicht.

»Das Fenster ist zugekleistert«, sagte der Kollege kurzatmig.

»Dann schlag es ein«, sagte Søren verzweifelt. Ihm wurde schwindlig, der Gestank kratzte in seiner Nase. Er hörte ein lautes Klirren, dann strömte kalte Herbstluft ins Zimmer. Søren klopfte an das Glas des Terrariums, aber die Vogelspinne bewegte sich nicht. Dann ging er an den Terrarien entlang, er suchte nach Tieren, die er kannte. Was hatte Hanne noch erwähnt? Mäuse und Heimchen. Die musste er finden, um sicher zu sein. Was wusste er denn schon, wie still Vogelspinnen saßen? Beide Arten fand er in zwei Terrarien ganz unten am Boden. Im einen hielten sich heuschreckenähnliche Wesen auf, die alle aufeinander saßen, wie ein Stapel trockener Zweige. Er klopfte ans Glas. Die Reaktion war eine einzige nervöse, langbeinige Bewegung rückwärts. Das Terrarium daneben war angefüllt mit Sägemehl und toten Mäusen. Er richtete sich auf.

»Er hat seine Tiere umgebracht«, sagte Søren tonlos.

An seinem Kollegen vorbei ging er zurück in die Diele, wo die drei anderen Kollegen warteten, alle mit mehr oder weniger gespannter Miene.

»Ruft einen Krankenwagen. Ich bin sicher, dass er dort drinnen ist«, sagte Søren und sah zur letzten Tür hinüber. Dann zog er Gummihandschuhe an und betrat Asgers Schlafzimmer. Die Dunkelheit quoll dort fast heraus. Søren rief. Derselbe Wortlaut, keine Antwort. Er lauschte. Ihm wurde von hinten her die Taschenlampe gereicht, und er leuchtete ins Zimmer hinein. Verdunkelte Fenster, ein Schreibtisch, ordentlich an die Wand gestapelte Bündel, ein Bett und der Fuß eines Menschen.

Er fand den Lichtschalter.

Asger lag nackt auf dem Bett. Unterleib und Bauch zugedeckt, der Oberkörper nackt und weiß. Er hatte die Augen geschlossen, die langen Haare lagen wie ein glanzloser Heiligenschein um sein Gesicht. Er war weiß und wächsern und reagierte nicht, als Søren, gefolgt von den drei Kollegen, das Zimmer betrat. Søren trat dicht an das Bett heran, streckte vorsichtig die Hand aus und fühlte Asgers Puls.

»Er ist tot«, sagte Søren leise.

Überall auf der Haut durchbrachen die beginnenden Verwesungsflecken die Oberfläche. Er überlegte. Alle Eindrücke mussten gespeichert werden. Bald würden Gerichtsmedizin und Technik hier umherwimmeln und Søren wegschicken, der Moment jetzt war entscheidend.

»Seht euch seinen Gesichtsausdruck an«, murmelte Søren. »Warum ist der so gequält?« Er schnupperte. Hatte Asger sich mit Verdünnungsmittel umgebracht? Hatte er wie seine Tiere sterben wollen? Das Zimmer war so leer wie die anderen. Die Bündel, der kleine Schreibtisch mit dem verpuppten Laptop, genau wie Hanne Moritzen es beschrieben hatte. Er drehte sich um und nahm die Regale hinter sich in Augenschein. Kleine Terrarien, Gefäße mit konservierten Tieren, Bücher. Woran war er gestorben? Søren roch vorsichtig an Asger, bemerkte aber nichts, dann hob er die Decke, sah sich vorsichtig die Matratze an, aber dort war nichts zu sehen.

»Søren«, hörte er einen Ruf hinter sich. »Aufpassen.« Er hatte seine Kollegen aus dem Schlafzimmer geschickt, doch einer behielt ihn von der Türöffnung aus im Auge, und seine Stimme klang warnend. Søren hatte die Decke über Asgers Hüfte gezogen und sie gerade losgelassen. Da kroch ein Skorpion aus Asgers Haaren hervor, schräg unter dem Ohr. Er war gelb, hatte seinen Giftstachel gezogen und spazierte langsam über Asgers Brustkasten. Søren zog die Hand blitzschnell zurück.

»Zum Teufel«, sagte er. »Er ist von einem Skorpion gestochen worden.«

Plötzlich jagte der Skorpion über Asgers Bauch und verschwand unter der Decke.

»Da ist noch einer«, sagte der Kollege an der Tür. Und richtig. Der andere saß in einer Falte rechts von Asgers Kopfkissen. Plötzlich schaute Søren die Wand hoch. Dort saß noch einer.

»Okay, Jungs«, sagte Søren mit beherrschter Stimme. »Ich komme raus.« Dann vergewisserte er sich, dass das auch wirklich möglich war, zog sich rückwärts aus Asgers Schlafzimmer zurück und schloss die Tür. Ein Schauder durchfuhr ihn.

»Zum Teufel«, sagte er noch einmal.

»Was machen wir jetzt?«, fragte der Kollege.

»Niemand geht da rein«, sagte Søren verdattert.

Der Krankenwagen traf ein, gefolgt von Bøje, zwei Kriminalassistenten, zwei Technikern und einem hölzernen Kerl von einem Räumdienst, der die Tiere abholen sollte. Zusammen mit einem Techniker, der dafür sorgen sollte, dass keine Spuren vernichtet würden, betrat er den Raum. Mit einem Spezialhandschuh entfernte er acht Skorpione der Familie Buthidae, erklärte er Søren über die Schulter gewandt, aller Wahrscheinlichkeit nach von der Art *Leiurus questriatus.* Das Gift sei gefährlich, fuhr er fort, aber wenn nur ein Skorpion im Spiel gewesen wäre, wäre Asger wohl kaum gestorben. Ein Kind oder ein älterer Mensch vielleicht, aber nicht so ein junger Mann wie Asger. Acht Exemplare allerdings, das könne niemand überleben, sagte er mit ernstem Nicken.

»Ich tippe, dass er – oder irgendwer sonst – die Tiere unter die Decke gekippt hat«, fügte er hinzu.

»Warum?«, fragte Søren.

»Skorpione sind an sich nicht aggressiv«, war die Antwort. »Sie stechen nur, wenn sie bedrängt werden oder sich angegriffen fühlen. Zum Beispiel von einer Decke.«

Dann zog er mit seinen acht Tieren ab.

Nachdem er gegangen war, wurde Asger weggebracht, und die Techniker machten sich an die Arbeit. Alles sah nach Selbstmord aus. Acht leere Transportterrarien lagen in einem toten Winkel hinter dem Bett, und unter Asgers halb geöffneter Hand, die über das Bett hinausragte, lag ein Buch mit dem Titel *Die gefährlichsten Skorpione der Welt.* Gegen Mitternacht trat Søren einen Schritt zurück und betrachtete das abgezogene Bett. So viel Einsamkeit, dachte er plötzlich. Søren hatte in der Küche einen handgeschriebenen Brief gefunden. Die Schrift war winzig klein und der Zeilenabstand so minimal, dass er kaum lesen konnte, was dort stand. Der Brief wurde in eine Tüte gelegt und versiegelt. Søren seufzte. Er kannte diese Abschiedsbriefe. Verzeiht mir. Mein Leben ist schrecklich. Ich will nicht mehr leben. PS. Ich habe meinen Vater umgebracht. Abgesehen von diesem letzten Satz wurden alle Selbstmordbriefe nach demselben Muster gestrickt. So viel Einsamkeit, dachte Søren noch einmal. Mit schwerem Herzen machte er sich dann auf den Weg zu Hanne Moritzen.

18

Am Montag, dem 15. Oktober, dem ersten Werktag der Herbstferien, wurde Anna davon geweckt, dass Lily einen Teller mit Obst ans Bett brachte. Anna versuchte, gesund und munter zu wirken. Am Vorabend hatte sie Karen von Troels erzählt, und Karen hatte unaufhörlich geweint. Es war schon nach vier gewesen, als sie endlich ins Bett gegangen waren.

»Affenfraß«, sagte Lily. »Tante Karen sagt, das heißt Affenfraß.«

Anna konnte hören, wie Karen im Wohnzimmer Holz nachlegte, und sie hob ihre Tochter ins Bett und setzte sie auf ein Kissen.

»Hmmm«, sagte sie und strich Lily über die Haare. »Ich liebe Affenfraß.«

»Kennst du das denn?«

»Alle kennen doch Affenfraß«, sagte Anna überrascht.

»Du bist kein Affe«, quietschte Lily begeistert.

Plötzlich stand Karen in der Tür. Sie lächelte müde und sagte guten Morgen.

»Mama sagt, sie ist ein Affe«, sagte Lily.

Karen lächelte.

»Deine Mama ist Biologin, wenn sie also sagt, sie ist ein Affe, dann ist sie auch einer.« Lily machte sich über Annas Obst her und kleckerte nur ein wenig auf die Decke.

»Äh«, sagte Karen und sah Anna an. »Hast du heute frei?«

»Nicht ganz«, antwortete Anna und schaute auf die Uhr. »Ich hab zwei Dinge vor. Eins davon im Zoologischen Museum. Wollt ihr nicht mitkommen? Es gibt eine Ausstellung über Federn und einen echten Eisberg, den man anfassen kann, und jede Menge Tiere und Kurzfilme und so. Lily findet das wunderbar.«

»Was willst du da?«

»Ich muss jemanden treffen. Um elf in der Vertebratensammlung. Ich fände es schön, wenn ihr mitkämt. Es dauert höchstens eine Stunde. Ihr könnt doch inzwischen ein Würstchen essen. Danach muss ich noch auf einen Sprung nach Bellahøj aufs Revier und … ja, dann sehen wir weiter.« Anna lächelte, und Karen setzte sich aufs Bett.

Anna verspürte einen Hauch schlechten Gewissens.

»Ist alles in Ordnung bei dir?« Anna sah Karen fragend an.

»Ich hab das noch immer nicht begriffen«, sagte Karen, und ihr traten die Tränen in die Augen.

»Komm, leg dich zu mir«, sagte Anna sanft.

Karen legte sich in ihren Arm, und Anna zog sie an sich.

»Ich hoffe, er wird in eine Klinik eingewiesen«, sagte Karen. »Ich hoffe, sie helfen ihm.«

Anna nickte.

»Was glaubst du, wo ist er jetzt?«

»Noch immer in Bellahøj«, sagte Anna. »Um ein Uhr werde ich vernommen, und danach wird er dem Richter vorgeführt und vermutlich in Untersuchungshaft gesteckt.«

»Ich würde ihn gern besuchen«, sagte Karen. »Wenn das erlaubt ist, meine ich. Kommst du mit?«

»Nein«, sagte Anna und streichelte Karen über den Kopf.

»Na gut«, sagte Karen in ihrem Arm.

Um halb elf betraten sie das Museum. Sie schauten sich die vielen bunten Plastiktiere, Stifte und Plakate im Museumsladen neben dem Eingang an, und Karen kaufte für Lily einen Dinosaurier aus Gummi, während Anna ihre Jacken in der Garderobe aufhängte.

»Hattest du nicht eine Verabredung?«, fragte Karen.

»Ja, in einer halben Stunde.«

Sie schlenderten zusammen durch die Ausstellung und blieben vor den verschiedenen Schaukästen lange stehen.

»Ich wusste nicht, dass Vögel Dinosaurier sind«, sagte Karen überrascht und vertiefte sich in eine Schautafel, die die zweihundert Millionen Jahre dauernde Entwicklung der Feder zeigte. Anna lächelte.

»Ein Grauspatz ist also ein Dinosaurier?«, fragte Karen dann.

Anna nickte.

»Weißt du noch, damals, als wir immer Samstagsdinosaurier gegessen haben?«

»Hmmm. Mit Hasselbackkartoffeln«, sagte Anna.

»Um Himmels willen, ja. Die Hasselbackkartoffeln sind jedenfalls ausgestorben«, stellte Karen fest.

Anna grinste.

»Oh, Mama, guck mal, der ist ja vielleicht niedlich«, rief plötzlich Lily. Sie stand vor einem niedrigen Schaukasten, in dem das Modell eines Saurierbabys zu sehen war. Es war ungefähr so groß wie ein kleiner Hund, hatte riesige Füße und war von einer weichen, isolierenden Daunenschicht bedeckt. Anna beugte sich vor und schaute das kleine Geschöpf lange an.

»Was ist das?«, fragte Karen.

»Ein Tyrannosaurierbaby mit Gefieder«, sagte Anna.

»Ach«, sagte Karen.

»Ist das nicht faszinierend?«, fragte Anna.

»Was denn?«

»Dass der gefiedert war?«

»Ich finde es faszinierender, dass der so kurze Arme hatte. Das muss doch wahnsinnig unpraktisch gewesen sein.«

In diesem Moment entdeckte Lily eine Eisreklame ganz hinten in der Aula, wo die Cafeteria lag.

»Eis«, jaulte sie.

Karen rannte hinter ihr her.

»Tut mir leid, ich hab dein Kind verdorben«, rief sie über ihre Schulter zurück.

»Ist schon gut«, rief Anna zurück. »Ich bin dann für eine Stunde weg, ja? Danach treffen wir uns hier.«

Karen winkte, ohne sich umzudrehen.

Anna öffnete eine versteckte Tür im Walsaal, die in zwei verschiedenen Blautönen angestrichen war und mit der Wand verschwamm, und gelangte so in die Universität. Sie konnte eben noch einen Blick auf die Bank werfen, wo sie mit Troels gesessen hatte, als die Tür zufiel und sie in diesem seltsamen Gangsystem stand, in dem sie sich inzwischen auskannte. Sie ging los, und als sie auf den Gang vor dem Vertebratensaal einbog, stand Freeman bereits da. Sie hatte doch gewusst, dass er der Versuchung nicht würde widerstehen können. Trotzdem durchfuhr sie ein Gefühl des Triumphs. Freeman hatte sein Jackett ausgezogen und hielt es unter seinen verschränkten Armen, und alles an ihm strahlte Zurückweisung aus. Annas Herz hämmerte, und sie konzentrierte sich darauf, ihm eine Hand zu reichen, die nicht zitterte.

»Guten Tag«, sagte er.

»Danke, dass Sie gekommen sind«, antwortete Anna ruhig.

Sie schloss die Tür zur Sammlung auf und schaltete das Licht ein. Es blinkte und flackerte, und Anna hörte, weit weg zwischen den Schränken, einen Stuhl über den Boden schrappen. Sie musste Freeman dazu bringen, etwas zu sagen, damit Tybjerg begriff, mit wem sie hier zusammen war.

»Haben Sie an der UBC auch eine Vertebratensammlung?«, fragte sie. UBC sagte sie sehr laut, und es war ein Wunder, dass Freeman dazu keinen Kommentar abgab.

»Ja, natürlich«, antwortete er. »Unsere Sammlung ist außerdem viel größer als die Ihrige. Die größte in Nordamerika ... aber die Stimmung in Ihrer Sammlung«, fügte er nun fast freundlich hinzu, »ist etwas ganz Besonderes. Die Schränke, die Systematik, ja, das alles ist sehr historisch.«

Es war ganz still im hinteren Teil der Sammlung, wo Tybjerg jetzt mitbekommen haben musste, dass Anna einen englischsprachigen Gast bei sich hatte, und vermutlich hatte er auch erraten, wer dieser Gast war. Sie hatte sich am Vorabend alles genau überlegt und führte Freeman zielstrebig zur Seite des Saales, wo sie am Mittwoch Tybjerg angetroffen hatte. Hier schaltete sie eine Tischlampe ein, zog einen Stuhl hervor und bat Freeman, sich zu setzen. Danach öffnete sie eine Tasche und zog ihre Abhandlung und den Entwurf zu dem Vortrag heraus, den sie in einer Woche halten wollte.

»Was wollen Sie von mir?«, fragte Freeman.

»Ich habe gelogen«, sagte Anna und schaute ihm in die Augen.

»Ich wollte, dass Sie sich anhören, was ich sage.« Freeman griff nach seinem Jackett, das zu Boden geglitten war, und sah aus, als wollte er gehen.

»Wenn Sie jetzt gehen, sind Sie feige«, sagte Anna leise. Clive kniff die Augen zusammen und ließ die Jacke sinken.

»Ich gebe Ihnen eine Viertelstunde. Nicht eine Sekunde länger«, sagte er verbissen.

Anna schluckte. Ihr Vortrag dauerte eine Stunde, die darauffolgende Prüfung fünfundvierzig Minuten. Jetzt hatte sie eine Viertelstunde.

»Meine Diplomarbeit behandelt die Kontroverse über den Ursprung der Vögel«, erklärte sie. »Und Sie spielen in dieser Kontroverse eine wesentliche Rolle.«

Clive sah sie an, als wäre es ihm absolut egal, was sie sagte.

»Ich habe alles gelesen, was Sie geschrieben haben, Artikel und Bücher. Mit der Lupe.« Sie musterte ihn forschend. »Und ich habe alles gelesen, was Ihre Widersacher geschrieben haben, und dafür habe ich dieselbe Lupe benutzt.«

Clive Freeman sah immer noch gelangweilt aus.

»Ihre aktivsten Widersacher sind«, sagte Anna jetzt, »Walter Darren von der NYC, Chang und Laam von der University of China, T. K. Gordon von der Universität Sydney, Belinda Clark von der University of South Africa und dann natürlich Lars Helland und Erik Tybjerg hier von der Universität Kopenhagen.« Sie blätterte in ihren Unterlagen.

»Gemeinsam ist Ihren Widersachern, dass sie alle Ihre Fossilanalysen kritisieren und vor diesem Hintergrund Ihre Schlussfolgerungen über den Ursprung der Vögel zurückweisen. Diese Zurückweisungen akzeptieren Sie nicht, stimmt's?« Sie wartete seine Antwort nicht ab, sondern fuhr fort: »Seit über fünfzehn Jahren führen Sie diesen Schützengrabenkrieg um Fossilien, auch wenn die Experten sich darüber einig sind, dass es nichts mehr zu diskutieren gibt. Als Beispiel für die Haltung Ihrer Opposition zum Ursprung der Vögel schreibt Belinda Clark im September 2006 in *Nature*«, Anna hob ein Blatt Papier hoch und las vor: *»›We basically try to ignore him. For dinosaur specialists it's a done deal. Birds are living dinosaurs.‹«* Sie ließ das Blatt sinken.

»Ihre Gegner behaupteten, sie ignorierten Sie, aber das stimmt nicht so ganz, oder? Sie beteiligen sich schließlich doch immer wieder an der Debatte. Warum?«

»Ja, was glauben Sie denn?«, fragte Clive und sah Anna ausdruckslos an. »Weil wir zu keiner Einigung kommen können, und warum können wir das nicht? Weil die anderen sich irren. Clark und Laam und Chang, Helland und Tybjerg. Sie irren sich.«

Anna achtete nicht auf ihn.

»Es ist unmöglich, Sie bei anatomischen und fossilienbezogenen Details ins Straucheln zu bringen. Unmöglich. Ich bin alles Material durchgegangen, und es ist immer dasselbe. Sie sehen die Knochen auf unterschiedliche Weise und kommen deshalb zu unterschiedlichen Ergebnissen. Das ist eine Spirale ohne Ende. Sie werden niemals zu Einigkeit gelangen. – Fast hätte ich aufgegeben.« Jetzt blickte sie Clive düster an. »Ich hatte keine Ahnung, was ich machen sollte. Sie haben so viele Jahre unterschiedliche Seiten vertreten, wie sollte ich da …?«

Freeman schaute auf die Uhr. Anna trat einen Schritt auf ihn zu und sah ihn eindringlich an.

»Deshalb bin ich Ihr Fundament durchgegangen. Und das ist restlos verfault.«

»Behauptungen«, sagte Clive und gähnte. »Unwissenschaftliche Behauptungen. Von einer Examenskandidatin.«

Clive griff wieder nach seinem Jackett. Anna reichte Freeman ein Stück Papier, das er aus einem Reflex heraus entgegennahm.

»Würden Sie das bitte lesen und mir sagen, ob Sie zustimmen?« Freeman schaute Anna perplex an, dann ließ er seinen Blick über das Blatt gleiten.

»Grundlegende Regeln, an die man sich halten sollte, wenn die eigene Arbeit als wissenschaftlich gelten soll«, las er vor. »Was ist das denn nun wieder?«

»Lesen Sie einfach und teilen Sie mir mit, ob Sie dem zustimmen, was da auf dem Papier steht.«

Clive las. Er zuckte mit den Schultern.

»Ja, das sind Grundregeln«, sagte er dann. »Interne Konsistenz und überzeugende Argumentation für alle Entscheidungen für oder wider eine wissenschaftliche Position. Lernen Sie das hier an der Universität erst zum Examen?« Anna spürte, wie ihr der Schweiß ausbrach.

Er tappte voll auf die Falle zu.

»Wir sind uns also einig über das, was da auf dem Papier steht?«

»Vollkommen einig.« Clive ließ das Blatt an seinem Oberschenkel ruhen und sah Anna wieder ausdruckslos an.

»Können Sie mir dann erklären, warum Sie sich in Ihrer Argumentation unter anderem über Federn einen groben Fall von Inkonsistenz erlauben, was, wie Sie eben gesagt haben, nicht vorkommen darf, wenn eine Position Wissenschaftlichkeit beansprucht?«

Es wurde ganz still, dann sagte Freeman:

»Was ist das für ein Unfug?«

»Das ist Ihr Unfug, Professor Freeman.« Anna blätterte in ihren Papieren. »Im Jahr 2002 beschrieben Chang und Laam den *Sinosauropteryx* mit gut erhaltener federartiger Hautstruktur. Seit damals sind die Dinosaurier mit mehr oder weniger distinkten federartigen Strukturen geradezu aus dem Boden geschossen, unter anderem der 2005 gefundene *Tyrannosaurus rex*. Ihre Widersacher argumentieren überzeugend dafür, dass diese Strukturen mit Federn homolog sind und dass Federn somit kein diagnostischer Charakter sind, der allein den Vögeln vorbehalten ist, sondern eine breitere Gruppe innerhalb der Raubdinosaurier kennzeichnet, unter anderem die Vögel. Eine der unbegreiflichsten Konsequenzen dieser Tatsache ist: Das Gefieder hat sich vor dem Flug entwickelt.« Anna sah Freeman an.

»Sie können dieser Schlussfolgerung natürlich überhaupt nicht zustimmen und schreiben 1985, 1992, 1995, dreimal im Jahre 1997 und insgesamt sechsmal zwischen 2001 und 2004 in diversen wissenschaftlichen Zeitschriften, dass die Entwicklung von Federn untrennbar mit der Entwicklung des Fluges verbunden ist und dass das Gefieder erst später zur Isolierung des Tieres gedient hat. Stimmt das?«

Freeman nickte verblüfft.

»Sie schreiben zudem mehrere Male, dass es evolutionsmäßig gesehen weit über das Ziel hinausschießen würde, komplexe Konturfedern zu entwickeln, um sie lediglich zur Isolierung zu verwenden. Ergo sind die gefundenen Strukturen vielleicht federähnlich, aber sind keine echten Federn. Anstelle des *Archaeopteryx* ziehen Sie und Ihr Lager den *Archosaurus Longisquama* als Kandidaten für den Posten des Vogelahns heran, ist das korrekt?«

»Das ist korrekt.« Clive hatte seine Fassung ein wenig wiedergefunden, aber Anna konnte ihm ansehen, dass er sich überhaupt nicht wohlfühlte in seiner Haut.

»Dann wenden wir uns den wissenschaftstheoretischen Problemen zu, noch immer unter der Voraussetzung, dass Sie den Regeln für wissenschaftliche Redlichkeit zustimmen, so, wie sie dort aufgeschrieben sind. Stimmen Sie diesen Regeln noch immer zu?«

»Ja«, sagte Freeman heiser.

»Können Sie mir dann erklären, wie es möglich sein kann, dass Sie in zwei Artikeln, der eine von 1995, der andere von 2002, Ihre Skepsis gegenüber den federähnlichen Strukturen vorbringen, die an *Longisquama* gefunden worden sind, und herausstellen, dass diese Strukturen eine umwerfende Ähnlichkeit mit pflanzlichem Material aufweisen, während sie zugleich in einem Artikel aus dem Jahr 2000 eindringlich dafür argumentieren, dass eben diese Strukturen eine Homologiebezeichung zwischen modernen Vögeln und *Longisquama* belegen? Pflanzliches Material, Professor Freeman?«

Freeman wollte etwas sagen, aber Anna redete unbeeindruckt weiter.

»Es ist an sich schon bemerkenswert, dass Sie es überhaupt wagen, *Longisquama* als Archosaurus einzustufen, was nach Ansicht anderer Fachleute durchaus noch nicht feststeht, und dass Sie zugleich eine naive Vorstellung von Falsifizierung an den Tag legen. Sie behaupten, *Longisquama* sei vogelähnlich, das reicht aber längst nicht aus, um damit *Archaeopteryx* vom Thron zu stoßen.« Anna schaute Freeman kurz an, ehe sie weitersprach, sie wusste genau, Freeman stand jetzt kurz vor der Explosion.

»Es gibt zwei weitere wissenschaftstheoretische Fehler in Verbindung mit Ihrer Argumentation zum Thema Gefieder, und danach lasse ich Sie dann in Ruhe. 2001 behaupten Sie in einem Artikel in *Nature,* man könne die Federn des Raubdinosauriers unmöglich mit modernen Vogelfedern gleichsetzen, weil diese Behauptung nicht biochemisch getestet werden kann. Aber an anderer Stelle«, Anna blätterte, »genauer gesagt, in Ihrem Buch *Die Vögel* von 2000 erklären sie auf Seite 114, es sei wissenschaftlich nicht korrekt, durch biochemische Analysen entscheiden zu wollen, ob die Funde an *Longisquama* animalisch oder vegetabilisch waren. Das ist meiner Meinung nach ein überzeugendes Beispiel für die Inkonsequenz, die Ihre gesammelte Argumentation hauptsächlich prägt. Sie machen die Gültigkeit eines Argumentes also von der konkreten Situation abhängig, und das ist nicht in Übereinstimmung mit den allgemein akzeptierten Regeln für seriöse Wissenschaft.«

Jetzt war Clive Freeman leichenblass.

»Und zuletzt, und das ist nicht unwichtig, schreiben Sie 2000 und 2002, in *Science* und in *Scientific Today*, es wäre unvorstellbar, dass sich eine so komplexe Struktur wie die der Federn mehrmals unabhängig voneinander entwickelt haben könnte, und das ist vermutlich korrekt. Die Inkonsequenz tritt in dem Moment ein, wo Sie mehrmals, 1996, 1999 und 2000, ohne mit der Wimper zu zucken, dafür argumentieren, andere, mindestens ebenso komplexe gemeinsame Strukturen bei Vögeln und Dinosauriern, zum Beispiel der halbmondförmige Karpus, könnten durchaus die Folge konvergenter Entwicklung sein. Ist es nicht absolut vernunftwidrig, dass das Gefieder sich Ihrer Ansicht nach nicht mehrmals unabhängig voneinander entwickelt haben kann, der halbmondförmige Karpus jedoch durchaus?« Anna blickte Clive Freeman fragend an.

»Kommt noch mehr?«, fragte dieser heiser.

»Ja«, sagte Anna. »Ich habe dieselbe Form durchgreifender Inkonsequenz und methodologischer Begründung in Ihren Argumenten über stratigraphische Disjunktion, Handwurzel, Gabelbein, den aufstrebenden Verlauf beim Astralagus, die Finger der Vogelhand und die Orientierung des Schambeins aufgewiesen. Aber ich glaube, meine Zeit ist zu Ende.«

Etliche Sekunden geschah gar nichts. Die Luft stand still, und Annas Herz raste. Dann schob Clive seinen Stuhl zurück und ging. Anna ließ sich auf Freemans leeren Stuhl sinken. Sie hörte, wie die Tür ins Schloss fiel, hörte, wie Freemans Schritte verhallten, spürte, wie seine Niederlage sich mit der Stille des Saals mischte. Nur langsam kam ihr Herz zur Ruhe.

»Und jetzt kannst du rauskommen, Tybjerg«, sagte sie.

Sie sagte es nicht besonders laut, denn sie wusste, dass er ganz in der Nähe stand.

Anna und Tybjerg setzten Karen und Lily in den Bus Nr. 18, der den Jagtvej entlangfuhr. Tybjerg war nicht gerade begeistert gewesen, mitzukommen, aber Anna hatte darauf bestanden und ihm wie einem Kind in die Jacke geholfen.

»In einer Stunde bin ich da«, versprach Anna.

Karen sah skeptisch aus.

»Karen, ich bin in einer Stunde da«, wiederholte sie eindringlich. »Wenn ihr Teig anrührt, dann backe ich später Pfannkuchen. Versprochen.«

Lily jubelte, und Karen taute auf.

Als der Bus losgefahren war, sagte Tybjerg:

»Ich habe deine Tochter vorher noch nie gesehen«, und Anna antwortete:

»Nee.«

Sie gingen in Richtung Bellahøj und stiegen unterwegs in einen Bus. Tybjerg wirkte erschöpft und kniff die ganze Zeit im Licht die Augen zusammen.

Sie meldeten sich an der Pforte und konnten sich nicht einmal setzen, da kam Søren Marhauge auch schon aus einer Tür gestürzt und schaute sprachlos zwischen Anna und Tybjerg hin und her.

»Ach, hallo«, sagte er dann. »Gut, dass Sie gekommen sind.«

Sie wurden in verschiedene Zimmer geführt. Tybjerg schaute Anna ängstlich an, als er zur Vernehmung geholt wurde, aber Anna schüttelte kurz den Kopf. Das wird schon gutgehen, sagte sie lautlos.

Die Vernehmung dauerte eine halbe Stunde. Sørens Fragen waren präzise und gründlich, und Anna versuchte, auf dieselbe Weise zu antworten. Als Søren ihr mitteilte, dass Asger Moritzen tot sei, liefen ihr die Tränen über die Wangen. Søren erhob sich. Jetzt gibt er mir eine Serviette, dachte sie, und sagt, ich soll mir die Tränen abwischen, mich zusammenreißen, stark sein. Aber das tat er nicht. Er legte ihr die Hand auf die Schulter und sagte, sie brauche nur noch ihre Aussage zu unterschreiben, dann könne sie gehen.

Zu Hause bei Anna aßen sie zuerst Pfannkuchen, danach Lasagne und grünen Salat und zum Schluss noch Eis.

»Wir feiern ein Fest«, sagte Lily mehrmals, und Karen und Anna mussten jedes Mal lachen.

Als Lily eingeschlafen war, setzten sie sich vor den Ofen und tranken eine Flasche Wein, während Anna Karen die ganze Geschichte von A bis Z erzählte, obwohl sie das sicher nicht hätte tun dürfen. Ihr war das egal. Als sie geendet hatte, sah Karen sie lange an.

»Du musst die Tür zu Thomas' Zimmer öffnen.«

Anna schloss die Augen und gab keine Antwort.

»Anna …?«

»Ich werde sie aufmachen«, fiel Anna ihr ins Wort. »Ich habe keine Angst davor, sie zu öffnen. Da drinnen ist nichts. Es ist leer.« Sie setzte sich auf. »Aber zuerst muss ich etwas erledigen, wovor ich eben doch Angst habe.« Sie sah Karen kurz an.

»Bleib sitzen«, sagte sie dann. »Sag nichts, tu nichts. Sei einfach hier, ja?«

Karen nickte.

Anna stand eine Weile mit der Hand auf dem Telefon am dunklen Fenster und schaute hinaus auf die vom Schmelzwasser nasse Straße. Sie konnte Karens Spiegelbild in der Fensterscheibe sehen. Karen saß mit angezogenen Beinen im Sessel links vom Ofen und hatte das Kinn auf den Knien liegen. Anna atmete bis zum Zwerchfell durch, dann nahm sie den Hörer ab und wählte Thomas' Nummer in Schweden. Es war nach elf Uhr, und es klingelte sechsmal, ehe er sich schlaftrunken meldete.

»Hier ist Anna«, sagte sie.

Thomas seufzte.

»Was willst du?«, fragte er, als pflegte sie ihn zu den unmöglichsten Zeitpunkten anzurufen. »Ich habe schon geschlafen. Ich habe Nachtwache.«

»Ich rufe an, um dir zu sagen, dass ich dir verzeihe.«

»Was?«

»Ich sage«, Anna stanzte ihre Wörter wie aus einer großen schweren Eisenplatte, »dass ich dir v-e-r-z-e-i-h-e. Ich verzeihe dir, dass du Lilys und mein Leben verpfuscht hast.« Ihre Stimme wurde ein wenig lauter. »Ich verzeihe dir deine Lebenslüge. Ich verzeihe dir, dass du mich niemals wirklich geliebt hast, und ich verzeihe dir deine Kälte. Ich verzeihe dir, dass du ein Feigling bist, ich verzeihe dir den ganzen Dreck, den du nicht als solchen ansiehst, weil dir dazu der Mut fehlt, ich verzeihe dir all deine Lügen und Ausflüchte. Ich verzeihe dir, dass du nur das siehst, was du sehen willst, ich verzeihe dir, dass …«

»Weißt du was, diesen Unsinn brauche ich mir nicht anzuhören«, sagte er und legte unwirsch auf.

Anna schaute über die Florsgade hinweg.

»Nein, das brauchst du wohl nicht. Aber ich verzeihe dir verdammt noch mal trotzdem«, sagte sie dann und fügte, in den Hörer gerichtet, hinzu: »Nur eins nicht: Ich werde dir niemals verzeihen, dass du Lily ihren Vater weggenommen hast.« Dann legte sie auf.

Sie drehte sich um und sah Karen an, die noch immer neben dem Ofen saß.

Anna setzte sich wieder in ihren Sessel und fragte: »Wollen wir uns jetzt dein neues Zimmer ansehen?«

Karen lächelte.

Am Donnerstag, dem 18. Oktober, wurde Johannes beigesetzt. Am Vortag hatte Anna Janna Trøjborg angerufen und gefragt, wann und wo die Trauerfeier stattfinden würde. Janna ließ sie wissen, sie werde im engsten Kreis stattfinden, aber Anna sei willkommen. Als sie um zehn vor eins die Kapelle bei der Kirche von Charlottenlund erreichte, standen fünfundsiebzig Goths in voller Montur vor der Tür. Es war ein phantastischer Anblick. Janna Trøjborg stand am Rand dieser Versammlung und sah verloren aus. In der Kirche setzte sie sich allein in die vorderste Reihe, aber plötzlich, kurz vor Beginn der Trauerfeier, stand sie auf und fragte mit dünner Stimme:

»Wollt ihr euch nicht ein wenig dichter an den Sarg heransetzen?« Alle standen auf und rückten näher, die Bänke füllten sich, und als Janna dann in Schluchzen ausbrach, nahm eine heftig schwarz und grün angemalte junge Frau vorsichtig ihre Hand. Anna saß in der vierten Reihe und ließ ihren Tränen freien Lauf. Der Sarg war kreideweiß. Er hätte eigentlich in ein Hawaiihemd gehüllt sein müssen.

19

Anna ließ ihren Blick über die etwa fünfzig Menschen wandern, die sich im Hörsaal A des Biologischen Instituts versammelt hatten. Die meisten kannte sie nicht, Doktoranden anderer Abteilungen und Angestellte des Instituts, die sicher über das Schwarze Brett von der Mündlichen erfahren hatten. In der hintersten Reihe saß Hanne Moritzen. Sie war blass.

Asger war am Samstag beerdigt worden, und Anna war dabei gewesen. Zuerst hatten sie nur zu zweit dagestanden, aber im letzten Moment war Tybjerg hereingekommen, herausgeputzt mit einem zerknitterten Anzug und frisch vom Friseur. Die Orgel hatte eingesetzt, und sie hatten alle nicht gehört, dass die Tür noch einmal geöffnet und geschlossen worden war, aber nach dem Gottesdienst, als sie sich zum Gehen erhoben, bemerkten sie Birgit Helland ganz hinten in der Kirche. Sie sagte nichts und blickte auch nicht auf.

Anna ließ ihren Blick über die Stuhlreihen des Hörsaals gleiten. Dort saßen Jens und Cecilie und neben ihnen Karen. Sie sahen sie alle gespannt an, und Jens hatte blanke Augen. Anna hatte ihnen verboten zu fotografieren, das würde stören und sie nervös machen, aber sie musste doch lachen, als Jens zum vierten Mal innerhalb von zehn Minuten verstohlen seine Kamera zückte und auf den Auslöser drückte.

Sie hatten kürzlich erst zusammen gegessen, Anna, Karen, Lily, Jens und Cecilie, und es war friedlich abgelaufen. Sie hatten über Troels gesprochen. Karen und Cecilie hatten geweint. Was in Ordnung war. Anna konnte gut verstehen, dass sie geschockt waren.

 Nach dem Essen war Karen zum Kiosk gegangen. Jens, Anna und

Cecilie hatten den Tisch abgeräumt, während Lily ihre Puppen im Wohnzimmer in eine Kommodenschublade räumte. Auf einmal wollte Cecilie etwas sagen: »Äh, Anna«, fing sie an. Doch Anna hielt sie zurück.

»Aber wir müssen darüber reden«, hatte Cecilie mit belegter Stimme eingewandt, und Jens hatte hinter ihr gestanden und genickt.

»Das möchte ich ja auch«, sagte Anna. »Glaubt mir. Aber nicht jetzt. Ich bin erschöpft.«

Cecilie und Jens hatten das akzeptiert.

In diesem Moment kam Karen mit Schokoküssen vom Kiosk zurück, und sie spielten Matador.

Jetzt blieben ihr noch fünf Minuten, bis der Vortrag beginnen würde. Anna schwitzte. Sie hatten ausgemacht, dass Karen zwischen Vortrag und Prüfung Lily vom Kindergarten holen würde. In der Abteilung würde es Kuchen und Sekt geben, und Lily musste natürlich dabei sein.

In der ersten Reihe saß Tybjerg und spielte mit einem Bleistift. Er trug denselben zerknitterten Anzug wie zu Asgers Beerdigung, und er sah Anna ernst an. Dann zeigte er mit dem Bleistift auf seine Uhr. Anna nickte.

Sie dämpfte das Licht und holte tief Luft.

Sie begann mit einer kurzen historischen Zusammenfassung und machte dann weiter mit einer tiefgreifenden Darstellung der wissenschaftlichen Ideale, bei der sie kurz und sorgfältig zuerst Popper anführte, dann Kuhn und Daston, um danach die grundlegenden Regeln redlicher Wissenschaft vorzubringen, die auf dem Papier gestanden hatten, das Clive Freeman von ihr erhalten hatte. Dafür benötigte sie etwa eine Viertelstunde. In der folgenden halben Stunde ging sie die morphologische Evidenz durch, die mit der Kontroverse zu tun hatte. In ziemlich hohem Tempo sprach sie über die stratigraphische Disjunktion, den halbmondförmigen Karpus, das Gabelbein, den aszendierenden Verlauf beim Astragalus, die Finger der Vogelhand und den Fuß des Schambeins, um dann detailliert zuerst die Meinungsverschiedenheiten und anschließend die wissenschaftstheoretischen Probleme zu schildern, die sich bei der Entwicklung des Gefieders auftun. Sie hielt eine kleine Fernbedienung in der Hand, und während sie erklärte, glitten Illustrationen und Stichwörter vom Computer aus über die hinter ihr befindliche Leinwand.

Anna schaute kurz in die Dunkelheit hinaus.

»Dieser Darstellung nach dürfte klar sein, dass Clive Freeman, Professor für Paläontologie an der Abteilung für Evolution der Vögel, Paläobiologie und Systematik an der University of British Columbia, sich nicht an die grundlegenden Regeln für seriöse Wissenschaft hält und seine Archosaurier-Theorie große innere Widersprüche und einen auffälligen Mangel an methodischer Begründung aufweist. Die zentrale Frage ist …«, Anna legte eine Pause ein und versuchte, in der Dunkelheit Tybjergs Blick einzufangen: »warum? Warum will die Gegenseite nicht akzeptieren, dass Vögel die Nachkommen der Dinosaurier sind? Ich habe drei mögliche Antworten.«

Anna trat einen Schritt auf ihr Publikum zu.

»Es ist menschlich, das zu sehen, was man sehen will.« Anna wünschte so sehr, ihrer Mutter in die Augen schauen zu können, aber Cecilie verlor sich in der Dunkelheit zwischen den Sitzen. »Und im Bewusstsein der Menschen sind Dinosaurier einer früheren Definition nach eben nicht gefiedert. Dieser Konservatismus gilt auch bei Vögeln. Vögel sind einzigartig und fortgeschritten, und jedes Kind sieht, dass sie keine Ähnlichkeit mit Dinosauriern aufweisen. Sind Vögel etwa riesige, furchteinflößende Geschöpfe mit Zähnen?«

Aus dem Saal war ein kurzes Lachen zu hören.

»Aber oft liegt die Wahrheit woanders«, sagte Anna jetzt. »Und zwar unten in der Erde, aus der sie ausgegraben werden muss, und dann müssen wir sie säubern und so objektiv wie möglich deuten.«

Sie ließ die Schlussfolgerung für einen Moment in der Luft hängen, dann fügte sie hinzu:

»Die zweite mögliche Antwort hängt mit der Sturheit der Menschen zusammen, die sich hier als wissenschaftliches Prestige getarnt hat. Die Gegenseite, hier vor allem Professor Clive Freeman, hat natürlich umfassende Forschungsarbeit in eine Position investiert, die sich zu irgendeinem Zeitpunkt unterwegs als unzureichend sachlich begründet erwiesen hat. Den eigenen Irrtum zu erkennen ist keine Niederlage. Den eigenen Irrtum zu erkennen ist eine Aussage darüber, dass man sich an der Disziplin, genannt Wissenschaft, beteiligt, in der die übergeordnete Dynamik davon abhängt, dass der forschende Wissenschaftler immer wieder mögliche Hypothesen aufstellt und versucht, diese mit Beweisen zu untermauern, und die er, wohlgemerkt, verwirft, sollte das nicht möglich sein. Dies nicht zu erkennen ist dagegen unwissenschaftlich. Clive Freeman kann seine Position mit so törichten Argumenten verteidigen, wie er will, sogar aus Gründen, die sich uns nicht erschließen, aber er hat nicht das Recht, sie als Wissenschaft zu bezeichnen.

Meine letzte Antwort auf die Frage, warum diese Kontroverse unausgesetzt weitergeht, obwohl es wissenschaftlich nichts mehr zu diskutieren gibt, hat zu tun mit Wissenschaftsvermittlung und ist eng verbunden mit dem bereits erwähnten wissenschaftlichen Prestige. Wir können versuchen, Clive Freemans Tagesordnung zu verstehen, aber wenn wir wirklich begreifen wollen, wieso eine solche Kontroverse möglich ist, müssen wir den Blick auf die Welt richten, in der Forschung und Wissenschaft existieren. Eine Welt, geprägt von beinharter Konkurrenz, mit unzureichenden Forschungsmitteln, eine Welt, in der die Medien eine beängstigende, immer größer werdende Rolle spielen, auch in der wissenschaftlichen Welt, und damit die wissenschaftliche Qualität beeinflussen.

In der zweiten Hälfte des zwanzigsten Jahrhunderts wurden wissenschaftliche Kontroversen mit dem Ziel vermittelt, den wissenschaftlichen Inhalt so darzustellen, dass er der Öffentlichkeit verständlich wird. Ich meine jedoch, dass sich in den letzten Jahren ein Wechsel abspielt und das Interesse am fachlichen Inhalt der wissenschaftlichen Kontroversen einem rasch anwachsenden Interesse an der Fehde selbst weichen muss. Alle können sich daran erinnern, wie Bjørn Lomberg sich mit etlichen wissenschaftlichen Fachleuten über den Zustand der Erde gefetzt hat, doch wie viele Laien können den fachlichen Inhalt dieser Kontroverse wiedergeben, und wie viele Menschen können die fachlichen Implikationen überhaupt verstehen, obwohl die Medien so lange voll davon waren?«

Anna sah Tybjerg an, sah den Bleistift in seiner Hand, die jetzt vor ihm auf dem Pult ruhte.

»Und warum ist der Streit urplötzlich so interessant geworden?«, fragte sie und schaltete das Licht ein. Es war ganz still, und Anna konnte Tybjergs Gesicht jetzt sehr deutlich sehen. Er lächelte.

»Es verkauft sich. Es verkauft Eintrittskarten«, sagte Anna. »Es verkauft Zeitungen, es verkauft Zeitschriften, und das Profitfieber trifft auch die Redakteure verdienstvoller Zeitschriften wie *Science* und *Scientific today*, die deshalb in steigendem Maße die wissenschaftlichen Fehden als Grundlage für ihre Auswahl an Artikeln benutzen und es mit der Qualität dieser Artikel nicht mehr so genau nehmen. Dinosaurier sind glamourös. Die Frage, was aus ihnen geworden ist, ist glamourös. Und die Medien lieben bekanntlich alles, was Glamour hat. In der Kontroverse über den Ursprung der Vögel scheint gerade das eine Abhängigkeit zwischen Opposition und Presse hervorgerufen zu haben, in der beide Seiten diese Auseinandersetzung brauchen, weil sie Geld bringt, auch wenn das bedeutet, dass ein Experte wie Clive Freeman an einer im Grunde unwissenschaftlichen Position festhalten muss.«

Anna fand Karens bewundernden Blick im Saal.

»Forschungsgelder werden von Menschen bewilligt, die ebenfalls Zeitungen und Zeitschriften lesen und fernsehen. Schlagzeilen und häufige Erwähnung in den Medien können leicht den Eindruck vermitteln, dass es sich um wichtige Ereignisse handelt. Erbarmungslose Konflikte zwischen hochqualifizierten Forschern sind natürlich guter Stoff, und meiner Überzeugung nach nutzt die Gegenseite das in diesem Fall bis heute aus. Erwähnung bringt Medienaufmerksamkeit, und Medienaufmerksamkeit bringt finanzielle Mittel. Man kann davon halten, was man will, aber man hat nicht das Recht, im gleichen Atemzug zu behaupten, es handle sich um Wissenschaft.«

Es wurde ganz still im Saal.

»Danke«, sagte Anna und schloss ihren Laptop.

Alle applaudierten. Mit Ausnahme von Johannes, der in der ersten Reihe ganz am Rand saß. Er hatte seine Windjacke ausgezogen und warf ihr eine Kusshand zu.

Jetzt stand Tybjerg auf und begann mit dem Examen. Ein junger Professor aus Århus war der Beisitzer, und der Zensor, ebenfalls aus Århus, machte sich sorgfältig Notizen. Um den Hals trug Anna Hellands Schmuckstück. Die Fragen hagelten auf sie nieder, und irgendwann gab Tybjerg ihr einen Kasten mit Knochen und bat sie, die Entwicklung der Vogelhandfinger mit der Entwicklung anderer pentadaktyler Hände zu vergleichen. Anna antwortete und schaute Tybjerg dabei in die Augen. Karen musste den Hörsaal verlassen haben, um Lily zu holen. Konnte die Sache verdammt noch mal nicht bald ein Ende nehmen? Unversehens wurde die Tür geöffnet, und der Nervigste Polizist Aller Zeiten kam herein. Er wirkte gehetzt und versuchte, diskret zu sein. Was ihm nicht sonderlich gut gelang. Als er über eine Stufe stolperte, wandten sich alle um und sahen ihn an. Scheiße, der Typ ging ihr ja dermaßen auf die Nerven. Anna wurde am ganzen Leib heiß, und sie lächelte ihn an.

Tybjerg sagte: »Danke.«

Und damit war Anna Biologin.

Danksagung

Dank an Anders Lund, Jens T. Høeg, Åse Jespersen, Jørn Andreassen, Christian Baron, Peter Makovicky und Paul McNeice fürs Gegenlesen und fachliche Kommentare. Dank an Jørgen Lützen, Per Christiansen, Peter Holter, Henrik Glenner, Kristine Johanne Kurstein Sørensen und Margrethe Noýe-Sneding für Inspiration. Vor allem Dank an Uffe Jensen, Kriminalassistent bei der Polizei von Ostjütland, der mich geduldig über seinen Fachbereich informiert hat (sollte es Fehler und Freiheiten geben, sind die ausschließlich mir anzulasten). Dank an Janne Hejgaard, Paul Gazan, Trine Rosenkjær und Sophia Sanwald, weil ihr für Lola da wart, während ich geschrieben habe – ich liebe euch! Dank an Trine Pallesen, Katrine Kjær, Mette Holbæk, Tina Felton, Eva Myers, Ditte Rode, Eva Kruse, Hanne Palmquist, Malou von Simson, Lisbeth Sandbjerg, Julie Michelsen, Lotte Garbers, Stine Hesager Lema und Christina Elverdal für eure Stärke im Kampf. Dank an Darius Ghanai für schwarzen Tee mit Milch und Honig und an meine Redakteurin Lene Wissing für eine ungewöhnlich gute Zusammenarbeit. Und schließlich, aber nicht endlich, geht ein Dank an Ea-Viola Gazan. Du bist die Liebe meines Lebens, und dieses Buch ist für dich.